James Rollins, de son vrai nom Jim Czajkowski, est né en 1961 à Chicago. Auteur de nombreux romans à succès, il a fermé son cabinet vétérinaire à Sacramento pour se consacrer à l'écriture et satisfaire son penchant pour l'aventure. Spéléologue amateur et plongeur confirmé, il parcourt le globe, le plus souvent sous l'eau ou sous terre.

Il est l'auteur d'*Amazonia* (2010), *Mission Iceberg* (2011) et *La Civilisation des abysses* (2012). *L'Ordre du Dragon* (2007) met en scène les aventures de l'équipe Sigma Force, que l'on retrouve dans *La Bible de Darwin* (2009), *La Malédiction de Marco Polo* (2010), *Le Dernier Oracle* (2010), *La Clé de l'Apocalypse* (2012), *La Colonie du diable* (2013), *Le Complot des immortels* et *Le Fléau d'Éden* (2014). Après la publication en janvier 2015 du premier tome *Le Sang de l'alliance,* appartenant à la trilogie *L'Ordre des Sanguinistes*, coécrite avec Rebecca Cantrell, le deuxième tome *La Dernière Tentation* vient de paraître. Tous ses romans sont publiés chez Fleuve Éditions et repris chez Pocket.

James Rollins est aussi l'auteur de la novélisation du dernier volet des aventures d'Indiana Jones : *Indiana Jones et le royaume du crâne de cristal.* Il est considéré comme l'un des auteurs majeurs de thrillers aux États-Unis.

Retrouvez toute l'actualité de l'auteur sur :
www.jamesrollins.fr

LA BIBLE DE DARWIN

DU MÊME AUTEUR
CHEZ POCKET

SIGMA FORCE

L'ORDRE DU DRAGON
LA BIBLE DE DARWIN
LA MALÉDICTION DE MARCO POLO
LE DERNIER ORACLE
LA CLÉ DE L'APOCALYPSE
LA COLONIE DU DIABLE
LE COMPLOT DES IMMORTELS

AMAZONIA
MISSION ICEBERG
LA CIVILISATION DES ABYSSES
LE FLÉAU D'ÉDEN

EN COLLABORATION AVEC REBECCA CANTRELL

LE SANG DE L'ALLIANCE

JAMES ROLLINS

LA BIBLE DE DARWIN

Traduit de l'anglais (États-Unis) par Paul Benita

fleuve ÉDITIONS

Titre original :
BLACK ORDER

MIXTE
Papier issu de sources responsables
FSC® C003309

Pocket, une marque d'Univers Poche, est un éditeur qui s'engage pour la préservation de son environnement et qui utilise du papier fabriqué à partir de bois provenant de forêts gérées de manière responsable.

ISBN : 978-2-266-18548-6

À David
Pour toutes les aventures

REMERCIEMENTS

L'écriture de romans, en dépit du temps passé seul devant la page blanche, est une entreprise collective. Les pages de ce livre comportent de nombreuses empreintes digitales. Laissez-moi d'abord exprimer ma reconnaissance toute particulière à Penny Hill, pour les longs déjeuners, les commentaires pertinents, mais surtout pour son amitié. Il en va de même pour Carolyn McCray qui sait me botter les fesses et me forcer à aller toujours plus loin. Ensuite, j'ai bien sûr l'honneur de remercier mes amis que je retrouve tous les quinze jours chez Coco : Steve et Judy Prey, Chris Crowe, Lee Garrett, Michael Gallowglas, Dave Murray, Dennis Grayson, Dave Meek, Jane O'Riva, Dan Needles, Zack Watkins et Caroline Williams. Le gang qui se cache derrière l'écrivain que je suis. Et j'acclame particulièrement Joe Konrath pour son énergie, son soutien et les discussions passionnantes sur certains sujets évoqués ici ainsi que David Sylvian qui a traîné son appareil photo partout, même sur les plus hauts sommets des sierras. Les œuvres de Nick Cook et les recherches fascinantes de Johnjoe McFadden ont grandement inspiré cet ouvrage. Pour finir, j'aimerais citer les quatre personnes essentielles à tous les niveaux de production : mon éditrice, Lyssa Keusch, et sa collègue May Chen, ainsi que mes agents Russ Galen et Danny Baror.

Je tiens comme toujours à souligner que toute erreur de fait ou de détail n'incombe qu'à moi.

NOTES HISTORIQUES

Au cours des derniers mois de la Seconde Guerre mondiale, alors que l'Allemagne s'effondrait, une nouvelle guerre éclata entre les Alliés. Son objet : le pillage de la technologie des vaincus. Anglais, Américains, Français et Russes s'affrontèrent avec acharnement. De nombreux brevets furent dérobés. Nouvelles éprouvettes, produits chimiques, plastiques exotiques et même un procédé de pasteurisation du lait sous UV. Mais la plupart des inventions les plus dangereuses disparurent dans des projets secrets – les célèbres *black projects* – tels que l'*Opération Trombone* où des centaines de savants allemands travaillant sur les V2 furent recrutés officieusement et ramenés aux États-Unis.

Les nazis n'abandonnèrent pas si facilement leur technologie. Eux aussi luttaient pour préserver leurs découvertes, dans l'espoir de voir renaître le Reich. Des scientifiques furent assassinés, des laboratoires détruits, des plans cachés dans des grottes, enfouis au fond de lacs ou enterrés dans des cryptes. Tout ça pour éviter que leurs recherches tombent aux mains des Alliés.

La traque devint frénétique. Les laboratoires de recherches et d'armements nazis se comptaient par centaines, souterrains dans l'ensemble, répartis entre l'Allemagne, l'Autriche, la Tchécoslovaquie et la Pologne. L'un des plus mystérieux fut construit dans une ancienne mine, non loin de la petite ville de Breslau. Les expériences qu'on y mena portaient un nom de code : *die Glocke,* la Cloche. Dans la campagne environnante, on parla d'étranges lumières, de maladies et de morts mystérieuses.

Les forces russes furent les premières à atteindre la mine. Ils la trouvèrent déserte. Les soixante-deux savants qui y travaillaient avaient été abattus. Quant à l'objet de leur projet… il avait disparu Dieu seul sait où.

Mais on était malgré tout sûr d'une chose : la Cloche avait bel et bien existé.

NOTES SCIENTIFIQUES

La vie est plus étrange que la fiction. Tous les problèmes de mécanique quantique, les notions de dessein intelligent et d'évolution soulevés dans ce roman, sont basés sur des faits.

L'évolution est à la base de la biologie. Cette dernière se retrouve donc dans l'étrange position d'être une science fondée sur une théorie en devenir... Dans ce cas, doit-on parler de science ou de foi ?

Charles DARWIN.

La science sans religion est bancale, la religion sans science est aveugle.

Albert EINSTEIN.

Qui vous dit que Dieu ne veille pas tout particulièrement sur moi ?

Adolf HITLER.

1945

4 MAI, 06 : 22
CITÉ FORTIFIÉE DE BRESLAU, POLOGNE

Le corps flottait sur la vase qui stagnait dans les égouts. Le cadavre du garçon, gonflé et rongé par les rats, avait été dépouillé de ses bottes, de son pantalon et de sa chemise. Rien ne se perdait dans la ville assiégée.

Le SS-*Obergruppenführer* Jakob Sporrenberg dut l'écarter, remuant la fange. Ordures et excréments. Sang et bile. L'écharpe mouillée nouée autour de son cou avait beau recouvrir son nez et sa bouche, elle ne parvenait pas à masquer la puanteur. Voilà à quoi avait mené la Grande Guerre. Les puissants en étaient réduits à se traîner sous terre pour s'échapper. Mais il avait reçu ses ordres.

Au-dessus d'eux, l'artillerie russe pilonnait Breslau. À chaque explosion, son ventre tremblait. Les Russes avaient détruit les portes de la ville, bombardé l'aéroport et, en cet instant même, des avions chargés de troupes se posaient sur Kaiserstrasse. L'avenue principale avait été convertie en piste d'atterrissage grâce à deux longues rangées parallèles de barils d'essence enflammés. Leur fumée s'ajoutait à celles qui noircissaient déjà le ciel comme pour empêcher l'aube de se lever. Les combats faisaient rage dans chaque rue, chaque maison, de la cave au grenier.

Que chaque foyer devienne une forteresse.

Telle avait été la dernière directive donnée par le *Gauleiter* Hanke à la population. La ville devait tenir le plus longtemps possible. L'avenir du Troisième Reich en dépendait.

Comme il dépendait de Jakob Sporrenberg.

— *Macht schnell,* commanda-t-il aux autres derrière lui.

Son unité de *Sicherheitsdienst* – son *Kommando* d'Évacuation spéciale – le suivait. Quatorze hommes embourbés dans l'eau croupie jusqu'aux genoux.

Tous armés. Tous vêtus de noir. Tous chargés de sacs pesants. Parmi eux, les quatre plus costauds, d'anciens dockers, transportaient des caisses massives posées sur deux perches.

Ce n'était nullement par hasard que les Russes attaquaient cette ville fortifiée gardant l'entrée de la chaîne des Sudètes. Depuis deux ans, les détenus du camp de concentration de Gross-Rosen avaient creusé, ou plutôt évidé, une montagne voisine. Une centaine de kilomètres de tunnels avaient été percés, à coups de pioches et d'explosifs, pour servir un projet secret, un projet qui devait demeurer caché aux yeux trop curieux des Alliés.

Der Riese... Le Géant.

Mais la rumeur avait fini par se répandre. Un des villageois habitant près de la mine Wenceslas avait-il évoqué les maladies, les malaises soudains ayant même frappé ceux qui vivaient à bonne distance du complexe ?

Si seulement ils avaient eu le temps de terminer leurs recherches…

Des recherches qui mettaient pourtant Jakob Sporrenberg très mal à l'aise. Ignorant en quoi elles consistaient, il ne connaissait que le nom de code qu'on leur avait donné : *Chronos*. Mais il en savait assez. Il avait vu les corps qui avaient subi ces expériences. Il avait perçu les hurlements.

Abomination.

C'était le seul mot qui lui était venu à l'esprit.

Exécuter les savants ne lui avait posé aucun problème. Les soixante-deux hommes et femmes avaient été conduits à l'extérieur et abattus de deux balles dans la tête. Nul ne devait apprendre ce qui s'était passé dans les entrailles de la mine Wenceslas… ni ce qui y avait été découvert. On n'avait laissé la vie sauve qu'à une seule scientifique.

La *Doktor* Tola Hirszfeld.

Jakob l'entendait patauger derrière lui, les poignets attachés dans le dos, à moitié traînée par un de ses hommes. Proche de la trentaine, elle était grande pour une femme ; elle avait de petits seins, une taille ample et de jolies jambes. Ses cheveux tombaient, lisses et noirs, sur sa peau trop blanche d'avoir passé de si longs mois sous terre. Elle aurait dû être exterminée avec les autres, mais son père, l'*Oberarbeitsleiter* Hugo Hirzsfeld, superviseur du projet, avait fini par révéler son vrai visage, sa véritable nature corrompue, son origine à moitié juive, en tentant de détruire tous ses dossiers. Il avait été abattu avant d'avoir pu mettre le feu à son bureau souterrain. Heureusement pour sa fille, le Reich avait besoin de quelqu'un connaissant parfaitement *die Glocke* pour terminer le travail. Et seule Tola était aussi géniale que son père.

Il ne restait plus qu'à la convaincre de collaborer, à présent.

Ses yeux lançaient des éclairs chaque fois que Jakob la dévisageait. Il sentait sa haine, aussi brûlante que la chaleur émanant d'un four. Elle coopérerait pourtant... comme son père avant elle ; Jakob savait s'occuper des *Juden*, surtout des sang-mêlé. Les *Mischlinge*. C'étaient les pires. Des demi-Juifs. L'armée du Reich comptait une centaine de milliers de *Mischlinge*. Des soldats juifs. De rares exemptions avaient permis à ces sang-mêlé de s'engager, de sauver leur misérable vie. Pour cela, ils avaient bénéficié de dispenses spéciales. Et ces types-là se révélaient souvent de féroces soldats : ils devaient plus que tous les autres prouver leur loyauté envers le Reich.

Jakob, en revanche, s'était toujours méfié d'eux. Et le père de Tola venait de lui donner raison. La tentative de sabotage du docteur ne l'avait pas du tout surpris. Il ne faut jamais faire confiance aux *Juden*. Juste les massacrer.

La grâce de Hugo Hirzsfeld avait néanmoins été signée par le Führer en personne, épargnant non seulement le père et la fille, mais aussi deux vieux parents vivant quelque part en Allemagne. À la différence des *Juden*, Jakob vouait une confiance absolue à son Führer. Ce dernier avait donné un ordre très précis : évacuer la mine en emportant les ressources nécessaires pour continuer le travail et détruire le reste.

Ce qui impliquait de sauver la fille.

Et le bébé.

Le nouveau-né était emmitouflé dans un sac à dos, un enfant juif, âgé d'à peine un mois. On lui avait administré un léger sédatif pour qu'il se tienne tranquille durant l'évasion.

Dans ce nourrisson siégeait l'abomination, la source véritable de la répulsion de Jakob. Tous les espoirs du Troisième Reich reposaient entre ses mains minuscules – les mains d'un enfant *juif*. Une telle idée lui donnait envie de vomir. Il aurait préféré empaler cette engeance sur une baïonnette. Mais il avait reçu des ordres.

Il avait remarqué la façon dont Tola couvait ce petit monstre du regard, ses yeux brillant de rage et de tristesse mêlées. En plus d'aider son père dans ses recherches, elle avait servi de nourrice au bébé, le berçant, l'allaitant. C'était uniquement pour lui qu'elle avait accepté de les suivre. Jakob avait dû poser le canon de son pistolet sur le crâne de cette ignominie pour la faire plier.

Un obus de mortier explosa au-dessus d'eux. La déflagration assourdissante les jeta à terre. Le ciment craqua ; une pluie de gravats cribla l'eau croupie.

Jakob se releva, jurant à mi-voix.

Son second, Oskar Henricks, le rejoignit et désigna un embranchement devant eux.

— Il faut prendre ce tunnel, *Obergruppenführer*. Il s'agit d'un vieux canal de drainage. Selon les plans du cadastre, le conduit principal se vide dans la rivière, non loin de l'île de la Cathédrale.

Jakob acquiesça. Cachés près de l'île, deux canots pneumatiques à moteur les attendaient, ainsi qu'une autre unité du *Kommando*. Ils n'étaient plus très loin.

Il hâta le pas tandis que les bombardements russes s'intensifiaient. Cette frénésie annonçait l'assaut final sur la ville. Sa reddition était inévitable.

Une fois qu'il eut atteint le deuxième tunnel, Jakob s'y hissa, s'extirpant de la vase pour fouler le ciment du canal. Ses bottes collaient au sol, émettant un bruit de succion à chaque foulée. Pendant un instant, les relents de matières fécales et de crasse furent à la limite du supportable, comme si l'égout tentait de les poursuivre.

Il braqua sa lampe torche devant lui. L'air se purifiait-il, devenait-il moins fétide ? Il suivit le rayon de lumière avec une vigueur renouvelée. L'évasion semblait si proche ; sa mission était quasiment accomplie. Ils auraient traversé la moitié de la Silésie avant que les Russes n'atteignent le dédale infesté de rats qu'était devenue la mine Wenceslas. Jakob y avait laissé quelques petits cadeaux pour les accueillir. Des explosifs. Les Bolcheviks ne trouveraient que la mort dans les laboratoires souterrains.

Réconforté par cette idée, le SS se laissa guider par la promesse d'air frais. Le tunnel cimenté descendait en pente douce. L'allure du *Kommando* augmenta, d'autant plus que les tirs d'artillerie s'étaient tus, cédant la place à un silence menaçant. L'Armée rouge arrivait.

Ils allaient s'en tirer de justesse. La rivière ne tarderait pas à être bloquée.

Comme s'il sentait l'urgence, le bébé commença à pleurer, gémissant doucement tandis que l'effet du sédatif se dissipait. Jakob avait ordonné à leur infirmier de ne pas forcer la dose. Pour éviter de mettre en péril la vie de l'enfant. Il avait peut-être commis une erreur…

Les pleurs du nourrisson redoublèrent.

Un obus de mortier explosa quelque part au nord.

Les gémissements se muèrent en couinements. Dont l'écho se répercuta le long du tunnel.

— Calme-le ! ordonna-t-il au soldat qui portait le bébé.

L'homme, maigre et livide, décrocha le sac de son épaule, perdant sa casquette dans la manœuvre. En cherchant à libérer le bébé de son carcan, il ne fit que déchaîner ses cris de détresse.

— L... laissez-moi faire, plaida Tola, se débattant avec son garde qui refusait de la lâcher.

Les hurlements décuplaient.

Grimaçant, Jakob hocha la tête.

On coupa les liens qui retenaient les poignets de la femme. Se frottant les articulations, elle se précipita vers le nouveau-né. Le soldat, soulagé, lui confia son fardeau. La jeune femme nicha le bébé dans le creux de son bras, supportant sa tête en le berçant doucement. Tola se pencha au-dessus de lui, le serra contre elle. Des murmures apaisants, sans mot et chargés de réconfort, traversèrent ses plaintes. Tout son être enveloppait le nouveau-né.

Les cris cessèrent, remplacés par des hoquets presque silencieux.

Satisfait, Jakob fit signe au garde. L'homme leva son Luger pour le presser contre le dos de Tola. En silence, ils continuèrent leur périple à travers le dédale creusé sous Breslau.

Très vite, une odeur de brûlé chassa les relents d'égout. Le rayon de sa torche illumina un voile de fumée qui marquait la sortie du souterrain. Les tirs d'artillerie s'étaient interrompus, mais le *tacata* incessant des fusillades se poursuivait… surtout à l'est. Plus près, on entendait le clapotis de l'eau.

Jakob ordonna à ses hommes de maintenir leur position dans le tunnel, avant d'envoyer son radio en éclaireur.

— Donne le signal aux bateaux.

Le soldat acquiesça avec nervosité et s'avança, ne tardant pas à disparaître dans le brouillard artificiel. Quelques secondes plus tard, des éclairs de lampe torche transmettaient un message codé vers l'île voisine. Il faudrait moins d'une minute aux bateaux pour les rejoindre.

Jakob se tourna vers Tola qui portait toujours l'enfant. Le bébé s'était calmé, les yeux clos.

Impassible, elle croisa son regard.

— Vous savez que mon père avait raison, dit-elle avec calme en jetant un coup d'œil aux caisses scellées avec un sang-froid surprenant. Je le vois sur votre visage. Ce que nous avons fait… nous avons été trop loin.

— De telles décisions ne nous appartiennent pas, répliqua Jakob.

— À qui reviennent-elles alors ?

Le SS secoua la tête et se détourna. Il avait reçu ses ordres de Heinrich Himmler en personne. Ce n'était pas à lui de les remettre en question.

— Nous avons défié Dieu et la nature, murmura-t-elle.

Un appel lui évita de répondre.

— Les bateaux arrivent, annonça le radio qui revenait.

Jakob aboya ses instructions. Il précéda ses hommes à l'entrée du tunnel qui s'ouvrait sur l'Oder. Ils risquaient de perdre l'avantage de l'obscurité. À l'est, le soleil se levait tandis qu'un nuage de fumée noire s'accrochait encore à la surface de l'eau. Un brouillard qui les protégerait.

Mais combien de temps ?

Les fusillades se poursuivaient. Des rafales qui semblaient étrangement gaies, comme autant de feux d'artifice célébrant l'anéantissement de Breslau.

La puanteur de l'égout s'étant enfin dissipée, Jakob arracha son masque et gorgea ses poumons d'une grande bouffée d'air frais. Il scruta les eaux grises. Deux canots d'environ sept mètres de long les fendaient, laissant deux sillages d'écume derrière eux. À leur proue, à peine dissimulées sous des bâches vertes, on avait monté deux mitrailleuses MG-42.

Au-delà, on ne distinguait presque pas la masse sombre de la péninsule. L'île de la Cathédrale n'en était pas vraiment une : au XIXe siècle, les dépôts de limons l'avaient soudée à l'autre rive. Mais, de là où ils se trouvaient, il fallait emprunter un pont en fer forgé pour l'atteindre. Les deux canots contournaient les piliers de pierre soutenant l'ouvrage.

Le regard de Jakob fut attiré par un rayon de soleil qui frappa le sommet des tours jumelles de la cathédrale donnant son nom à l'île. Ce n'était que l'une des six églises qui y avaient été bâties.

La phrase de Tola Hirszfeld résonna en lui.

Nous avons défié Dieu et la nature.

Le froid matinal transperçait ses vêtements mouillés, et le fit frissonner. Vivement qu'il soit loin d'ici pour oublier tout ce qui s'était passé ces derniers jours.

La première embarcation s'arrêta sur la rive. Soulagé de cette distraction et, plus encore, de pouvoir bouger, il commanda à ses hommes de charger les deux canots.

Tola restait à l'écart, le bébé dans ses bras, flanquée de son garde. Ses yeux avaient déjà découvert les tours nimbées de soleil dans le ciel enfumé. Des coups de feu retentissaient, plus proches désormais. Des chars manœuvraient, monstres aux moteurs rugissants. Et, bien sûr, il y avait les cris et les hurlements.

Où se cachait ce Dieu qu'elle craignait tant d'outrager ?

Certainement pas ici.

Une fois les bateaux chargés, Jakob la rejoignit.

— Montez à bord.

Il avait voulu lui donner un ordre, pourtant sa phrase avait sonné comme une prière.

Elle obéit, le regard toujours fixé sur la cathédrale.

À cet instant-là, Jakob réalisa combien elle pouvait être belle… pour une *Mischling.* Soudain, elle trébucha mais retrouva aussitôt son équilibre, veillant avant tout à protéger le bébé. Elle contempla les eaux grises, la brume noirâtre, et son visage se durcit de nouveau. Un bloc de pierre. Finalement, Tola s'installa sur le banc, à bâbord.

Son garde s'assit à ses côtés.

Jakob prit place en face d'eux et fit signe au pilote de démarrer.

— Il ne faut pas être en retard.

Il scruta le fleuve. Ils fileraient vers l'ouest, loin du front de l'est et du soleil levant.

Il consulta sa montre. En ce moment même, un avion de transport, un Junker JU52, devait les attendre sur un terrain d'aviation abandonné. On l'avait déguisé en transport médical de la Croix-Rouge allemande, une assurance supplémentaire contre toute attaque.

Moteurs grondants, les canots entamèrent une large boucle sur l'eau. Les Russes ne les arrêteraient plus désormais. C'était terminé.

Un mouvement attira son attention sur le bateau.

Tola s'inclinait au-dessus du bébé pour déposer un petit baiser sur son crâne presque chauve. Elle se redressa, croisant le regard de Jakob. Ce dernier ne décela ni défi ni colère sur son visage. Juste de la détermination.

Et il devina aussitôt son intention.

— Ne…

Trop tard.

Se redressant, Tola s'appuya sur le bastingage derrière elle et poussa avec ses pieds. Le nouveau-né serré contre sa poitrine, elle se jeta dans les eaux froides.

Surpris, son garde pivota et tira à l'aveuglette.

Jakob fondit sur lui et, d'un coup sec, détourna son arme vers le ciel.

— Tu pourrais toucher le petit.

Il se pencha par-dessus le bastingage. Les autres étaient debout eux aussi. Le bateau tangua. Dans les eaux plombées, Jakob ne vit que son propre reflet. Il demanda au pilote de décrire un cercle sur le fleuve.

Rien.

Jakob cherchait des bulles révélatrices, mais les remous du canot troublaient les eaux. Il flanqua un coup de poing sur le bastingage.

Tel père, telle fille !

Seule une *Mischling* était capable d'un acte aussi désespéré. Il avait déjà vu ça : des mères *jüdische* étouffant leurs propres enfants pour leur éviter de plus grandes souffrances. Il avait cru Tola plus forte que cela.

Ils continuèrent à sillonner la zone jusqu'à ce qu'il soit tout à fait sûr qu'ils ne la retrouveraient plus. Ses hommes fouillèrent les deux rives en vain. Elle avait disparu. Finalement, le sifflement d'un obus au-dessus de leurs têtes les dissuada de s'attarder davantage.

Jakob donna le signal de la retraite, indiquant l'ouest où l'avion les attendait. Il leur restait encore les caisses et tous les dossiers. Cette disparition ne présentait qu'un contretemps sans importance. Là où il y avait eu un enfant, il pouvait y en avoir d'autres.

— Allons-y ! lança-t-il.

Les deux bateaux repartirent, pleins gaz.

Très vite, ils s'évanouirent dans la brume tandis que Breslau brûlait.

Tola entendit les grondements des moteurs s'éteindre.

Elle brassait l'eau derrière un des épais piliers du vieux pont, une main posée sur la bouche du bébé pour l'empêcher de faire le moindre bruit, tout en priant pour qu'il puisse inspirer assez d'air par le nez. Mais l'enfant était affaibli.

Et elle aussi.

Une balle avait traversé la base de son cou. Son sang rougissait l'eau autour d'elle. Sa vision se troublait. Elle luttait néanmoins pour maintenir le nourrisson au-dessus de la surface.

Quelques minutes plus tôt, lorsqu'elle s'était jetée dans la rivière, elle avait voulu se noyer avec l'enfant. Pourtant quand le froid l'avait enveloppée, quand le feu avait déchiré son cou, quelque chose avait entamé sa résolution. Elle avait repensé à la lueur qui avait brillé sur les tours de la cathédrale. Ce n'était pas sa religion. Mais cet épisode lui avait rappelé que la lumière existait encore derrière les ténèbres actuelles. Loin d'ici, les hommes ne massacraient pas leurs frères. Les mères ne noyaient pas leurs enfants.

Elle s'était enfoncée plus profondément, laissant le courant l'entraîner vers le pont. Sous l'eau, elle avait utilisé ses réserves d'oxygène pour faire respirer le bébé, lui pinçant le nez tout en soufflant entre ses lèvres. Si elle avait désiré la mort, une fois le combat pour la survie lancé, elle s'y était jetée avec férocité.

Le bébé n'avait même pas été baptisé.

Personne ne devrait mourir sans avoir de nom.

Elle lui transmettait son souffle par petites bouffées tout en nageant dans les eaux noires, à l'aveuglette. Seule la chance l'avait amenée contre un des piliers, lui offrant un abri.

Maintenant que les bateaux s'étaient éloignés, elle ne pouvait plus attendre.

Elle était en train de perdre tout son sang. Le froid la maintenait encore en vie. Et menaçait celle du frêle nouveau-né.

Elle nagea, ou plutôt se débattit pour regagner la rive, lançant des coups de pied désordonnés, mal coordonnés. Elle coula une première fois, entraînant le bébé avec elle.

Non.

Tola agita rageusement les bras, remonta. L'eau lui semblait plus lourde, plus dure à combattre.

Elle refusa pourtant de succomber.

Finalement, sous ses orteils, des roches glissantes heurtèrent ses bottes. Elle poussa un cri, oubliant qu'elle se trouvait encore sous l'eau. Suffoquant, elle sombra encore un peu plus, puis donna un dernier coup de pied sur les rochers. Sa tête émergea et son corps se hissa sur la berge.

À quatre pattes, elle se traîna hors de l'eau, serrant tant bien que mal le bébé contre sa poitrine. Elle atteignit enfin le rivage et s'effondra. Son visage percuta le récif. Ses forces l'avaient abandonnée. Son propre sang maculait l'enfant. Au prix d'un dernier effort, elle le regarda.

Il ne bougeait pas. Ne respirait pas.

Elle ferma les yeux et pria tandis que des ténèbres éternelles se refermaient sur elle.

Pleure, bon sang, pleure…

Le père Varick fut le premier à entendre le miaulement. Ses moines et lui s'étaient abrités dans la cave à vins sous l'église Saint-Pierre-et-Saint-Paul. Ils s'y étaient terrés quand les bombardements avaient commencé à ravager Breslau la nuit précédente. Agenouillés, certains avaient prié pour le salut de ses habitants, mais la plupart pour que leur île soit épargnée. L'église, bâtie au XVe siècle, avait survécu à tous les changements de maîtres de cette ville frontière. Une fois de plus, les moines demandaient la protection divine pour survivre.

Et dans ce silence si pieux, les échos de cris plaintifs étaient parvenus jusqu'aux moines.

Le père Varick s'était levé, obligeant ses vieilles jambes à lui obéir.

— Où vas-tu ? demanda Franz.

— J'entends un de mes protégés qui m'appelle.

Depuis deux décennies, il nourrissait les chats de la rivière et les chiens errants aux abords de l'église.

— Ce n'est pas le moment, prévint un autre frère, la voix tremblant de peur.

Le père Varick avait vécu trop longtemps pour craindre la mort avec une ferveur aussi juvénile. Il traversa la cave, se baissa pour emprunter le petit couloir qui menait à la porte donnant sur la rivière. Autrefois, on utilisait ce même passage pour transporter et stocker du charbon. De jolies bouteilles y prenaient la poussière désormais.

Il atteignit la vieille porte, souleva la barre et tira le verrou. Puis il l'entrouvrit d'un coup d'épaule.

L'odeur piquante de la fumée l'assaillit d'abord… et le miaulement lui fit baisser les yeux. *Mein Gott im Himmel...*

Une femme gisait sur les marches montant vers l'église. Inerte. Il se précipita sur elle, tombant à genoux, une nouvelle prière aux lèvres.

Il lui palpa le cou, à la recherche d'un signe de vie, mais ne trouva que du sang. Un sang glacé. Elle était trempée de la tête aux pieds et plus froide que les pierres sur lesquelles elle reposait.

Morte.

Le cri, à nouveau…

Sous le cadavre.

Il le déplaça pour découvrir un bébé, lui aussi ensanglanté.

S'il était bleu de froid et tout aussi mouillé, l'enfant vivait encore. Le père Varick le libéra du corps de la femme. Ses langes gorgés d'eau pendaient.

Un garçon.

Le prêtre frotta doucement le petit corps et s'aperçut que le sang n'était pas le sien.

Mais celui de sa mère.

Il contempla la femme avec tristesse. Tant de morts. Il se tourna vers l'autre rive. La ville incendiée crachait une fumée noire vers le ciel, des coups de feu retentissaient. Avait-elle traversé la rivière à la nage ? Dans le seul but de sauver son enfant ?

— Repose en paix, murmura-t-il à la malheureuse. Tu l'as bien mérité.

Le père Varick battit en retraite vers la porte de la cave à charbon. Il essuya le sang qui maculait le bébé. Quelques cheveux, doux et fins, d'une blancheur de neige décoraient déjà son front. Il ne devait pas avoir plus d'un mois.

Les soins prodigués par Varick firent redoubler les cris du bébé, son visage grimaça. Il n'en demeurait pas moins faible et frigorifié.

— Pleure, mon petit.

Réagissant à la voix, le garçon ouvrit ses paupières gonflées. Des yeux bleus observèrent Varick. Un bleu pur et brillant. Les enfants naissent souvent avec les yeux bleus. Mais Varick devina que ceux-là conserveraient toujours leur éclat.

Il serra l'enfant contre lui pour le réchauffer. Une tache de couleur attira son regard. *Was ist das ?* Il retourna le pied du garçon. Sur son talon, on avait dessiné un symbole.

Non, pas dessiné. Il frotta pour s'en assurer.

Un symbole tatoué à l'encre écarlate.

Il l'étudia soigneusement. On aurait dit un pied de corbeau.

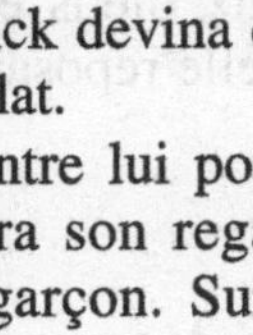

Le père Varick avait passé une bonne partie de sa jeunesse en Finlande et reconnut l'emblème : une rune nordique. Pourtant il n'aurait su l'identifier ni en donner la signification. Il secoua la tête. Quelle idée d'infliger ça à un bébé !

Il lança un regard réprobateur à la mère.

Peu importait. Les enfants n'avaient pas à porter les péchés de leurs parents.

Il essuya les dernières traces de sang sur le front du bambin.

— Pauvre *Junge*... Tu as connu des débuts bien difficiles en ce monde.

PREMIÈRE PARTIE

1

Le Toit du monde

DE NOS JOURS
16 MAI, 06 : 34
HIMALAYA
CAMP DE BASE DE L'EVEREST, 5 300 MÈTRES

La mort chevauchait les vents.

Taski, le chef sherpa, prononça ce verdict avec toute la solennité et la certitude que lui conférait sa position. Trapu, il n'atteignait pas le mètre soixante, chapeau de cow-boy compris. Mais il toisait son monde, comme s'il se tenait debout au sommet de la montagne et les autres tout en bas dans la vallée. Pour l'heure, ses yeux, enfouis sous des paupières plissées, étudiaient les fanions de prières.

Le Dr Lisa Cummings orienta le viseur de son Nikon D-100 vers lui et appuya sur le déclencheur. En plus de servir de guide à l'expédition, Taski était aussi son sujet test. Un candidat idéal pour ses recherches.

Elle était venue au Népal afin d'étudier les effets physiologiques d'une ascension de l'Everest sans réserve d'oxygène. Jusqu'en 1978, nul ne l'avait entreprise sans assistance respiratoire. L'air y était trop rare. Même des montagnards expérimentés, pourtant équipés de bouteilles, connaissaient des fatigues extrêmes, des troubles de la coordination et de la vision, ou bien souffraient d'hallucinations. À l'époque, accéder aux huit mille mètres sans oxygène relevait de l'impossible.

Puis, en 1978, deux Tyroliens avaient accompli cet exploit et atteint le sommet grâce à leurs propres poumons suffoquant. Depuis, une soixantaine d'hommes et de femmes les avaient imités, donnant un nouvel objectif à l'élite des alpinistes.

Le Dr Lisa Cummings ne pouvait espérer meilleur sujet pour mieux comprendre les atmosphères à basse pression.

Elle avait passé les cinq années précédentes à s'intéresser aux effets des systèmes à haute pression sur le corps humain. À bord d'un navire mis à la disposition des scientifiques, le *Deep Fathom*, elle s'était occupée de plongeurs. Mais les circonstances avaient exigé qu'elle change de vie... aussi bien d'un point de vue professionnel que personnel. Elle avait donc accepté cette bourse de la National Science Foundation pour mener des recherches complètement opposées : étudier les effets des systèmes à *basse* pression.

D'où ce voyage sur le Toit du monde.

Lisa prit un autre cliché de Taski Sherpa. Comme beaucoup des siens, Taski avait adopté le nom de son groupe ethnique comme patronyme.

Il détourna son regard des drapeaux alignés, hocha fermement la tête et braqua une cigarette vers le sommet.

— Mauvais jour. Mort chevauche le vent, répéta-t-il avant de replacer son mégot entre ses lèvres et de s'éloigner, considérant l'affaire réglée.

Mais certains n'étaient pas du même avis.

Des murmures de déception s'élevèrent parmi les membres de l'expédition. Des visages se levèrent vers le ciel bleu. Cela faisait neuf jours que les dix alpinistes de l'équipe attendaient une accalmie météorologique. Jusqu'à ce jour, nul n'aurait songé défier le bon sens en tentant quoi que ce soit dans la tempête. Les effets d'un cyclone dans la baie du Bengale s'étaient répercutés sur les montagnes. Des vents furieux avaient harcelé le camp, soufflant parfois jusqu'à cent soixante kilomètres à l'heure, arrachant une des tentes de cuisine, renversant ceux qui essayaient de se lever, charriant des volées de neige qui écorchaient la peau tel du papier de verre.

Mais, aujourd'hui, l'aube s'était levée, aussi brillante que leurs espérances. Le soleil étincelait sur le glacier du Khumbu et les cascades de glace. L'Everest couronné de neige les toisait, ses sommets jumeaux aussi sereins qu'un couple nuptial tout de blanc vêtu.

Lisa avait déjà pris une centaine de photos, pour saisir toutes les nuances de la lumière changeante. Elle comprenait désormais les noms que l'on donnait à l'Everest dans la région : pour les Chinois, c'était Chomolungma, la déesse Mère du monde ; pour les Népalais, Sagarmatha, la déesse du Ciel.

Flottant parmi les nuages, la montagne ressemblait en effet à une déesse de glace et de pierre. Et ils étaient tous venus l'adorer, se prouver à eux-mêmes qu'ils étaient dignes d'approcher le ciel. Un baiser qui n'était pas donné. Il en coûtait soixante-cinq mille dollars par tête. Somme qui, heureusement, incluait l'équipement de camping, les porteurs, les sherpas et, bien sûr, autant de yaks que vous le désiriez. Le meuglement d'une des vingt-quatre femelles résonna dans la vallée. Cinq autres campements s'étaient établis sur cet escarpement rocheux. Tous attendaient que le dieu des tempêtes se détourne de la base.

D'après leur chef sherpa, ce jour n'était pas encore venu.

— Ils nous prennent vraiment pour des cons, déclara le patron d'une boîte d'articles de sport de Boston.

Arborant une superbe combinaison en duvet, une merveille de la technologie vestimentaire, il se tenait près de son sac à dos déjà chargé.

— Six cents dollars par jour pour rester assis le cul dans la neige. Ils se foutent de nous. Il n'y a pas un seul putain de nuage !

Il parlait à mi-voix, comme pour lever une révolte qu'il n'osait conduire lui-même.

Lisa connaissait bien ce genre de mecs. Un peu trop, même. En y repensant, la jeune femme se disait qu'elle n'aurait jamais dû coucher avec lui. Ce très mauvais souvenir remontait à une réunion de préparation au Hyatt de Seattle, après quelques verres de trop. Boston Bob n'avait été qu'un parmi d'autres… pas le premier, et probablement pas le dernier non plus. Une chose cependant était sûre, elle ne retenterait pas l'expérience avec lui.

Ce qui expliquait sans doute la mauvaise humeur du bonhomme.

Elle se détourna, espérant que son jeune frère saurait mater cette rébellion naissante. Josh possédait une réelle expérience. Deux fois par an depuis une dizaine d'années, il dirigeait une expédition semblable un peu partout à travers le monde. C'était lui qui lui avait proposé cette ascension.

Blond et mince comme elle, Josh Cummings portait un jean noir, enfoncé dans ses bottes Millet, et une polaire grise.

Il se racla la gorge.

— Taski a gravi douze fois l'Everest. Il connaît la montagne et ses dangers. S'il estime le temps trop imprévisible pour tenter l'ascension, nous passerons une journée de plus ici, à nous acclimater et à nous entraîner. Si cela tente quelqu'un, je peux demander à deux guides de conduire une excursion dans la forêt de rhododendrons un peu plus bas dans la vallée de Khumbu.

Une main se leva dans le groupe.

— Et pourquoi pas une excursion d'une journée à l'Everest View Hotel ? Ça fait six jours qu'on dort sous la tente. Je prendrais bien un bon bain chaud.

Des murmures d'approbation accueillirent cette requête.

— Je ne suis pas sûr que ce soit une bonne idée, répondit Josh. L'hôtel se trouve à une bonne journée de marche et la climatisation envoie de l'oxygène dans les chambres pour combattre les effets de l'altitude. Il faudrait recommencer tout notre travail d'acclimatation. Cela retarderait l'ascension.

— Parce que là, on n'est pas retardés peut-être ? grommela Boston Bob.

Josh l'ignora. Lisa savait que son jeune frère ne céderait pas à la pression, qu'il ne risquerait pas une ascension si la météo ne le permettait pas. Le bleu du ciel était trompeur, tout pouvait changer en quelques minutes. Ils avaient grandi au bord de la mer, près de Catalina. Sur la côte, on apprenait à lire les signes, à se méfier des caprices du temps. Et s'il se trouvait à présent en pays inconnu, Josh respectait la capacité d'un sherpa à déchiffrer le ciel himalayen.

Elle leva les yeux vers le panache de neige qui s'accrochait au sommet de l'Everest, signe certain d'un vent violent. Des vents qui, là-haut atteignaient parfois les trois cent soixante kilomètres à l'heure. Le panache était incroyablement long. Ce courant d'air pouvait ramener la tempête sur eux en un rien de temps.

— Nous pourrions au moins aller jusqu'au camp 1, insista Boston Bob. Bivouaquer là-bas et voir ce que dit le temps.

Il couinait – littéralement – tentant d'arracher une concession. Son visage était rouge de frustration.

Elle se demanda ce qui lui avait plu chez cet homme.

Un bruit saugrenu empêcha son frère de répondre. Comme un tambour. *Tomp-tomp.* Tous les regards se tournèrent vers l'est. Dans l'éclat du soleil levant, un hélicoptère noir apparut. Un Écureuil AStar B-2. Un engin conçu pour grimper à ces hauteurs.

Tous les membres de l'expédition semblèrent brusquement perdre l'usage de la parole.

Une semaine auparavant, juste avant que la tempête n'éclate, une autre équipe avait tenté l'ascension sur le versant népalais. D'après les communications radio, elle avait atteint le camp 2. À plus de six mille quatre cents mètres d'altitude.

Lisa se protégea les yeux. Y avait-il eu un problème ?

Elle avait visité la clinique de secours de l'Himalayan Rescue Association, l'HRA, à Pherice. On y soignait toutes les maladies qui provenaient des montagnes : os brisés, œdèmes pulmonaires et cérébraux, engelures, problèmes cardiaques, dysenterie, cécité des neiges, et toutes sortes d'affections, y compris vénériennes. Chlamydia et blennorragies avaient, elles aussi, escaladé l'Everest.

Que s'était-il passé ? Il n'avait reçu aucun *mayday* sur la fréquence d'urgence. En raison de la rareté de l'air, les hélicoptères pouvaient se poser à peine plus haut que le camp de base. Les secours venus du ciel devaient donc souvent redescendre à pied depuis des altitudes encore plus élevées. Au-dessus de sept mille six cents mètres, les morts étaient purement et simplement abandonnés là où ils échouaient, transformant les dernières pentes de l'Everest en un cimetière glacé, jonché de matériel abandonné, de bouteilles d'oxygène vides et de cadavres momifiés par le froid.

Le grondement des rotors changea.

— Ils viennent ici, annonça Josh en faisant signe à tout le monde de s'abriter sous les tentes pour libérer l'étendue qui servait d'aire d'atterrissage.

L'hélico noir descendit vers eux, ses pales soulevant un nuage de sable et de cailloux. Un emballage de Snickers gifla le nez de Lisa, les oriflammes dansèrent et les yaks apeurés se dispersèrent. Le silence des montagnes rendait ce vacarme assourdissant.

Le B-2 se posa avec une grâce surprenante pour sa taille. Des portes coulissèrent. Deux hommes apparurent. L'un portait une arme automatique à l'épaule et l'uniforme vert de l'armée royale népalaise. L'autre, plus grand et la tête rasée, était vêtu d'une robe rouge et d'un manteau noués à la taille. Un moine bouddhiste.

Ils approchèrent rapidement pour s'entretenir en népalais avec deux sherpas. L'échange fut bref et l'un des guides pointa son doigt.

Vers Lisa.

Le moine fondit aussitôt sur elle. À en juger par les rides au coin de ses yeux, il devait avoir la quarantaine. Sa peau était couleur café au lait et ses yeux marron caramel.

Le militaire avait une carnation plus foncée, des yeux très plissés et le regard braqué sur la poitrine de

Lisa. Elle avait laissé sa veste polaire ouverte et le haut de son soutien-gorge de sport semblait le fasciner.

Le moine bouddhiste, quant à lui, se montra beaucoup plus respectueux, allant même jusqu'à incliner la tête en guise de salut. Il prit la parole dans un anglais précis, teinté d'un accent britannique.

— Docteur Cummings, je vous prie d'excuser cette intrusion, mais c'est une urgence qui nous amène. La clinique du HRA m'a informé que vous étiez docteur en médecine.

Elle fronça les sourcils.

— C'est exact.

— Un monastère a été frappé par une mystérieuse affection qui a manifestement touché l'ensemble de ses occupants. Un messager, un homme d'un village voisin, a été dépêché. Il a réussi à atteindre l'hôpital de Khunde après trois jours de marche. Dès que nous avons été alertés, nous espérions conduire un des médecins du HRA au monastère, mais ils doivent déjà soigner les victimes d'une avalanche et sont débordés. Le Dr Sorenson nous a signalé votre présence au camp de base.

Lisa songea à la petite praticienne canadienne. Elles avaient partagé un thé au lait et un pack de Carlsberg un soir.

— En quoi puis-je vous être utile ?

— Accepteriez-vous de nous accompagner là-haut ? Malgré son isolement, le monastère est accessible en hélicoptère.

— Combien de temps... ? commença-t-elle avant de lancer un regard hésitant vers Josh qui les avait rejoints.

Le moine secoua la tête, visiblement chagriné d'avoir à leur demander un tel service.

— Il faut compter à peu près trois heures de trajet. J'ignore ce que nous trouverons en arrivant là-bas.

Nouveau mouvement de tête désolé.

— De toute manière, intervint Josh, nous sommes coincés ici pour la journée. Mais je préfère venir avec toi, ajouta-t-il en touchant le coude de sa sœur.

Cette suggestion agaça Lisa. Elle n'avait pas besoin qu'on veille sur elle. Mais elle n'ignorait pas non plus la situation politique du Népal, très tendue depuis 1996. Les rebelles maoïstes menaient une guérilla depuis les hauteurs pour tenter de renverser la monarchie. D'après la rumeur, ils mutilaient leurs prisonniers en leur tranchant les membres avec des faucilles. Même si un cessez-le-feu venait d'être décrété, cela n'empêchait personne de commettre des atrocités. Des deux côtés.

Elle jeta un coup d'œil sur l'arme automatique parfaitement graissée du soldat. Même si un religieux avait besoin d'une telle escorte, elle ferait peut-être bien de reconsidérer l'offre de son frère.

— Je… je n'ai qu'une trousse de premier secours et très peu de matériel, bredouilla-t-elle, hésitante. Je ne suis pas du tout équipée pour traiter une situation d'urgence médicale affectant un grand nombre de personnes.

Le moine hocha la tête et fit un geste en direction de l'hélicoptère dont les pales continuaient à tourner.

— Le Dr Sorenson nous a fourni tout ce dont nous pourrions avoir besoin dans un premier temps. Nous ne vous retiendrons pas plus d'une journée *a priori*. Le pilote dispose d'un téléphone satellite pour transmettre votre diagnostic. La crise est peut-être même déjà passée. Nous devrions être de retour dès cet après-midi.

Il ne semblait pas croire lui-même à ce qu'il affirmait. L'inquiétude teintait sa voix… et la peur sans doute.

Lisa prit une longue inspiration. Elle avait prêté serment. Et d'ailleurs, elle en avait assez de prendre des photos.

Le moine parvint certainement à déchiffrer son visage.

— Alors, vous venez ?

— Oui.

— Lisa..., commença Josh.

— Tout ira bien, lui assura-t-elle en lui serrant le bras à son tour. Et toi, tu risques de te retrouver avec une mutinerie sur les bras.

Josh lança un regard accablé vers Boston Bob.

— Alors, tiens bien la barre jusqu'à mon retour, conclut-elle.

Il se tourna de nouveau vers elle.

— Sois prudente là-haut.

— Je ne risque rien. L'armée royale népalaise m'accompagne.

Josh observa le soldat, toujours captivé par les rondeurs de sa sœur, et l'arme qu'il trimballait.

— C'est bien ce qui m'inquiète.

Ils s'étreignirent brièvement puis elle fila dans sa tente récupérer son sac à dos contenant son équipement médical ; quelques secondes plus tard, elle réapparut, se baissant pour passer sous les pales tournoyantes, et grimpa à l'arrière de l'hélicoptère.

Le soldat s'installa devant, au côté du pilote. Le moine, qui se présenta sous le nom d'Ang Gelu, la rejoignit derrière.

Elle enfila un casque antibruit qui se révéla inutile quand les rotors s'emballèrent dans un hurlement ascendant comparable à des ultrasons. L'engin chancela tandis que les hélices tentaient de brasser l'air raréfié. Il réussit finalement à quitter le sol rocailleux, et s'éleva rapidement.

Lisa eut un haut-le-cœur quand l'appareil vira brusquement pour s'engager dans une gorge voisine. Par la fenêtre, elle aperçut l'amas de tentes et les troupeaux de yaks. Elle distingua son frère. Il avait le bras levé en signe d'adieu, ou peut-être se protégeait-il du soleil ? À ses côtés, se tenait Taski Sherpa, aisément identifiable avec son chapeau de cow-boy.

Elle se rappela ce qu'il avait déclaré un peu plus tôt.

La mort chevauche les vents.

Du coin de l'œil, elle remarqua que le moine remuait les lèvres. Une prière silencieuse... En raison de leur mode de transport ? Ou bien dans l'angoisse de ce qui les attendait au monastère ?

Lisa se renfonça dans son siège, les mots du sherpa toujours en tête.

Mauvais jour, en effet.

9 : 13
ALTITUDE : 6 775 MÈTRES

Il se déplaçait facilement au fond de l'abîme, ses crampons d'acier crevant la neige et la glace. De chaque côté, se dressaient des falaises maculées de lichen brun. La gorge formait un long corridor.

Qui le conduisait vers son but.

Il portait une tenue de camouflage en duvet d'oie, blanche et noire. Sa tête était couverte d'un passe-montagne en laine polaire, son visage caché par des lunettes de ski. Son sac d'escalade pesait vingt et un kilos, y compris un pic à glace fixé d'un côté et une corde en polyester nouée de l'autre.

Il était aussi muni d'un fusil d'assaut Heckler & Koch, d'un chargeur de rechange et d'un autre sac contenant neuf grenades incendiaires.

Il n'avait pas besoin de bouteille d'oxygène. Il était habitué à l'altitude tout autant que n'importe quel sherpa, mais il ne parlait pas leur langue et un héritage différent brillait dans ses yeux, l'un d'un bleu glacial, l'autre totalement blanc. Cette particularité le distinguait aussi sûrement qu'un tatouage en plein milieu du visage. Même parmi les *Sonnenkönige*, les Chevaliers du Soleil.

Son écouteur émit un signal.

— Avez-vous atteint le monastère ?

Il se toucha la gorge.

— Dans quatorze minutes.

— Rien ne doit filtrer sur cet accident.

— Comptez sur moi.

Il gardait un ton calme, respirant par le nez bien qu'il perçoive la peur latente dans les ordres qu'on lui transmettait. Quelle faiblesse ! Voilà pourquoi il se rendait si rarement au *Granitschloss*, le château de Granit, préférant vivre en marge, comme c'était son droit.

Nul ne l'obligeait à venir.

Ils ne lui demandaient ses services que si ces derniers étaient nécessaires.

L'écouteur grésilla.

— Ils ne vont pas tarder à atteindre le monastère.

Il ne se donna pas la peine de répondre. Il entendait le grondement de rotors au loin. Un rapide calcul mental le rassura. Inutile de se presser. La montagne enseigne la patience.

Il entama sa descente vers les bâtiments de pierre aux toits de tuiles rouges. Le monastère de Temp Och était perché au bord d'une falaise, qu'un seul sentier venant d'en bas desservait. Moines et disciples avaient rarement l'occasion de se soucier du monde extérieur.

Désormais, ils ne s'en soucieraient plus du tout.

L'accident s'était produit trois jours plus tôt.

Il était ici pour tout nettoyer.

Le vrombissement de l'hélicoptère se faisait plus distinct, montant depuis la gorge. Il ne modifia pas son allure. Rien ne pressait. Mieux valait laisser les intrus pénétrer dans le monastère.

Il les éliminerait plus facilement.

9 : 35

De l'hélicoptère, le monde en contrebas semblait s'être figé dans un négatif photographique. Une étude de contrastes. Neige et roches. Pics enveloppés de brume et défilés noyés d'ombres. Des éclats de lumière jaillissaient sur la glace des crêtes et des falaises.

Lisa cligna des paupières, luttant contre l'aveuglement. Qui pouvait vivre si loin de tout ? Dans un environnement aussi hostile ? Pourquoi certains hommes s'installaient-ils dans des endroits aussi inhospitaliers quand il existait des coins plus agréables ?

Sa propre mère lui posait souvent ces mêmes questions. Pourquoi de tels extrêmes ? Cinq années en mer sur un navire de recherche, puis une nouvelle année à s'entraîner pour s'acclimater aux rigueurs de l'alpinisme et se retrouver ici au Népal, prête à se lancer à l'assaut de l'Everest. Pourquoi de tels risques quand le confort d'une vie normale s'offrait à elle ?

La réponse de Lisa avait toujours été simple : *parce que j'aime ça*... Le légendaire George Mallory n'avait-il pas répondu la même chose quand on lui avait demandé pourquoi il avait escaladé l'Everest ? *Parce qu'il est là.* Bien sûr, cette célèbre réplique cachait la vérité : Mallory avait été exaspéré par l'insistance d'un journaliste. Lisa ne réagissait-elle pas comme lui aux inquiétudes de sa mère ? Que *fichait*-elle ici ? La vie lui donnait pourtant assez de défis à relever : gagner de quoi survivre, épargner pour la retraite, trouver quelqu'un à aimer, survivre aux pertes, élever des enfants.

Ces idées la troublaient, éveillant chez elle une vague anxiété. Parce que la scientifique comprenait très bien ce qu'elles impliquaient. *Est-ce que j'ai opté pour une existence marginale afin de me soustraire à la* vraie *vie ? Est-ce pour cela que j'enchaîne les conquêtes masculines ?*

Voilà où cela l'avait menée. Trente-trois ans, seule, sans autre projet que ses recherches, avec la science pour seul compagnon et un sac de couchage une place en guise de lit. Elle ferait peut-être mieux de se raser la tête et de demander l'asile dans un des monastères du coin.

L'hélicoptère frémit avant de virer brutalement.

Elle revint au présent.

Oh, merde !

Lisa retint son souffle tandis que l'appareil frôlait une falaise. Ses patins faillirent griffer une langue de glace tandis que l'engin plongeait dans une autre vallée.

Elle se força à dénouer ses doigts agrippés aux bras de son fauteuil. Soudain, un trois pièces, cuisine, salle de bains avec 2,1 enfants lui semblait bien plus attrayant.

À ses côtés, Ang Gelu se pencha entre le pilote et le soldat pour pointer du doigt quelque chose devant eux. Le rugissement des rotors couvrit ses paroles.

Lisa colla sa joue sur la vitre pour regarder dehors. Le Plexiglas glacé lui mordit la peau tandis qu'elle découvrait les premières taches de couleur depuis longtemps. Des toits aux tuiles rouges. Huit édifices perchés sur un plateau s'étirant en haut d'une falaise à pic, encerclée par des sommets culminant à plus de six mille mètres.

Le monastère de Temp Och.

L'hélicoptère s'inclina vers les bâtiments. Lisa repéra un champ de pommes de terre d'un côté, des enclos et des granges de l'autre. Aucun signe de vie. Personne ne sortait pour assister à leur bruyante arrivée.

Plus inquiétant encore, les chèvres et les moutons bleus *bharal* rassemblés dans les enclos ne bougeaient pas. Ils étaient étendus sur le sol, pattes et cous tordus.

Ang Gelu vit la scène lui aussi et se laissa retomber dans son siège. Leurs regards se croisèrent. Que s'était-il passé ? À l'avant, le pilote et le soldat semblaient en désaccord. Apparemment, le premier refusait de poser l'appareil. Le soldat le convainquit en plaçant sa main sur la crosse de son arme. L'autre grimaça et rajusta son masque à oxygène sur son nez et sa bouche. Non parce qu'il manquait d'air, mais par peur de la contagion.

Il n'en obéit pas moins aux ordres du militaire, dirigeant l'engin vers le sol. Visiblement, il cherchait à se poser le plus loin possible des enclos, leur préférant les champs de pommes de terre.

Ceux-ci se succédaient en terrasses bordées par de petites haies de plantes vertes. La culture de la pomme de terre en haute altitude avait été introduite par les Britanniques au début du XIXe siècle et était devenue un des principaux moyens de subsistance. Les patins de l'hélico heurtèrent assez rudement le sol, écrasant quelques rangées de labour. Autour d'eux, la poussière voletait dans le tourbillon provoqué par les pales.

Et toujours personne pour venir les accueillir. Lisa pensa au bétail mort. Y avait-il encore quelqu'un à sauver dans ce monastère ? Qu'était-il arrivé ? Une affection qui aurait touché indifféremment hommes et bêtes ?

— Vous devriez peut-être rester ici, lui lança Ang Gelu en débouclant sa ceinture. Laissez-nous d'abord inspecter le monastère.

Lisa ramassa sa trousse.

— Je n'ai pas peur des malades. Et je serai peut-être la seule à connaître la réponse à certaines questions.

Ang Gelu acquiesça, échangea rapidement quelques mots avec le soldat avant d'ouvrir le sas arrière. Il sauta à terre puis se retourna pour offrir sa main à Lisa.

Des vents glacés se ruèrent à l'intérieur de la cabine, auxquels s'ajoutait le souffle des rotors. Remontant la capuche de sa parka, Lisa eut l'impression que le froid avait chassé le peu d'oxygène encore présent à cette altitude. Ou peut-être ce sentiment venait-il de sa peur. La scientifique était loin de se sentir aussi courageuse qu'elle l'aurait voulu.

Elle accepta la main du moine. Même à travers ses mitaines en laine, elle perçut sa chaleur et sa force. Il ne se souciait même pas de couvrir sa tête rasée, semblant insensible à la température glaciale.

Le soldat fut le dernier à sortir. Le pilote resta à l'intérieur. On l'avait contraint à obéir et à atterrir, mais personne ne lui ferait quitter l'abri de son engin.

Ang Gelu referma le sas et le trio traversa le champ de pommes de terre en direction des bâtiments.

Vus du sol, les pavillons coiffés de tuiles rouges paraissaient plus grands. La structure centrale, haute de trois étages, était surmontée d'un toit de pagode. Tous les bâtiments étaient décorés. Des fresques encadraient portes et fenêtres ; des feuilles d'or ornaient les linteaux tandis que des dragons de pierre et des oiseaux mythiques ricanaient et chantaient aux quatre coins des toits. Des portiques reliaient les différents édifices, formant de petites cours et des espaces privés. Un peu partout, des moulins à prières en bois, gravés de caractères anciens, étaient montées sur de petits mâts. Des oriflammes de prières multicolores claquaient au vent.

Malgré ce décor de conte de fées, évoquant une sorte de Shangri-La ultime, Lisa se surprit à ralentir le pas. Rien ne bougeait. La plupart des volets étaient fermés. Le silence pesait. Lourd.

Et puis, il y avait l'odeur. Même si elle s'était surtout consacrée à la recherche, Lisa avait déjà une certaine expérience de la mort, acquise lors de son internat de médecine. Elle reconnaissait ces relents de décomposition. Le bétail pouvait en être la source mais le manque de réaction des habitants à leur présence était mauvais signe.

Lisa trottina pour revenir à la hauteur du soldat et d'Ang Gelu qui marchaient en tête. Ils passèrent entre deux édifices et s'acheminèrent vers le pavillon central.

Dans la cour principale, des outils agricoles jonchaient le sol, comme si on les avait abandonnés précipitamment. Un chariot gisait, renversé. Le yak qui l'avait tiré était mort, étalé sur le flanc, le ventre gonflé et distendu. Deux gros yeux laiteux les fixaient. Une langue enflée jaillissait entre des lèvres noires.

Lisa remarqua l'absence de mouches ou d'autres parasites. Trouvait-on des insectes à cette altitude ?

Elle n'en était pas certaine. Ensuite, elle scruta le ciel. Pas d'oiseaux. Aucun bruit sinon celui, incessant, du vent.

— Par ici, indiqua Ang Gelu.

Le moine se dirigeait vers les deux grandes portes du temple. Il poussa un des battants qui grinça en s'ouvrant.

Au-delà du seuil, ils découvrirent le premier signe de vie. De chaque côté de l'entrée, des douzaines de mèches brûlaient dans de grandes lampes en forme de tonneaux, des lampes au beurre de yak. L'odeur fétide était encore plus puissante à l'intérieur. Très mauvais signe.

Même le soldat hésitait désormais à franchir le seuil, glissant son fusil-mitrailleur d'une épaule à l'autre, comme pour se rassurer. Le moine, lui, entra. Il lança un appel. Seul un écho lui répondit.

Lisa suivit Ang Gelu. Le soldat resta sous le porche.

Quelques autres lampes éclairaient la salle. De part et d'autre, de grands moulins à prières étaient alignés le long des murs, tandis que des chandelles au genièvre et des bâtons d'encens se consumaient près d'une statue de Bouddha en teck, haute de deux mètres cinquante. D'autres dieux du panthéon trônaient derrière lui.

Comme les yeux de Lisa s'habituaient à la pénombre, elle aperçut de nombreuses fresques et des mandalas en bois sculpté, dépeignant des scènes qui, dans la lueur incertaine, semblaient démoniaques. Elle leva les yeux. Des balcons encerclaient la salle sur deux niveaux, supportant des lampes suspendues, toutes éteintes et froides.

Ang Gelu appela de nouveau.

Au-dessus de leurs têtes, quelque chose craqua.

Le bruit les pétrifia tous. Le soldat qui s'était enfin décidé à les rejoindre braqua le rayon d'une torche électrique vers le plafond. Ils ne virent que des ombres mouvantes.

Un autre craquement retentit. Quelqu'un se déplaçait au dernier étage. Ce signe de vie donna la chair de poule à Lisa.

— Il y a une petite pièce de méditation tout en haut du temple, déclara Ang Gelu. L'escalier se trouve derrière. Je vais voir. Restez ici.

Lisa aurait préféré obéir. Mais elle sentait le poids de son sac médical et, avec lui, celui de sa responsabilité. Ce n'était pas une arme qui avait massacré le bétail. De cela, au moins, elle était certaine. S'il restait un survivant, une personne capable de raconter ce qui s'était passé ici, il fallait que la jeune femme recueille son témoignage.

— Je viens avec vous.

Ang Gelu la considéra un instant avant d'opiner du chef.

Il passa derrière la statue de Bouddha pour traverser une sorte de couloir voûté, puis franchit un rideau de velours brodé d'or. Un petit corridor apparut, s'enfonçant dans les entrailles du bâtiment. Des fenêtres aux volets fermés laissaient filtrer des rais de lumière. On distinguait un mur blanchi à la chaux. La tache et la traînée écarlates qui maculaient l'un d'entre eux n'exigeaient pas d'examen approfondi.

C'était du sang.

Une paire de jambes gisait en travers d'une porte s'ouvrant sur le vestibule… dans une mare sombre. Ang Gelu fit signe à Lisa de retourner vers le temple. Elle secoua la tête et le dépassa. Elle ne comptait pas sauver celui qui gisait là. Il était sûrement déjà mort. Lentement la scientifique s'approcha du corps.

Quand elle prit conscience de la scène, elle recula.

Des jambes. C'était tout ce qui restait du malheureux. Rien que deux membres tranchés à mi-cuisse. Elle regarda au-delà, dans la pièce… dans l'abattoir, plutôt. Bras et jambes étaient empilés au centre comme des bûches.

Et puis, il y avait les têtes coupées, bien alignées contre un des murs, fixant le tas au centre, les yeux écarquillés d'horreur.

Ang Gelu se tenait à ses côtés. Il se raidit devant ce spectacle et marmonna quelques mots de prière, ou de malédiction, Lisa n'aurait su le dire.

En réaction, quelque chose bougea dans la pièce. Et surgit derrière la pile de membres. Une silhouette nue, tête rasée, trempée de sang comme un nouveau-né. Un des moines du temple.

Un râle guttural lui échappa. La maigre lueur du couloir accrocha son regard fou.

Il tituba vers eux, traînant une faucille de près d'un mètre de long sur les planches derrière lui. Lisa recula de plusieurs pas. Ang Gelu parlait déjà, avec douceur, les mains levées et apaisantes, tentant de calmer la créature ravagée.

— Relu Na, disait-il. Relu Na.

Lisa comprit qu'il s'agissait d'un nom. Ang Gelu avait reconnu le moine. Le simple fait de le nommer humanisait le dément et rendait cette boucherie encore plus abominable.

Avec un hurlement strident, le bonze fou se jeta sur son frère. Ang Gelu évita la faucille sans difficulté. La coordination des mouvements du malheureux s'était détériorée avec son esprit. Ang Gelu l'attrapa, le serrant tel un ours pour le clouer contre un des montants de la porte.

Lisa réagit aussitôt. Posant son sac à terre, elle ouvrit une des poches et en sortit une boîte en métal.

À l'intérieur étaient rangées plusieurs seringues, parfaitement alignées et remplies de diverses drogues d'urgence : morphine pour la douleur, adrénaline pour l'anaphylaxie, Lasix pour les œdèmes pulmonaires. Elles étaient toutes étiquetées et la scientifique avait mémorisé leur emplacement. Dans pareille situation d'urgence, chaque seconde comptait. Elle s'empara de la dernière seringue.

Midazolam. Un sédatif injectable. Crises de démence et hallucinations n'étaient pas rares à ces altitudes, exigeant parfois des mesures drastiques.

La jeune femme enleva le capuchon de la seringue avec les dents et se précipita.

Ang Gelu retenait toujours le moine, mais celui-ci se débattait comme un forcené. La lèvre d'Ang Gelu était éclatée. Son cou couvert de traces de griffures.

— Tenez-le !

Il faisait de son mieux, lui bloquant bras et jambes… Mais, à ce moment-là, sentant peut-être Lisa approcher derrière lui, le dément mordit son assaillant jusqu'à l'os.

Ang Gelu hurla.

Pourtant il ne desserra pas son étreinte.

Lisa se rua sur le malade et planta l'aiguille dans son cou. Elle écrasa le piston.

— Lâchez-le !

Ang Gelu repoussa son adversaire. Ils reculèrent précipitamment.

— Le sédatif fera son effet en moins d'une minute.

Une intraveineuse aurait agi plus vite, mais l'état du patient la rendait impraticable. Il devrait se contenter d'une intramusculaire.

Le moine nu gémit, se tâtant le cou. Il se tourna de nouveau vers eux, se baissant pour ramasser sa faucille. Il se redressa.

Lisa tira Ang Gelu en arrière.

— Attendez, il va…

Paf !

Le coup de feu fut assourdissant dans l'espace confiné. La tête du moine éclata dans une explosion de sang et d'os. Son corps tressauta sous l'impact avant de s'effondrer.

Abasourdis, Lisa et Ang Gelu se tournèrent vers le tireur.

Le soldat népalais tenait toujours son fusil à l'épaule. Il l'abaissa lentement. Ang Gelu se mit à le réprimander dans sa langue natale, hésitant visiblement à lui confisquer son arme.

Lisa s'agenouilla près du corps et chercha un pouls. En vain. Elle examina le cadavre, dans l'espoir de trouver un indice quelconque. Il lui aurait fallu un laboratoire disposant d'équipements scientifiques modernes pour déterminer les causes de sa démence. D'après le récit du messager envoyé par les moines, le mal qui sévissait ici avait affecté plusieurs d'entre eux. Lisa commençait à craindre le pire : et s'ils avaient en fait tous été touchés, à des degrés divers ?

Mais par quoi ? Avaient-ils été exposés à un métal lourd présent dans l'eau ou les aliments, à une fuite souterraine de gaz nocif ou alors à une moisissure toxique dans du grain trop vieux ? S'agissait-il d'un virus, comme Ebola ? Ou même d'une dégénérescence de la maladie de la vache folle ? Elle fouilla dans sa mémoire : les yaks présentaient-ils certaines prédispositions à cette maladie ? Puis elle repensa à la carcasse dans la cour et dut se rendre à l'évidence : elle n'avait pas de réponse à toutes ces questions.

Ang Gelu la rejoignit. Sa joue était déchiquetée et ensanglantée, mais il semblait indifférent à la blessure. Toute sa douleur paraissait réservée au cadavre qui gisait à leurs pieds.

— Il s'appelait Relu Na Havarshi.

— Vous le connaissiez.

— C'était le cousin du mari de ma sœur. Il venait d'un petit village dans le Raise. Il est tombé sous la coupe des rebelles maoïstes, mais leur sauvagerie toujours croissante ne correspondait pas à sa nature. Il s'est enfui. Pour les rebelles, cela équivaut à une trahison punie de mort. Nous l'avons caché dans ce monastère… où ses anciens camarades n'auraient jamais songé à le chercher. La sérénité de cet endroit devait lui permettre de guérir… du moins je l'espérais. Maintenant, il lui faudra trouver son propre chemin vers la paix.

— Je suis désolée.

Au-dessus de leurs têtes, un nouveau craquement retentit.

Tous levèrent les yeux.

Lisa avait oublié ce qui les avait amenés dans le monastère. Ang Gelu désigna un escalier étroit et abrupt, à côté du rideau cachant le temple. Elle ne l'avait pas vu. À vrai dire, il s'agissait plus d'une échelle que d'un escalier.

— J'y vais, annonça Ang Gelu.

— Il vaut mieux rester groupés, répliqua-t-elle en préparant une nouvelle seringue de sédatif. Mais demandez à notre ami de ne pas tirer sur tout ce qui bouge.

Le soldat estima qu'il lui revenait de monter en premier. Ce qu'il fit, scrutant son entourage immédiat avant de les autoriser à le rejoindre d'un geste de la main. Lisa grimpa à l'échelle et découvrit une salle vide. Plusieurs coussins minces étaient empilés dans un coin. Cette pièce sentait la résine et l'encens.

Le soldat braquait son arme sur une porte à l'autre bout de la pièce. Une lumière vacillante filtrait sous le battant. Soudain, une ombre traversa la barre lumineuse.

Il y avait quelqu'un là derrière.

Ang Gelu s'avança et frappa à la porte.

Le craquement cessa aussitôt.

Le moine lança un appel. Lisa ne comprit pas ses paroles, à la différence de l'occupant des lieux. On souleva un loquet. Le battant s'entrouvrit. À peine.

Ang Gelu posa sa paume sur le bois.

— Soyez prudent, murmura Lisa, serrant la seringue dans sa main, la seule arme dont elle disposait.

À ses côtés, le soldat en faisait autant avec son fusil.

Ang Gelu repoussa complètement la porte. La pièce était à peine plus grande qu'un placard. Une paillasse souillée s'étalait dans un coin. Une petite table supportait une lampe à huile. L'air était chargé de relents d'urine et de selles qui montaient d'un pot de chambre sans couvercle placé au pied du lit. La personne qui se trouvait là ne s'était pas aventurée à l'extérieur depuis plusieurs jours.

Un vieil homme debout face au mur leur tournait le dos. Il portait la même robe rouge que Ang Gelu, mais la sienne était déchirée et maculée. Il en avait noué les plis inférieurs autour de ses cuisses, exposant ses jambes maigres et nues. Il travaillait à un projet, écrivant sur la cloison. Peignant plutôt.

Avec son propre sang.

La démence, encore.

Il tenait une petite dague. De profondes coupures sillonnaient ses jambes, la source de son encre. Il n'avait pas interrompu sa tâche, malgré l'intervention d'Ang Gelu.

— Lama Khemsar, dit celui-ci.

Lisa entra derrière lui, seringue à la main. Quand Ang Gelu se retourna vers elle, elle hocha la tête, et fit signe au soldat de rester en arrière. Elle voulait éviter de répéter le drame qui s'était joué au rez-de-chaussée.

Lama Khemsar pivota enfin vers eux. Son visage était flasque, ses yeux vitreux et légèrement laiteux, mais la lueur de la chandelle s'y reflétait avec éclat, trop d'éclat.

— Ang Gelu, marmonna le vieux moine, contemplant avec hébétude les centaines de lignes d'inscriptions sur les quatre murs.

Un doigt ensanglanté se leva, prêt à reprendre son travail.

Ang Gelu s'avança vers lui, visiblement soulagé. L'homme, le maître du monastère, n'était pas encore totalement aliéné. Il pourrait peut-être leur apporter des réponses. Ang Gelu s'adressa à lui dans leur langue maternelle.

Lama Khemsar hocha la tête, refusant cependant d'abandonner son ouvrage sanglant. Lisa examina les murs tandis qu'Ang Gelu poursuivait son monologue. Bien qu'elle ne connaisse pas cette écriture, la jeune femme ne tarda pas à comprendre qu'il s'agissait du même groupe de symboles indéfiniment répétés.

Devinant l'importance de leur signification, elle sortit son appareil photo de son sac. Elle visa le mur depuis sa hanche, utilisant le petit écran numérique. Mais elle oublia de retirer le flash.

L'éclair illumina la pièce.

Le vieil homme poussa un cri. Il fit volte-face, dague à la main. Surpris, Ang Gelu trébucha. Mais ce n'était pas lui qui était visé. Lama Khemsar proféra quelques mots déformés par une peur irrationnelle avant de se trancher la gorge. Une ligne écarlate traversa son cou avant de se transformer en geyser. La lame sectionna la trachée. Des bulles roses gargouillèrent tandis que le moine rendait son dernier soupir.

Ang Gelu se jeta en avant pour rattraper Lama Khemsar avant qu'il ne s'effondre et l'étendit sur le sol. Du sang macula sa robe et ses bras.

Lisa se précipita à leurs côtés. Ang Gelu tentait de comprimer la blessure mais ses efforts ne le sauveraient pas.

— Il faut l'allonger, lâcha Lisa. Je peux peut-être tenter une trachéotomie…

Ang Gelu secoua la tête : il savait que c'était sans espoir. Il tenait simplement à serrer le vieux Lama contre lui. Son camarade avait déjà cessé de respirer.

— Je suis désolée, murmura Lisa. Je…

Elle montra les murs autour d'eux.

— J'ai pensé que ces signes devaient être importants.

Ang Gelu secoua la tête.

— Ils ne veulent rien dire. Les délires d'un fou.

Pour se donner une contenance, ou cacher son sentiment de culpabilité, Lisa s'empara de son stéthoscope qu'elle glissa sous la robe du moine. Elle écouta en vain. Pas de cœur. Mais elle sentit une boursouflure étrange sous ses doigts. Une sorte de cicatrice marquant le corps du défunt. Délicatement, elle découvrit le torse du mort.

Ang Gelu baissa les yeux et retint sa respiration.

Les murs ne constituaient apparemment pas le seul support sur lequel Lama Khemsar avait décidé de travailler. Un symbole avait été gravé sur sa poitrine, ciselé par la même dague, probablement de la même main. À la différence des étranges dessins muraux, Lisa identifia facilement cette croix stylisée.

Un svastika.

Ce fut alors que la première explosion ébranla le temple.

9 : 55

Il se réveilla, paniqué.

Le coup de tonnerre l'arracha aux ténèbres fiévreuses. Pas le tonnerre. Une explosion. Du plâtre tomba du plafond. Il s'assit, désorienté, essayant de se resituer dans le temps et dans l'espace. La chambre tournoyait légèrement autour de lui. Il tâtonna, rejetant une couverture souillée. Il gisait sur une étrange paillasse, ne portant rien d'autre qu'un caleçon. Il leva un bras et réalisa qu'il tremblait. La bouche pâteuse, ses yeux le faisaient souffrir malgré les volets qui assombrissaient la pièce. Un immense frisson le parcourut.

Il n'avait pas la moindre idée de l'endroit où il se trouvait.

Dégageant ses jambes de la paillasse, il tenta de se lever. Mauvaise idée. Le monde replongea dans le noir. Il s'écroula et aurait sombré de nouveau dans l'inconscience sans la rafale de coups de feu. Une arme automatique. Proche. Les détonations cessèrent.

Il refit une tentative, plus déterminé cette fois. La mémoire lui revint tandis qu'il chancelait vers l'unique porte. Il s'écroula contre le battant, se maintenant debout à la force des bras puis tourna le loquet.

Verrouillé.

9 : 57

— C'était l'hélicoptère, lança Ang Gelu.

Lisa se tenait de l'autre côté de la haute fenêtre. Quelques secondes auparavant, quand les derniers échos de l'explosion s'étaient tus, ils avaient ouvert les volets. Le soldat, croyant avoir aperçu quelque chose dans la cour, s'était mis à tirer.

Personne n'avait répliqué.

— Ou le pilote, suggéra Lisa. Il y a peut-être eu un problème avec le moteur et il aura cherché à décoller.

Le soldat gardait son poste à la fenêtre, la crosse appuyée sur l'encadrement, un œil dans son viseur, fouillant la cour.

Ang Gelu montra la colonne de fumée s'élevant du champ de pommes de terre, à l'endroit exact où l'hélicoptère s'était posé.

— Je ne crois pas que cela soit dû à un incident mécanique.

— Qu'allons-nous faire ? demanda Lisa.

Un autre moine fou avait-il fait sauter l'appareil ? Dans ce cas, combien d'autres déments rôdaient encore dans le monastère ? Elle repensa au malheureux à la faucille, au lama qui s'était mutilé et tranché la gorge... Que diable s'était-il passé ici ?

— Il faut partir, annonça Ang Gelu.

— Pour aller où ?

— Il y a des villages et quelques fermes à moins d'un jour de marche.

— Et les autres moines ? Certains ne sont peut-être pas aussi gravement atteints. Ne devrions-nous pas tenter de les aider ?

— Mon premier souci est votre sécurité, Dr Cummings. Le second, de prévenir les autorités.

— Imaginons que le virus ayant frappé ici soit contagieux. Nous pourrions le répandre.

Le moine toucha sa joue blessée.

— L'hélicoptère détruit, nous ne disposons d'aucun moyen de communication. Si nous restons, et si nous sommes contaminés, nous mourrons nous aussi... et le monde extérieur ne saura rien de ce qui s'est déroulé ici.

Il avait raison.

— Nous réduirons nos contacts avec les autres au minimum tant que nous n'en saurons pas davantage sur cette maladie, poursuivit-il. Nous appellerons à l'aide, tout en restant à bonne distance.

— Pas de contact physique, marmonna-t-elle.

Il acquiesça.

— Il faut prévenir le monde extérieur, répéta-t-il. Nous devons courir ce risque.

Lisa contempla la colonne de fumée noire qui montait dans le ciel bleu. Il n'y avait aucun moyen de savoir combien de personnes au juste avaient été touchées ici. Mais si cette explosion avait été provoquée par l'une d'entre elles… Oui, il valait mieux fuir, et vite.

— Partons ! lança-t-elle.

Ang Gelu parla au soldat qui acquiesça et quitta son poste de guet, l'arme au poing.

Lisa jeta un dernier coup d'œil inquiet à la pièce et au moine mort, réfléchissant aux risques de contagion. Avaient-ils été contaminés ? Tout en empruntant l'échelle, elle tenta de s'ausculter mentalement. Sa bouche était sèche, les muscles de sa mâchoire très tendus et son pouls battait plutôt vite. Mais ces symptômes avaient été déclenchés par sa peur, non ? Elle se toucha le front. Moite, mais pas fiévreux. Elle respira profondément. C'était ridicule. Ils n'étaient arrivés ici qu'une demi-heure plus tôt environ. Aucun agent infectieux ne se déclarait après une période d'incubation aussi courte.

Ils traversèrent le temple principal avec son Bouddha en teck et ses dieux assistants. La lumière du jour semblait aveuglante dans l'encadrement de la porte.

Le soldat népalais examina la cour pendant une bonne minute avant de décider qu'il n'y avait rien à craindre. Il leur fit signe de le suivre.

Lui obéissant, Lisa scruta les moindres recoins à la recherche de mouvements brusques. Le calme paraissait revenu.

Mais ne dura pas très longtemps…

Une seconde déflagration s'éleva du bâtiment situé juste en face d'eux. Le souffle projeta la jeune femme à terre. Elle baissa la tête, roulant sur elle-même avant de relever les yeux.

Des gerbes de flammes et des bouts de tuiles s'envolaient vers le ciel. Des boules de feu jaillissaient de fenêtres aux volets explosés et de la porte qui s'était volatilisée. La chaleur l'enveloppa comme si un four venait de s'ouvrir.

Le soldat, quelques pas devant eux, gisait sur le dos. Il tenait encore son arme, qu'il avait visiblement rattrapée de justesse par la lanière, et tentait de se protéger tant bien que mal tandis qu'une pluie de débris enflammés lui tombait dessus.

Déjà relevé, Ang Gelu offrit sa main à Lisa.

Et signa ainsi sa perte.

Un coup de feu retentit, très sec au milieu du fracas des tuiles s'écrasant par terre et du rugissement des flammes. La partie supérieure de la tête du moine éclata dans un geyser de sang.

Mais, cette fois, ce n'était pas leur garde du corps qui avait tiré.

Celui-ci se cramponnait toujours à la lanière de son fusil tout en fuyant l'averse de feu. Il semblait ne pas avoir entendu la détonation, mais ses yeux s'écarquillèrent quand il vit Ang Gelu s'écrouler. Répondant à un pur réflexe, il se jeta à couvert, dans l'ombre d'un pavillon voisin. Paniqué, il hurla en direction de Lisa des mots incompréhensibles.

Elle rampa à reculons vers le temple. Une autre détonation résonna. Le sol rocheux de la cour éclata. Tout près de son gros orteil. Elle plongea dans l'entrée, roulant dans la pénombre.

Enfin à l'abri, à côté de la porte, elle regarda le soldat se faufiler le long d'un mur, veillant à rester à couvert derrière la paroi.

Les yeux écarquillés, Lisa ne respirait plus. Frénétiquement, elle fouillait les toits, les fenêtres. Qui avait tué Ang Gelu ?

C'est alors qu'elle la vit.

L'ombre qui courait dans la fumée vomie par le bâtiment incendié. Elle surprit le reflet des flammes sur du métal. Une arme. Le tueur changeait de position.

Lisa sortit de sa cachette, se risquant devant l'ouverture, tout en priant pour que la pénombre masque son déplacement. Elle appela le soldat. Le dos collé au mur, il revenait vers elle, vers le temple principal. Il continuait à surveiller les toits. Il n'avait pas repéré le tireur.

Elle poussa un nouveau cri.

— Courez !

La scientifique ne parlait pas sa langue, mais le soldat avait dû déceler sa peur. Leurs regards se croisèrent. Elle lui fit signe de venir la rejoindre. Avant d'essayer de lui expliquer dans quelle direction le sniper était parti. Mais où était-il allé ? Était-il déjà prêt à tirer ?

— Vite ! s'écria-t-elle.

Le soldat s'avança d'un pas vers elle. Un éclair fusa derrière son épaule et Lisa comprit son erreur : le tueur ne cherchait pas à atteindre un nouveau poste de tir. Des flammes dansèrent à l'intérieur du pavillon voisin. Une autre bombe.

Oh, Seigneur !

L'explosion rattrapa le soldat au moment où il se mettait à courir. La porte derrière lui fut pulvérisée en un millier d'échardes qui le transpercèrent en même temps que le souffle le soulevait de terre. Il atterrit brutalement sur la tête.

Et ne bougea plus, même quand ses vêtements s'enflammèrent.

Lisa recula dans les profondeurs du temple principal, sans quitter le seuil du regard. Elle battit en retraite vers le petit couloir. Elle n'avait aucun plan. En fait, elle contrôlait à peine ses propres pensées.

Elle n'était sûre que d'une chose. Celui qui avait assassiné Ang Gelu et leur garde du corps n'était pas un moine atteint de démence. Ses actes étaient trop calculés, leur exécution trop bien planifiée.

Et elle se retrouvait seule désormais.

Elle jeta un œil dans le couloir, aperçut le corps ensanglanté de Relu Na. Il n'y avait personne. La jeune femme pouvait au moins récupérer sa faucille… se munir d'une arme, même dérisoire…

Elle pénétra dans le corridor.

Soudain, une forme se matérialisa derrière elle. Un bras nu se noua autour de sa gorge. Une voix rauque aboya tout près de son oreille.

— Ne bougez pas !

Lisa avait toujours été du genre à cogner d'abord et à obéir ensuite. Alors elle expédia son coude dans le flanc de son agresseur.

Un ouf ! assez agréable à entendre retentit, et le bras qui la retenait retomba. L'homme tituba en arrière, s'emmêlant dans l'épais rideau de velours et l'arrachant sous son poids. Puis il s'effondra.

Lisa pivota sur elle-même.

Il ne portait qu'un pagne. Sa peau était très bronzée mais labourée ici et là d'anciennes cicatrices. De longs cheveux noirs, très raides, masquaient à moitié son visage. Sa taille, sa musculature et ses larges épaules, le faisaient davantage ressembler à un guerrier peau-rouge qu'à un moine tibétain.

Et peut-être aussi à cause du pagne.

Avec un gémissement, il leva vers elle ses yeux très bleus.

— Qui êtes-vous ? demanda-t-elle, se rappelant enfin qu'il lui avait parlé en anglais.

— Painter, répondit-il. Painter Crowe.

2

La Bible de Darwin

16 MAI, 06 : 05
COPENHAGUE, DANEMARK

Que peut bien fabriquer un chat dans une librairie ?

En quittant son hôtel, le Nyhavn, le commandant Grayson Pierce mâcha une nouvelle pastille de Claritin. La veille, ses recherches au sein de la communauté bibliophile de Copenhague l'avaient conduit dans une demi-douzaine d'officines poussiéreuses. Toutes ces librairies, sans la moindre exception, semblaient colonisées par des hordes de félins qui se prélassaient sur les comptoirs, rôdaient au sommet d'étagères branlantes surchargées de reliures moisies. Et Pierce était allergique aux chats.

Ce qui expliquait ses reniflements perpétuels. À moins qu'il ne couve un rhume. Le printemps à Copenhague était aussi humide et froid que l'hiver en Nouvelle-Angleterre et il n'avait pas apporté de vêtements chauds.

Il portait un pull acheté dans une boutique très chère, voisine de son hôtel. Un col roulé en pure laine mérinos. Non traitée. Qui le grattait. Mais combattait le froid matinal avec efficacité. Même si l'aube était levée depuis déjà une heure, le soleil timidement suspendu dans le ciel gris ardoise ne suffirait pas à réchauffer la ville.

L'hôtel était situé au bord d'un des nombreux canaux de Copenhague. Sur chaque rive se dressait une rangée de maisons peintes dans des tons gais – un mélange de magasins, de petits immeubles de bureaux et de résidences privées – un peu comme à Amsterdam. Les quais, eux, étaient occupés par toutes sortes d'embarcations disparates : péniches basses sur l'eau, bateaux d'excursions voyants, vieux voiliers en bois, yachts d'un blanc aveuglant. Gray passa devant un engin comparable à une pièce montée flottante. Des touristes armés d'appareils photo flânaient déjà en mitraillant la ville.

Pierce traversa le pont et longea le canal sur quelques dizaines de mètres avant de s'accouder à la rambarde au bord de l'eau. Il fut presque surpris de découvrir son reflet sur la surface lisse. C'était le visage de son père qui le contemplait : les cheveux noirs tombant sur des yeux bleus, la profonde fossette au menton, les traits taillés à la serpe trahissant une ascendance galloise. Il était bien le fils de son père. Une évidence qui le tracassait beaucoup trop ces derniers temps et l'empêchait parfois de trouver le sommeil.

Un couple de cygnes noirs glissa devant lui, troublant son reflet en le faisant danser. Ils se laissaient porter par le courant, leur long cou oscillant, le regard attentif et nonchalant à la fois.

Gray imita leur exemple. Se redressant, il fit mine de prendre en photo l'alignement de bateaux tout en observant le pont qu'il venait de traverser, guettant le moindre badaud, le moindre visage familier, le moindre mouvement qui aurait pu lui paraître suspect. C'était un des avantages de résider ainsi près du canal. Ces ponts permettaient de repérer facilement une filature. Quiconque voudrait le suivre était obligé de les emprunter et de s'avancer à découvert. Gray surveilla une bonne minute celui qu'il avait pris, mémorisant les visages et les démarches avant de repartir, satisfait.

Sur une mission aussi mineure que celle-ci, cette habitude relevait davantage de la paranoïa que de la nécessité. Mais le petit dragon en argent qui pendait à son cou lui rappelait constamment l'importance de la vigilance. Le bijou lui avait été offert par un agent ennemi qui avait bien failli l'abattre. Il ne le quittait plus. Ce souvenir lui servait de pense-bête.

Une vibration familière ébranla sa poche. Il sortit son portable. Qui l'appelait si tôt ?

— Pierce.

— Gray. C'est bon de t'entendre.

La voix douce le réchauffa aussitôt. Un sourire adoucit ses traits.

— Rachel... ?

Il ralentit le pas, brusquement inquiet.

— Il y a un problème ?

Cette mission sur l'autre rive de l'Atlantique lui avait fourni un bon prétexte pour revoir Rachel Verona. On aurait dû la confier à un agent subalterne, mais il avait saisi l'occasion de se rapprocher de son lieutenant des *carabinieri* préféré. Ils s'étaient rencontrés l'année précédente à Rome lors d'une affaire délicate. Depuis, ils avaient inventé toutes sortes d'excuses pour se revoir. Mais c'était difficile. Son métier obligeait Rachel à rester en Europe, tandis que Gray, de son côté, abandonnait rarement son poste à Washington. Leur dernière entrevue remontait à huit longues semaines.

Huit trop longues semaines.

Gray songea à leur dernier rendez-vous dans une villa de Venise. La silhouette de Rachel devant la porte ouverte du balcon, sa peau luisant dans le soleil couchant. Ils avaient passé toute la soirée au lit. Les souvenirs affluèrent : le goût de cannelle et de chocolat de ses lèvres, le parfum de ses cheveux mouillés, la chaleur de son souffle contre son cou, les doux gémissements, le rythme de leurs corps emmêlés, les caresses…

Il espéra qu'elle n'avait pas oublié de mettre son body noir dans ses valises.

— Mon vol a été retardé, dit Rachel, le ramenant à la réalité.

— Quoi ?

— J'ai été transférée sur un vol KLM. Heure d'arrivée prévue : vingt-deux heures.

Vingt-deux heures. Il fronça les sourcils. Il lui faudrait annuler leur réservation au St. Gertruds Kloster, un restaurant niché à l'intérieur d'un ancien monastère médiéval. Gray avait dû s'y prendre une bonne semaine à l'avance pour obtenir une table.

— Je suis désolée, s'excusa Rachel.

— Non… non, pas de problème. Du moment qu'on se voit. C'est tout ce qui compte.

— Je sais. Tu me manques.

— Oui, toi aussi.

Gray regretta aussitôt sa réponse. Il avait tellement à lui dire, mais les mots refusaient de venir. Pourquoi était-ce toujours ainsi ? Chaque fois qu'ils se retrouvaient, leur première journée était marquée par une timidité maladroite. On aurait facilement pu imaginer qu'ils se jetteraient dans les bras l'un de l'autre, pourtant leurs retrouvailles ne se déroulaient jamais ainsi. Durant les premières heures, ils se comportaient toujours comme des étrangers qui s'étaient connus autrefois. Bien sûr, ils s'étreignaient, s'embrassaient, échangeaient des banalités. Mais ils mettaient un certain temps avant de réinstaurer une véritable intimité, des heures et des heures s'écoulaient avant que leurs vies séparées par un océan ne se rejoignent. Il leur fallait s'apprivoiser avant de retrouver ce rythme, ce tempo qui les menait à la passion.

Et, chaque fois, Gray craignait qu'ils n'y arrivent pas.

— Comment va ton père ? s'enquit Rachel, entamant les premiers pas de danse.

Il apprécia la diversion, à défaut du sujet de discussion. Enfin, il avait au moins de bonnes nouvelles à lui apprendre.

— À vrai dire, beaucoup mieux. Son état s'est pratiquement stabilisé. Il a juste quelques crises de confusion. Ma mère est convaincue que cette amélioration est due au curry.

— Comme dans « riz au curry ? »

— Exactement. Elle a lu un article sur les vertus antioxydantes et anti-inflammatoires du curcuma, ce pigment jaune qu'on trouve dans le curry. Il paraît que cette épice diminue ou retarde la formation des plaques amyloïdes.

— Ça semble prometteur.

— Du coup, elle fout du curry partout. Même dans les œufs brouillés au petit déjeuner. On se croirait dans un restaurant indien à la maison.

Le doux rire de Rachel illumina la lugubre matinée.

— Au moins, elle fait la cuisine.

Le sourire de Gray s'élargit. Sa mère, professeur titulaire de biologie à la George Washington University, n'avait jamais été réputée pour ses talents ménagers. Elle avait été trop occupée à mener sa carrière devenue indispensable après un accident de travail qui avait handicapé le père de Gray vingt ans auparavant. La famille affrontait désormais un nouveau problème : les premiers stades de la maladie d'Alzheimer dont il était atteint. Quelques mois plus tôt, la mère de Gray avait demandé un congé sans solde à l'université pour veiller sur son mari. Elle envisageait néanmoins de reprendre son poste à présent. Gray avait donc bien choisi son moment pour faire cette petite escapade de l'autre côté de l'océan.

Avant qu'il puisse répondre, il reçut le signal d'un double appel. Il consulta rapidement l'écran d'affichage. *Merde !*

— Rachel, le quartier général cherche à me joindre. Je dois raccrocher. Je suis navré.

— Bon, je te laisse alors.

— Attends, Rachel. Ton numéro de vol.

— KLM 403.

— À ce soir.

— Oui, à ce soir.

Il changea de correspondant.

— Pierce, s'annonça-t-il.

— Commandant Pierce.

Il reconnut sur-le-champ l'accent un peu pincé de Logan Gregory, commandant en second de Sigma Force, bras droit du directeur Painter Crowe. Fidèle à son habitude, Logan ne tourna pas autour du pot.

— Il nous faut de nouvelles informations susceptibles d'avoir un lien avec votre mission à Copenhague.

Interpol nous signale que la vente d'aujourd'hui éveille soudain un grand intérêt.

Gray avait traversé un autre pont. Il s'arrêta de nouveau. Dix jours plus tôt, une base de données de la National Security Agency avait signalé une série de ventes aux enchères au marché noir, mettant en circulation des documents historiques ayant appartenu à des scientifiques de l'ère victorienne. Quelqu'un rassemblait manuscrits, transcriptions, pièces légales, lettres et journaux de cette époque, des documents dont on avait du mal à connaître l'origine. Dans des circonstances normales, cette affaire n'aurait guère éveillé la curiosité de Sigma, qui se concentrait sur des questions de sécurité globale, mais la NSA avait établi un lien entre plusieurs de ces ventes et des factions d'organisations terroristes. Les sources financières de tels réseaux étaient toujours examinées à la loupe.

Cependant, cette histoire n'avait toujours aucun sens. Même si ce genre de documents historiques faisaient l'objet d'une spéculation de plus en plus lucrative, les terroristes s'y intéressaient rarement. Cela dit, les temps ne cessaient de changer.

Quoi qu'il en soit, Sigma avait été chargée d'enquêter. La mission de Gray consistait à glaner le plus de renseignements possible concernant la vente – sur invitation uniquement – qui se tiendrait l'après-midi même, à acquérir certains articles dont beaucoup étaient mis sur le marché par des collectionneurs locaux. Voilà pourquoi il avait passé ces deux derniers jours à visiter des librairies et des échoppes d'antiquaires cachés au fond d'arrière-cours. Les éléments les plus intéressants se trouvaient dans une boutique sur Højbro Plads, tenue par un ancien avocat de Georgie. Grâce à l'aide de son compatriote, Gray se sentait préparé. Ce matin, il avait prévu de repérer les lieux où se déroulerait la vente et d'installer quelques caméras miniaturisées devant chaque issue du bâtiment. Durant les enchères, le commandant devrait essentiellement observer les acteurs, et, si possible, les prendre en photo. Une mission effectivement mineure, mais qui lui permettrait d'enrichir les bases de données sur les réseaux terroristes.

— Qu'est-ce qui a provoqué cet intérêt subit ?

— Un nouvel objet qui vient d'être ajouté à la liste de la vente. Et qui a aussitôt attiré l'attention de plusieurs « clients » sous notre surveillance. Une vieille bible. Mise aux enchères par un propriétaire privé.

— Et qu'a-t-elle de si excitant ?

— Selon la description qui en a été faite, elle aurait appartenu à Darwin.

— *Charles* Darwin ? Le père de l'évolution ?

— En personne.

Gray donna une pichenette sur le parapet de pierre. Un autre savant de l'époque victorienne. Tout en réfléchissant, il observait le pont voisin.

Son attention fut attirée par une jeune fille en sweat-shirt bleu foncé à la capuche remontée. Dix-sept, dix-huit ans, tout au plus. Une jolie peau couleur caramel. Indienne ? Pakistanaise ? Ses longs cheveux noirs débordaient de sa capuche, serrés dans une natte épaisse. Sur l'épaule gauche, elle portait un sac à dos vert et troué, comme tant d'étudiantes ou de lycéennes.

Sauf que Gray l'avait déjà vue… traversant le premier pont. Leurs regards se croisèrent à cinquante mètres de distance. Elle se détourna trop rapidement. Pas douée.

Cette nana le filait.

Logan continuait :

— Je vous envoie l'adresse du vendeur. Vous devriez avoir le temps de l'interroger avant la vente.

Gray jeta un coup d'œil à l'information qui était apparue sur l'écran, indiquée sur un plan de la ville de Copenhague. À huit pâtés de maisons de là, juste derrière le Strøget, la principale place piétonne au cœur de la ville. Pas très loin.

Mais d'abord…

Du coin de l'œil, il continuait à surveiller les reflets du pont sur les eaux calmes du canal. Dans le miroir mouvant, il vit la fille hausser les épaules et remonter son sac, dans un effort dérisoire pour dissimuler ses traits.

Savait-elle qu'il l'avait repérée ?

— Commandant Pierce ? demanda Logan.

Elle avait atteint l'extrémité du pont et avançait tout droit, s'évanouissant dans une ruelle. Il attendit de voir si elle réapparaissait.

— Commandant Pierce, avez-vous reçu l'adresse ?

— Oui. J'irai faire un tour.

— Parfait.

Logan raccrocha.

Depuis la rambarde au-dessus du canal, Gray scrutait l'environnement autour de lui, guettant le retour de la fille ou l'apparition d'un éventuel complice. Il regrettait d'avoir laissé son Glock dans le coffre de l'hôtel. Mais la salle des ventes avait envoyé son règlement à tous les participants. Avant d'accéder aux enchères, tout le monde serait fouillé à l'entrée puis passerait sous un détecteur de métal. Il ne portait qu'un couteau en carbone logé dans son fourreau à l'intérieur de ses boots. Pas vraiment un arsenal.

Il patienta encore un peu.

Le nombre de piétons augmentait, à mesure que la ville se réveillait. Derrière lui, un poissonnier au teint cadavérique rechargeait ses étals en glace avant d'y présenter son poisson frais : sole, morue, anguille des sables et l'éternel hareng.

L'odeur finit par le faire fuir. Il repartit, très attentif à tout ce qui se passait derrière lui.

Peut-être se montrait-il un peu trop paranoïaque, mais dans sa profession, ce genre de névrose était plutôt saine. Il tripota son pendentif en continuant à s'enfoncer dans la ville.

Au bout d'un moment, il se sentit assez en sécurité pour sortir un carnet de notes. Sur la première page, une petite liste récapitulait les objets particulièrement intéressants qui seraient mis en vente.

1. La copie d'un article de 1865 signé de Gregor Mendel sur la génétique.
2. Deux livres de physique de Max Planck : *Thermodynamik* paru en 1897 et *Theorie de Wärmestrahlung*, en 1906, tous deux dédicacés par l'auteur.
3. Le journal de 1901 du botaniste Hugo de Vries sur la mutation des plantes.

Gray ajouta un nouvel élément sur la page.

4. La Bible personnelle de Charles Darwin.

En refermant son calepin, il se reposa la question qui n'arrêtait pas de le tracasser depuis qu'il avait pris l'avion : *Quel est le lien ?*

Peut-être valait-il mieux confier la résolution de cette énigme à d'autres employés de Sigma. Il pourrait demander à Logan de transmettre les informations qu'il avait réunies à ses collègues Monk Kokkalis et Kathryn Bryant. Leur association faisait des merveilles : ils décelaient des détails, repéraient des réseaux comme personne. Mais, encore une fois, il n'y avait peut-être aucun réseau à l'œuvre dans ce cas précis. Il était encore trop tôt pour le dire. Gray devrait fouiner encore, trouver de nouveaux indices, en particulier sur ce dernier objet.

En attendant, il laisserait les deux tourtereaux roucouler en paix.

21 : 32
WASHINGTON, D.C.

— C'est vrai ?

Monk posa sa paume sur le ventre nu de la femme qu'il aimait. Il s'agenouilla près du lit, encore vêtu de son pantalon Nike orange et noir. Son tee-shirt, trempé après son jogging du soir, gisait sur le plancher, là où il l'avait jeté. Ses sourcils, les seuls attributs pileux de sa tête rasée, tentaient de se rejoindre. Il était plein d'espoir.

— Oui, confirma Kat.

Elle repoussa gentiment sa main pour rouler hors du lit.

Le sourire de Monk s'élargit. C'était plus fort que lui.

— Tu es sûre ?

Kat se dirigea vers la salle de bains, uniquement vêtue d'une culotte blanche et d'un tee-shirt Georgia Tech beaucoup trop grand. Ses longs cheveux auburn caressaient ses épaules.

— J'ai cinq jours de retard, répliqua-t-elle, morose. Et j'ai fait un test hier.

Monk se leva.

— Hier ? Pourquoi ne m'en as-tu pas parlé ?

Elle disparut dans la salle de bains, fermant la porte à moitié.

— Kat ?

Il entendit l'eau couler dans la douche. Il contourna le lit, désireux d'en savoir plus. Elle avait lâché sa bombe lorsqu'il l'avait trouvée recroquevillée dans le lit en rentrant de son jogging. Elle avait pleuré. Il lui avait fallu insister pour découvrir la raison de ses larmes.

Monk frappa à la porte. Plus fort qu'il ne l'aurait voulu. Il décrocha un regard noir à sa main coupable. La prothèse était un petit chef-d'œuvre, équipée des derniers gadgets du DARPA. Il l'avait reçue après avoir perdu sa main pendant une mission. Mais le plastique et le métal ne remplaçaient pas la chair. Alors qu'il avait simplement souhaité gratter à la porte, sa prothèse avait failli la défoncer.

— Kat, réponds-moi.

— Je prends juste une petite douche.

Monk sentit la tension dans sa voix. Il se risqua à jeter un coup d'œil dans la salle de bains. Même s'ils sortaient ensemble depuis plus d'un an maintenant et qu'il possédait son propre tiroir ici dans l'appartement de Kat, il y avait des limites à ce qu'il s'autorisait.

Elle était assise sur le couvercle fermé des toilettes.

— Kathryn…

Elle leva les yeux, visiblement surprise par cette intrusion.

— Monk !

Elle se pencha vers la porte pour la refermer.

Il la bloqua du pied.

— T'es même pas dans la douche.

— J'attends que l'eau se réchauffe.

En entrant, Monk remarqua le miroir couvert de buée. La pièce sentait le jasmin. Une odeur qui éveillait des tas de sensations chez lui. Il s'agenouilla de nouveau devant elle.

Kat recula.

Il posa ses mains, l'une en chair, l'autre synthétique, sur ses genoux.

Elle refusait de croiser son regard, la tête obstinément baissée.

Il lui écarta les jambes, se glissa entre elles, descendit ses mains sur ses cuisses puis sur ses fesses et l'attira contre lui.

— Je dois…, commença-t-elle.

— Tu dois venir ici.

Il la souleva pour l'amener sur lui. Elle le chevauchait à présent, la bouche à un souffle de la sienne.

Elle leva enfin les yeux.

— Je… je suis désolée.

— De quoi ? dit-il en s'approchant encore.

Leurs lèvres se frôlèrent.

— J'aurais dû être plus prudente.

— Tu m'as entendu me plaindre ?

— J'ai commis une erreur…

— Jamais.

Il l'embrassa très fort, non par colère mais pour la rassurer.

— N'emploie jamais ce mot pour parler de ça.

Elle fondit en lui, ses bras se nouant autour de son cou. Sa chevelure sentait le jasmin.

— Qu'allons-nous faire ?

Il roula sur le côté pour la déposer délicatement sur le tapis de bains avant de se positionner entre ses cuisses.

— Oh ! lâcha-t-elle.

07 : 55
COPENHAGUE, DANEMARK

Gray s'installa à la terrasse d'un café situé juste en face de la petite boutique d'antiquités. Il examina le bâtiment de l'autre côté de la rue.

La vitrine comportait l'inscription suivante : SJAELDEN BØGER. LIVRES RARES. La librairie occupait tout le rez-de-chaussée d'une maison à un étage coiffée d'un toit de tuiles rouges. La bâtisse semblait identique à ses voisines. Et comme beaucoup d'autres dans cette partie de la ville, elle tombait en ruine : des planches condamnaient les fenêtres de l'étage. Pour l'heure, un rideau de fer était baissé devant la façade.

Fermée.

En attendant l'ouverture, Gray étudia le bâtiment d'un œil plus critique, en sirotant son cacao danois, un breuvage si épais qu'on aurait cru une tablette de chocolat tout juste ramollie. Malgré les outrages du temps, la maison gardait un charme très Vieille Europe : le grenier était orné d'œils-de-bœuf, de lourdes poutres apparentes s'enchevêtraient sur les murs et le toit fortement incliné menaçait toujours de laisser glisser un gros bloc de neige. Gray repéra même d'anciennes cicatrices sous les fenêtres, aux endroits où on avait jadis accroché des pots de fleurs.

Il songea aux façons de rendre à la demeure son ancienne gloire, la redessinant, la réorganisant, un exercice mental où l'esthétique s'opposait au sens pratique.

Il sentait presque la sciure.

Cette dernière pensée lui enleva soudain tout son plaisir. D'autres souvenirs s'imposèrent à son esprit, spontanés et indésirables : l'atelier de son père dans le garage où il travaillait avec lui après l'école. Une simple réparation tournait le plus souvent en dispute, en échange de paroles trop dures pour être retirées. Cette guerre permanente avait fini par convaincre Gray d'abandonner le lycée pour s'engager dans l'armée. Les hostilités n'avaient cessé que très récemment, père et fils ayant trouvé de nouveaux moyens de communiquer, d'accepter leurs différences.

Une remarque de sa mère continuait pourtant de hanter Gray. Selon elle, le père et le fils se ressemblaient bien plus qu'ils ne le croyaient tous les deux. Pourquoi cette phrase le troublait-elle autant ? Il secoua la tête, refusant de s'en préoccuper.

De retour à la réalité, il consulta sa montre, pressé de reprendre le cours de sa journée. Il avait déjà procédé au repérage de la salle des ventes et posé deux caméras pour couvrir les deux issues. Il ne lui restait plus qu'à interroger le propriétaire de cette boutique à propos de la Bible et à prendre quelques clichés des clients impliqués… et sa mission serait terminée, laissant la place à un long week-end avec Rachel.

Penser à elle défit le nœud qui s'était formé entre ses omoplates.

Finalement, de l'autre côté de la rue, une cloche tinta. La porte de la boutique s'ouvrit et le rideau commença à se lever.

Gray se redressa sur sa chaise, étonné de découvrir qui le manœuvrait. Cheveux nattés noirs, teint café au lait, grands yeux en amande. C'était la jeune fille qui l'avait suivie le matin même. Il reconnut son sweat à capuche et son sac à dos vert.

Pierce sortit une poignée de billets qu'il laissa sur la table.

Il traversa la petite rue tandis que la fille finissait d'ouvrir la boutique. Elle lui jeta un coup d'œil, sans témoigner la moindre surprise.

— Laisse-moi deviner, commença-t-elle dans un anglais impeccable, en le toisant de la tête aux pieds. Américain.

Il fronça les sourcils devant tant de familiarité. Cela dit, elle avait vu juste alors qu'il n'avait pas encore prononcé le moindre mot. Gray afficha sa curiosité, sans lui montrer qu'il avait repéré sa filature.

— Comment avez-vous deviné ?

— Votre façon de marcher. Le cul en arrière. Un signe infaillible.

— Vraiment ?

Il remarqua les pin's sur son sweat : un drapeau Greenpeace, un symbole celtique en argent, un ânkh égyptien doré et tout un assortiment de boutons avec des slogans en danois dont l'un, en anglais, clamait GO LEMMINGS GO. Elle portait aussi un bracelet en caoutchouc avec le mot ESPOIR.

Elle lui fit signe de s'écarter tout en le bousculant pour lui signifier qu'il ne bougeait pas assez vite à son goût.

— La boutique n'ouvre que dans une heure. Désolée, mon vieux.

Gray resta sous le porche, observant alternativement la porte de la librairie et la fille. Elle se dirigeait vers le café. Il la regarda passer devant la table qu'il venait de quitter, y ramasser un des billets qu'il avait laissés et entrer à l'intérieur. Gray attendit. À travers la vitrine, il la vit commander deux grands cafés qu'elle paya avec l'argent récupéré dehors.

Elle revint, un grand gobelet dans chaque main.

— Encore là ? demanda-t-elle.

— Je n'ai nulle part où aller pour le moment.

— C'est triste.

La fille désigna la porte du menton puis leva les deux mains.

— Alors ?

— Ah !

Gray lui ouvrit la porte.

Elle pénétra dans la boutique.

— Bertal ! gueula-t-elle avant de se tourner vers lui. Ben quoi, vous entrez, oui ou non ?

— Vous venez de dire…

— Des conneries, fit-elle en levant les yeux au ciel. Bon, on arrête le cinéma. Comme si vous ne m'aviez pas repérée tout à l'heure.

Gray se raidit. Ce n'était donc pas une coïncidence. Elle l'avait bien suivi.

— Bertal ! Ramène-toi et plus vite que ça !

Un peu perdu, Gray entra à son tour. Mais resta près de la porte, au cas où…

La librairie était en fait une sorte de long couloir. Des deux côtés, des étagères croulant sous les livres grimpaient du sol au plafond. Un peu plus loin, deux armoires en verre flanquaient un présentoir vitré, visiblement verrouillé. À l'intérieur s'entassaient des ouvrages reliés et des parchemins enfermés dans des espèces de tubes blancs.

Gray poursuivit son inspection.

Des grains de poussière flottaient dans la lumière du matin. L'endroit sentait le moisi et le vieux papier.

Pourtant, en dépit de la décrépitude de la maison, la boutique brillait de propreté, depuis les appliques murales en verre jusqu'aux échelles posées contre les étagères. Il y avait même une paire de fauteuils très accueillants devant la vitrine.

Et, par-dessus tout…

Gray retint son souffle.

Pas de chat.

La raison de cette absence ne tarda pas à apparaître.

Un gros machin poilu et hirsute. Un saint-bernard. Un vieil animal aux yeux bruns et tristes qui vint péniblement vers eux. Il boitait sur sa patte antérieure gauche terminée par un moignon.

— Ah, enfin ! s'exclama la fille en s'agenouillant pour verser le contenu d'un des gobelets dans un bol en céramique qui traînait par terre. Cet ivrogne galeux n'est bon à rien avant son premier *latte* du matin.

Ses paroles étaient teintées d'une affection évidente.

Le saint-bernard atteignit enfin son écuelle qu'il lapa avec enthousiasme.

— Je ne suis pas sûr que le café soit très recommandé pour un chien, se risqua Gray.

La fille se redressa, balayant sa natte par-dessus son épaule.

— Ne vous inquiétez pas, c'est du déca.

Elle s'enfonça dans la boutique.

— Qu'est-il arrivé à sa patte ? s'enquit Gray en la suivant, gratifiant au passage l'animal d'une petite tape qui lui valut un mouvement de queue appréciateur.

— Gelure. Ça fait longtemps que *Bedste* l'a recueilli.

— *Bedste* ?

— Ma grand-mère. Elle vous attendait.

Une voix s'éleva du fond de la boutique.

— *Er det Røberen,* Fiona ?

— *Ja, Bedste* ! L'acheteur américain. En anglais, s'il te plaît.

— *Så lad ham komme ind på kontoret.*

— *Bedste* va vous recevoir dans son bureau.

La fille, Fiona, le conduisit. Le chien, son petit déjeuner terminé, emboîta le pas à Gray.

Ils passèrent devant un petit comptoir avec une caisse enregistreuse reliée à un ordinateur Sony et à une imprimante. La modernité avait quand même réussi à s'insinuer ici.

— Et nous avons même notre propre site Internet, déclara Fiona en remarquant son intérêt.

Ils contournèrent le buffet pour pénétrer dans l'arrière-boutique.

La pièce ressemblait plus à un salon qu'à un bureau, avec son canapé, sa table basse et ses deux chaises. Même la table de travail poussée dans un coin semblait uniquement servir de support au plateau et à la théière. Des placards de rangement remplis de dossiers occupaient néanmoins la moitié d'un pan de mur. Au-dessus, une fenêtre munie de barreaux laissait entrer l'agréable lumière du matin, éclairant l'unique occupante des lieux.

Elle se leva en tendant la main.

— Dr Sawyer, dit-elle, usant du nom d'emprunt de Gray Pierce pour cette mission. Je suis Grete Neal.

Sa poignée était ferme. Malgré sa maigreur et sa pâleur, on sentait qu'elle bénéficiait de la même santé vigoureuse que la plupart de ses compatriotes. Elle invita Pierce à s'asseoir sur une des chaises. Ses manières étaient aussi simples que ses vêtements : blue-jean, chemisier turquoise et tennis noires. Ses longs cheveux argentés étaient soigneusement peignés, comme pour souligner son sérieux, mais ses yeux brillaient d'amusement.

— Vous avez rencontré ma petite-fille.

Grete Neal parlait bien l'anglais, mais avec un accent danois évident. Contrairement à sa petite-fille.

Gray dévisagea alternativement la vieille femme si pâle et la jeune fille à la peau si sombre. Elles ne se ressemblaient pas le moins du monde toutes les deux. Gray se garda pourtant bien de le signaler. Il avait des mystères plus importants à élucider.

— Oui, nous nous sommes rencontrés, rétorqua-t-il. En fait, j'ai rencontré votre petite-fille à deux reprises aujourd'hui.

— Ah, la curiosité de Fiona finira par lui jouer un sale tour, déclara Grete avec une sévérité adoucie par un sourire. Vous a-t-elle rendu votre portefeuille ?

Gray fronça les sourcils. Il tâta sa poche arrière. Vide.

Fiona fouilla dans son sac et en sortit son porte-monnaie en cuir.

Gray le lui arracha aussitôt des mains. Il se rappela l'avoir heurtée quand elle était sortie de la boutique pour aller prendre les cafés. Elle n'avait donc pas cherché à se montrer grossière. Ou pas seulement.

— Je vous en prie, ne lui en voulez pas, reprit Grete. C'est sa façon de dire bonjour.

— J'ai aussi vérifié son identité, intervint Fiona en haussant les épaules.

— Alors, rends donc son passeport à ce jeune homme, Fiona.

Gray palpa son autre poche. Vide elle aussi. Pour l'amour de Dieu !

Fiona lui tendit le petit carnet bleu orné de l'aigle américain.

— C'est tout ? demanda Gray en examinant toutes ses autres poches.

Fiona haussa de nouveau les épaules.

— Encore une fois, je vous prie d'excuser l'exubérance de ma petite-fille. Elle a tendance à être trop protectrice.

Gray les dévisagea l'une après l'autre.

— Auriez-vous la bonté de m'expliquer ce qui se passe ?

— Vous êtes ici à cause de la *Darwin Bibbel*, dit Grete.

— La Bible, traduisit Fiona.

— Je représente un acheteur susceptible d'être intéressé, corrigea Gray.

— Oui, nous le savons. Et vous avez passé toute votre journée d'hier à interroger les gens sur des objets qui seront mis aux enchères à la vente Ergenschein ?

Surpris, Gray haussa les sourcils.

— Nous autres, bibliophiles, formons une toute petite communauté ici, à Copenhague. Les nouvelles circulent vite parmi nous.

Gray soupira. Lui qui croyait avoir été discret…

— À vrai dire, reprit Grete, c'est à cause de vous que j'ai décidé d'ajouter la Bible de Darwin à cette vente. Cet intérêt croissant pour les scientifiques de l'ère victorienne excite beaucoup notre modeste milieu.

— C'est le bon moment de la vendre, ajouta Fiona avec un peu trop d'insistance. On doit déjà un mois de loyer…

Sa grand-mère l'interrompit d'un geste de la main.

— Une décision difficile. La Bible a été achetée par mon père en 1949. Il la chérissait. On y trouve les noms des membres de la famille de Darwin écrits à la main, et cela sur dix générations avant l'illustre Charles. Mais la Bible comporte également un intérêt historique. Elle a accompagné le grand homme lors de son voyage autour du monde à bord du *Beagle*. J'ignore si vous le savez, mais Charles Darwin avait autrefois envisagé d'entrer au séminaire. Cette Bible témoigne du sentiment religieux qui subsistait chez le scientifique.

Gray acquiesça. À l'évidence, la vieille tentait de l'intriguer. Espérait-elle l'amener à participer aux enchères ? Afin d'en obtenir un meilleur prix ? Si c'était le cas, il pourrait en tirer avantage.

— Et la raison pour laquelle Fiona me suivait ? s'enquit-il.

Une expression de lassitude marqua les traits de Grete.

— Encore une fois, je vous présente mes excuses pour cette intrusion. Comme je l'ai déjà dit, les souvenirs de l'époque victorienne intéressent de plus en plus de gens depuis quelque temps et nous formons un petit milieu. Nous savons tous que certaines transactions se sont déroulées… comment dire… de façon frauduleuse.

— J'ai moi aussi entendu certaines rumeurs.

— Des acheteurs n'ont pas payé les prix convenus ou bien ont réglé par des moyens illicites, des chèques en bois, par exemple. Fiona ne cherchait qu'à protéger mes intérêts. Il lui arrive d'aller un peu trop loin, recourant à des talents qu'elle ferait mieux d'oublier.

Elle haussa un sourcil réprobateur à l'intention de la jeune fille.

— L'an dernier, un gentleman inconnu s'est présenté chez nous. Il a passé un mois entier à étudier mes archives, retraçant l'historique de certains objets en ma possession, poursuivit-elle en montrant les placards à dossiers. Il a rétribué ce privilège avec une carte de crédit volée. J'ajoute qu'il a témoigné un intérêt tout particulier à la Bible de Darwin.

— Conclusion, intervint Fiona, on n'est jamais trop prudent.

— Connaissez-vous l'identité de ce gentleman ? demanda Gray.

— Non, mais je le reconnaîtrais si je le voyais. Un personnage étrange, très pâle.

Fiona intervint à nouveau.

— On a demandé une enquête à la banque mais ils ont perdu sa trace au Nigeria ou en Afrique du Sud. Ils ne savent pas trop. Cet enfoiré s'est bien planqué.

— Surveille ton langage, jeune fille, la gronda Grete.

— Pourquoi mener une enquête aussi poussée pour une dette si dérisoire ? demanda Gray.

Fiona s'absorba de nouveau dans la contemplation du parquet.

Grete la fixait.

— Il a le droit de savoir.

Fiona fit « non » de la tête.

— *Bedste*…

— Savoir quoi ?

Fiona le toisa puis détourna le regard.

— Il va le dire aux autres et nous n'en tirerons que la moitié de son prix.

Gray leva la main.

— Je sais me montrer discret.

Grete le dévisagea.

— Mais pouvons-nous vous faire confiance… voilà ce que je me demande, Dr Sawyer.

Pierce se sentit examiné par les deux femmes. Leurs yeux insistants le mirent mal à l'aise.

Enfin, Grete reprit la parole.

— Peu après la disparition de ce curieux gentleman, nous avons été cambriolées. Rien n'a été dérobé mais le présentoir dans lequel est normalement exposée la Bible de Darwin avait été forcé et ouvert. Heureusement pour nous, nous rangeons toujours cet ouvrage ainsi que nos autres objets de valeur dans un coffre la nuit. De plus, la police a réagi très vite après le déclenchement de l'alarme, faisant fuir les intrus. L'affaire n'a pas été résolue. Nous savions pourtant qui nous devions tenir pour responsable.

— Ce fumier..., marmonna Fiona.

— Depuis cette nuit-là, la Bible est enfermée dans un coffre à la banque du coin de la rue. Nous n'en avons pas moins été vandalisées à deux reprises cette année. Le coupable a réussi à couper l'alarme et, chaque fois, la boutique a été mise à sac.

— Quelqu'un voulait cette Bible, en déduisit Gray.

— C'est ce que nous avons supposé.

Gray commençait à comprendre. Elles ne vendaient pas ce livre uniquement pour l'argent. Elles voulaient aussi se débarrasser du fardeau. Quelqu'un tenait à cet ouvrage et ce quelqu'un était bien capable de recourir à des moyens beaucoup plus violents pour l'obtenir. Cette menace risquait de peser tout autant sur le nouvel acheteur.

Gray étudia Fiona du coin de l'œil. Elle n'avait donc cherché qu'à protéger sa grand-mère. Il remarqua son regard furibond : à l'évidence, elle aurait préféré que Grete taise cette affaire.

— La Bible sera peut-être plus en sécurité dans une collection privée en Amérique, continua celle-ci. Ces personnes indélicates ne traverseront sans doute pas l'Atlantique.

Gray hocha la tête, conscient qu'elle commençait à justifier son prix de vente.

— Avez-vous découvert d'où venait cette obsession de l'étranger pour cet ouvrage ?

Ce fut au tour de Grete de contempler le plancher avec un intérêt soudain.

— Une telle information pourrait accroître la valeur de la Bible aux yeux de mon client, insista Gray.

Grete releva la tête vers lui. Elle avait deviné qu'il mentait. La vieille l'étudia de nouveau, cherchant sans doute la raison de ce mensonge.

À cet instant, Bertal pénétra en claudiquant dans le bureau, flaira avec espoir les gâteaux secs sur la table avant de rejoindre Gray et de s'effondrer à ses pieds en soufflant lourdement. Ensuite, il posa son museau sur la chaussure de Gray. Il ne semblait pas du tout perturbé par la présence de cet étranger dans leur boutique.

Comme si l'attitude de son chien constituait un gage de confiance suffisant, Grete soupira à son tour et ferma les yeux. Son expression s'adoucit.

— Je ne suis sûre de rien. Je n'ai que des suppositions.

— Je m'en contenterai.

— Cet inconnu cherchait des renseignements concernant une bibliothèque qui a été vendue morceau par morceau après la guerre. En fait, quatre articles en ayant fait partie seront mis aux enchères cet après-midi. Le journal de De Vries, des copies d'articles de Mendel et deux textes du physicien Max Planck.

Les trois éléments qui figurent sur ma liste, se dit Gray. Les objets qui justifiaient cette mission. Qui les désirait autant et pourquoi ?

— Que pouvez-vous m'apprendre sur cette bibliothèque ?

Grete se leva pour se diriger vers ses placards à dossiers.

— J'ai le reçu original de l'achat fait par mon père en 1949. Y sont inscrits les noms d'un petit village et d'une propriété. Voyons si je le retrouve.

Elle traversa un rayon de lumière sous la fenêtre et ouvrit un tiroir.

— Je ne puis vous confier l'original mais Fiona va vous en faire une photocopie.

Tandis que la vieille dame fouillait dans ses archives, Bertal leva le nez, laissant échapper un filet de bave sur la chaussure de Gray. Puis le chien gronda sourdement. Et non à l'encontre de Gray.

— Le voilà.

Grete se retourna, brandissant un bout de papier jauni protégé par un film plastique.

Gray ignora sa main tendue, contemplant ses orteils. Une ombre traversa la tache de lumière dans laquelle se tenait la vieille dame.

— Baissez-vous !

Il bondit de sa chaise pour se jeter sur la vieille dame.

Derrière lui, Bertal aboya furieusement, masquant presque le bruit de verre brisé.

Gray n'avait pas réagi assez vite. Il se contenta de rattraper le corps de Grete Neal au moment où son visage disparaissait dans un jaillissement de sang et d'os. La balle avait pénétré par-derrière.

Le cadavre dans ses bras, Gray retomba près du canapé.

Fiona poussa un hurlement.

Deux pop ! distincts retentirent, avant que du verre n'éclate de nouveau. Deux cylindres en métal noir glissèrent sur le bureau, rebondirent sur le mur du fond avant de rouler à terre.

Gray se rua en avant, saisissant Fiona sans ménagement pour se précipiter hors de la pièce.

Le chien boitait derrière eux.

Gray repoussa Fiona derrière une étagère de livres au moment où deux déflagrations ébranlaient le bureau, faisant exploser le mur dans une pluie de plâtre et d'échardes de bois.

L'étagère chancela, puis s'écrasa sur sa voisine et resta ainsi en équilibre précaire. Gray protégea Fiona de son mieux.

Au-dessus d'eux, les livres prenaient feu, déclenchant une averse de cendres et de flammes.

Gray aperçut le vieux chien. Ralenti par sa patte mutilée, il n'avait pas réussi à se mettre à l'abri. Le souffle l'avait projeté contre le mur opposé. Il ne bougeait plus. Sa fourrure fumait.

Pierce s'arrangea pour que Fiona ne le voie pas.

— Il faut sortir d'ici, s'exclama-t-il.

Il l'extirpa de leur refuge de fortune. La moitié supérieure de la boutique était ravagée par l'incendie. Au plafond, des extincteurs automatiques lâchaient de maigres jets. Trop maigres, trop tard. Le magasin contenait tant de matériaux combustibles.

— Par-devant ! cria-t-il.

Il s'élança en titubant.

Pas assez vite.

Devant eux, le rideau de sécurité tomba, scellant la porte d'entrée et la vitrine. À travers les mailles de la grille, Gray aperçut des ombres qui s'éloignaient. D'autres tueurs.

Il regarda derrière lui. Un mur de flammes se dressait à l'arrière de la boutique, avançant vers eux.

Ils étaient pris au piège.

11 : 57
WASHINGTON, D.C.

Monk somnolait, errant dans cet endroit merveilleux situé entre la béatitude et le sommeil. Kat et lui avaient quitté la salle de bains pour le lit où la passion s'était peu à peu muée en doux murmures et caresses plus douces encore. Les draps étaient toujours noués autour de leurs corps nus ; aucun des deux n'était encore prêt à se libérer de ces liens.

Les doigts de Monk suivaient paresseusement la courbe d'un sein de Kat. Elle lui frôlait le mollet du bout du pied.

Le bonheur.

Rien ne pouvait gâcher ce…

Un gazouillis strident éclata dans la chambre.

Il provenait du sol à côté du lit, là où Monk avait jeté son pantalon de jogging. Le biper était encore accroché à la ceinture. Il savait qu'il l'avait branché en mode vibreur en rentrant. Seul un certain type d'appel déclenchait la sonnerie.

Une urgence.

De l'autre côté du lit, sur la table de nuit, un second biper émit une plainte identique.

Celui de Kat.

Ils se redressèrent tous les deux, le regard inquiet.

— Le QG, souffla-t-elle.

Monk ramassa son pantalon, consulta son engin et confirma son soupçon.

Il décrocha le téléphone. Kay s'assit à ses côtés, tirant les draps pour couvrir ses seins nus, comme si la décence s'imposait avant d'appeler le quartier général. Il composa le numéro direct de Sigma Force. On décrocha aussitôt.

— Capitaine Bryant ? demanda Logan Gregory.

— Non, monsieur. C'est Monk Kokkalis. Mais Kat… le capitaine Bryant est avec moi.

— J'ai besoin de vous deux ici sur-le-champ.

Logan le mit rapidement au courant de la situation. Monk écouta avant de déclarer :

— On arrive.

Sourcils froncés, Kat chercha son regard.

— Qu'est-ce qui se passe ?

— Un problème.

— Avec Gray ?

— Non. Lui, ça va. À l'heure qu'il est, il doit s'éclater avec Rachel.

— Qui, alors ?

— Le directeur Crowe. Un incident est survenu au Népal. Pour le moment, on ne sait pas grand-chose. Une sorte de peste.

— Le directeur Crowe réclame notre aide ?

— C'est ça, le problème. Son dernier rapport remonte à trois jours, mais, jusqu'ici, une tempête empêchait toute communication. Donc, personne ne s'inquiétait. Sauf que la tempête s'est calmée et qu'on n'a toujours pas réussi à le joindre. De surcroît, des rumeurs de peste, de morts suspectes et d'une sorte de soulèvement nous sont parvenues de là-haut. Peut-être une attaque des rebelles.

Kat semblait avoir perdu sa langue.

— Logan convoque tout le monde au QG, reprit Monk.

— Que peut-il bien se passer dans ces montagnes ? demanda Kat en descendant du lit.

— Rien de bon, ça c'est sûr.

09 : 22
COPENHAGUE, DANEMARK

— Y a-t-il un moyen de monter à l'étage ? demanda Gray.

Fiona fixait l'infranchissable rideau de fer, les yeux écarquillés. Elle était en état de choc.

— Fiona…

Gray se plaça face à elle et s'approcha, presque nez à nez pour envahir son champ de vision.

— Fiona, nous devons nous éloigner du feu.

La tempête incendiaire enflait rapidement, nourrie par les étagères de bois sec et le vieux papier. Les flammes léchaient le plafond désormais. La fumée tournoyait, épaisse et furieuse. Les becs anti-incendie continuaient à lâcher leurs jets dérisoires, ajoutant de la vapeur à ce brouillard toxique.

À chaque instant, la chaleur devenait de plus en plus suffocante, et quand Gray prit les mains de Fiona, celles-ci tremblaient. Comme tout son corps. Mais ce contact l'obligea à le regarder.

— Y a-t-il un moyen d'accéder là-haut, répéta-t-il ? Y a-t-il un autre étage ?

Fiona leva les yeux vers la fumée.

— Quelques pièces qu'on n'utilise plus. Un grenier…

— Parfait. Comment on monte ?

Elle secoua la tête, d'abord lentement, puis avec davantage de fermeté, prenant conscience du danger.

— Impossible. Le seul escalier…

Elle montra les flammes d'un geste vague.

— … se trouve derrière.

— À l'extérieur, c'est ça ?

Elle acquiesça. Des cendres incandescentes tourbillonnaient autour d'eux tandis que le mur de feu avançait toujours.

Gray réprima un juron. Il avait dû y avoir un escalier intérieur autrefois, avant que l'on ne sépare la boutique du premier étage. Mais plus maintenant. Il lui faudrait improviser.

— Vous avez une hache ? demanda-t-il.

Fiona fit « non » de la tête.

— Une pince-monseigneur ? Un outil quelconque ?

Cette fois, elle acquiesça.

— Près de la caisse.

— Restez ici.

Gray longea la cloison à sa gauche, encore épargnée par les flammes.

Fiona le suivit.

— Je vous avais ordonné de ne pas bouger.

— Je sais où est cette foutue barre, aboya-t-elle.

Gray décela sa terreur derrière la colère, un état préférable à son hébétude initiale. Et qui s'accordait bien avec la fureur qu'il éprouvait. Contre lui-même. Non seulement, il avait laissé cette gamine le suivre ce matin, mais il s'était fait bêtement prendre au piège par des assassins inconnus. Il avait été trop distrait par la venue de Rachel, trop négligent vis-à-vis de cette mission, et désormais il ne risquait plus simplement sa propre vie.

Fiona, les yeux rougis, le dépassa en toussant à cause de la fumée.

— Elle est là.

La jeune fille se pencha derrière le bureau et ramassa une longue barre d'acier peinte en vert.

— Allons-y, lança Gray en se retournant vers les flammes qui avançaient.

Il ôta son pull en laine et s'empara de la barre.

— Mouillez le pull. Trempez-le bien, précisa-t-il en lui montrant un bec anti-incendie. Et le vôtre aussi pendant que vous y êtes.

— Qu'allez-vous… ?

— Essayer de nous fabriquer notre propre escalier.

Gray grimpa sur une des échelles. La fumée bouillonnait au-dessus de sa tête. L'air brûlait. Il planta la pince-monseigneur entre deux petits carreaux de la voûte. Comme il l'avait espéré, il s'agissait d'un faux plafond… cachant le plancher de l'étage supérieur.

Il se hissa au sommet de l'échelle et escalada une étagère pour s'y percher. Solidement campé, il planta la pince entre deux lattes. Elle s'y enfonça profondément. La barre d'acier déchiqueta le bois vermoulu, mais ne creusa qu'un minuscule trou de souris.

Les yeux brûlants et remplis de larmes, Gray se baissa. Une quinte de toux lui écorcha les poumons. Pas bon. Ils allaient devoir mener une course de vitesse contre l'incendie. Il jeta un coup d'œil vers les flammes. Elles semblaient devenir plus féroces. La fumée s'épaississait.

À ce rythme-là, il n'y arriverait jamais.

Un mouvement attira son regard. Fiona avait grimpé à l'échelle. Elle avait trouvé un foulard qu'elle avait mouillé avant de le nouer autour de sa tête à la manière d'un bandit. Un déguisement approprié dans son cas.

Elle lui tendait le pull. En la voyant ainsi entièrement trempée, Gray réalisa brusquement qu'elle était sans doute plus jeune qu'il ne l'avait cru. Elle ne devait pas avoir plus de quinze ans. Ses yeux rougis trahissaient sa panique… autant que son espoir, comme si elle avait décidé de lui vouer une foi aveugle.

Il détestait découvrir cette lueur dans le regard des gens… parce qu'il se sentait obligé de justifier cette confiance.

Il noua les manches du pull autour de son cou, le laissant pendre sur son dos, plaquant un bout de laine mouillée sur sa bouche et son nez.

L'eau dégoulinant le long de sa colonne vertébrale, il s'agenouilla de nouveau, prêt à reprendre d'assaut les planches. Il sentait la présence de Fiona derrière lui. Et le poids de la responsabilité sur ses épaules.

Gray examina l'interstice entre les dalles du faux plafond et le plancher. Un peu partout, des tuyaux et des conduits s'entrelaçaient de façon chaotique, ayant été, à l'évidence, rajoutés au fur et à mesure après la séparation des deux niveaux. Les travaux de rénovation les plus récents semblaient de qualité médiocre. La différence entre l'artisanat traditionnel et les méthodes de construction modernes.

Il ne tarda pas à repérer ce qu'il cherchait dans la succession régulière de lattes. Une sorte de dalle, d'un mètre de côté. Il ne s'était donc pas trompé. Cette dalle marquait l'emplacement de l'ancien escalier donnant accès à l'étage.

On avait scellé la vieille ouverture. Mais avec quel type de matériau ?

Il n'y avait qu'une seule façon de le savoir.

Il s'accroupit et se mit à longer l'étagère, tel un équilibriste, en direction de la dalle. Elle ne se trouvait qu'à quelques mètres… près de l'incendie.

— Qu'est-ce que vous faites ? demanda Fiona sur l'échelle.

Il n'avait pas assez de souffle pour le lui expliquer. La fumée s'épaississait à chaque pas. La chaleur devenait intenable. Il arriva enfin sous la dalle.

En jetant un coup d'œil vers le bas, il remarqua que les étagères commençaient déjà à se consumer. Il avait atteint la lisière du feu.

Pas une seconde à perdre.

Il planta sa barre dans le plafond.

La pointe perça facilement le bois plus mince à cet endroit. Ce n'était que de la fibre compressée entre deux couches de vinyle. Un travail de maçonnerie bâclé, comme il l'avait espéré. Béni soit le manque d'éthique des entrepreneurs modernes.

Gray s'acharna sur sa barre, la manœuvrant comme un marteau-pilon sous la chaleur cuisante. Il parvint enfin à créer une ouverture assez grande pour pouvoir s'y faufiler.

Il jeta la pince à travers celle-ci. L'outil retomba sur le plancher supérieur.

Se retournant vers Fiona, Pierce lui fit signe de le rejoindre.

— Vous pouvez grimper sur…

— J'ai vu.

Elle monta au sommet de l'étagère.

Un crac retentit. Gray sentit toute la bibliothèque vaciller sous lui.

Son poids et le feu qui rongeait la base inférieure de leur perchoir affaiblissaient rapidement celui-ci. Pierce leva les mains et se hissa à moitié à travers le trou, soulageant l'étagère.

— Vite !

Les bras tendus pour se maintenir en équilibre, Fiona semblait marcher sur une poutre de gymnaste. Plus qu'un mètre.

— Vite ! répéta-t-il.

— Ouais, j'ai enten…

Avec un nouveau craquement retentissant, la portion de l'étagère située juste sous Gray s'effondra. Il planta solidement ses coudes dans le sol de chaque côté du trou tandis que tout le meuble s'effondrait dans les flammes. Une nouvelle vague de chaleur s'éleva, accompagnée d'une gerbe de braises.

Fiona poussa un hurlement au moment où la section sur laquelle elle se trouvait chancela. Mais tint bon.

Pendu par les bras, Gray cria :

— Sautez sur moi ! Accrochez-vous à moi !

Cette fois, elle ne se le fit pas répéter. Elle bondit, épousant littéralement son corps, ses bras se nouant autour de son cou, ses jambes autour de sa taille. Il oscilla dans le vide tel un pendule.

— Vous pouvez prendre appui sur moi pour grimper ? demanda-t-il, les muscles douloureux.

— Je... je crois.

Elle resta accrochée là un moment, sans bouger.

Gray avait des crampes aux épaules.

— Fiona...

Elle trembla contre lui, puis se décida enfin. Dès qu'elle se mit en mouvement, elle ne perdit plus une seconde, plantant un orteil dans sa ceinture, avant de se hisser sur ses épaules. Elle se faufila à travers l'ouverture avec l'agilité d'un singe.

Sous eux, livres et bois se consumaient furieusement.

Sans attendre, Gray grimpa à son tour, s'étalant avec bonheur sur le parquet. Ils se trouvaient dans un couloir. Donnant sur plusieurs pièces.

— Le feu est monté jusqu'ici, murmura Fiona comme si elle craignait d'attirer l'attention des flammes.

Se retournant, Gray vit le brasier s'attaquer à la partie arrière de l'appartement. La fumée était encore plus épaisse qu'en bas.

La course n'était pas terminée.

— Vite !

Il fonça dans le corridor, à l'opposé de l'incendie. Il atteignit une des fenêtres condamnées et risqua un coup d'œil entre deux planches. Des sirènes retentissaient au loin. Des gens s'étaient massés dans la rue : passants et curieux. Et sûrement, cachés parmi eux, un ou deux tueurs.

S'ils tentaient de fuir par là, ils se retrouveraient à leur merci.

Fiona scrutait la foule elle aussi.

— Ils sont là, hein ?

— On sortira quand même.

Pierce s'écarta et leva les yeux. Il repensa à la lucarne du grenier qu'il avait repérée un peu plus tôt depuis la rue. Ils devaient gagner le toit.

Fiona devina son intention.

— Il y a une échelle dans la pièce voisine.

Elle lui indiqua l'endroit où la trouver.

— Je venais parfois lire ici quand *Bedste*...

Sa voix se brisa.

Gray savait que la mort de sa grand-mère la hanterait longtemps. Il la prit par les épaules mais elle se dégagea brusquement.

— C'est ici, déclara-t-elle en entrant dans ce qui avait dû être un salon.

Il ne contenait plus que quelques cartons et un canapé défoncé.

Fiona montra la corde qui pendait du plafond, attachée à une trappe.

Gray la tira et une échelle escamotable se déplia. Il grimpa le premier.

Le grenier n'avait pas été terminé : on s'était contenté de poser un isolant entre les poutres. Le sol était jonché de crottes de souris. La seule lumière provenait des deux lucarnes. L'une donnant sur la rue, l'autre à l'arrière de la maison. Quelques volutes de fumée dansaient dans la pièce sans aucune flamme.

Gray opta pour la fenêtre de derrière. Elle était orientée plein ouest et donc plongée dans l'ombre à cette heure de la journée. De plus, le feu avait pris de ce côté-ci. Avec un peu de chance, leurs agresseurs ne le surveillaient pas. Ou moins.

Gray sentait déjà la chaleur qui montait. L'isolant commençait à fumer, la fibre de verre à fondre.

Il jeta un coup d'œil dehors. La pente du toit l'empêchait d'apercevoir la cour en contrebas, derrière la boutique. Tant mieux, s'il ne pouvait pas les voir, eux non plus. De plus, la fumée qui jaillissait des fenêtres dont les vitres avaient explosé à l'étage inférieur leur offrirait un écran supplémentaire.

Pour une fois, le feu jouait en leur faveur.

Gray veilla malgré tout à rester collé au mur tandis qu'il ouvrait la lucarne. Il attendit. Pas de coup de feu. Les sirènes approchaient.

— Je sors le premier, annonça-t-il. Si tout se passe bien...

Un grondement sourd retentit derrière eux.

Ils se retournèrent. Une langue de feu avait jailli du matériau isolant. Ils n'avaient plus une seconde à perdre.

— Suivez-moi ! ordonna Gray en enjambant la fenêtre.

Il faisait merveilleusement frais dehors.

Ragaillardi, Gray Pierce testa la résistance des tuiles. La pente était sévère mais ses semelles adhéraient bien à la toiture. En prenant des précautions, ils devraient y arriver. Il s'écarta de l'abri de la fenêtre, montant vers la crête du toit. Plus loin, la maison voisine apparaissait toute proche, un bond d'un mètre à peine. C'était faisable.

Il se retourna.

— Allez, Fiona, soyez prudente !

Elle passa la tête par l'ouverture, regarda autour d'elle avant de ramper sur le toit. Elle resta à quatre pattes.

Gray l'attendait.

— Vous vous débrouillez très bien.

Fiona leva les yeux vers lui, détournant son attention de la tuile fendue devant elle. Son pied acheva de la briser. Elle perdit l'équilibre et tomba sur le ventre, avant de commencer à glisser.

Gray plongea. Ses doigts ne trouvèrent que le vide.

À mesure que la jeune fille dérapait sur les tuiles, elle prenait de la vitesse. Tandis qu'elle tentait frénétiquement d'interrompre sa glissade, plusieurs tuiles se délogèrent, déclenchant une véritable avalanche.

Gisant à plat ventre, Gray ne pouvait rien faire.

— La gouttière ! s'écria-t-il. Attrapez la gouttière !

Elle ne sembla pas l'entendre, ses ongles griffant le toit, ses pieds chassant d'autres tuiles. Soudain, ces derniers heurtèrent quelque chose et Fiona se retourna, roulant sur elle-même. Elle poussa un petit cri.

Les premières tuiles descellées franchirent le rebord du toit. Gray les entendit s'écraser dans la cour.

Puis ce fut le tour de Fiona.

Il vit ses bras fendre l'air désespérément.

Avant de disparaître.

3

Ukufa

10 : 20
Réserve naturelle Hluhluwe-Umfolozi
Zululand, Afrique du Sud

À dix mille kilomètres de Copenhague, dans un autre monde, une Jeep cahotait au beau milieu d'une immensité sauvage et désolée.

La chaleur était déjà étouffante, brûlant la savane et créant des mirages miroitants. Dans le rétroviseur, la plaine cuisait sous le soleil, étendue aveuglante parsemée de buissons d'épines et des silhouettes solitaires des chigomiers à feuilles rouges. Devant, une petite butte apparut, tapissée d'acacias noueux et de mgurure squelettiques.

— C'est ici, docteur ? demanda Khamisi Taylor en tournant le volant pour faire rebondir la Jeep dans le lit asséché d'un ruisseau, soulevant une traînée de poussière.

À ses côtés, le Dr Marcia Fairfield se leva à moitié en se tenant au rebord du pare-brise. Elle pointa un doigt.

— Il faut passer à l'ouest. Il y a une sorte de dépression.

Khamisi rétrograda et bifurqua sur la droite. En tant que garde forestier de la Réserve naturelle Hluhluwe-Umfolozi, il devait faire respecter les règles. Le braconnage était un délit grave, mais aussi une réalité. Surtout dans les zones les plus reculées du parc.

Certains membres de son peuple, les Zoulous, se livraient encore à des pratiques traditionnelles. Il lui fallait alors donner des amendes à quelques vieux amis de son grand-père. Et ceux-ci, en échange, l'avaient gratifié d'un surnom, un mot qui, en zoulou, signifiait « Petit Gras ». S'il était prononcé sans trop de dérision, Khamisi savait qu'il exprimait un dégoût sous-jacent. Sa tribu le considérait comme un homme déchu depuis qu'il avait accepté un travail d'homme blanc, et s'engraissait sur le dos des autres. Sans compter qu'il était aussi devenu une sorte d'étranger pour eux. À la mort de sa mère – il avait douze ans à peine – son père l'avait emmené en Australie. Il avait passé une bonne partie de sa vie près de la ville de Darwin au nord de cette île-continent, fréquentant même l'université du Queensland pendant deux ans. À vingt-huit ans, il était revenu au pays et avait accepté ce travail de garde forestier – d'abord à cause de son éducation, ensuite en raison de ses liens avec les tribus locales.

S'engraisser sur le dos des autres.

— Vous ne pouvez pas accélérer ? demanda sa passagère.

Le Dr Marcia Fairfield était une biologiste de Cambridge, très respectée pour avoir lancé l'Opération Rhino. Beaucoup de gens la surnommaient la Jane Goodall des rhinocéros. Khamisi aimait travailler avec elle. Peut-être à cause de sa simplicité. Comme en témoignait sa tenue : veste kaki élimée et cheveux gris tirés en simple queue de cheval.

Ou pour son tempérament passionné qui resurgissait à présent.

— Si la femelle est morte en mettant bas, son petit est peut-être encore en vie. Mais pour combien de temps ? Nous ne pouvons pas perdre les deux, conclut-elle en assenant un coup de poing sur le tableau de bord.

Il était bien du même avis. Depuis 1970, la population de rhinocéros noirs avait chuté de quatre-vingt-dix pour cent en Afrique. La réserve de Hluhluwe-Umfolozi tentait de remédier à cette réalité, comme elle l'avait fait avec les rhinos blancs. Il s'agissait du principal effort de préservation du parc.

Chaque rhino noir comptait.

— Nous l'avons localisée grâce à son implant, continua le Dr Fairfield. Elle a été repérée par un hélico. Mais si elle a mis bas, nous n'avons aucun moyen de retrouver son petit.

— Ne restera-t-il pas auprès d'elle ? s'enquit Khamisi.

Il avait déjà vu cela. Deux ans plus tôt, deux lionceaux avaient été retrouvés blottis contre le ventre froid de leur mère, abattue par un chasseur.

— Vous connaissez le sort des orphelins. Les prédateurs seront attirés par la carcasse. Si le petit est toujours là, tout couvert de sang après la naissance…

Khamisi acquiesça. Il écrasa l'accélérateur, faisant rebondir la Jeep à l'assaut de la colline. L'arrière dérapa sur un petit éboulis mais le véhicule ne ralentit pas.

Tandis qu'ils gravissaient la pente, le terrain devant eux se creusa de profonds ravins, au fond desquels ruisselaient des filets d'eau. La végétation s'épaississait dans cette zone : figuiers, acajous du Natal, nyalas. Il s'agissait d'un des rares coins humides du parc, un des plus reculés aussi, très à l'écart des pistes habituelles et des routes pour touristes. Seules les personnes munies d'une autorisation spéciale avaient le droit de la traverser, à quelques strictes conditions : de jour uniquement avec interdiction d'y camper la nuit. Ce territoire occupait toute la limite ouest de la réserve.

Khamisi scruta l'horizon tandis qu'il engageait la Jeep dans la descente. À moins de deux kilomètres de là, une haute clôture séparait le parc d'une propriété privée. On trouvait souvent de tels empires à la lisière des réserves naturelles : ils offraient aux voyageurs les plus fortunés un séjour « personnalisé ».

Mais celui-ci n'était pas un domaine ordinaire.

Premier sanctuaire d'Afrique, le Hluhluwe-Umfolozi Park avait été créé en 1895. La réserve privée voisine était donc elle aussi la plus ancienne. Elle appartenait à une très vieille dynastie sud-africaine, le clan Waalenberg, une famille boer venue s'installer ici dès le XVIIe siècle. Leurs terres faisaient le quart de la superficie totale du parc naturel. On les disait grouillantes de vie sauvage. On n'y trouvait pas seulement les cinq « grands » – éléphants, rhinocéros, léopards, lions et buffles d'Afrique – mais aussi toutes sortes de prédateurs et de gibier : crocodiles du Nil, hippopotames, guépards, hyènes, gnous, chacals, girafes, zèbres, cobes à croissant, réduncas, impalas, phacochères, babouins. D'après la rumeur, le domaine Waalenberg avait, sans le savoir, abrité un troupeau d'okapis, bien avant que ce très rare parent de la girafe soit découvert en 1901.

On racontait toujours tout un tas d'histoires dès qu'il s'agissait des Waalenberg. Leur propriété n'était accessible que par petit avion ou par hélicoptère, les pistes qui y menaient autrefois étant depuis longtemps retournées à l'état sauvage. Leurs seuls et rares visiteurs étaient de hauts dignitaires venus du monde entier. La rumeur, encore elle, prétendait que Teddy Roosevelt avait un jour chassé dans cette réserve et qu'il avait conçu le système des parcs nationaux aux États-Unis sur le modèle du domaine Waalenberg.

Khamisi aurait donné un de ses yeux pour y passer ne serait-ce qu'une journée.

Mais cet honneur était réservé au gardien-chef d'Hluhluwe. Une visite de la propriété Waalenberg constituait un des avantages en nature accompagnant la promotion à ce poste, et même alors il fallait signer une déclaration de confidentialité. Khamisi voulait un jour accéder à cette situation enviable.

Il ne nourrissait pourtant guère d'espoir.

Surtout avec sa peau noire.

Son héritage zoulou et son éducation auraient dû l'aider. Malgré la fin de l'apartheid, la ségrégation subsistait. Les vieilles habitudes avaient la dent dure… autant pour les Noirs que pour les Blancs. Parmi les tristes héritages de cette période, toute une génération d'enfants des tribus avait grandi avec peu ou pas d'éducation, endurant des années de sanctions, de discrimination et de harcèlement. Une génération perdue. Voilà pourquoi il faisait tout ce qu'il pouvait, poussant toutes ces portes qui s'obstinaient à se refermer devant lui. Il souhaitait les tenir ouvertes pour ses successeurs.

Il jouait au Petit Gras, puisqu'il le fallait.

En attendant…

— Là ! s'écria le Dr Fairfield, le rappelant brutalement au moment présent. Prenez à gauche de ce baobab au pied de la colline.

Khamisi repéra le gigantesque arbre préhistorique. De grosses fleurs blanches flétrissaient à l'extrémité de ses branches. À gauche, le terrain se creusait encore, créant une dépression en forme de bol au fond duquel une mare étincelait.

Un point d'eau.

On en trouvait un peu partout dans la réserve, sources naturelles ou bien aménagées par l'homme. Il n'y avait pas de meilleur endroit pour apercevoir des bêtes sauvages… et pas de plus dangereux.

Khamisi gara la voiture près de l'arbre.

— Il vaut mieux continuer à pied.

Le Dr Fairfield acquiesça. Aux environs de la mare, la savane se transformait en véritable jungle. Tous deux s'armèrent de leurs fusils. Même si leur travail consistait à préserver la vie, ils ne connaissaient que trop bien les menaces rôdant constamment dans le veld.

Khamisi prit son .465 Nitro Holland & Holland Royal, un fusil à gros calibre. Capable de stopper la charge d'un éléphant.

Ils descendirent le long de la pente hérissée de buissons épineux. Au-dessus de leurs têtes, la canopée les protégeait du soleil tout en formant des zones d'ombre inquiétantes. Khamisi fut alors frappé par le silence. Aucun chant d'oiseaux. Ni babillages de singes. Rien que les bourdonnements et les sifflements d'insectes. Ce calme le mit mal à l'aise.

À ses côtés, le Dr Fairfield tenait un traceur GPS.

Elle pointa le doigt.

En direction de la mare boueuse.

Après avoir enjambé quelques roseaux, Khamisi fut récompensé de sa peine par une immonde odeur de putréfaction, de plus en plus tenace. Il ne tarda pas à découvrir la source de cette puanteur dans un bosquet.

La bête avait dû peser une tonne et demie. Un spécimen colossal.

— Dieu du ciel ! s'exclama le Dr Fairfield à travers le mouchoir qu'elle pressait contre son nez et sa bouche. Quand Roberto a localisé les restes depuis l'hélico…

— C'est toujours pire, vu du sol, expliqua Khamisi.

Il se dirigea vers la carcasse enflée. La femelle gisait sur le flanc. Un nuage de mouches noires s'envola à son approche. La bête avait été éventrée. Les intestins jaillissaient, ballonnés de gaz. Comment cette masse grouillante avait-elle pu autrefois tenir dans l'abdomen ? D'autres viscères jonchaient la poussière. Une traînée sanglante signalait qu'une pièce de choix avait été tirée à l'écart, derrière un rideau de végétation.

Les mouches se reposèrent.

Khamisi enjamba un bout de foie rouge. Une patte postérieure semblait avoir été sectionnée à la jonction du corps. La puissance des mâchoires capables d'infliger pareille mutilation…

Même un lion dans la force de l'âge aurait eu du mal.

Khamisi contourna l'animal pour examiner la tête.

L'une des oreilles du rhinocéros avait été arrachée, sa gorge sauvagement dévorée. Des yeux noirs et sans vie lui rendirent son regard, trop écarquillés, comme figés de terreur. Les babines étaient, elles aussi, retroussées dans un rictus d'agonie. Du sang s'était coagulé sur la langue épaisse. Mais rien de tout cela ne l'intéressait.

Il savait quoi vérifier.

Au-dessus du groin maculé d'écume et de sang se dressait une longue corne.

— Ce n'est sûrement pas l'œuvre d'un braconnier, déclara Khamisi.

La bête aurait été amputée. C'était la raison principale du déclin rapide de la population de rhinocéros. La poudre de corne était vendue sur les marchés asiatiques comme prétendu remède aux dysfonctionnements érectiles, une sorte de Viagra naturel. Une seule corne valait une somme colossale.

Khamisi se redressa.

Le Dr Fairfield était accroupie à l'autre extrémité du cadavre. Elle avait enfilé des gants en plastique et posé son fusil contre l'animal.

— Elle ne semble pas avoir mis bas.

— Il n'y a donc pas de petit orphelin.

La biologiste contourna les pattes postérieures pour revenir vers le ventre. Elle s'accroupit et, sans la moindre grimace de gêne, releva un gros bout de peau pour plonger la main à l'intérieur.

Khamisi se détourna.

— Pourquoi la carcasse n'a-t-elle pas été nettoyée par les charognards ? se demanda le Dr Fairfield à haute voix tout en continuant son travail.

— Ça fait beaucoup de viande, même pour eux, marmonna Khamisi en la rejoignant.

Le calme ambiant lui semblait toujours aussi pesant, étouffant.

La femme poursuivait son examen.

— Je ne crois pas. Le corps est là depuis la nuit dernière, près d'un point d'eau. À défaut du reste, l'abdomen aurait déjà dû être dévoré par les chacals.

Khamisi contempla de nouveau la carcasse. Il fixa la patte arrière arrachée, la gorge déchiquetée. Quelque chose de gros avait terrassé le rhino. Et vite.

Un frisson lui parcourut la colonne vertébrale.

Où étaient les charognards ?

Avant qu'il ne puisse réfléchir à la question, le Dr Fairfield reprit la parole :

— Le petit a disparu.

— Quoi ? Vous venez pourtant de dire qu'elle n'a pas mis bas.

La scientifique se releva et se débarrassa de ses gants pour récupérer son fusil. Arme à la main, elle s'éloigna de la dépouille, les yeux braqués sur le sol. Elle suivait la traînée sanglante, celle qui indiquait qu'un morceau de choix logé dans le ventre de la bête avait été emporté pour être dévoré à l'écart.

Oh, Seigneur !

Il la suivit.

À la lisière du bosquet, le Dr Fairfield se servit du bout de son canon pour écarter le feuillage, révélant ce qui avait été amené là.

Le bébé rhinocéros.

Le petit corps avait été littéralement taillé en pièces, comme s'il avait fait l'objet d'un combat.

— Il devait être encore vivant quand il a été dépecé, annonça le Dr Fairfield en montrant une giclée de sang. Pauvre petit…

Khamisi recula en repensant à la question qu'elle avait posée quelques instants plus tôt. Pourquoi les charognards n'avaient-ils pas éviscéré le cadavre ? Vautours, chacals, hyènes ou même lions. Le Dr Fairfield avait raison. Une telle quantité de viande n'aurait pas été abandonnée aux mouches et aux vers.

Cela n'avait aucun sens.

Sauf…

Le cœur de Khamisi rata un battement.

Sauf si le prédateur se trouvait encore dans les parages.

Il brandit son fusil, toujours conscient du silence qui régnait dans les profondeurs ténébreuses du bosquet. Comme si la forêt elle-même était intimidée par ce qui avait tué le rhinocéros.

Presque malgré lui, il se mit à humer l'air, à tendre l'oreille, à scruter la pénombre tout en restant parfaitement immobile. Les ombres lui parurent devenir plus noires.

Ayant grandi en Afrique du Sud, Khamisi connaissait bien les superstitions, les contes murmurés sur les démons qui hantaient les jungles : le *ndalawo,* un mangeur d'hommes hurleur de la forêt ougandaise ; le *mbilinto,* un hippopotame de la taille d'un éléphant des marais du Congo ; le *mngwa,* un rôdeur velu des forêts de cocotiers sur les côtes.

Parfois, en Afrique, même les mythes devenaient réalité. Comme le *nsui-fisi.* Un animal fabuleux rayé et taché de Rhodésie, longtemps considéré comme une légende par les colons blancs... jusqu'à ce qu'on découvre qu'il s'agissait d'une forme inconnue de guépard, l'*Acinonyx rex* ou guépard royal.

En scrutant la jungle, Khamisi repensait à une autre légende, connue à travers toute l'Afrique sous des noms divers : le *dubu,* le *lumbwa,* le *kerit,* le *getet.* Il suffisait de prononcer un de ces mots pour provoquer des cris de peur chez les indigènes. Aussi massif qu'un grand gorille, c'était un véritable démon de rapidité, de ruse et de férocité. Pendant des siècles, des chasseurs – noirs et blancs – avaient prétendu l'avoir aperçu. Tous les enfants apprenaient à reconnaître son hurlement caractéristique. Cette région du Zululand ne faisait pas exception.

— *Ukufa*..., marmonna Khamisi.

— Pardon ? demanda le Dr Fairfield, toujours penchée sur le bébé rhinocéros mort.

C'était le nom zoulou du monstre, un nom qu'on chuchotait autour des feux de camp et dans les kraals, les villages de huttes.

Ukufa.

La mort.

Il savait pourquoi le nom de cet animal s'était imposé à son esprit. Cinq mois plus tôt, un ancien de la tribu avait signalé la présence d'un *ukufa* près d'ici. *Mi-*

bête, mi-esprit, avec des yeux de feu, avait radoté le vieillard avec obstination. Seuls ceux qui étaient aussi vieux que lui l'avaient pris au sérieux. Les autres, comme Khamisi, avaient préféré en rire.

Mais ici, parmi ces ombres…

— On devrait y aller…

— Mais on ignore ce qui l'a tué, protesta le Dr Fairfield.

— Pas des braconniers.

C'était tout ce que Khamisi devait et voulait savoir. Il montra la Jeep avec son fusil. Il transmettrait son rapport au gardien-chef par radio. L'affaire était réglée. Tué par un prédateur. Pas de chasse illégale. Ils abandonneraient la carcasse aux charognards. C'était le cycle de la vie.

La biologiste se leva à contrecœur.

Sur leur droite, un long appel déchira la jungle – *hoo eeee OOOO* – ponctué par un hurlement strident et féroce.

Khamisi trembla de tout son corps. Il avait reconnu le cri, pas tant avec sa tête qu'avec sa moelle. Il faisait écho aux récits effroyables entendus autour de feux de camp, et plus loin encore, à quelque chose de primitif, remontant aux temps d'avant la parole, quand la vie se réduisait à l'instinct.

Ukufa.

La mort.

Lorsque le hurlement s'éteignit enfin, le silence retomba lourdement sur eux.

Mentalement, Khamisi mesura la distance qui les séparait de la Jeep. Ils devaient fuir sans paniquer. Courir ne servirait qu'à réveiller la soif de sang du prédateur.

Dans la jungle, un autre hurlement résonna.

Puis un autre.

Et un autre.

Tous provenant de directions différentes.

Une fois le calme revenu, Khamisi sut qu'il ne leur restait qu'une seule chance d'échapper au monstre.

— Courez !

09 : 31
COPENHAGUE, DANEMARK

Gray gisait, étalé sur le ventre, la tête en bas, là où il n'avait pu rattraper Fiona. L'image de la jeune fille tombant du toit lui brûlait le cerveau. Son cœur cognait dans sa poitrine.

Oh, Seigneur ! Qu'ai-je fait ?

Les sirènes approchaient à l'avant de la maison et se turent enfin quand elles atteignirent l'immeuble incendié.

Derrière lui, il aperçut un jet de flammes jaillissant de la lucarne du grenier, accompagné par un puissant souffle de chaleur et de fumée. Il ne pouvait pas rester là.

Gray se força à se relever, d'abord sur les coudes puis sur les mains.

Le feu s'apaisa quelques instants, les gerbes enflammées battant en retraite. Dans l'accalmie, Gray entendit des voix en contrebas, pressantes, furtives. Et aussi, plus proche de lui, un gémissement sourd. Il se servit de la fumée pour masquer son approche.

Arrivé au bord du toit, il jeta un coup d'œil en bas.

Juste au-dessous de lui se trouvait un balcon en fer forgé, non, *pas* un balcon. C'était le palier d'un escalier. Celui dont lui avait parlé Fiona.

Et la jeune fille était là, étendue sur le dos.

Avec un deuxième gémissement, elle roula sur elle-même et commença à se redresser en se tenant à la rampe.

D'autres remarquèrent son geste.

Dans la cour en contrebas, Gray repéra deux silhouettes. L'une, debout au milieu des pavés, un fusil à l'épaule, visait soigneusement. Pour l'instant, la fumée noire que vomissait une fenêtre lui cachait Fiona. Il attendait de voir surgir sa tête au-dessus de cet écran.

— Ne bougez plus, souffla Gray à Fiona.

Elle leva les yeux. Du sang ruisselait sur son front.

Le deuxième tueur s'avançait, braquant un pistolet des deux mains, dans une posture familière. Il se dirigeait vers l'escalier pour l'empêcher de fuir en lui barrant le chemin.

Gray fit signe à Fiona de rester accroupie, puis roula le long du toit jusqu'à surplomber le second tireur. La fumée le dissimulait toujours et l'autre se concentrait essentiellement sur la jeune fille. Une fois en position, Gray patienta. Dans sa main droite, il serrait une lourde tuile, une de celles que Fiona avait descellées au cours de sa chute.

Il n'aurait droit qu'à un seul essai.

En bas, l'homme posa le pied sur la première marche, arme au poing.

Pierce se pencha au-dessus du rebord.

Et siffla.

L'autre leva les yeux, son pistolet suivant le mouvement tandis qu'il mettait un genou à terre. Foutrement rapide…

Mais la gravité fut plus rapide encore.

Gray avait lancé la tuile. Elle fendit l'air en tournoyant telle une hache et frappa le tueur en plein visage. Du sang jaillit. Il tomba en arrière, sa tête heurtant les pavés, et ne bougea plus.

Gray roula de nouveau sur lui-même… vers Fiona.

Le sniper au fusil poussa un cri.

Gray ne le quittait pas des yeux. Il avait espéré que la perte de son compère l'inciterait à jeter l'éponge. Ils n'eurent pourtant pas cette chance. Le tueur se mit bien à courir, mais pour se poster à l'abri derrière une benne à ordures d'où il garderait le toit et l'escalier dans sa ligne de mire. Dans ce coin-là, la fumée le cacherait des fenêtres voisines.

D'un geste de la main, Gray ordonna à Fiona de ne pas bouger. Il n'était pas question de la faire remonter sur le toit. Ils signeraient leur mort à tous les deux.

Ce qui ne lui laissait qu'une dernière alternative.

Saisissant la gouttière d'une main, il s'élança et sauta. Il atterrit sur le palier dans un bruit de ferraille, et se plaqua au sol.

Une brique explosa au-dessus de sa tête.

Un coup de fusil.

Gray sortit sa dague de son étui de cheville.

Fiona la regarda.

— Qu'est-ce qu'on va faire avec ç…

— Vous, vous restez ici, la coupa-t-il.

Il attrapa la rampe au-dessus de lui. Seul l'élément de surprise jouerait en sa faveur. Pas d'armure corporelle, ni de gilet pare-balles. Rien qu'un couteau contre un fusil.

— À mon signal, foncez ! poursuivit-il. Dévalez l'escalier et sautez par-dessus la barrière chez votre voisin. Trouvez un policier ou un pompier. Vous y arriverez ?

La jeune femme leva les yeux vers lui. Il crut un moment qu'elle allait discuter mais elle pinça les lèvres et hocha la tête.

Gentille fille.

Gray mania la dague. Un seul essai, encore une fois. Respirant un bon coup, il prit son élan et se catapulta par-dessus la rambarde. En chutant vers la cour, il exécuta les deux phases de son plan.

— Foncez ! cria-t-il.

Et il lança le poignard en direction du sniper.

Il n'espérait pas le tuer, juste le distraire assez longtemps pour se rapprocher suffisamment de lui. Dans un combat au corps à corps, un fusil peut être gênant.

Comme il atterrissait, il remarqua deux choses.

Une bonne, une mauvaise.

Il entendit les pas de Fiona dans l'escalier métallique.

Elle fuyait donc.

Bien.

Au même moment, Gray vit sa dague traverser les volutes de fumée, heurter la benne et rebondir. Il n'avait même pas effleuré sa cible.

Mauvais.

Le sniper se leva, impassible, fusil braqué sur la poitrine de Gray.

— Non ! hurla Fiona en atteignant le pied des marches.

Le tireur n'esquissa même pas un sourire en appuyant sur la détente.

RÉSERVE NATURELLE HLUHLUWE-UMFOLOZI ZULULAND, AFRIQUE DU SUD

— Courez ! répéta Khamisi.

Le Dr Fairfield ne se le fit pas redire une troisième fois. Ils foncèrent en direction de leur Jeep. Atteignant le point d'eau, Khamisi fit signe à la biologiste de passer devant lui. Elle s'engouffra sans hésiter parmi les roseaux qui lui arrivaient au-dessus de l'épaule… mais non sans avoir échangé un regard avec lui. Dans ses yeux, il décela la même terreur que celle qui brillait certainement dans les siens.

Les créatures qui avaient hurlé dans la forêt devaient être énormes et excitées par la récente tuerie. Khamisi jeta un coup d'œil vers la carcasse pourrissante du rhinocéros. Monstres ou pas, cette vision suffisait à le convaincre du danger représenté par ce qui était tapi dans la jungle et dans les ravines.

Se retournant, il suivit la biologiste, vérifiant souvent derrière lui, guettant le moindre son. Quelque chose pataugea dans la mare voisine. Khamisi l'ignora. Il s'agissait d'un petit animal. Trop petit. Son cerveau triait les détails inutiles, sondait l'espace sonore à travers les bourdonnements d'insectes et les craquements des roseaux. Il se concentrait sur les signaux vraiment menaçants. Son père lui avait enseigné la chasse dès l'âge de six ans, lui apprenant les traces qui menaient au gibier.

Sauf qu'il était la proie à présent.

Un battement d'ailes paniqué attira son attention.

Un mouvement.

Sur la gauche.

Dans le ciel.

Une pie qui s'envolait.

Quelque chose l'avait effrayée.

Quelque chose qui se déplaçait.

Khamisi combla la distance qui le séparait du Dr Fairfield tandis qu'ils sortaient des joncs.

— Vite, murmura-t-il, tous les sens exacerbés.

Le Dr Fairfield acquiesça en silence. Elle avait le souffle court, le teint blême. Khamisi suivit son regard. Garée dans l'ombre du baobab, la Jeep se trouvait sur l'un des bords de la cuvette creusée par le point d'eau. La pente paraissait beaucoup plus longue et abrupte que lorsqu'ils l'avaient descendue.

— Ne vous arrêtez pas, insista-t-il.

Se retournant encore une fois, il aperçut une sassa, une sorte d'antilope naine, surgir de la forêt et gravir la paroi opposée à petits bonds saccadés et vifs.

Elle disparut très rapidement.

Un exemple qu'il leur fallait suivre.

Le Dr Fairfield grimpait. Khamisi marchant de biais derrière elle braquait le double canon de son fusil sur la forêt derrière eux.

— Ils n'ont pas tué pour manger, lâcha soudain le Dr Fairfield d'une voix haletante.

Khamisi surveillait le mur de végétation. Comment savait-il qu'elle avait raison ?

— Ce n'est pas la faim qui les a poussés, continua-t-elle, comme si raisonner lui permettait de contrôler sa peur. Ils n'ont pratiquement rien mangé. C'est comme s'ils avaient tué par plaisir. Comme un chat domestique chasserait une souris.

Khamisi avait fréquenté de nombreux prédateurs en exerçant son métier. Ce qui les traquait en ce moment même n'était pas issu du monde naturel. Les lions, après un repas, constituaient rarement une menace, se contentant de paresser, se laissant même approcher, jusqu'à une certaine distance. Une bête repue ne dépècerait pas un rhinocéros, n'arracherait pas le petit du ventre d'une femelle, juste par plaisir.

Le Dr Fairfield enchaînait :

— Chez les animaux domestiques, c'est le chat bien nourri qui chasse le plus souvent. Il a l'énergie et le temps pour de tels jeux.

Des jeux ?

Khamisi frissonna.

— Continuez d'avancer, répéta-t-il, refusant d'en entendre davantage.

Elle hocha la tête, mais ses mots s'étaient insinués dans le cerveau de Khamisi. Quel prédateur ne tue que par plaisir ? Bien sûr, la réponse coulait de source.

L'homme.

Pourtant cela n'était l'œuvre d'aucune main humaine.

Un mouvement attira de nouveau l'attention de Khamisi. Du coin de l'œil et pendant une fraction de seconde, il crut voir une forme pâle se déplacer derrière l'épais rideau de feuillage. Elle disparut comme de la fumée blanche dès qu'il se tourna vers elle.

Il se souvint du vieux Zoulou de sa tribu.

Mi-bête, mi-esprit...

Malgré la chaleur, il était frigorifié. Il accéléra le pas, incitant sans ménagement la biologiste à l'imiter. Le sol, tapissé de bouts de schistes cassants et d'argile sablonneux, était traître. Mais ils étaient presque arrivés au sommet. La Jeep ne se trouvait plus qu'à une trentaine de mètres.

C'est alors que le Dr Fairfield glissa.

Elle bascula en arrière, heurtant Khamisi qui arrêta sa chute.

Il n'eut pas la même chance que sa camarade. Reculant d'un pas, il dérapa à son tour et atterrit brutalement sur les fesses. L'angle de la pente fit le reste. Il commença à rouler cul par-dessus tête, dévalant ce qu'il venait de gravir, et ne parvint à s'immobiliser enfin qu'à mi-hauteur, plantant ses talons et la crosse de son fusil dans le sol meuble.

Le Dr Fairfield était restée assise là où elle était tombée, les yeux écarquillés de peur.

Mais elle ne le regardait pas.

Elle observait la forêt.

Khamisi fit volte-face, déjà à genoux. Sa cheville était tordue, peut-être brisée. Il scruta les arbres sans rien trouver et leva son fusil.

— Fuyez ! hurla-t-il.

Il avait laissé les clés sur le contact.

— Fuyez ! répéta-t-il.

Il entendit le Dr Fairfield se relever, le sable crissant sous ses semelles.

À la lisière de la forêt, un autre ululement s'éleva, s'achevant sur un caquètement inhumain.

Khamisi visa à l'aveuglette et appuya sur la détente. Le pan ! de son fusil emplit l'espace. Le Dr Fairfield poussa une exclamation de surprise. Khamisi espérait que la détonation avait également effrayé ce qui rôdait là, en bas.

— Foncez à la Jeep ! rugit-il. Allez-y ! N'attendez pas !

Il se redressa en tâchant de ne pas peser sur sa cheville blessée. Il gardait son fusil braqué. La forêt était redevenue silencieuse.

Il entendit le Dr Fairfield arriver en haut de la pente.

— Khamisi…

— Prenez la Jeep !

Il risqua un regard derrière lui.

Le Dr Fairfield abandonnait la crête et se dirigeait vers la voiture. Au-dessus d'elle, un mouvement dans les branches du baobab attira son regard. Plusieurs fleurs blanches se balançaient doucement.

Le vent ne soufflait pas.

— Marcia ! hurla-t-il. Att… !

Un cri sauvage éclata, noyant son avertissement. Le Dr Fairfield pivota légèrement vers lui.

La chose jaillit des ombres de l'arbre géant. Un éclair pâle. Elle plaqua la biologiste à terre et toutes deux disparurent. Khamisi entendit le hurlement effroyable de la femme qui fut stoppé net.

Le silence retomba.

Khamisi se plaça de nouveau face à la forêt.

La mort en haut et la mort en bas.

Il ne lui restait plus qu'une seule chance.

Ignorant la douleur dans sa cheville, il se mit à courir.

Vers le bas.

Il s'abandonnait simplement à la gravité. C'était moins un sprint qu'une sorte de longue chute. Il essayait juste de ne pas tomber. Braquant son fusil vers la forêt, il ouvrit le feu une seconde fois.

Pan !

Il n'espérait pas effrayer ce qui le traquait, ne cherchant qu'à s'offrir une seconde de vie supplémentaire. Le fusil l'aida aussi à garder son équilibre quand le sol redevint plat. Il continua de courir, la cheville en feu, le cœur battant.

Il repéra ou plutôt sentit le déplacement d'une masse imposante à la lisière de la forêt. Une ombre un peu plus pâle parmi les ombres.

Mi-bête, mi-esprit...

Même s'il ne l'avait pas vue, il savait.

Ukufa.

La mort.

Pas aujourd'hui... Il pria le ciel. Pas aujourd'hui...

Khamisi s'enfonça dans les joncs et plongea tête la première dans le point d'eau.

09 : 32
COPENHAGUE, DANEMARK

Le hurlement de Fiona accompagna la détonation.

Gray pivota, dans l'espoir d'échapper à une blessure mortelle. Au même moment, quelque chose jaillit de la fenêtre enfumée de la boutique, fracassant les bouts de verre qui s'y trouvaient encore.

Le tireur avait dû l'apercevoir une fraction de seconde avant lui, ce qui avait désorienté son tir.

Gray sentit la brûlure du passage de la balle sous son bras gauche.

Depuis la fenêtre, la masse imposante bondit sur la benne à ordures avant de se jeter sur le sniper.

— Bertal ! s'écria Fiona.

Le saint-bernard aux longs poils était complètement trempé. Il n'en planta pas moins ses crocs dans l'avant-bras du tueur. Surpris, celui-ci lâcha son fusil qui alla s'échouer sur les pavés.

Gray plongea vers l'arme.

Il entendit un glapissement plaintif tout près de lui. Du coin de l'œil, Gray vit le tueur exécuter un saut impressionnant dans sa direction. Il sentit sa botte lui écraser le dos dont il se servit comme d'un tremplin pour continuer à courir.

Gray roula sur lui-même et parvint à s'emparer du fusil mais l'inconnu filait plus vite qu'une gazelle. Son trench-coat noir flottant derrière lui, il se projeta une nouvelle fois avec une agilité déconcertante par-dessus le mur de clôture. Gray l'entendit s'éloigner.

— Et merde !

Fiona se précipita vers lui. Un pistolet à la main.

— L'autre, dit-elle. Je crois qu'il est mort.

Gray lui arracha l'arme des mains. Elle ne protesta pas, trop inquiète pour celui qui venait de les sauver.

— Bertal…

Le chien réapparut, boitillant, faible, le flanc brûlé.

Gray jeta un coup d'œil à la boutique incendiée. Comment la pauvre bête avait-elle survécu ? Il repensa à la dernière image qu'il avait gardée de l'animal :

projeté contre le mur par les premières explosions, inconscient.

Fiona étreignit le gros chien tout mouillé.

Il avait dû atterrir juste sous un bec anti-incendie.

Elle souleva la gueule du saint-bernard, approchant son visage tout près de son museau.

— Bon chien.

Gray était bien d'accord. Il avait une sacrée dette envers Bertal.

— Je te paie tous les cafés Starbucks que tu veux, mon pote, promit-il.

Le saint-bernard fut brusquement pris de tremblements. Il s'accroupit puis s'allongea. L'adrénaline qui l'avait soutenu jusque-là se dissipait.

Ils entendirent soudain des voix lançant des appels en danois. Un puissant jet d'eau décrivit une courbe dans le ciel. Les pompiers venaient d'entrer en action. Ils ne tarderaient pas à les rejoindre.

Gray ne pouvait traîner davantage.

— Je dois y aller.

Fiona se releva.

— Restez avec Bertal, ajouta-t-il en reculant. Faites-le soigner.

Le regard de la fille se durcit.

— Pendant que vous vous barrez…

— Je suis désolé.

Trois mots grotesques après les horreurs qu'elle venait d'endurer : le meurtre de sa grand-mère, l'incendie de leur boutique, leur sauvetage miraculeux. Mais il ne voyait pas quoi dire d'autre et il n'avait pas le temps de s'expliquer.

Alors il se dirigea vers le fond de la cour.

— Ouais, c'est ça, tirez-vous ! cria Fiona.

Gray sauta par-dessus le muret, le visage en feu.

— Attendez !

Sa voix ne trahissait plus la moindre colère. Elle le suppliait.

Il commença de courir dans la ruelle, en se maudissant mais il n'avait pas le choix. Ça valait mieux pour elle. Avec les pompiers et les ambulanciers, elle serait à l'abri, protégée. Une gamine de quinze ans n'avait pas sa place là où il devait se rendre à présent. Même si cette idée n'effaçait pas sa honte. Au fond, il ne pouvait nier son égoïsme : il était simplement soulagé d'être débarrassé d'elle, de ne plus en être responsable.

De toute manière, c'était fait.

Il glissa le pistolet dans sa ceinture et récupéra toutes les cartouches du fusil qu'il camoufla sous un tas de planches. Il remit son pull. Le commandant Gray Pierce allait devoir abandonner son hôtel et changer d'identité. Le Dr Sawyer avait connu une très courte existence.

Mais avant tout, il lui restait une tâche à accomplir.

Il sortit son portable et appuya sur la touche d'appel qui établissait la communication avec son quartier général. En quelques secondes, il joignit Logan Gregory, son chef des opérations pour cette mission.

— On a un problème ici, annonça Gray.

— Que se passe-t-il ?

— Cette affaire est plus importante que nous ne le pensions.

Gray lui raconta sa matinée. Un long silence s'ensuivit. Quand Logan reprit la parole, Pierce perçut de la tension dans sa voix.

— Alors, il vaut mieux mettre cette mission en veilleuse jusqu'à ce que vous disposiez de plus de ressources sur le terrain.

— Si j'attends des renforts, il sera trop tard. La vente a lieu dans quelques heures.

— Votre couverture est foutue, commandant Pierce.

— Je n'en suis pas si sûr. Pour ces gens-là, je ne suis qu'un acheteur américain qui pose trop de questions. Ils ne tenteront rien en public et il y aura beaucoup de monde à cette vente. De plus, elle se déroulera sous haute sécurité. Si j'y vais, je pourrai peut-être dénicher quelques informations sur ceux qui se trouvent vraiment derrière tout ça. Après, je disparais et je fais profil bas jusqu'à ce que les renforts arrivent.

Il ne le précisa pas, mais il souhaitait également récupérer cette Bible, ne serait-ce que pour l'étudier.

— Je ne pense pas que ce soit une bonne idée. Les risques dépassent, et de loin, les gains potentiels.

Gray commençait à s'impatienter.

— Ces fumiers ont essayé de me faire cramer... et vous voulez que je me planque comme un rat ?

— Commandant...

Pierce serra ses doigts autour du téléphone. Logan passait son temps à remplir de la paperasse. Pour une mission de recherche, c'était un chef d'opérations idéal... et là, il ne s'agissait plus de rassembler des données ou des informations. Cette affaire était en train de se transformer en véritable mission opérationnelle. Et, dans ce cas, Gray préférait de loin négocier avec un homme disposant d'un réel pouvoir.

— Peut-être devrions-nous faire appel au directeur Crowe, dit-il.

Un autre long silence s'ensuivit. Sans doute avait-il mal choisi ses mots. Il n'avait pas voulu vexer Logan, mais les gens avaient parfois besoin d'être remis à leur place.

— Je crains que cela ne soit pas possible pour le moment, commandant Pierce.

— Pourquoi ?

— Le directeur Crowe se trouve actuellement au Népal et il est injoignable.

— Au Népal ? Qu'est-ce qu'il fabrique au Népal ?

— Commandant, c'est vous qui l'y avez envoyé.

— Quoi ?

Soudain, Gray se souvint.

De l'appel qu'il avait reçu une semaine plus tôt.

D'un vieil ami.

L'esprit de Gray Pierce remonta le temps, jusqu'à ses débuts dans l'organisation. Comme la plupart des autres agents de Sigma, il avait appartenu aux Forces spéciales. Pierce s'était engagé dans l'armée à l'âge de dix-huit ans, puis dans les Rangers à vingt et un. Condamné en cour martiale pour avoir frappé un supérieur, il avait été recruté par Sigma dès sa sortie du pénitencier de Leavenworth. Sa rage et sa méfiance ne s'étaient pas dissipées pour autant. Il avait eu une bonne raison de cogner ce type. Son incompétence avait entraîné la mort de nombreux innocents en Bosnie – des enfants. La colère de Pierce avait néanmoins des racines plus profondes. Un problème avec l'autorité, dû sans doute à ses rapports avec son père. Et s'il ne l'avait pas encore tout à fait résolu, un homme sage lui avait montré comment y parvenir.

Ce sage s'appelait Ang Gelu.

— Vous êtes en train de dire que le directeur Crowe est parti au Népal à cause de mon ami, le moine bouddhiste ?

— Painter sait ce que cet homme représente pour vous.

Gray avait passé quatre mois à étudier avec Ang Gelu, au Népal. En fait, il lui devait d'être devenu un élément si particulier au sein de Sigma. Comme tous les autres agents, Gray avait reçu une formation scientifique accélérée, en biologie et en physique, mais le moine lui avait dispensé un autre enseignement, complémentaire. Il lui avait appris à découvrir l'équilibre entre toutes choses. L'harmonie des contraires. Le yin et le yang taoïstes. Le un et le zéro.

Petit à petit, le maître bouddhiste avait permis à Gray d'affronter les démons de son passé.

Pendant son enfance, il s'était toujours retrouvé coincé entre des contradictions. Si sa mère avait d'abord enseigné dans un lycée catholique, elle était aussi une biologiste accomplie, une fervente adepte de l'évolution et de la raison. Elle avait autant foi en la science qu'en sa religion.

Sans oublier son père : un Gallois vivant au Texas, un rude gaillard gagnant sa vie à la dure dans les champs de pétrole jusqu'à ce qu'un accident l'oblige à assumer le rôle de femme au foyer. Depuis, il était gouverné par la colère et le besoin d'en faire trop.

Deux traits de caractère qu'il avait légués à Gray.

Tel père, tel fils.

Mais Ang Gelu lui avait ouvert une autre voie.

Un passage entre les contraires. Un chemin long et parfois tortueux. Qui s'étirait aussi bien dans le passé que vers le futur et sur lequel Gray se sentait encore mal à l'aise.

Ang Gelu l'avait aidé à y faire ses premiers pas et Gray avait désormais une dette envers le vieux moine. Aussi, quand il avait reçu son appel à l'aide une semaine plus tôt, il avait voulu y répondre. Ang Gelu avait fait état d'étranges disparitions, de maladies curieuses, toutes localisées dans une région proche de la frontière chinoise.

Le moine n'avait personne d'autre vers qui se tourner, son propre gouvernement au Népal étant trop occupé par les rebelles maoïstes. Par ailleurs, il savait que Gray appartenait à une organisation nébuleuse disposant de moyens d'action conséquents. Déjà affecté sur cette mission, Gray avait transmis l'affaire à Painter Crowe.

Il lui avait refilé le bébé…

— Je pensais que Painter se contenterait d'envoyer quelqu'un, fit-il, incrédule. Juste histoire de vérifier…

Logan l'interrompit.

— C'était très calme ici.

Gray ravala un grognement, saisissant où Logan voulait en venir. L'absence de menace terroriste l'avait lui-même conduit au Danemark.

— Alors, il y est allé ?

— Vous connaissez le directeur. Il adore mettre les mains dans le cambouis, soupira Logan, exaspéré. Et maintenant, nous avons un gros problème. Une tempête a empêché toute communication pendant plusieurs jours, mais elle s'est dissipée et nous sommes toujours sans nouvelles de lui. Au lieu de cela, les différents canaux nous transmettent tout un tas de rumeurs. Les mêmes que celles rapportées par votre ami. Maladie, peste, morts, et peut-être même des attaques de rebelles. Et ces histoires prennent de plus en plus d'ampleur.

Gray comprenait mieux désormais la nervosité de Logan.

Il se retrouvait seul à devoir gérer deux situations d'urgence, une ici à Copenhague et l'autre au Népal.

— Je vais vous envoyer Monk, reprit Logan. Le capitaine Bryant et lui ne devraient pas tarder à arriver. Monk sera sur place à vos côtés dans dix heures. D'ici là, ne bougez pas.

— Mais la vente a…

— Commandant Pierce, c'est un ordre.

— Monsieur, j'ai déjà posé des caméras de surveillance à l'entrée et à la sortie de la salle des ventes. Ce serait dommage de ne pas s'en servir.

— D'accord. Pilotez les caméras depuis un endroit sécurisé. Mais rien de plus. C'est bien compris, commandant ?

Gray se hérissa sans protester pour autant. Logan avait déjà assez de problèmes sur les bras.

— Très bien, monsieur.

— J'attendrai votre rapport après la vente.

— Oui, monsieur.

Fin de communication.

Gray continua de marcher dans les ruelles de Copenhague, attentif à son entourage. Il était inquiet.

Pour Painter, pour Ang Gelu…

Que diable se passait-il au Népal ?

4

Lumières fantômes

11 : 18
HIMALAYA

— Et vous êtes sûre qu'Ang Gelu est mort ? demanda Painter.

Un hochement de tête lui répondit.

Lisa Cummings venait de lui raconter comment elle avait été recrutée, abandonnant une expédition sur l'Everest pour enquêter sur la maladie au monastère. Elle avait aussi fait un bref résumé des horreurs qui avaient suivi : les crises de démence, les explosions, le tueur.

Painter réfléchissait à son histoire tandis qu'ils s'enfonçaient dans le cellier souterrain du monastère. L'étroit dédale n'avait pas été conçu pour quelqu'un de sa taille. Il devait rester courbé, le sommet de son crâne frôlant les bottes de genévrier qui séchaient, suspendues au plafond. La plante aromatique servait à confectionner des bâtons incandescents pour les cérémonies du temple ; un temple qui était, en ce moment même, ravagé par un incendie.

Désarmés, ils avaient fui dans les caves pour échapper aux flammes et au tueur. Painter avait tout juste pris le temps de récupérer une sorte d'épais poncho et une paire de bottes en fourrure dans un vestiaire. Cet accoutrement gommait son métissage et le faisait ressembler à un Indien Pequot. Il n'aurait su dire ce qu'étaient devenus ses propres vêtements et son équipement.

Trois jours avaient été complètement effacés de sa vie.

Trois jours et plusieurs kilos.

En s'habillant, il avait remarqué ses côtes saillantes. Ses épaules paraissaient également plus osseuses. Il n'avait pas totalement échappé à la maladie qui régnait ici. Toutefois, il commençait à recouvrer ses forces.

Il le fallait.

Surtout avec cet assassin dans les parages.

Il avait entendu plusieurs coups de feu alors qu'ils s'enfuyaient. Quelqu'un cherchait à éliminer tous ceux qui tentaient d'échapper au monastère en flammes. Le Dr Cummings avait décrit un des tueurs. Il y en avait sûrement d'autres. S'agissait-il de rebelles maoïstes ? Cela n'avait aucun sens. À quoi bon un tel massacre ?

Une lampe torche à la main, Painter ouvrait la voie.

Le Dr Cummings le suivait de près.

De temps à autre, il l'examinait du coin de l'œil. Dotée de longues jambes et d'un physique athlétique, c'était une de ces blondes à queue de cheval, aux joues rosies par le grand air. Une grande fille saine qui, pour l'heure, était aussi terrifiée. Elle ne le lâchait pas d'une semelle, sursautant au moindre craquement lâché par la fournaise au-dessus de leurs têtes. Pourtant, elle ne pleurait pas, ne se plaignait pas, faisant preuve d'une volonté remarquable. Elle semblait capable de surmonter le choc.

Mais pour combien de temps ?

Ses doigts tremblaient tandis qu'elle repoussait un bouquet de citronnelle séché. Plus ils s'enfonçaient dans le cellier, plus les odeurs devenaient prégnantes : romarin, artémise, rhododendron des montagnes, khenpa. Tous destinés à être transformés en bâtons d'encens.

Lama Khemsar, le chef du monastère, avait expliqué à Painter l'usage de ces herbes : leurs vertus purificatrices, canalisatrices des énergies divines, leur utilité pour chasser les pensées superflues, et même traiter l'asthme ou un simple rhume. Pour l'instant, Painter cherchait surtout à se rappeler le chemin menant à la porte située au fond de ce cellier. Toutes les caves du monastère étaient reliées entre elles. Les moines empruntaient ces tunnels l'hiver pour passer d'un bâtiment à l'autre.

Ce réseau souterrain desservait une grange située à la lisière du domaine. Un abri bien à l'écart, à la fois des flammes et des tueurs.

S'ils pouvaient l'atteindre… et, de là, gagner le village voisin…

Il devait contacter Sigma.

Le corridor commença à tournoyer.

Painter fut obligé de s'appuyer contre le mur.

— Vous allez bien ? demanda Lisa, en venant à sa hauteur.

Il respira plusieurs fois avant d'acquiescer. Toujours un peu faible, il souffrait encore de vertiges. Mais moins souvent, d'après lui, en tout cas.

— Que s'est-il passé ici ? l'interrogea-t-elle.

La scientifique lui arracha sa lampe des mains – en réalité, elle se contentait de récupérer son bien, tiré de sa propre trousse de secours – pour la braquer sur ses yeux.

— Je ne… je ne sais pas trop, mais nous devrions continuer à marcher.

Painter essaya de s'écarter de la cloison, mais elle l'en empêcha, posant la paume sur sa poitrine pour lui examiner les pupilles.

— Un sérieux nystagmus, murmura-t-elle avant de baisser la lampe, l'air préoccupé.

— Un quoi ?

Elle lui tendit une gourde d'eau froide en lui faisant signe de s'asseoir sur une balle de foin. Il ne protesta pas. La paille était aussi dure que du ciment.

— Vos yeux montrent des signes de nystagmus horizontal, un tremblement des pupilles. Avez-vous reçu un coup sur la tête ?

— Je ne crois pas. C'est grave ?

— Difficile à dire. Ça peut signaler un problème aux yeux ou au cerveau. Une attaque, des scléroses multiples, un coup sur la tête. Si l'on y ajoute les vertiges, je dirais que c'est votre appareil vestibulaire qui est atteint. L'oreille interne. Ou peut-être le système nerveux central. Sans doute rien de permanent.

Cette dernière phrase fut prononcée sur un ton assez peu réconfortant.

— Qu'entendez-vous par *sans doute rien de permanent,* Dr Cummings ?

— Appelez-moi Lisa, rétorqua-t-elle comme pour faire diversion.

— D'accord, Lisa. Ces défaillances pourraient donc être permanentes ?

Elle évita son regard.

— Il faudrait faire d'autres examens. Étudier vos antécédents médicaux, reprit-elle. Et vous pourriez peut-être commencer par me raconter comment tout cela est arrivé.

Il but une rasade d'eau fraîche. Il aurait bien aimé être en mesure de le lui dire. Une douleur aiguë traversa son cerveau tandis qu'il fouillait dans sa mémoire.

— Je me trouvais dans un des villages voisins. Au milieu de la nuit d'étranges lumières sont apparues là-haut dans les montagnes. Je ne les ai pas vues. Elles avaient disparu quand je me suis réveillé. Mais, au matin, tout le monde dans le village, moi compris, s'est plaint de maux de tête, de nausées. J'ai interrogé un des anciens à propos de ces lumières. Il m'a dit qu'elles surgissaient de temps à autre, depuis des générations. Les lumières fantômes, c'est ainsi qu'il les appelait. Attribuées aux mauvais esprits de la montagne.

— Aux mauvais esprits ?

— Il a désigné l'endroit d'où elles provenaient. En altitude, dans un coin reculé des montagnes, une zone de gorges profondes, de cascades de glace, qui s'étend jusqu'à la frontière chinoise. Difficile d'accès. Le monastère est situé sur un flanc dominant ce no man's land.

— Donc, le monastère était plus proche des lumières ?

— Oui. Tous les moutons sont morts dans les vingt-quatre heures. Certains sont tombés d'un coup. D'autres se cognaient le crâne contre des rochers, encore et encore. Je suis revenu au monastère le lendemain, vomissant et perclus de douleurs. Lama Khemsar m'a préparé une infusion. C'est la dernière chose que je me rappelle.

Il but une nouvelle gorgée avant de soupirer.

— Ce souvenir remonte à trois jours. Une explosion m'a réveillé. J'étais enfermé dans une pièce. J'ai dû défoncer la porte.

— Vous avez eu de la chance, déclara Lisa en récupérant la gourde.

— Vous trouvez ?

Elle croisa les bras sur sa poitrine, les serrant un peu trop fort.

— De la chance de vous être trouvé à bonne distance du monastère. Il semble qu'il y ait une corrélation entre la gravité des symptômes et la proximité avec les lumières. Peut-être s'agit-il d'une forme de radiation. La frontière chinoise n'est pas loin, avez-vous dit ? Il pourrait s'agir d'essais nucléaires ou de je ne sais quoi d'autre…

Painter en était arrivé à la même déduction quelques jours plus tôt.

— Pourquoi secouez-vous la tête ? demanda Lisa.

Il n'avait pas eu conscience de son geste.

Elle fronça les sourcils.

— Vous ne m'avez pas encore révélé ce que *vous* faisiez ici, monsieur Crowe.

— Appelez-moi Painter, rétorqua-t-il avec un sourire.

Lisa lui adressa un regard glacial.

Il hésitait sur ce qu'il pouvait lui dire. Dans ces circonstances, la sincérité semblait s'imposer. Ou, du moins, une part de sincérité.

— Je travaille pour le gouvernement, un organisme qui s'appelle le DARPA. Nous…

Elle l'interrompit en agitant les doigts, les bras toujours croisés.

— Je connais le DARPA. Le département militaire consacré à la recherche et au développement. Il m'est même arrivé de travailler pour eux. En quoi cela les intéresse-t-il ?

— Vous n'êtes pas la seule à qui Ang Gelu ait fait appel. Il nous a contactés il y a une semaine. Pour enquêter sur des rumeurs de maladies étranges dans cette région. J'étais simplement venu en repérage, pour déterminer quel type d'experts il nous faudrait envoyer – médecins, géologues, militaires. C'est alors que la tempête a éclaté. Je ne pensais pas être coupé du monde extérieur pendant si longtemps.

— Avez-vous trouvé quelque chose ?

— Dans un premier temps, j'ai craint que les rebelles maoïstes du coin ne soient entrés en possession de déchets nucléaires, qu'ils ne soient en train de confectionner une méchante bombe. Un peu comme ce que vous envisagiez à propos des Chinois. J'ai donc effectué des relevés de radiations. Et je n'ai rien détecté d'anormal.

Lisa le fixait. On aurait dit qu'elle étudiait une nouvelle espèce de coccinelle.

— Si nous pouvions vous faire examiner dans un labo, commença-t-elle, nous en apprendrions sûrement un peu plus.

Pas une coccinelle, un cobaye plutôt.

Ce qui représentait au moins un degré de plus sur l'échelle de l'évolution.

— D'abord, nous devons sortir d'ici en vie, répliqua Painter, lui rappelant la réalité de leur situation.

Elle jeta un coup d'œil vers le plafond de la cave. Les coups de feu avaient cessé depuis un moment déjà.

— Ils pensent peut-être que tout le monde est mort. Si nous restons cachés, ils…

Painter se releva.

— D'après ce que vous m'avez dit, l'attaque contre le monastère était méthodique. Préparée. Ce qui signifie qu'ils connaissent sûrement l'existence de ces tunnels et qu'ils finiront par les fouiller. J'espère simplement que l'incendie les retardera.

— Je comprends, lâcha Lisa. Il vaut mieux partir.

— Et c'est ce qu'on va faire, la rassura-t-il.

Pris de vertige, il posa une main sur le mur.

— C'est ce qu'on va faire, répéta-t-il, cette fois pour lui-même.

Ils repartirent.

Au bout de quelques pas, Painter se sentit un peu mieux.

Bien. La sortie ne devait plus être très loin.

Il sentit un courant d'air glacé dans le corridor qui vint confirmer ses suppositions. Les herbes qui séchaient au plafond frémirent. Painter s'immobilisa aussitôt et saisit Lisa par le coude, lui indiquant de ne plus faire le moindre bruit.

Il éteignit la lampe.

Devant eux, quelque chose de lourd heurta le sol. Des bottes. Une porte claqua. Le souffle frais mourut.

Ils n'étaient plus seuls.

L'assassin était accroupi sur le sol de la cave. Il savait déjà que quelqu'un d'autre était tapi dans ce souterrain. Après avoir remis son fusil à l'épaule, il dégaina un Heckler & Koch MK23. Il s'était débarrassé de ses gants, ne gardant que ses mitaines en laine. Il ne bougeait pas, l'oreille tendue.

Un imperceptible frottement. Un petit grattement.

Qui s'éloignait.

Au moins deux... peut-être trois personnes battaient en retraite.

Levant la main, il tira la trappe qui menait à la grange. L'obscurité s'abattit sur lui, le courant d'air s'évanouit. Il chaussa une paire de lunettes à vision nocturne et alluma une lampe à ultraviolet fixée à son épaule. Le passage devant lui apparut en prenant des tons gris-vert.

Un des murs était couvert d'étagères chargées de provisions et de pots de miel scellés à la cire. L'assassin se mit en marche, lentement, silencieusement. Il avait tout son temps. La seule autre issue donnait sur des ruines en flammes. Il avait abattu les derniers moines qui n'avaient pas encore totalement perdu l'esprit et tentaient de fuir la fournaise.

Un geste de miséricorde, en somme.

Il était mieux placé que quiconque pour le savoir.

La Cloche avait sonné trop fort.

Un accident. Et il s'en était produit beaucoup trop ces derniers temps.

Le mois précédent, il avait perçu l'agitation croissante au *Granitschloss*. Quelque chose troublait le château, et il le sentait jusque dans le repaire perdu au milieu des montagnes où il avait établi son foyer solitaire. Il n'y avait pas prêté attention. En quoi cela le concernerait-il ?

Et puis, l'accident était survenu… et c'était devenu son problème.

Il fallait réparer leur erreur. Nettoyer.

En tant que *Sonnenkönig*, l'un des derniers encore vivants, c'était son devoir. L'ordre des Chevaliers du Soleil déclinait – ils étaient de moins en moins nombreux, de plus en plus faibles, mais toujours aussi redoutés et embarrassants. Bientôt, le dernier d'entre eux disparaîtrait.

Et c'était aussi bien.

Mais sa mission n'était pas encore terminée. Il ne retournerait dans sa tanière qu'après avoir passé ces caves au peigne fin. On imputerait cette attaque aux rebelles. Qui oserait s'en prendre à un monastère sans la moindre importance stratégique sinon des maoïstes athées ?

Pour ajouter à la supercherie, il utilisait les mêmes munitions que les rebelles.

Y compris pour son pistolet.

L'arme au poing, il longea une rangée de tonneaux en chêne contenant grain, seigle, farine ou pommes séchées. Il avançait avec précaution, à l'affût du moindre danger. Les moines avaient peut-être perdu l'esprit, mais même un fou recourt parfois à la ruse.

Devant lui, le passage bifurquait sur la gauche. Il se déporta sur la droite et s'immobilisa pour tendre l'oreille. Il releva ses lunettes.

Le noir absolu.

Après qu'il eut replacé les verres sur ses yeux, le couloir réapparut, verdâtre. Il les repérerait bien avant qu'ils ne le voient. Ces fuyards ne pouvaient pas lui échapper. La seule issue se trouvait derrière lui.

Il s'engagea dans le tournant.

Une balle de foin gisait au milieu du passage, comme si elle avait été renversée par un individu en fuite. L'assassin scruta le tunnel au-delà de l'obstacle. Encore des tonneaux et des herbes suspendues au plafond.

Aucun mouvement. Aucun bruit.

Il leva le pied pour enjamber la balle.

Quand il le reposa de l'autre côté, une brindille de genièvre crissa sous sa semelle.

Le sol était couvert de branches.

Un piège.

— Maintenant !

Il releva les yeux au moment où le monde explosait de blancheur. Amplifiée par la sensibilité de ses lunettes, la lumière l'aveugla, lui brûlant la rétine.

Des flashes d'appareils photo.

Machinalement, il ouvrit le feu.

Dans cet espace confiné, les détonations furent assourdissantes.

Ils avaient dû se tapir dans le noir, en attendant que le bruit de brindilles écrasées révèle son approche. Cherchant à reculer, l'assassin trébucha sur la balle de foin.

Déséquilibré, il envoya vers le plafond la balle suivante.

Une erreur.

Saisissant aussitôt l'occasion, quelqu'un le plaqua au niveau des jambes, le faisant basculer sur la balle. Son dos heurta violemment le sol. Il sentit alors qu'on lui poignardait le gras de la cuisse. Il donna un coup de genou, provoquant un grognement chez son agresseur.

— Foncez ! cria celui-ci, clouant son bras armé au sol. Fuyez !

Il parlait anglais. Ce n'était pas un moine.

L'assassin entrevit les contours d'une seconde silhouette bondissant par-dessus leurs corps emmêlés. Il commençait à recouvrer la vue. La deuxième personne courait vers la trappe de la grange.

— *Scheiße,* jura-t-il.

Il tourna sur lui-même, projetant loin son assaillant telle une vulgaire poupée de chiffon. Les *Sonnenkönige* n'étaient pas comme les autres hommes. Son agresseur s'écrasa contre le mur, rebondit et essaya de suivre l'exemple de son comparse. Mais l'assassin retrouvait rapidement l'usage de ses yeux. Furieux, il l'attrapa par la cheville.

Son adversaire frappa de l'autre pied, l'atteignant au coude.

Grondant, l'assassin enfonça son pouce à l'endroit d'un nerf situé juste derrière le tendon d'Achille de l'homme. Ce dernier cria. Il connaissait l'intensité de cette douleur. Elle vous donnait l'impression qu'on vous brisait la cheville. Le tenant toujours par la jambe, l'assassin le tira à lui.

En se redressant, il fut pris de vertige. Toutes ses forces l'abandonnèrent, comme l'air s'échappant d'un ballon de baudruche. Sa cuisse le faisait terriblement souffrir. À l'endroit où il avait été poignardé. Il baissa les yeux : pas poignardé. Une seringue était restée fichée dans sa peau, le piston complètement baissé.

Drogué.

Le fuyard se tortilla et parvint à se libérer de son étreinte, rampant pour s'éloigner.

Le meurtrier ne pouvait pas le laisser s'échapper.

Il brandit son pistolet – aussi lourd qu'une enclume désormais – et tira. La balle ricocha sur le sol. Faiblissant rapidement, il ouvrit le feu une deuxième fois mais sa cible avait déjà disparu.

Il l'entendait fuir.

Les membres lourds, il tomba à genoux. Son cœur cognait dans sa poitrine. Un cœur deux fois plus gros que la moyenne. Une caractéristique propre aux *Sonnenkönige*.

Il respirait profondément tandis que son métabolisme s'adaptait.

Les *Sonnenkönige* n'étaient pas comme les autres hommes.

Il se releva lentement.

Il devait achever sa tâche.
Il était né pour cela.
Pour servir.

Painter claqua violemment le battant.

— Filez-moi un coup de main, dit-il en boitant vers d'énormes caisses empilées un peu plus loin. Il faut bloquer cette trappe.

Sa cheville lui faisait un mal de chien. Il tira la caisse du dessus. Au moment où elle bascula, il ne parvint pas à la retenir. La malle s'écrasa à terre dans un tintement de métal. Painter la traîna sur le sol. Il ignorait ce qu'il y avait dedans, mais c'était drôlement lourd en tout cas.

Tant mieux.

En la poussant, il réussit à la placer sur la trappe.

Lisa se débattait avec une autre caisse, alors il vint lui prêter main-forte. Puis ils en portèrent une troisième.

— Encore une, lança Painter.

Lisa contempla les trois malles.

— Personne ne peut soulever ça.

— Encore une, insista Painter. Croyez-moi.

Ils durent s'y mettre à deux pour soulever la quatrième et l'empiler sur les trois autres.

— Après la quantité de drogue qu'on lui a administrée, il va rester dans les vapes plusieurs heures, déclara Lisa.

Un coup de fusil lui répondit. La balle transperça un coin de la trappe et alla se perdre dans les poutres du plafond de la grange.

— À votre place, je ne risquerais pas mes économies là-dessus, lui suggéra Painter, en la tirant à l'écart.

— Vous lui avez bien injecté tout le midazolam… le sédatif ?

— Oh oui !

— Alors, comment… ?

— Je n'en sais rien. Et pour le moment, je m'en moque.

Il était déjà à la porte de la grange. Après s'être assurés qu'il n'y avait pas de second tueur, ils sortirent en courant. Sur leur gauche, le paysage se réduisait à une succession de ruines enflammées ou fumantes. Des braises flottaient dans le ciel de plus en plus couvert.

Des nuages couleur granit masquaient le sommet de la montagne.

— Taski avait raison, marmonna Lisa en remettant la capuche de sa parka.

— Qui ?

— Un guide sherpa. Il nous avait prévenus qu'il y aurait une autre tempête aujourd'hui.

De lourds flocons blancs commençaient à tomber, tourbillonnant dans une pluie noire de cendres. Le feu et la glace. Un mémorial adéquat pour la douzaine de moines qui avaient vécu ici.

En songeant aux malheureux qui avaient habité ces montagnes, Painter éprouva une sombre colère. Qui pouvait massacrer des religieux de façon aussi impitoyable ?

S'il ignorait *qui,* il savait au moins *pourquoi.*

La maladie.

Quelque chose avait mal tourné et quelqu'un tentait désormais d'effacer toutes les traces.

Une explosion interrompit ses réflexions. Des flammes et de la fumée jaillirent de la porte de la grange. Le couvercle d'une des caisses s'envola pour atterrir dans la cour.

Painter attrapa le bras de Lisa.

— Il s'est fait exploser ? demanda celle-ci, éberluée.

— Non. Il a juste fait sauter la trappe. Venez. Les flammes ne le retiendront pas longtemps.

Ils se mirent en marche sur le terrain glacé, contournant les carcasses gelées de chèvres et de moutons, puis franchirent la barrière de l'enclos.

La neige tombait de plus en plus fort. Ce qui présentait à la fois un avantage et un inconvénient. Painter ne portait qu'une robe de laine et des bottes fourrées. Protections assez dérisoires face à un blizzard. Mais la neige fraîche recouvrirait leurs traces et réduirait la visibilité.

Ils s'engagèrent sur un sentier qui courait le long d'une falaise à pic et descendait vers le village dans lequel Crowe avait séjourné quelques jours plus tôt.

— Regardez ! lança Lisa.

En bas, une colonne de fumée grimpait vers le ciel, à peine moins haute que celle qui se dressait dans leur dos.

— Le village, dit Painter en serrant les poings.

Ces inconnus ne s'étaient donc pas contentés d'éradiquer le monastère. Les quelques cabanes avaient elles aussi été incendiées. Ils avaient éliminé tout témoin.

Ce chemin à flanc de montagne était trop exposé et il était sûrement surveillé. D'autres tueurs devaient être postés près du village.

Painter revint sur ses pas en direction des ruines embrasées du monastère.

— Où allons-nous ? demanda Lisa.

Il leva le bras, montrant les montagnes au-delà des flammes.

— Là-bas.

— Mais c'est de là…

— … que proviennent les lumières, oui, confirma-t-il. C'est aussi le seul endroit où nous pourrons trouver une cachette. Et un abri. Nous terrer en attendant la fin de la tempête. Et que d'autres viennent enquêter sur ces feux et ces fumées.

Painter fixait l'épaisse colonne noire. On devait la voir à des kilomètres à la ronde. Un signal, comme ses ancêtres indiens en utilisaient autrefois. Mais y aurait-il quelqu'un pour le relever ? Son regard se déplaça vers le haut, tandis qu'il songeait au ciel pur derrière cette couverture nuageuse. Il priait pour que quelqu'un prenne conscience du danger.

D'ici là…

Ils n'avaient pas le choix.

— Allons-y.

01 : 25
WASHINGTON, D.C.

Monk et Kat traversaient Capitol Plaza. Irrités, ils marchaient d'un pas rapide.

— Je préférerais attendre, dit Kat. C'est trop tôt. Tout peut encore arriver.

Monk sentait l'odeur de jasmin qui émanait d'elle. Après l'appel de Logan, ils s'étaient douchés ensemble et sans trop s'attarder, ils avaient pris tout de même le temps de se caresser et de s'enlacer au moment de se rincer. Un dernier petit plaisir. Mais, après cela, ils s'étaient habillés chacun de son côté et chaque bouton fermé, chaque fermeture Éclair tirée les avaient ramenés un peu plus à la réalité.

Monk regarda Kat.

Elle portait un pantalon bleu marine, un chemisier blanc et un coupe-vent orné du symbole de l'U.S. Navy. Professionnelle comme toujours, aussi impeccable que ses chaussures de cuir noir. Tandis que lui, Monk, était affublé d'un jean noir, d'un col roulé couleur bouillie d'avoine et d'une casquette des Chicago Cubs.

— Tant que je n'en serai pas sûre, enchaîna Kat, je préfère qu'on n'en parle pas.

— Ça veut dire quoi : *Tant que je n'en serai pas sûre ?* Sûre de vouloir le bébé ? Sûre pour nous ?

Ils se disputaient depuis qu'ils avaient quitté l'appartement. Le bref trajet à pied leur sembla interminable.

— Monk…

Il s'immobilisa, tendant la main vers elle avant de la laisser retomber. Mais Kat s'était arrêtée, elle aussi.

Il la fixa droit dans les yeux.

— Réponds-moi, Kat.

— Je veux être sûre que la grossesse… *tienne.* Avant d'en parler à qui que ce soit.

Ses yeux brillaient sous la lune. Elle était au bord des larmes.

— Mon cœur, c'est justement pour ça qu'on devrait le dire à tout le monde…

Il posa une main sur son ventre.

— … pour protéger ce qui pousse là-dedans.

Elle se retourna et la main de Monk se retrouva sur ses reins.

— Et puis, peut-être que tu avais raison. Ma carrière… ce n'est sans doute pas le bon moment.

Il soupira.

— Si tous les gosses étaient nés au bon moment, la Terre serait déserte.

— Monk, tu n'es pas juste. Il ne s'agit pas de *ta* carrière.

— Ben voyons. Parce que tu crois qu'avoir un gosse ne va pas changer ma vie ? Ça change tout.

— Exactement, et c'est bien ce qui me fait peur.

Elle s'appuya sur sa paume. Il la prit dans ses bras.

— On traversera ça ensemble, murmura-t-il. Je te le promets.

— Je préférerais quand même ne rien dire… au moins pendant quelques jours. Je n'ai pas encore vu ma gynéco. Peut-être que le test de grossesse n'a pas bien marché.

— Tu en as fait combien ?

Elle s'appuya contre lui.

— Combien ?

— Cinq.

— Cinq ?

Il ne put s'empêcher d'éclater de rire.

Elle lui assena un petit coup dans les côtes. Qui lui fit mal.

— Te fous pas de moi.

Mais elle souriait.

Il la serra encore plus fort.

— Très bien. Ce sera notre petit secret… pour l'instant.

Elle se retourna pour l'embrasser, pas avec passion, juste pour le remercier. Ils se séparèrent et leurs doigts restèrent noués tandis qu'ils repartaient.

Devant eux, un château brillait dans la nuit. Les remparts et les tours de grès rouge du Smithsonian Institution Castle étaient illuminés, bizarrerie architecturale plantée au beau milieu de la capitale des États-Unis. Si le bâtiment principal abritait toujours le centre d'information de la Smithsonian Institution, le vieil abri anti-atomique creusé sous ses fondations avait été converti en quartier général de Sigma. La force de frappe secrète du DARPA était enterrée au cœur du réseau de musées et de sites de recherche du Smithsonian.

Les doigts de Kat abandonnèrent les siens quand ils approchèrent du bâtiment.

En dépit de leur accord, Monk la sentait encore tendue. S'inquiétait-elle seulement à cause du bébé ?

Tant que je ne serai pas sûre...

Sûre de quoi ?

Cette question le tarauda tout au long du trajet menant aux bureaux souterrains. Mais, une fois dans la salle de réunion, le débriefing de Logan Gregory, directeur par intérim de Sigma, lui apporta d'autres soucis.

— La couverture nuageuse nous cache toujours la région, avec des orages électriques sur tout le golfe du Bengale, expliqua Logan, assis derrière un bureau impeccable.

Une rangée de moniteurs LCD occupait un mur entier. Des données défilaient sur deux d'entre eux. Un autre montrait une retransmission en direct d'un satellite météo positionné au-dessus de l'Asie.

Monk tendit à Kat la dernière photo prise par l'engin.

— Avec un peu de chance, nous devrions avoir des nouvelles avant le lever du soleil, poursuivait Logan. À l'aube, Ang Gelu est parti pour le monastère en hélicoptère. Du personnel médical l'accompagnait. Ils ont profité d'une accalmie de la tempête. Il est encore tôt là-bas. Midi à peine. J'espère donc recevoir des informations sous peu.

Monk échangea un regard avec Kat. Ils avaient été mis au courant de l'enquête du directeur. Cela faisait trois jours que Painter Crowe n'avait plus donné signe de vie. À en juger d'après son air hagard, Logan Gregory n'avait pas fermé l'œil durant ces trois jours.

Il portait son habituel costume bleu mais, et cela n'avait rien d'habituel, celui-ci était froissé aux coudes et aux genoux. Ses cheveux blond paille et son bronzage lui donnaient toujours un côté juvénile. Pourtant, ce soir, sa quarantaine bien sonnée se voyait : yeux bouffis, pâleur extrême et deux rides profondes sur le front.

— Et Gray ? demanda Kat.

Logan lissa un dossier sur son bureau l'air décidé, comme si son geste réglait le problème. Toujours efficace, il en sortit un deuxième qu'il ouvrit.

— Le commandant Gray Pierce a été victime d'une tentative d'assassinat il y a une heure.

— Quoi ? s'exclama Monk. Et vous nous donniez la météo ?

— Calmez-vous. Il va bien et attend les renforts, répliqua Logan avant de faire le point sur la situation à Copenhague. Monk, j'ai pris des dispositions pour que vous rejoigniez le commandant Pierce. Un jet vous attend à Dulles. Il décolle dans quatre-vingt-douze minutes.

Monk devait reconnaître son professionnalisme : Logan n'avait même pas consulté sa montre.

— Capitaine Bryant, continuait celui-ci. J'aimerais vous garder ici pour surveiller la situation au Népal. J'ai reçu plusieurs appels de notre ambassade à Katmandou. Votre expérience me sera utile.

— Certainement, monsieur.

Monk se réjouit que Kat ait commencé sa carrière dans diverses agences de renseignement. Elle était qualifiée pour gérer une situation où les services secrets de plusieurs pays seraient amenés à coopérer. Il préférait la savoir ici, en sécurité sous les pierres du Smithsonian Institution Castle, que sur le terrain.

Il se rendit compte qu'elle le fixait. Avec colère. Comme si elle avait lu dans ses pensées. Il garda un visage impassible.

Logan se leva.

— Bien, je vous laisse vous préparer.

Il leur indiqua la sortie, les mettant effectivement à la porte.

Dès que celle-ci se fut refermée derrière eux, Kat le saisit par le bras, juste au-dessus du coude.

— Tu pars au Danemark ?

— Ouais, et alors ?

Elle le poussa dans les toilettes des femmes, heureusement vides à cette heure de la nuit.

— Et le bébé ?

— Quoi, le bébé ?

— Et s'il t'arrivait quelque chose ?

Monk cligna des paupières.

— Il ne m'arrivera rien.

Elle lui prit son autre bras, montrant sa prothèse.

— Tu n'es pas indestructible.

Monk se libéra, cachant à moitié sa main mutilée derrière son dos.

— Je vais faire du baby-sitting. Juste garder un œil sur Gray pendant qu'il finit le travail. D'ailleurs, Rachel doit être déjà là-bas. À tous les coups, je vais me retrouver à jouer les chaperons. Et on reprendra le premier vol en partance.

— S'il ne s'agit que d'une mission de routine, laisse quelqu'un d'autre y aller. Je peux dire à Logan que j'ai besoin de toi ici.

— Comme s'il allait te croire.

— Monk…

— J'y vais, Kat. C'est toi qui préfères garder le secret sur ta grossesse, alors que j'aimerais la clamer au monde entier. Quoi qu'il en soit, on nous a confié des tâches. Tu as la tienne et moi la mienne. Fais-moi confiance, je ne commettrai pas d'imprudence.

Il posa la main sur son ventre.

— Maintenant, je protège mon p'tit cul pour trois.

Elle couvrit sa main avec la sienne.

— Et c'est un joli p'tit cul.

Il esquissa un sourire qu'elle lui rendit. Son regard trahissait pourtant l'inquiétude et l'épuisement.

Il se pencha, approchant ses lèvres tout près des siennes, et murmura :

— Je te le promets.

— Tu promets quoi ? s'enquit-elle en s'écartant légèrement.

— Tout ce que tu veux, répondit-il avant de l'embrasser.

Il était sincère.

— Tu peux en parler à Gray, dit-elle quand ils se séparèrent enfin. Tant qu'il s'engage à ne pas le crier sur les toits.

— Vraiment ? fit-il, heureux comme un gosse avant de plisser les sourcils, soupçonneux. Pourquoi ?

Elle le contourna pour aller se regarder dans le miroir, mais non sans l'avoir gratifié d'une claque sur les fesses.

— Je veux qu'il veille sur ton p'tit cul, lui aussi.

— Je ne crois pas que je sois son genre.

Elle secoua la tête.

— Mais qu'est-ce que je vais faire de toi ?

Il vint se poster derrière elle et la prit par la taille.

— Eh bien, selon M. Gregory, tu as encore quatre-vingt-douze minutes pour décider de mon sort.

12 : 15
HIMALAYA

Lisa avait du mal à suivre Painter.

Avec l'agilité d'une chèvre des montagnes, il dévalait un goulet abrupt, jonché de rochers et de bouts de schistes gelés particulièrement traîtres. La neige tombait lourdement, formant un nuage épais et tourbillonnant qui réduisait la visibilité à deux ou trois mètres à peine, créant un étrange crépuscule grisâtre. Mais ils étaient au moins à l'abri des rafales glacées. Le goulet les protégeait du vent.

La température continuait malgré tout à chuter. Même avec sa parka et ses gants conçus pour les grands froids, elle frissonnait. Ils marchaient depuis à peine une heure, et la chaleur du monastère incendié n'était plus qu'un lointain souvenir. Les quelques centimètres de peau qui avaient été exposés la brûlaient.

Painter devait souffrir encore plus. Il avait récupéré un pantalon et des moufles sur le cadavre d'un des moines. Mais il n'était pas équipé d'une capuche isolante, et ne disposait que d'une écharpe nouée sur la partie inférieure du visage. Chaque fois qu'il expirait, un petit nuage se formait dans l'air glacé.

Il fallait qu'ils trouvent un refuge.

Et vite.

Elle glissa et tomba sur les fesses. Painter lui tendit la main. Ils avaient atteint la base du goulet, une sorte de crevasse coincée entre de hautes falaises.

Ici, la couche de neige fraîche était si épaisse qu'ils s'y enfonçaient jusqu'aux genoux.

Sans raquettes, ils allaient avoir du mal à avancer.

Comme s'il avait deviné son inquiétude, Painter tendit le bras vers une des falaises qui s'incurvait et sous laquelle ils pouvaient s'abriter. Ils se frayèrent un chemin parmi les congères.

Sous le surplomb, c'était plus facile.

Elle regarda derrière eux. Déjà, les traces de leurs pas se remplissaient de neige. D'ici quelques secondes, elles auraient complètement disparu. C'était, certes, une bonne chose – rendant la tâche plus difficile à leurs poursuivants – mais cette vision la troublait néanmoins. Leur existence elle-même semblait en train de s'effacer.

— Où allons-nous ? demanda-t-elle. En avez-vous la moindre idée ?

Elle murmurait, non par peur de trahir leur position, mais simplement parce que le silence instauré par la neige l'intimidait.

— Pas vraiment, répondit Painter. Cette zone frontière est un territoire largement inexploré. À mon arrivée ici, j'ai étudié quelques clichés pris par des satellites de surveillance. Mais cela ne sert pas à grand-chose. Le terrain est trop accidenté.

Ils continuèrent en silence pendant quelques mètres.

Puis Painter se tourna vers elle.

— Vous savez qu'en 1999, on a découvert Shangri-La par ici ?

Lisa le dévisagea, incapable de savoir s'il souriait sous son écharpe, s'il tentait de la réconforter.

— Shangri-La… comme dans *Horizons perdus* ?

Elle se souvenait du film et du livre. Un paradis perdu, figé dans le temps quelque part dans l'Himalaya.

— Deux explorateurs du *National Geographic* ont découvert une gorge extrêmement profonde dans l'Himalaya à quelques centaines de kilomètres au sud d'ici, cachée sous un éperon montagneux, un endroit hors de la portée des satellites. Tout au fond, ils ont trouvé un paradis subtropical. Des cascades, des pins et des sapins, des prairies couvertes de rhododendrons, des ruisseaux bordés de pruches et d'épicéas. Une sorte de jardin sauvage, grouillant de vie, encerclé de tous côtés par la neige et la glace.

— Shangri-La ?

Il haussa les épaules.

— C'est juste la preuve que la science et les satellites ne révèlent pas toujours ce que le monde veut cacher.

Il claquait des dents. Le simple fait de parler épuisait leurs réserves de souffle et de chaleur. Si seulement ils arrivaient à trouver leur propre Shangri-La.

Ils continuèrent en silence. La couche de neige ne cessait de s'épaissir.

Au bout de dix minutes de marche, la falaise contre laquelle ils progressaient s'écarta brusquement, les privant du surplomb protecteur.

Ils s'arrêtèrent, désespérés.

Le défilé s'évasait. La pente s'accentuait. La neige qui tombait formait un rideau derrière lequel, entre deux rafales, ils découvrirent une vallée.

Ce n'était pas Shangri-La.

Devant eux, le sol se dérobait. Les parois de la montagne, déchiquetées et balayées par la neige, étaient trop abruptes pour s'y risquer sans corde. Un torrent dévalait ce précipice en une série de cascades – toutes gelées et pétrifiées.

Au-delà, à peine visible à travers la neige et la brume glacée, s'ouvrait un précipice qui semblait sans fond. Le bout du monde.

— On va trouver un moyen de descendre, balbutia Painter, claquant à nouveau des dents.

Il s'engagea dans le blizzard en direction de la gorge. Elle le suivit. La neige ne tarda pas à leur recouvrir les chevilles, les mollets.

— Attendez, s'écria Lisa.

Il s'immobilisa, hésitant, grelottant.

Elle savait qu'il ne pourrait pas tenir beaucoup plus longtemps. Il l'avait conduite jusqu'ici mais ils n'étaient pas équipés pour aller au-delà. Et certainement pas pour dévaler cette falaise.

— Par là, suggéra-t-elle.

Elle le ramena vers la paroi rocheuse sous le vent.

— Où... ? commença-t-il, incapable de continuer tellement il tremblait.

Elle se contenta de lui montrer l'endroit où un torrent gelé venait se planter au pied de la falaise. Taski Sherpa leur avait appris quelques techniques de survie. Une de ses leçons les plus strictes : trouver un abri.

Lisa se dirigea vers la cascade gelée. Comme on le lui avait montré, elle chercha l'endroit où la roche noire rencontrait la glace d'un blanc bleuté. Selon leur guide, la fonte des neiges transformait les rivières himalayennes en torrents impétueux, capables de creuser la pierre la plus dure. À la fin de l'été, les eaux se pétrifiaient de nouveau, laissant souvent de profondes poches dans les parois derrière elles.

Avec soulagement, elle constata que c'était le cas ici.

Elle adressa une silencieuse prière de remerciement à Taski et à tous ses ancêtres.

Se servant de son coude, elle brisa une couche de givre et agrandit l'espace entre la glace et la paroi. Une petite grotte apparut.

Painter la rejoignit.

— Je passe devant, dit-il, protecteur.

Se glissant de profil dans l'interstice, il entra... et disparut. Un moment plus tard, une petite lumière s'épanouit, illuminant la cascade de l'intérieur.

Lisa regarda.

Painter se tenait à deux ou trois mètres de là, lampe torche à la main. Il balaya la petite niche avec le rayon lumineux.

— On va attendre la fin de la tempête ici.

Lisa le rejoignit. À l'abri du vent et de la neige, il faisait réellement beaucoup plus chaud.

Painter éteignit la lampe. Elle n'était pas vraiment nécessaire. Le mur de glace semblait capter et amplifier toute la lumière que le blizzard laissait passer. La cascade congelée luisait et scintillait.

Painter se tourna vers elle, les yeux particulièrement bleus, aussi brillants que le givre. Elle examina son visage à la recherche d'engelures. Le vent abrasif avait cuivré sa peau, soulignant son ascendance indienne. D'autant plus frappante avec ses yeux si bleus.

— Merci, lâcha-t-il. Vous venez sans doute de nous sauver la vie.

Elle haussa les épaules, en détournant les yeux.

— Chacun son tour.

Pourtant, malgré sa désinvolture apparente, ces remerciements lui faisaient chaud au cœur… plus qu'elle ne s'y serait attendue.

— Comment saviez-vous où… ?

Un formidable éternuement coupa la phrase de Painter.

Lisa posa son sac médical à terre.

— Assez de questions. Il faut d'abord qu'on se réchauffe. Tous les deux.

Elle déplia une couverture isolante. En dépit de sa trompeuse finesse, le tissu Astrolar pouvait retenir quatre vingt-dix pour cent de la chaleur corporelle. Et elle ne comptait pas que sur ça.

Elle sortit un radiateur au propane, un équipement vital en haute montagne.

— Asseyez-vous, ordonna-t-elle à Painter, étalant la couverture sur la roche froide.

Épuisé, il ne discuta pas.

Elle le rejoignit et referma la couverture au-dessus d'eux, formant un véritable cocon. Puis elle appuya sur l'interrupteur de son radiateur Coleman SportCat. L'engin sans flamme était alimenté par un petit réservoir disposant de quatorze heures d'autonomie. En l'utilisant en alternance avec la couverture, ils devraient réussir à tenir deux ou trois jours.

Painter frissonna tandis que le radiateur chauffait.

— Enlevez vos bottes et vos gants, lui ordonna-t-elle en montrant l'exemple. Réchauffez-vous les mains sur le radiateur et massez-vous les doigts, les orteils, le nez, les oreilles.

— Contre les engelures.

Elle acquiesça.

— Empilez le plus de vêtements possible entre vous et la roche pour limiter la déperdition de chaleur.

Ils se déshabillèrent et colmatèrent leur nid.

Bientôt, ils s'y sentirent presque au chaud.

— Il me reste des barres de céréales énergétiques, annonça-t-elle. Et on peut faire fondre de la neige pour boire.

— Une vraie pro de la survie en milieu hostile, constata Painter d'une voix plus ferme, retrouvant son optimisme à mesure qu'ils se réchauffaient.

— Mais rien de tout ça n'arrêtera une balle, répondit-elle.

Elle le fixait, presque nez à nez sous la couverture.

Il soupira et acquiesça. Ils étaient à l'abri du froid, mais pas du danger. Le blizzard, si menaçant quelques instants plus tôt, leur offrait une certaine protection.

Mais après cela ? Ils n'avaient aucun moyen de communication. Ni armes.

— Nous resterons cachés, déclara Painter. Ceux qui ont incendié le monastère ne nous retrouveront pas ici. Dès que la tempête sera calmée, des secours viendront… en hélicoptère, avec un peu de chance. Nous leur signalerons notre présence avec cette fusée de détresse que j'ai vue dans votre sac.

— En espérant que ces secours nous trouvent avant les autres.

D'un geste rassurant, il lui serra le genou. Elle apprécia qu'il ne lui offre pas de faux encouragements. Qu'il ne la traite pas comme une gamine. À son tour, elle lui serra la main.

Ils restèrent un moment silencieux, chacun perdu dans ses pensées.

— Qui sont-ils, selon vous ? demanda-t-elle finalement à mi-voix.

— Je l'ignore. Mais j'ai entendu l'homme pousser un juron quand je l'ai plaqué. En allemand. J'ai eu l'impression de heurter un char.

— En allemand ? Vous êtes sûr ?

— Je ne suis sûr de rien. Il s'agit probablement d'un mercenaire. Il a suivi un entraînement militaire, ça, je peux le certifier.

— Attendez, s'exclama Lisa en fouillant dans son sac. Mon appareil photo.

Painter se redressa, ouvrant par mégarde un coin de la couverture. Sans perdre une seconde, il rétablit l'étanchéité de leur abri.

— Vous pensez avoir un cliché de lui ?

— Pour faire fonctionner le flash, j'ai réglé l'appareil sur déclenchement automatique. Dans ce cas-là, il prend cinq photos par seconde. Je ne sais pas ce que ça va donner.

Épaule contre épaule, ils contemplèrent le petit écran LCD. La plupart des clichés étaient flous. Tandis qu'elle les faisait défiler, ils avaient l'impression d'assister à une rediffusion image par image de leur fuite : la réaction de surprise du tueur, son bras levé pour se protéger instinctivement les yeux, le coup de feu tandis qu'elle se cachait derrière un tonneau, la charge de Painter.

Sur certaines photos, on distinguait des bouts du visage du tueur. En les rassemblant mentalement, ils purent se faire une idée plus précise de son apparence : cheveux d'un blond presque blanc, sourcils de brute, mâchoire proéminente. Le dernier cliché de la série avait dû être pris au moment où elle avait bondi au-dessus des deux hommes emmêlés. Il montrait un gros plan des yeux de l'inconnu sans ses lunettes de vision nocturne. Sa rage était encore accentuée par ses pupilles rougies par le flash.

Lisa remarqua aussi un autre détail concernant ces yeux.

Ils étaient vairons.

L'un brillait d'un bleu glacial.

L'autre paraissait blanc comme la mort.

Peut-être là encore un effet du flash…

Lisa pressa la touche pour revenir à la première photo. On y voyait un mur, sur lequel quelqu'un avait écrit avec du sang. Elle l'avait oubliée.

— Qu'est-ce que c'est ? s'enquit Painter.

Elle lui avait déjà raconté la triste histoire du chef du monastère, Lama Khemsar.

— C'est ce que le vieux moine inscrivait sur le mur. Ça ressemble à une série de signes, répétés encore et encore.

Painter se pencha.

— Vous pouvez zoomer ?

Elle s'exécuta, perdant cependant quelques pixels.

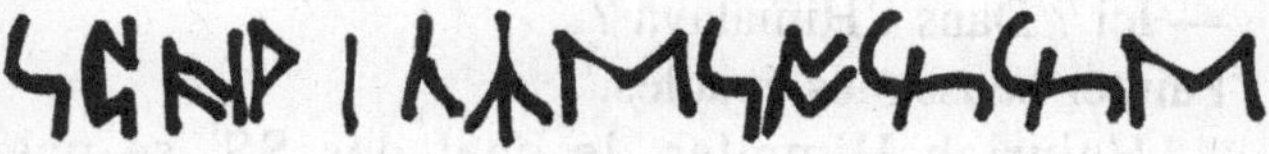

Painter fronça les sourcils.

— Ce n'est pas du tibétain ni du népalais. Cette écriture est trop anguleuse. On dirait plutôt des runes nordiques.

— Des runes nordiques ? Ici ?

— Je l'ignore, fit Painter avec un soupir de lassitude. Quoi qu'il en soit, ça laisse penser que Lama Khemsar en savait peut-être davantage qu'on ne le croyait.

Lisa se souvint alors d'un détail qu'elle ne lui avait pas encore communiqué.

— Après que le vieux moine s'est tranché la gorge, nous avons trouvé un symbole gravé sur sa poitrine. Sur le moment, j'ai cru qu'il s'agissait juste d'une folle coïncidence. Mais maintenant, je ne sais plus.

— À quoi ressemblait-il ? Pouvez-vous le dessiner ?

— Inutile. C'était un svastika.

— Un svastika ?

— Oui. Est-il possible que sa folie ait été inspirée par quelque chose qui l'a effrayé dans le passé ?

Elle lui expliqua comment le cousin d'Ang Gelu, Relu Na, avait fui les rebelles maoïstes, choqué par leur brutalité, leur façon de mutiler d'innocents paysans à coups de faucille. Quand la démence s'était emparée de lui, Relu Na s'était alors comporté de la même manière, comme mû par un profond traumatisme.

Quand elle eut terminé, Painter réfléchit quelques secondes avant de répondre.

— Lama Khemsar avait environ soixante-quinze ans. Il était donc adolescent pendant la Seconde Guerre mondiale. C'est possible. Il a pu rencontrer des nazis.

— Ici ? Dans l'Himalaya ?

Painter haussa les épaules.

— Heinrich Himmler, le chef des SS, se passionnait pour les sciences occultes. Après avoir entendu parler d'anciens textes védiques, certains remontant à 1 500 ans avant J.-C., ce malade en est venu à croire que ces montagnes avaient été le berceau de la race aryenne. Il a envoyé des expéditions pour en trouver la preuve. Ce type n'était pas à un délire près, bien sûr.

Lisa lui sourit.

— Le vieux lama serait tombé sur une de ces expéditions. Il aurait pu leur servir de guide, par exemple.

— Peut-être. Mais nous ne le saurons jamais. Il a emporté ses secrets avec lui.

— Pas si sûr. Peut-être était-ce ce qu'il tentait de faire dans cette pièce. Révéler quelque chose d'horrible. Son subconscient cherchant peut-être à trouver une sorte de rédemption en dévoilant ce qu'il avait enfoui jusque-là.

— Ça fait beaucoup de peut-être, rétorqua Painter en se frottant le front avec une grimace. Et j'en ajoute un autre : peut-être qu'il divaguait tout simplement.

Lisa n'avait aucun argument à lui opposer. Elle soupira, écrasée par la fatigue maintenant qu'ils n'étaient plus obligés de fuir.

— Vous avez assez chaud ?

— Ouais, merci.

Elle coupa le radiateur.

— Mieux vaut économiser le propane.

Il acquiesça et ne réussit pas à réprimer un bâillement.

— On devrait essayer de dormir un peu, dit-elle. À tour de rôle.

Quelques heures plus tard, Painter se réveilla en sursaut. On lui secouait l'épaule. Il s'assit. Dehors, il faisait nuit. Le mur de glace devant lui était aussi noir que la roche.

La tempête semblait avoir cessé.

— Que se passe-t-il ? demanda-t-il.

Lisa avait baissé une partie de leur couverture.

Elle pointa un doigt et murmura :

— Attendez.

Il s'approcha d'elle, refusant de céder à une terrible envie de dormir. Il attendit une demi-minute. Toujours rien. La tempête s'était vraiment calmée. Plus le moindre souffle de vent. Au-delà de leur grotte, un silence d'hiver s'était abattu sur la vallée et les sommets. Il tendit l'oreille, guettant le moindre son suspect.

Quelque chose avait effrayé Lisa.

Il sentait sa peur, sa terreur même.

— Lisa, que…

Soudain, d'intenses reflets lumineux se mirent à danser sur le mur de glace, comme si on tirait un feu d'artifice à l'extérieur. Sauf qu'il n'y avait aucun bruit. Les taches scintillantes miroitaient sur la cascade figée. Puis la glace redevint noire.

— Les lumières fantômes, murmura Lisa en se tournant vers lui.

Painter se rappela ce qui s'était produit trois nuits plus tôt. Quand tout avait commencé. *La maladie au village, la folie au monastère.* Il repensa à l'hypothèse avancée par Lisa. La proximité avec ces étranges lumières avait un rapport direct avec la gravité des symptômes.

Et désormais, ils en étaient plus proches que jamais.

Sous les yeux de Painter, la cascade gelée se remit à scintiller.

Les lumières mortelles étaient revenues.

5

Quelque chose de pourri

18 : 12
COPENHAGUE, DANEMARK

Agacé, Gray Pierce consulta sa montre.

La vente programmée à dix-sept heures n'avait toujours pas commencé. Selon les dernières rumeurs, elle devait débuter à la demie, en raison du retard de certains clients, une tempête sur la mer du Nord affectant le trafic aérien au-dessus de Copenhague.

Tandis que le soleil se couchait, il était installé au balcon du deuxième étage du Scandic Webers Hotel, juste en face de la Ergenschein Auction House, un immeuble moderne de trois étages qui ressemblait davantage à une galerie d'art qu'à une salle des ventes. Le style était danois donc minimaliste, tout en verre et bois blême. La vente se tiendrait au sous-sol.

Et bientôt, avec un peu de chance.

Gray bâilla et s'étira.

Plus tôt, il était passé en vitesse à son hôtel précédent près de Nyhavn pour y récupérer son matériel de surveillance et régler sa note. Sous un autre nom, avec une autre MasterCard, il avait pris une chambre dans cet établissement situé au cœur de Copenhague. De son balcon, il entendait au loin les cris excités et la musique provenant d'un des plus vieux parcs d'attractions au monde, les Jardins de Tivoli.

À ses côtés étaient posés son ordinateur portable ouvert et un hot-dog à moitié entamé. Son unique repas de la journée. En dépit des rumeurs, un agent en mission ne passait pas le plus clair de son temps dans les casinos de Monte-Carlo et dans des restaurants trois étoiles. Cela dit, c'était un super hot-dog, même s'il avait coûté trois fois plus cher qu'en Amérique.

L'image, sur l'écran du portable, frémit tandis que la caméra dotée d'un capteur de mouvements prenait une série de clichés. Il avait déjà enregistré les portraits de deux douzaines d'acheteurs éventuels, visiblement issus de milieux assez divers : banquiers tirés à quatre épingles, mondains et demi-mondains assez dédaigneux, un trio de gentlemen au cou de taureau et vêtus de vestes luisantes sur lesquelles on aurait dû broder le mot *mafioso,* une ou deux dames aux tenues et au maquillage un peu trop voyants et un quatuor de nouveaux riches américains vêtus de blanc des pieds à la casquette. Bien sûr, ces quatre-là parlaient trop fort.

Une longue limousine noire s'arrêta devant la salle des ventes. Deux personnes en descendirent. Elles étaient grandes et élancées, parées de costumes Armani noirs. L'homme portait un nœud papillon bleu et la femme un chemisier de soie dans les mêmes tons. Tous deux étaient jeunes, vingt-cinq ans tout au plus. Mais on aurait pu les croire bien plus âgés. Peut-être à cause de leur chevelure blanche, coiffée quasiment à l'identique : courte, collée au crâne, à la manière de deux stars du cinéma muet. À vrai dire, leur froide élégance paraissait sans âge. Ils ne souriaient pas, pourtant une lueur d'ironie brillait dans leurs yeux.

Le portier leur tint la porte avec révérence.

Tous deux hochèrent la tête en signe de remerciement, sans chaleur, se contentant de montrer qu'ils avaient remarqué son geste. Ils disparurent à l'intérieur. Le portier entra derrière eux, ferma la porte et retourna une pancarte. Apparemment, ces deux-là étaient les derniers clients attendus, et peut-être la raison pour laquelle la vente avait été retardée.

Qui étaient-ils ?

Gray ravala sa curiosité. Logan Gregory lui avait donné ses ordres.

Il examina ses photos pour s'assurer qu'il avait obtenu des images bien nettes de chaque participant. Satisfait, il copia le dossier sur un disque de mémoire flash qu'il empocha. Désormais, il ne lui restait plus qu'à patienter le temps que tout ce beau monde ressorte. Logan avait veillé à ce qu'on lui transmette la liste des acquéreurs après la vente. Certains auraient sûrement donné un faux nom, mais ces informations seraient partagées avec toutes les agences de lutte antiterroriste américaines et, plus tard, avec Europol et Interpol. Gray serait bientôt démis de cette affaire. Il ne saurait sans doute jamais pourquoi on l'avait attaqué. Ni pourquoi Grete Neal avait été tuée.

Il se força à rouvrir le poing. Cela lui avait pris tout l'après-midi, mais il avait fini par accepter les restrictions imposées par Logan. Il n'avait pas la moindre idée de ce qui se tramait ici et agir à l'aveuglette risquait de provoquer d'autres morts.

Il n'en éprouvait pas moins un sentiment de culpabilité rendu plus pénible encore par son inactivité forcée. Il tournait en rond dans sa chambre d'hôtel depuis des heures, repensant sans cesse à ce qui s'était passé ces dernières heures.

S'il s'était montré plus prudent dès le début... S'il avait pris davantage de précautions...

Son portable vibra dans sa poche. Il vérifia le nom de son correspondant. *Dieu merci !* Il ouvrit l'appareil et sortit sur le balcon.

— Rachel... content de t'entendre.

— J'ai eu ton message. Tu vas bien ?

Il perçut autant son inquiétude personnelle que son intérêt professionnel. Gray lui avait envoyé un message sur son portable, lui annonçant simplement que leur rendez-vous devait être reporté. Sans donner aucun détail. Malgré les liens qui les unissaient, il devait respecter certaines règles de sécurité.

— Je vais bien. Monk ne va pas tarder à arriver. Il sera ici un peu après minuit.

— Je viens d'arriver à Francfort, annonça Rachel. J'allais prendre ma correspondance pour Copenhague quand j'ai consulté mes messages.

— Encore une fois, je suis désolé...

— Tu préfères que je rentre ?

Il craignait par-dessus tout de l'impliquer dans cette histoire.

— Oui. Ça vaudrait mieux. On essaiera de se voir plus tard. Si les choses se calment ici, je pourrais peut-être faire un petit détour par Rome avant de rentrer aux États-Unis.

— J'aimerais bien.

Il sentit sa déception.

— Je me rattraperai, lui assura-t-il, en espérant qu'il pourrait tenir parole.

Elle poussa un soupir... pas d'irritation mais de compréhension. Ils n'étaient pas naïfs au sujet de leur relation. Chacun menait une carrière sur un continent différent. Mais tous deux étaient quand même prêts à voir où cela les mènerait.

— J'espérais qu'on pourrait parler, murmura Rachel.

Il sut ce qu'elle voulait dire. Ils avaient traversé beaucoup d'épreuves ensemble, découvert aussi bien leurs bons que leurs mauvais côtés, et pourtant, en dépit de la distance qui les séparait, ni l'un ni l'autre ne souhaitaient renoncer. En fait, ils avaient tous les deux conscience que le moment était venu de discuter de la prochaine étape.

Celle qui leur permettrait de se rapprocher.

Voilà pourquoi ils étaient restés séparés si longtemps depuis leur dernier rendez-vous. Sans se l'avouer, ils avaient compris qu'ils avaient tous les deux besoin de réfléchir. Et désormais, il leur faudrait prendre une décision.

S'engager ou pas.

Avait-il seulement une réponse à lui donner ? Il aimait Rachel. Il se sentait prêt à faire sa vie avec elle. Ils avaient même parlé d'enfants. Pourtant… quelque chose le troublait. Il était presque soulagé que leur rencontre ici soit finalement reportée. Pourquoi ?

— Je viendrai à Rome, répliqua-t-il. Je te le promets.

— Bon, alors je te garde des *vermicelli alla panna* d'Oncle Vigor au chaud, lança-t-elle d'une voix moins tendue. Tu me manques, Gray. Nous…

Un concert d'avertisseurs couvrit sa phrase.

Gray baissa les yeux. En bas, une silhouette traversait la rue à toute allure sans se préoccuper de la circulation. Une femme vêtue d'une veste de cachemire et d'une jupe longue, les cheveux ramassés dans un lourd chignon. Gray faillit ne pas la reconnaître. Jusqu'à ce qu'elle adresse un signe désobligeant à un conducteur exaspéré.

Fiona.

Que fabriquait-elle ici, bon sang ?

— Gray... ? dit Rachel dans son oreille.

Il répondit précipitamment.

— Je suis désolé, Rachel... il faut que j'y aille.

Il raccrocha.

En bas, Fiona fonça vers la salle des ventes et s'y engouffra. Gray retourna devant son ordinateur. Sa caméra filmait la jeune fille à travers la vitre de la porte. Elle était en grande discussion avec le portier. Finalement, l'homme en uniforme vérifia un bout de papier qu'elle lui avait fourré dans les mains et l'autorisa à entrer, visiblement à contrecœur.

Fiona le dépassa et disparut de l'écran.

Gray regarda son écran puis la rue.

Oh, et merde...

Logan ne serait pas content.

Mais qu'aurait fait Painter Crowe ?

Sa veste de costume gisait sur le lit. Prête en cas d'urgence.

Painter ne serait pas resté assis sans rien faire.

22 : 22
HIMALAYA

— Il n'y a rien à faire, lâcha Painter. Restons là.

Les lumières fantômes continuaient à luire puis à disparaître, toujours aussi silencieuses, balayant la cascade glacée de reflets changeants. Quand elles s'éteignaient, la grotte semblait encore plus sombre et froide.

Lisa se serra contre lui. Leurs mains se trouvèrent, se serrèrent.

— Pas étonnant qu'ils ne se soient pas donné la peine de nous poursuivre, murmura-t-elle, haletante de peur. Pourquoi braver la tempête quand il leur suffit d'allumer ces maudites lumières pour nous irradier ?

Elle a raison, pensa Painter. Une fois contaminés, ils seraient sans défense. La montagne et le froid les tueraient aussi sûrement que la balle d'un sniper.

Mais il refusait d'abandonner tout espoir.

La folie et la maladie ne se déclareraient pas avant plusieurs heures. Il ne gâcherait pas ce précieux répit. S'ils pouvaient atteindre des secours à temps, on parviendrait peut-être à les soigner.

— On s'en sortira, assura-t-il.

Cela ne fit qu'irriter Lisa.

— Comment ?

Elle se tourna vers lui tandis que les lumières scintillaient de nouveau. Les parois de la caverne parurent se couvrir de diamants. Dans les yeux de Lisa, il perçut moins de terreur qu'il ne s'y attendait. Elle avait peur, certes – et avec raison – mais il y avait aussi de la dureté dans son regard, elle aussi semblable à du diamant.

— Je n'ai pas besoin d'être rassurée, siffla-t-elle en lui retirant sa main.

Il acquiesça.

— S'ils comptent sur les radiations pour nous tuer, cela signifie qu'ils ne surveillent sans doute pas les montagnes de trop près. Maintenant que la tempête est terminée, nous pouvons…

Une rafale de coups de feu retentit, brisant le silence.

Painter et Lisa s'observèrent.

Les détonations semblaient très proches.

Comme pour le confirmer, une volée de balles vint s'écraser sur la cascade gelée. Ils battirent en retraite vers le fond de la petite grotte qui ne comportait pas d'issue. Ils étaient coincés là, pris au piège.

C'est alors que Painter remarqua quelque chose.

Les lueurs fantômes ne s'éteignaient plus comme avant. Le mur d'eau gelé restait illuminé en permanence. La lumière s'était figée... sur leur cachette.

Une voix tonna, amplifiée par un porte-voix.

— Painter Crowe ! Nous savons que vous vous cachez là avec la femme.

Il s'agissait d'une voix féminine. Avec un accent.

— Sortez ! Les mains en l'air !

Painter pressa l'épaule de Lisa, d'un geste qui se voulait rassurant.

— Restez ici !

Il montra leurs affaires jonchant le sol, lui indiquant de s'équiper. Il remit ses bottes avant de se diriger vers le passage à flanc de paroi et risqua la tête à l'extérieur.

Comme souvent en montagne, le blizzard s'était calmé aussi soudainement qu'il était apparu. Des étoiles brillaient dans le ciel noir. La Voie lactée s'étalait au-dessus de la vallée blottie sous la neige et la glace, couverte ici et là de nuages de brouillard givrant.

Beaucoup plus près, un projecteur trouait la nuit, son rayon braqué sur la cascade gelée. À une cinquantaine de mètres de là, celui qui tenait le projecteur chevauchait un scooter des neiges. Ce n'était qu'une lampe ordinaire, sans doute au xénon à en juger par sa teinte bleutée.

Rien à voir avec une mystérieuse lumière fantôme.

Painter éprouva un réel soulagement. Voilà donc les lumières qu'ils apercevaient depuis un moment, marquant l'approche des véhicules. Il en dénombra cinq. Il compta aussi les silhouettes vêtues de parkas blanches déployées en éventail devant la grotte. Chacune braquant un fusil.

N'ayant pas le choix, il leva les mains et se montra complètement. L'homme le plus proche, une espèce de montagne humaine, s'approcha, fusil prêt à tirer. Un point lumineux apparut sur la poitrine de Painter. Un viseur laser.

Painter envisagea de désarmer l'arrivant.

Mauvaise idée.

Il vit ses yeux.

L'un, bleu. L'autre, blanc.

L'assassin du monastère.

Il se souvenait de sa force surhumaine. Non, il n'arriverait jamais à lui arracher son arme. Sans compter qu'il n'était pas seul.

Derrière l'homme, une nouvelle silhouette apparut. Une femme. Celle qui avait utilisé le porte-voix. Elle tendit la main et, du bout du doigt, poussa le fusil du tueur vers le sol. Aucun homme, aussi fort soit-il, n'aurait pu obtenir un tel résultat.

Comme elle s'avançait, Painter l'étudia dans la lumière du projecteur. Elle devait approcher de la quarantaine. Cheveux sombres coupés au carré, yeux verts. La capuche de sa parka blanche était doublée de fourrure. Difficile de deviner ses formes sous ses lourds vêtements mais elle semblait svelte et se déplaçait avec aisance et grâce.

— Dr Anna Sporrenberg, déclara-t-elle en tendant la main.

Painter contempla son gant. S'il la tirait à lui, il pourrait se servir d'elle comme d'un bouclier…

Croisant le regard de l'assassin derrière elle, il jugea préférable de ne rien tenter. Il serra la main de la femme. Dans la mesure où ils ne l'avaient pas encore abattu, il pouvait au moins faire preuve de politesse. Autant jouer leur jeu, tant que cela le maintenait en vie. Et puis, il y avait Lisa.

— Directeur Crowe, commença-t-elle. On parle beaucoup de vous ces dernières heures sur les canaux de nombreux services de renseignements.

Painter resta impassible. Il ne voyait aucune raison de nier son identité. Peut-être réussirait-il à en tirer avantage.

— Dans ce cas, vous savez déjà quelles ressources certains d'entre eux sont prêts à déployer pour me retrouver.

— *Natürlich,* répliqua-t-elle en allemand. Mais, à votre place, je ne compterais pas sur leur réussite. En attendant, je dois vous demander, ainsi qu'à la jeune dame qui se trouve avec vous, de m'accompagner.

Painter recula d'un pas, comme pour protéger l'entrée de la grotte de son corps.

— Le Dr Cummings n'a rien à voir avec tout cela. Elle n'est venue que pour apporter son aide aux malades. Elle ne sait rien.

— Nous ne tarderons pas à nous en assurer.

La menace était très claire. Painter envisagea à nouveau de tenter quelque chose. En finir, une fois pour toutes. Une mort rapide plutôt qu'une mort lente dans d'atroces souffrances. Il détenait trop d'informations sensibles pour risquer la torture.

Mais il n'était pas seul. Il repensa à Lisa, à la façon dont elle lui avait réchauffé les mains entre les siennes. Tant qu'ils vivaient, il y avait de l'espoir.

D'autres gardes les rejoignirent. Lisa dut sortir sous la menace d'une arme. Il croisa son regard et y décela de la peur.

On les conduisit aux scooters des neiges.

Anna Sporrenberg les rejoignit tandis qu'on les ligotait.

— Avant que nous partions, je tiens à vous parler avec franchise. Nous ne pourrons pas vous libérer. Je pense que vous le comprenez. Je ne vous donnerai pas ce faux espoir. Mais je vous promets une fin paisible et sans douleur.

— Comme celle des moines, rétorqua Lisa. Nous avons vu votre pitié à l'œuvre.

Painter essaya d'intercepter son regard. Le moment était mal choisi pour provoquer leurs ravisseurs. Ces salauds n'éprouvaient à l'évidence aucun remords à massacrer quiconque les gênait. Pour le moment, mieux valait se montrer coopératifs.

Se tournant vers elle, Anna parut découvrir Lisa pour la première fois.

— *C'était* de la pitié, Dr Cummings, assura-t-elle avec une certaine irritation tandis que ses yeux se tournaient brièvement vers l'assassin qui continuait à les surveiller. Vous ne savez rien de la maladie qui a frappé le monastère. Des horreurs qui attendaient ces moines. Nous, oui. Nous ne les avons pas assassinés mais *euthanasiés.*

— Et qui vous a donné ce droit ? répliqua Lisa.

Painter s'approcha d'elle.

— Lisa, peut-être...

— Non, monsieur Crowe, protesta Anna en s'approchant à son tour de Lisa. Le droit, disiez-vous ? L'expérience, Dr Cummings. L'expérience. Croyez-moi... La mort qu'ils ont trouvée était un bienfait et non une cruauté.

— Et qu'en est-il des hommes avec qui je suis montée ici en hélicoptère ? S'agissait-il là aussi d'un bienfait ?

Anna soupira, lasse d'argumenter.

— Nous sommes tous parfois confrontés à des choix difficiles. Notre travail ici est trop important.

— Et nous ? siffla Lisa tandis que la femme leur tournait déjà le dos. Nous aurons droit à une aiguille indolore si nous coopérons. Mais dans le cas contraire ?

Anna se dirigeait vers le scooter de tête.

— Nous n'allons pas vous arracher les ongles, si c'est ce que vous pensez. Nous n'utiliserons que des drogues. Nous ne sommes pas des barbares, Dr Cummings.

— Non, vous êtes des nazis ! cracha Lisa. Nous avons vu le svastika.

— Ne soyez pas ridicule. Nous ne sommes pas des nazis, dit Anna pivotant vers eux avec calme. Plus maintenant.

18 : 38
COPENHAGUE, DANEMARK

Gray traversa la rue à toute allure.

Mais qu'est-ce qui lui prend de débarquer ici comme ça ?

Il s'inquiétait beaucoup pour Fiona. Et il devait aussi admettre que son intrusion lui fournissait le prétexte qu'il espérait. Il voulait assister à cette vente. Ceux qui avaient incendié la boutique, assassiné Grete Neal et essayé de le tuer étaient ici.

En arrivant devant la porte de la salle des ventes, il ralentit. Les rayons obliques du soleil couchant la transformaient en miroir. Il vérifia sa tenue, s'étant habillé à la va-vite. Le costume, un Armani bleu marine à rayures, tombait bien, mais la cravate jaune pâle était un peu trop serrée. Il rectifia le nœud.

Pas franchement discret. Il devait néanmoins jouer le rôle de l'envoyé d'un financier américain influent.

Pierce poussa la porte. Le hall d'accueil rendait hommage au minimalisme : bois blafards, parois de verre et pas grand-chose d'autre. Le seul mobilier était constitué d'une chaise étroite, placée à côté d'une tablette, de la taille d'un timbre-poste sur laquelle trônait une orchidée décharnée. Sa tige était couronnée par un pétale rose et brun anémique.

Le portier se redressa en grimaçant comme une personne souffrant de maux d'estomac.

Gray sortit son invitation de sa poche. On lui avait demandé d'expédier un virement de deux cent cinquante mille dollars en guise de garantie pour obtenir ce sésame et le droit de participer à cet événement.

Le portier vérifia le bout de papier, hocha la tête d'un air consterné et alla décrocher un cordon de velours barrant l'accès à un escalier menant au niveau inférieur.

Au pied des marches, une double porte donnait accès à la salle des ventes proprement dite. Deux vigiles la gardaient. L'un était muni d'un détecteur de métaux. Gray se laissa inspecter, bras tendus. Il remarqua les caméras placées de chaque côté du seuil. On ne lésinait pas sur la sécurité ici. Une fois satisfait de l'examen de son collègue, l'autre garde appuya sur un bouton d'appel et ouvrit la porte.

Gray entra. Quelques regards convergèrent dans sa direction, mais la plupart des personnes présentes préférèrent continuer à examiner le contenu de présentoirs en verre alignés le long des murs. Des employés, tous vêtus de la même tenue noire, se tenaient derrière chaque comptoir, comme chez un joaillier. Ils portaient des gants blancs et prodiguaient informations et conseils à voix basse.

Un quatuor à cordes jouait en sourdine dans un coin. Quelques serveurs circulaient, offrant des flûtes de champagne.

Gray se présenta à la réception et se vit remettre une petite raquette portant un numéro. Il s'engagea dans la salle. Quelques personnes s'étaient déjà installées sur leur siège. Il repéra le couple qui avait sans doute retardé la vente, le jeune homme et la jeune fille aux cheveux blancs, les stars du muet. Ils étaient assis au premier rang. Une raquette était posée sur les cuisses de la femme. L'homme murmurait à son oreille. L'intimité de ce geste était peut-être renforcée par l'arc du long cou gracile de la fille, penchée comme si elle attendait un baiser.

Son regard effleura Gray tandis qu'il descendait l'allée centrale.

Il atteignit la scène surélevée et se retourna lentement. Il ne repéra personne susceptible de constituer une menace pour lui.

Et aucun signe de Fiona.

Où était-elle passée ?

Il se dirigea vers les présentoirs et feignit de les observer l'un après l'autre, écoutant vaguement les conversations autour de lui. Un employé soulevait avec d'infinies précautions un énorme livre relié de cuir pour le montrer à un gentleman corpulent. Ce dernier s'inclina, visiblement fasciné, une paire de lunettes perchée sur le bout de son nez.

Gray lut l'étiquette présentant l'ouvrage.

Un traité sur les papillons enrichi d'illustrations faites à la main, édité en 1884.

Une soudaine animation attira son attention vers le fond de la salle.

Un grand personnage venait de faire irruption dans la pièce. Sûr de lui et resplendissant dans son smoking, il s'agissait à l'évidence du très estimé M. Ergenschein en personne, commissaire-priseur de la vente. Plus lisse qu'une couverture de magazine, il affichait un sourire aussi resplendissant que faux.

La raison de sa gêne évidente le suivait. Ou plutôt y était contrainte par un garde qui lui menottait fermement le bras.

Fiona.

Le visage tout rouge et les lèvres blêmes, pincées.

Furieuse.

Gray se dirigea vers eux.

Ergenschein tenait un objet enveloppé dans une peau de chamois immaculée. Il s'arrêta devant le présentoir principal, tout proche de la scène, qui jusque-là était resté vide. Un des employés le déverrouilla. Ergenschein déballa l'objet avec soin pour le placer sous la vitrine.

Remarquant l'arrivée de Gray, le commissaire-priseur se frotta les mains et s'avança à sa rencontre, paumes jointes comme pour prier. Derrière lui, le présentoir était à nouveau fermé.

Gray réalisa alors ce qu'on y avait déposé.

La Bible de Darwin.

Fiona écarquilla les yeux quand elle découvrit Pierce.

Il l'ignora pour demander à Ergenschein :

— Y a-t-il un problème ?

— Bien sûr que non, monsieur. Cette jeune dame va être raccompagnée. Sa place n'est pas ici.

Gray sortit son carton d'invitation.

— Il est spécifié ici que je peux être accompagné, dit-il avant de s'incliner vers Fiona : Je me réjouis de constater que vous êtes déjà arrivée. J'ai été retenu par un appel avec mon acheteur. J'ai déjà rencontré la jeune Mlle Neal aujourd'hui, ajouta-t-il à l'attention du commissaire-priseur pour discuter de la possibilité d'un achat privé.

Pierce hocha la tête vers la Bible de Darwin.

Ergenschein lâcha un soupir accablé.

— Quelle tragédie, cet incendie ! Malheureusement Grete Neal a signé l'autorisation de mise en vente de son lot par notre maison. Sans un contrordre de son notaire, ce lot doit être mis aux enchères. C'est la loi.

Le regard furibond, Fiona tentait toujours de se libérer de l'emprise du garde.

Ergenschein semblait ne pas se préoccuper de sa présence.

— Je crains donc que vous ne soyez obligé de participer aux enchères, monsieur, dit la jeune fille. Je vous prie de m'en excuser, mais j'ai les mains liées.

Gray se tourna vers le commissaire-priseur :

— Dans ce cas, je suppose que vous ne verrez aucun inconvénient à ce que Mlle Neal reste à mes côtés déclara-t-il. Elle connaît l'objet mieux que personne. Ses conseils me seraient utiles.

— Si vous le souhaitez, répondit Ergenschein dont le sourire se crispa un bref instant. Mais elle devra demeurer près de vous en permanence. En tant qu'invitée, elle est sous votre responsabilité.

Il fit un geste en direction du garde. Fiona fut relâchée. Tandis que Gray l'attirait vers le fond de la salle, il remarqua que ledit garde les suivait le long du mur.

Ils s'installèrent au dernier rang. Le tintement d'une clochette retentit, annonçant le début de la vente dans la minute suivante. Les sièges se remplirent. Surtout ceux des premiers rangs. La rangée de Gray et Fiona resta vide.

— Qu'est-ce que vous fabriquez ici ? chuchota-t-il.

— Je suis venue récupérer ma Bible, répliqua-t-elle, dédaigneuse. Du moins, *j'essayais.*

Elle s'appuya contre le dossier de son siège, les bras croisés sur son sac en cuir.

Ergenschein monta sur scène et procéda à quelques déclarations préliminaires. Les débats auraient lieu en anglais, langage le plus usité parmi la clientèle internationale des salles des ventes. Puis il se lança dans une explication des enchères, des commissions perçues par la maison et même du protocole d'usage. La règle la plus importante étant que les acheteurs n'étaient autorisés à surenchérir que pour un montant dix fois supérieur à la somme reçue à titre de garantie.

Gray ne lui prêtait guère attention, continuant à discuter avec Fiona, ce qui lui valut quelques regards peu amènes des personnes assises devant eux.

— Vous êtes venue pour la Bible ? Pourquoi ?

Elle se contenta de bouder un peu plus.

— Fiona…

La jeune femme se tourna vers lui, en colère.

— Parce qu'elle appartenait à *Bedste* !

Des larmes brillèrent.

— Ils l'ont tuée parce que la Bible était en sa possession, reprit-elle. Je ne la leur laisserai pas.

— À qui ?

Elle esquissa un geste vague.

— Aux salopards qui l'ont assassinée. Je vais récupérer cette Bible et la brûler.

Gray soupira. Fiona voulait se venger. Difficile de le lui reprocher… mais sa témérité risquait surtout de la conduire à la mort.

— La Bible est à nous. Ils n'ont pas le droit de me la prendre.

Sa voix se brisa. Elle secoua la tête et s'essuya le nez.

Gray posa un bras sur ses épaules.

Fiona grimaça sans se dégager.

Déjà, la vente commençait. Les raquettes numérotées se dressaient et se rabaissaient. Les articles changeaient de propriétaire, les meilleurs étant bien sûr gardés pour la fin. Gray notait qui achetait quoi. Il s'intéressa particulièrement à ceux qui remportaient les enchères pour les trois objets notés dans son carnet, ceux qui présentaient un intérêt tout particulier : les articles de Mendel, les livres de Planck et le journal de De Vries.

Tous furent attribués au couple de stars du muet.

Leur identité demeurait inconnue. Gray entendit des murmures parmi les autres participants. Personne ne les connaissait mais tout le monde avait retenu le numéro de leur raquette.

Le 002.

Gray se pencha vers Fiona.

— Les avez-vous déjà vus ? s'enquit-il. À la boutique ou ailleurs ?

Elle se redressa sur son siège, les fixa une bonne minute avant de s'affaler de nouveau.

— Non.

— Vous ne reconnaissez personne d'autre ?

Elle haussa les épaules.

— Fiona, vous êtes sûre ?

— Oui, bordel !

Juron qui déclencha une nouvelle salve de regards courroucés dans leur direction.

Le dernier lot fut enfin présenté. On sortit la Bible de Darwin de son présentoir avant de l'apporter telle une relique vers un chevalet placé sous une lampe halogène spéciale. Le livre n'avait rien d'extraordinaire : reliure en cuir noir et craquelé, dépourvue de toute inscription. Il aurait pu s'agir d'un vieux journal quelconque.

Fiona se redressa. Elle attendait ce moment depuis le début des enchères. Elle attrapa Gray par le poignet.

— Vous allez enchérir ? demanda-t-elle avec espoir.

Il fronça les sourcils… avant de se rendre compte que ce n'était pas une si mauvaise idée. Si les autres étaient prêts à tuer pour cet ouvrage, celui-ci devait donc revêtir une importance décisive à leurs yeux. De plus, il mourait d'envie de l'examiner. Et Sigma avait versé 250 000 dollars à la salle des ventes. Ce qui l'autorisait à monter jusqu'à deux millions cinq. Une somme deux fois supérieure au prix estimé de la Bible. S'il remportait l'enchère, il pourrait l'étudier à loisir.

Oui, et Logan Gregory se réjouirait sûrement de signer un tel chèque ! Gray avait déjà désobéi aux ordres en suivant Fiona ici. S'impliquer davantage était hors de question.

Il sentait que la jeune fille le dévisageait.

En levant sa raquette, il peindrait une cible sur leur dos à tous les deux. Il mettrait leur vie en danger. Et s'il perdait l'enchère, il aurait pris un gros risque pour rien. N'avait-il pas fait assez de bêtises pour la journée ?

— Mesdames et messieurs, combien offrez-vous pour le dernier lot de la journée ? annonça Ergenschein avec grandiloquence. Dirons-nous cent mille ? Ah, oui, nous avons cent mille… et de la part d'un *nouvel* enchérisseur. Quelle joie ! Numéro 144.

Gray abaissa sa raquette, tous les regards sur lui. Il était impliqué désormais.

À ses côtés, Fiona arborait un immense sourire.

— Et nous doublons l'enchère, lança Ergenschein. Deux cent mille dollars au numéro 002 !

Les stars du muet.

Gray sentit l'attention de l'assemblée, et surtout celle des deux jeunes gens, se porter sur lui. Trop tard pour reculer. Il brandit à nouveau sa raquette.

La partie se prolongea encore une dizaine de minutes. Nul ne quitta son siège. Tout le monde cherchait à savoir quel prix atteindrait la Bible de Darwin. Gray sentait la salle pencher pour lui. Le numéro 002 avait remporté trop de lots. Quand le prix atteignit les deux millions, un chiffre bien au-dessus des estimations les plus optimistes, des murmures d'excitation s'élevèrent parmi les invités.

Ils enflèrent brusquement quand un enchérisseur par téléphone se mêla à la lutte, mais le numéro 002 le contra aussitôt et il n'insista pas.

Gray, lui, persista. *Deux millions trois cent mille dollars.* Il en avait les paumes moites.

— Deux millions quatre pour le numéro 002 ! Mesdames et messieurs, veuillez rester assis, je vous prie.

Gray leva sa raquette encore une fois.

— Deux millions cinq.

Mais il savait qu'il avait perdu, contraint de regarder le 002 se hisser de nouveau, impitoyable.

— Trois millions, lâcha le jeune homme pâle, visiblement lassé par ce jeu.

Il était debout et fixait Gray, comme pour le défier de battre cette somme.

Gray avait atteint sa limite. Même s'il l'avait voulu, il ne pouvait plus surenchérir. Il secoua la tête, admettant sa défaite.

L'autre s'inclina vers lui, un adversaire en saluant un autre, et leva un doigt comme pour toucher un chapeau imaginaire. Gray remarqua alors une tache bleue sur sa main droite, à la jonction du pouce et de l'index. Un tatouage. Sa compagne, que Gray estimait désormais être la sœur de l'homme mystérieux, peut-être même sa jumelle, portait le même à la main gauche.

Gray grava le dessin dans son esprit.

Son examen fut interrompu par la voix du commissaire-priseur.

— Il semble que le numéro 144 se retire ! dit Ergenschein. Plus personne ne dit mieux ? Une fois, deux fois, trois fois.

Il leva son marteau, le tint une fraction de seconde immobile en l'air, puis l'abattit.

— Adjugé !

Des applaudissements polis accueillirent la vente.

Gray aurait parié qu'ils auraient été bien plus nourris s'il l'avait remportée. Il n'en fut pas moins surpris de découvrir qui frappait dans ses mains à son côté.

Fiona.

Elle lui sourit.

— Fichons le camp d'ici.

Ils se joignirent au flot de gens se dirigeant vers la sortie. Gray se vit offrir des témoignages de sympathie de la part des autres participants. Ils affluèrent bientôt dans la rue.

Aussitôt, Fiona l'entraîna vers une ruelle à proximité. Ils entrèrent dans une pâtisserie française avec des rideaux de velours et des tables en fer forgé. Elle choisit un coin situé près d'un présentoir rempli de gâteaux à la crème, de petits fours, d'éclairs au chocolat et de *smørrebrød*, l'ambigu sandwich danois avec une seule tranche de pain.

Elle ignora tous ces délices, rayonnant d'une joie étrange.

— Qu'est-ce qui vous rend si heureuse ? demanda finalement Gray. Nous avons perdu les enchères.

Il s'était assis face à la vitrine, par mesure de précaution, surveillant une filature éventuelle. Mais maintenant que la Bible était vendue, il espérait que le danger serait écarté.

— On les a eus ! s'écria Fiona. On les a obligés à monter à trois millions. C'est génial !

— Je ne crois pas que ces gens aient des problèmes d'argent.

Fiona retira l'épingle qui maintenait son chignon et secoua sa chevelure. Elle perdit une dizaine d'années en trois secondes. Ses yeux continuaient à briller d'amusement et de malice.

Gray sentit soudain son ventre se nouer.

— Fiona, qu'avez-vous fait ?

Elle posa son sac sur la table, l'ouvrit et le poussa vers lui. Il se pencha.

— Oh, non !

Un vieux bouquin à la reliure de cuir se trouvait à l'intérieur.

Très semblable à la Bible de Darwin qui venait d'être vendue.

— C'est la vraie ? demanda-t-il.

— Je l'ai piquée sous le nez de ce branleur dans l'arrière-salle.

— Comment… ?

— Le vieux truc de l'échange. J'ai mis toute la journée pour dénicher une vieille bible de la bonne taille et de la même forme. Bien sûr, j'ai dû la trafiquer un peu. Ensuite, il a suffi de gueuler un bon coup et de chialer en laissant mes doigts se balader… Du gâteau.

— Si vous déteniez déjà la Bible, pourquoi m'avoir laissé enchérir… ?

Il comprit subitement.

— Vous vous êtes servi de moi.

— Pour obliger ces enfoirés à payer trois millions un bouquin qui vaut que dalle !

— Ils ne vont pas tarder à découvrir la supercherie, lâcha Gray, de plus en plus estomaqué.

— Ouais, mais je compte bien être loin d'ici à ce moment-là.

— Et où ça ?

— Je pars avec vous, lança-t-elle d'un ton décidé en refermant son sac.

— Ça m'étonnerait.

— Vous vous rappelez quand *Bedste* vous a parlé de cette bibliothèque ? Celle d'où provient la Bible de Darwin.

Il s'en souvenait parfaitement. Grete Neal avait laissé entendre que quelqu'un était en train de reconstituer cette bibliothèque. Elle s'apprêtait à lui fournir une copie du bon d'achat quand l'attaque était survenue. Le reçu avait disparu dans les flammes.

Fiona se tapota le front.

— J'ai l'adresse enregistrée là-dedans, expliqua-t-elle en lui tendant la main. Alors ?

Il la serra à contrecœur.

— Et il fait le dégoûté, en plus, dit-elle. Bon, maintenant, je veux voir votre vrai passeport. Et pas la peine de me sortir un faux. Je sais faire la différence.

Il la dévisagea. Il y avait quelque chose d'inflexible dans son regard. En soupirant, Gray ouvrit une poche dissimulée dans son costume pour en tirer son vrai passeport.

— Grayson Pierce, lut-elle avant de le reposer sur la table. Ravie de vous rencontrer... *enfin*.

Il récupéra le document.

— Bon, la Bible. D'où provenait-elle ?

— Je ne vous le dirai que si vous m'emmenez avec vous.

— Ne soyez pas ridicule. Vous ne viendrez pas avec moi. Vous n'êtes qu'une enfant.

— Une enfant qui a la Bible de Darwin.

Gray en avait assez de son chantage. Il pouvait lui reprendre l'ouvrage de force, mais il n'en allait pas de même avec l'information qu'elle détenait.

— Fiona, tout ça n'a rien d'un jeu.

Les yeux de la jeune femme se durcirent, lui donnant de nouveau l'impression qu'elle vieillissait d'un coup.

— Parce que vous croyez que je l'ignore, dit-elle, glaciale. Où étiez-vous quand ils ont emporté *Bedste* dans des sacs ? Des putains de sacs en plastique !

Il ferma les yeux. Elle avait touché un point sensible mais il ne céderait pas.

— Fiona, je suis désolé. Vous me demandez l'impossible. Je ne peux pas...

L'explosion secoua la pâtisserie comme un tremblement de terre. La vitrine vibra, plats et couverts tintèrent. Fiona et Gray se précipitèrent à la fenêtre. De la fumée tourbillonnait dans la rue, s'élevant vers le ciel sombre. Des flammes dansaient et léchaient la façade détruite d'un hôtel de l'autre côté de la rue.

Fiona jeta un coup d'œil à Gray.

— Laissez-moi deviner..., commença-t-elle.

— Ma chambre d'hôtel, enchaîna-t-il.

— Ils ne perdent pas de temps.

23 : 47
HIMALAYA

Painter était installé derrière Lisa sur un traîneau tiré par un scooter des neiges. Ils voyageaient ainsi depuis près d'une heure, immobilisés par des liens en plastique et attachés ensemble. Le traîneau était heureusement chauffé.

Il n'en restait pas moins penché en avant, tentant de protéger Lisa de son mieux. Elle s'appuyait contre lui. Ils ne pouvaient pas faire beaucoup mieux. Leurs avant-bras étaient ligotés à des poignées de maintien sur les flancs du traîneau.

L'assassin avait pris place sur le siège arrière du scooter de tête. Il était assis à l'envers, face à eux, fusil braqué, ses yeux vairons ne cillant jamais. Anna Sporrenberg pilotait l'engin. C'était elle, la chef de ce groupe.

Un groupe d'anciens nazis ? De nazis repentis ? Ou autre ?

Peu importait. Painter avait un problème plus urgent à résoudre.

Rester en vie.

Il avait vite compris comment Lisa et lui avaient été si facilement repérés dans leur grotte. Par des détecteurs à infrarouge. Dans ce paysage désolé, leur chaleur corporelle laissait une signature aussi visible qu'un phare en pleine mer.

Ce qui impliquait que toute fuite à travers ces montagnes était quasi impossible.

Il continua de réfléchir, l'esprit concentré sur un seul but.

S'évader.

Leur caravane de scooters des neiges fonçait dans la nuit glacée depuis près d'une heure. Les véhicules étaient équipés de moteurs électriques, glissant pratiquement sans émettre le moindre bruit. Les cinq engins progressaient avec aisance, filant le long de parois abruptes, plongeant sur des pentes vertigineuses, traversant des ponts de glace.

Il faisait de son mieux pour mémoriser leur trajet. Mais l'épuisement et la complexité du chemin le désorientaient. L'atroce migraine qui lui martelait le crâne n'arrangeait pas les choses. Les maux de tête avaient repris, accompagnés de vertiges. Il était bien forcé d'admettre que ses symptômes ne diminuaient pas. Loin de là. Il ne tarda pas non plus à reconnaître qu'il était complètement perdu.

Painter leva les yeux vers le ciel.

Les étoiles brillaient. Glaciales.

Il pourrait peut-être se repérer grâce à elles.

Tandis qu'il les fixait, les points lumineux commencèrent à tourbillonner. Il baissa la tête, poignardé de douleur.

— Ça va ? chuchota Lisa.

Il grogna, une terrible nausée l'empêchant de répondre.

— C'est à nouveau le nystagmus ?

Un grondement impérieux de l'assassin mit un terme à toute communication. Painter lui fut reconnaissant. Il ferma les paupières et respira profondément, dans l'espoir que ces symptômes finiraient par se dissiper.

Au bout de quelques instants, il se sentit moins mal.

Il rouvrit les yeux au moment où la caravane franchissait une crête rocheuse et ralentissait pour finalement s'immobiliser. Painter regarda autour d'eux. Il n'y avait rien. Rien qu'une falaise glacée surplombant la crête sur la droite. La neige avait recommencé à tomber.

Pourquoi s'étaient-ils arrêtés ?

Devant, l'assassin quitta son siège.

Anna le rejoignit. Le géant, se tournant à moitié, s'adressa à elle en allemand.

Painter tendit l'oreille et surprit ses derniers mots.

— … devrait les tuer.

Il avait prononcé sa sentence sans aucune véhémence, mais plutôt comme pour résoudre un problème pratique.

Anna fronça les sourcils.

— Il faut que nous en apprenions davantage, Gunther, rétorqua-t-elle en montrant Painter. Tu sais les problèmes que nous avons rencontrés ces derniers temps. S'il a été envoyé ici… il détient peut-être la solution pour arrêter ça.

Painter n'avait pas la moindre idée de ce dont elle parlait. Il ne comptait pourtant pas les détromper. Surtout si cela les maintenait en vie.

L'assassin secoua la tête.

— Il ne nous apportera que des ennuis. Je le sens.

L'affaire étant pour lui entendue, il s'apprêta à partir quand Anna l'arrêta en lui frôlant la joue. Un geste tendre, reconnaissant… et sans doute plus encore.

— *Danke,* Gunther.

Il se détourna. Painter eut néanmoins le temps de remarquer la lueur de douleur dans ses yeux. L'assassin se dirigea vers la falaise escarpée et disparut derrière une anfractuosité dans la paroi. Peu après, un nuage de vapeur surgit accompagné d'une forte lumière… puis plus rien.

Une porte qui s'ouvrait puis se refermait.

Derrière Painter, un des gardes émit un bruit méprisant, grommelant un mot dans sa barbe, une insulte destinée uniquement à ceux qui se trouvaient à ses côtés.

Leprakönig.

Roi lépreux.

Painter remarqua que l'homme avait bien attendu que le géant nommé Gunther se soit éloigné. Il n'aurait pas osé lui dire ça en face.

Anna enfourcha son scooter. Un autre garde armé prit la place du géant. Ils repartirent.

La piste contournait un éperon rocheux pour dévaler un flanc encore plus pentu de la montagne. Devant eux s'étalait une mer de brume, cachant ce qui gisait en contrebas. La lourde crête d'une montagne crevait la mer brumeuse, repliée sur elle-même telle une main se réchauffant au-dessus d'un feu.

Ils descendirent dans le brouillard, tous phares allumés.

En quelques secondes, la visibilité se dégrada. Les étoiles disparurent.

Subitement, l'obscurité se densifia encore tandis qu'ils passaient dans l'ombre du surplomb. Mais au lieu de plonger, la température ambiante monta. Alors qu'ils poursuivaient leur descente, des affleurements rocheux apparurent dans la neige. Des gouttes d'eau, de la neige ou de la glace fondues, ruisselaient sur les parois.

Il devait s'agir d'une poche d'activité géothermale, se dit Painter. De rares sources chaudes existaient dans l'Himalaya, créées par les intenses pressions provoquées par l'enfoncement de la plaque du sous-continent indien sous celle de l'Asie. Connues surtout des peuples indigènes, ces sources avaient sans doute inspiré le mythe de Shangri-La.

La couche de neige s'amincissant, la caravane fut obligée d'abandonner les scooters. Une fois ceux-ci garés, on libéra Painter et Lisa de leur traîneau, mais pour leur rattacher aussitôt les poignets dans le dos. Croisant le regard de Lisa, Crowe y lut la question qu'il se posait.

Où diable les emmenaient-ils ?

Cernés de parkas blanches et de fusils, ils effectuèrent le reste du trajet à pied. La neige devenait mouillée sous leurs pieds. Des marches apparurent, taillées dans la roche, dégoulinantes d'eau. Devant, le brouillard se dispersait.

Bientôt, une paroi rocheuse émergea de la brume. Sous le surplomb, la montagne entière semblait avoir été creusée, formant une gigantesque caverne naturelle. Mais celle-ci n'avait rien de paradisiaque, ce n'était que du granit noir déchiqueté, trempé et suant.

Un enfer plutôt que Shangri-La.

Lisa trébucha à ses côtés. Painter la rattrapa de son mieux avec ses mains liées et il comprit ce qui l'avait perturbée.

Devant eux, un château surgissait du brouillard.

Ou plutôt la façade d'un château.

Comme ils s'en approchaient, Painter découvrit que la paroi de la grotte avait été taillée de façon grossière. Deux tours jumelles crénelées flanquaient un donjon massif. Des lumières brillaient derrière d'épaisses fenêtres vitrées.

— *Granitschloss,* annonça Anna en les précédant sous l'arche de l'entrée, deux fois plus haute qu'elle, et encadrée de chevaliers géants en granit.

Une porte en chêne massif, cloutée et renforcée de fer noir, scellait le seuil. À leur approche, elle se souleva, tel un pont-levis.

L'Allemande pénétra dans le château.

— Venez. La nuit a été longue, *ja* ?

Sous la menace des armes, Painter et Lisa n'avaient d'autre choix que de la suivre. Crowe étudia la façade, ses remparts et ses meurtrières. Partout, l'eau dégoulinait sur le granit, ruisselant telle de l'huile noire, comme si le château se dissolvait sous leurs yeux, pour se fondre dans la paroi rocheuse.

Les lampes éclairant certaines des fenêtres luisaient d'un éclat malsain. Painter pensa à un tableau de

Bosch. Cet artiste du XVe siècle affectionnait tout particulièrement les scènes représentant l'Enfer. Ce château aurait pu être son œuvre.

Poussé par le canon d'un fusil, Painter emboîta le pas à Anna sous la voûte marquant l'entrée du château. Il leva les yeux, cherchant l'inscription qui, d'après Dante, ornait l'entrée de l'Enfer.

Toi qui entres ici, abandonne toute espérance.

L'inscription n'y était pas… mais elle aurait dû.

Abandonne toute espérance…

Voilà qui résumait bien leur situation.

20 : 15
COPENHAGUE, DANEMARK

Tandis que mouraient les échos de l'explosion, Gray saisit Fiona par le bras et se rua vers une porte latérale de la pâtisserie. Il visait une ruelle transversale, se frayant un chemin parmi les clients éberlués.

Des sirènes retentirent au loin.

Les pompiers de Copenhague vivaient décidément une journée bien difficile.

Pierce atteignit le coin de la ruelle, loin de la fumée et du chaos, traînant Fiona derrière lui. Une brique explosa tout près de son oreille. Le ping ! d'un ricochet retentit. On leur tirait dessus. Faisant volte-face, il repoussa sa compagne dans la ruelle et se baissa. Il fouilla la rue du regard à la recherche du tireur.

Et le trouva.

Tout près.

À une vingtaine de mètres, de l'autre côté de la rue principale.

C'était la femme aux cheveux blancs de la vente aux enchères. Sauf que, maintenant, elle portait une tenue de jogging noire et moulante. Elle avait aussi récupéré un autre accessoire de mode : un pistolet muni d'un silencieux. Elle le maintenait contre son genou, fondant rapidement sur eux. Puis elle se toucha l'oreille ; ses lèvres remuèrent.

Une radio.

Comme elle passait sous un lampadaire, Gray comprit son erreur. Ce n'était pas la femme de la vente. Celle-ci avait les cheveux plus longs, le visage plus émacié.

Une sœur aînée du couple de stars.

Gray rebroussa chemin.

Il s'attendait à retrouver Fiona à une bonne vingtaine de mètres plus loin. Or elle n'était qu'à quelques pas derrière lui, chevauchant une Vespa verte rongée par la rouille.

— Qu'est-ce que… ?

— Je nous dégote un moyen de transport.

Elle était en train de remettre un tournevis dans son sac.

Gray se précipita vers elle.

— On n'a pas le temps…

Fiona lui lança un regard tout en trafiquant quelques fils. Elle en tordit deux ensemble : le moteur toussa, gémit et ronronna.

Bon, d'accord, elle était douée mais il y avait des limites à ne pas franchir.

Gray la repoussa.

— Je conduis.

Elle haussa les épaules et se glissa sur le siège arrière. Gray enfourcha le scooter, enleva la béquille et démarra. Sans allumer le phare, il fonça dans la ruelle sombre. Du moins chercha-t-il à foncer car le vénérable engin, lui, ne tarda pas à hurler à la mort.

— Vas-y, l'encouragea-t-il.

— Passez la seconde, lui conseilla Fiona. Pas la peine de passer la troisième. Faut les décrasser un peu, ces vieux scoots !

— Je sais conduire.

Pourtant il obéit, trouvant enfin les vitesses. Le scooter se cabra comme une pouliche effrayée et Pierce faillit tomber à la renverse quand la roue avant quitta le sol. Mais il tint bon. Cette fois, ils filaient vraiment, zigzaguant entre les poubelles.

Des sirènes hurlaient derrière lui. Il jeta un coup d'œil. Un camion de pompiers passa à toute allure devant l'entrée de la ruelle. Gray traquait autre chose. Une silhouette sombre se découpant nettement à la lueur des lampadaires de la rue.

La tireuse.

Il accélère, contournant une immense benne, l'intercalant entre la femme et eux. S'il continuait à rouler le long du mur, ils ne risqueraient plus grand-chose.

Là-bas, devant eux, une autre rue coupait la ruelle, illuminée tel un fanal.

Plus que quelques mètres.

Ce fut alors que la deuxième silhouette apparut. Les phares d'une voiture éclairèrent un instant ses cheveux argentés. Encore un autre membre de la fratrie. L'homme portait un long imperméable noir. Qu'il ouvrit pour en sortir un fusil.

La femme devait l'avoir contacté par radio, pour refermer le piège sur leurs proies.

— Accrochez-vous ! cria Gray.

Tandis que l'homme brandissait son arme d'une seule main, Gray remarqua son bras en écharpe. Même s'il ne distinguait pas son visage, il reconnaissait ce nouveau venu.

L'homme qui avait assassiné Grete Neal.

C'était Bertal qui l'avait mordu et blessé ainsi.

Le fusil était braqué sur eux.

Pas le temps.

Gray poussa violemment sur le guidon, tout en bloquant le frein arrière, lançant le scooter dans un dérapage effréné vers le tireur.

Le fusil cracha une détonation assourdie, accompagnée d'un violent craquement quand la volée de plombs fracassa une porte derrière eux.

Fiona couina de frayeur.

Leur assaillant n'eut pas l'occasion de tirer une seconde fois. Il plongea pour éviter le scooter qui fonçait vers lui. Une fois hors de la ruelle, Gray redressa la machine d'un coup de talon, mettant fin au dérapage en tordant l'accélérateur et laissa une trace de pneu sur le bitume. Le scooter s'inséra dans la circulation, provoquant un coup de klaxon furieux derrière lui.

Gray accéléra encore.

Fiona se détendit, et cessa de le serrer de toutes ses forces.

Gray slalomait entre les véhicules plus lents, prenant de la vitesse dans la légère descente. En bas, l'avenue se terminait sur une intersection en T. Gray freina pour tourner à droite. La Vespa refusa d'obéir. Il baissa les yeux. Un câble rebondissait sur la carrosserie de l'engin.

Le câble du frein avant. Le seul véritable moyen de s'arrêter sur un engin à deux roues.

Il avait dû se déloger lors de sa manœuvre précédente.

— Ralentissez ! hurla Fiona.

— Peux pas ! Y a plus de frein.

Il poussa le frein arrière au maximum, relançant l'engin dans un dérapage cette fois nettement moins contrôlé. Ils réussirent à s'engager dans le tournant. Mais de justesse.

Gray jeta le scooter sur la chaussée qui cracha des gerbes d'étincelles. Le véhicule traversa l'avenue, juste devant les roues d'un camion. Des klaxons retentirent. Des pneus crissèrent.

Puis ils heurtèrent le trottoir opposé.

Le scooter se retourna. Gray et Fiona s'envolèrent.

Une haie amortit leur chute sans les arrêter. Ils roulèrent sur le trottoir et allèrent se cogner contre un mur de brique. Se relevant aussitôt, Gray se précipita vers Fiona.

— Ça va ?

Elle se redressa à son tour, plus fâchée que blessée.

— Cette jupe m'a coûté deux cents euros.

Sa tenue était à présent fendue par une longue déchirure. Fiona serra les deux pans dans son poing tout en récupérant son sac.

Le costume Armani avait encore plus souffert. Un des genoux de Gray apparaissait et le côté droit de sa veste semblait avoir été repassé avec un barbelé. Pourtant, en dehors de quelques écorchures et égratignures, ils étaient sortis indemnes de cette course-poursuite.

Les voitures continuaient leur route devant le lieu de l'accident.

Fiona se mit en marche.

— Les accidents de Vespa ici, il y en a sans cesse. Tout le monde s'en fout.

Elle se trompait.

Le hurlement d'un moteur les fit se retourner. Une bagnole noire venait de débouler dans l'avenue à deux pâtés de maisons de là. Elle fonçait droit sur eux. L'obscurité les empêchait d'identifier ses occupants. Sans compter qu'elle roulait pleins phares.

Gray entraîna Fiona le long de la haie qui bordait le trottoir, cherchant un abri. Mais ils arpentaient une section où il n'y avait pas de maison, pas de ruelle transversale, juste un long mur de brique, derrière lequel résonnait une douce mélodie jouée à la flûte et au violon.

Dans leur dos, la voiture ralentit à la hauteur de la Vespa accidentée.

— Par ici, lança Fiona.

Glissant la lanière de son sac sur une épaule, elle conduisit Gray vers un banc sur lequel elle grimpa puis, se servant du dossier comme d'un tremplin, elle bondit sur la branche d'un arbre. D'un coup de reins, elle se redressa et la chevaucha.

— Qu'est-ce que vous fabriquez ?

— Les gosses font ça tout le temps. Entrée gratuite.

— Quoi ?

— Venez.

Elle rampa sur l'épaisse branche tordue et passait au-dessus du mur d'enceinte. Elle se laissa tomber de l'autre côté et disparut.

Et merde !

La voiture noire reprenait son inspection de la rue.

N'ayant pas le choix, Gray suivit l'exemple de Fiona. Il monta sur le banc et sauta dans l'arbre. De son perchoir, il entendit mieux la musique qui avait quelque chose de magique dans la nuit noire. Il regarda de l'autre côté du mur.

Pierce découvrit alors un pays de merveilles, peuplé de lanternes, de palais miniatures et de manèges.

Les Jardins de Tivoli.

Le parc d'attractions qui avait fait fureur au début du siècle précédent, niché au cœur de Copenhague. Gray repéra le lac au centre du parc, sa surface miroitante reflétant des milliers de lampions. Les sentiers rayonnaient dans toutes les directions, bordés de fleurs. Ils menaient à des pavillons illuminés, des montagnes russes en bois, des manèges et des grandes roues. Le vieux parc ne possédait pas la technologie Disney. Pourtant son charme le rendait beaucoup plus chaleureux.

Gray glissa le long de la branche se prolongeant audessus du mur.

En bas, Fiona l'attendait, agitait la main dans sa direction. Elle se cachait derrière une remise à outils.

Il se suspendit à bout de bras.

Un morceau d'écorce explosa près de sa paume droite. Surpris, il lâcha prise et tomba. Il atterrit assez violemment sur un parterre de fleurs, se cognant le genou. Le sol meuble lui permit toutefois d'amortir sa chute. Derrière le mur, un moteur gronda et une portière claqua.

Ils avaient été repérés.

Grimaçant, Gray rejoignit Fiona. Elle ouvrit de grands yeux en entendant le coup de feu. Sans un mot, ils se mirent à courir ensemble au cœur des Jardins de Tivoli.

6

Un vilain petit canard

01 : 22
Himalaya

Bien après minuit, Lisa se plongea dans un bain fumant d'eau de source naturellement chaude. En fermant les yeux, elle pouvait s'imaginer dans une luxueuse station thermale européenne. La chambre offrait un décor assez cossu pour cela : serviettes et peignoirs en coton égyptien, lit à baldaquin surélevé enseveli sous des couvertures et un édredon en duvet d'oie de trente centimètres d'épaisseur ; tapisseries médiévales suspendues au mur et tapis turcs pour recouvrir le sol en pierre.

Painter s'y trouvait, nourrissant le feu dans la petite cheminée.

Ils partageaient cette délicieuse prison.

Grâce à une ruse de Painter : il avait prétendu qu'ils vivaient ensemble aux États-Unis.

Lisa n'avait pas protesté.

Elle ne voulait pas se retrouver seule ici.

Malgré la température bouillante de l'eau, elle frissonna. Le symptôme d'un état de choc, elle le savait.

Elle repensa à la façon dont elle avait agressé verbalement l'Allemande, un peu plus tôt. Où avait-elle la tête ? Cette crise de nerfs aurait pu les faire tuer tous les deux.

Painter, en revanche, était resté parfaitement maître de lui-même. Et l'entendre mettre une nouvelle bûche dans les flammes la réconfortait. Il devait être épuisé. Il avait déjà pris son bain, pour lutter contre les engelures plus que par souci d'hygiène. Ayant remarqué les taches blanches au bout de ses oreilles, elle avait insisté pour qu'il profite de la baignoire le premier.

Plus chaudement vêtue, elle avait mieux résisté au froid.

Lisa s'immergea complètement, plongeant la tête sous l'eau. La chaleur se diffusait en elle, douce, agréable. Il lui suffisait d'ouvrir la bouche pour se noyer. Un bref moment de panique puis tout serait terminé. La peur, la tension. Elle retrouverait le contrôle de son destin… récupérant ce que ces gens lui avaient ravi.

Ouvrir la bouche…

— Vous en avez encore pour longtemps ?

Très lointaine, la voix étouffée lui parvint sous l'eau.

— Ils nous ont apporté un petit dîner.

Lisa se redressa, émergeant de la vapeur.

— Je… j'arrive dans une minute.

— Prenez votre temps.

Elle l'entendit ajouter une nouvelle bûche dans la cheminée.

Comment arrivait-il encore à bouger ? Après être resté cloué au lit pendant trois jours, sa bagarre avec l'assassin dans le souterrain et leur interminable marche dans le froid glacial, il ne se reposait toujours pas. Une telle vitalité avait quelque chose de rassurant.

Lisa cessa enfin de trembler.

Elle sortit de l'immense baignoire, la peau fumante, et se sécha avant de s'examiner dans un grand miroir en pied placé à côté du vieux lavabo. L'épaisseur de la buée ne l'empêchait pas de distinguer son corps. Elle tourna la jambe, non par narcissisme, mais pour étudier les contusions dont elle était couverte. Les douleurs qu'elles provoquaient lui rappelaient un fait essentiel.

Elle était toujours en vie.

Elle jeta un coup d'œil à la baignoire.

Non, Lisa ne leur donnerait pas cette satisfaction.

Elle enfila un peignoir, délicieusement épais. En quittant la salle de bains, elle découvrit qu'il faisait encore plus chaud dans la chambre. Des flammes frissonnaient joyeusement dans la cheminée et quelques chandelles disposées près du lit ajoutaient à l'illusion de confort.

C'était leur unique source de lumière. Il n'y avait pas d'électricité dans la pièce.

En les enfermant ici, Anna Sporrenberg leur avait fièrement expliqué que l'essentiel de leur énergie était d'origine géothermique, basée sur un concept mis au point un siècle plus tôt par Rudolph Diesel, l'ingénieur allemand né en France, qui avait inventé le moteur du même nom. Pourtant, ne pouvant se permettre de la gâcher, ils ne s'en servaient que pour alimenter certaines zones du château.

Celle-ci n'en faisait pas partie.

Painter se retourna en entendant Lisa. Ses cheveux, désormais secs et ébouriffés lui donnaient un air de gamin débraillé. Pieds nus et vêtu d'un peignoir identique au sien, il était en train de remplir deux mugs d'un liquide bouillant.

— Du thé au jasmin, annonça-t-il en lui montrant le petit canapé devant la cheminée.

On leur avait apporté un plateau, désormais posé sur une table basse, avec des fromages, une miche de pain noire, des tranches de rosbif et un bol de mûres avec un petit pot de crème.

— Notre dernier repas ? demanda Lisa.

C'était une tentative d'humour. Pas franchement réussie. On devait les interroger à la première heure le lendemain matin.

Painter tapota le canapé à ses côtés tout en s'asseyant.

Elle le rejoignit.

Tandis qu'il coupait le pain, elle prit un morceau de cheddar, le renifla et le reposa. Elle n'avait pas faim.

— Vous devriez manger, déclara-t-il.

— Pourquoi ? Pour mieux réagir aux drogues qu'ils vont nous administrer ?

Painter roula une tranche de rosbif qu'il enfourna tout entière dans sa bouche. Il parla la bouche pleine.

— Il ne faut jamais jurer de rien. Si j'ai appris quelque chose au cours de ma vie, c'est bien ça.

Sceptique, elle secoua la tête.

— Alors, selon vous, il suffit d'espérer et tout ira bien ?

— Disons qu'il vaudrait mieux convenir d'un plan.

Elle l'examina.

— Et vous en avez un ?

— Oui. Et, à vrai dire, il est très simple. Pas un truc avec des flingues qui tirent dans tous les coins, des grenades qui explosent…

— Vous m'intriguez.

Il avala son rosbif avant de se tourner vers elle.

— Ça marche plus souvent qu'on ne croit.

Elle attendit la suite.

Rien.

— Quoi donc ? insista-t-elle.

— La franchise.

Déçue, elle poussa un long soupir.

— Génial.

Painter s'empara d'une tranche de pain, la tartina de moutarde, y colla un gros bout de viande et lui tendit le tout.

— Mangez.

Elle accepta le toast, dans le seul but de l'apaiser.

Il s'en prépara un similaire.

— Je vais montrer l'exemple. En fait, je dirige un département du DARPA qui s'appelle Sigma. Notre véritable fonction consiste à enquêter sur les menaces visant les États-Unis et nous employons pour cela d'anciens membres des Forces spéciales : chacun a reçu une formation scientifique spécifique. Nous sommes le bras armé du DARPA sur le terrain.

Lisa grignota le bord de sa tartine.

— Pouvons-nous espérer que ces scientifiques des Forces spéciales viennent nous secourir ?

— J'en doute. Pas durant le laps de temps dont nous disposons. Il va leur falloir plusieurs jours pour découvrir que mon corps ne se trouve pas parmi les cadavres du monastère.

— Alors, je ne saisis pas…

Il leva la main, la bouche toujours pleine.

— N'oubliez pas : la franchise. Tout étaler sur la table, sans tricher. Et voir ce qui se passe. Ces étranges maladies ont attiré l'attention de Sigma, mais c'est très récent. Les occupants de ce château agissent peut-être de façon complètement clandestine depuis des années. Comment, dès lors, expliquer ces fuites qui se sont produites ces derniers mois ? Je ne crois pas aux coïncidences. J'ai entendu Anna parler à ce mercenaire aux cheveux blancs. Il semble qu'ils aient un problème ici. Un problème qui les laisse perplexes. Il est possible que nos intérêts puissent converger. Une coopération reste envisageable.

— Du coup, ils ne nous tueraient pas ? ironisa-t-elle, pourtant prête à espérer malgré elle.

Machinalement, Lisa mordit dans sa tartine.

— Je n'en sais rien, admit-il, toujours sincère. En tout cas, pas tant que nous leur serons utiles. Et si nous parvenons à gagner quelques jours, cela augmenterait nos chances d'être secourus. Sans compter que les circonstances pourraient changer.

Lisa mâchait en réfléchissant. Avant même de s'en rendre compte, elle avait avalé toute la tartine. Et elle avait encore faim. Ils partagèrent le reste de la nourriture, sans négliger les mûres et la crème.

Elle découvrait un nouvel aspect de la personnalité de Painter. Cet homme n'était pas seulement résistant et obstiné : ses yeux bleus cachaient une intelligence brillante ainsi que beaucoup de bon sens.

Ils finirent leur repas en silence, chacun perdu dans ses pensées. À mesure que leur ventre se remplissait, l'épuisement les gagnait. Même parler devenait une épreuve. Lisa appréciait ce calme. Elle entendait Painter respirer, sentait l'odeur de sa peau.

Tandis qu'elle avalait sa dernière gorgée de thé, elle le vit se frotter la tempe. Sa migraine reprenait. Elle refusait de jouer au docteur et de l'inquiéter, aussi se contenta-t-elle de l'examiner à la dérobée. Les doigts de son autre main tremblaient. Elle remarqua la légère vibration de ses pupilles tandis qu'il contemplait le feu.

Painter voulait jouer la carte de la sincérité mais désirait-il entendre la vérité sur son état ? Ses attaques semblaient de plus en plus fréquentes. Et elle avait peur. Non seulement pour lui, mais aussi – elle reconnaissait son égoïsme – pour elle, pour le maigre espoir qu'il lui avait insufflé. Elle avait besoin de lui.

Elle se leva.

— Nous devrions dormir. Il est déjà tard… ou tôt.

Painter grogna avant d'acquiescer. Il se leva à son tour. Elle le rattrapa par le coude lorsqu'il chancela.

— Je vais bien, lui assura-t-il.

Et c'est lui qui parlait de franchise.

Lisa le guida vers le lit et tira les couvertures.

— Je peux dormir sur le canapé, fit-il.

— Ne soyez pas ridicule. Allongez-vous. Le moment est mal choisi pour faire des manières. Nous sommes dans une prison nazie.

— *D'anciens* nazis.

— Si vous le dites.

Il grimpa dans le lit en soupirant, et sans enlever son peignoir. Elle l'imita et éteignit les chandelles. Les ombres s'épaissirent autour des braises dans la cheminée. Lisa préférait cela. Elle n'aurait pas supporté une obscurité totale.

La jeune femme se glissa sous les couvertures, les remonta jusqu'au menton et prit soin de laisser un espace entre Painter et elle. Elle lui tournait le dos.

Silence.

Elle sentit la peur revenir.

Et soudain, Painter murmura :

— Si nous mourons, nous mourrons ensemble.

Cette phrase ne correspondait pas exactement à ce qu'elle aurait souhaité entendre. Pourtant, elle lui procura un étrange réconfort.

Lisa se rapprocha de lui et leurs mains se nouèrent. Il n'y avait rien de sexuel dans ce geste : c'était juste celui de deux personnes éprouvant le besoin de se toucher. Elle tira le bras de l'homme et le mit autour d'elle.

Il la serra fort, de manière rassurante.

Elle se lova un peu plus contre lui et ferma les yeux, ne s'attendant pas à trouver le sommeil.

Mais dans ses bras, celui-ci ne tarda pas à l'emporter.

22 : 39
COPENHAGUE, DANEMARK

Gray regarda sa montre. Cela faisait plus de deux heures qu'ils se cachaient. Fiona et lui s'étaient terrés dans la cabine de service d'un train fantôme nommé la Mine. Une attraction un peu désuète où des animaux de carton-pâte en tenue de mineurs – ressemblant vaguement à des taupes – feignaient de creuser une carrière souterraine. Le même refrain musical se répétait encore et encore, version sonore de la torture chinoise de la goutte d'eau.

Perdus dans la foule du Tivoli, ils s'étaient installés dans un wagonnet. Au premier virage non surveillé, ils en étaient descendus, se réfugiant dans une espèce de placard à l'entrée duquel se trouvait une pancarte avec une tête de mort entourée d'éclairs. Ici, Gray l'espérait, personne ne viendrait les chercher.

Cependant, ni la porte ni la tête de mort n'arrêtaient la chansonnette sirupeuse. Il y avait sûrement pire chez Disney. Il y a toujours pire chez Disney.

Pour échapper à ce supplice, il examinait la Bible de Darwin à la lueur d'une lampe-stylo, cherchant un indice quelconque, page après page. Il essayait de se concentrer : la ritournelle commençait à lui donner la migraine.

— Vous avez un flingue ? demanda Fiona, affalée dans un coin, la tête entre ses genoux et les bras croisés. Si oui, mettez-moi une balle dans le crâne.

Il soupira.

— On n'en a plus que pour une heure.

— J'y arriverai pas.

Ils avaient prévu d'attendre la fermeture du parc qui ne comptait qu'une seule sortie officielle. De toute manière, les autres devaient déjà être surveillés. Leur seule chance ? Se mêler à l'exode du public et se fondre dans la masse. Gray avait essayé d'obtenir confirmation de l'arrivée de Monk, mais le fer et le cuivre présents dans la vieille cabine privaient son portable de réseau.

— Vous avez trouvé quelque chose ? s'enquit Fiona en montrant la Bible.

Gray secoua la tête. C'était fascinant de lire tous les noms inscrits sur la page de garde, l'arbre généalogique de la propre famille de Darwin. Mais, à part cela, il n'avait rien découvert sur les autres pages si fragiles du livre. Rien sinon quelques inscriptions. Toujours les mêmes, griffonnées ici et là.

Il jeta un coup d'œil à son carnet de notes où il avait reproduit les symboles tracés dans les marges de la Bible – soit de la main de Charles Darwin, soit de celle d'un autre de ses propriétaires successifs.

Il tendit le carnet à Fiona.

— Ça vous dit quelque chose ?

En soupirant, elle se pencha en avant et loucha sur les symboles.

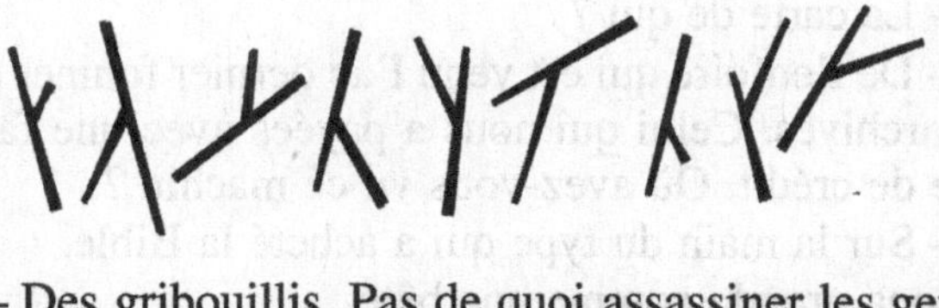

— Des gribouillis. Pas de quoi assassiner les gens.

Gray leva les yeux au ciel sans répliquer. L'humeur de Fiona avait changé. Il la préférait en colère ou moqueuse. Depuis qu'ils étaient enfermés ici, dans le noir, elle semblait s'être retirée en elle-même. Après la journée et les drames qu'elle venait de vivre…

Il aurait aimé pouvoir faire quelque chose pour elle.

Reprenant stylo et carnet, il dessina un autre symbole, le petit tatouage aperçu sur la main de l'acheteur.

⌘

Puis il le lui montra.

— Et ça ?

Avec un soupir encore plus théâtral, elle s'inclina de nouveau et secoua la tête.

— J'en sais rien, moi. C'est un trèfle à quatre feuilles. Qu'est-ce que vous voul… Attendez.

Elle lui arracha le carnet des mains pour l'examiner de plus près.

— J'ai déjà vu ça !

— Où ?

— Sur une carte professionnelle. Sauf qu'il n'était pas tout à fait comme ça. Il était détouré.

Elle lui emprunta le stylo pour écrire à son tour.

— La carte de qui ?

— De l'enfoiré qui est venu l'an dernier fouiner dans nos archives. Celui qui nous a payées avec une fausse carte de crédit. Où avez-vous vu ce machin ?

— Sur la main du type qui a acheté la Bible.

Fiona gronda comme une bête.

— Je le savais ! C'est la même bande. Le gang des blond platine. L'autre aussi avait les cheveux blancs.

D'abord, ils ont essayé de nous la piquer. Et ensuite, ils ont tué *Bedste* et foutu le feu au magasin.

— Cette carte mentionnait-elle un nom ?

— Je ne me rappelle pas. Je me souviens juste du symbole. Parce que je le connaissais déjà.

Elle lui montra son dessin achevé. Celui-ci offrait plus de détails.

— Vous connaissiez ce symbole ? demanda Gray.

Elle acquiesça de la tête.

— Je fais collection de pin's, vous vous rappelez ? Avec ces fringues à la con, j'pouvais pas en mettre ce soir.

Gray repensa à son sweat à capuche, celui dans lequel il l'avait vue la première fois, constellé de badges de toutes sortes.

— J'ai eu ma période celtique, expliqua Fiona. J'écoutais plus que ça, comme musique, et tous mes pin's portaient des symboles celtiques.

— Et celui-ci ?

— C'est le Carré de Terre ou la Croix de Saint-Hans. Les quatre coins du monde qui, en se rencontrant, apportent toute la puissance de la Terre. On l'appelle aussi un nœud bouclier. C'est censé nous protéger.

Gray ne voyait pas le lien entre cette définition et le livre de Darwin.

— Voilà pourquoi j'ai dit à *Bedste* de lui faire confiance, ajouta Fiona d'une voix presque inaudible, en se recroquevillant contre le mur. Ce type ne lui plaisait pas. Mais quand j'ai vu ce dessin sur sa carte, j'ai cru que c'était un mec bien.

— Vous ne pouviez pas savoir.

— *Bedste*, elle, savait, répliqua-t-elle sèchement. Et maintenant, elle est morte. À cause de moi.

— Non, protesta Gray en s'asseyant à ses côtés puis en posant un bras sur ses épaules. Vous n'êtes pas responsable. Ces gens sont déterminés. Ils n'hésitent pas à tuer, à incendier et à poser des bombes. Si vous n'aviez pas persuadé votre grand-mère de les laisser regarder vos dossiers, ils vous auraient sans doute tuées toutes les deux sur-le-champ.

Fiona se nicha contre lui.

— Votre grand-mère…

— Ce n'était pas ma grand-mère, le coupa-t-elle d'une voix accablée.

Il l'avait déjà deviné mais resta silencieux pour la laisser parler.

— Elle m'a chopée en train de lui piquer une babiole dans son magasin. Il y a deux ans. Au lieu d'appeler les flics, elle m'a préparé une soupe. Du bouillon de poulet.

Gray n'avait pas besoin de la regarder pour savoir qu'elle venait de sourire.

— Elle était comme ça. Toujours à aider les gosses des rues. Et à recueillir les laissés-pour-compte.

— Comme Bertal.

— Et moi.

Silence.

Puis :

— Mes parents sont morts dans un accident de voiture. C'étaient des immigrés pakistanais. Des Punjabis. On avait une petite maison dans Waltham Forest à Londres, et même un jardin. On comptait prendre un chien. Et puis… ils sont morts.

— Je suis désolé, Fiona.

— Je me suis retrouvée chez ma tante et mon oncle… ils venaient d'arriver du Penjab.

Nouveau long silence.

— Au bout d'un mois, il a commencé à venir le soir dans ma chambre.

Gray ferma les yeux.

— Alors, j'me suis barrée… J'ai vécu dans les rues de Londres pendant deux ou trois ans, et puis j'ai eu des problèmes avec certaines personnes. J'ai dû fuir encore.

« J'ai quitté l'Angleterre et je me suis baladée en Europe avec un sac à dos. Je me débrouillais. J'ai fini par atterrir ici.

— Où Grete vous a recueillie.

— Et maintenant, elle est morte. Je dois porter malheur.

Gray sentit la culpabilité teinter de nouveau sa voix. Il la serra contre lui.

— J'ai remarqué la façon dont elle vous regardait. Elle ne considérait pas votre arrivée dans sa vie comme un malheur. Elle vous aimait.

— Je… je sais.

Fiona se détourna, cachant son visage ruisselant de larmes.

Alors il se contenta de l'étreindre. Elle finit par pivoter vers lui pour sangloter sur son épaule. Ce qui ne fit qu'accroître les remords de Gray. Grete avait été une femme généreuse, douée de compassion, de compréhension, et elle était morte. Il avait sa part de responsabilité dans cette tragédie. S'il s'était montré plus prudent… plus circonspect…

Le prix de sa négligence.

Les larmes de Fiona le déchiraient.

Et même si le meurtre et l'incendie avaient sans doute été planifiés avant son intervention, Gray avait d'autres raisons de s'en vouloir. Il avait fui, abandonnant Fiona au chaos, la laissant à sa douleur. Elle l'avait appelé, d'abord avec rage… puis en le suppliant.

Il ne s'était pas arrêté.

— Je n'ai plus personne désormais, murmura Fiona.

— Vous m'avez, moi.

Elle s'écarta, les yeux humides.

— Vous allez partir, vous aussi.

— Et vous viendrez avec moi.

— Mais vous disiez…

— Peu importe ce que j'ai dit.

Elle n'était plus en sécurité ici. Les autres chercheraient à l'éliminer, si ce n'est pour récupérer la Bible, du moins pour la faire taire. Elle en savait trop.

— Vous avez prétendu connaître l'adresse figurant sur la facture de la Bible ?

Elle s'écarta, le fixant avec une suspicion évidente. Elle ne pleurait plus, elle le jaugeait, se demandant si sa sympathie n'était pas une ruse destinée à lui soutirer des informations. Gray comprenait cette méfiance.

Et préféra ne pas insister.

— Un ami va venir ici en jet privé. Il devrait atterrir vers minuit. Dès qu'il sera là, nous pourrons partir n'importe où. Vous attendrez que nous soyons montés à bord pour me révéler notre destination.

Il tendit la main afin de sceller leur accord.

Fiona hésita puis l'accepta.

— Marché conclu.

Elle lui rendit son carnet couvert de symboles.

— Juste pour vous donner une idée… on doit aller à Paderborn. C'est quelque part en Allemagne. Je vous donnerai l'adresse précise une fois que nous serons là-bas.

Gray considéra cette concession comme une marque de confiance.

— Ça me va.

Elle inclina la tête.

— Et maintenant, enchaîna-t-elle, si vous aviez une idée pour arrêter cette musique de merde…

Comme par magie, la ritournelle incessante se tut brusquement. Le grondement sourd de la machinerie du manège et les bruits de ferraille produits par les petits wagons aussi. Puis des pas, approchant de leur cachette, brisèrent le silence.

Gray se leva.

— Restez derrière moi.

Fiona récupéra la Bible qu'elle fourra dans son sac tandis qu'il s'emparait d'une barre de fer trouvée un peu plus tôt.

La porte s'ouvrit et une forte lumière les aveugla.

— Qu'est-ce que vous foutez là, vous deux ? aboya le nouveau venu, visiblement surpris.

Il parlait en danois.

Pierce baissa son arme improvisée. Il avait failli embrocher le malheureux en tenue de maintenance.

— Le train est fermé, annonça l'autre en s'écartant. Sortez avant que j'appelle la sécurité.

Gray obéit. L'homme lui lança un regard écœuré tandis qu'il passait devant lui. Le commandant devina ses pensées. Un homme adulte avec une adolescente…

— Vous allez bien, mademoiselle ? demanda l'ouvrier.

Il avait remarqué ses yeux rougis et ses vêtements déchirés.

— On va très bien, répliqua-t-elle en s'accrochant au bras de Gray et en tortillant des fesses. Ce tour de manège lui a coûté un peu plus cher que prévu.

L'homme grimaça de dégoût.

— La sortie, c'est par là, cracha-t-il en montrant une porte surmontée du sigle lumineux. Que je ne vous voie plus traîner par ici. C'est dangereux de se balader là-dedans.

Pas aussi dangereux qu'à l'extérieur, se dit Gray en se dirigeant vers la porte. Il consulta sa montre : onze heures passées, à peine. Encore une bonne heure avant la fermeture du parc.

En sortant du pavillon qui abritait la Mine, ils découvrirent que cette partie du parc était désertée. Pas étonnant que l'attraction se soit arrêtée plus tôt.

En revanche, on entendait de la musique et des cris d'excitation en provenance du lac.

— Tout le monde se rassemble pour la parade électrique, expliqua Fiona. Elle précède la fermeture du parc, avec le feu d'artifice.

Gray regarda autour d'eux. Des lampions illuminaient la nuit et les parterres débordant de tulipes. Il n'y avait pas grand monde dans les allées parfaitement éclairées.

Il repéra deux agents de la sécurité, un homme et une femme, qui se dirigeaient vers eux. L'ouvrier de maintenance avait-il finalement préféré les alerter ?

— On retourne se cacher, déclara-t-il en poussant Fiona dans la direction opposée, vers l'endroit où le public se rassemblait.

Ils marchaient vite, en veillant à rester dans l'ombre des arbres. Deux visiteurs désireux d'assister à la parade.

Ils finirent par déboucher sur une esplanade centrale donnant sur le grand lac miroitant, bordé de pavillons et de palais miniatures. Des acclamations retentirent pour accueillir le premier char de la parade. D'une hauteur de trois étages, il transportait une sirène sur un rocher éclairé par des spots émeraude et bleu azur. Elle leva le bras en signe de bienvenue. D'autres chars apparurent dans son sillage, peuplés de marionnettes géantes et animées, certaines atteignant cinq mètres de haut. Tout ce joli monde avançait au son des flûtes et des tambours.

— C'est la parade Hans Christian Andersen, expliqua Fiona. En l'honneur du bicentenaire de sa naissance.

Ils se dirigèrent vers la foule massée tout autour du lac. Réflétée par les eaux paisibles, une fleur géante s'épanouit dans le ciel, accompagnée d'un vlouf ! sonore. Des cascades d'étincelles jaillirent dans toutes les directions, s'envolant et tourbillonnant dans la nuit.

Gray demeurait vigilant, surveillant tous ceux qui les entouraient. Il cherchait des silhouettes noires aux cheveux clairs. Mais c'était Copenhague. Ici, tout le monde ou presque était blond. Et le noir semblait très à la mode en cette saison au Danemark.

Son cœur battait à tout rompre. Une brève salve de feu d'artifice frappa ses tympans.

Juste au-dessus de la foule, une autre fleur brillante apparut, pleurant des larmes enflammées.

Fiona tituba.

Gray la rattrapa, les oreilles sifflantes.

Tandis que les explosions cessaient, Fiona leva des yeux hagards vers lui. Elle retourna la main qu'elle avait posée sur son ventre et la tendit vers lui tandis qu'il la portait au milieu de la foule.

Sa paume était couverte de sang.

04 : 02
HIMALAYA

Painter ouvrit les yeux dans l'obscurité la plus totale. Le feu s'était éteint. Combien de temps avait-il dormi ? Sans fenêtre, impossible de le savoir, mais il avait l'impression que peu d'heures avaient passé.

Quelque chose l'avait réveillé.

Il se redressa.

Lisa était assise sur le lit, la tête tournée vers la porte.

— Vous avez senti… ?

La chambre trembla violemment. Un boum ! lointain les ébranla, résonnant dans leur ventre.

Painter rejeta les couvertures.

— Oh oh !

Ils allumèrent une ou deux chandelles puis il montra la pile de vêtements propres fournis par leurs hôtes. Ils s'habillèrent rapidement : sous-vêtements longs et noirs, jeans et pulls épais tout aussi noirs et, pour finir, une grosse paire de bottillons en cuir. Noirs, évidemment. Ils attendirent sans que rien ne survienne pendant un moment qui leur parut très long… Une vingtaine de minutes peut-être, à tendre l'oreille.

— Que s'est-il passé, selon vous ? murmura Lisa.

Des cris retentirent dehors.

— Je n'en sais rien, mais je parie qu'on ne va pas tarder à le savoir.

Des bruits de pas dans le couloir.

— Ils viennent par ici.

Comme pour confirmer ses dires, les pas s'arrêtèrent devant leur porte. Painter fit signe à Lisa de rester derrière lui. Un frottement métallique signala qu'on enlevait la barre qui coinçait le battant.

Ce dernier s'ouvrit. Quatre hommes se ruèrent dans la pièce, fusils braqués. Un cinquième les suivit. Il ressemblait beaucoup à Gunther, l'assassin. C'était un géant lui aussi, au cou massif, les cheveux en brosse, argentés ou gris très clair. Il portait une chemise et un ample pantalon brun enfoncé dans des bottes noires.

Il ne lui manquait qu'un bandeau avec la croix gammée.

Son visage paraissait aussi pâle que celui de Gunther, à cette différence près que tout le côté gauche semblait inerte et flasque, comme atteint de paralysie. Son bras gauche tremblait malgré lui tandis qu'il montrait la porte.

— *Kommen Sie mit mir !* aboya-t-il.

Il leur ordonna de sortir et quitta la pièce, comme si toute idée de désobéissance n'était pas envisageable. Cela dit, les fusils braqués sur eux avaient de quoi renforcer cette présomption.

Ils s'exécutèrent donc, et abandonnèrent leur chambre sous bonne escorte. Le couloir était étroit, taillé dans la roche, juste assez large pour laisser passer deux personnes côte à côte. Les seules lumières provenaient des torches fixées sur les fusils des soldats, projetant des ombres mouvantes devant eux. Il faisait nettement plus froid ici que dans leur chambre, mais la température était loin d'être glaciale.

Ils ne marchèrent pas longtemps. Painter estima qu'on les conduisait vers la façade du château. Il ne se trompait pas. Il ne tarda pas à entendre le vent siffler. Dehors, la tempête avait dû reprendre.

Le géant frappa à une porte massive en bois sculpté. Une réponse étouffée l'encouragea à l'ouvrir. Une lumière généreuse se déversait dans le couloir, accompagnée par un souffle d'air chaud.

Il poussa le battant et se posta à l'entrée de la pièce.

Painter précéda Lisa dans ce qui ressemblait à un bureau muni d'une impressionnante bibliothèque. Celle-ci occupait deux étages, les quatre murs étant couverts de livres. Le niveau supérieur était occupé par une galerie de fer à laquelle une unique échelle donnait accès.

Un feu brûlait dans une immense cheminée de pierre surmontée d'un tableau représentant un homme en uniforme allemand.

— Mon grand-père, annonça Anna Sporrenberg, remarquant le regard de Painter.

Elle se leva, contournant une énorme table de travail. Elle portait, elle aussi, un pull et un jean noirs. Apparemment, c'était la mode au *Granitschloss*.

— Il a repris la direction du château après la guerre.

Elle leur fit signe de s'installer sur des chaises à haut dossier, placées en demi-cercle devant la cheminée. Painter remarqua les cernes sous ses yeux, comme si elle n'avait pas dormi de la nuit. L'Allemande dégageait également une odeur curieuse, assez semblable à de la cordite. Intéressant.

— *Setzen Sie sich, bitte,* lui suggéra-t-elle.

Il croisa son regard. Malgré les signes d'épuisement, celui-ci restait brillant et aiguisé. Painter ne put s'empêcher de penser à un prédateur rusé et calculateur. Quelqu'un qu'il fallait garder à l'œil. De son côté, elle semblait l'évaluer avec le même soin, cherchant sûrement à déterminer de quoi il était capable.

Que se passait-il ?

Painter et Lisa s'assirent côte à côte, Anna face à eux. Le géant resta près de la porte fermée, les bras croisés. Painter savait que les soldats attendaient toujours dehors. Il tenta de trouver une autre issue dans la pièce. La seule ouverture était une fenêtre taillée dans la pierre, tellement couverte de givre que la lumière extérieure ne filtrait pas dans le bureau. Par ailleurs, des barreaux striaient la vitre.

Pas question de fuir par là.

Il reporta son attention sur Anna, notant sa ressemblance avec l'homme du portrait.

— Vous dites que votre grand-père a *repris* la direction du château, commenta-t-il. Qui le dirigeait avant lui ?

Anna se laissa aller contre le dossier de sa chaise, visiblement soulagée de rester un moment au coin du feu. Mais elle ne perdait rien de sa concentration : son regard effleura brièvement Lisa avant de revenir sur lui.

— *Granitschloss* a une longue et sombre histoire, monsieur Crowe. Connaissez-vous Heinrich Himmler ?

— Le second de Hitler ?

— *Ja.* Le chef des SS. Un fou et un boucher, lui aussi.

Cette description surprit Painter. Essayait-elle de le piéger ?

Anna poursuivit :

— Himmler croyait être la réincarnation de Henri Ier de Saxe, un roi germain du xe siècle. Il pensait même recevoir des messages de sa part de l'au-delà.

— Oui, dit Painter. J'ai entendu dire qu'il s'intéressait aux sciences occultes.

— Disons que cela relevait plutôt de l'obsession, répliqua Anna. Et à l'époque, il n'était pas le seul dans ce cas en Allemagne. Cette fascination remontait à Mme Blavatsky, celle qui a défini le terme « aryen ». Elle prétendait avoir eu accès à un savoir secret alors qu'elle étudiait dans un monastère bouddhiste. Des maîtres cachés lui auraient enseigné comment l'humanité, autrefois constituée d'une race supérieure, avait déchu et comment elle redeviendrait ce qu'elle avait été.

— La fameuse race des surhommes, ajouta Painter.

— Précisément. Un siècle plus tard, Guido von List, a associé ces croyances à la mythologie germanique, attribuant une origine nordique à cette mythique race aryenne.

— Et le peuple allemand a gobé cette fable, continua Crowe, acceptant la perche qu'elle lui tendait.

— Et pourquoi s'en priver ? Après notre défaite lors de la Première Guerre mondiale, un tel concept était flatteur. Il a fleuri au sein de plusieurs loges occultes en Allemagne. La Société Thulé, La Société Vril, l'Ordre des Nouveaux Templiers.

— Himmler lui-même faisait partie de la Société Thulé, si j'ai bonne mémoire.

— Oui, le *Reichsführer* croyait vraiment à cette mythologie. Et à la magie des runes nordiques. Voilà pourquoi il a choisi les runes du double *sig,* les éclairs jumeaux, pour représenter son propre ordre de prêtres-guerriers, les *Schutzstaffel,* les SS. Les écrits de Mme Blavatsky l'avaient convaincu que les premiers Aryens étaient apparus dans l'Himalaya, et que la race renaîtrait ici même.

Lisa prit la parole pour la première fois.

— Ainsi, Himmler a bien envoyé des expéditions dans l'Himalaya.

Elle échangea un regard avec Painter. Celui-ci repensait à la déclaration lapidaire d'Anna.

Nous ne sommes pas des nazis. Plus maintenant.

— Et donc que cherchait Himmler ici ? demanda-t-il. Une tribu aryenne perdue ? Un Shangri-La peuplé d'une race supérieure ?

— Pas tout à fait. Sous couvert de recherches anthropologiques et zoologiques, Himmler a chargé ses SS de lui rapporter des preuves de l'existence d'une race disparue, persuadé qu'ils les trouveraient ici. Mais ils sont revenus bredouilles. Leur détermination se renforça, accrue par leur quête infructueuse et ils plongèrent de plus en plus dans la folie. Quand Himmler a lancé la construction de son château SS en Allemagne, sa place forte personnelle, il en a fait bâtir une réplique ici, envoyant par avion un millier de travailleurs issus des camps de concentration. Il a aussi expédié une tonne d'or massif. Pour nous rendre autosuffisants. Ce qui a été le cas, après quelques investissements judicieux.

— Mais pourquoi édifier un tel château ici ? s'étonna Lisa.

Painter pensait avoir deviné.

— Il s'imaginait que la « race aryenne », intervint-il en insistant bien sur ces deux derniers mots, renaîtrait dans ces montagnes. Il lui construisait donc sa première citadelle.

Anna hocha la tête, comme si elle concédait un point dans un match de tennis.

— Il croyait aussi que les anciens maîtres secrets de Mme Blavatsky étaient encore vivants. Cette place forte leur était aussi destinée, un endroit où rassembler toutes leurs connaissances et expériences.

— Ces maîtres secrets ont-ils jamais réapparu ? l'interrogea Painter, sarcastique.

— Non. Mais mon grand-père est venu à leur place. Et il a apporté avec lui quelque chose de miraculeux, quelque chose qui aurait pu transformer le rêve d'Himmler en réalité.

— Et qu'est-ce que c'était ?

Anna secoua la tête.

— Avant d'aller plus loin, je dois vous poser une question. Et j'apprécierais une réponse sincère.

Painter fronça les sourcils devant ce subit changement de tactique.

— Vous savez que je ne puis vous promettre une telle réponse.

Anna sourit pour la première fois.

— J'apprécie votre franchise, monsieur Crowe.

— Que voulez-vous savoir ? s'enquit-il, curieux.

Ils en arrivaient au cœur du problème, il le sentait.

Anna le fixa.

— Êtes-vous malade ? Je ne parviens pas à m'en assurer. Vous semblez avoir l'esprit très clair.

Painter afficha sa surprise. Il ne s'attendait pas du tout à cette question.

Lisa se chargea de répondre à sa place.

— Oui.

— Lisa…

— Elle finira par l'apprendre, de toute manière. Pas besoin d'être diplômé en médecine pour s'en rendre compte, lâcha-t-elle avant de se tourner vers Anna. Il présente des symptômes vestibulaires, nystagmus et désorientation.

— Ainsi que de fortes migraines avec des troubles visuels ?

Lisa acquiesça.

— C'est bien ce que je pensais, fit Anna.

Ces informations semblèrent la rassurer.

— Pourquoi ? demanda Painter.

— De quoi souffre-t-il ? insista Lisa. Je pense que nous… qu'il a le droit de savoir.

— Cela exige de plus amples explications, mais je peux vous fournir un diagnostic.

— Je vous écoute.

— Il mourra d'ici trois jours. Dans d'atroces souffrances.

Painter se força à ne pas réagir.

Lisa resta tout aussi impassible.

— Existe-t-il un remède ?

Anna regarda Painter puis Lisa.

— Non.

23 : 18
COPENHAGUE, DANEMARK

Gray devait emmener Fiona se faire soigner au plus vite. Il sentait le sang couler de sa blessure, tremper son chemisier tandis qu'il la soutenait, un bras sous les aisselles.

Autour d'eux, la foule était très dense. Les flashes des appareils photo crépitaient. Musique et chansons flottaient sur le lac, enveloppant la parade électrique. D'immenses pantins animés inclinaient leurs têtes géantes au-dessus des spectateurs.

Le feu d'artifice continuait d'exploser et de s'épanouir dans la nuit noire.

Gray ne regardait rien de tout cela. Il cherchait le sniper qui avait tiré sur Fiona. Il avait jeté un rapide coup d'œil à sa plaie : une égratignure, une blessure superficielle mais qui nécessitait des soins. Elle était livide de douleur.

La balle l'avait touchée dans le dos. Le tireur devait donc être posté dans les arbres ou dans les fourrés. C'était une chance qu'ils se soient trouvés parmi la foule. Mais, maintenant qu'ils avaient été repérés, leurs poursuivants devaient déjà converger vers eux. Il y en avait sûrement plusieurs dans le public.

Un regard à sa montre : quarante-cinq minutes encore avant la fermeture du parc.

Il avait besoin d'un plan… d'un nouveau plan. Il n'était plus question d'attendre minuit pour profiter de la sortie en masse. On leur mettrait la main dessus bien avant cela. Ils devaient partir sur-le-champ.

Et la portion de parc qui s'étalait entre le trajet de la parade et le portail était pratiquement déserte. Tous les spectateurs s'étaient agglutinés ici. S'ils tentaient de la traverser, ils seraient à découvert, totalement exposés. Sans compter que le portail devait être surveillé lui aussi.

À ses côtés, Fiona se tenait le flanc. Du sang suintait à travers ses doigts. Il vit la panique luire dans ses yeux.

— On fait quoi ? murmura-t-elle.

Gray continuait de la pousser à travers la foule. Il ne voyait qu'une seule solution. Dangereuse. Pourtant ils n'avaient plus le choix. Pierce força Fiona à se tourner vers lui.

— Il faut que j'aie votre sang sur les mains.

— Quoi ?

Il montra son chemisier.

Avec prudence, elle en sortit un pan de son pantalon.

— Faites attention…

Il essora délicatement le tissu trempé. Elle grimaça et laissa échapper un petit gémissement.

— Désolé, s'excusa-t-il.

— Vous avez les doigts glacés, marmonna-t-elle.

— Ça ira ?

— Je survivrai.

Bien.

C'était l'idée.

— Je vais devoir vous porter dans une seconde, la prévint Gray.

— Qu'est-ce que vous… ?

— Tenez-vous prête à hurler à mon signal.

Perplexe, elle fronça le nez puis acquiesça.

Il attendit le bon moment. Flûtes et tambours résonnaient au loin. Gray entraîna Fiona en direction de la sortie principale. Derrière un groupe d'écoliers, il repéra une silhouette familière en trench-coat, le bras en écharpe. Le meurtrier de Grete. Qui scrutait la foule mais ne les avait pas encore vus.

Gray battit en retraite, se mêlant à des Danois qui chantaient au rythme des flûtes et tambours. La fin de la chanson fut saluée par des gerbes de fusées fonçant dans le ciel, suivies d'autant d'explosions.

— Maintenant, ordonna Gray en se baissant.

Il se barbouilla le visage de sang et souleva Fiona dans ses bras. Puis il se mit à crier en danois :

— Une bombe !

D'autres déflagrations retentirent.

— Hurlez, chuchota-t-il à Fiona, avant de rugir à nouveau, montrant son visage ensanglanté. Une bombe !

En actrice consommée, Fiona poussa un hurlement abominable.

On se tourna vers eux. Les pétards du feu d'artifice claquaient. Le sang frais luisait sur les joues de Gray. Dans un premier temps, personne ne réagit. Puis ce fut comme si la marée se levait subitement. Une personne recula, en heurtant une autre. Des cris retentirent, bientôt suivis d'appels angoissés. De plus en plus de gens battaient en retraite.

Gray veilla à rester au sein du groupe le plus paniqué.

Fiona continuait à hurler. Elle leva le bras. Du sang ruissela de ses doigts.

La confusion se répandit aussi vite qu'un feu de forêt. La psychose des attentats avait également atteint le Danemark. La foule reprenait le mot « bombe » en criant.

Comme un troupeau de bétail effrayé, les gens se bousculaient, la promiscuité accentuant l'angoisse. Les feux d'artifice s'arrêtèrent. Mais l'hystérie avait gagné la route de la parade à présent. Dès qu'une personne fuyait, d'autres l'imitaient, leur nombre croissant de façon exponentielle. Les pieds cognaient sur les pavés, tous cherchant la sortie.

Les premiers fuyards furent rejoints par le gros du troupeau.

L'exode commençait.

Gray se laissa emporter par le flot, Fiona dans ses bras. Pour l'instant, cette retraite ne cédait pas à l'affolement. Les explosions du feu d'artifice s'étant tues, la confusion régnait plutôt que l'horreur. La foule, cependant, se dirigeait en masse vers le portail.

Pierce reposa Fiona à terre pour libérer ses mains. Il s'essuya le visage avec la manche de sa veste Armani. La jeune fille demeurait à son côté, agrippée à sa ceinture pour ne pas être séparée de lui par la cohue.

La grande porte apparut enfin.

Gray la montra.

— S'il se passe quelque chose, n'importe quoi... fuyez. Ne vous arrêtez pas.

— Je ne sais pas si je pourrai. Ça fait rien qu'un tout petit peu mal.

Elle boitait à présent, à moitié repliée sur elle-même.

Plus loin, Gray aperçut les agents de sécurité du parc. Ils tentaient de contrôler le mouvement de foule, les badauds qui se pressaient, de manière à éviter toute bousculade meurtrière. Il repéra aussi un couple de gardes qui restaient à l'écart, sans rien faire pour aider leurs collègues. Un jeune homme et une jeune femme. Tous deux blancs comme neige. Le couple de la salle des ventes. Ils avaient eu le temps de se procurer des uniformes et surveillaient la sortie. Armés, ils gardaient la main sur la crosse de leur pistolet, pour le moment rangé dans un étui, à la taille.

Pendant une fraction de seconde, le regard de la femme croisa le sien.

Et continua son balayage visuel.

Avant de revenir sur lui.

Cible reconnue.

Gray battit en retraite dans la foule, remontant contre le courant.

— Qu'est-ce qui se passe ? demanda Fiona, toujours avec lui.

— On ne peut plus continuer par ici. Il faut trouver une autre issue.

— Quoi ?

Lutter contre le flot était trop difficile, aussi Gray se laissa dériver vers le bord de la marée humaine. Enfin, ils en émergèrent. Pour se retrouver complètement à découvert.

Ils devaient se cacher.

Devant eux étaient garés les chars de la parade interrompue. Immobiles et toutes lumières allumées, ils ne diffusaient plus aucune musique. La peur avait aussi gagné les conducteurs et animateurs qui avaient tous abandonné leur poste. Les agents de sécurité s'étaient, eux aussi, enfuis.

Gray vit la porte ouverte de l'un des chars.

— Par ici, ordonna-t-il.

Il aida Fiona, la portant à moitié. L'engin était surmonté d'un pantin géant illuminé représentant un canard dégingandé avec une tête trop grande. Gray reconnut le Vilain Petit Canard du conte d'Andersen.

Ils passèrent sous l'une des ailes articulées, ornée d'ampoules jaunes. Gray aida Fiona à se hisser dans la cabine de pilotage, s'attendant à chaque instant à recevoir une balle dans le dos. Il grimpa à sa suite et referma derrière lui en veillant à faire le moins de bruit possible.

Tandis qu'il jetait un coup d'œil à travers le pare-brise, il se félicita d'avoir pris cette précaution.

Une silhouette vêtue de noir venait d'apparaître, surgissant de la foule. L'homme au bras en écharpe. Il ne se souciait même plus de dissimuler son arme. Tous les regards étaient concentrés sur la sortie du parc. Le type se détacha de la masse, approchant du lac et de la procession figée.

Gray se baissa, aussitôt imité par Fiona.

L'homme passa à quelques mètres d'eux, longeant la file de chars abandonnés.

— On a eu chaud, murmura Fiona. On devrait…

— Chuut…

Gray esquissa un geste pour la réduire au silence. Mais, dans la cabine exiguë, son coude heurta un levier. Quelque chose clignota sur le tableau de bord.

Oh, misère…

Les haut-parleurs dissimulés dans le pantin au-dessus d'eux tonnèrent.

— QUACK, QUACK, QUACK... QUACK, QUACK, QUACK…

Le Vilain Petit Canard s'était réveillé.

Et tout le monde s'en était rendu compte.

Gray se redressa. À trente mètres de là, le tueur se retournait.

Plus question de se cacher.

Soudain, le moteur du chariot gronda. Jetant un regard derrière lui, il vit Fiona assise à la place du conducteur, en train d'enclencher une vitesse.

— Ils ont laissé la clé, expliqua-t-elle.

Le chariot frémit puis s'ébranla, quittant la file de ses semblables.

— Fiona, laissez-moi…

— La dernière fois, c'est vous qui avez conduit. Regardez où ça nous a menés.

Elle fonçait droit sur le tireur.

— En plus, faut pas laisser traîner les ordures.

Elle aussi avait reconnu l'assassin de sa grand-mère. Elle avait déjà passé la seconde quand il braqua son fusil. La jeune fille ne dévia pas sa trajectoire d'un pouce, se moquant du danger.

Gray chercha autour de lui un moyen de l'aider.

Tant de leviers, de manettes…

L'assassin tira.

Gray grimaça, mais Fiona avait déjà tourné le volant, anticipant le coup de feu. Un coin du pare-brise s'étoila. Raté. Fiona braqua violemment pour revenir sur le tueur ; elle voulait l'écraser.

Le chariot trop lourd se souleva sur deux roues en amorçant son tournant.

— Tenez-vous ! cria Fiona.

Le gros véhicule reprit brutalement contact avec le sol. Cette manœuvre avait donné à l'homme le temps de sprinter vers la gauche. Il était sacrément rapide, déjà prêt à tirer, comptant visiblement ouvrir le feu à bout portant au moment où ils arriveraient à sa hauteur.

Il ne leur restait plus une seconde à perdre.

Contemplant la rangée de leviers, Gray baissa celui qui se trouvait le plus à gauche. Des engrenages grincèrent. L'aile déployée du Vilain Petit Canard s'abattit brusquement : elle heurta le tireur au niveau du cou, telle une faux, lui brisant la nuque. L'homme fut projeté dans les airs.

— Foncez vers le portail ! cria Gray.

Le Vilain Petit Canard venait de découvrir le goût du sang.

— QUACK, QUACK, QUACK... QUACK, QUACK, QUACK...

Cette étrange sirène leur fraya un passage, les gens se dispersant devant eux. Les agents de la sécurité furent repoussés par la foule. Comme les deux faux gardes. Le portail, grand ouvert devant le public, semblait les attendre.

Fiona ne se fit pas prier.

Le canard franchit la sortie à toute allure, perdant son aile gauche contre un des piliers. Le chariot en frémit mais ils avaient atteint la rue. Fiona ne ralentit pas l'allure.

— Tournez là, ordonna Gray en montrant une intersection.

Elle obéit, négociant le virage à la façon d'un pilote de rallye. Deux carrefours plus tard, Gray lui demanda de ralentir.

— On doit abandonner ce truc, lança-t-il. Trop voyant.

— Vous trouvez ? répliqua-t-elle.

Gray sortit une longue clé de la boîte à outils. Il pria Fiona de s'arrêter au sommet d'une longue pente, avant de l'aider à descendre du char. Revenant au tableau de bord, il embraya, coinça la clé sur l'accélérateur et sauta de la cabine.

Toujours paré de son habit de lumières clignotantes, le Vilain Petit Canard reprit sa démarche zigzagante, massacrant les voitures garées sur son passage tout en fonçant dans la pente. Là où il finirait sa course, l'accident retiendrait sûrement l'attention de leurs poursuivants un moment.

Gray fila dans la direction opposée. Ils devraient avoir la paix pendant quelques heures. Pierce consulta sa montre. Largement le temps de rejoindre l'aéroport. Et Monk.

Fiona boitait à ses côtés, ne cessant de regarder derrière eux…

Le Vilain Petit Canard braillait dans la nuit.

— QUACK, QUACK, QUACK… QUACK, QUACK, QUACK…

— Il va me manquer, lâcha-t-elle.

— À moi aussi.

04 : 35
HIMALAYA

Painter était debout devant la cheminée. Il s'était levé à l'énoncé de sa condamnation à mort.

Le garde gigantesque commença à s'approcher, mais Anna l'arrêta d'un geste.

— *Nein, Klaus. Alles ist in Ordnung.*

Painter attendit que Klaus retourne à son poste près de la porte.

— Il n'y a pas de remède ?

— Non. Je vous ai dit la vérité.

— Alors, pourquoi Painter ne présente-t-il pas les mêmes symptômes de démence que les moines ? demanda Lisa.

Anna la dévisagea avant de se tourner vers Painter.

— Vous n'étiez pas au monastère, *ja* ? Vous vous trouviez au village. Vous avez été moins exposé. Vous souffrez d'une détérioration corporelle plus lente, plus généralisée qu'une dégénérescence neurologique rapide. Le verdict n'en reste pas moins la mort.

Elle marqua une pause avant d'enchaîner :

— Cependant, s'il n'existe aucun remède, il y a un espoir de ralentir cette détérioration, reprit-elle. Avec les années, après de nombreuses expériences sur des animaux, nous sommes arrivés à des résultats plutôt prometteurs. Nous pouvons prolonger votre vie. Ou, du moins, nous aurions pu.

— Que voulez-vous dire ? demanda Lisa.

Anna se leva.

— Je vous ai fait venir ici pour ça. Pour vous montrer.

Elle hocha la tête vers Klaus qui ouvrit la porte.

— Suivez-moi. Peut-être trouverons-nous un moyen de nous entraider.

Painter offrit sa main à Lisa qui s'appuya contre lui en se redressant.

— Que se passe-t-il ? chuchota-t-elle.

— Je n'en sais rien.

Il jeta un coup d'œil à Anna qui parlait à Klaus.

Peut-être trouverons-nous un moyen de nous entraider.

C'était exactement ce qu'il avait pensé proposer, ne serait-ce que pour gagner du temps. Leurs geôliers avaient-ils entendu sa conversation avec Lisa ? Ou bien la situation avait-elle à ce point empiré que leur coopération était nécessaire ?

— Ça doit avoir un rapport avec l'explosion que nous avons entendue, murmura Lisa.

Il acquiesça, inquiet et curieux à la fois. Pour le moment, il refusait de songer à sa propre santé… malgré la migraine qui venait de prendre naissance derrière ses yeux et dont il sentait les élancements jusque dans ses molaires.

Anna leur fit signe. Klaus s'écarta, visiblement mécontent.

— Si vous voulez bien me suivre, lança l'Allemande avec une froide politesse.

Dans le couloir, deux soldats la précédèrent. Klaus suivait Painter et Lisa. Les deux derniers gardes fermaient la marche.

Ils empruntèrent une direction différente de celle menant à leur confortable cellule. Après plusieurs bifurcations, un tunnel rectiligne, plus large que tous les autres, s'ouvrit devant eux, s'enfonçant au cœur de la montagne. Autre particularité singulière : il était éclairé par des ampoules électriques, logées dans de petites cages grillagées le long d'une paroi.

Ils s'y engagèrent.

Painter remarqua les relents de fumée dans l'air. Ceux-ci s'accentuèrent à mesure qu'ils avançaient. Il reprit la discussion là où elle s'était arrêtée.

— Donc, vous savez ce qui m'a rendu malade.

— C'est l'accident, comme je l'ai déjà dit.

— *Quel* accident ?

— La réponse n'est pas simple. Il faut remonter très loin dans le passé.

— Jusqu'à l'époque où vous étiez nazis ?

Anna lui jeta un regard.

— Jusqu'à l'époque où la vie elle-même a commencé sur cette planète.

— Vraiment ? Ça fait une très longue histoire. Et, n'oubliez pas, il ne me reste que trois jours.

Elle sourit.

— Vous avez raison. Contentons-nous d'un petit saut dans le temps... revenons-en à l'arrivée de mon grand-père au *Granitschloss*. À la fin de la guerre. L'Europe était plongée dans le chaos. L'Allemagne s'effondrait. Et chacun voulait sa part du butin. Comprenez-moi bien. Je ne parle pas simplement de territoires et de ressources, mais aussi et surtout de découvertes scientifiques. Une féroce compétition a démarré entre les Alliés. Chacun a envoyé ses propres équipes de soldats et de savants à travers toute l'Allemagne pour piller ses secrets technologiques. C'était gratuit, ils n'avaient qu'à se servir. La Grande-Bretagne, à elle seule, a envoyé cinq mille soldats et civils, formant une brigade baptisée T-Force pour Technology Force. Leur but avoué consistait à localiser et préserver les sites de recherche de toute tentative de pillage et de vol, alors qu'en réalité ils se livraient eux-mêmes au pillage et au vol, tout comme leurs collègues américains, français et russes. Savez-vous qui a fondé la T-Force britannique ?

Painter secoua la tête en signe d'ignorance. Il ne pouvait s'empêcher de comparer sa propre Sigma Force à cette unité britannique de la Seconde Guerre mondiale. Il aurait bien aimé en discuter avec le fondateur de Sigma, Sean McKnight. S'il vivait assez longtemps pour ça.

— Qui était-ce ? demanda Lisa.

— Un gentleman que vous connaissez certainement : le commandant Ian Fleming.

Lisa émit un rire moqueur.

— Le créateur de James Bond ?

— Lui-même. On raconte que son personnage est largement inspiré d'un des membres de son unité. Ce qui vous donne une idée de l'exubérance cavalière et du sans-gêne de ces pilleurs de technologie.

— « Aux vainqueurs, les butins de la guerre », cita Painter.

— Peut-être. Mais c'était le devoir de mon grand-père de protéger certaines ressources. Il était officier dans la *Sicherheitsdienst*.

Elle regardait Painter, le mettant à l'épreuve.

Le jeu n'était donc pas terminé. Il releva le défi.

— La *Sicherheitsdienst* était l'unité SS chargée d'évacuer les trésors allemands : œuvres d'art, or, antiquités, technologie.

Elle hocha la tête.

— Pendant les derniers jours de la guerre, tandis que les Russes s'engageaient sur le front de l'Est, mon grand-père a reçu ce que vous, Américains, appelez une mission *deep black.* Heinrich Himmler en personne lui a transmis ses ordres, avant que le *Reichsführer* ne soit capturé et se suicide.

— Et ses ordres étaient de… ?

— De déplacer et sauvegarder les éléments essentiels d'un certain projet *Chronos*. Et d'en détruire toutes les autres traces. Au cœur de ce programme, se trouvait un mécanisme appelé tout simplement *die Glocke.* La Cloche. Le laboratoire de recherches était profondément enfoui sous terre, dans une mine abandonnée des montagnes sudètes. Mon grand-père ignorait tout des buts de ce projet et quand il a fini par comprendre, il a failli tout détruire. Mais il avait ses ordres.

— Il s'est donc enfui avec la Cloche. Comment ?

— Deux options avaient été relevées. Un vol par le nord et la Norvège, un autre par le sud au-dessus de l'Adriatique. Des agents l'attendaient pour l'aider à fuir dans les deux cas. Mon grand-père a choisi le nord. Himmler lui avait parlé du *Granitschloss.* Il s'est réfugié ici avec un groupe de savants nazis, dont certains avaient participé à certaines expériences dans des camps. Tous avaient besoin de se cacher. De plus, mon grand-père leur offrait un projet auquel très peu d'entre eux auraient pu résister.

— La Cloche, devina Painter.

— Exactement. Elle permettait d'obtenir ce que de nombreux scientifiques de l'époque recherchaient par d'autres moyens.

— C'est-à-dire ?

Anna soupira et lança un regard vers Klaus.

— La perfection.

Elle garda le silence un long moment, comme perdue au fond de sa tristesse.

Ils arrivaient enfin au bout du tunnel, marqué par deux gigantesques portes métalliques qui, pour l'instant, étaient ouvertes. Derrière ce seuil, un escalier en colimaçon s'enfonçait dans la montagne. Il était grossièrement taillé dans la roche autour d'un pilier central en acier aussi épais qu'un tronc de chêne. Ils commencèrent à descendre.

Painter leva les yeux. Le pilier perçait le plafond et continuait plus haut, peut-être même jusqu'à l'air libre. *Un paratonnerre*, pensa-t-il. Il percevait également une forte odeur d'ozone.

Anna remarqua son intérêt.

— Ce mât nous permet de décharger l'excès d'énergie à l'extérieur.

Elle tendait le doigt vers le haut.

Painter se tordit le cou. Il repensa aux lumières fantômes aperçues dans cette zone. En était-ce la source ? Et celle de la maladie ?

Ravalant sa colère, il se concentra sur les marches. Sa migraine lui martelait la tête et cette descente en spirale ne faisait qu'accentuer ses vertiges. Préférant ne pas y penser, il reprit le fil de leur conversation.

— Pour en revenir à la Cloche… Que faisait-elle ?

— Au début, personne ne le savait. Elle avait été conçue lors de recherches concernant une nouvelle source d'énergie. Certains ont même cru qu'il s'agissait d'une ébauche de machine à voyager dans le temps. Ce qui aurait expliqué son nom de code : *Chronos*.

— Une machine à voyager dans le temps ? répéta Painter, incrédule.

— Il faut vous rappeler, poursuivit Anna, que dans certains domaines, les nazis avaient des années-lumière d'avance sur les autres nations. Voilà pourquoi l'Allemagne a été si consciencieusement pillée après la guerre. Mais revenons un peu en arrière. Au début du XXe siècle, deux systèmes théoriques étaient en compétition : la théorie de la relativité et la théorie quantique. Si elles ne se contredisent pas nécessairement, Einstein lui-même, le père de la relativité, les estimait incompatibles. Du coup, la communauté scientifique s'est scindée en deux camps. Et nous savons très bien de quel côté se sont concentrés la plupart des Occidentaux.

— La relativité d'Einstein…

Anna acquiesça.

— … Qui a conduit à la fission de l'atome, aux bombes et à l'énergie nucléaires. Le monde entier s'est transformé en Projet Manhattan. Tout cela basé sur les travaux d'Einstein. Les nazis ont suivi une autre route, avec tout autant de ferveur. Ils avaient leur propre Projet Manhattan, fondé sur la théorie de l'autre camp. La théorie quantique.

— Pourquoi avoir choisi ce camp-là ? demanda Lisa.

— Pour une raison simple, répliqua Anna. Parce que Einstein était juif.

— Quoi ?

— Pensez au contexte de l'époque. Einstein était juif. Les nazis ne pouvaient conférer à ses découvertes une valeur équivalente à celles de savants qui étaient, eux, de vrais Allemands. Ils ont donc développé leur Projet Manhattan à partir des travaux de scientifiques comme Werner Heisenberg et Erwin Schrödinger, et surtout Max Planck, le père de la théorie quantique. Tous partageaient le même point commun : de solides racines dans le *Vaterland.* Les nazis ont alors cherché des applications pratiques en se reposant sur la mécanique quantique, des recherches qui, même aujourd'hui, sont considérées comme révolutionnaires. Les savants nazis pensaient trouver une nouvelle source d'énergie grâce aux modèles quantiques. Ce sont des domaines que l'on commence à peine à aborder de nos jours. La science moderne a baptisé cette source : énergie du point zéro.

— Du point zéro ?

Lisa dévisagea Painter. Il hocha la tête, connaissant le concept scientifique.

— Quand on refroidit un objet, quel qu'il soit, jusqu'à la température du zéro absolu – près de trois cents degrés au-dessous du zéro degré centigrade – tout mouvement atomique cesse. On obtient une immobilité complète. Le point zéro de la nature. Et pourtant, même là, l'énergie persiste. Une radiation en arrière-plan qui ne devrait pas exister. Les théories traditionnelles n'expliquent pas la présence de cette énergie.

— Mais la théorie quantique le permet, intervint Anna avec assurance. Elle autorise le mouvement même quand la matière est gelée.

— Comment est-ce possible ? s'enquit Lisa.

— Au zéro absolu, les particules ne peuvent pas bouger vers le haut ou le bas, la droite ou la gauche. Néanmoins, selon la mécanique quantique, elles se ruent dans ou hors de l'*existence,* produisant ainsi de l'énergie. C'est ce qu'on appelle l'énergie du point zéro.

— Dans et hors de l'existence ?

Lisa semblait sceptique.

Painter intervint :

— La physique quantique est parfois assez bizarre. Mais si le concept a l'air un peu fou, l'énergie, elle, est bien réelle. Partout dans le monde, des scientifiques cherchent des moyens d'accéder à cette énergie qui se trouve au cœur de l'existence même. Elle offrirait une source de puissance infinie, sans limites.

— Et les nazis, renchérit Anna, faisaient des expériences sur cette énergie avec toute la ferveur que vous accordiez au Projet Manhattan.

Lisa ouvrit de grands yeux.

— Une source d'énergie inépuisable. S'ils l'avaient découverte, cela aurait changé le cours de la guerre.

Anna la corrigea.

— Qui dit qu'ils ne l'ont *pas* découverte ? Les preuves existent que, durant les derniers mois de la guerre, ils avaient effectué des percées remarquables. Les projets *Feuerball* et *Kugelblitz*. Dont on peut trouver les détails dans les archives désormais passées dans le domaine public de la T-Force britannique. Mais ces découvertes sont arrivées trop tard. Les laboratoires ont été bombardés, les savants tués, les dossiers volés. Et ce qui restait a disparu dans les opérations top secret des diverses nations.

— Sauf la Cloche, dit Painter.

— Sauf la Cloche, acquiesça Anna. Mon grand-père est parvenu à s'enfuir en emportant avec lui le cœur du Projet Chronos, né des recherches sur l'énergie du point zéro. Il lui a alors donné un autre nom. *Schwarze Sonne*.

— Soleil Noir, traduisit Painter.

— *Sehr gut*.

— Mais qu'en est-il de cette Cloche ? Que fait-elle ?

— C'est elle qui vous a rendu malade, expliqua Anna. Qui vous a atteint au niveau quantique. Aucune pilule ni remède ne pourront vous guérir.

Painter faillit trébucher. Il dut s'arrêter un moment pour digérer l'information. *Atteint au niveau quantique.* Qu'est-ce que cela signifiait ?

Les dernières marches apparurent, bloquées par une barrière de poutres entrecroisées gardée par deux hommes en armes. Malgré sa stupeur, Painter remarqua le toit calciné au-dessus du dernier tournant de l'escalier.

Au-delà s'ouvrait une immense caverne. Il n'en voyait pas grand-chose, mais il sentait la chaleur qui y régnait encore. Toutes les surfaces étaient noircies. À terre s'étalait une rangée de formes allongées sous des bâches. Des cadavres.

L'explosion qu'ils avaient entendue était donc survenue ici.

Des ruines émergea une silhouette noircie de cendres mais facilement reconnaissable. Gunther, l'incendiaire du monastère. Ces gens semblaient avoir récolté ce qu'ils avaient semé.

Le feu pour le feu.

L'homme traversa la barrière. Anna et Klaus le rejoignirent. Quand les deux géants furent côte à côte, leur ressemblance frappa Painter ; elle ne résidait pas dans leurs traits physiques, mais tous deux dégageaient une brutalité, une étrangeté tout à fait singulières.

Gunther salua Klaus d'un signe de tête.

L'autre parut à peine le remarquer.

Anna s'adressa à Gunther, parlant rapidement en allemand. Painter ne parvint qu'à saisir un seul mot. C'était le même en anglais.

Sabotage.

Donc, tout n'allait pas pour le mieux au château de Granit. Y avait-il un traître dans ces murs ? Si oui, qui était-il ? Et quel était son but ? Fallait-il voir en lui un ami ou un ennemi ?

Le regard de Gunther tomba sur Painter. Ses lèvres remuèrent, mais ce dernier ne comprit pas ce qu'il disait. Anna secoua la tête, désapprobatrice. Gunther plissa les paupières puis hocha la tête.

Painter réalisa qu'il venait d'échapper à un triste sort.

Après un dernier regard furibond, Gunther tourna les talons.

Anna revint.

— Voici ce que je voulais vous montrer, déclara-t-elle en désignant les décombres.

— La Cloche, précisa Painter.

— Elle a été détruite. Un acte de sabotage.

— Il s'agit de la Cloche qui a rendu Painter malade ? demanda Lisa.

— Et qui lui offrait sa seule chance de remède.

Painter contemplait la dévastation.

— Détenez-vous une réplique de la Cloche ? s'enquit Lisa. Ou pouvez-vous en fabriquer une autre ?

Anna eut un geste de dénégation.

— Un des composants clés ne peut être dupliqué. Le Xerum 525. Même après soixante ans d'efforts, nous n'avons toujours pas trouvé sa formule.

— Donc, conclut Painter, pas de Cloche, pas de remède.

— Il reste malgré tout une petite chance… si nous nous entraidons.

Anna tendit la main avant d'enchaîner :

— Si nous coopérons… vous avez ma parole.

Painter saisit la main tendue avec raideur. Il hésitait. Cette proposition sentait le piège à plein nez. Anna avait omis de lui communiquer un détail. Tous ses discours, toutes ses explications n'avaient servi qu'à gagner sa confiance. Que leur apporterait cet accord ?

Soudain, il sut.

— L'accident..., lança-t-il.

Les doigts d'Anna tressaillirent entre les siens.

— Ce n'était pas un *accident,* n'est-ce pas ? C'était aussi un *sabotage* ?

Elle hésita à peine avant de se décider :

— Oui. Au début, nous avons effectivement cru à un accident. Nous avions parfois rencontré des problèmes de surtension. Des crêtes inattendues dans le rendement de la Cloche. Rien de majeur. La dispersion de cette énergie provoquait localement quelques cas de maladie. Quelques morts.

Painter dut se retenir pour ne pas lui broyer la main. Pour elle, ces maladies et ces morts n'avaient *rien de majeur.* Tous ces moines, tous ces villageois sacrifiés... Ils s'étaient révélés assez *importants* pour qu'Ang Gelu fasse appel à l'aide internationale et que Painter vienne jusqu'ici en personne.

— Mais il y a quelques nuits, quelqu'un a tripoté la console pendant un test de routine de la Cloche. Accroissant son rendement de façon exponentielle.

— Et rayant de la carte le monastère et le village.

— C'est exact.

Cette fois, il serra sa main... pas assez fort pour la briser ! Elle essaya de la retirer mais il ne la lâcha pas. Anna lui cachait encore quelque chose. Et Painter savait de quoi il s'agissait, aussi sûrement qu'il sentait sa migraine empirer. Un détail qui justifiait son offre de coopération.

— Mais le monastère et le village n'ont pas été les seuls atteints, continua-t-il. Tout le monde *ici* l'a été. Vous êtes *tous* malades, comme moi. Vous ne souffrez pas de la dégénérescence neurologique accélérée comme les moines, mais de la lente détérioration corporelle qui m'affecte.

Anna plissa les yeux, l'étudiant, évaluant ce qu'elle pouvait lui révéler… pour finalement acquiescer.

— Nous étions en partie à l'abri ici. Nous avons réussi à canaliser à l'extérieur le plus gros des radiations de la Cloche.

Painter songea aux lueurs fantômes aperçues au sommet des montagnes. Pour se protéger, ces gens avaient irradié toute la région environnante, y compris le monastère et le village. Mais ils n'étaient pas parvenus à se préserver complètement.

Anna soutint son regard sans fléchir, sans témoigner le moindre regret.

— Nous sommes tous sous le coup de la même sentence de mort.

Painter réfléchissait. À vrai dire, il n'avait guère le choix. Même s'ils ne se faisaient pas confiance, ils étaient tous embarqués dans la même galère, alors autant ramer dans le même sens. Il serra sa main, scellant le pacte.

Sigma et nazis ensemble !

DEUXIÈME PARTIE

7

Mamba noir

05 : 45
RÉSERVE HLUHLUWE-UMFOLOZI
ZULULAND, AFRIQUE DU SUD

Khamisi Taylor était debout devant le bureau du gardien-chef. Le dos raide, il attendait que Gerald Kellogg achève la lecture de son rapport préliminaire sur la tragédie de la veille.

Seuls les bourdonnements du ventilateur qui tournait lentement au-dessus de leurs têtes brisaient le silence.

Khamisi portait des vêtements d'emprunt, un pantalon trop long, une chemise trop étroite mais secs. Après avoir passé toute la journée et toute la nuit plongé jusqu'aux épaules dans l'eau fétide de la mare, les bras douloureux à force de tenir son fusil braqué, il appréciait ses habits propres et la stabilité du plancher.

Tout comme la lumière du jour. Derrière la fenêtre, l'aube peignait le ciel de rose. Le monde resurgissait de l'ombre.

Il avait survécu. Il était vivant.

Il n'en revenait toujours pas.

Dans son crâne, les hurlements d'*ukufa* continuaient de résonner.

Le gardien-chef, Gerald Kellogg frotta d'un air absent sa grosse moustache auburn tout en poursuivant sa lecture. Le soleil faisait luire son crâne à moitié chauve. Il leva enfin les yeux, le fixant par-dessus le rebord d'une paire de demi-lunes perchées sur son nez.

— Et c'est là le rapport que vous comptez me voir enregistrer, monsieur Taylor ?

De l'index, il suivit une ligne manuscrite sur le papier jaune.

— « Un énorme prédateur inconnu. » C'est tout ce que vous pouvez dire sur ce qui a tué le Dr Fairfield et emporté son corps ?

— Chef, je n'ai pas réussi à bien voir l'animal. Il était gros et couvert de fourrure blanche. Comme je l'ai indiqué.

— Une lionne, en déduisit Kellogg.

— Non, chef… ce n'était pas une lionne.

— Comment pouvez-vous l'affirmer ? Vous venez de déclarer que vous ne l'aviez pas vu.

— Oui, chef… ce que je voulais dire, chef… c'est que la bête que j'ai vue ne correspond à aucun prédateur connu du *lowveld*.

— Alors, c'était quoi ?

Khamisi garda le silence. Il savait qu'il valait mieux ne pas mentionner *ukufa*. À la lumière du jour, l'évocation des monstres ne provoquerait que moqueries. Encore et toujours ces superstitions tribales.

— Voyons si j'ai bien compris : une créature a attaqué et emporté le Dr Fairfield, quelque chose que vous n'avez pas assez bien vu pour pouvoir l'identifier…

Khamisi hocha lentement la tête.

— … ce qui ne vous a pas empêché de filer vous cacher dans un trou d'eau ?

Gerald Kellogg réduisit le rapport en boule.

— Selon vous, quelle image un tel tissu d'inepties donnera-t-il de notre service ? Un de nos gardes laisse une femme de soixante ans se faire dévorer, préférant fuir et se cacher. Il s'est débiné sans même savoir ce qui les attaquait.

— Chef. Ce n'est pas juste…

— Juste ?

La voix du gardien-chef explosa, assez forte pour atteindre la pièce voisine où se trouvait l'ensemble du personnel convoqué en raison de la situation d'urgence.

— Vous estimez juste que je doive appeler les proches du Dr Fairfield pour leur annoncer que leur mère ou leur grand-mère a été attaquée et dévorée pendant qu'un de mes hommes – un de mes hommes armés – a préféré fuir les lieux et se cacher ?

— Je ne pouvais rien faire.

— Sinon sauver votre… peau.

Khamisi entendit le mot qui, intentionnellement, n'avait pas été prononcé.

Sauver votre peau *noire.*

Gerald Kellogg ne s'était pas réjoui à l'idée d'engager Khamisi. La famille du gardien-chef avait entretenu des liens étroits avec l'ancien gouvernement afrikaner. Lui-même n'avait accédé à son poste important que grâce à ses relations. Il appartenait toujours à l'Oldavi Country Club, exclusivement blanc, où, même après la chute de l'apartheid, grandes fortunes et acteurs économiques aimaient se retrouver. Malgré les nouvelles lois, les barrières brisées au sein du gouvernement, les affaires demeuraient les affaires en Afrique du Sud. Les De Beers possédaient toujours les mines de diamants. Et les Waalenberg presque tout le reste.

Les changements viendraient lentement.

— Je suis certain, répondit Khamisi avec calme, que quand les enquêteurs auront examiné les lieux, ils approuveront mes initiatives.

— Tiens donc, vous en êtes certain, monsieur Taylor ? J'ai envoyé une douzaine d'hommes sur place, une heure après que l'hélicoptère vous a localisé en train de barboter dans cette flaque de boue. Ils se sont présentés au rapport il y a un quart d'heure. Ils ont trouvé la carcasse du rhinocéros, pratiquement nettoyée par les chacals et les hyènes. Aucune trace du nouveau-né rhinocéros dont vous avez parlé. Et plus important encore, aucune trace du Dr Fairfield.

Khamisi secoua la tête, cherchant un moyen de déjouer ces accusations. Sa longue veille dans le trou d'eau lui revint en mémoire. La journée lui avait paru interminable, et la nuit pis encore. Dès que le soleil avait disparu, il s'était attendu à être attaqué. Au lieu de cela, il avait entendu les yip-yip des hyènes et les aboiements des chacals descendant au bord de la mare, bientôt accompagnés par les grognements féroces et les bruits de mastication des charognards à l'œuvre.

Leur présence avait failli le persuader de tenter de rejoindre la Jeep. S'ils étaient sortis, cela signifiait sans doute qu'*ukufa* était parti.

Mais il n'avait pas osé bouger.

L'embuscade dans laquelle était tombée le Dr Fairfield était encore trop présente à son esprit.

— On a sûrement découvert d'autres empreintes, murmura-t-il.

— Il y en avait.

Khamisi éprouva un profond soulagement. C'était peut-être la preuve...

— Des empreintes de lionnes, précisa le gardien-chef Kellogg. Deux femelles adultes. Comme je le disais.

— Des lionnes ?

— Oui. Nous devons avoir des photos de ces étranges créatures rangées là quelque part. Je vous conseille de bien les examiner de façon à pouvoir les identifier à l'avenir. Vous devriez avoir assez de temps libre pour cela.

— Chef... ?

— Vous êtes suspendu, monsieur Taylor.

Khamisi ne put masquer sa surprise. Il savait que face à n'importe quel autre employé de la réserve – n'importe quel autre employé *blanc* – Kellogg aurait témoigné davantage de clémence et de confiance. Mais Khamisi avait la peau d'un homme des tribus. Et protester n'aurait rien changé. Cela n'aurait servi qu'à empirer les choses.

— Sans solde, monsieur Taylor. Jusqu'à ce que l'enquête soit terminée.

Khamisi savait déjà comment elle se terminerait.

— Par ailleurs, la police locale m'a demandé de vous interdire de quitter la réserve. Vous devrez répondre du délit de non-assistance à personne en danger.

Khamisi ferma les yeux.

En dépit du soleil qui se levait, le cauchemar refusait de se dissiper.

Dix minutes plus tard, de nouveau seul dans son bureau, Gerald Kellogg était toujours assis à la même place. Il passa une paume moite sur son crâne, comme pour faire briller une pomme. Ses lèvres pincées refusaient de se détendre. La nuit avait été longue ; tous ces feux à éteindre. Et il lui restait encore des milliers de détails à régler : s'occuper des médias, prévenir la famille de la biologiste et sa partenaire de recherche.

Voilà qui s'annonçait particulièrement pénible. Le Dr Paula Kane serait sûrement la plus grosse épine de la journée. Il savait que les deux femmes étaient très liées. C'était à la demande pressante du Dr Kane qu'il avait dû envoyer un hélicoptère la nuit dernière, parce que le Dr Fairfield n'était pas rentrée chez elle.

Réveillé au beau milieu de la nuit, Gerald avait tenté de la rassurer. Il lui avait rappelé que les chercheurs passent souvent toute la nuit dans le bush. Il s'était plutôt affolé en apprenant *où* le Dr Fairfield s'était rendue en compagnie de ce Zoulou. Vers la frontière nord-ouest du parc. Tout près du domaine Waalenberg.

Gerald était chargé de limiter les recherches dans cette zone.

La nuit avait été mouvementée, nécessitant mesures d'urgence et coordination, mais tout était désormais sous contrôle.

Il n'y avait plus qu'un dernier appel à passer.

Et aucune raison de le repousser plus longtemps.

Il décrocha son téléphone et composa le numéro privé. Il attendit qu'on réponde, tapotant son bloc-notes avec un crayon.

— Votre rapport, déclara sèchement la voix au bout de la ligne.

— Je viens de finir de l'interroger.

— Et ?

— Il n'a rien vu… de façon claire.

— Ce qui veut dire ?

— Il prétend avoir entrevu quelque chose. Rien qu'il ne puisse identifier.

Un long silence.

Cela ne fit qu'accroître la nervosité de Gerald qui reprit :

— Son rapport sera modifié. On conclura à une attaque de lionnes. Nous en abattrons quelques-unes pour donner le change et on ne parlera plus de cette histoire d'ici un jour ou deux. Entre-temps, l'homme a été suspendu.

— Bien, vous savez ce qu'il vous reste à faire.

Kellogg protesta :

— Il a été suspendu. Il n'osera pas faire de vagues. Je lui ai flanqué la frousse. Je ne pense pas…

— Exactement. Ne pensez pas. Vous avez vos ordres. Débrouillez-vous pour qu'on croie à un accident.

Clic.

On avait raccroché.

Kellogg reposa le récepteur sur son socle. En dépit de la climatisation et du ventilateur, la chaleur était étouffante.

Vous avez vos ordres.

Et il n'était pas question de désobéir. Il le savait mieux que personne.

Il baissa les yeux sur son bloc-notes. Sans même s'en rendre compte, il y avait tracé un dessin tout en parlant au téléphone, un dessin maladroit, reflet du malaise que lui inspirait son correspondant.

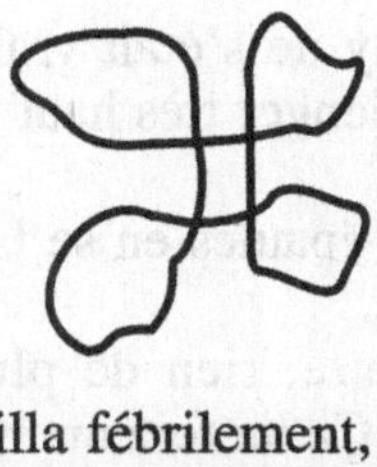

Gerald le gribouilla fébrilement, avant d'arracher la feuille et de la déchirer en mille morceaux. Aucune preuve. Jamais. C'était la règle.

Plus qu'un dernier détail à régler.

Débrouillez-vous pour qu'on croie à un accident.

04 : 50
37 000 PIEDS AU-DESSUS DE L'ALLEMAGNE

— On atterrit dans une heure, annonça Monk. Essaie de refaire une sieste.

Gray s'étira. Le bourdonnement sourd du Challenger 600 aurait pu le bercer si les événements survenus la veille avaient cessé de le hanter. La Bible de Darwin était ouverte devant lui.

— Comment va Fiona ? s'enquit-il.

Du menton, Monk désigna le canapé au fond du cockpit. Fiona était allongée sous une couverture.

— Elle roupille enfin. J'l'ai assommée avec des médicaments antidouleur. Elle me cassait les oreilles.

La jeune femme n'avait cessé de parler depuis qu'ils étaient arrivés à l'aéroport de Copenhague. Gray avait prévenu Monk par téléphone et fait en sorte qu'une voiture les conduise discrètement au jet privé dont les réservoirs étaient en train d'être remplis. Logan avait déjà réglé tous les problèmes d'autorisations et de visas.

Malgré cela, Gray ne s'était vraiment senti soulagé qu'une fois le Challenger très haut dans le ciel.

— Sa blessure ?

Monk haussa les épaules en se laissant tomber dans le fauteuil voisin.

— Une égratignure, rien de plus. Bon, d'accord, vilaine et profonde. Ça lui fera un mal de chien pendant quelques jours. Mais avec des antiseptiques, du cicatrisant liquide et des pansements, elle sera très vite rétablie. Et elle pourra recommencer à nous faire les poches.

Il tâta sa veste, s'assurant que son portefeuille s'y trouvait encore.

— C'est sa manière de dire bonjour, expliqua Gray avec un sourire fatigué.

C'était exactement ce qu'avait dit Grete Neal la veille. Dieu du ciel, c'était seulement la veille ?

Pendant que Monk s'occupait de Fiona, il avait fait son rapport à Logan. Le directeur intérimaire n'avait pas semblé ravi d'apprendre sa participation à la vente et la petite virée touristique qui s'était ensuivie. Mais ce qui était fait était fait. Il ne servirait à rien de revenir là-dessus. Heureusement, Gray avait conservé la mémoire flash contenant les portraits des participants à la vente aux enchères, dont ceux du couple blond platine. Il les avait envoyés à Logan avec des copies de certaines pages de la Bible et de ses notes. Il avait aussi ajouté sa reproduction du tatouage en forme de trèfle qu'il avait repéré sur les mains de leurs agresseurs. Une espèce de brigade d'assassins aux cheveux blancs comme neige.

Logan et Kat chercheraient de leur côté à les identifier. Ils avaient déjà contacté les autorités danoises qui n'avaient retrouvé aucun cadavre dans le parc. Le corps de l'homme tué par le Vilain Petit Canard avait disparu. Leur escapade au Tivoli n'avait provoqué que quelques plaies et bosses parmi les visiteurs. Aucune blessure sérieuse… hormis l'amputation d'une aile de canard.

Monk était toujours en train de vérifier le contenu de ses poches.

— Tu as récupéré la bague ? se moqua Gray.

— Tu te rends compte ? Elle me l'avait piquée…

Il fallait bien le reconnaître : Fiona avait des doigts de fée.

— Et tu comptais m'en parler un jour ? demanda Gray en refermant la Bible.

— Bien sûr que oui. J'attendais juste le bon moment… et il a fallu que Miss Houdini la sorte de son chapeau.

Bras croisés, Gray étudiait son ami.

— Alors, tu vas lui faire ta demande. Madame *Kat* Kokkalis… Ça sonne plutôt bien mais elle n'acceptera jamais.

— C'est bien ce que je crains. Ça fait deux mois que j'ai acheté cette maudite bague. Et j'ai toujours pas trouvé l'occasion de…

— Tu veux dire que tu n'as pas trouvé le courage.

— Ouais, bon, d'accord, si tu veux.

Gray se pencha pour lui tapoter le genou.

— Arrête de te torturer, Monk. Elle t'aime.

Celui-ci sourit comme un gamin. Ce qui le rendit encore plus vilain. Gray connaissait la profondeur de ses sentiments. Et sa peur. Son ami se frotta le poignet, là où sa prothèse était fixée. Sous ses airs bravaches, sa mutilation l'avait ébranlé. Sa blessure remontait à près d'un an, déjà. Kat avait été pour beaucoup dans sa guérison, davantage que les soins de n'importe quel docteur. Mais il gardait un profond sentiment d'insécurité.

Monk ouvrit la petite boîte de velours noir pour contempler la bague de fiançailles de trois carats.

— J'aurais peut-être dû prendre un plus gros diamant… surtout maintenant.

— Comment ça ?

Monk leva les yeux vers lui. Une lueur les traversa… comme un espoir tremblant.

— Kat est enceinte.

Gray le fixa, ébahi.

— Quoi ? Comment ?

— J'aurais juré que tu savais comment on fait.

— Seigneur… Félicitations ! bafouilla-t-il, toujours sous le choc.

Il avait lâché ce terme sous une forme presque interrogative.

— Je veux dire, corrigea-t-il, vous allez garder le bébé ?

Monk haussa un sourcil.

— Bien sûr, se reprit Gray en secouant la tête devant sa propre stupidité.

— C'est encore tôt, expliqua Monk. Kat préfère qu'on garde l'information pour nous… Mais elle m'a donné son accord pour que je t'en parle.

Gray prit le temps de digérer la nouvelle. Il essaya d'imaginer Monk en père et fut surpris de voir à quel point c'était facile.

— C'est génial, admit-il enfin.

Monk referma la boîte en la claquant.

— Et toi ?

— Quoi, moi ?

— Rachel et toi. Qu'est-ce qu'elle a dit quand tu lui as raconté ton évasion du Tivoli à dos de canard ?

Gray resta bouche bée.

Monk écarquilla les yeux.

— Gray…

— Quoi ?

— Tu ne l'as pas appelée, c'est ça ?

— Je n'y ai pas pensé…

— Elle est chez les *carabinieri*. Et tu crois qu'elle n'entendra pas parler d'une attaque terroriste à Copenhague ? Surtout si une espèce de cinglé s'est mis à hurler à la bombe dans un parc d'attractions bondé. Elle sait sans doute déjà que c'était toi.

Il avait raison.

— Grayson Pierce, qu'est-ce que je vais faire de toi ? demanda Monk en secouant tristement la tête. Quand te décideras-tu à rendre sa liberté à cette pauvre fille ?

— Où est-ce que tu veux en venir ?

— Écoute, je suis heureux que ça ait marché entre vous deux, mais où est-ce que ça vous mène, cette histoire ?

— Même si je ne vois pas en quoi ça te regarde, sache qu'on comptait en discuter justement. Je ne pouvais pas prévoir que ça se passerait comme ça à Copenhague.

— Mais reconnais que ça t'arrange.

— Traîner une bague de fiançailles dans tes poches depuis deux mois ne fait pas de toi un expert en relations sentimentales.

Monk leva les mains.

— D'accord… D'accord… J'ai rien dit. J'essayais juste…

— Quoi ? aboya Gray.

Monk le dévisagea un moment avant de soupirer.

— Tu ne veux pas d'une relation.

Gray cligna des paupières devant cet assaut frontal.

— De quoi parles-tu ? Rachel et moi, on fait notre possible pour que ça marche. J'aime Rachel. Tu le sais.

— Oui, et d'ailleurs je n'ai jamais dit le contraire. Mais tu ne veux pas d'une *vraie* relation avec elle.

Monk compta sur les doigts de sa main valide.

— Autrement dit, une femme, une maison et des gosses.

Gray fit « non » de la tête.

— Avec Rachel, tu te contentes de profiter d'un premier rancard à rallonge.

Gray Pierce chercha une réplique, mais Monk avait visé un peu trop juste. Il repensa au temps qu'il leur fallait pour surmonter leur maladresse chaque fois qu'ils se retrouvaient, cette espèce de sas par lequel ils devaient passer avant d'instaurer une réelle intimité. Comme lors d'un premier rendez-vous.

— Depuis quand je te connais ? demanda Monk.

Gray balaya cette question d'un revers de la main.

— Et durant tout ce temps, avec combien de filles as-tu entretenu une vraie relation ? l'interrogea Monk en formant un gros zéro avec son pouce et son index. Et regarde qui tu choisis pour ta première histoire vraiment sérieuse.

— Rachel est merveilleuse.

— En effet. Et je trouve ça génial que tu t'ouvres enfin un petit peu. Mais merde, si ça, ce n'est pas dresser des barrières impossibles à franchir !

— Quelles barrières ?

— L'Atlantique, ça te va pour commencer ? Un tout petit océan qui vous sépare.

Monk releva ses trois doigts.

Femme, maison, gosses.

— Tu n'es pas prêt. Tu aurais dû voir ta tête quand j'ai mentionné la grossesse de Kat. T'avais déjà la trouille. Et il ne s'agissait que de *mon* gosse.

Gray sentait quelque chose cogner dans sa gorge. Il s'aperçut que c'était son cœur. Il avait du mal à respirer.

Un petit tintement dans le système audio de l'avion lui évita de répondre.

— Arrivée prévue dans approximativement trente minutes, annonça le pilote. Nous entamons notre descente.

Gray regarda par la fenêtre. Le soleil se levait.

— Je vais essayer de me reposer un peu, marmonna-t-il au hublot.

— Bonne idée.

Il se tourna vers Monk, ouvrit la bouche pour répliquer mais la vérité en sortit :

— J'aime Rachel.

Monk bascula son fauteuil en arrière et s'installa plus confortablement.

— Je sais. Voilà pourquoi c'est si dur.

06 : 45
RÉSERVE NATURELLE HLUHLUWE-UMFOLOZI

Khamisi Taylor sirotait un thé dans le petit salon. Même infusé à la perfection et adouci par une cuiller de miel, le breuvage avait un goût amer.

— Et il n'y a aucune chance pour que Marcia s'en soit sortie ? l'interrogea Paula Kane.

Khamisi secoua la tête. Il ne fuyait pas la réalité. Il n'était pas venu jusqu'ici après son entretien avec le gardien-chef pour ça. Il avait eu envie de rentrer chez lui, au fond de la réserve, là où quelques petites maisons sur pilotis étaient louées aux employés, se demandant combien de temps on lui permettrait de continuer à y habiter.

Mais, au lieu de cela, il avait traversé la moitié du parc vers une autre zone d'habitations temporaires, une petite enclave résidentielle réservée aux scientifiques.

Il avait souvent été invité dans cette maison-là, une demeure à deux étages aux murs blanchis à la chaux dans le style colonial, avec ses acacias géants, son jardinet et sa petite cour peuplée de poulets. Les deux femmes qui y logeaient semblaient jouir d'une bourse d'études permanente. En fait, la dernière fois qu'il leur avait rendu visite, cela avait été pour célébrer leur dixième anniversaire ici à la réserve. Au sein de la communauté scientifique, on considérait désormais les deux femmes comme une spécificité de Hluhluwe-Umfolozi, au même titre que les cinq grandes espèces animales.

Sauf que, maintenant, il n'en restait plus qu'une.

Le Dr Paula Kane était assise sur un petit canapé de l'autre côté de la table basse, face à Khamisi. Ses yeux étaient remplis de larmes même si ses joues restaient sèches.

Elle contemplait un mur de photos, panorama d'une vie heureuse.

— Ne vous en faites pas, reprit-elle. Je n'avais guère d'espoir.

Il savait qu'elles se connaissaient depuis leurs très lointaines études à Oxford.

Paula Kane était une petite femme très mince, à la chevelure poivre et sel coupée au carré. Elle approchait la soixantaine mais paraissait plus jeune d'une bonne décennie. Ses traits conservaient une beauté brute d'où irradiait une confiance qui rendait tout maquillage superflu. Pourtant, ce matin, elle semblait plus effacée que d'habitude, un fantôme d'elle-même ayant perdu toute vitalité. On aurait dit qu'elle avait gardé son pantalon kaki et son ample chemise blanche pour dormir.

Khamisi ne trouvait pas de mot susceptible de soulager la douleur qui creusait chaque ride de son visage. Il n'avait que sa sympathie à lui offrir.

— Je suis désolé.

Les yeux de Paula revinrent sur lui.

— Je sais que vous avez fait tout ce qui était en votre pouvoir. J'ai entendu les ragots. Une femme blanche meurt, mais un homme noir survit. Il y en a certains ici que cela dérange.

Khamisi comprit qu'elle faisait référence au gardien-chef. Paula et Marcia s'étaient souvent heurtées à lui.

— Vous n'êtes en rien responsable de sa mort, reprit-elle en essayant de lire sur le visage de Khamisi.

Il se détourna. Il appréciait sa clairvoyance, mais les accusations du chef n'en avaient pas moins nourri sa propre culpabilité. D'un point de vue rationnel, il savait qu'il avait fait tout son possible pour protéger le Dr Fairfield. Mais il était sorti du bush vivant. Et pas elle.

Il se leva, refusant de l'importuner davantage. Il était venu pour lui présenter ses condoléances et lui raconter de vive voix ce qui s'était passé. C'était fait.

— Je dois y aller, annonça-t-il.

Paula quitta son fauteuil et l'accompagna à la porte. Elle lui toucha le bras avant qu'il sorte.

— C'était quoi, selon vous ? demanda-t-elle.

Il se tourna vers elle.

— Qu'est-ce qui l'a tuée ? précisa Paula.

Khamisi regarda le soleil du matin, trop brillant pour parler de spectres et de monstres. De plus, on lui avait interdit d'évoquer l'affaire. Il y allait de son emploi.

Quand il baissa les yeux vers Paula, il préféra pourtant lui dire la vérité.

— Ce n'étaient pas des lionnes.

— Quoi alors… ?

— Je vais tâcher de le découvrir.

Il poussa la porte-moustiquaire et descendit les marches du porche. Son petit pick-up rouillé cuisait au soleil. Il y grimpa et démarra.

Pour la centième fois de la matinée, la terreur du jour précédent déferla sur lui. Il entendait à peine le grondement du moteur tandis que résonnaient en lui les hurlements d'*ukufa*. Non, il n'avait pas eu affaire à une lionne. On ne lui ferait jamais avaler une chose pareille.

Il arriva enfin devant la rangée de maisons sur pilotis, de logis de fortune, dépourvus de climatisation. Khamisi freina dans un nuage de poussière rouge.

Il commencerait par se reposer quelques heures.

Puis il chercherait la vérité.

Il savait déjà par *où* démarrer son enquête.

En s'approchant du petit portail donnant sur sa cour, Khamisi remarqua qu'il était entrebâillé. Il veillait toujours à bien le refermer derrière lui. Quand on avait annoncé leur disparition la nuit dernière, quelqu'un avait dû venir vérifier s'il n'était pas rentré.

Pourtant, quelque chose le troublait, agaçait ses sens... des sens aux aguets depuis qu'il avait entendu ce premier cri dans la jungle.

Il se glissa à travers l'ouverture. La porte de la maison semblait bien verrouillée. Il repéra le courrier intact débordant de sa boîte aux lettres et gravit les marches. Une à la fois.

Et regretta de ne pas avoir une arme.

Une latte du plancher craqua. Non sous ses semelles... mais quelque part à l'intérieur de la maison.

Tout en lui hurlait de fuir.

Non, pas cette fois.

Il atteignit la véranda, se posta à côté de la porte et manœuvra le loquet.

Déverrouillé.

Il ouvrit la porte. Au fond de la maison, une autre latte couina.

— Qui est là ? lança-t-il.

08 : 52
HIMALAYA

— Venez voir ça.

Painter se réveilla en sursaut, recouvrant aussitôt sa lucidité. Une migraine le poignardait entre les deux yeux. Il roula hors du lit, tout habillé. Il s'était endormi sans s'en rendre compte. Lisa et lui avaient regagné leur chambre une ou deux heures plus tôt, sous bonne garde. Anna avait dû régler quelques affaires. Elle avait besoin d'un certain délai pour se procurer ce que Painter lui avait demandé.

— Combien de temps ai-je dormi ?

Les coups de couteau derrière ses yeux s'espaçaient.

— Désolée. J'ignorais que vous dormiez.

Lisa était assise en tailleur devant la table près de la cheminée. Des feuilles de papier étaient étalées devant elle.

— Un quart d'heure… vingt minutes, tout au plus. Je voudrais que vous jetiez un œil là-dessus.

Il se leva. La pièce vacilla un instant, avant de s'ancrer à nouveau dans le sol. Maintenant qu'ils étaient censés coopérer, Lisa avait demandé à leurs ravisseurs de lui rendre son Nikon. Ce qu'ils avaient fait.

La jeune femme lui tendit une feuille.

— Regardez.

Elle avait dessiné une ligne de symboles sur le papier. Painter reconnut les runes que Lama Khemsar avait tracées sur les murs du monastère. Elle avait ajouté une lettre correspondante sous chaque symbole.

SCHWARZE SONNE

— Il s'agissait juste d'un code de substitution. Chaque rune représente une lettre de l'alphabet. C'était assez simple.

— *Schwarze Sonne,* lut-il à haute voix.

— Soleil Noir. Le nom du projet réalisé ici.

— Donc, Lama Khemsar était au courant. Le vieux moine était bien entré en relation avec certaines personnes du château.

— Et cela l'aura manifestement traumatisé, ajouta Lisa en récupérant la feuille de papier. La folie a dû rouvrir de vieilles blessures.

— À moins qu'il n'ait coopéré avec eux depuis toujours, son monastère servant d'avant-poste du château.

— Dans ce cas, dit-elle, voyez où cette coopération l'a mené. Doit-on s'attendre au même type de récompense pour la nôtre ?

— Nous n'avons pas le choix. C'est le seul moyen de rester en vie. Nous devons nous rendre nécessaires.

— Et ensuite ? Quand nous ne leur serons plus *nécessaires* ?

Painter ne lui laissa aucune illusion.

— Ils nous tueront. Notre coopération nous permettra juste de gagner un peu de temps.

Au lieu d'accuser le coup, elle se redressa, les épaules bien droites.

— Alors, par quoi commençons-nous ? demanda-t-elle.

— Dans tout conflit, il y a une première étape à franchir.

— Qui est ?

— « Connais ton ennemi. »

— Personnellement, je n'ai pas trop envie de mieux connaître Anna et ses petits camarades.

— Non. Je parle de celui qui a procédé aux sabotages. Et de ceux qui l'emploient. Il se trame quelque chose dépassant le cadre de ce château. Ces premiers actes de sabotage – le déréglage de la Cloche, les premières maladies – étaient destinés à attirer notre attention. C'étaient des signaux pour éveiller notre curiosité, nous amener à nous intéresser à ce qui se passe ici.

— Dans quel but ?

— Révéler les agissements du groupe d'Anna et l'éliminer. Ne trouvez-vous pas étrange que la Cloche, le cœur de cette technologie, n'ait été détruite qu'après notre arrivée ici ? Que pouvons-nous en déduire ?

— Qu'en mettant un terme aux activités d'Anna, ils ne tenaient pas que cette technologie tombe entre les mains de qui que ce soit d'autre.

Painter acquiesça de la tête.

— On peut aussi redouter quelque chose d'encore plus redoutable. Tout cela pourrait n'être qu'une fausse piste. Une diversion, un tour de passe-passe spectaculaire, pour nous détourner de ce qui se prépare ailleurs. Mais qui est ce mystérieux prestidigitateur ? Quel est son but, quelles sont ses intentions ? Voilà ce qu'il nous faut découvrir.

— Et l'équipement électronique que vous avez demandé à Anna ?

— Il nous aidera peut-être à démasquer la taupe terrée ici. Si nous parvenons à coincer ce saboteur, nous obtiendrons peut-être certaines réponses. Nous saurons qui tire vraiment les ficelles.

Le coup frappé à la porte les fit sursauter tous les deux.

Painter se leva tandis qu'on enlevait la barre.

Anna entra avec Gunther. Ce dernier s'était débarbouillé depuis leur dernière rencontre. Preuve de la menace que constituait cet homme : aucun autre garde ne les accompagnait. Et il n'était même pas armé.

— J'ai pensé que vous accepteriez éventuellement de partager notre petit déjeuner, déclara Anna. Votre équipement ne devrait plus tarder à arriver.

— Si vite ? Comment avez-vous fait ?

— Katmandou n'est pas si loin. Nous avons un petit héliport caché sur l'autre flanc de la montagne.

— Vraiment ? Et vous n'avez jamais été repérés ?

Anna haussa les épaules.

— Il suffit de faire coïncider nos déplacements aériens avec les douzaines de vols touristiques et des équipes de montagne qui ont lieu chaque jour. Le pilote devrait être de retour d'ici une heure.

Painter comptait bien mettre cette heure à profit.

Une animation inhabituelle régnait dans les couloirs. Tous ceux qu'ils croisaient – et ils étaient nombreux – les dévisageaient… comme s'ils tenaient Painter et Lisa pour responsables du sabotage de la Cloche. Mais personne ne les approchait de trop près. Devant Gunther, la voie s'ouvrait miraculeusement. L'assassin était devenu leur protecteur.

Ils arrivèrent enfin au bureau d'Anna.

La longue table avait été placée et dressée devant le feu. Saucisses, pain noir, bouillons fumants, porridges, fromages, un assortiment de mûres, de prunes et de melons, rien ne manquait.

— Vous attendez une armée ? s'enquit Painter.

— Se nourrir correctement est essentiel sous nos climats, répondit Anna en bonne Allemande.

Ils s'installèrent. La nourriture fut partagée, comme dans une grande et belle famille.

— S'il existe le moindre espoir de remède, commença Lisa, il faut d'abord que nous en sachions davantage à propos de cette Cloche. Son histoire... son fonctionnement...

Anna, maussade après la balade dans les couloirs, parut soudain se réjouir. Quel savant n'aime pas parler de ses découvertes ?

— Au départ, il s'agissait d'une expérimentation concernant un nouveau type de générateur. La Cloche s'appelait ainsi en raison de la forme de son enveloppe de protection extérieure, un récipient en céramique de la taille d'un tonneau de quatre cents litres, doublé de plomb. Elle renfermait deux cylindres, emboîtés l'un dans l'autre, qui tournaient en sens inverse.

L'Allemande mima le mouvement avec ses mains.

— Un métal liquide semblable au mercure lubrifiait ce mécanisme et emplissait la Cloche. Le Xerum 525.

— La substance que vous disiez ne pas pouvoir dupliquer ? demanda Painter.

— Oui. Ça fait pourtant des décennies que nous essayons. Certains aspects de sa composition défient l'analyse. Nous savons qu'il contient des peroxydes de thorium et de béryllium, mais c'est à peu près tout. Tout ce dont nous sommes certains, c'est que le Xerum 525 était un produit dérivé de recherches sur l'énergie du point zéro. Il a été conçu dans un autre laboratoire nazi qui a été détruit juste après la guerre.

— Et vous n'avez toujours pas trouvé le moyen de le reproduire ? insista Painter.

Anna secoua la tête.

— Mais que fait cette Cloche exactement ? s'enquit Lisa.

— Comme je l'ai déjà dit, il ne s'agissait que d'une expérimentation. Sans doute une tentative parmi d'autres d'accéder à la puissance infinie du point zéro. Mais quand les savants nazis l'ont branchée, d'étranges phénomènes ont été constatés. La Cloche a émis une lueur pâle. Tous les équipements électriques alentour ont court-circuité. Il y a eu des morts. Pour la série d'expériences suivantes, ils ont perfectionné l'engin ainsi que l'enveloppe protectrice et les ont enfouis dans une mine abandonnée. Personne n'est décédé mais des villageois vivant à un kilomètre de là ont été sujets à des insomnies, des vertiges et des spasmes musculaires. La Cloche émettait une radiation inconnue. On s'y est intéressé de plus près.

— Comme une arme potentielle ? devina Painter.

— Je l'ignore. La plupart des dossiers ont été détruits par le chef du programme de recherches. Mais nous savons que l'équipe d'origine a exposé toutes sortes d'éléments biologiques à la Cloche : des fougères, des mousses, des œufs, du lait, de la viande. Ainsi que tout un échantillon de vie animale. Vertébrés et invertébrés. Cafards, escargots, caméléons, crapauds et, bien sûr, souris et rats.

— Ils n'ont pas dû s'arrêter en si bon chemin. Ils n'ont rien tenté avec le sommet de la chaîne alimentaire ? demanda Painter. Avec des humains ?

— Si, j'en ai bien peur, admit Anna. La moralité est souvent la première victime du progrès.

— Que s'est-il passé lors de ces expériences ? intervint Lisa qui avait perdu tout appétit.

Non parce que le sujet la dégoûtait, mais parce que son intérêt scientifique était piqué au vif.

Anna parut le sentir et se tourna vers elle.

— Encore une fois, personne n'a compris les effets observés. La chlorophylle des plantes disparaissait. Celles-ci devenaient blanches. En quelques heures, elles se décomposaient pour donner une espèce de boue blême. Chez les animaux, le sang gelait dans leurs veines. Une substance cristalline se formait au sein des tissus, détruisant les cellules de l'intérieur.

— Laissez-moi deviner, hasarda Painter. Seuls les cafards n'ont pas été affectés.

Lisa lui jeta un regard agacé avant de pivoter de nouveau vers Anna.

— Avez-vous la moindre idée de ce qui a pu provoquer ça ?

— Des hypothèses, plutôt. Même maintenant. Nous croyons que la Cloche, dès qu'elle entre en rotation, crée un puissant vortex électromagnétique. Quand le Xerum 525 est exposé à ce vortex, il génère une aura composée d'étranges énergies quantiques.

Painter additionna deux et deux.

— Donc le Xerum 525 est l'essence et la Cloche le moteur.

Anna acquiesça.

— La Cloche est un robot mixeur, grommela une voix.

Tous les regards convergèrent vers Gunther qui avait parlé la bouche pleine. C'était la première fois qu'il semblait s'intéresser à la discussion.

— Une description grossière mais juste, enchaîna Anna. Imaginez la nature omniprésente du point zéro comme de la pâte à biscuit. On peut comparer la Cloche à un batteur qui plonge dans la pâte et projette de l'énergie quantique vers l'extérieur, dans notre existence, provoquant des éclaboussures de toutes sortes de particules subatomiques. Les premières expériences portaient sur la vitesse de ce mixeur et visaient à contrôler les éclaboussures.

— Pour faire moins de saletés.

— Ainsi que diminuer les effets de dégénérescence. Et ils ont réussi. Les retombées néfastes ont décliné et quelque chose de remarquable leur a succédé.

Painter savait qu'ils en arrivaient au cœur du problème.

Anna se pencha en avant.

— En lieu et place de la dégénérescence des tissus biologiques, les savants nazis ont commencé à constater leur amélioration. Croissance accélérée des mousses. Gigantisme des fougères. Réflexes plus rapides chez les souris, et une plus grande intelligence chez les rats. Ces résultats ne pouvaient être attribués à de simples mutations aléatoires. Et plus on montait dans l'ordre animal, plus les bénéfices semblaient élevés.

— On a donc enchaîné avec des sujets-tests humains, en déduisit Painter.

— N'oubliez pas le contexte de l'époque, monsieur Crowe. Les nazis étaient persuadés qu'ils donneraient naissance à la nouvelle race supérieure. Et voilà qu'apparaissait un outil capable d'accomplir ce miracle en une génération. Les impératifs moraux ne les ont jamais arrêtés. Et cette fois-là encore moins.

— D'autant qu'ils s'apprêtaient à créer des surhommes.

— C'est ce qu'ils croyaient. Ils ont donc beaucoup investi dans les recherches sur la Cloche. Mais ils ont été pris de court. Avant qu'elles ne puissent être achevées, l'Allemagne a capitulé. La Cloche a été évacuée et les recherches se sont poursuivies en secret. Le Troisième Reich y avait logé son dernier espoir. L'occasion de faire renaître la race aryenne. Celle qui allait dominer le monde.

— Et Himmler a choisi cet endroit, lâcha Painter. Au fin fond de l'Himalaya. Quelle folie !

— C'est souvent la folie plus que le génie qui fait avancer le monde. Qui d'autre, sinon des fous, aurait été chercher aussi loin, là où tout paraît impossible ? Et, ce faisant, prouver que l'impossible devenait possible.

— Des fous qui ne font qu'inventer des moyens toujours plus efficaces de commettre des génocides.

Anna soupira.

Lisa réorienta la conversation sur son sujet initial.

— Qu'ont donné les études menées sur les humains ?

Une fois encore, Anna reconnut et apprécia la curiosité scientifique de l'Américaine.

— Chez les adultes, les effets de la Cloche restaient toujours négatifs. Surtout aux réglages les plus élevés. Mais les recherches ne se sont pas arrêtées là. Un fœtus a été exposé *in utero* et un des six enfants nés après l'exposition a montré des améliorations remarquables. Ils ont donc insisté et multiplié les expériences. Des altérations dans le gène codant la myostatine ont produit des enfants aux muscles bien plus développés. D'autres particularités ont également été relevées : meilleure vision, meilleure coordination œil-main, et d'incroyables scores aux tests de QI.

— Des super-enfants, lança Painter.

— Qui, malheureusement, dépassaient rarement l'âge de deux ans, signala Anna. Au bout d'un moment, ils se mettaient à dégénérer, à pâlir. Des cristaux se formaient dans leurs tissus. Doigts et orteils se nécrosaient et tombaient.

— Intéressant, remarqua Lisa. Ces symptômes rappellent les effets secondaires constatés lors de la première série de tests.

Painter la dévisagea. Avait-elle bien dit *intéressant* ? Elle fixait Anna avec fascination. Comment pouvait-elle rester si froide ? Puis il vit son genou gauche tressauter sous la table. Il l'effleura et Lisa se calma. Il réalisa alors combien elle tremblait. Mais extérieurement, son visage continuait d'afficher une expression impassible. Elle feignait cette fascination, ravalant sa colère et son horreur, pour jouer la comédie. Lisa tenait le rôle du bon flic et Painter du mauvais. À eux deux, ils étaient en train de recueillir de précieux renseignements.

Painter lui serra la cuisse, pour lui signifier qu'il avait compris sa manœuvre.

L'Américaine enchaîna :

— Vous avez parlé d'un des six bébés. Qu'est-il arrivé aux cinq autres ?

— Mort-nés. Mutations fatales. Décès des mères. La mortalité était élevée.

— Et qui étaient ces mères ? demanda Painter. Pas des volontaires, j'imagine.

— Ne soyez pas trop dur dans votre jugement, monsieur Crowe. Connaissez-vous le niveau de mortalité infantile dans votre propre pays ? Il est plus important que dans certains pays du tiers-monde. Quel bénéfice ces morts apportent-elles ?

Seigneur Dieu, elle ne pouvait pas parler sérieusement. Cette comparaison ne tenait pas la route.

— Les nazis avaient leurs impératifs, enchaîna Anna. Au moins, ils respectaient leurs principes.

Avant que Painter ne réplique, Lisa intervint.

— Je présume que ces scientifiques ont cherché à perfectionner la Cloche, à éradiquer ces effets secondaires.

— Bien sûr. Mais à la fin de la guerre, peu de progrès avaient été faits. Il n'y a eu qu'un rapport isolé de réel succès. Un enfant parfait. Avant cela, tous les autres bébés nés sous la Cloche présentaient de légers défauts. Taches de dépigmentation, dissymétrie des organes, yeux de couleurs différentes.

Elle décocha un bref regard à Gunther avant de revenir sur eux.

— Seul cet enfant-là serait sorti de la Cloche sans défaut. Même l'analyse de son génome, forcément grossière à l'époque, a donné des résultats exceptionnels. Mais la technique employée pour cette analyse demeure à ce jour inconnue. Le directeur des recherches l'a effectuée en secret. Quand mon grand-père est venu pour évacuer la Cloche, cet homme s'y est opposé et a détruit toutes ses notes personnelles. Le nourrisson est décédé peu après.

— Encore un effet secondaire ?

— Non, la fille de ce savant s'est noyée avec le bébé.

— Pourquoi ?

Anna secoua la tête.

— Mon grand-père a toujours refusé d'en parler. Et, je le répète, cette histoire reste anecdotique.

— Comment s'appelait ce savant ? demanda Painter.

— Je ne m'en souviens pas. Je peux essayer de retrouver son nom, si vous le désirez.

Painter haussa les épaules. Si seulement il avait eu accès aux ordinateurs de Sigma. Cela valait la peine de creuser un peu de ce côté-là.

— Et après l'évacuation ? demanda Lisa. Les recherches se sont poursuivies ici ?

— Oui. Malgré notre isolement, nous avons continué à nous tenir informés de ce qui se passait ailleurs, au sein de la communauté scientifique. Après la guerre, les savants nazis se sont dispersés aux quatre vents, beaucoup se retrouvant impliqués dans des projets ultrasecrets un peu partout dans le monde. En Europe, en Union soviétique, en Amérique du Sud, aux États-Unis. Ils étaient nos yeux et nos oreilles à l'étranger, nous fournissant toutes sortes de renseignements. Certains croyaient encore à la cause. Quant aux autres, leur passé permettait de les faire chanter.

— Vous avez donc continué.

— Oui. Au cours des deux décennies qui ont suivi, de prodigieuses avancées ont été accomplies. Des super-enfants sont nés qui, eux, vivaient plus longtemps. Ils étaient élevés ici comme des princes. On leur donnait le titre de *Ritter des Sonnenkönigs*. Chevaliers du Roi-Soleil. Pour prendre acte du fait que leurs naissances étaient dues au projet Soleil Noir.

— Très wagnérien, commenta Painter.

— Peut-être. Mon grand-père était attaché à la tradition. Mais sachez que tous les sujets expérimentaux du *Granitschloss* étaient volontaires.

— Était-ce par choix moral ? Ou plus simplement parce que vous n'aviez pas de Juifs sous la main ici au beau milieu de l'Himalaya ?

Anna ne daigna pas répondre, se contentant de poursuivre son récit.

— Si les progrès étaient constants, la décrépitude menaçait toujours les *Sonnenkönige*. Les symptômes apparaissaient généralement au bout de deux ans, même s'ils se montraient moins virulents. La dégénérescence subite devenait chronique. Cette longévité accrue s'est accompagnée de nouveaux syndromes. Forte paranoïa, schizophrénie, psychoses.

— Ces manifestations, intervint Lisa, ressemblent à celles qui ont touché les moines.

Anna acquiesça.

— Tout dépend du degré et de l'ancienneté de l'irradiation. Les enfants exposés *in utero* à un niveau contrôlé de radiations quantiques montraient des améliorations, suivies d'une dégénérescence chronique tout au long de leur vie. Tandis que des adultes, monsieur Crowe et moi-même par exemple, exposés de façon *modérée* à une radiation incontrôlée, sont atteints par une forme plus grave de dégénération, un déclin plus rapide. Les moines qui, eux, ont été exposés à des radiations beaucoup plus fortes, sont directement entrés dans la phase de dégénérescence mentale.

— Et les *Sonnenkönige* ? s'enquit Painter.

— Comme pour nous, il n'existe aucun remède à leur état. À vrai dire, si la Cloche peut éventuellement nous aider, ils sont immunisés à ses effets. Il semble que leur exposition quand ils étaient si jeunes les ait rendus résistants à toute autre radiation de la Cloche… pour le meilleur ou pour le pire.

— Alors, quand ils ont commencé à devenir fous…

Painter imaginait une horde de surhommes enragés rôdant dans le château.

— Ils auraient représenté une menace pour notre sécurité. Les essais humains ont finalement été stoppés.

Painter ne put dissimuler sa surprise.

— Vous avez abandonné les recherches ?

— Pas exactement. Les essais humains constituaient finalement un système d'expérimentation peu efficace. Le délai pour constater les résultats était trop long.

Nous avons employé de nouveaux modèles. Des lignées modifiées de souris, des tissus fœtaux cultivés *in vitro*, des tests sur des cellules souches. Quand le génome humain a finalement été cartographié, les tests ADN nous ont offert une méthode bien plus rapide pour juger de nos progrès. Notre rythme de recherche s'est accéléré. Je pense que si nous redémarrions le projet *Sonnenkönige*, nous obtiendrions de bien meilleurs résultats.

— Alors, pourquoi n'avez-vous pas essayé ?

— Nous constatons toujours des formes de démence chez nos souris. C'est inquiétant. Et surtout, nous avons abandonné toutes les expériences sur les humains et nous consacrons depuis une dizaine d'années à des recherches purement cliniques. Nous ne nous voyons plus comme les promoteurs d'une nouvelle race supérieure. Nous ne sommes plus des nazis. Nous croyons que notre travail, une fois achevé, pourra servir l'humanité.

— Alors, pourquoi ne pas vous faire connaître ? demanda Lisa.

— Et être enchaînés à des nations et des ignorants ? La science n'obéit pas à un processus démocratique. De telles restrictions éthiques nous freineraient, retardant nos progrès. Nous nous y refusons.

Painter ravala un ricanement. L'idéologie nazie n'avait pas tout à fait disparu.

— Qu'est-il advenu des *Sonnenkönige* ? demanda Lisa.

— Ils ont connu un sort tragique. Si beaucoup sont morts de dégénérescence, d'autres, en plus grand nombre, ont dû être euthanasiés quand leur esprit s'est détérioré. Une poignée a cependant survécu. Comme Klaus, que vous avez rencontré.

Painter repensa au visage à moitié paralysé du géant, à son bras tremblant, autant de symptômes de son état. Puis son attention se porta sur Gunther. L'autre géant soutint son regard, le visage indéchiffrable. Un œil bleu, l'autre blanc. Encore un *Sonnenkönig*.

— Gunther est le dernier à être né ici, ajouta alors Anna.

Les rides sur le visage de celui-ci se creusèrent, pourtant il se contenta de relever sa manche. Un tatouage noir ornait son bras.

— Le symbole des *Sonnenkönige,* lâcha Anna. Signe de devoir, de pureté et dévouement.

Gunther rabaissa sa manche.

Painter se souvint alors de ce soldat qui, lors de leur voyage en scooter des neiges, avait lâché ce commentaire désobligeant à l'égard de Gunther. Quel mot avait-il employé ? *Leprakönig*. Roi lépreux. À l'évidence, le respect dû autrefois aux anciens Chevaliers du Roi-Soleil tendait à se perdre. Gunther était le dernier des siens, promis à une mort lente et atroce. Qui le pleurerait ?

Le regard d'Anna s'attarda sur le géant avant de revenir vers eux.

Il y aurait peut-être une pleureuse, après tout.

— Il reste encore un détail à éclaircir, intervint Lisa. La Cloche. Comment provoque-t-elle ces changements ? Vous avez dit qu'ils étaient trop consistants pour être le fruit de mutations aléatoires.

— C'est exact, répondit Anna. Nos recherches ne se sont pas limitées aux effets de la Cloche. Nous nous sommes aussi intéressés à son fonctionnement.

— Et vous avez trouvé quelque chose ? s'enquit Painter.

— Bien sûr. En fait, nous comprenons désormais parfaitement ce qui se passe.

— Vraiment ? fit-il, surpris.

Anna haussa un sourcil.

— Je pensais que vous aviez deviné. La Cloche contrôle l'évolution.

07 : 45
RÉSERVE NATURELLE HLUHLUWE-UMFOLOZI

— Qui est là ? répéta Khamisi, debout sur le seuil de sa maison.

Quelqu'un se déplaça dans la chambre à coucher.

À moins que ce ne soit un animal.

Les singes passaient leur temps à s'introduire dans les bungalows.

Il hésitait encore à entrer, tentant de distinguer quelque chose dans la pénombre. Tous les rideaux étaient tirés. Après le trajet en voiture sous le soleil éclatant, ses yeux avaient besoin de temps pour se réadapter.

Il tendit la main vers l'interrupteur. Qu'il trouva. Une ampoule solitaire s'alluma au plafond, répandant une lumière crue sur le salon chichement meublé et le coin cuisine. Mais l'éclairage ne suffisait pas à lui révéler qui se cachait dans sa chambre.

Il entendit à nouveau une sorte de froissement.

— Qui… ?

Une piqûre aiguë à la base du cou lui coupa la parole. Surpris, il avança d'un pas dans la pièce. Sa main claqua la morsure. Ses doigts rencontrèrent une aiguille plantée là.

Il arracha l'objet et le fixa pendant un moment, sans comprendre.

Une fléchette.

Semblable à celles qu'il utilisait pour endormir les grands animaux.

Quoique légèrement différente.

Son incompréhension dura le temps que la toxine remonte à son cerveau. Le monde bascula alors et Khamisi tomba.

Le plancher se rapprocha de lui à une vitesse vertigineuse.

Il parvint à amortir un peu sa chute, mais pas suffisamment pour éviter de s'éclater le front sur le sol. Des étincelles jaillirent devant ses yeux. Sa tête roula. De l'endroit où il gisait, Khamisi aperçut un bout de corde par terre. Il plissa des yeux pour mieux voir. Pas de la corde.

Un serpent. De trois mètres.

Qu'il reconnut sur-le-champ.

Un mamba noir.

Il était mort, tranché en deux. Par une machette qui gisait à ses côtés. *Sa* machette.

Un froid glacial envahit ses membres.

Une fléchette empoisonnée.

Différente de celles qu'il employait dans le parc. Celle-ci comportait deux pointes. Comme des crocs.

Les pupilles de Khamisi, toujours fixées sur le reptile, devinrent vitreuses.

Une mise en scène.

Décès causé par une morsure de serpent.

Une autre latte de plancher craqua. Il eut tout juste la force de tourner la tête. Une vague silhouette venait de surgir dans la pièce. L'homme l'examinait, impassible.

Non.

Cela n'avait aucun sens.

Pourquoi ?

Une question dont il ne connaîtrait malheureusement jamais la réponse.

8

Sang-mêlé

06 : 45
PADERBORN, ALLEMAGNE

— Vous restez ici, ordonna Gray.

Il bloquait le passage, les poings sur les hanches, l'air furieux.

— Pas moyen, répondit sobrement Fiona.

Debout elle aussi, face à lui.

Un peu plus loin, à la porte du jet, Monk ne pipait mot mais s'amusait comme un petit fou.

— Je ne vous ai pas encore donné l'adresse, reprit-elle. Si ça vous chante, vous pouvez faire du porte à porte. Avec un peu de chance, vous devriez la trouver d'ici un mois. Autre solution : vous m'emmenez et je vous montre où c'est. À vous de choisir.

Pourquoi ne pas lui avoir soutiré cette adresse quand elle était faible et vulnérable ? pensa Gray, excédé, avant de secouer la tête. Faible et vulnérable n'étaient pas les adjectifs appropriés pour qualifier le tempérament de Fiona.

— Alors ?

— Gray, mon grand, tu es la plaie et elle, le couteau, dit Monk.

Gray Pierce refusait de céder. En parlant de plaie d'ailleurs…

— Et votre blessure ? C'est une balle qui vous a fait ça.

— Et alors ? J'me sens en pleine forme. Ce bandage liquide, c'est du super-matos. Ça a tout refermé.

— Elle peut même nager avec, renchérit Monk. Il est étanche.

Gray le fusilla du regard.

— Là n'est pas la question.

— Elle est où, alors, la question ? demanda Fiona.

— Il a peur qu'il vous arrive encore quelque chose, répondit Monk.

Gray soupira.

— Fiona, s'il vous plaît, donnez-nous cette adresse.

— Quand on sera dans la voiture, répliqua-t-elle. Je refuse de rester enfermée ici.

— Loin de moi l'idée de vous déranger, intervint Monk, mais on perd notre temps et il ne va pas tarder à pleuvoir.

Le ciel était bleu et l'aube claire, pourtant de gros nuages s'amassaient au nord. Un orage se préparait.

— D'accord, concéda Gray avec un signe éloquent à l'intention de son partenaire.

Lui aussi devrait garder un œil sur Fiona.

Une BMW de location les attendait, toutes les formalités administratives ayant déjà été réglées. Monk s'empara d'un sac à dos noir. Gray en fit autant avant de voir, non sans surprise, Fiona les imiter.

— On en avait un en rab, expliqua Monk. T'inquiète pas. Le sien ne contient ni flingue ni grenade. Enfin, j'crois pas.

Ils étaient, par ailleurs, tous vêtus de façon semblable : jean, pull et baskets noirs. Très classe. Fiona avait néanmoins personnalisé sa tenue avec quelques pin's. L'un attirait particulièrement l'attention : J'ADORE LES INCONNUS.

En s'engageant sur le tarmac, Gray vérifia subrepticement son petit arsenal portatif : un Glock 9 mm sous son épaule, la dague en carbone fixée à son avant-bras gauche. Il avait rangé d'autres amuse-gueules dans son sac : grenades aveuglantes, paquets de C4, plusieurs chargeurs de rechange.

Plus question dorénavant d'aller où que ce soit sans être préparé.

Ils découvrirent enfin leur véhicule de location. Une BMW 525i.

Fiona se dirigeait déjà vers la porte côté conducteur.

— Très drôle, fit Gray en la devançant.

— À terre ! cria Monk.

Fiona se jeta aussitôt à plat ventre.

— Relevez-vous. Il a juste dit ça pour vous empêcher de lui piquer l'autre place à l'avant.

Fiona se redressa, en adressant un regard assassin à Monk.

— Branleur.

— Faut pas te mettre dans des états pareils, petite.

Ils s'installèrent enfin à l'intérieur. Gray démarra puis dévisagea Fiona dans le rétroviseur.

— Alors ? On va où ?

Monk avait déjà déplié un plan de la région sur ses cuisses.

Fiona se pencha et tendit le doigt par-dessus son épaule.

— C'est à vingt kilomètres d'ici au sud-ouest. Un village qui s'appelle Büren.

— Et une fois là-bas ?

Elle se renfonça dans son siège.

— Très drôle, lança-t-elle en lui renvoyant ainsi ses propres mots.

Mots qu'elle accompagna d'une grimace dégoûtée dans le rétro, pour montrer à quel point elle méprisait cette tentative minable de lui tirer les vers du nez.

Il avait essayé. On ne pouvait pas le lui reprocher.

Elle lui fit signe de démarrer.

Et il obéit.

À l'autre bout du parking, deux personnes étaient assises dans un roadster Mercedes blanc. L'homme baissa ses jumelles et chaussa une paire de lunettes de soleil italiennes. Il hocha la tête en direction de sa sœur jumelle. Elle parlait, à voix basse, dans un téléphone satellite.

Son autre main tenait la sienne. Il caressa son tatouage avec le pouce.

Elle lui serra les doigts.

Il remarqua alors qu'elle s'était rongé un ongle jusqu'à la pulpe. Gênée, elle tentait de le lui cacher.

Elle n'avait aucune raison d'avoir honte. Il comprenait la consternation et le chagrin qui l'avaient poussée à se ronger les ongles. Ils avaient perdu Hans, un de leurs frères aînés, la nuit dernière.

Tué par le chauffeur de la voiture qui venait de partir.

La fureur le gagna tandis qu'il regardait la BMW quitter le parking. L'émetteur GPS qu'ils y avaient installé leur permettrait de la suivre.

— Compris, lâcha sa sœur au téléphone. Comme prévu, ils ont suivi la piste du livre jusqu'ici. Ils doivent sans doute se rendre chez les Hirszfeld à Büren. Nous laissons leur jet sous surveillance. Tout est prêt.

Alors qu'elle écoutait la réponse, elle croisa le regard de son jumeau.

— Oui, dit-elle aussi bien au téléphone qu'à son frère. Nous n'échouerons pas. Nous récupérerons la Bible de Darwin.

Il acquiesça. Abandonnant sa main, il tourna la clé du démarreur.

— Au revoir, grand-père, conclut sa sœur.

Se séparant du téléphone, elle balaya la seule mèche de ses cheveux qui ne se trouvait pas là où elle aurait dû. Puis elle la lissa.

Parfaite.

Comme toujours.

Il embrassa le bout de ses doigts.

Par amour et en gage de promesse.

Ils auraient leur vengeance.

Leur deuil pourrait alors commencer.

Il démarra pour lancer la chasse.

11 : 08
HIMALAYA

Une flamme presque blanche jaillit de la lampe à souder. Painter raffermit sa prise. Sa main tremblait, mais ce n'était ni de froid ni de peur. La migraine continuait à lui fouiller le crâne. Il avait avalé une pleine poignée de Tylenol, ainsi que deux cachets de phénobarbital, un anti-convulsant. Aucune de ces drogues n'empêcherait la folie de se déclarer, mais, selon Anna, elles pouvaient lui offrir quelques heures de lucidité supplémentaires.

Combien de temps lui restait-il ?

Trois jours tout au plus, peut-être moins avant qu'il ne soit plus en état d'agir.

Il chassa cette idée. L'inquiétude et le désespoir ne feraient qu'accroître la gravité de la maladie. Comme le disait son grand-père Pequot : *ce n'est pas en geignant qu'on tue le coyote.*

Appliquant cette devise, Painter se concentra sur sa soudure. Le fil de terre auquel il se branchait courait dans tous les souterrains du château, relié à chaque antenne. Y compris la parabole satellite cachée quelque part près du sommet de la montagne.

Sa tâche accomplie, il attendit que la soudure refroidisse. Il posa une fesse sur un établi qui supportait tout un ensemble d'outils et de composants soigneusement alignés, comme dans un bloc opératoire. Son espace de travail était flanqué de deux ordinateurs portables.

Tous deux fournis par Gunther. L'homme qui avait massacré les moines. Assassiné Ang Gelu. Des bouffées de rage saisissaient toujours Painter quand il se trouvait à ses côtés.

Comme maintenant.

Le géant se tenait juste derrière lui, surveillant le moindre de ses gestes. Ils étaient seuls dans l'atelier de maintenance. Painter envisagea de lui mettre la flamme du chalumeau dans les yeux. Et après ? Des kilomètres et des kilomètres les séparaient de toute civilisation et une sentence de mort planait sur sa tête. Coopérer était leur unique chance de survivre. Voilà pourquoi Lisa était restée avec Anna dans son bureau, continuant à se documenter elle aussi sur d'éventuels moyens de guérison.

Painter et Gunther, quant à eux, suivaient une autre piste.

Celle qui menait au saboteur.

D'après le géant, la bombe qui avait détruit la Cloche avait été déclenchée manuellement. Personne n'avait quitté le château depuis l'explosion. Le saboteur se trouvait donc forcément parmi eux.

Pour l'amener à se découvrir, ils avaient conçu un appât d'un genre assez spécial.

En répandant une rumeur.

Il ne restait plus qu'à dresser le piège autour de cet hameçon.

Un des ordinateurs était relié au réseau interne de communication du château. Painter s'y était déjà branché, utilisant les mots de passe fournis par Gunther. Il y avait introduit des paquets de codes compressés, destinés à donner l'alerte en cas de transmission. Si le saboteur tentait de rentrer en contact avec le monde extérieur, ils le sauraient aussitôt, ainsi que l'endroit d'où avait été envoyé le message.

Painter ne s'attendait pourtant pas que le traître soit aussi maladroit. Il, ou elle, avait survécu et opérait ici en secret depuis de longs mois. Ce qui impliquait une habileté certaine… et des outils de communication indépendants du système du château.

Il avait donc élaboré un autre système de détection.

Le saboteur disposait sûrement d'un téléphone satellite privé, lui permettant de joindre ses commanditaires. Pour fonctionner, un tel engin avait besoin d'une ligne de visée directe entre son antenne et le satellite en orbite géosynchrone. Malheureusement, surveiller toutes les niches, fenêtres et autres sas de maintenance du château relevait de l'impossible.

Il faudrait donc procéder autrement.

Painter vérifia l'amplificateur de signal qu'il avait relié au fil de terre. C'était un gadget qu'il avait lui-même conçu chez Sigma. Sa spécialité, avant qu'il ne prenne la direction de l'organisation, était la surveillance électronique.

L'amplificateur était, lui, commandé par le deuxième ordinateur.

— Ça devrait marcher, annonça-t-il.

— Allez-y.

Painter brancha le secteur, régla l'amplitude du signal et ajusta le rythme des impulsions. L'ordinateur se chargerait du reste. Il enregistrerait toute activité impromptue. Il s'agissait d'un système assez grossier, incapable d'intercepter le signal pour écouter la conversation. Mais il recevrait une alerte lui indiquant l'endroit approximatif d'où il avait été envoyé. Ils seraient obligés de s'en contenter.

Painter peaufina encore quelques réglages.

— On y est. Maintenant, il ne reste plus qu'à attendre que ce salopard passe son appel.

Gunther hocha la tête.

— À condition, bien sûr, qu'il morde à l'hameçon, ajouta Painter.

Une demi-heure plus tôt, ils avaient clamé haut et fort qu'une certaine quantité de Xerum 525, enfermée dans une cache secrète aux parois plombées, avait échappé à l'explosion. Ce qui laissait un espoir de construire une nouvelle Cloche. Anna avait même ordonné à quelques chercheurs d'en commencer l'assemblage à partir de pièces de rechange. À défaut de guérir les habitants du château, cette seconde Cloche leur offrirait une vie un peu moins courte. À eux tous.

Mais l'espoir n'était pas le but de cette ruse.

Celle-ci était uniquement destinée au saboteur pour le convaincre que son plan avait échoué. Que la Cloche serait reconstruite malgré tout. Ce qui l'obligerait à demander des instructions à ses supérieurs et donc à entrer en contact avec eux.

À ce moment-là, Painter serait prêt.

Il se tourna vers Gunther.

— Qu'est-ce que ça fait d'être un surhomme ? Un Chevalier du Roi-Soleil.

L'autre haussa ses énormes épaules. Son mode de communication semblait se limiter à quelques grognements et à des mouvements du thorax.

— Vous sentez-vous supérieur ? Plus fort, plus rapide, capable de franchir des immeubles d'un seul bond ?

Pas de réponse.

Painter tenta autre chose.

— Que signifie le mot *Leprakönig* ? J'ai entendu des gens l'utiliser en parlant de vous.

Painter connaissait très bien le sens de ce terme mais il obtint enfin la réaction escomptée. Il décela de la colère dans le regard de Gunther avant que celui-ci ne détourne la tête. Le silence s'étira.

— Roi lépreux, grogna enfin Gunther.

Ce fut au tour de Painter de rester silencieux, laissant le poids de ces deux mots planer entre eux. Gunther finit par céder le premier.

— La recherche de la perfection passe forcément par des échecs. La folie, des maladies atroces. Qu'on préfère ignorer. Tenir à distance.

— L'exil. Comme pour les lépreux.

Painter essaya d'imaginer ce que cela pouvait faire d'être le dernier des *Sonnenkönige*, sachant que l'on est voué à une mort précoce et horrible. D'appartenir à ce qui aurait dû former une lignée de princes révérés et se révélait en fait une bande de lépreux.

— Pourtant, remarqua-t-il, vous continuez à les aider. À servir.

— Je suis né pour ça. C'est mon devoir.

Lui avait-on enfoncé ça dans le crâne en l'éduquant ou bien avait-il été, d'une manière ou d'une autre, génétiquement programmé ? Le géant avait peut-être une autre source de motivation ?

— Pourquoi vous soucier de notre sort ? insista Painter.

— Je crois au travail qui est réalisé ici. Mes souffrances permettront un jour d'épargner le même sort à d'autres.

— Vous parlez du remède que nous essayons de trouver ? Il ne permettra pas de vous soigner.

Un éclair passa dans les yeux de Gunther.

— *Ich bin nicht krank.*

— Comment ça, vous n'êtes pas malade ?

— Les *Sonnenkönige* sont nés sous la Cloche, déclara Gunther.

Painter comprit où il voulait en venir. Selon Anna, les surhommes du château étaient immunisés contre les effets de la Cloche. Pour le meilleur et pour le pire.

— C'est juste, elle ne vous ferait plus rien.

Gunther se détourna une fois de plus.

Painter réfléchit aux implications : si ce n'était pas dans l'espoir de guérir que Gunther les aidait, alors pourquoi… ?

Il repensa au regard que lui avait lancé Anna pendant le petit déjeuner. Oui, Gunther avait bien une bonne raison de coopérer.

— Vous aimez Anna.

— Bien sûr que je l'aime. C'est ma sœur.

Enfermée dans le bureau d'Anna, Lisa se tenait debout devant un mur sur lequel était accroché un écran lumineux. Normalement, de tels appareils servaient à examiner des radiographies, mais pour le moment elle y avait coincé deux feuilles d'acétate, rayées de lignes noires. C'étaient des cartes chromosomiques issues des recherches sur les effets mutationnels de la Cloche, des clichés *avant/après* d'ADN fœtal, récupéré par amniocentèse. Sur les clichés d'*après,* on avait tracé des cercles autour des chromosomes transformés par la Cloche. Des annotations en allemand les accompagnaient.

Anna les lui avait traduites avant d'aller se plonger dans d'autres livres.

Du bout du doigt, Lisa suivit les mutations, en quête d'une tendance ou d'une structure quelconques. Elle avait déjà examiné plusieurs cas. Les changements semblaient survenir sans raison.

Privée de réponse, elle retourna à la table où ils avaient déjeuné, qui croulait désormais sous les livres, les archives et les dossiers : les produits de décennies d'expériences sur des humains.

Le feu crépitait dans la cheminée derrière elle… et elle devait lutter contre l'envie de balancer tout ça dans les flammes. Mais même si Anna avait quitté la pièce, elle ne l'aurait sans doute pas fait. Elle était venue au Népal pour étudier les effets de la haute altitude sur la physiologie. Avant d'être médecin, elle était surtout chercheuse.

Comme Anna.

Non… pas tout à fait.

Lisa repoussa une monographie intitulée *Tératogénèse dans le blastoderme embryonnaire.* Un document qui traitait des monstruosités provoquées par l'exposition aux radiations de la Cloche. Ce que les lignes noires sur la feuille d'acétate avaient révélé de manière abstraite, les photos de cet ouvrage le montraient dans toute son horreur : embryons dépourvus de membres, fœtus cyclopéens, enfants mort-nés hydrocéphales.

Non, elle ne ressemblait pas à l'Allemande, se dit-elle, sa colère remontant.

Anna redescendait par l'échelle d'acier qui menait au second niveau de la bibliothèque, une autre pile de livres coincés sous un bras. À l'évidence, les Allemands ne leur cachaient rien. Et pourquoi l'auraient-ils fait ? Ils étaient les premiers intéressés par la découverte d'un remède à la maladie quantique.

Lisa avait remarqué les faibles tremblements qui affectaient les mains d'Anna. Elle ne cessait de se frotter les paumes pour tenter de les masquer. Les autres habitants du château ne se donnaient pas autant de peine pour cacher leurs souffrances. La tension dans l'air était palpable. Depuis le début de la matinée, Lisa avait déjà assisté à plusieurs disputes et à une bagarre. Elle avait aussi entendu parler de deux suicides survenus au cours des dernières heures. La Cloche détruite et tout espoir de guérison réduit à néant, le bel ordre qui régnait au *Granitschloss* commençait à se fissurer. Qu'adviendrait-il de Painter si la folie prenait le dessus avant que Lisa et lui ne trouvent une solution ?

Lisa chassa cette idée. Elle ne devait pas abandonner. Qu'importaient les raisons de cette alliance contre nature, Lisa était bien décidée à en tirer le meilleur parti.

Elle hocha la tête en direction d'Anna.

— D'accord, je crois avoir saisi ce qui se passe ici. Mais je n'arrête pas de repenser à quelque chose que vous avez dit tout à l'heure.

— Quoi donc ? rétorqua l'Allemande en posant les livres sur la table avant de s'asseoir.

— Selon vous, la Cloche contrôlerait l'évolution, commença Lisa en balayant d'un geste tous les documents étalés devant elles. Mais je ne vois là que quelques radiations mutagènes liées à un programme d'eugénisme. Vous espérez créer un être humain amélioré grâce à des manipulations génétiques. En utilisant le mot « évolution », ne recherchiez-vous pas un effet purement théâtral ?

Nullement offensée, Anna secoua la tête.

— Comment définiriez-vous l'évolution, Dr Cummings ?

— Comme Darwin, je suppose.

— C'est-à-dire ?

Lisa fronça les sourcils.

— Un processus graduel de changements biologiques… qui a permis à un organisme monocellulaire de se répandre et de se diversifier jusqu'à produire tout l'éventail des organismes vivants actuels.

— Processus dans lequel Dieu n'intervient pas ?

La question surprit Lisa.

— Vous faites allusion au créationnisme ?

— Ou au dessein intelligent.

— Vous n'êtes pas sérieuse ? Bientôt, vous allez m'assurer que l'évolution n'est qu'une théorie.

— Ne faites pas l'imbécile. Je ne suis pas une profane qui associe « théorie » avec « intuition » ou « pressentiment ». Rien, dans la science, n'atteint le statut de théorie sans être étayé par un vaste ensemble de faits et d'hypothèses vérifiés.

— Vous acceptez donc la théorie de l'évolution de Darwin ?

— Absolument. Sans le moindre doute. Elle est confirmée par toutes les disciplines scientifiques.

— Dans ce cas, pourquoi parliez-vous…

— L'une n'exclut pas forcément l'autre.

Lisa haussa un sourcil.

— Dessein intelligent *et* évolution.

— Oui. Mais pour comprendre, il faut remonter un peu en arrière. Oublions les délires des créationnistes de la Terre plate qui doutent même que la Terre soit un globe, ou ceux des lecteurs hérétiques de la Bible qui croient que la planète a tout au plus dix mille ans. Passons directement aux arguments de ceux qui soutiennent le dessein intelligent.

Lisa secoua la tête. Une ex-nazie vantant les mérites de la pseudoscience. Pourquoi perdre son temps à discuter avec elle ?

Anna s'éclaircit la voix.

— Je veux bien admettre que la plupart des arguments en faveur du dessein intelligent sont fallacieux. Reposant sur une mauvaise interprétation de la Deuxième Loi de la thermodynamique, bâtissant des modèles statistiques qui ne résistent pas à l'examen, représentant de façon erronée la datation par radiométrie des roches. La liste est longue, pour ne pas dire interminable. Rien de tout cela ne tient la route, mais, en revanche, produit un nombre considérable d'écrans de fumée.

Lisa acquiesça. L'Allemande venait de mettre le doigt sur une des raisons qui avaient poussé l'Américaine à condamner la présentation de cette pseudoscience aux côtés de l'évolution dans les classes de lycée aux États-Unis. C'était un bourbier multidisciplinaire, duquel même un étudiant de troisième cycle universitaire avait du mal à s'extraire.

Anna, cependant, n'en avait pas fini avec ce versant de son argumentation.

— Cela dit, un problème présenté par le camp du dessein intelligent mérite qu'on le considère.

— Lequel ?

— Le rythme aléatoire des mutations. Un pur hasard n'entraînerait pas autant de mutations bénéfiques. Combien de défauts de naissance ont, selon vous, procuré des changements bénéfiques ?

Lisa avait souvent entendu cet argument. *La vie a évolué de façon trop rapide pour être simplement due au hasard.* Il ne tenait pas.

— L'évolution n'est pas que pur hasard, répliqua-t-elle. La sélection naturelle, ou la pression environnementale, supprime les changements nuisibles et ne permet qu'aux organismes les mieux armés de transmettre leurs gènes.

— La survie des plus adaptés ?

— Ou de ceux qui le sont *assez*. Les changements n'ont pas besoin d'être parfaits. Juste assez bons pour procurer un avantage. Et sur une durée qui s'étend sur plusieurs centaines de millions d'années, ces petits bénéfices ou changements produisent la variété que nous connaissons aujourd'hui.

— Des centaines de millions d'années ? Je vous accorde que c'est une période assez longue, mais est-ce suffisant pour englober l'éventail complet des changements évolutionnaires ? Et qu'en est-il des sauts d'évolution occasionnels, ceux pendant lesquels d'immenses changements surviennent rapidement ?

— Je présume que vous faites allusion à l'explosion cambrienne ? demanda Lisa.

Il s'agissait d'un des piliers de l'argumentation en faveur du dessein intelligent. La période cambrienne recouvrait une durée relativement courte. Quinze millions d'années, durant lesquelles avait eu lieu une explosion de formes de vie nouvelles : éponges, escargots, méduses et trilobites. Venues de nulle part. Un rythme trop rapide pour les antiévolutionnistes.

— *Nein.* Les fossiles démontrent que cette « soudaine » apparition d'invertébrés n'était pas si soudaine. Il existait de nombreuses éponges et autres métazoaires au Précambrien. La diversité des formes à cette époque pourrait être justifiée par l'apparition des gènes Hox.

— Les gènes Hox ?

— Un ensemble de quatre à six gènes qui est apparu dans le code génétique juste avant le Cambrien. Ils se sont révélés être des mécanismes de contrôle du développement embryonnaire, déterminant le plan d'organisation d'un être vivant – la place des organes les uns par rapport aux autres – selon les trois axes, haut/bas, gauche/droite, dessus/dessous. Mouches, grenouilles et humains possèdent tous exactement les mêmes gènes Hox. Vous pourriez prendre un gène Hox à une mouche, le replacer chez une grenouille et il fonctionnera tout aussi bien. Et comme ces gènes constituent les interrupteurs fondamentaux du développement embryonnaire, il suffit de changements infimes chez n'importe lequel d'entre eux pour créer des formes corporelles totalement différentes.

Même si elle ne savait pas trop où cette discussion les menait, l'ampleur des connaissances de cette femme sur le sujet surprenait Lisa. Si elle avait rencontré Anna à l'occasion d'un congrès, elle aurait vraiment apprécié cette discussion. Pourtant Lisa n'arrivait pas à oublier avec qui elle s'entretenait.

— Donc, l'apparition des gènes Hox juste avant le Cambrien pourrait expliquer cette extraordinaire explosion de formes. Mais, ajouta Anna, les gènes Hox n'expliquent pas d'autres moments d'évolution rapides – qui semblent presque intentionnels.

— Comme quoi, par exemple ?

— La phalène du bouleau. Vous connaissez ?

Oui, Lisa connaissait. Comme l'indiquait leur nom, ces papillons vivaient sur des bouleaux et étaient mouchetés de blanc pour se confondre avec l'écorce et ainsi éviter d'être trop facilement repérés par les oiseaux, leurs prédateurs naturels. Mais quand une usine de charbon s'était installée dans la région de Manchester et avait noirci les arbres de suie, les phalènes blanches étaient devenues des proies faciles. Pourtant, en quelques générations à peine, la population avait changé de couleur pour devenir noire, afin de mieux se camoufler parmi les arbres.

— Si les mutations sont aléatoires, conclut Anna, il semble que l'apparition du noir telle qu'elle s'est produite soit le fruit du hasard. S'il s'agissait d'un événement purement aléatoire, pourquoi n'a-t-on pas trouvé de papillons rouges, verts ou pourpres ? Ou même des phalènes à deux têtes ?

Lisa s'efforça de ne pas lever les yeux au ciel.

— Je pourrais dire que les phalènes d'autres couleurs ont été mangées, elles aussi. Et que celles à deux têtes n'ont tout simplement pas survécu. Votre interprétation de cet exemple est erronée. Le changement de couleur n'était pas dû à une mutation. L'espèce comptait déjà un gène noir. On a constaté qu'à chaque génération naissaient certaines phalènes noires. Mais elles étaient généralement dévorées, ce qui maintenait la proportion générale de la population en faveur des mouchetées. Mais, une fois que les arbres ont été couverts de suie, les espèces noires ont bénéficié d'un avantage décisif et leur proportion a augmenté tandis que celle des mouchetées se réduisait. Voilà, en fait, ce que prouve cet exemple. L'environnement a *bien* un effet sur une population. Mais ce n'était pas une mutation. Le gène noir existait déjà.

Anna lui souriait.

Et Lisa comprit qu'elle venait de se soumettre à un test de connaissances. Elle se redressa, à la fois agacée et vaguement intriguée.

— Très bien, lâcha Anna. Permettez-moi alors d'évoquer un événement plus récent. Qui s'est déroulé en laboratoire, un environnement parfaitement contrôlé. Un chercheur a produit une souche de bactéries E. coli qui ne pouvaient pas digérer le lactose. Puis il a étalé une population florissante dans une boîte de croissance avec pour seule nourriture du lactose. Selon la science, que devait-il arriver ?

Lisa haussa les épaules.

— Incapables de digérer le lactose, les bactéries mouraient de faim.

— Et c'est exactement ce qui s'est produit pour quatre-vingt-dix-huit pour cent d'entre elles. Mais deux pour cent ont continué à prospérer tout comme avant. Un gène avait spontanément muté pour leur permettre de digérer le lactose. En une génération. Stupéfiant, *ja* ? Cela va à l'encontre de toute probabilité statistique. De tous les gènes présents dans l'ADN d'E. coli et si on considère la rareté des mutations, pourquoi deux pour cent de la population ont-ils modifié le seul gène nécessaire à sa survie ? Je le répète, cela défie toute probabilité statistique.

Lisa dut convenir de l'étrangeté de ce constat.

— Il y a peut-être eu contamination dans le laboratoire.

— L'expérience a été répétée. Et donné les mêmes résultats.

Il en fallait beaucoup plus pour convaincre Lisa.

— Je vois le doute dans vos yeux. Alors, essayons de trouver ailleurs un autre exemple prouvant l'impossibilité de mutations de gènes aléatoires.

— Où cela ?

— Au commencement de la vie. Revenons à la soupe primordiale. Là où le moteur de l'évolution s'est branché pour la première fois...

Anna avait déjà insinué que la Cloche avait un rapport avec l'origine de la vie. Était-ce là où elle voulait en venir à présent ?

— Remontons le temps, poursuivit Anna. Jusqu'avant la première cellule. Vous vous rappelez du principe de Darwin : ce qui existe n'a pu provenir que d'une forme plus simple, moins complexe. Donc, avant la cellule, qu'y avait-il ? Jusqu'où pouvons-nous réduire la vie et l'appeler encore la vie ? L'ADN est-il vivant ? Et un chromosome ? Et une protéine ou une enzyme ? Où se situe la frontière entre la chimie et la vie ?

— D'accord, concéda Lisa, c'est une question intrigante.

— Alors, je vais en poser une autre. Comment la vie a-t-elle effectué le bond de la soupe chimique primordiale à la première cellule ?

— L'atmosphère de la Terre à l'époque regorgeait d'hydrogène, de méthane et d'eau. Ajoutez-y quelques décharges d'énergie, comme par exemple un coup de foudre, et ces gaz peuvent former des composés organiques simples. Ceux-ci ont mijoté dans cette fameuse soupe primordiale jusqu'à former une molécule capable de se répliquer.

— Ce qui a été prouvé en laboratoire, approuva Anna. Un flacon rempli de ces gaz primordiaux a engendré une purée d'acides aminés, les briques permettant la construction des protéines.

— Et voilà comment la vie a commencé.

— Ah, que vous êtes impatiente ! se moqua Anna. Nous n'en sommes pour l'instant qu'aux *acides aminés*. Des briques. Comment passons-nous de quelques acides aminés à cette première protéine véritablement capable de se reproduire ?

— En mélangeant assez d'acides aminés entre eux, ils finiront par former la bonne combinaison.

— Par pur hasard ?

Lisa acquiesça.

— Nous arrivons là à la racine du problème, docteur Cummings. Je peux vous concéder que l'évolution de Darwin joue un rôle significatif après la formation de la première protéine autoreproductrice. Mais savez-vous combien d'acides aminés doivent se lier entre eux pour donner cette première protéine ?

— Non.

— Il en faut au minimum trente-deux pour produire la plus petite protéine capable de se répliquer. Les chances pour que celle-ci apparaisse de façon aléatoire sont astronomiquement faibles. Dix à la puissance quarante et un.

Ce nombre fit sourciller Lisa. Malgré elle, l'Américaine éprouvait un respect grandissant pour son interlocutrice.

— Mettons cela en perspective, reprit Anna. Si vous prenez toutes les protéines présentes dans toutes les forêts tropicales et que vous les dissolviez toutes dans une soupe d'acides aminés, il serait encore hautement improbable qu'une chaîne de trente-deux d'entre eux se forme. En fait, il faudrait cinq mille fois cette quantité pour obtenir une telle chaîne. Cinq mille forêts tropicales. Alors, encore une fois, comment passons-nous de cette purée d'acides aminés à ce premier signe de vie ?

Lisa secoua la tête.

Satisfaite, l'Allemande croisa les bras.

— C'est un gouffre dans la théorie de l'évolution que Darwin lui-même avait du mal à franchir.

— Il n'empêche, contra Lisa, que remplir ce gouffre par l'œuvre de Dieu n'est pas scientifique. Ce n'est pas parce que nous ne connaissons pas encore la réponse, que la cause est forcément surnaturelle.

— Je ne suis pas en train d'insinuer qu'elle est surnaturelle. Et qui vous a dit que j'ignorais comment remplir ce gouffre.

— Quoi ? s'exclama Lisa.

— Nous avons fait une découverte il y a quelques décennies en étudiant la Cloche. Les chercheurs d'aujourd'hui commencent à peine à l'entrevoir.

— De quoi s'agit-il ?

Lisa ne cachait plus son intérêt.

— Nous appelons cela l'évolution quantique.

— En quoi la physique quantique concerne-t-elle l'évolution ?

— Non seulement ce concept nouveau d'évolution quantique offre le meilleur argument en faveur du dessein intelligent, commença Anna, mais il répond aussi à la question fondamentale : le dessein de qui ?

— Vous plaisantez ? Vous êtes en train de parler de Dieu ?

Anna la fixa droit dans les yeux.

— *Nein.* Je parle de nous.

Avant qu'elle ne puisse ajouter quoi que ce soit, une vieille radio accrochée au mur se mit à cracher des crépitements qu'une voix familière ne tarda pas à traverser. C'était Gunther.

— Nous avons repéré le signal du saboteur. Nous sommes prêts.

07 : 37
BÜREN, ALLEMAGNE

Gray doubla le tracteur et sa remorque chargée de foin. Il repassa la troisième pour foncer vers les derniers lacets. Quand il arriva au sommet de la colline, une vue panoramique de la vallée se dévoila en contrebas donnant sur la rivière qui y coulait.

— L'Alme, annonça Monk à ses côtés.

Il se tenait solidement à la poignée au-dessus de la portière.

Gary ralentit, effectua un double débrayage.

Monk le fusilla du regard.

— Je vois que Rachel t'a appris à conduire à l'italienne.

— À Rome…

— On n'est pas à Rome.

À l'évidence, ils n'y étaient pas. Devant eux s'étalait une paisible scène rupestre allemande : rivière, forêts, champs labourés, sans oublier le hameau de carte postale blotti contre le flanc opposé de la vallée avec ses toits d'ardoise ou de tuiles rouges, ses maisons de pierre et ses petites rues tortueuses.

Mais leurs regards s'arrêtèrent sur l'immense édifice qui le dominait, émergeant de la forêt. Ses tours coiffées d'étendards crevaient le ciel. Malgré sa taille impressionnante, semblable en cela à tant d'autres places fortifiées au voisinage du Rhin, l'endroit évoquait un château de conte de fées, où une belle princesse attendait son prince charmant monté sur un cheval blanc.

— Si Dracula avait été gay, commenta Monk, il se serait installé ici.

Gray acquiesça. Féerique ou pas, ce château avait aussi quelque chose de sinistre, peut-être à cause des nuages noirs qui s'accumulaient au nord. Avec un peu de chance, ils atteindraient le hameau avant l'orage.

— On va où maintenant ? demanda-t-il.

Un bruit de papier froissé sur le siège arrière indiqua que Fiona consultait la carte. Elle l'avait confisquée à Monk, assumant d'autorité le rôle de navigatrice.

Elle se pencha pour montrer la rivière.

— Il faut traverser ce pont.

— Vous êtes sûre ?

— Non. En fait, je dis ça juste parce que j'adore vous entendre poser des questions idiotes.

Monk pouffa comme un gamin tandis que Gray levait les yeux au ciel. Heureusement, le dépassement d'une bande de cyclotouristes en maillot multicolore lui fournit une diversion bienvenue. Il enchaîna avec quelques virages négociés à toute allure avant d'arriver enfin au village.

Celui-ci semblait sortir tout droit d'un autre siècle. Chaque fenêtre avait son bac à fleurs et chaque toit son pignon. Si la rue principale était goudronnée, les ruelles qui la rejoignaient étaient toutes pavées. Ils passèrent devant un alignement de terrasses de cafés, et un kiosque central où un orchestre de polka devait se produire tous les samedis.

Puis ils traversèrent le fameux pont pour se retrouver au beau milieu de quelques prés entourant de petites fermes.

— Prochaine à gauche ! ordonna Fiona.

Cette fois, Gray ne discuta pas. Pas le temps. Il arrivait déjà à l'intersection. Il dut freiner brutalement.

— Je préférerais être averti un peu plus tôt la prochaine fois.

La route se rétrécit, bordée de hautes haies. La BMW cahotait à peine sur les pavés parfois disloqués par des mauvaises herbes. Un portail en fer forgé apparut, en travers de la route, battants ouverts comme pour les accueillir.

— Où sommes-nous ? demanda Gray.

— C'est ici, annonça Fiona. C'est de là que vient la Bible de Darwin. Le domaine Hirszfeld.

Ils franchirent la grille. Quelques gouttes de pluie s'écrasèrent sur le pare-brise. D'abord, timidement… puis, avec force.

— Juste à temps, commenta Monk.

La vaste cour était délimitée sur deux côtés par les ailes d'un petit cottage campagnard. Le corps principal de la demeure, en face d'eux, ne comptait qu'une seule couche de tuiles très inclinées, lui conférant une certaine majesté.

Un éclair déchira le ciel et leur fit lever les yeux.

Le château qu'ils avaient remarqué un peu plus tôt émergeait des arbres juste derrière la propriété. Un voisinage écrasant.

— Mince !

Gray avait failli écraser un cycliste qui courait se mettre à l'abri en poussant son vélo. Le jeune homme, vêtu d'un authentique maillot jaune, flanqua une claque sur le capot de la BMW.

— Regarde où tu vas, mec !

Fiona avait déjà baissé sa vitre.

— Dégage, crétin ! Tu devrais même pas avoir le droit de sortir avec ton short moule-burnes !

Monk secoua la tête, consterné.

— Je crois que Fiona vient de se trouver un petit copain.

Gray se gara sur un emplacement marqué au sol devant la maison principale. Il n'y avait qu'une seule autre voiture mais un nombre impressionnant de vélos et de VTT étaient immobilisés dans des racks. Un groupe de jeunes gens, garçons et filles, était rassemblé sous un auvent, sacs à dos posés à terre. Il les entendit discuter entre eux. En espagnol. Cet établissement devait abriter une auberge de jeunesse.

Étaient-ils au bon endroit ?

Même si c'était le cas, Gray ne pensait pas y apprendre quoi que ce soit d'intéressant. Enfin, puisqu'ils avaient fait tout ce chemin…

— Attendez-moi ici, dit-il. Monk, tu restes…

La portière arrière claqua. Fiona était déjà dehors.

— La prochaine fois, dit Monk, prends le modèle avec fermeture de sécurité pour enfants à l'arrière.

— Allons-y, soupira Gray.

Il rattrapa Fiona sous le porche et la saisit par le coude.

— On reste ensemble. Inutile de courir.

Elle lui fit face, tout aussi furieuse.

— Exactement. On reste ensemble. Personne ne laisse personne. Donc, on ne m'abandonne pas dans un avion ou dans une voiture.

Elle se libéra et passa la porte.

Un tintement annonça leur arrivée.

Un employé leva les yeux derrière un comptoir en acajou. Des braises rougeoyaient dans une cheminée, dissipant la fraîcheur matinale. La réception était entièrement lambrissée et le sol couvert de tomettes. Quelques peintures qui semblaient vieilles de plusieurs siècles ornaient les murs. Malgré sa propreté, la maison montrait quelques signes de décrépitude : plâtre fendu, moisissure sur les poutres, tapis élimés au sol. Elle avait, à l'évidence, connu des jours meilleurs.

L'employé, un robuste jeune homme blond en maillot de rugby, les salua. Il devait avoir à peine vingt ans et aurait pu poser pour une pub Abercrombrie & Fitch.

— *Guten Morgen.*

Un grondement de tonnerre ébranla les murs.

— Je ne vois pas ce qu'elle a de *gut,* cette matinée, grommela Monk.

— Ah, vous êtes Américains, lâcha le jeune employé en anglais.

Gray s'éclaircit la voix.

— Nous nous demandions s'il s'agit bien là de l'ancienne propriété Hirszfeld ?

Le jeune homme parut surpris.

— *Ja, aber...* Ça fait vingt ans que nous sommes devenus le Burgschloss Hotel. Quand mon père, Johann Hirszfeld, en a hérité.

Ils se trouvaient donc bien au bon endroit. Gray jeta un coup d'œil à Fiona qui lui répondit d'un petit coup de menton comme pour lui demander : « Quoi ? » Elle farfouillait dans son sac à dos. Pourvu, pensa Gray, que Monk ne se soit pas trompé. Qu'il n'y ait pas de grenade là-dedans.

Il se tourna de nouveau vers le jeune homme.

— Serait-il possible de rencontrer votre père ?

— À quel sujet ?

L'Allemand avait posé cette question sur un ton nettement moins chaleureux.

Fiona poussa Gray sans ménagement.

— À propos de ça.

Elle posa, plus exactement elle claqua un livre sur le comptoir. La Bible de Darwin.

Oh, Seigneur ! Gray l'avait laissée sous bonne garde à bord de l'avion.

Pas assez bonne, apparemment.

— Fiona…, commença-t-il.

— Elle est à moi, répliqua-t-elle du coin de la bouche.

L'employé s'empara de l'ouvrage qu'il ouvrit. Il ne parut pas le reconnaître.

— Une bible ? Nous désapprouvons tout prosélytisme dans l'hôtel.

Il la referma et la tendit à Fiona.

— De plus, mon père est juif.

Au point où ils en étaient, Gray décida de tenter une approche plus directe.

— Cette bible était celle de Charles Darwin. Nous pensons qu'elle a autrefois appartenu à votre famille. Nous aurions aimé en discuter avec votre père.

Le jeune homme considéra le livre avec beaucoup plus de respect.

— La bibliothèque de famille a été vendue il y a bien longtemps, murmura-t-il. Moi-même, je ne l'ai jamais vue. Mais certains disent qu'elle était vieille de plusieurs siècles.

Les invitant à le suivre d'un geste de la main, il contourna le comptoir et se dirigea vers une porte cintrée. Ils pénétrèrent dans une pièce imposante. On se serait cru dans un cloître, un des murs étant percé de hautes fenêtres très étroites. La paroi opposée était occupée par une cheminée assez vaste pour que plusieurs hommes y tiennent debout. Une femme vêtue d'une blouse passait un balai entre deux rangées de tables et de bancs.

— C'est ici que se trouvait la bibliothèque. Maintenant, il s'agit de la salle à manger de l'hôtel. Mon père a refusé de vendre la propriété malgré nos dettes. Mon grand-père a dû céder la bibliothèque, ensuite son fils a été contraint de mettre aux enchères une bonne partie du mobilier. À chaque génération, un bout d'histoire disparaît.

— C'est triste, compatit Gray.

Le jeune homme acquiesça.

— Attendez-moi quelques instants, je vous prie. Je vais voir s'il accepte de vous recevoir.

Il quitta la salle par une double porte qui donnait sur la partie privée de la demeure. Il revint quelques secondes plus tard pour les prier de l'accompagner.

Tout en les conduisant, il se présenta sous le nom de Ryan Hirszfeld. Peu après, ils débouchèrent sur un jardin d'hiver tout en verre et bronze. Des fougères en pots et des broméliacées multicolores étaient sagement alignées. L'une des parois vitrées disparaissait derrière des étagères supportant des spécimens, dont certains en triste état. Au fond, un palmier solitaire se dressait, son feuillage caressant le plafond. Certaines palmes jaunissaient d'avoir été négligées. Cet endroit, à l'image du cottage tout entier, laissait une impression de lente déchéance. Sentiment encore renforcé par les gouttes d'eau qui s'infiltraient du toit et s'écrasaient dans un seau.

Au centre de la serre, leur tournant le dos, un homme frêle était assis dans un fauteuil roulant, une couverture sur les jambes. Il paraissait en pleine contemplation, fixant les vitres ruisselantes. Au-delà, le monde extérieur semblait dépourvu de substance et de réalité.

Ryan s'approcha de lui, presque timidement.

— *Vater. Hier sind die Leute mit der Bibel.*

— *Auf Englisch, Ryan... auf Englisch.*

L'homme fit pivoter une de ses roues pour se tourner vers eux. Sa peau était fripée comme un vieux parchemin. Sa voix sifflante. Un emphysème, sans doute, se dit Gray.

— Je m'appelle Johann Hirszfeld, déclara le vieil homme. Vous êtes donc venus vous renseigner sur la vieille bibliothèque. Elle semble intéresser beaucoup de monde ces derniers temps. Personne pendant des dizaines d'années et soudain deux visites la même année.

Gray repensa au mystérieux gentleman qui avait fouiné dans les archives de Grete Neal. Il avait dû voir la facture et suivre la même piste qu'eux jusqu'ici.

— Ryan dit que vous détenez un des livres.

— La Bible de Darwin, répondit Gray.

Le vieil homme tendit la main. Fiona lui donna l'ouvrage. Il le posa sur ses cuisses.

— Je ne l'avais plus revue depuis mon enfance, dit-il avant de lever les yeux vers son fils. *Danke,* Ryan. Tu devrais retourner à la réception.

À contrecœur, celui-ci hocha la tête et quitta la salle. Johann attendit qu'il ait refermé la porte du jardin d'hiver pour soupirer et ouvrir le livre à la page de garde. Il s'arrêta un moment pour regarder l'arbre généalogique de la famille de Darwin.

— C'était notre trésor le plus cher. La Bible a été offerte à mon arrière-grand-père par la British Royal Society en 1901. Il avait acquis une certaine réputation en tant que botaniste. La recherche scientifique est une longue tradition dans notre famille. Et certains de mes ancêtres ont rencontré quelques succès. Pas aussi retentissants que ceux de Herr Darwin, bien sûr, mais remarquables tout de même.

Son regard glissa de nouveau vers les vitres que la pluie rendait opaques.

— C'est fini désormais. Nous ne sommes que des hôteliers.

— À propos de la Bible, intervint Gray. Pouvez-vous me dire autre chose à son sujet ? Est-elle toujours restée ici ?

— Certains livres ont quitté la bibliothèque quand l'un ou l'autre de mes parents en avait besoin pour ses études sur le terrain, mais cette bible n'est sortie qu'une seule fois. Je le sais parce que j'étais là le jour où elle est revenue. Renvoyée par courrier par mon grand-père. Ce qui a provoqué une certaine agitation ici.

— Pourquoi donc ?

— Je pensais bien que vous alliez me poser la question. Voilà pourquoi j'ai congédié Ryan. Il vaut mieux qu'il ne sache pas.

— Sache pas quoi ?

— Mon grand-père Hugo a travaillé pour les nazis. Comme ma tante Tola. Le père et la fille étaient inséparables. Je n'ai appris que bien plus tard – chez nous, cette affaire était bien pire qu'un scandale – qu'ils avaient participé à un projet secret de recherches. Tous deux étaient des biologistes de renom.

— Quelle sorte de recherches ? demanda Monk.

— Nul ne l'a jamais su. Mon grand-père et tante Tola sont morts tous les deux à la fin de la guerre. Mais, un mois avant leur mort, une caisse est arrivée, expédiée par mon grand-père. Elle contenait les exemplaires de la bibliothèque qu'il avait emportés avec lui. Peut-être que, se sachant condamné, il aura voulu préserver les livres. Il y en avait cinq, précisa Johann en tapotant la Bible. Celui-ci en faisait partie. Personne n'a su me dire à quoi cette bible lui avait servi dans ses recherches.

— Peut-être avait-il besoin d'un objet qui lui rappelait sa maison, dit Fiona avec une douceur que Gray ne lui connaissait pas.

Johann parut la découvrir pour la première fois. Il hocha lentement la tête.

— Oui. Et peut-être aussi pour garder un lien avec son propre père

Le vieil homme secoua la tête avant de conclure :

— Travailler au service des nazis. Horrible.

— Vous êtes juif, n'est-ce pas ? demanda Gray.

— Oui. Ou plutôt en partie. Mon arrière-grand-mère, la mère de Hugo, était allemande, issue d'une famille très connue dans la région et qui entretenait des relations avec la section locale du parti nazi. Quand le génocide de Hitler a commencé, nous avons été épargnés. Nous avons été classés *Mischlinge,* sang-mêlé. Possédant assez de sang allemand pour ne pas être assassinés. Et pour sceller cette loyauté, mon grand-père et ma tante ont été recrutés. Les nazis avaient grand besoin de savants.

— C'étaient donc des travailleurs forcés, en déduisit Gray.

Johann contempla l'orage.

— Nous parlons d'une époque compliquée. Mon grand-père nourrissait d'étranges croyances.

— Lesquelles ?

Johann ne sembla pas avoir entendu la question. Il ouvrit l'ouvrage et le feuilleta. Gray remarqua les symboles tracés à l'encre. Il s'avança pour en montrer quelques-uns.

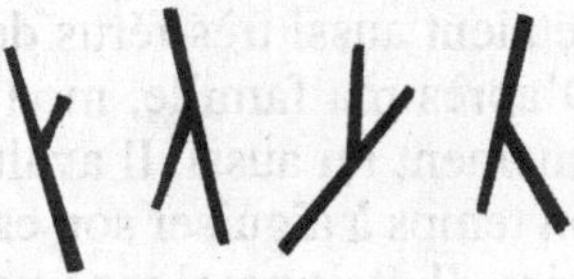

— Nous nous demandions de quoi il s'agissait, dit-il.

— Avez-vous entendu parler de la Société Thulé ? l'interrogea soudain le vieil homme comme s'il ne l'avait toujours pas écouté.

Gray secoua la tête.

— Il s'agissait d'un groupe extrémiste de nationalistes allemands. Mon grand-père en faisait partie, initié à l'âge de vingt-deux ans. La famille de sa mère connaissait les membres fondateurs. Ils croyaient au mythe des *Übermenschen*.

— Des surhommes.

— C'est cela. La société s'appelait ainsi en raison du pays mythique de Thulé qui aurait survécu au royaume perdu de l'Atlantide et abrité une race supérieure.

Monk émit un bruit grossier.

— Comme je l'ai dit, reprit Johann d'une voix sifflante, mon grand-père nourrissait d'étranges croyances. Mais il était loin d'être le seul dans ce cas. Surtout dans cette région. Ce sont dans ces forêts que les anciennes tribus teutonnes ont définitivement repoussé les légions romaines. La Société Thulé pensait que ces chevaliers teutoniques descendaient de cette race perdue.

Gray comprenait la fascination qu'avait dû exercer ce mythe. Si ces anciens guerriers germains étaient des surhommes, alors leurs descendants – les Allemands modernes – avaient hérité de leur patrimoine génétique.

— C'était le début de l'idéologie aryenne.

— Ces gens étaient aussi très férus de mysticisme et d'occultisme. D'après ma famille, mon grand-père s'y intéressait énormément lui aussi. Il avait toujours passé l'essentiel de son temps à aiguiser son esprit, à faire travailler sa mémoire. Il était passionné par les rébus, les puzzles. Il adorait les puzzles. Quand il a découvert ces histoires occultes, il a cherché à savoir quelle part de vérité elles contenaient. Il s'est mis à collectionner les récits étranges, à enquêter sur des périodes mystérieuses de l'histoire. C'était devenu une obsession.

Plus il parlait, plus il se concentrait sur la Bible. Il la feuilletait, examinant certains passages pour finalement s'arrêter sur la dernière page, à l'intérieur de la couverture.

— *Das ist merkwürdig.*

Merkwürdig. Étrange.

Gray s'approcha pour jeter un coup d'œil par-dessus son épaule.

— Quoi donc ?

Le vieil homme passa un doigt osseux sur la page. Il revint à celle du début puis à nouveau à celle-ci.

— L'arbre généalogique des Darwin. Il se trouvait sur la première... et aussi sur la dernière page. Je n'étais qu'un enfant à l'époque mais je m'en souviens très bien.

Johann lui montra le livre.

— Il a disparu de la dernière page.

— Vous permettez ?

Gray examina l'intérieur de la couverture avec plus de soin. Fiona et Monk s'étaient approchés.

— Regardez, s'écria-t-il soudain. On dirait qu'on a découpé la page de garde pour la coller à l'intérieur de la couverture. Grete aurait-elle pu faire ça ? demanda-t-il à Fiona.

— Sûrement pas. Elle aurait préféré dessiner des moustaches à la Joconde.

Si ce n'était pas Grete…

Gray se tourna vers Johann.

— Je suis sûr qu'aucun membre de ma famille n'y aurait touché. La bibliothèque a été vendue peu de temps après la guerre. Après son retour, je doute que quiconque ait ouvert cette Bible.

Ce qui ne laissait plus que Hugo Hirszfeld.

— Couteau, lâcha Gray en se dirigeant vers une table de jardin.

Monk sortit son couteau suisse et le lui donna. Gray découpa un des coins de la page. Celle-ci se souleva facilement, car seuls les rebords avaient été collés à la couverture.

Johann les avait rejoints. Il devait prendre appui sur la table pour voir Gray à l'œuvre.

Celui-ci décolla toute la feuille pour révéler la page originale. Où se trouvait l'autre moitié de l'arbre généalogique des Darwin. Johann ne s'était pas trompé. Mais ce n'était pas tout.

— Horrible, commenta Johann. Pourquoi grand-père a-t-il fait une chose pareille ? Défigurer ainsi la Bible.

Tracé à l'encre noire sur toute la hauteur de la page, et se superposant à l'arbre, figurait un étrange symbole.

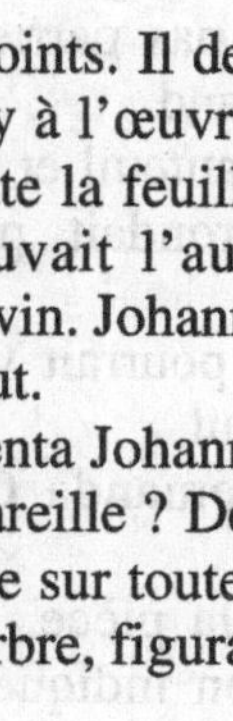

Avec la même encre, une inscription en allemand avait été ajoutée en dessous.

Gott, verzeih mir.

Dieu, pardonne-moi.

Monk pointa le symbole du doigt.

— Qu'est-ce que c'est ?

— Une rune, répondit Johann en se réinstallant dans son fauteuil roulant. Une autre folie de mon grand-père.

Gray se tourna vers lui.

— Les adeptes de la Société Thulé croyaient à la magie des runes. Selon eux, ces symboles nordiques possédaient un pouvoir. Quand les nazis ont adopté leur idéologie des surhommes, ils ont aussi adopté leur superstition portant sur les runes.

Gray connaissait les liens entre la symbolique nazie et les runes. Mais qu'en était-il dans ce cas précis ?

— Connaissez-vous la signification de ce symbole ?

— Non. Ça ne fait pas partie des sujets de prédilection d'un juif allemand.

Johann tourna son fauteuil et contempla l'orage au-dehors. Le tonnerre grondait, proche et lointain à la fois.

— Mais je sais qui pourrait vous aider. Le conservateur du musée, là-haut.

— Quel musée ? demanda Gray en refermant la Bible.

Un éclair illumina la pièce. Johann leva le doigt. Gray suivit la direction indiquée. Dans la pénombre provoquée par la pluie, il vit la masse sombre qui les dominait.

— L'Historisches Museum des Hochstifts Paderborn, précisa Johann. Il est ouvert aujourd'hui. Il se trouve dans le château, ajouta le vieil homme avec une certaine hargne. Ils sauront sûrement ce que veut dire ce symbole.

— Pourquoi ça ? s'enquit Gray.

Johann le dévisagea comme s'il avait affaire à un simple d'esprit.

— Qui mieux qu'eux ? C'est le château Wewelsburg.

Devant le manque de réaction de Gray, le vieil homme soupira puis expliqua :

— La citadelle de Himmler. La place forte des SS.

— Je le savais, lâcha Monk. Le château de Dracula.

— Selon certaines légendes, à l'époque des procès de sorcières au XVIIe siècle, des centaines de femmes y auraient été torturées et exécutées. Himmler s'est contenté d'ajouter à sa dette sanglante. Mille deux cents Juifs du camp de Niederhagen sont morts en reconstruisant ce château selon ses ordres. Un endroit maudit. Qu'on aurait dû raser.

— Et vous dites que dans ce musée, reprit Gray, ils connaissent les runes ?

— Heinrich Himmler était membre de la Société Thulé, et les runes faisaient partie de ses lubies. En fait, c'est à cause d'elles qu'il en est venu à connaître mon grand-père. Ils partageaient la même obsession pour ces symboles.

Décidément, cette Société Thulé ne cessait de revenir sur le tapis, songea Gray. Une petite visite à ce château s'imposait.

Johann s'écartait d'eux, comme pour leur signifier que l'entretien était terminé.

— C'est grâce à cette obsession commune et à Himmler que notre famille, une famille de *Mischlinge*, a eu la vie sauve. On ne nous a pas envoyés dans les camps.

Grâce à Himmler.

Gray comprenait la colère de cet homme… et pourquoi il avait demandé à son fils de quitter la pièce.

Un terrible fardeau pesait sur cette famille et il valait mieux le laisser dans l'oubli. Johann contemplait toujours l'orage.

Gray fit signe aux autres de sortir.

— *Danke,* lança-t-il au vieil homme.

Ce dernier ne lui répondit pas. Il semblait perdu dans le passé.

Gray et les autres ne tardèrent pas à se retrouver sur le porche de la maison. La pluie continuait à tomber à verse. La cour était déserte. Personne n'irait faire de vélo aujourd'hui.

— Allons-y ! lança Gray en s'engageant sous le déluge.

— Un temps pareil, fit Monk, faut en profiter.

Tandis qu'ils couraient, Gray remarqua une nouvelle voiture garée près de la leur. Vide. Le capot fumant sous les gouttes froides. Elle venait juste d'arriver.

Une Mercedes blanche.

9

Saboteur

12 : 32
HIMALAYA

— D'où vient le signal ? demanda Anna.

Elle les avait rejoints dans le local de maintenance, réagissant sans perdre une seconde à l'appel de Gunther. Elle était venue seule, prétendant que Lisa souhaitait rester à la bibliothèque et poursuivre ses recherches. Painter pensait plutôt que l'Allemande voulait les séparer.

Ce qui lui convenait aussi bien : là-bas, Lisa ne risquait pas de prendre un mauvais coup.

Quand ils se lanceraient sur la piste du saboteur.

Se penchant vers un des ordinateurs, Painter se massa le bout des doigts, pour tenter d'apaiser le picotement agaçant sous ses ongles. Il montra le schéma en trois dimensions du *Granitschloss*.

— Sans doute de ce coin-là, dit-il en tapotant l'écran.

Il avait été surpris de constater à quel point le château s'enfonçait dans la montagne : celle-ci ressemblait à une carcasse vide, ou plutôt évidée, de part en part et jusqu'à son sommet. Le signal provenait de l'autre versant.

— La localisation n'est pas très précise. Mais le saboteur devait sortir à l'air libre pour utiliser son téléphone satellite.

— C'est l'héliport, lâcha Anna.

Gunther émit un grognement approbateur.

Sur l'écran, les lignes reproduisant les fréquences s'éteignirent brusquement.

— Il vient de raccrocher, annonça Painter. Il faut faire vite.

Anna se tourna vers Gunther.

— Appelle Klaus. Que ses hommes bouclent l'héliport.

Gunther décrocha un téléphone mural et donna ses instructions. Leur plan était simple : fouiller toute personne située à proximité du signal et trouver celle qui était en possession d'un engin satellite.

— Merci pour votre aide, lança Anna à Painter. Maintenant, nous prenons les choses en main.

— Je devrais encore pouvoir vous être utile…

Il tapa sur le clavier de l'ordinateur et mémorisa le numéro qui venait d'apparaître sur l'écran avant de débrancher son amplificateur de fortune. Il se redressa.

— … mais j'aurais besoin d'un de vos téléphones portables.

— Je ne peux pas vous laisser seul ici avec un téléphone, rétorqua Anna en se frottant la tempe.

Elle avait mal au crâne, elle aussi.

— Alors, je vous accompagne à l'héliport.

Gunther s'approcha, l'air aussi renfrogné que d'habitude.

Anna lui fit signe de reculer.

— Nous n'avons pas le temps de discuter.

Le frère et la sœur échangèrent tout de même un regard entendu. Le géant devait garder l'œil sur Painter.

Anna sortit la première.

Painter la suivit, en se massant toujours les doigts. Ses ongles commençaient à brûler. Il les examina pour la première fois, s'attendant à les voir rougis. Au lieu de cela, ils avaient une curieuse couleur blanchâtre, comme si son sang n'irriguait plus ses phalanges.

Des engelures ?

En lui tendant un téléphone, Gunther remarqua son air perplexe et secoua la tête. Painter ne comprit pas ce qu'il voulait dire… jusqu'à ce que le géant lui présente ses mains. Il avait déjà perdu trois ongles.

Painter serra et desserra les poings. Ces picotements n'étaient donc pas dus à des engelures. Il pensa à certains des effets secondaires de la Cloche : perte des doigts, des orteils, des oreilles. Un peu comme avec la lèpre.

Tandis qu'ils traversaient le château, il en profita pour étudier Gunther. Cet homme avait passé sa vie avec une épée au-dessus de sa tête, se sachant atteint d'une dégénérescence chronique qui le conduirait inéluctablement à la folie. Painter lui-même souffrait de la version abrégée du même mal. Il lui fallait reconnaître que ça le terrifiait… pas tant les séquelles physiques que la démence.

Combien de temps lui restait-il ?

Gunther avait dû deviner à quoi il songeait car, soudain, il se tourna vers lui.

— Je ne veux pas que ça arrive à Anna, grommela-t-il à mi-voix à son intention. Je ferai tout pour empêcher ça.

Cette déclaration rappela encore une fois à Painter que ces deux-là étaient frère et sœur. Il voyait leurs ressemblances à présent : la courbe d'une lèvre, la forme du menton, des sourcils. Des traits de famille. Mais ça s'arrêtait là. La sombre chevelure d'Anna, ses yeux vert émeraude contrastaient avec le teint délavé de son frère. Seul Gunther avait subi les radiations de la Cloche, un seul des enfants avait été sacrifié, payant sa dîme avec son sang pour devenir le dernier des *Sonnenkönige*.

Tout en réfléchissant à cela et alors qu'ils longeaient des couloirs et descendaient des escaliers, Painter bidouillait son téléphone. Après avoir enlevé le cache arrière, il délogea la batterie et se débrouilla pour relier son amplificateur à l'antenne. Le signal émis ne durerait que quelques secondes mais cela devrait suffire.

— Qu'est-ce que vous faites ? demanda Gunther.

— Un détecteur GPS. L'amplificateur a enregistré les caractéristiques du signal du saboteur pendant son appel. Je vais peut-être pouvoir m'en servir pour le localiser avec précision si je m'approche suffisamment de lui.

Gunther grogna, sans se douter du mensonge.

Tant mieux.

L'escalier arriva dans un tunnel assez large pour laisser passer un char. Des rails couraient sur le sol, s'enfonçant au cœur de la montagne, menant sans doute à l'héliport situé à l'autre extrémité. Ils grimpèrent à bord d'une sorte de draisine. Gunther relâcha le frein à main et alluma le moteur électrique en pressant une pédale. Il n'y avait pas de siège, juste des barres de maintien. Painter s'agrippa à l'une d'entre elles tandis que leur petit wagon fonçait dans le tunnel éclairé par quelques ampoules.

— Vous avez même le métro, remarqua-t-il.

— Pour les marchandises, expliqua Anna en grimaçant.

Elle venait d'avaler deux cachets. Des antalgiques ?

Ils croisèrent des salles de stockage remplies de palettes, de caisses et de barils : les entrepôts du château. Il leur fallut moins d'une minute pour atteindre le bout de la ligne. L'air se réchauffait, saturé de vapeur, chargé d'une vague odeur de soufre. Quand il descendit du wagonnet, Painter sentit une puissante vibration parcourir le sol. D'après ce qu'il avait constaté en établissant le plan du château, la centrale géothermique se trouvait sûrement quelque part sous leurs pieds.

Mais ils ne descendirent pas, ils montèrent.

Une rampe prenait le relais des rails, aussi large que le tunnel. Ils accédèrent à une caverne aux proportions gigantesques. Deux immenses trappes d'acier étaient ouvertes au plafond, laissant entrer la lumière du jour. On se serait cru dans le hangar d'un aéroport commercial avec des grues, des chariots élévateurs et des équipements lourds. Au centre de tout cela, deux hélicoptères A-Star Écureuil, l'un blanc, l'autre noir, attendaient, immobiles et silencieux. Avec leur fuselage en forme de frelon, ils étaient conçus pour les vols à haute altitude.

Klaus, l'impressionnant *Sonnenkönig,* remarqua leur arrivée et vint à leur rencontre. Il s'adressa à Anna, ignorant les autres.

— Tout le périmètre est bouclé, annonça-t-il en allemand.

Il hocha la tête vers une bonne douzaine d'hommes et de femmes tenus en joue par des gardes armés.

— Personne n'a eu le temps de s'échapper ? s'enquit Anna.

— *Nein.*

Elle avait placé quatre *Sonnenkönige* aux quatre coins du château, tous prêts à boucler la zone indiquée par Painter. De telles précautions alerteraient forcément le saboteur. Il ou elle redoublerait de prudence. C'était donc leur unique chance de le coincer.

Anna le savait.

— Avez-vous trouvé… ?

Elle chancela. Gunther la rattrapa par le bras, l'aidant à retrouver son équilibre. Il ne chercha même pas à masquer son inquiétude.

— Je vais bien, le rassura-t-elle.

— Nous les avons tous fouillés, annonça Klaus comme si de rien n'était. Nous n'avons trouvé aucun téléphone ou engin quelconque. Nous étions sur le point de fouiller l'héliport.

Un pli creusa le front d'Anna. Leurs craintes se vérifiaient. Plutôt que de porter son téléphone sur lui, le saboteur pouvait l'avoir dissimulé n'importe où.

À moins que Painter n'ait commis une erreur.

Auquel cas, il lui faudrait se racheter.

Il montra l'engin de fortune qu'il avait bricolé.

— Je devrais pouvoir accélérer les recherches, déclara-t-il.

Anna lui lança un coup d'œil soupçonneux, mais ils n'avaient guère le choix. Elle acquiesça.

Gunther se rapprocha de Painter, lui faisant sentir sa présence.

Celui-ci brancha le téléphone et composa le numéro qu'il avait mémorisé. Neuf chiffres. Rien ne se produisit. Tous les regards étaient rivés sur lui.

Il tapa de nouveau la combinaison.

Toujours rien.

— *Was ist los ?* s'enquit Anna.

Painter examina la série de chiffres sur le cadran et comprit son erreur.

— J'ai interverti les deux derniers.

Il secoua la tête et recomposa lentement la séquence, en veillant à se concentrer. Il vérifia avec soin qu'il avait bien entré la bonne combinaison. Quand il leva les yeux, Anna le dévisageait. Son erreur n'était pas due au stress. Ils le savaient tous les deux. On mettait souvent les patients devant un clavier pour tester leur acuité mentale.

Et il ne s'agissait que d'un simple numéro de téléphone.

Mais un numéro important.

L'engin bricolé par Painter avait intercepté celui du téléphone du saboteur. Il pressa le bouton de transmission.

Une milliseconde plus tard, une sonnerie stridente résonna dans la salle.

Tous les regards convergèrent.

Vers Klaus.

Le *Sonnenkönig* recula.

— Je vous présente votre saboteur…, annonça Painter.

Klaus ouvrit la bouche, prêt à nier… mais préféra dégainer son pistolet.

Gunther avait réagi une fraction de seconde avant lui, braquant son MK23.

Une détonation retentit.

L'arme de Klaus s'envola de sa main. On entendit le sifflement d'un ricochet.

Gunther avait déjà suivi la balle, pressant le canon fumant de son flingue contre la joue de son camarade. La peau grésilla, brûlée. Klaus ne cilla même pas. Ils devaient lui laisser la vie sauve pour lui demander de répondre à certaines questions. Gunther posa la plus évidente.

— *Warum ?*

Pourquoi ?

Klaus le toisa avec son œil valide. La paupière de l'autre pendait, comme tout ce côté de son visage. Son sourire n'en fut que plus sinistre. Il cracha par terre.

— Pour mettre un terme au règne humiliant du *Leprakönig*.

Une haine longtemps réprimée déformait ses traits. Painter ne pouvait qu'imaginer la rage qui macérait en lui depuis des années, des années pendant lesquelles son corps s'était détérioré. Autrefois prince, désormais lépreux. Mais le désir de vengeance n'expliquait pas tout, se dit Painter. Quelqu'un avait fait de cet homme une taupe.

Qui ?

— Frère, dit Klaus à Gunther, nous pouvons connaître autre chose que cette existence de mort-vivant. Il y a un remède. Nous pouvons redevenir des rois parmi les hommes.

Ainsi, c'était donc cela, ses trente deniers.

La promesse d'un remède.

Gunther ne fut pas tenté.

— Je ne suis pas ton frère, répliqua-t-il. Et je n'ai jamais été roi.

Painter sentit la vraie différence entre les deux *Sonnenkönige*. Klaus était plus vieux d'une décennie. Il avait donc grandi comme un prince ici jusqu'à ce qu'on lui dérobe tout ce qu'il avait. Gunther, de son côté, était le dernier-né de la série d'essais, et à l'époque on connaissait la détérioration et les troubles mentaux provoqués par les radiations. Il avait toujours été un lépreux, n'avait rien connu d'autre.

Et une autre différence cruciale séparait les deux hommes.

— Ta trahison a condamné Anna à mort, siffla Gunther. Je vous le ferai payer, à toi et à ceux qui sont derrière toi.

— Elle sera soignée, elle aussi, répondit Klaus. On peut arranger ça.

Gunther plissa les paupières.

Klaus sentit son hésitation, son espoir. Pas pour lui-même, mais pour sa sœur.

— Elle n'est pas obligée de mourir.

Je ne permettrai pas que ça arrive à Anna. Je ferai tout pour empêcher ça, avait déclaré Gunther. Allait-il se rallier aux ennemis lui aussi ?

— Qui t'a promis ce remède ? demanda Anna.

Klaus éclata de rire.

— Des hommes bien plus grands que les créatures pitoyables que vous êtes devenus ici. Il était grand temps que vous soyez éliminés. Vous avez eu votre utilité. Mais plus maintenant.

Baoum !

Le téléphone que Painter avait utilisé pour démasquer le saboteur venait d'exploser entre ses mains, son amplificateur ayant mis la batterie en surcharge. Il lâcha l'engin fumant en levant les yeux vers le ciel visible derrière le sas de l'héliport. Pourvu que l'ampli ait tenu assez longtemps !

Il ne fut pas le seul à être distrait. Tous les regards s'étaient tournés vers lui. Y compris celui de Gunther.

Mettant à profit cette diversion, Klaus dégaina son couteau de chasse et sauta sur l'autre *Sonnenkönig*. Ne laissant pas le choix à Gunther. Sa balle perfora le ventre de Klaus, ce qui n'empêcha pas ce dernier, tandis qu'il s'effondrait, de planter sa lame dans l'épaule de l'autre géant.

Celui-ci repoussa violemment le traître.

L'atterrissage fut brutal. Pourtant, il réussit à rouler sur le côté, se tenant le ventre avec son bras valide. Le sang coulait à flots. Klaus toussa. Encore du sang. Rouge vif. Artériel. Le projectile avait atteint un organe vital.

Anna se précipita aux côtés de Gunther pour examiner sa blessure. Il l'écarta, gardant son arme braquée sur Klaus. Du sang ruisselait sur sa manche, se répandant sur le sol.

Klaus éclata de rire à nouveau. Un gargouillement rauque.

— Vous mourrez tous ! Le nœud se refermera et vous…

Une autre quinte de toux convulsive lui coupa la parole tandis qu'une mare écarlate se formait par terre. Avec un dernier ricanement, il s'écroula, la tête la première. Gunther baissa son arme.

Klaus était mort.

Gunther laissa Anna nouer un bout de chiffon graisseux sur son bras en attendant mieux.

Painter, quant à lui, contourna le cadavre de Klaus. Autour d'eux, les autres personnes présentes dans la salle se rassemblaient. Elles avaient toutes entendu le traître parler d'un espoir de guérison.

Anna le rejoignit.

— Je vais demander à un de nos techniciens d'examiner son téléphone. Cela nous mènera peut-être à celui qui a orchestré ce sabotage.

— Pas le temps, marmonna Painter, essayant de faire le vide dans son esprit.

Il essayait de se concentrer pour comprendre ce qui le chiffonnait. Comme s'il avait un mot sur le bout de la langue.

Il repensa aux paroles de Klaus.

... nous pourrons redevenir des rois parmi les hommes.

... Vous avez eu votre utilité. Mais plus maintenant.

Une violente migraine s'abattit sur lui.

Klaus avait dû être recruté en tant qu'agent double... dans un jeu d'espionnage industriel. Par quelqu'un menant des recherches du même type. Et maintenant que les travaux menés au château étaient devenus superflus, on prenait des mesures pour éliminer la concurrence.

— Vous croyez qu'il a dit la vérité ? s'enquit Gunther.

Il songeait toujours à l'existence éventuelle d'un remède pour sa sœur.

Anna s'agenouilla et récupéra un petit téléphone dans une des poches du cadavre.

— Il va falloir faire vite, dit-elle.

— Vous pouvez en tirer quelque chose ? demanda Gunther à Painter en désignant le téléphone.

Il ne leur restait qu'un seul espoir : trouver qui avait décroché au bout de cette ligne.

— Si seulement on pouvait tracer cet appel..., souffla Anna en se relevant.

Painter secoua la tête, agacé. Il pressa ses paumes contre ses paupières. Le martèlement dans son crâne frisait l'insoutenable. Mais ce n'était pas la seule chose qui l'empêchait de leur répondre.

C'était là... si proche... à sa portée...

Anna lui toucha le coude.

— C'est votre intérêt à vous aussi...

— Je sais, aboya-t-il. Fermez-la ! Laissez-moi réfléchir !

La main d'Anna retomba.

Sa colère avait imposé le silence dans la salle. Il tentait de faire remonter à la surface ce qui était enfoui dans les profondeurs de son esprit. Comme lorsqu'il avait transposé les chiffres sur le clavier du téléphone. Son acuité mentale baissait à une vitesse alarmante.

— Le téléphone… quelque chose à propos du téléphone…, murmura-t-il, refusant de céder à la douleur qui malmenait son cerveau. Mais quoi ?

— Que voulez-vous dire ? demanda doucement Anna.

Tout à coup, ça lui revint. Comment avait-il pu être aussi aveugle ?

Il baissa les mains et rouvrit les paupières.

— Klaus savait que le château était sous surveillance électronique. Alors, pourquoi avoir passé cet appel malgré tout ? Pourquoi prendre un tel risque ?

Soudain, une terreur glacée l'envahit.

— La réserve secrète de Xerum 525, lança-t-il à Anna. Étions-nous les seuls à savoir qu'elle n'existe pas ? Qu'il ne vous reste plus une goutte de ce métal liquide ?

Cette révélation sidéra les autres personnes présentes. Quelques murmures de colère s'élevèrent. Cette rumeur avait éveillé tant d'espoirs. Une seconde Cloche serait peut-être construite. Et Painter venait de réduire cette éventualité à néant.

Mais quelqu'un d'autre avait dû y croire.

— Seul Gunther connaissait la vérité, lâcha Anna, confirmant ses pires craintes.

Painter se tourna vers l'héliport. Il songea au plan du château tel qu'il était apparu sur son écran d'ordinateur.

Il savait désormais pourquoi Klaus avait passé cet appel… et pourquoi il était venu téléphoner ici. Ce salopard avait cru pouvoir se cacher en restant bien visible, tellement confiant en lui-même qu'il ne s'était même pas débarrassé du portable. Il avait choisi cet endroit à dessein.

— Anna, en répandant cette rumeur, vous avez dû expliquer que la réserve de Xerum 525 avait été épargnée par l'explosion, qu'elle était conservée ailleurs, n'est-ce pas ?

— J'ai prétendu qu'elle était enfermée dans un coffre.

— Où se trouve ce coffre ?

— Loin du lieu de l'explosion. Dans mon bureau. Pourquoi ?

À l'autre bout du château.

— Nous avons été manipulés, dit Painter. Klaus a appelé d'ici, sachant que les communications étaient surveillées. Il voulait nous attirer ici. Pour nous éloigner de votre bureau… et de la prétendue cachette de Xerum 525.

Anna ne comprenait toujours pas.

— L'appel de Klaus était un leurre, une diversion pour leur permettre de s'emparer du Xerum.

Anna écarquilla les yeux.

Gunther avait compris lui aussi.

— Donc, il y a un deuxième saboteur.

— À l'heure qu'il est, ce deuxième homme essaie sûrement de voler le Xerum 525.

— Dans mon bureau, enchaîna Anna en regardant Painter.

Voilà qu'il trouvait enfin ce mot qui lui échappait depuis tout à l'heure. Et des raisons à sa terreur.

Lisa.

Son nom jaillit dans son esprit au milieu d'une explosion de douleur.

Elle était seule face à un autre assassin.

Lisa fouillait le second étage de la bibliothèque. Elle avait escaladé l'échelle en fer jusqu'à la galerie branlant et circulait désormais autour de la pièce, une main sur la rampe.

Cela faisait plusieurs heures qu'elle rassemblait des livres et des articles sur la mécanique quantique. Elle avait même déniché le traité original de Max Planck, le père de la théorie des quanta, une théorie qui dessinait un monde déroutant de particules élémentaires, un monde où l'énergie pouvait être divisée en petits paquets – les fameux quanta – et où la matière originelle est envisagée à la fois comme particule et onde.

Mais quel rapport avec l'évolution ?

Elle pressentait que le remède se trouvait dans la réponse à cette question.

Lisa tira un livre d'une étagère, examinant titre et sous-titres.

S'agissait-il du bon volume ?

Soudain, un bruit retentit derrière la porte. Elle savait que plusieurs gardes étaient postés dans le couloir. Que se passait-il ? Avaient-ils démasqué le saboteur ? Anna revenait-elle déjà ? Elle retourna vers l'échelle, espérant que Painter l'accompagnerait. Elle n'aimait pas être séparée de lui. Et peut-être parviendrait-il à tirer quelque chose de ces étranges théories sur la matière et l'énergie.

Elle posa le pied sur le premier barreau.

Un cri vite étouffé la figea sur place.

Il provenait du corridor.

Réagissant d'instinct, elle remonta sur le balcon et s'étendit sur le sol de fer grillagé. Celui-ci ne la dissimulait pas vraiment. Elle rampa en arrière, se plaquant contre les étagères, parmi les ombres.

Tandis qu'elle s'immobilisait, la porte du bureau s'ouvrit. Une silhouette se glissa dans la pièce. Une femme en parka blanche. Mais ce n'était pas Anna. La nouvelle arrivante repoussa sa capuche et baissa son écharpe. Elle avait de longs cheveux blancs et était aussi pâle qu'un spectre.

Amie ou ennemie ?

Tant qu'elle n'en saurait pas davantage, Lisa préférait rester cachée.

Il y avait quelque chose de trop confiant dans l'attitude de cette inconnue. La façon dont ses yeux fouillaient la pièce. Elle se retourna à moitié. Une giclée rouge maculait sa veste, du côté où elle tenait un katana, un sabre japonais incurvé. Du sang ruisselait de la lame.

La femme tourna lentement sur elle-même.

Scrutant le moindre recoin de la pièce.

Lisa n'osait plus respirer, priant le ciel pour que l'ombre la dissimule. La plupart des lampes se trouvaient en bas, de même que le feu qui rougeoyait dans la cheminée. Ici, elle bénéficiait d'une certaine pénombre.

Suffisante pour se soustraire à la vue ?

Lisa regarda l'intruse décrire un nouveau tour sur elle-même, debout au milieu de la pièce, katana sanglant prêt à frapper.

Visiblement satisfaite, la femme aux cheveux couleur de glace gagna rapidement le bureau d'Anna. Elle ignora le désordre qui y régnait et le contourna. Écartant une tapisserie, elle dévoila un coffre mural.

Elle s'agenouilla pour examiner la serrure à combinaison, la poignée, les coins de la porte.

Lisa s'autorisa enfin à reprendre son souffle. Quel que soit le délit qui s'accomplissait ici, elle était bien décidée à ne pas intervenir. Que cette femme prenne ce qu'elle était venue chercher et qu'elle s'en aille. Si elle avait massacré les gardes, Lisa pourrait peut-être en profiter. Trouver un téléphone quelque part…

Platch !

Le bruit la fit sursauter.

À quelques mètres d'elle, un lourd volume était tombé d'une étagère pour s'écraser sur le sol grillagé. Lisa reconnut le livre qu'elle avait feuilleté quelques instants plus tôt. Elle l'avait mal remis en place et la gravité s'était chargée du reste.

En bas, la femme revint se poster au milieu de la pièce. Un pistolet était apparu dans son autre main, braqué vers le balcon.

Lisa n'avait nulle part où se cacher.

09 : 18
BÜREN, ALLEMAGNE

Gray ouvrit la portière de la BMW. Il allait y pénétrer quand un cri retentit derrière lui. Il se retourna. Ryan Hirszfeld courait vers eux, penché sous un parapluie. Le tonnerre grondait et la pluie labourait le parking du petit cottage.

— Montez, ordonna Gray à Monk et à Fiona.

Il pivota vers Ryan.

— Est-ce que vous allez au château… au Wewelsburg ? demanda celui-ci en levant son parapluie de façon à les protéger tous les deux.

— Oui. Pourquoi ?

— Puis-je vous accompagner ?

— Je ne crois pas…

Ryan le coupa.

— Vous posiez des questions à propos de mon arrière-grand-père… Hugo. Je détiens des informations qui devraient vous intéresser. Ça ne vous coûtera qu'une balade en voiture jusqu'en haut de la colline.

Gray hésita. Le jeune homme avait dû écouter leur conversation avec Johann à travers la porte. Que savait-il donc que son père ignorait ? Pas grand-chose, sûrement. Mais le garçon semblait sincère. Et sûr de lui.

Gray lui montra la portière arrière.

— *Danke.*

Ryan s'installa aux côtés de Fiona.

Quelques secondes plus tard, la voiture remontait l'allée.

— C'est pas vous qui tenez la boutique ? demanda Monk en se tournant à moitié vers le jeune homme.

— Alicia s'occupera de la réception. Et avec cette pluie, tout le monde va rester au coin du feu.

Gray l'étudia dans le rétroviseur. Il semblait soudain très mal à l'aise sous les regards conjugués de Monk et de Fiona.

— Que vouliez-vous nous dire ? demanda Gray.

Les yeux de Ryan croisèrent les siens dans le miroir.

— Mon père croit que j'ignore tout au sujet de mon arrière-grand-père, Hugo. Mieux vaut enfouir certaines choses, n'est-ce pas ? Mais les gens du village ne sont pas aussi discrets. Pareil avec tante Tola.

Oui, songea Gray, les secrets de famille ont tendance à resurgir d'une manière ou d'une autre, quoi qu'on fasse pour les enterrer. Et ces secrets avaient nourri chez Ryan un besoin d'en apprendre davantage sur ses ancêtres et sur leur rôle pendant la guerre.

— Vous avez donc mené votre propre enquête ?

— Depuis trois ans maintenant. Mais la piste remonte à l'époque de la chute du Mur de Berlin. Quand l'Union soviétique s'est écroulée.

— Je ne comprends pas.

— Vous vous rappelez sans doute que la Russie a rouvert certaines archives soviétiques ?

— Oui. Et alors ?

— Eh bien, au moment où Wewelsburg a été reconstruit…

— Attendez un peu, marmonna Fiona en s'étirant.

Depuis que Ryan était entré dans la voiture, elle était restée assise dans son coin, les bras croisés, comme si cette intrusion lui déplaisait souverainement. Mais Gray l'avait surprise à étudier le jeune homme du coin de l'œil. Il se demanda si son portefeuille était toujours dans sa poche.

— Reconstruit ? enchaîna-t-elle. Ils ont reconstruit cette mocheté ?

Ryan acquiesça tandis que le château apparaissait au sommet de la colline. Gray bifurqua sur Burgstrasse, la route qui y conduisait.

— Himmler l'avait fait sauter à la fin de la guerre. Seule la tour Nord est restée à peu près intacte. Après la guerre, il a été rebâti. C'est aujourd'hui un musée et une auberge de jeunesse à la fois. Et mon père ne le supporte toujours pas.

Gray comprenait le vieil homme.

— Les travaux ont été terminés en 1979, continuait Ryan. Les différents directeurs du musée n'ont cessé de relancer les anciens gouvernements alliés pour qu'ils restituent les documents et pièces volés liés au château.

— Ils ont donc demandé aux Russes, intervint Monk.

— *Natürlich.* Quand les informations ont été déclassifiées, le conservateur actuel a envoyé une équipe d'archivistes en Russie. Ils sont revenus il y a trois ans avec des camions remplis de dossiers relatifs à la campagne russe dans cette région. Dans ces archives figurait aussi une longue liste de noms. Dont celui de mon arrière-grand-père. Hugo Hirszfeld.

— Pourquoi lui ?

— Il était très impliqué dans les activités de la Société Thulé ici, au château, et réputé pour sa connaissance des runes. Il a même correspondu avec Karl Wiligut, l'astrologue personnel de Himmler.

Gray repensa au symbole en forme de trident qui se trouvait dans la Bible.

— Les archivistes sont revenus avec plusieurs cartons de documents concernant spécifiquement mon arrière-grand-père. Mon père l'a su mais a refusé de coopérer avec eux de quelque manière que ce soit.

— Et pas vous ? s'enquit Monk.

— Je voulais en savoir davantage, avoua Ryan. Essayer de comprendre… c'était…

Il eut un geste d'impuissance.

Oui, le passé a tendance à ne jamais vous laisser tranquille.

— Et qu'avez-vous appris ? demanda Gray.

— Pas grand-chose. Une des caisses contenait des papiers provenant d'un laboratoire de recherches nazi où mon arrière-grand-père avait travaillé. On lui avait donné le rang d'*Oberarbeitsleiter*. Chef de projet, précisa-t-il avec un mélange de honte et de défi dans la voix. Mais le sujet de ces recherches n'avait pas été déclassifié, lui. Le reste se réduisait à des lettres – du courrier personnel – adressées à ses amis, à sa famille.

— Et vous les avez lues ?

Une hésitation, puis Ryan acquiesça lentement.

— Assez pour comprendre que mon arrière-grand-père a commencé à nourrir des doutes quant à son travail. Mais il ne pouvait pas arrêter.

— Sinon, on l'aurait abattu, commenta Fiona.

Ryan secoua la tête, accablé.

— Non, je pense que c'est le projet lui-même… Il n'arrivait pas à l'abandonner. On aurait dit qu'il était fasciné, dégoûté et terrifié en même temps.

Crac.

Monk venait de faire bruyamment craquer son cou.

— Quel rapport avec la Bible de Darwin ? l'interrogea-t-il, les ramenant à leur sujet initial.

— J'ai trouvé une note adressée à ma grand-tante Tola, répondit Ryan. Elle mentionne la caisse de livres que mon arrière-grand-père a renvoyée à la maison. Je me rappelle cela en raison de la remarque étrange qu'il y a dessinée.

— Que disait-il ?

— La lettre se trouve là-haut au musée. Vous devriez pouvoir en obtenir une copie.

— N'avez-vous pas gardé un souvenir de son contenu ?

Ryan fronça les sourcils.

— Il n'y avait que deux phrases. « *Tola, si on sait la chercher, la perfection se cache dans mes livres. La vérité est trop belle pour qu'on la laisse mourir et trop monstrueuse pour qu'on la libère.* »

Le silence s'abattit sur la voiture.

— Il est mort deux mois plus tard.

La perfection se cache dans mes livres, pensa Gray. Les cinq ouvrages que Hugo avait renvoyés chez lui avant de mourir. Avait-il agi ainsi pour préserver un secret ? Cette *vérité trop belle pour qu'on la laisse mourir et trop monstrueuse pour qu'on la libère* ?

Il fixa Ryan dans le rétroviseur.

— Avez-vous parlé de cela à quelqu'un en dehors de nous ?

— Non, mais le vieux monsieur avec son neveu et sa nièce… ceux qui sont passés chez nous cette année. Ils avaient déjà consulté les archives, les papiers de mon arrière-grand-père. Ils avaient dû prendre connaissance de cette note, sinon pourquoi seraient-ils venus trouver mon père à propos des livres ?

— Ce… neveu et cette nièce. À quoi ressemblaient-ils ?

— Ils avaient les cheveux blancs. Grands. Beaux. Élégants. Un peu trop… je dirais.

Gray et Monk échangèrent un regard.

Fiona se racla la gorge et montra le dos de sa main.

— Ils n'avaient pas un… tatouage ici, par hasard ?

— Je crois, oui. Peu après leur arrivée, mon père m'a fait sortir. Comme avec vous aujourd'hui. Il ne faut pas parler devant les enfants, ajouta Ryan en amorçant un sourire. Vous les connaissez ?

— Des concurrents, lâcha Gray d'un ton léger. Des collectionneurs, comme nous.

Visiblement, Ryan ne le crut pas mais s'abstint de tout commentaire.

Gray songea à la rune cachée dans la Bible. Les quatre autres livres contenaient-ils eux aussi des symboles similaires ? Cela avait-il un lien avec les recherches de Hugo pour le compte des nazis ? Et sur quoi portaient-elles ? Si ces assassins étaient allés fouiller dans ces archives, c'était avec un objectif bien précis.

Lequel ?

Monk était toujours tourné vers l'arrière. Mais il se replaça soudain face au pare-brise pour murmurer :

— Tu sais qu'on a de la compagnie ?

Gray se contenta d'acquiescer.

Quatre cents mètres derrière eux, franchissant lentement les épingles à cheveux, une voiture les suivait sous la pluie. Celle-là même qu'il avait repérée sur le parking de l'hôtel un peu plus tôt. Un roadster Mercedes blanc comme neige. Peut-être de paisibles touristes désireux de visiter le château.

Ben voyons !

— Tu ne devrais pas rester si près d'eux, Isaak.

— Ils nous ont déjà repérés, Ischke, rétorqua celui-ci en montrant la BMW devant eux. Vois comme il a ralenti. Il sait.

— Cela vaut-il mieux pour nous ? Faut-il les alerter ?

Isaak pencha la tête vers sa sœur.

— La chasse est toujours plus amusante quand la proie se sait traquée.

— Je ne pense pas que Hans t'approuverait, lâcha-t-elle tristement.

Du bout du doigt, il caressa le dos de sa main, pour partager sa peine et lui demander pardon. Il savait à quel point elle était sensible.

— Il n'y a pas d'autre route, la rassura-t-il. Et tout est déjà prêt au château. Tout ce que nous avons à faire, c'est les pousser à foncer dans le piège. S'ils passent leur temps à regarder derrière eux, ils prêteront moins d'attention à ce qui se trouve devant.

Elle inspira longuement, soumise et compréhensive.

— Le moment est venu d'effacer toutes les traces. Ensuite, nous pourrons rentrer chez nous.

— Chez nous, répéta-t-elle en soupirant.

— Nous y sommes presque. Nous ne devons jamais oublier notre but, Ischke. Le sacrifice de Hans n'aura pas été vain, le sang qu'il a versé conduira à une aube nouvelle, à un monde meilleur.

— C'est ce que dit grand-père.

— Et tu sais que c'est vrai.

Il se pencha à nouveau vers elle, les lèvres étirées en un mince sourire.

— Attention au sang, douce Ischke.

Sa sœur baissa les yeux vers la longue lame d'acier qu'elle nettoyait distraitement avec une peau de chamois. Une goutte de sang écarlate avait failli s'écraser sur son pantalon blanc.

— Merci, Isaak.

13 : 22
Himalaya

Lisa fixait le pistolet braqué.

— *Wer ist dort ? Zeigen sie sich !*

Sans connaître la langue, elle comprit parfaitement le message. La scientifique se leva lentement. Mains en l'air.

— Je ne parle pas allemand, déclara-t-elle.

La femme l'examina avec une telle intensité que Lisa eut l'impression de passer aux rayons X.

— Vous êtes une des Américaines, lança l'inconnue dans un anglais impeccable. Descendez. Lentement.

Le pistolet restait toujours braqué.

Lisa n'avait pas le choix. Elle enjamba l'échelle, lui tourna le dos et amorça sa descente. À chaque barreau, elle s'attendait à entendre la détonation, à sentir la violence du choc entre ses omoplates. Mais rien ne se passa.

Arrivée en bas, elle pivota sur elle-même, prenant soin d'écarter les bras du corps.

La femme s'avança vers elle. Lisa recula. Elle aurait parié que l'Allemande ne l'avait pas encore abattue pour éviter de rameuter les gardes avec un coup de feu. À elle seule, cette inconnue s'était débarrassée des trois hommes en faction devant sa porte dans le plus grand silence. Ne provoquant qu'un unique cri très bref. Elle s'était servie de son sabre.

Sabre ensanglanté qu'elle tenait toujours dans son autre main.

Lisa aurait peut-être été plus en sécurité sur le balcon, l'obligeant ainsi à ouvrir le feu. Le grillage l'aurait protégée un moment et la fusillade aurait sans doute alerté quelqu'un. Quelle idiote de s'être livrée ainsi ! D'un autre côté, elle voyait mal comment refuser d'obtempérer avec un flingue braqué sur elle.

— Le Xerum 525 est-il dans le coffre ? demanda la femme.

Lisa hésita une fraction de seconde. Vérité ou mensonge ?

— Anna l'a emporté, répondit-elle avec un geste vague vers la porte.

— Où ?

Lisa avait retenu la leçon enseignée par Painter lors de leur capture. Se rendre utile. Nécessaire.

— Je ne connais pas assez bien le château pour vous le dire. Mais je sais comment y aller. Je… peux vous y conduire.

Elle devait se montrer plus convaincante. Par exemple, en laissant croire qu'elle espérait tirer un avantage personnel de la situation.

— À condition que vous promettiez de m'aider à sortir d'ici.

L'ennemi de mon ennemi est mon ami.

L'autre allait-elle prêter foi à ses mensonges ? Elle était d'une beauté stupéfiante : svelte, une peau immaculée, des lèvres généreuses, mais ses yeux d'un bleu glacial brillaient d'une froide intelligence.

Franchement, cette beauté et cette intelligence lui flanquaient une sacrée frousse.

Elles avaient quelque chose d'inquiétant.

— D'accord, montrez-moi, accepta la femme en rengainant son pistolet.

Mais pas son katana.

Lisa aurait préféré le contraire.

La lame lui indiqua la porte.

Lisa devait passer la première. Elle décrivit un cercle pour se diriger vers la porte, laissant une certaine distance entre elles. Peut-être que, une fois dans le couloir, elle pourrait tenter de fuir. Elle devrait attendre le bon moment, une hésitation, une diversion quelconque, et ensuite courir comme jamais.

Un souffle d'air, le vacillement de la flamme dans la cheminée furent ses seuls avertissements.

Lisa se retourna, mais la femme était là, à un pas, ayant déjà comblé la distance qui les séparait. À une vitesse incroyable. Leurs regards se croisèrent. Lisa sut alors qu'elle ne l'avait pas crue une seconde.

Ce n'était qu'un piège destiné à lui faire baisser sa garde.

Sa dernière erreur.

Le monde se figea dans l'éclair lancé par la lame qui plongeait vers le cœur de Lisa.

09 : 18
WEWELSBURG, ALLEMAGNE

Gray glissa la BMW dans une place de parking juste derrière un car de tourisme, la cachant ainsi à la vue depuis la route. La voûte marquant l'entrée de la cour du château se trouvait juste devant eux.

— Restez dans la voiture, ordonna-t-il aux autres avant de se retourner. Surtout vous, jeune dame.

Fiona lui adressa un geste obscène mais ne tenta rien pour lui désobéir.

— Monk, tu prends le volant. Laisse le moteur tourner.

— Pas de problème.

Ryan le fixait avec de grands yeux.

— *Was ist los ?*

— Y a rien de *los*, mon gars, répondit Monk. Mais baisse la tête, juste au cas où.

Gray ouvrit la portière. Une rafale de pluie le gifla, résonnant comme celle d'une mitraillette quand elle percuta le bus voisin. Le tonnerre gronda de plus belle.

— Ryan, puis-je vous emprunter votre parapluie ?

Le jeune homme le lui tendit.

Gray sortit. Il déplia le parapluie et courut à l'arrière du car. Il se posta là, espérant qu'on le prenne pour le chauffeur du bus. Le visage caché sous le parapluie, il surveilla la route.

Des phares percèrent la pénombre, contournant le dernier lacet.

Le roadster blanc à deux places apparut quelques secondes plus tard. Il remonta vers le parking, mais ne ralentit pas et passa devant l'entrée pour continuer sa route. Gray suivit des yeux les feux rouges se dirigeant vers le village de Wewelsburg, niché contre les flancs du château. Le véhicule ne tarda pas à disparaître.

Gray attendit encore cinq bonnes minutes, avant de revenir signaler à Monk que tout allait bien. Ce dernier coupa le moteur. Tout le monde descendit de voiture.

— Toujours aussi parano ? demanda Fiona en dépassant Gray pour pénétrer dans la cour.

— S'ils sont vraiment après nous, c'est pas de la parano, lui lança Monk avant de se tourner vers Gray. Ils nous cherchent des noises, à ton avis ?

Gray contempla l'orage. Il n'aimait pas les coïncidences, et celle-ci ne lui disait rien de bon.

— Reste avec Fiona et Ryan. Allons parler à ce conservateur, obtenons une copie de la lettre de Hugo à sa fille et foutons le camp d'ici.

Monk leva les yeux vers les tours. La pluie fouettait les pierres grises et trempées. Seules quelques fenêtres des étages inférieurs étaient éclairées. Cette masse sombre et immense avait quelque chose d'oppressant.

— Histoire de me faire bien comprendre, grommela-t-il. Si je vois une seule chauve-souris, je la descends et je me tire.

13 : 31
HIMALAYA

Lisa vit le sabre plonger vers son cœur. Entre deux clignements de paupières. Le temps s'était ralenti. Voilà donc comment elle allait mourir.

Puis un fracas de verre brisé pulvérisa le silence, suivi par la détonation assourdie d'un coup de feu incroyablement lointain. Plus près, la gorge de la tueuse se transforma en gerbe de sang et d'os.

Cela ne l'empêcha pas de porter son coup.

La lame atteignit Lisa en pleine poitrine, creva la peau et buta sur son sternum. Mais elle ne porta pas son coup assez fort. La femme relâcha la garde du katana et entraîna le sabre dans sa chute.

Celui-ci heurta le sol avec le tintement d'une cloche parfaitement accordée. La femme, déjà morte, s'écroula mollement.

Lisa recula, hébétée, incrédule.

D'autres bris de verre.

Des mots l'atteignirent comme du fond d'une piscine.

— Lisa ! Ça va ? Lisa !

Elle leva les yeux. Là-bas, derrière l'unique fenêtre, la crosse d'un fusil achevait de briser la vitre couverte de givre. Puis un visage apparut, encadré par des pointes de verre.

Painter.

Derrière lui, le blizzard faisait rage, une tourmente de neige et de glace. Quelque chose de grand, de lourd et de sombre descendit du ciel. Un hélicoptère. Sous lequel pendaient une corde et un harnais.

Lisa frémit et tomba à genoux.

— On arrive tout de suite, promit-il.

Cinq minutes plus tard, Painter contemplait le corps de la tueuse. Le second saboteur. Anna, agenouillée, la fouillait. Un peu à l'écart, Lisa était installée sur une chaise devant la cheminée. On lui avait enlevé son pull et ouvert sa chemise qui révélait son soutien-gorge et la profonde entaille. Aidée par Gunther, l'Américaine avait déjà nettoyé sa blessure et y appliquait désormais des pansements cicatrisants pour refermer la plaie de trois centimètres de long. Elle avait eu de la chance. L'armature de son sous-vêtement avait empêché la lame de s'enfoncer plus profondément, lui sauvant la vie.

— Aucun papier, rien susceptible de l'identifier, déclara Anna, l'air sombre, en se tournant vers Painter. On avait besoin d'elle vivante.

Il n'avait aucune excuse.

— J'ai visé l'épaule.

Frustré, il secoua la tête. Une sensation de vertige l'avait complètement paralysé après sa descente dans le harnais. Mais sans l'hélicoptère, ils ne seraient jamais arrivés à temps. Traverser tout le château à pied aurait été hors de question. Ils avaient été contraints de passer au-dessus de la montagne et de faire descendre quelqu'un.

Anna ne tirait pas assez bien et Gunther pilotait l'engin. Il n'y avait donc que Painter.

Alors, en dépit du vertige et de sa vision trouble, il avait rampé le long de la façade du château et visé de son mieux à travers la vitre. Il avait dû agir vite : la femme allait frapper.

Il avait donc tiré.

Et même si cela risquait de leur coûter très cher – comment identifier celui qui avait donné leurs ordres à ces deux saboteurs à présent ? –, il ne le regrettait pas. Il avait vu l'horreur sur le visage de Lisa. Une peur nouvelle s'abattit sur lui.

Et s'il avait touché Lisa ?

Combien de temps encore avant que son état ne se détériore au point de faire de lui un fardeau ? Il repoussa cette idée.

Ce n'est pas en geignant qu'on tue le coyote.

— Aucune marque distinctive ? demanda-t-il.

— Juste ça.

Anna retourna le poignet de la femme pour montrer sa main.

— Ça vous rappelle quelque chose ?

Un tatouage noir maculait sa peau si blanche. Quatre nœuds se rejoignant.

— On dirait un symbole celte, mais je ne le connais pas.

— Moi non plus, admit Anna en lâchant le bras inerte et en se redressant.

Painter remarqua alors un autre détail et s'agenouilla à son tour. Il retourna la main encore chaude. L'ongle du petit doigt manquait. Un infime défaut, mais significatif.

Anna lui reprit la main, passant la pulpe de son pouce sur le lit de l'ongle.

— C'est sec…

Leurs regards se croisèrent.

— Vous pensez ce que je crois ? demanda-t-il.

Anna examina le visage de la morte.

— Je dois effectuer un scanner rétinien pour m'en assurer. Chercher des marques autour du nerf optique.

Painter n'avait pas besoin de tests supplémentaires. Il avait vu avec quelle rapidité la tueuse s'était déplacée dans la pièce. Une vitesse surnaturelle.

— C'est une *Sonnenkönigin.*

Lisa et Gunther les rejoignirent.

— Pas l'une des nôtres, lâcha Anna. Elle est trop jeune. Trop parfaite. Celui qui l'a créée a utilisé nos techniques les plus récentes, celles que nous avons mises au point au cours des deux dernières décennies grâce à nos études *in vitro,* et il les a appliquées à des sujets humains.

— Aurait-on pu accomplir ce genre d'expérience ici à votre insu ? Un petit boulot en heures sup, pour ainsi dire ?

— Impossible. L'activation de la Cloche exige une énergie colossale. Nous l'aurions su.

— Donc ?

— Elle a été créée ailleurs, lança Anna, comprenant où il voulait en venir. Quelqu'un d'autre possède une Cloche en état de marche.

Painter ne bougea pas, examinant toujours l'ongle et le tatouage.

— Et ce quelqu'un a décidé de fermer définitivement votre labo, marmonna-t-il.

Le silence tomba sur la pièce.

Painter perçut alors un infime tintement, à peine audible. Il provenait de la femme. Il réalisa qu'il l'avait déjà entendu à plusieurs reprises, sans vraiment y prêter attention, pris par l'urgence de la situation et leurs constatations.

Il releva la manche de la parka.

Une montre digitale, maintenue par un bracelet de cuir qui faisait bien six centimètres de large, était fixée à l'avant-bras de la femme. Painter l'examina. Une aiguille holographique tournait, marquant chaque seconde. Dessous, luisait un cadran digital rouge.

01 : 32

Chaque saut de l'aiguille retirait une seconde.

Une minute et demie, à peine.

Painter décrocha le bracelet et en vérifia la face interne. Deux pointes de contact argentées y était gravées. Un compte à rebours relié au pouls. Et la montre contenait certainement un micro-émetteur.

— Que faites-vous ? demanda Anna.

— Avez-vous trouvé des explosifs sur elle ?

— Non. Pourquoi ?

Painter se releva.

— Elle est reliée à un détonateur. Dont le compte à rebours s'est déclenché quand son cœur a cessé de battre.

Il leur montra le cadran.

1 : 05

— Klaus et cette femme avaient accès au moindre recoin de votre château depuis Dieu sait quand. Ils ont eu largement le temps de le piéger avec des explosifs, annonça-t-il en désignant à nouveau la montre. Quelque chose me dit qu'il vaudrait mieux avoir foutu le camp au moment où le zéro s'affichera.

L'aiguille effectua un nouveau saut infime et un léger tintement retentit quand le compte tomba sous la minute.

00 : 59

— Filons d'ici ! Et vite !

10

La citadelle noire

09 : 32
WEWELSBURG, ALLEMAGNE

— Le corps des SS a d'abord été créé pour servir de garde personnelle à Hitler, déclara l'étudiant en français au groupe de touristes trempés qu'il conduisait au cœur du Wewelsburg Museum. En fait, le terme SS est tiré d'un mot allemand, *Schutzstaffel* signifiant « escadron de protection ». Ce n'est que plus tard qu'il est devenu l'Ordre noir de Himmler.

Gray s'écarta pour laisser passer les visiteurs. Tout en attendant le directeur du musée, il avait écouté les explications données pour se faire une idée plus précise de l'histoire du château. Himmler l'avait racheté pour un Reichsmark avant d'y investir deux cent cinquante millions pour le rebâtir et y établir sa résidence personnelle, un prix infime comparé aux pertes en vies humaines et aux souffrances endurées.

Gray Pierce se tenait près d'une vitrine qui exposait un uniforme de prisonnier du camp de concentration de Niederhagen.

Le tonnerre gronda derrière les murs, faisant trembler les vieilles fenêtres.

À mesure que le groupe s'éloignait, la voix de l'étudiant s'évanouissait sous le bavardage de nouveaux arrivants, tous en quête d'un refuge contre la pluie.

Ryan était allé chercher le conservateur en chef. Monk, qui ne lâchait pas Fiona d'une semelle, était penché sur un autre présentoir qui renfermait des *Totenkopfringe*, la bague en argent des officiers SS. Des symboles et une tête de mort y étaient gravés.

D'autres objets étaient exposés dans le petit hall : modèles miniatures, photographies de la vie quotidienne, divers accessoires SS et même une étrange petite théière ayant appartenu à Himmler et ornée d'une rune en forme de soleil.

— Voilà le grand chef, annonça Monk.

Un personnage courtaud venait de faire son apparition, accompagné de Ryan.

Approchant visiblement de la soixantaine, le conservateur du musée avait une chevelure grisonnante et un costume noir tout froissé. En arrivant devant Gray, il ôta ses lunettes et lui tendit la main.

— Dr Dieter Ulmstrom, dit-il. Directeur du Historisches Museum des Hochstifts Paderborn. *Willkommen.*

Son air las démentait ses paroles accueillantes.

— Le jeune Ryan, enchaîna-t-il, m'a expliqué que vous enquêtez sur des runes trouvées dans un vieux livre. Voilà qui est intrigant.

Encore une fois, il paraissait plus agacé qu'intrigué.

— Nous ne vous retiendrons pas très longtemps, lui assura Gray. Nous nous demandions si vous pourriez nous aider à identifier une rune particulière et nous donner sa signification.

— Certainement. S'il y a bien un domaine dans lequel le conservateur de Wewelsburg se doit d'être compétent, c'est celui des runes.

Gray fit signe à Fiona. Elle avait déjà sorti la Bible de Darwin.

L'ouvrant à la dernière page, Gray la tendit au conservateur.

Lèvres pincées, le Dr Ulmstrom remit ses lunettes et étudia avec soin le symbole tracé à l'encre par Hugo Hirszfeld.

— Puis-je examiner le livre, *bitte* ?

Après un moment d'hésitation, Gray acquiesça.

L'homme le feuilleta, s'arrêtant devant certaines des pattes de mouches qui y étaient griffonnées.

— Une bible… comme c'est curieux…

— Le symbole à la fin, insista Gray.

— Bien sûr. C'est la rune *Mensch.*

— *Mensch,* répéta Gray. Vous voulez dire le mot allemand qui signifie « homme » ?

— *Ja.* Notez la forme. Comme une silhouette décapitée, lança le directeur avant de se concentrer sur certaines pages du livre. L'arrière-grand-père de Ryan semblait obsédé par les symboles associés au Père de Tout.

— Je vous demande pardon ? fit Gray.

Ulmstrom lui montra un des gribouillages se trouvant sur les pages intérieures de l'ouvrage.

— C'est la rune pour *k*, aussi nommée *cen* en anglo-saxon. Elle est très ancienne et sert à désigner l'homme, juste deux bras levés. Il s'agit d'une représentation plus grossière. Et sur cette autre page, vous voyez son image miroir.

Il feuilleta la Bible, s'arrêta un peu plus loin et montra un dessin.

— Ces deux symboles sont comme les deux faces d'une même pièce. Le yin et le yang. Le mâle et la femelle. L'ombre et la lumière.

Gray hocha la tête : cela lui rappelait ses discussions avec Ang Gelu, à l'époque où il étudiait auprès de lui : toutes les sociétés semblaient fascinées par cette dualité. Par association d'idées, il pensa à Painter Crowe. Ils n'avaient toujours pas reçu la moindre nouvelle du Népal.

Monk reprit la discussion.

— Ces runes ? Qu'est-ce qu'elles ont à voir avec ce mec, le Père de Tout ?

— Elles sont toutes les trois reliées entre elles. Symboliquement. La grande rune, la rune *Mensch,* est souvent considérée comme représentant Thor, le dieu de la mythologie nordique, un donneur de vie, un être supérieur. Ce que nous cherchons tous à devenir.

Gray entrevit une solution.

— Et ces deux autres runes plus anciennes, les runes *k,* elles forment les deux moitiés de la rune *Mensch.*

— Hein ? grommela Monk.

— Comme ça, expliqua Fiona qui avait saisi.

Du bout du doigt, elle traça les symboles sur la poussière recouvrant un présentoir.

— En rassemblant les deux runes à deux bras, on obtient la *Mensch.* Comme dans un puzzle.

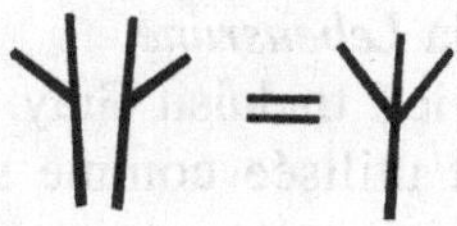

— *Sehr gut,* lâcha le conservateur en désignant les deux premières runes. Celles-ci représentent l'homme normal – dans toute sa dualité – se joignant pour former le Père de Tout, un être suprême.

Il rendit la Bible à Gray en secouant la tête.

— Oui, ces runes semblaient obséder l'arrière-grand-père de Ryan.

Gray contempla le symbole tracé sur la dernière page du livre.

— Ryan, Hugo était biologiste, n'est-ce pas ?

— *Ja.* Comme ma grand-tante Tola.

Gray opina lentement du chef. Les nazis s'étaient toujours intéressés au mythe du surhomme, ce Père de Tout dont descendait soi-disant la race aryenne. Tous ces gribouillages représentaient-ils la déclaration de foi de Hugo dans le dogme nazi ? Gray ne le pensait pas. Il se souvenait de ce que Ryan avait lu dans les lettres de son ancêtre, sa désillusion croissante et finalement l'étrange note laissée à sa fille, faisant allusion à un secret, à cette *vérité trop belle pour qu'on la laisse mourir et trop monstrueuse pour qu'on la libère.*

D'un scientifique à un autre.

Non, tout cela devait être lié : les runes, le Père de Tout, les recherches abandonnées depuis longtemps. Quel que soit ce secret, certains semblaient prêts à tuer pour l'obtenir.

— La rune *Mensch,* continuait Ulmstrom, présentait aussi un intérêt particulier pour les nazis. Ils l'avaient même rebaptisée la *Lebensrune.*

— La rune de vie ? traduisit Gray.

— *Ja.* Ils l'ont utilisée comme symbole du programme *Lebensborn.*

— C'est quoi, ça ? demanda Monk.

Gray lui répondit.

— Un programme eugénique. Des espèces de fermes destinées à produire davantage d'enfants blonds aux yeux bleus.

Le directeur acquiesça.

— Mais comme la dualité de la rune *k,* la *Lebensrune* comportait aussi son image miroir.

Il invita Gray à renverser la Bible, pour mettre le symbole la tête en bas.

— Dans ce sens, la *Lebensrune* devient son opposée. La *Totenrune.*

Monk regarda Gray en fronçant les sourcils.

— La rune de mort.

13 :31
HIMALAYA

La mort approchait.

00 : 55

Painter tenait la montre de la tueuse dans sa main.

— Pas le temps de quitter le château à pied. On ne pourra pas s'éloigner assez de l'explosion.

— Alors, comment… ? demanda Anna.

— L'hélicoptère, répondit Painter en montrant la fenêtre brisée.

Le A-Star dont ils s'étaient servis pour venir jusqu'ici était toujours posé non loin de là. Moteur encore chaud.

— Les autres ! s'écria Anna en se dirigeant vers le téléphone mural.

— *Keine Zeit,* aboya Gunther, ce qui l'arrêta net.

Le géant agrippait son fusil d'assaut, un Bullpup A-91 russe. Il inséra une grenade dans le lanceur de 40 mm dont il était équipé.

— *Hier ! Schnell !*

Il s'était rué derrière le bureau massif d'Anna, qu'il renversa avec une facilité stupéfiante, et braqua son engin à bout de bras vers la fenêtre encore obstruée par des barreaux.

Painter attrapa Lisa et la traîna à l'abri. Anna les suivit. Gunther attendit qu'ils soient tous derrière le meuble.

Il saisit sa sœur par la taille et la força à se coucher dessous. L'explosion fut assourdissante. Painter sentit ses tympans éclater. Lisa appuya ses paumes contre ses oreilles. Le souffle fit reculer le bureau de près d'un mètre. Des débris de roche et de verre mitraillèrent le meuble. Poussière et fumée les assaillirent.

Gunther souleva carrément Anna pour la remettre sur pieds. Ils ne gâchèrent pas leur salive en paroles inutiles. Un trou énorme donnant sur l'extérieur crevait désormais la paroi. Des livres, certains enflammés, jonchaient le sol ou avaient été projetés dans la cour.

Ils se mirent à courir.

L'hélicoptère était posé derrière un surplomb rocheux. À quarante bons mètres. Un long, très long sprint.

Painter serrait toujours la montre dans sa main. Il ne la regarda qu'une fois près de l'hélico, Gunther en tête. Painter aida Anna et Lisa à monter avant de plonger derrière elles.

Gunther se trouvait déjà au poste de pilotage, harnais de sécurité en place. Painter baissa les yeux vers le cadran. Non que cela change quoi que ce soit. Ils s'en sortiraient. Ou pas.

Il fixa les chiffres. Un marteau lui défonçait le crâne de l'intérieur. Il parvint à lire difficilement.

00 : 09

Pas le temps.

Gunther lança le moteur. Painter leva la tête. Les pales commençaient à tourner, lentement, trop lentement. Il regarda par la vitre. Leur engin était perché au sommet d'une pente abrupte, fraîchement recouverte de neige. Le ciel au-delà était voilé de nuages et des langues de brume glacée léchaient falaises et vallées.

À l'avant, Gunther poussa un juron. L'hélico refusait de s'élever dans l'air raréfié, tant que les rotors n'auraient pas atteint leur vitesse maximale.

00 : 03

Ils n'y arriveraient pas.

Painter chercha la main de Lisa.

Il la serra très fort et, soudain, le monde se souleva et retomba. Une déflagration retentit. Curieusement lointaine et creuse. Ils retinrent leur souffle, prêts à être soufflés sur place. Mais rien d'autre ne se produisit. Ils allaient peut-être s'en sortir, après tout.

Puis la corniche sur laquelle ils étaient perchés s'effondra. Le A-Star s'inclina vers l'avant. Les pales brassaient vainement l'air au-dessus d'eux. Toute la neige qui recouvrait ce pan de montagne se détacha d'un seul coup, comme une nappe qu'on tire brusquement, emportant l'hélicoptère avec elle.

Ils étaient entraînés vers le bord de la falaise, glissant sur un torrent de neige.

Le sol trembla de nouveau, ou plutôt se gonfla. Une autre explosion…

L'hélico bondit mais refusa de décoller.

Gunther luttait avec les commandes, poussant les gaz au maximum.

Le bord de la falaise fonçait vers eux. Malgré le tumulte des rotors et du moteur, ils entendaient la neige gronder telle une immense chute d'eau.

Lisa se blottit contre Painter, s'accrochant à sa main. Derrière elle, Anna était blême, le regard fixé droit devant elle.

À l'avant, Gunther s'était tu tandis qu'ils étaient emportés vers le vide.

Soudain, ils franchirent le rebord. L'hélicoptère bascula, emporté par un déluge de neige. Chutant lourdement, l'engin tanguait à droite et à gauche. Des éperons rocheux affluaient vers eux dans toutes les directions.

Personne ne prononçait le moindre mot. Les rotors hurlaient pour eux.

Enfin, sans que rien ne le laisse prévoir, les pales trouvèrent assez d'air pour y prendre appui. Avec un léger sursaut, comme un ascenseur qui s'arrête, le

A-Star se stabilisa. Gunther grogna et manœuvra les commandes… L'engin décolla lentement.

Sous eux, l'avalanche emporta toute la neige qui restait sur la falaise.

L'hélico atteignit une hauteur d'où ils purent contempler les dégâts infligés au château. De la fumée surgissait par chaque fenêtre. Les portes avaient toutes été soufflées. Au-dessus du sommet de la montagne, provenant de l'autre versant et de l'héliport, une colonne de fumée noire montait vers le ciel.

Paumes contre la vitre, Anna parut s'affaisser sur place.

— Près de cent cinquante personnes.

— Certains s'en sont peut-être sortis, hasarda Lisa d'une voix monocorde.

Ils ne repérèrent aucun mouvement.

Rien que de la fumée.

Anna montra le château.

— *Wir sollten versuchen…*

Un éclair d'un blanc aveuglant jaillit des fenêtres : un immense arc électrique. Pas de bruit. Juste un éclair de chaleur. Qui brûlait la rétine, annihilait toute vision.

Aveuglé, Painter sentit l'hélicoptère tressauter tandis que Gunther tirait sur le manche. Un grondement résonna, celui d'un immense éboulis rocheux. Incroyablement puissant. Non une avalanche, mais plutôt un mouvement tectonique, le choc produit par la rencontre de deux plaques continentales.

L'hélico trembla dans les airs, telle une mouche dans un shaker.

Peu à peu, ils recouvraient la vue, non sans douleur.

Painter regarda dehors.

— Mon Dieu ! murmura-t-il, ébahi.

De la poussière de roche obscurcissait encore la scène, mais pas assez pour masquer l'ampleur de la destruction. Le surplomb de granit qui dominait le *Granitschloss* s'était effondré, comme si tout ce qui le soutenait, le château lui-même et une bonne portion de montagne, s'était évaporé.

— *Unmöglich*, marmonna Anna, stupéfaite.

— Quoi ?

— Une telle annihilation… ils ont dû utiliser une bombe EPZ.

Son regard était devenu vitreux.

Painter attendit qu'elle s'explique.

Il lui fallut respirer profondément, plusieurs fois, avant de parvenir à desserrer les dents.

— EPZ. Énergie du Point Zéro. Les formules d'Einstein ont conduit à la première bombe atomique, mettant à profit l'énergie dégagée par la fission de quelques atomes d'uranium. Mais ce n'est rien comparé à la puissance potentielle qui se cache dans la théorie des quanta de Planck. De telles bombes reproduiraient les énergies à l'œuvre lors du big-bang.

Silence dans la cabine.

— Des expériences avec la source d'énergie de la Cloche – le Xerum 525 – laissaient entrevoir la possibilité d'utiliser l'énergie du point zéro comme une arme. Nous n'avons jamais poursuivi les recherches dans cette voie.

— Mais quelqu'un d'autre s'en est chargé, répliqua Painter en pensant à la tueuse aux cheveux blancs.

Anna se tourna vers lui, sincèrement horrifiée.

— Il faut les arrêter.

— D'accord. Mais qui sont-ils ?

— Je crois qu'on ne va pas tarder à le savoir, intervint Lisa.

Elle montrait quelque chose à bâbord.

Frôlant un sommet voisin, trois hélicoptères venaient d'apparaître, peints en blanc pour mieux se fondre dans l'environnement glacé. Ils se déployèrent, fonçant vers le A-Star.

Painter possédait quelques notions de combat aérien. Les appareils s'étaient mis en formation d'attaque.

09 : 32
WEWELSBURG, ALLEMAGNE

— La tour Nord est de ce côté, dit le Dr Ulmstrom.

Le conservateur du musée conduisit Gray, Monk et Fiona vers une porte située au bout du hall principal. Ryan les avait quittés quelques instants auparavant. Il avait suivi une femme vêtue de tweed, une archiviste, pour photocopier la lettre de Hugo Hirszfeld et certains autres documents en rapport avec ses recherches.

De son côté, Gray avait accepté l'offre du directeur du musée de leur faire visiter en personne le château de Himmler. C'est ici que Hugo était entré en relation avec les nazis. Il leur fallait en apprendre le maximum sur lui.

— Pour vraiment comprendre les nazis, commença Ulmstrom tout en marchant, vous devez cesser de les considérer comme un parti politique. Bien sûr, ils ont créé le *Nationalsozialistische Deutsche Arbeiterpartei* – le Parti des travailleurs national-socialiste – mais, en fait, il s'agit plus d'un culte.

— Un culte ? répéta Gray.

— Réfléchissez : ils en avaient tous les ingrédients. Un leader spirituel infaillible, des disciples tous vêtus de la même manière, des rituels et des serments secrets, et plus important que tout : la création d'un totem à adorer. La *Hakenkreuz*. La croix gammée, le svastika. Un symbole censé supplanter le crucifix ou l'étoile de David.

— Des Hare Krishnas sous stéroïdes, marmonna Monk.

— Ne plaisantez pas. Les nazis avaient saisi le pouvoir des idées. Ils s'en sont servis pour subjuguer et laver le cerveau de toute une nation.

La foudre tomba non loin, illuminant le couloir. Le tonnerre la suivit de près, grondant, remuant les tripes. Les lumières tremblèrent.

Ils s'immobilisèrent.

— Une seule chauve-souris, murmura Monk. Même une petite…

Les ampoules retrouvèrent leur éclat. Ils reprirent leur route. Le couloir menait à une porte vitrée munie de barreaux, derrière laquelle se trouvait une salle assez vaste.

— L'*Obergruppenführersaal*, annonça Ulmstrom en sortant un lourd trousseau de clés avant de déverrouiller la porte. Le cœur du château. En temps normal, il est fermé aux visites mais je crois que cela pourrait vous intéresser.

Il leur tint la porte pour les laisser entrer.

Ils pénétrèrent dans la pièce. La pluie martelait les fenêtres qui entouraient la chambre circulaire.

— Himmler a fait bâtir cette pièce à l'image de la salle de la Table Ronde du roi Arthur à Camelot. Il y avait même fait disposer une énorme table ronde en chêne autour de laquelle il réunissait les douze plus haut gradés de son Ordre noir, parfois dans le but de pratiquer certains rituels.

— C'est quoi, cet Ordre noir ? demanda Monk.

— L'autre appellation des SS de Himmler. Mais, pour être plus précis, le *Schwarzer Orden* – l'Ordre noir – était le nom donné au cercle des plus proches lieutenants de Himmler, une faction secrète dont il faut chercher les racines dans la Société Thulé.

Gray tendit un peu plus l'oreille. Encore cette Société Thulé. Himmler en faisait partie, de même que l'arrière-grand-père de Ryan. Cette association lui paraissait incongrue. Des illuminés férus d'occultisme et des scientifiques partageant la croyance selon laquelle une race supérieure aurait autrefois régné sur le monde et régnerait à nouveau.

— Himmler, poursuivit le conservateur, pensait que cette chambre et cette tour constituaient le centre géographique et spirituel du nouveau monde aryen.

— Pourquoi cela ?

Ulmstrom haussa les épaules et se dirigea vers le centre de la pièce.

— C'est dans cette région que les Teutons ont vaincu les Romains, une bataille cruciale dans l'histoire allemande.

Le père de Ryan avait dit à peu près la même chose.

— Mais les explications ne manquent pas. Il s'agit d'une terre riche en légendes. Non loin d'ici se trouve Externsteine, un ensemble de monolithes préhistoriques, semblable à celui de Stonehenge. Certains prétendent qu'il recouvre les racines de l'arbre de vie nordique, Yggdrasil. Et puis, bien sûr, il y a les sorcières.

— Celles qu'on a tuées ici, lâcha Gray.

— Himmler croyait, peut-être à raison, que ces femmes avaient été massacrées parce qu'elles étaient païennes et pratiquaient des rituels nordiques. À ses yeux, le fait que leur sang ait été versé dans ce château a permis de le consacrer.

— Il n'aurait pas pris les boniments de son agent immobilier au pied de la lettre ? fit Monk.

Ulmstrom fronça les sourcils, mais enchaîna :

— Quelles que soient les raisons, voici le but ultime de Wewelsburg.

Il montrait le sol.

Dans la pénombre, ils distinguèrent le motif d'un carrelage vert sur fond blanc. On aurait dit un soleil irradiant douze éclairs.

— Voici le *Schwarze Sonne.* Le Soleil Noir, déclara Ulmstrom en se déplaçant autour de la figure. On retrouve ce symbole dans de nombreux mythes. Mais pour les nazis, il représentait la terre d'où le Père de Tout est descendu. Une terre connue sous de nombreux noms. Thulé, Hyperborée, Agartha. Il symbolise aussi l'astre sous lequel la race aryenne renaîtra.

— Et la boucle jusqu'au Père de Tout sera bouclée, poursuivit Gray en repensant à la rune *Mensch.*

— C'était le but ultime des nazis, ou du moins de Himmler et de son Ordre noir : redonner au peuple allemand son statut divin. Voilà pourquoi il a choisi ce symbole pour son Ordre noir.

Gray commençait à entrevoir le type de recherches dans lesquelles Hugo avait été impliqué. Un biologiste fréquentant Wewelsburg. Avait-il participé à une espèce de projet *Lebensborn,* à un autre programme eugénique ? Mais pourquoi des gens seraient-ils prêts aujourd'hui à tuer pour un tel programme ? Qu'avait découvert Hugo pour juger nécessaire de le garder secret, de le reporter dans ses livres de famille sous une forme codée ?

Ryan avait cité sa lettre, celle évoquant une *vérité trop belle pour qu'on la laisse mourir et trop monstrueuse pour qu'on la libère.* De quoi s'agissait-il ? Qu'avait-il voulu cacher à ses supérieurs nazis ?

La foudre s'abattit de nouveau, illuminant chaque fenêtre. Le symbole du Soleil Noir brilla avec éclat. Encore une fois, l'éclairage trembla tandis que le tonnerre résonnait à travers tout le château. La demeure ne semblait guère prévue pour affronter de telles décharges électriques.

Comme pour le confirmer, toutes les ampoules brillèrent de tous leurs feux avant de s'éteindre…

Black-out.

Seule la lumière de ce jour bien gris filtrait encore par les fenêtres. On y voyait à peine.

Des cris s'élevèrent au loin.

Ensuite un claquement retentit, beaucoup plus proche.

Tous les regards se tournèrent.

La porte de la chambre venait de se refermer. La main de Gray vola vers la crosse de son arme sous son épaule.

— Verrouillage de sécurité, déclara Ulsmtrom d'un ton rassurant. Il n'y a rien à craindre. Les générateurs de secours vont…

Les éclairages tressautèrent puis la lumière revint.

Ulmstrom hocha la tête.

— Ah, ça y est. *Es tut mir leid,* s'excusa-t-il. Par ici.

Il repassa la porte mais au lieu de retourner vers le hall principal, il se dirigea vers un petit escalier. Apparemment, la visite n'était pas terminée.

— Je pense que la pièce suivante vous intéressera encore davantage. La rune *Mensch* de votre Bible y est représentée.

Des pas approchaient dans le couloir. À vive allure.

Gray se retourna, réalisant qu'il n'avait toujours pas lâché son pistolet. Mais il n'avait pas besoin de le dégainer. C'était Ryan qui se précipitait vers eux, une enveloppe marron à la main.

Il les rejoignit, un peu essoufflé. Le bref black-out semblait l'avoir impressionné.

— *Ich glaube*...

Il s'arrêta, s'éclaircit la gorge.

— J'ai tous les papiers. Y compris une copie de la lettre à ma grand-tante Tola.

Monk lui arracha l'enveloppe des mains.

— On peut se barrer maintenant.

Peut-être cela valait-il mieux en effet. Gray jeta un coup d'œil à Ulmstrom qui les attendait au sommet des marches s'enfonçant dans le sol.

— Si vous êtes pressés..., commença le conservateur en revenant vers eux.

— Non, *bitte.* Que disiez-vous à propos de la rune *Mensch* ?

Après tout, maintenant qu'ils étaient là, autant profiter à fond de la visite.

— En bas, rétorqua Ulmstrom en montrant les marches, se trouve la seule chambre du château où figure la rune *Mensch.* Bien sûr, la présence de ce symbole n'a de sens que si l'on considère…

Il s'interrompit.

— Quoi ?

Ulmstrom soupira et consulta sa montre.

— Venez. Il ne me reste plus beaucoup de temps de toute manière.

Sans attendre leur réponse, il s'engagea dans l'escalier.

Gray pria les autres de le suivre. Quand Monk passa devant lui, ce fut en roulant des yeux.

— Le château des vampires, on ferait mieux de se tirer…

Pierce le comprenait. Il partageait son opinion. D'abord, la fausse alerte avec la Mercedes, puis le black-out. Mais, jusqu'ici, rien de fâcheux ne s'était produit.

La voix d'Ulmstrom résonna dans la cage d'escalier.

— Cette chambre se situe exactement sous l'*Obergruppenführersaal.*

Gray le rejoignit tandis qu'il déverrouillait une porte identique à celle qu'ils connaissaient déjà : en verre très épais renforcé de barreaux. Une fois encore, le conservateur la tint ouverte pour les laisser passer avant de leur emboîter le pas.

Il s'agissait là aussi d'une pièce circulaire. Celle-ci dépourvue de fenêtre et dotée de quelques appliques qui répandaient une lueur lugubre. Douze colonnes de granit formaient un cercle supportant un plafond en dôme. En son centre, avait été peint un svastika.

— Voici la crypte du château, annonça Ulmstrom. Vous voyez le foyer au centre de la pièce. C'est là qu'on brûlait cérémonieusement les blasons des officiers SS tombés au combat ?

Gray l'avait déjà repéré : la vasque était située juste en dessous du svastika.

— Si vous vous en approchez, et que vous examinez attentivement les murs, vous trouverez une représentation de la rune *Mensch*.

Gray suivit ses directives. Aux quatre points cardinaux, le symbole avait été gravé dans la pierre. Il saisissait le sens de la remarque d'Ulmstrom à présent. *La présence de cette rune n'a de sens que si l'on considère...*

Toutes les runes étaient renversées, la tête en bas.

Des *Totenrunen*.

Des runes de mort.

Un claquement, encore une fois identique à celui qui s'était produit au rez-de-chaussée, retentit. Mais cette fois, il ne venait pas d'un black-out. Gray fit volte-face, comprenant son erreur. La curiosité lui avait fait baisser sa garde. Le Dr Ulmstrom ne s'était jamais éloigné de la porte.

Et à présent, il se trouvait à l'extérieur, en train de verrouiller la serrure.

— Maintenant, lança-t-il à travers le verre blindé, vous allez comprendre le véritable sens de la *Totenrune*.

Comme un bouchon de champagne qui saute, toutes les lampes s'éteignirent. Sans fenêtre, la salle était plongée dans l'obscurité totale.

Le silence qui s'était abattu sur le groupe, fut bientôt brisé par un son singulier : un féroce sifflement.

Pas celui d'un serpent.

Du gaz.

13 : 38
HIMALAYA

Les trois hélicoptères se déployaient pour attaquer.

Painter étudiait leur approche à travers ses jumelles. Il s'était glissé dans le siège du copilote et reconnut les appareils ennemis : des Tigre Eurocopter. Des engins plus lourds, équipés d'un armement et, notamment, de missiles air-air.

— Cet engin dispose-t-il d'une arme quelconque ? demanda Painter à Gunther.

— *Nein.*

Appuyant sur la pédale de gouvernail, le géant engagea l'appareil dans la direction opposée, les gaz à fond. C'était leur unique atout : la vitesse.

L'Écureuil était plus léger, plus rapide et plus maniable. Mais cet avantage avait ses limites.

Ayant soigneusement étudié les cartes de la région, Painter avait deviné dans quelle direction Gunther fonçait à présent. La frontière chinoise ne se trouvait qu'à une cinquantaine de kilomètres.

Si les hélicoptères ne les éliminaient pas, les chasseurs protégeant l'espace aérien chinois s'en chargeraient. En ces temps de tension entre le gouvernement népalais et les rebelles maoïstes, la frontière était étroitement surveillée. Ils se trouvaient littéralement pris entre le marteau et l'enclume.

Anna hurla derrière eux.

— Un missile !

Avant même qu'elle n'ait fini de prononcer le mot, un éclair hurlant de fumée et de feu les dépassa à bâbord, les ratant de quelques mètres à peine. L'engin percuta la ligne de crête devant eux. Flammes et roches s'envolèrent. Un gros rocher se détacha de la montagne et glissa.

Gunther fit brutalement pencher leur engin pour éviter les débris.

Puis il plongea à une vitesse vertigineuse entre deux falaises, les mettant provisoirement à l'abri d'un tir direct.

— Si on se pose, suggéra Anna, on pourra fuir à pied.

Painter refusa d'un geste.

— Je connais ces Tigre. Ils détiennent un équipement infrarouge. Ils nous retrouveront n'importe où grâce à nos signatures thermiques. Et on n'aura aucune chance d'échapper à leurs mitrailleuses ou à leurs missiles.

— Que proposez-vous, dans ce cas ?

Sa migraine avait encore empiré. Il avait l'impression que sa tête allait éclater à chaque nouvel élancement de douleur.

Ce fut Lisa qui répondit. Elle s'était penchée pour consulter la boussole sur le tableau de bord.

— L'Everest.

— Quoi ?

Elle montra le cadran.

— Nous nous dirigeons droit vers l'Everest. On pourrait se poser au camp de base, nous perdre dans la foule des alpinistes.

Painter réfléchit, hésitant.

— Avec la tempête, c'est la foule des grands jours là-bas, enchaîna Lisa. Plus de deux cents personnes attendent l'autorisation d'entamer l'ascension. Sans parler des soldats népalais. Il devrait y en avoir encore plus avec l'incendie du monastère.

Lisa jeta un coup d'œil éloquent à Anna, et Painter n'eut aucun mal à lire dans ses pensées. Voilà qu'ils se trouvaient alliés avec ceux-là mêmes qui avaient détruit le monastère et massacré les moines. Mais un nouvel ennemi avait surgi. Un ennemi bien plus redoutable qui avait poussé Anna et Gunther à commettre des actes impardonnables.

Et Painter savait qu'il ne s'en tiendrait pas là. Ça ne faisait que commencer. Une monstruosité se préparait. L'explosion irréelle de cette bombe en était la preuve. Les mots d'Anna résonnaient dans sa tête.

Il faut les arrêter.

— Avec tous ces téléphones satellites, conclut Lisa, et toutes ces vidéos diffusées depuis le camp de base, ils n'oseront pas attaquer.

— Espérons-le, en tout cas, rétorqua Painter. Dans le cas contraire, nous mettrions des centaines de vies en danger.

Lisa se laissa retomber en arrière, ressassant ces mots. Painter savait que son frère se trouvait là-bas. Elle leva les yeux vers lui.

— C'est trop important, dit-elle, parvenant à la même conclusion que lui. Nous devons prendre ce risque et avertir le monde.

Painter consulta du regard les autres personnes présentes dans la cabine.

— Ce sera plus court de passer *au-dessus* de l'Everest que de le contourner, dit Anna en montrant la montagne qui apparaissait soudain devant eux.

— Donc, nous allons au camp de base ? demanda Painter.

Ils étaient tous d'accord.

Contrairement à d'autres.

Un hélicoptère surgit au-dessus de la falaise qu'ils longeaient, ses patins passant juste au-dessus de leurs rotors. L'intrus parut surpris de les trouver là. Le Tigre se cabra et grimpa en pirouette.

Mais ils avaient été découverts.

Painter pria pour que les deux autres se soient dispersés afin de couvrir le maximum de terrain. Un seul appareil suffirait à les descendre.

Leur A-Star jaillit du goulet pour s'engager dans une vallée plus large, une sorte de cuvette en forme de bol remplie de neige et de glace. Qui n'offrait aucun abri. Le pilote du Tigre avait déjà réagi, se ruant vers eux.

Gunther poussa le moteur, amplifiant le rythme de rotation des pales, tentant un sprint désespéré. Ils pourraient distancer le Tigre, mais n'échapperaient pas à ses armes.

Le pilote ennemi le savait. L'appareil qui plongeait au-dessus d'eux ouvrit le feu avec ses canons, créant une allée de petits geysers sur le sol neigeux.

— N'essayez pas de le semer ! hurla Painter dans le vacarme et en pointant le pouce vers le haut. Prenez de l'altitude !

Gunther se tourna vers lui, perplexe.

— Il est plus lourd, expliqua Painter. Nous pouvons monter plus haut. Il ne pourra pas nous suivre.

Le géant acquiesça et tira sur le collectif. Le nez de l'hélico pointa vers le ciel.

Le Tigre ne s'attendait manifestement pas à cette manœuvre subite. Il se lança à leur poursuite avec un temps de retard, grimpant en spirale.

Painter guettait l'altimètre. Le record du monde d'altitude atteint par un hélicoptère avait été établi avec un A-Star allégé qui avait atterri au sommet de l'Everest. Ils n'auraient pas à aller aussi haut. Le Tigre, alourdi par son armement, avait déjà du mal à les suivre alors qu'ils venaient de dépasser la marque des 22 000 pieds : ses rotors brassaient inutilement l'air raréfié, provoquant un tangage qui l'empêchait d'utiliser ses missiles.

Pour l'instant, leur engin continuait à grimper vers la sécurité. Mais ils ne pourraient pas rester là-haut éternellement.

Tout ce qui monte finit par retomber.

Et comme un requin décrivant des cercles sous l'eau, l'hélicoptère d'attaque patienterait plus bas. Il lui suffirait de les suivre. Painter repéra les deux autres Tigre qui revenaient vers eux, la meute se reformant pour mieux traquer la proie.

— Placez-vous au-dessus de lui, ordonna Painter en lui montrant la position avec ses mains.

Gunther fronça les sourcils mais obéit.

Painter se tourna vers les deux femmes assises à l'arrière.

— Vous deux, regardez par vos fenêtres respectives. Prévenez-moi quand le Tigre arrivera juste au-dessous de nous.

Elles acquiescèrent.

Painter s'empara du levier qui se trouvait devant lui.

— On y est presque ! annonça Lisa.

— Maintenant ! ajouta Anna une seconde plus tard.

Painter tira sur la manette qui contrôlait le système de treuil fixé au train d'atterrissage de l'hélicoptère. Le câble et le harnais avaient permis à Painter de descendre secourir Lisa. Mais il ne cherchait pas à manœuvrer le harnais. Le levier d'urgence servait également à larguer le système en cas de nécessité. Painter le tira en arrière, sentit le mécanisme se déclencher, et se pressa contre la vitre.

Le treuil chutait en tournoyant, faisant voler son harnais telle une fronde.

Le projectile improvisé se prit dans les pales du Tigre et produisit les mêmes ravages qu'une bombe. Les pales se brisèrent, des débris fusant dans toutes les directions. L'hélicoptère lui-même sembla devenir fou, il tourbillonna comme une toupie puis finalement tomba comme une masse.

Sans perdre un instant, Painter désigna leur seul voisin à cette altitude. Le sommet blanc de l'Everest se dressait devant eux, masqué par des nuages.

Ils devaient atteindre le camp de base… mais, plus bas, le ciel n'était pas sûr.

Deux Frelon armés de missiles fonçaient vers eux.

Et Painter n'avait plus de treuil.

Lisa regarda les deux autres hélicoptères fondre sur eux. Désormais, ils faisaient la course.

Inclinant leur engin, Gunther plongea dans l'air raréfié. Il visait le passage entre l'Everest et son jumeau, le Lhotse. Une longue crête – le fameux col sud – reliait les deux sommets. Ils devaient passer au-dessus pour placer la montagne entre leurs poursuivants et eux. Sur l'autre versant, le camp de base était établi au pied du col.

S'ils parvenaient à l'atteindre…

Lisa pensa à son frère, à son sourire idiot, à l'épi au sommet de son crâne qu'il passait son temps à écraser. Pourquoi lui ramenaient-ils cette guerre ?

Devant, Painter était penché sur Gunther, le rugissement du moteur dévorant ses paroles. Lisa devait lui faire confiance. Il ne mettrait pas inutilement la vie d'autres personnes en danger.

Le col montait vers eux. Le monde parut soudain immense quand ils franchirent la passe. L'Everest emplissait les fenêtres à tribord, une longue crinière de neige se déployant depuis son sommet. Le Lhotse, la quatrième plus haute montagne du monde, formait un mur sur leur gauche.

Gunther fit piquer l'appareil. Lisa s'agrippa à sa ceinture de sécurité. Sans cela, elle aurait traversé le pare-brise avant. Au-delà, ce n'était que glace et neige.

Un hurlement domina le rugissement des rotors.

— Missile ! cria Anna.

Gunther tira sur le manche. Le nez de l'hélicoptère se redressa subitement en pointant vers la droite. Le missile frôla leurs patins et alla s'écraser sur la partie est du col. Gunther s'écarta de l'explosion, de la gerbe de feu et de la multitude de débris qui s'en dégagea.

La joue collée à la vitre, Lisa jeta un œil derrière eux. Les deux autres hélicoptères s'étaient rapprochés, fonçant vers eux. Puis un mur de glace les avala.

— On a passé la crête ! hurla Painter. Accrochez-vous !

Lisa se retourna. Leur engin plongeait de façon vertigineuse le long de la pente. Le cockpit vibrait comme s'il allait éclater. Tout était blanc, partout. Soudain, une tache sombre apparut. Le camp de base.

Ils filaient dans sa direction, tels des kamikazes cherchant à s'écraser sur le village de tentes.

Le camp grossissait sous leurs yeux. Ils discernaient les étendards de prière, chaque tente individuelle.

— Attention à l'atterrissage ! s'écria Painter.

Gunther ne ralentit pas.

Lisa se surprit à prier ou à réciter un mantra :

— Oh, mon Dieu… mon Dieu… mon Dieu…

Au dernier moment, Gunther redressa l'appareil, luttant avec les commandes. Les vents étaient contre lui. L'hélicoptère poursuivit sa chute, rotors hurlants.

Uniquement maintenue par son harnais, Lisa s'agrippa à son siège.

Puis les patins heurtèrent brutalement le sol, le nez légèrement incliné vers l'avant. Lisa eut l'impression que sa ceinture la disloquait en deux. Les pales mâchèrent furieusement la neige, mais l'hélicoptère retomba sur ses patins et s'immobilisa enfin.

— Tout le monde dehors ! hurla Painter.

La porte s'ouvrit et ils bondirent à l'extérieur.

Painter se matérialisa aux côtés de Lisa, lui prenant le bras, Anna et Gunther sur leurs talons. Une foule de gens convergeait vers eux. Lisa leva les yeux vers la crête. De la fumée s'élevait depuis l'autre versant, là où le missile avait frappé la montagne. Tous les habitants du camp avaient dû l'entendre.

Des voix, s'exprimant dans un babil de langues, les apostrophèrent.

La jeune femme, rendue à moitié sourde par le vol en hélicoptère, ne les distinguait pas.

Puis l'une d'entre elles se détacha.

— Lisa !

Elle se retourna. Une silhouette familière en pantalon noir étanche et polaire grise se frayait un chemin à travers la foule.

— Josh !

Painter la laissa courir. Et elle se retrouva soudain dans les bras de son frère. Il sentait un peu le yak. Elle n'avait jamais connu de meilleure odeur.

Gunther grogna derrière eux.

— *Pass auf !*

Un avertissement.

Des cris s'élevèrent. Des bras se tendirent.

Lisa se détacha de son frère.

Deux hélicoptères d'attaque tournoyaient au-dessus du sommet du col, remuant la fumée produite par l'impact du missile. Ils planaient là, tels des rapaces.

Partez ! pria Lisa. *Allez-vous-en !*

— Qui c'est, ceux-là ? demanda une voix couinante.

Lisa n'eut pas besoin de se retourner pour reconnaître Boston Bob, son erreur d'une nuit. Son accent geignard suffisait à l'identifier. Elle l'ignora.

Mais Josh avait remarqué sa réaction devant l'apparition des hélicoptères.

— Lisa… ?

Elle secoua la tête, le regard fixé vers le ciel.

À l'unisson, les deux engins s'inclinèrent et plongèrent le long de la montagne. Des pointes de feu jaillirent de leur nez. Deux lignes mortelles hachèrent la paroi neigeuse, se dirigeant tout droit vers le camp de base.

— Non… ! gémit Lisa.

— C'est vous qui les avez attirés ici ! hurla Boston Bob en fuyant déjà.

D'abord abasourdie et pétrifiée, la foule fut soudain prise d'affolement. Les gens commencèrent à fuir dans tous les sens, hurlant et vociférant.

Painter attrapa Lisa qui entraîna Josh avec elle. Mais il n'y avait nulle part où se cacher.

— Une radio ! cria Painter à Josh. Où est-ce qu'il y a une radio ?

Josh resta muet, comme hypnotisé par le ciel.

Lisa le secoua, l'obligeant à baisser les yeux vers elle.

— Josh, il faut qu'on trouve une radio.

Elle comprenait l'intention de Painter. À défaut de se sauver, ils devaient prévenir le monde extérieur du danger.

Son frère parut se ressaisir.

— Par ici… Ils ont installé un centre de communication d'urgence après l'attaque des rebelles contre le monastère.

Il se mit à courir vers une grande tente rouge.

Lisa remarqua que Boston Bob restait avec eux, sentant l'autorité émanant de Painter et de Gunther. Ou peut-être était-ce en raison du fusil d'assaut que portait ce dernier. Le géant avait inséré une autre grenade dans son lanceur, prêt à prendre un dernier risque, à les protéger une dernière fois pendant qu'ils passeraient leur appel radio.

Pourtant, avant qu'ils ne puissent atteindre la tente, Painter hurla :

— À terre !

Il plaqua Lisa au sol. Tout le monde les imita, sauf Boston Bob que Josh dut littéralement faucher.

Un autre hurlement étrange venait de retentir au-dessus des montagnes.

Painter scrutait le ciel.

— Qu'est-ce… ? demanda Lisa.

— Attendez, répondit Painter, l'air surpris.

Puis, surgissant au-dessus du mont Lhotse, deux jets apparurent, filant sur des trajectoires jumelles. Deux éclairs de feu jaillirent sous leurs ailes.

Des missiles.

Oh, non !

Mais ils ne visaient pas le camp. Les chasseurs passaient déjà dans un grondement formidable au-dessus de leurs têtes.

Les deux hélicoptères d'attaque explosèrent dès qu'ils entrèrent en contact avec les missiles à guidage thermique. Des débris enflammés volèrent dans toutes les directions, certains glissant sur la falaise enneigée. Mais aucun n'atteignit les tentes.

Painter se releva avant d'aider Lisa.

Lentement les autres se redressèrent à leur tour.

Boston Bob fonça droit sur Lisa et la bouscula.

— C'était quoi, ça ? Dans quelle merde tu nous as fourrés ?

Lisa se détourna de lui. Mais pourquoi avait-elle couché avec ce type à Seattle ? Elle avait l'impression à présent qu'il ne s'agissait pas d'elle.

— Ne me tourne pas le dos, connasse !

Elle fit volte-face, poings serrés… mais elle avait été devancée. Le direct de Painter était parti. Elle connaissait l'expression « séché sur place » mais c'était la première fois qu'elle la voyait s'appliquer à la réalité. Boston Bob tomba en arrière, raide comme une planche, déjà inconscient. Il ne se releva pas, étalé pour de bon, le nez cassé.

Painter secoua sa main, grimaçant.

Josh, d'abord bouche bée, esquissa un sourire.

— Ça fait longtemps que je mourais d'envie de faire ça.

Avant que Painter ne puisse lui répondre, un homme aux cheveux blonds sortit de la tente rouge. Il portait un uniforme de l'armée américaine. Il les rejoignit.

— Directeur Crowe ? dit-il.

Painter accepta la main tendue et faillit le regretter. Ses jointures le lançaient terriblement.

— Logan Gregory vous adresse ses meilleures salutations, monsieur, annonça l'officier en montrant les débris sur la paroi de la montagne.

— Mieux vaut tard que jamais, dit Painter.

— Il est en ligne. Si vous voulez bien me suivre.

Painter emboîta le pas au soldat de l'US Air Force, le major Brooks. Lisa voulut les suivre, avec Anna et

Gunther mais le major leva le bras pour les en dissuader.

— Je reviens tout de suite, les rassura Painter.

En se baissant, il pénétra dans la tente. À l'intérieur, un équipement impressionnant était déployé. Un officier abandonna son poste devant une station de télécommunication par satellite. Painter prit sa place.

— Logan ?

Une voix très claire lui répondit.

— Directeur Crowe, quel bonheur de vous entendre !

— Je crois que je vous dois un remerciement.

— Nous avons reçu votre SOS.

Painter hocha la tête. Ainsi, le message qu'il avait envoyé grâce à son amplificateur de fortune était bien arrivé. Heureusement, le signal avait été émis avant que la surcharge ne fasse exploser la batterie. Et il s'était montré assez puissant pour qu'on les localise.

— Il a fallu faire vite pour déclencher la surveillance et nous coordonner avec l'armée népalaise, expliqua Logan. Ça a été très, très juste.

Il avait dû superviser la situation par satellite, probablement depuis le moment où ils avaient fui le château. Mais les détails pouvaient attendre. Painter avait des soucis plus importants à régler.

— Logan, avant de vous faire un débriefing complet, j'aimerais que vous lanciez une recherche.

Painter adressa un geste à l'intention du major Brooks pour lui demander de quoi écrire. On lui fournit un bloc-notes et un stylo. Il dessina rapidement le symbole qu'il avait vu sur la main de la tueuse. C'était le seul indice dont ils disposaient.

— Commencez tout de suite, continua Painter. Voyez si vous pouvez trouver une organisation terroriste, un parti politique, un cartel de la drogue ou même une bande de boy-scouts liés à ce symbole.

— Je m'en occupe sur-le-champ.

Ayant achevé sa reproduction sommaire du tatouage en forme de trèfle, Painter la confia à l'officier des transmissions qui l'inséra dans un fax.

Tandis que la communication s'établissait, Painter livra une version très abrégée des événements récents. Il fut reconnaissant à Logan de ne pas l'interrompre en posant trop de questions.

— Avez-vous reçu le fax ? l'interrogea-t-il au bout de quelques minutes.

— Je l'ai entre les mains.

— Parfait. Cette recherche... donnez-lui l'absolue priorité.

Un long silence lui répondit. Painter crut qu'ils avaient perdu le signal. Puis la voix de Logan s'éleva de nouveau, hésitante.

— Monsieur...

— Quoi ?

— Je connais ce symbole. Grayson Pierce m'a envoyé le même il y a huit heures.

— Hein ?

Logan lui expliqua ce qui s'était passé à Copenhague. Luttant contre une migraine de plus en plus féroce, Painter tenta de se concentrer. Les mêmes tueurs avaient pourchassé Gray, des *Sonnenkönige* nés d'une autre Cloche. Mais que fabriquaient-ils en Europe ? En quoi ces quelques livres étaient-ils importants ? Gray venait de partir en Allemagne pour continuer son enquête.

Painter ferma les yeux. Cela ne fit qu'accroître son mal de crâne. Ces attaques en Europe confirmaient ses craintes : la menace était d'ampleur internationale. Quelque chose de majeur se préparait.

Mais quoi ?

Il ne lui restait qu'un seul bout de ficelle à tirer pour démêler l'écheveau.

— Le symbole… Nous devons découvrir à qui il appartient.

— J'ai peut-être une idée, lâcha alors Logan.

— Quoi ? Déjà ?

— J'ai disposé de huit heures, monsieur.

Oui. Bien sûr. Painter secoua la tête. Il baissa les yeux vers le stylo entre ses doigts, remarquant combien il tremblait. Il retourna sa main. L'ongle de son annulaire avait sauté, lui aussi, peut-être quand il avait assommé ce connard. Il ne saignait pas ; on ne voyait que de la chair sèche et pâle.

Painter comprenait ce que cela voulait dire.

Il avait très peu de temps devant lui.

Logan lui expliquait ce qu'il avait appris. Il l'interrompit.

— Avez-vous transmis ces informations à Gray ?

— Pas encore, monsieur. Nous avons quelques difficultés à le joindre en ce moment.

Painter grimaça, oubliant ses propres problèmes de santé.

— Prévenez-le, ordonna-t-il avec fermeté. Par tous les moyens. Gray n'a aucune idée de ce contre quoi il se bat.

09 : 50
WEWELSBURG, ALLEMAGNE

Un trait de lumière jaillit dans la crypte quand Monk alluma sa lampe torche.

Gray sortit la sienne de son sac. Il la braqua vers le haut. De petites grilles d'aération étaient disposées tout autour du dôme. Un gaz verdâtre en sortait, plus lourd que l'air, tombant vers eux en volutes paresseuses.

Impossible de les atteindre pour essayer de les boucher : elles étaient trop hautes et trop nombreuses.

Fiona s'était rapprochée de lui. Ryan se tenait de l'autre côté du foyer, bras serrés sur sa propre poitrine, totalement incrédule.

Un mouvement.

Gray pivota vers Monk au moment où celui-ci dégainait son Glock 9 mm.

— Non !

Trop tard.

Monk avait tiré.

La détonation éclata, amplifiée dans l'espace confiné, suivie d'un ping ! très aigu quand elle ricocha sur le verre avant d'aller frapper une des grilles d'aération. Au moins, le gaz ne semblait pas inflammable. Le coup de feu aurait pu tous les tuer.

— Blindé, marmonna Monk, l'air écœuré.

— Oui, confirma le conservateur. Nous avons dû accroître les mesures de sécurité. Trop de néonazis tentaient de s'introduire ici.

Les reflets de leurs torches sur le verre le dissimulaient.

— Enfoiré ! répliqua Monk.

Le gaz continuait d'affluer, s'étalant au-dessus du sol, répandant une odeur douceâtre et légèrement âcre à la fois. Pas celle d'amande amère caractéristique du cyanure. C'était toujours ça.

— Ne vous baissez pas, conseilla Gray. Gardez la tête le plus haut possible. Restez au centre de la pièce, le plus loin possible de ces grilles.

Ils se rassemblèrent autour du foyer cérémoniel. La main de Fiona trouva la sienne. Il la serra. Elle lui montra quelque chose.

— Je lui ai piqué son portefeuille, si ça peut aider.

— Tant qu'à faire, rétorqua Monk, tu aurais pu penser à lui piquer ses clés.

— Mon père sait que nous sommes ici, déclara Ryan en allemand. Il va appeler la police !

Gray devait le reconnaître : le jeune homme se montrait plutôt courageux.

Une nouvelle voix, désincarnée, retentit derrière la vitre.

— Je crains que votre père ne puisse plus appeler qui que ce soit. Plus jamais.

Il ne s'agissait pas d'une menace. Mais d'un constat.

Ryan tituba, comme si on venait de le frapper. Il regarda Gray, l'air un peu hagard, avant de se retourner vers la porte.

Gray avait reconnu la voix. Et Fiona aussi, à en juger par la façon dont elle lui broyait la main. C'était celle de l'acheteur tatoué de la vente aux enchères.

— Cette fois, vous ne vous en sortirez pas, reprit l'homme.

Gray se sentait déjà un peu partir. Une sensation de vertige, d'apesanteur, le gagnait. Ce type avait raison : ils ne s'en sortiraient pas. Ce qui ne signifiait pas pour autant qu'ils étaient sans défense.

Savoir, c'est pouvoir.

— Prépare ton briquet, lança-t-il à Monk.

Tandis que celui-ci obéissait, Pierce ouvrit son sac à dos pour en tirer son carnet de notes. Il le jeta dans le foyer.

— Monk, les photocopies de Ryan. Fiona, la Bible, s'il vous plaît.

Tous lui obéirent.

— Allume le feu, ordonna Gray.

Monk ne se le fit pas répéter et transforma une des feuilles de Ryan en torche qu'il jeta dans la vasque. Très vite, des flammes et de la fumée s'élevèrent, consumant les précieux documents.

Derrière la porte, des voix discutèrent, trop faibles pour parvenir jusqu'à eux.

Gray brandit la Bible de Darwin qu'il n'avait pas encore balancée dans les flammes.

— Nous seuls connaissons les secrets qui y sont cachés !

L'assassin aux cheveux blancs répondit, l'air vaguement amusé.

— Le Dr Ulmstrom nous a déjà appris tout ce que nous désirions savoir. La rune *Mensch.* Cette Bible ne nous est plus d'aucune utilité.

— Vraiment ? s'enquit Gray. Nous n'avons montré à Ulmstrom que la dernière page. Et non ce que Hugo Hirszfeld a inscrit sur la première !

Un bref silence régna, aussitôt suivi de voix furtives. Gray crut distinguer celle d'une femme, sans doute l'autre moitié du couple blond platine.

Un *nein* très net s'éleva, lâché par un Ulmstrom sur la défensive.

Fiona chancela à ses côtés, ses genoux cédant sous elle. Monk la rattrapa, lui maintenant le visage au-dessus du nuage toxique. Mais lui aussi semblait à bout de forces.

Gray ne pouvait plus attendre.

L'éclairant avec sa torche pour accroître l'effet dramatique, il jeta la Bible dans le feu. Catholique malgré tout, cela lui fit une impression bizarre. Le vieux livre s'embrasa sur-le-champ.

— Si nous mourons, le secret de la Bible de Darwin mourra avec nous ! déclara Gray avec toute la conviction dont il était encore capable.

Il attendit, priant pour que sa ruse fonctionne.

Une seconde… deux…

Le gaz montait toujours. Chaque inspiration les faisait suffoquer désormais.

Soudain, Ryan s'écroula, comme si on avait coupé des ficelles invisibles qui le maintenaient debout. Monk voulut le rattraper mais il tomba à genoux, alourdi par Fiona. Il ne se releva pas, s'effondrant et entraînant la jeune fille avec lui.

Gray contempla la porte sombre. La torche de Monk roula à terre, y projetant des reflets changeants, irréels. Y avait-il vraiment quelqu'un derrière ? L'avaient-ils seulement cru ?

Il ne le saurait jamais.

L'obscurité déferla sur lui telle une vague et Gray sombra.

17 : 30
RÉSERVE NATURELLE HLUHLUWE-UMFOLOZI

À des milliers de kilomètres de là, un autre homme se réveilla.

Le monde émergea des ténèbres dans un déchaînement de couleurs et de douleur. Ses yeux se refermèrent quand quelque chose frôla son visage, des ailes d'oiseau. Une incantation emplit ses oreilles.

— Il se réveille, dit quelqu'un en zoulou.

— Khamisi…

Cette fois, c'était une voix de femme.

Il fallut un moment à Khamisi, au bord de l'inconscience pour établir le rapport entre ce nom et lui-même. C'était pénible. Un grognement retentit. Sortant de sa propre bouche.

— Aidez-le à s'asseoir, ordonna la femme.

Elle aussi s'exprimait en zoulou, mais avec un accent britannique. Familier.

Khamisi sentit qu'on le soulevait avec précaution, l'installait contre des coussins. Lentement, il recouvrit la vue. La chambre, dans une cabane en briques de boue, était sombre, mais de pénibles éclairs lumineux transperçaient les stores des fenêtres et les bords d'un tapis protégeant l'entrée. Le plafond était décoré de calebasses multicolores, de tresses de cuir et de plumes. D'étranges senteurs imbibaient l'air. On plaça quelque chose sous son nez. Une odeur d'ammoniaque lui frappa les narines. Il s'en écarta brusquement.

Un vertige. Puis il remarqua la perfusion reliée à son bras droit et à une poche remplie d'un liquide jaunâtre.

De l'autre côté du lit, le chaman torse nu, coiffé d'une couronne de plumes, lui tenait l'épaule, le forçant à ne pas bouger. C'était lui qui avait prononcé l'incantation en passant une aile de vautour desséchée sur son visage pour éloigner les charognards qui se nourrissent des morts.

Et le Dr Paula Kane lui maintenait son bras perfusé au-dessus de la couverture. Il était en nage et nu sous celle-ci.

— Où… Qu'est-ce… ? coassa-t-il.

— De l'eau, ordonna Paula.

La troisième personne présente dans la pièce, un vieux Zoulou bossu, obéit. Il lui tendit une gourde cabossée.

— Vous pouvez la prendre ? s'enquit Paula.

Khamisi hocha la tête, sentant de faibles forces lui revenir. Il avala goulûment cette eau tiède qui délia sa langue pâteuse et sa mémoire. L'ancien qui lui avait donné la gourde… il se trouvait dans sa maison.

Son cœur se mit soudain à battre plus vite. Il se toucha le cou et sentit le pansement. Il se souvint de tout. La fléchette en forme de dard. Le mamba noir. La fausse attaque de serpent.

— Que s'est-il passé ?

Le vieil homme le lui raconta. Khamisi l'avait reconnu : c'était lui qui avait prétendu avoir vu un *ukufa* dans le parc il y a cinq mois. À l'époque, personne ne l'avait cru.

— J'entends ce qui arrive à madame Docteur, répondit le vieil homme avec un geste de sympathie à l'égard de Paula. Et j'entends ce que tu dis voir. Les gens parlent. Je viens. chez toi, pour discuter. Mais toi pas là. Alors, j'attends. D'autres viennent, je me cache. Ils tuent serpent. Le mamba. Mauvaise magie. Je reste caché.

Khamisi ferma les yeux et tenta de se rappeler. Il était alors rentré chez lui, avait reçu la fléchette puis on l'avait laissé pour mort. Mais ses assassins ignoraient que le vieil homme était tapi dans la pièce du fond.

— Je sors, continua celui-ci. J'appelle les autres. En secret, on t'emmène.

Paula Kane prit le relais.

— Nous vous avons amené ici, dit-elle. Le poison a failli vous tuer mais les médecines – la moderne et l'ancienne réunies – vous ont sauvé. De justesse.

Khamisi contempla la perfusion puis le chaman.

— Merci.

— Vous croyez-vous capable de marcher ? s'enquit Paula. Il faut que vous bougiez. Le poison a affecté le système circulatoire.

Aidé par le chaman, Khamisi se leva, gardant la couverture trempée de sueur autour de la taille. On l'aida à faire quelques pas jusqu'à la porte. En posant son pied sur le sol, il se sentit faible comme un bébé, mais il recouvra rapidement quelques forces.

On écarta le tapis obturant la porte.

La lumière du jour inonda la pièce, aveuglante et brûlante.

Le milieu d'après-midi, se dit-il. Le soleil était à l'ouest.

Se protégeant les yeux, il sortit.

Il reconnut le petit village zoulou implanté au bord de la réserve. Non loin de l'endroit où ils avaient trouvé le rhinocéros et où le Dr Fairfield avait été attaquée.

Khamisi se tourna vers Paula Kane. Debout, les bras croisés, elle semblait épuisée.

— C'était le gardien-chef, lâcha-t-il alors. Il voulait me faire taire.

— Pour que vous ne parliez pas de la mort de Marcia. De ce que vous avez vu.

Il acquiesça.

— Qu'avez-vous... ?

Sa question fut interrompue par les moteurs d'un hélicoptère passant au-dessus de leurs têtes, volant à basse altitude. Le vent des rotors balayait buissons et branches d'arbres. Les tissus fermant l'entrée des huttes se soulevèrent comme pour chasser cet intrus.

Le lourd engin s'éloigna, survolant la savane en rase-mottes.

Khamisi le suivit du regard. Ce n'était pas un appareil pour touristes.

À ses côtés, Paula observait l'engin à travers une paire de Bushnell. Ce dernier poursuivit son chemin puis parut se préparer à un atterrissage. Khamisi s'avança un peu plus pour mieux le voir.

Paula lui tendit les jumelles.

— Ça n'a pas arrêté de la journée. Des hélicos qui vont et viennent.

Khamisi regarda dans les jumelles. Le monde changea brusquement d'échelle. Il aperçut l'hélicoptère qui passait au-dessus d'une clôture de trois mètres de haut. Celle qui délimitait le domaine Waalenberg. L'engin ne tarda pas à disparaître.

— Il se passe quelque chose là-bas, affirma Paula.

Khamisi réprima un frisson.

Il changea de visée, faisant le point sur la clôture. Le vieux portail, encore neuf, était fermé. Il reconnut le blason de famille accroché à la grille. La couronne et la croix des Waalenberg.

TROISIÈME PARTIE

11

Le démon dans la machine

00 : 33
AU-DESSUS DE L'OCÉAN INDIEN

— Le capitaine Bryant et moi-même allons continuer à enquêter sur les Waalenberg ici à Washington, annonça Logan Gregory.

Painter portait un casque muni d'un microphone. Il devait avoir les mains libres pour examiner l'impressionnante masse de documents que Logan lui avait faxés. Ils contenaient à peu près tout sur le clan Waalenberg : histoire familiale, rapports financiers, relations internationales et même quelques ragots et rumeurs.

Au sommet de la pile trônait une photo granuleuse prise à Copenhague. Elle montrait un homme et une femme descendant d'une limousine et arborant le même tatouage que la tueuse du *Granitschloss*. Les deux personnes surprises par l'appareil de Gray étaient les jumeaux Isaak et Ischke Waalenberg, les plus jeunes héritiers d'une fortune équivalente au produit intérieur brut de nombreux pays.

Plus important encore, aux yeux de Painter : leur teint immaculé et leur chevelure blanche. Ils étaient beaucoup plus que de simples héritiers. C'étaient des *Sonnenkönige.* Comme Gunther et la femme du château perdu dans l'Himalaya.

Painter leva les yeux vers l'avant de la cabine du Gulfstream.

Gunther dormait, étendu sur un canapé, les jambes pendantes. Sa sœur, Anna, assise dans un fauteuil voisin, consultait une pile de dossiers aussi volumineuse que celle de Painter. Tous deux étaient surveillés par le major Brooks et deux Rangers armés. Les rôles étaient inversés désormais. Leurs ravisseurs étaient devenus leurs prisonniers. Mais, en dépit de cela, rien n'avait vraiment changé entre eux. Anna avait besoin des réseaux de Painter et de son soutien logistique, comme lui de ses connaissances scientifiques. Ainsi qu'elle l'avait dit un peu plus tôt : « Quand tout ceci sera terminé, nous nous occuperons des problèmes légaux. »

Logan interrompit ses réflexions.

— Kat et moi avons rendez-vous à l'ambassade sud-africaine dans la matinée. Nous verrons s'ils peuvent nous éclairer sur cette très discrète famille.

Discrète. Il s'agissait là d'un énorme euphémisme. Les Waalenberg étaient les Kennedy de l'Afrique du Sud : riches, impitoyables et propriétaires d'un domaine près de Johannesburg aussi vaste que Rhode Island. Même si elle possédait des terres un peu partout à travers le monde, la famille Waalenberg s'aventurait rarement hors de sa gigantesque tanière.

Painter s'empara de la photo.

Une famille de *Sonnenkönige.*

Il n'y avait qu'un seul endroit susceptible d'abriter cette seconde Cloche : leur domaine.

— Un agent britannique vous accueillera à votre arrivée à Johannesburg. Le MI5 surveille les Waalenberg depuis des années mais n'a jamais réussi à percer les murailles qu'ils ont érigées autour d'eux.

Oui, pensa Painter, *on peut monter de sacrés murs quand on détient pratiquement tout un pays.*

— Les Anglais vous apporteront leur soutien sur le terrain et mettront leurs connaissances des environs à votre disposition, conclut Logan. J'aurai plus de détails d'ici à votre atterrissage prévu dans trois heures.

— Bien. Et Gray et Monk ?

— Disparus. Nous avons retrouvé leur voiture à l'aéroport de Francfort.

Francfort ? Cela n'avait aucun sens. Gray Pierce voyageait à bord d'un jet gouvernemental. Pourquoi aurait-il emprunté un vol commercial ?

— Aucune nouvelle du tout ?

— Non, monsieur. Nous surveillons tous les canaux.

La codéine n'agissant plus sur sa migraine, Painter se concentra sur le ronronnement de l'avion qui filait dans le ciel noir. Qu'était-il arrivé à Gray ? Il ne voyait que trois possibilités : il se cachait, il avait été capturé ou, pis, il avait été supprimé.

— Retournez chaque pierre, Logan.

— C'est ce que nous faisons, monsieur. J'espère que j'aurai des nouvelles à vous annoncer quand vous atteindrez Johannesburg.

— Il vous arrive de dormir, Logan ?

— Il y a un Starbucks au coin de la rue, répondit son second avec une lassitude amusée. Et vous, monsieur ?

Il avait fait une sieste à Katmandou lors des préparatifs de ce vol et pendant qu'on tentait d'éteindre – littéralement et politiquement – tous les incendies qui venaient de s'allumer au Népal. Ils avaient perdu trop de temps là-bas.

— Je vais bien, Logan. Ne vous inquiétez pas.

Ben voyons !...

Tandis qu'il coupait la communication, son pouce frotta distraitement la chair blafarde et sèche qui avait remplacé l'ongle de son annulaire. Tous ses autres doigts étaient parcourus de picotements qui commençaient à toucher ses orteils. Logan avait tenté de le convaincre de rentrer à Washington, pour subir des examens au John Hopkins Hospital, mais Painter était persuadé que le groupe d'Anna avait quelques longueurs d'avance dans le traitement éventuel de cette maladie. *Atteint au niveau quantique.* Aucun soin conventionnel ne le guérirait. Pour ralentir la progression du mal, il leur fallait une autre Cloche. Selon Anna, un traitement régulier et contrôlé aux radiations émises par la Cloche pourrait lui faire gagner quelques années... *Il est même possible d'envisager une rémission complète à moyen terme,* avait-elle conclu.

Mais d'abord, il devait dénicher une autre Cloche.

Et mieux comprendre la situation.

Une voix derrière lui le fit sursauter.

— Je pense que nous devrions parler à Anna, déclara Lisa comme si elle avait lu dans son esprit.

Il se retourna. Il la croyait endormie. Elle s'était douchée et changée. La jeune femme était affalée dans son siège, vêtue d'un pantalon kaki et d'une chemise crème.

Et le dévisageait.

— Vous avez une sale tête, lâcha-t-elle.

— Voilà qui est toujours agréable à entendre, rétorqua-t-il en se levant et en s'étirant.

L'avion tangua, les lumières s'éteignirent. Il sentit la main de Lisa le retenir. Le monde se stabilisa et retrouva sa clarté. Ce n'était pas l'avion, juste sa tête.

— Promettez-moi de dormir un peu avant l'atterrissage, lui ordonna-t-elle en lui serrant le coude.

— Si on a un peu de temps… Aïe !

Quelle poigne de fer !

— D'accord, promis, céda-t-il.

Lisa le libéra et hocha la tête vers Anna. La femme était penchée sur une pile de factures et de bons de commande. Elle passait en revue toutes les fournitures livrées au domaine Waalenberg, cherchant un élément susceptible d'entrer dans la composition d'une Cloche.

— Je veux en savoir davantage sur le fonctionnement de la Cloche, exigea Lisa. Les aspects théoriques sur lesquels il repose. Si la maladie entraîne des dégâts quantiques, nous devons comprendre comment et pourquoi. Gunther et elle sont les seuls survivants du *Granitschloss*. Je doute que Gunther ait bénéficié d'une formation scientifique très poussée.

— Chien de garde plutôt que chien savant, répliqua Painter.

Comme s'il l'avait entendu dans son sommeil, le géant émit un ronflement impressionnant.

— Toutes les données portant sur la Cloche se trouvent dans la tête d'Anna. Si elle perd la raison…

Leurs regards se croisèrent et celui de Lisa était particulièrement éloquent. À Katmandou, malgré son épuisement physique et nerveux, elle n'avait pas hésité à monter à bord de l'avion. Elle comprenait l'urgence de la situation.

Il ne s'agissait pas simplement de perdre les connaissances d'Anna.

Painter risquait d'y laisser la vie.

Une seule vraie scientifique avait suivi cette piste depuis le début, et cette personne était aussi la seule à bord de cet avion dont l'esprit n'était pas menacé par une démence imminente. Au château, Lisa et Anna avaient beaucoup discuté. De plus, Lisa avait étudié ses dossiers de recherche, le moindre détail pouvant se révéler critique et conduire à un échec.

Elle l'avait bien compris.

Painter n'avait pas eu à parlementer pour la convaincre de continuer à les aider.

Lisa s'était contentée de monter à bord.

Sa main glissa vers celle de Painter qu'elle serra doucement.

— Allons lui vider le cerveau, lança-t-elle en montrant Anna.

— Pour comprendre le fonctionnement de la Cloche, commença l'Allemande, il faut d'abord saisir la théorie des quanta.

Lisa l'observa. Ses pupilles étaient dilatées sous l'effet de la codéine. Ses doigts tremblaient en tenant ses lunettes. Ils s'étaient installés à l'arrière du jet. Gunther dormait toujours à l'avant. Sous bonne garde.

— Je ne suis pas sûr qu'on ait le temps de rattraper tous les cours du programme de doctorat, dit Painter.

— *Doch.* Il suffit de saisir trois principes. D'abord, concevoir qu'une fois la matière brisée au niveau subatomique – le monde des électrons, des protons et des neutrons –, les lois classiques de l'univers commencent à changer. Max Planck a découvert que électrons, protons et neutrons se comportent à la fois comme des particules *et* des ondes. Ce qui peut paraître étrange et contradictoire. Les particules possèdent des orbites précises, bien distinctes, alors que les ondes sont plus diffuses, sans la moindre coordonnée spécifique.

— Et ces particules subatomiques sont l'une et l'autre ? demanda Lisa.

— Elles ont le potentiel d'être soit une onde, soit une particule, rectifia Anna. Ce qui nous amène au deuxième point : le Principe d'incertitude de Heisenberg.

Lisa le connaissait déjà et avait eu le temps d'approfondir ses connaissances dans la bibliothèque du château.

— Heisenberg déclare en gros que rien n'est certain avant d'être observé, récita-t-elle. Mais je ne vois pas le rapport avec les électrons, les protons et autres.

— Le meilleur exemple du principe d'Heisenberg est le chat de Schrödinger, répondit Anna. Mettez un chat dans une boîte scellée reliée à un mécanisme capable d'empoisonner le chat à tout moment. Un système purement aléatoire. Imprévisible. Mort ou vivant. Heisenberg nous apprend que dans cette situation, avec la boîte fermée, le chat est potentiellement mort et vivant. C'est seulement quand quelqu'un ouvre la boîte et regarde à l'intérieur que la réalité choisit un état ou l'autre. Mort ou vivant.

— Ça ressemble plus à de la philosophie qu'à de la science, protesta Lisa.

— Peut-être quand on parle d'un chat. Mais la preuve a été établie au niveau subatomique.

— Établie ? Comment ? demanda Painter qui était resté silencieux jusqu'à présent, laissant Lisa poser les questions.

Il sentait qu'elle en savait déjà beaucoup sur ce sujet mais voulait lui permettre d'obtenir tous les éclaircissements dont elle avait besoin.

— Grâce au test classique de la double fente, répliqua Anna. Et nous voilà au troisième point.

Elle saisit deux feuilles de papier, dessina deux fentes sur l'une d'entre elles avant de les tenir debout l'une derrière l'autre.

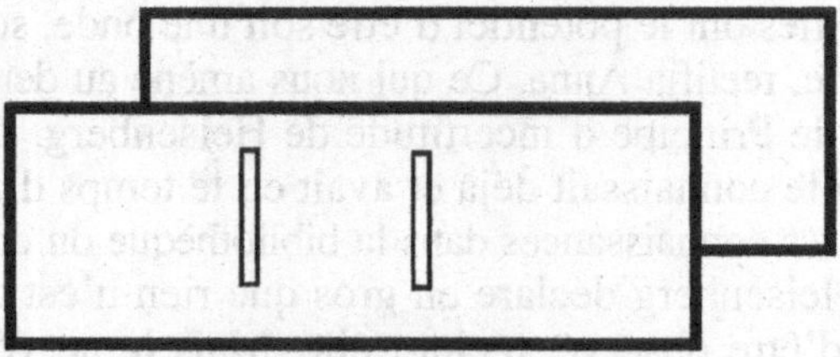

— Ce que je vais vous dire va peut-être vous paraître étrange et contraire au bon sens le plus élémentaire… Supposons que cette feuille de papier soit un mur de béton et les fentes deux fenêtres. Si vous prenez un revolver pour cribler de balles ces deux fentes, vous obtiendrez un certain motif sur le mur du fond. Quelque chose comme ça.

Elle couvrit la deuxième feuille de points.

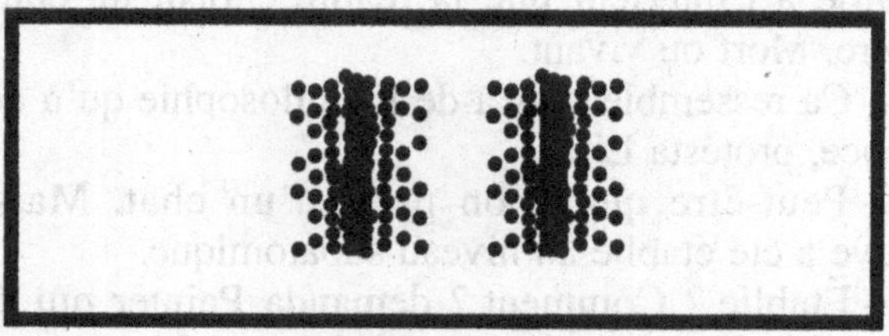

— Appelons la façon dont les balles ou les particules traverseraient ces fentes : le Motif de Diffraction A.

— D'accord, acquiesça Lisa.

— Maintenant, à la place de balles, dirigeons un gros projecteur sur le mur de manière que la lumière passe à travers les deux fentes. La lumière se déplaçant comme une onde, nous obtiendrions un dessin différent sur l'autre mur.

Elle traça un ensemble de bandes plus ou moins sombres sur une nouvelle feuille de papier.

— Ce motif est provoqué par les ondes de lumière filtrant à travers les deux fenêtres et interférant les unes avec les autres. Appelons-le donc : Motif d'Interférence B... Celui-ci est créé par des ondes.

— Je vois, acquiesça Lisa qui, pourtant, ne voyait pas du tout où cela allait les mener.

Anna lui montra les deux motifs.

— Maintenant, prenons un canon à électrons et bombardons les fentes avec une seule file d'électrons. Quel motif obtenons-nous ?

— Dans la mesure où on utilise les électrons comme des balles, des projectiles, je dirais le Motif de Diffraction A, hasarda Lisa en désignant le premier dessin.

— De fait, en laboratoire, on obtient le second. Le Motif d'Interférence B.

Lisa réfléchit.

— Celui provoqué par une onde. Donc, les électrons ne sont pas envoyés par le canon comme des balles mais comme la lumière d'une lampe torche. Ils se propagent telle une onde et créent le Motif B.

— Exact.

— Donc, les électrons adoptent le même comportement qu'une onde.

— Oui. Mais seulement quand personne n'est témoin de leur passage à travers les fentes.

— Je ne comprends pas.

— Dans une autre expérience, des chercheurs ont placé sur l'une des fentes un petit détecteur chargé d'émettre un signal chaque fois qu'il sentait un électron passer. Quel était le motif de l'autre côté lorsque ce dispositif était branché ?

— Ce devrait être le même, non ?

— Dans le monde à notre échelle, vous auriez raison. Mais pas au niveau subatomique. Dès que le détecteur est branché, on obtient aussitôt le Motif de Diffraction A.

— Donc, le simple fait de mesurer change le motif ?

— Exactement comme Heisenberg l'avait prédit. Même si cela paraît impossible, c'est la vérité. Vérifiée encore et encore. Des électrons existent de façon constante à la fois comme onde et particule jusqu'à ce qu'un instrument les mesure et force les électrons à basculer dans une des deux réalités.

Lisa essaya de se représenter un monde subatomique où tout serait maintenu dans un état permanent de potentiel. Ça n'avait aucun sens.

— Si les particules subatomiques composent les atomes, remarqua-t-elle, et puisque les atomes composent le monde que nous connaissons, touchons et sentons, où se situe la frontière entre le monde fantôme de la mécanique quantique et notre monde d'objets réels ?

— Encore une fois, la seule manière de faire basculer le potentiel, c'est de le mesurer. On trouve des outils de mesure partout dans l'environnement. Il peut s'agir d'une particule entrant en collision avec une autre, un photon de lumière heurtant un objet. L'environnement mesure en permanence le monde subatomique, transformant un potentiel en réalité concrète. Regardez vos mains, par exemple. Au niveau quantique, les particules subatomiques qui s'agrègent pour former vos atomes obéissent aux brumeuses règles quantiques, mais leur liaison constitue les milliards d'atomes qui composent un seul de vos ongles. Ces atomes se heurtent, se bousculent et interagissent – se mesurant l'un l'autre – forçant un potentiel à basculer dans une réalité fixée.

— D'accord…

Anna avait dû percevoir le scepticisme dans sa voix.

— Je sais que c'est bizarre, mais nous venons à peine d'effleurer la surface du monde trouble de la théorie quantique. Je vous épargne les concepts tels que la non-localité, l'effet tunnel et les univers multiples.

Painter hocha la tête.

— Là, ça commence à devenir vraiment bizarre.

— Il suffit que vous compreniez ces trois points, répliqua Anna, en levant un doigt après l'autre. Les particules subatomiques existent sous un état quantique de potentiel. Il faut un outil de mesure pour faire basculer ce potentiel. Et c'est l'environnement qui accomplit en permanence ces mesures pour fixer notre réalité.

— Mais quel rapport avec la Cloche ? Au château, vous avez parlé d'évolution quantique.

— Exactement, concéda Anna. Qu'est-ce que l'ADN ? Rien de plus qu'une machine à protéines, *ja* ? Produisant toutes les briques nécessaires à la construction des cellules, des corps.

— En simplifiant, oui.

— Alors, disons-le plus simplement encore. L'ADN n'est-elle pas qu'un code génétique enfermé dans des liens chimiques ? Et qu'est-ce qui brise ces liens, permettant l'expression de tel ou tel gène ?

Lisa revint à la chimie de base.

— Le mouvement des électrons et des protons.

— Et ces particules subatomiques obéissent à quelle règle : la classique ou la quantique ?

— La quantique.

— Donc si un proton pouvait se trouver dans deux endroits – A ou B – où le trouverions-nous ?

Lisa grimaça.

— S'il a le potentiel de se trouver dans ces deux endroits, alors il se trouve dans ces deux endroits. Jusqu'à ce que quelque chose le mesure.

— Et qu'est-ce qui le mesure ?

— L'environnement.

— Et l'environnement d'un gène est… ?

Lisa écarquilla lentement les yeux.

— La molécule d'ADN elle-même.

— Oui, reconnut Anna avec un petit sourire. À son niveau le plus fondamental, la cellule vivante agit comme son propre instrument de mesure quantique. Et c'est cette mesure cellulaire constante qui est le véritable moteur de l'évolution. Ce qui explique l'aspect déterminé des mutations et l'impossibilité d'attribuer l'évolution au hasard, dans la mesure où elle se déroule bien trop rapidement.

— Attendez, protesta Lisa, vous allez devoir étayer cet argument.

— Prenons un exemple. Vous vous souvenez de ces bactéries qui ne pouvaient pas digérer le lactose ? Et comment certaines ont muté à un rythme miraculeux pour développer un enzyme leur permettant de l'assimiler ? Un rythme contre lequel plaident des chiffres astronomiques.

Anna haussa un sourcil.

— Pouvez-vous m'expliquer ce phénomène à présent ? reprit-elle. En vous servant des trois principes quantiques ? Et en tenant compte du fait que cette mutation bénéfique n'exige, pour se produire, que le déplacement d'un unique proton d'un endroit à un autre.

Lisa était prête à essayer.

— D'accord, si le proton pouvait se trouver dans les deux endroits, alors la théorie quantique soutient qu'il se trouvait bien à ces deux endroits. Donc, le gène avait à la fois muté et pas muté. Il était potentiellement entre les deux.

— Continuez, l'encouragea Anna.

— Alors, la cellule, se comportant comme un outil de mesure quantique, force l'ADN à passer d'un côté de la barrière ou de l'autre. Muter ou ne pas muter. Et, comme la cellule est vivante et influencée par son environnement, elle a fait pencher la balance, défiant le hasard pour produire la mutation bénéfique.

— Que les scientifiques appellent maintenant mutation adaptative. L'environnement agit sur la cellule, la cellule sur l'ADN, et la mutation qui se produit améliore la cellule. Le tout conduit par les mécanismes du monde quantique.

Lisa commençait à entrevoir la conclusion de tout cela. Anna avait utilisé les termes « dessein intelligent » lors de leur discussion précédente. À la question de savoir qui se cachait derrière cette intelligence, elle avait répondu :

Nous.

Lisa comprenait désormais ce qu'elle avait entendu par là. Selon elle, nos propres cellules régissaient l'évolution, réagissant à l'environnement et orientant le potentiel de l'ADN pour mieux s'adapter audit environnement. La sélection naturelle darwinienne entrait ensuite en jeu afin de préserver ces modifications.

— Mais, beaucoup plus important encore, reprit Anna, la mécanique quantique explique comment la première étincelle de vie a jailli. Vous vous souvenez de l'improbabilité de la formation de cette première protéine capable de se répliquer à partir de la soupe primordiale ? Dans le monde quantique, l'aléatoire ne fait pas partie de l'équation. La première protéine pouvant se dédoubler s'est formée quand l'ordre a émergé du chaos. Sa capacité à mesurer et à orienter le potentiel quantique a supplanté le pur hasard. La vie a commencé parce que c'était un meilleur outil de mesure quantique.

— Et Dieu n'a rien à voir là-dedans ? lança Lisa, répétant une question qu'Anna lui avait posée.

L'Allemande porta la main à son front, les doigts tremblants. Ses paupières se plissaient malgré elle, tandis qu'elle jetait un œil par le hublot, le visage crispé par la douleur. Painter et Lisa durent tendre l'oreille pour percevoir sa réponse.

— Je n'ai pas dit ça non plus, vous regardez dans la mauvaise direction...

Lisa préféra ne pas insister. Anna était trop épuisée pour continuer. Ils avaient tous besoin de sommeil. Mais il restait néanmoins un dernier point à éclaircir.

— La Cloche ? Que fait-elle ?

Anna baissa la tête avant de considérer d'abord Painter, puis Lisa.

— La Cloche est l'ultime outil de mesure quantique.

Lisa retint son souffle.

Une lueur passionnée traversa le regard épuisé d'Anna ; une lueur difficile à interpréter : mêlant la fierté et la foi… à une bonne dose de peur.

— Le champ de la Cloche – à condition de le maîtriser – offre la possibilité non seulement de faire évoluer l'ADN vers sa forme la plus parfaite, mais aussi l'humanité dans son ensemble.

— Et nous ? demanda Painter en s'étirant, visiblement peu ému par tant d'ardeur. Vous et moi ? Qu'est-il en train d'arriver à notre perfection ?

Le feu dans les yeux d'Anna s'éteignit. Sa voix redevint à peine audible.

— La Cloche a la faculté d'accélérer l'évolution, autant que le contraire.

— Le contraire ?

— La maladie qui touche nos cellules, commença Anna en évitant son regard, n'est pas une simple dégénérescence… c'est de la dévolution.

Painter la fixa, abasourdi.

— Nos corps sont en train de se décomposer pour revenir à l'état de bouillie primordiale, d'où nous sortons tous.

05 : 05
Afrique du Sud

Les singes le réveillèrent.

Les singes ?

Cette bizarrerie acheva de lui rendre ses esprits. Et la mémoire… tandis qu'il essayait de comprendre où il se trouvait

Il était vivant.

Dans une cellule.

Il se souvenait du gaz, du Wewelsburg Museum, du mensonge. Il avait brûlé la Bible de Darwin, prétendant qu'elle contenait un secret connu d'eux seuls. Il avait espéré que ce subterfuge leur permettrait d'échapper à la mort. Et apparemment il avait réussi puisqu'il était vivant. Mais où étaient passés les autres ? Monk, Fiona et Ryan ?

Grayson Pierce examina sa cellule. Confort relatif, sécurité renforcée. Une couchette, des toilettes et une douche dans une stalle ouverte. Pas de fenêtre. Une porte faite de barreaux d'acier. Elle donnait sur un couloir éclairé par des néons. Quant à lui, on l'avait entièrement déshabillé. Mais des vêtements étaient sagement pliés sur une chaise au pied du lit.

Il rejeta sa couverture et se leva. Il fut aussitôt pris d'un vertige que quelques inspirations dissipèrent, contrairement à sa nausée. Il avait l'impression d'avoir les poumons à vif. Les séquelles de l'empoisonnement, auxquelles s'ajoutait une vive douleur à la cuisse. Il frôla un hématome de la taille d'un poing sur son flanc et sentit des traces de piqûres faites par des aiguilles. Et un pansement ornait le dos de sa main gauche. Une intraveineuse ? On l'avait visiblement soigné pour le garder en vie.

Au loin, Pierce entendit une autre série de hurlements d'animaux.

Des singes en liberté.

Sauvages.

Les cris ne provenaient pas d'une cage.

Ils faisaient plutôt penser au réveil matinal d'une jungle.

Mais laquelle ? L'air était sec et très chaud, chargé d'odeurs plus musquées. On l'avait amené sous un autre climat. Peut-être quelque part en Afrique. Combien de temps était-il resté inconscient ? Ses ravisseurs ne lui avaient pas laissé sa montre. Aucun moyen de savoir l'heure, ni même le jour. Mais plus d'une journée avait dû passer. Sa barbe avait poussé.

Il se dirigea vers la pile de vêtements.

Son déplacement attira l'attention.

Juste en face, dans le couloir, Monk apparut derrière les barreaux d'une cellule similaire.

— Dieu merci, murmura Gray, soulagé de voir son ami vivant.

— Ça va ?

— Pas encore, mais ça ira…

Monk était déjà affublé de la même combinaison blanche qu'on lui avait laissée. Gray enfila la sienne.

Monk leva son bras gauche, montrant son moignon et les implants en titane qui le reliaient habituellement à sa prothèse.

— Ils m'ont piqué ma main.

Il se fichait bien d'avoir perdu sa prothèse. En fait, cela pourrait même tourner à leur avantage. Mais, chaque chose en son temps…

— Fiona et Ryan ?

— Aucune idée. Ils sont peut-être ici quelque part… ou alors…

Morts, pensa Gray.

— Et maintenant, patron ? demanda Monk.

— On n'a pas trop le choix. On attend que nos ravisseurs se montrent. Ils veulent savoir ce qu'on sait. On devrait pouvoir passer un marché.

Monk acquiesça, conscient que Gray avait bluffé au château. Ils devraient continuer à jouer le jeu. Les cellules étaient probablement placées sous surveillance.

Comme pour le prouver, une porte claqua au bout du couloir.

Des bruits de pas. Nombreux. Un groupe.

Ils apparurent : des gardes en tenue de camouflage noire et verte, menés par un homme de haute taille, aux cheveux blancs. L'acheteur de la vente aux enchères qui, lui, portait un tout autre genre d'uniforme : pantalon de serge noir, chemise de lin repassée, mocassins de cuir blanc et cardigan de cachemire blanc. Paré pour une garden-party.

Dix hommes l'accompagnaient. Ils se scindèrent en deux groupes et sortirent Gray et Monk de leurs cellules, pieds nus. On leur attacha les mains dans le dos avec des liens en plastique.

Le chef s'avança.

Ses yeux trop bleus se plantèrent dans ceux de Gray.

— Bonjour, lança-t-il d'une voix forcée comme s'il se savait filmé par les caméras de surveillance. Mon grand-père désire vous rencontrer.

Malgré la formulation plutôt polie, il avait parlé sur un ton rauque, déformé par la rage et la promesse de tortures à venir. On l'avait empêché de les exécuter alors il attendait son heure dorénavant. Gray ne s'y trompait pas : derrière l'élégance maniérée se dissimulait une sauvagerie de la pire espèce.

— Par ici, indiqua l'inconnu aux cheveux blancs en tournant les talons.

Il prit à nouveau la tête du groupe. Dans le couloir, Gray jeta un coup d'œil aux autres cellules. Vides. Pas le moindre signe de Fiona ni de Ryan. Étaient-ils encore vivants ?

Le corridor se terminait par trois marches menant à une porte en acier.

Ouverte. Et gardée.

Le quartier de détention blindé avait été construit en pleine nature, un pays des merveilles foisonnant et sombre : feuillage touffu, lianes et vignes épineuses, orchidées opulentes. Une canopée impénétrable leur cachait le ciel. Gray devina pourtant qu'il était encore très tôt, bien avant l'aube. Un peu plus loin, des lampadaires en fer forgé, dignes du Londres victorien, balisaient divers chemins qui s'enfonçaient dans la jungle. Des arbres parvenait une cacophonie de cris d'oiseaux et de grésillements d'insectes. Plus haut, un singe dissimulé dans les branches annonça sa présence d'un staccato strident qui provoqua l'envol d'un volatile aux ailes flamboyantes.

— L'Afrique, marmonna Monk. Subsaharienne au moins. Peut-être équatoriale.

Gray partageait son avis. Si c'était le matin du jour suivant, cela signifiait qu'ils avaient perdu dix-huit ou vingt heures. Ils pouvaient se trouver n'importe où sur le continent africain.

Les gardes les escortèrent le long d'une allée de gravier. Gray entendit le pas lourd et cadencé d'une créature énorme à quelques mètres à peine de l'endroit où ils se trouvaient. Malgré sa proximité, Gray ne parvint pas à la distinguer. La végétation était si dense que Monk et lui pouvaient en tirer parti. Si jamais ils réussissaient à atteindre le premier rideau d'arbres…

Mais l'occasion qu'il espérait ne se présenta pas. Le chemin s'interrompit brusquement et, avec lui, la jungle.

Devant eux s'étendaient d'immenses jardins, des pelouses impeccables parsemées de jets d'eau et toujours les mêmes lampadaires. Ici et là, fontaines et bassins murmuraient, des cascades miniatures bouillonnaient. Une antilope aux longues cornes tourna la tête vers eux, se figea une fraction de seconde avant de s'enfuir, bondissant gracieusement pour disparaître dans la forêt.

Le ciel, enfin visible, était criblé d'étoiles tandis qu'à l'est une lueur rose pâle annonçait le lever du jour.

Au fond de ces jardins s'élevait un bâtiment époustouflant : cinq étages en pierres de taille et bois exotiques. Un véritable palais, un Versailles de la jungle, qui devait bien couvrir quatre hectares, tout en balcons, pignons et balustrades. Sur la gauche, un jardin d'hiver entièrement vitré formait une excroissance lumineuse : éclairée de l'intérieur, elle brillait dans l'aube naissante comme un rayon de soleil.

On avait dû investir des sommes astronomiques dans ce domaine.

Ils empruntèrent une longue allée pavée qui passait au-dessus de quelques bassins et mares. Un serpent long de deux mètres était lové sur un des ponts. Gray ne l'identifia que lorsque l'animal se dressa et déploya son capuchon.

Un cobra royal.

Le reptile garda l'entrée du pont jusqu'à ce que l'homme aux cheveux blancs arrache un jonc d'un buisson et le chasse comme un vulgaire chat. La bête siffla, montra ses crocs, mais battit en retraite, glissant entre les planches avant de se réfugier dans les eaux sombres.

Ils continuèrent à avancer. Gray dut se tordre le cou à mesure qu'ils approchaient de la maison.

Il ne tarda pas à relever une autre excentricité dans la construction. Depuis les étages supérieurs, des passerelles en bois permettaient aux invités de circuler au sein de la canopée elle-même. Ces chemins suspendus dessinaient un véritable réseau au-dessus de la jungle, éclairés par des lampes qui donnaient à l'ensemble des airs de constellation. Sans cesser d'avancer, Gray se retourna.

— Tu l'as vu, celui-là, marmonna Monk en hochant la tête.

Il parlait du garde qui effectuait sa ronde sur une des coursives, fusil à l'épaule. Gray jeta un coup d'œil à Monk. S'il y en avait un, il devait y en avoir d'autres. Une armée tout entière se serait facilement camouflée dans cette végétation. Toute évasion semblait de plus en plus inenvisageable.

Finalement, ils atteignirent les marches d'un vaste porche en bois tropical zébré. Une femme les attendait – la jumelle du chef de leur escorte aussi élégamment vêtue que lui. Ils s'embrassèrent sur les joues.

L'homme s'adressa à elle en hollandais. Gray connaissait assez bien cette langue pour saisir le contenu de leur échange.

— Les autres ont été préparés, Ischke ? demanda-t-il.

— Nous n'attendons plus que le signal de *grootvader,* répondit-elle en indiquant la véranda illuminée d'un signe de tête. Et la chasse pourra commencer.

Gray se demanda ce qu'ils entendaient par là.

Avec un immense soupir, l'homme aux cheveux blancs se tourna vers eux.

— Mon grand-père va vous recevoir dans le solarium, annonça-t-il. Vous vous adresserez à lui avec politesse et respect, sinon je veillerai personnellement à ce que vous regrettiez la moindre de vos insolences.

— Isaak, appela la femme tandis qu'il s'apprêtait à repartir.

— *Ja*, Ischke ?

— *De jongen en het meisje ?* On les sort maintenant ?

Il acquiesça puis aboya un ordre final en hollandais. Un garde poussa Gray qui essayait de traduire ces dernières paroles. Il regarda la femme disparaître dans la maison.

De jongen en het meisje.

Le garçon et la fille.

Il devait s'agir de Ryan et Fiona.

Ils étaient donc encore vivants…

Mais les derniers mots d'Isaak avaient quelque chose de terrifiant.

Fais-les saigner d'abord.

05 : 18
AU-DESSUS DE L'AFRIQUE

Painter était assis, un stylo à la main. Dans l'avion, seuls les ronflements de Gunther brisaient le silence. Le géant semblait insensible aux dangers vers lesquels ils volaient. Il n'était certes pas soumis aux mêmes contraintes de temps que Anna et Painter qui, dans cette course inexorable vers la mort, fonçaient beaucoup plus vite que lui.

Incapable de dormir, Painter avait passé son temps à étudier l'histoire du clan Waalenberg.

Connaître son ennemi.

Les Waalenberg avaient posé le pied en Afrique du côté d'Alger pour la première fois en 1617. Ils éprouvaient une réelle fierté à évoquer leurs ancêtres, les pirates barbares qui écumaient en ce temps-là la côte nord-africaine. Le premier Waalenberg, un quartier-maître, avait servi l'illustre Süleyman Reis de Veenboer, amiral autoproclamé d'une flotte de bateaux corsaires.

Enrichis par la traite des esclaves, les Waalenberg avaient alors émigré vers le sud, rejoignant la vaste colonie hollandaise qui s'était installée aux abords du cap de Bonne-Espérance. Ils y avaient prospéré, s'imposant par la force aux autres immigrants, si bien qu'ils avaient profité avant les autres des mines d'or découvertes dans cette partie de l'Afrique. Et il ne s'agissait pas de quelques pauvres gisements. Le Witwatersrand Reef, une petite chaîne montagneuse proche de Johannesburg, avait fourni jusqu'à quarante pour cent de toute la production aurifère mondiale. Moins ostentatoire que les célèbres mines de diamants des De Beers, l'or du « Reef » constituait malgré tout une des plus grandes réserves de richesses du monde.

Sur cette fortune se bâtit une dynastie familiale qui survécut à la première et à la seconde guerre des Boers ainsi qu'aux machinations politiques qui ébranlaient l'Afrique du Sud depuis quelques années. Elle devint l'une des plus riches familles de la planète et, sous les auspices de son patriarche actuel, sir Baldric Waalenberg, prospéra dans le plus grand secret. Leur effacement de la scène publique alimenta les rumeurs : on parlait d'atrocités, de perversions, de drogues ou d'inceste. Ce qui n'empêchait nullement les Waalenberg de s'enrichir toujours davantage, diversifiant leurs activités, achetant des parts significatives dans plusieurs multinationales : diamant, pétrochimie, industrie pharmaceutique.

Une telle famille pouvait-elle être à l'origine des événements survenus au *Granitschloss* ?

Elle en avait assurément les moyens et les ressources. Et le tatouage que Painter avait repéré sur la tueuse blonde offrait une certaine ressemblance avec la croix du blason Waalenberg. Sans oublier les jumeaux, Isaak et Ischke. Qu'étaient-ils venus faire en Europe ?

Tant de questions sans aucune réponse.

Il tourna une page pour tapoter le blason avec son stylo.

Quelque chose l'intriguait...

En complément de la documentation sur le clan, Logan lui avait transmis des éléments sur ce symbole. Cet emblème représentant le soleil remontait aux Celtes. On le trouvait fréquemment gravé sur leurs boucliers, ce qui lui avait valu le nom de nœud bouclier.

Le stylo de Painter se figea.

Nœud bouclier.

Les mots résonnèrent dans son crâne, tels que Klaus les avait prononcés au moment de mourir.

Vous mourrez tous ! Le nœud se refermera et vous...

Il n'avait pas eu le temps d'en dire plus et, sur le moment, Painter n'avait pas attaché d'importance à cette phrase inachevée aux airs de métaphore assez banale. Mais peut-être avait-il fait référence à un autre genre de nœud.

Le nœud se refermera...

Painter se pencha sur une feuille, dessinant soigneusement le nœud en rapprochant les boucles comme quand on noue un lacet.

— Que faites-vous ?

Lisa venait de se matérialiser derrière lui.

Il sursauta, raturant sa feuille.

— Bon sang, mais arrêtez de m'espionner comme ça !

Bâillant, elle posa une fesse sur le bras de son fauteuil en lui tapotant l'épaule.

— Je ne voudrais pas gâcher une si bonne humeur.

Elle laissa sa main s'attarder sur son épaule avant d'enchaîner :

— Vraiment, que dessinez-vous ?

Painter avait soudain un peu trop conscience de son sein droit tout proche de sa joue.

Il se racla la gorge.

— J'essayais quelque chose avec le symbole que nous avons trouvé sur cette tueuse. Un autre de mes agents en a vu un similaire sur une paire de *Sonnenkönige* en Europe. Les petits enfants jumeaux de sir Baldric Waalenberg. Ce doit être important. Il renferme peut-être un indice qui nous a échappé.

— Ou bien ce vieux bâtard aime juste marquer sa descendance, comme du bétail.

— Et puis j'ai repensé à ce qu'a dit Klaus. Il a parlé d'un nœud qui se refermerait.

Painter acheva son dessin par petites touches prudentes.

Ensuite il plaça le résultat à côté de l'original.

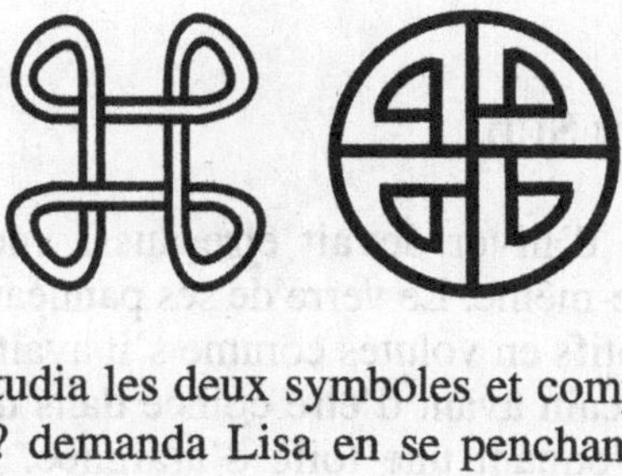

Painter étudia les deux symboles et comprit.

— Quoi ? demanda Lisa en se penchant encore un peu plus.

Il montra le second dessin.

— Pas étonnant que Klaus ait trahi pour leur compte. Et cela explique peut-être aussi pourquoi les

Waalenberg se montrent si discrets depuis quelques décennies.

— Je ne comprends pas.

— Nous n'avons pas affaire à un ennemi inconnu. Loin de là.

Painter noircit le centre du nœud resserré, révélant son cœur caché.

Lisa laissa échapper une petite exclamation.

— La croix gammée.

Painter jeta un coup d'œil vers le géant endormi et sa sœur. Puis soupira.

— Encore des nazis.

06 : 04
AFRIQUE DU SUD

Le jardin d'hiver devait être aussi ancien que la demeure elle-même. Le verre de ses panneaux était parcouru de motifs en volutes comme s'il avait fondu sous le soleil africain avant d'être coincé dans un treillis en fer forgé évoquant une toile d'araignée. La condensation à l'intérieur couvrait les vitres d'une buée qui masquait la jungle sombre.

Dès qu'il y pénétra, Gray eut l'impression de suffoquer. L'humidité dans cette pièce devait avoisiner les cent pour cent. Sa combinaison de coton lui collait déjà à la peau.

Mais cette serre n'avait pas été conçue pour son confort. Elle abritait une profusion de plantes, saturant l'air de centaines d'effluves. L'eau jaillissant d'une petite fontaine en bambou et pierre tintait au centre de la salle. Un bel endroit qui soulevait pourtant une question : qui pouvait bien avoir besoin d'une telle serre en Afrique ?

La réponse leur apparut.

Perché sur une sorte de balcon, un vieil homme aux cheveux blancs tenait une paire de ciseaux à ongles dans une main et de minuscules pinces dans l'autre. Avec l'habileté d'un chirurgien, il taillait la branche d'un bonsaï – un prunier en fleur. Finalement, il se redressa en poussant un soupir satisfait.

L'arbre nain, tordu, enserré dans un fil de cuivre, semblait très ancien. Il était chargé de lourds bourgeons, harmonieusement symétriques, parfaitement disposés.

— Il a deux cent vingt-deux ans, annonça le vieil homme avec fierté. Il était déjà vieux quand il m'a été offert par l'empereur Hirohito en personne.

Il reposa ses outils et se retourna. Il portait un tablier blanc sur un costume bleu marine avec une cravate rouge. Il tendit la main vers son petit-fils.

— Isaak, *kom hier* !

Le jeune homme se précipita pour l'aider à descendre de son perchoir. Ce geste lui valut une tape affectueuse sur l'épaule. Le vieillard ôta son tablier et récupéra une canne noire sur laquelle il prit lourdement appui. Gray remarqua le blason proéminent sur le pommeau d'argent. Un *W* surmontait le symbole familier en feuille de trèfle. La même icône était tatouée sur les deux jumeaux, Ischke et Isaak.

— Je suis sir Baldric Waalenberg, déclara doucement le patriarche, en dévisageant Gray et Monk. Si vous voulez bien vous joindre à nous dans le salon, nous avons beaucoup de choses à nous dire.

Leur tournant le dos, il se dirigea vers le fond de la serre. Hormis sa canne, il ne montrait guère de signe de vieillesse. Sa chevelure blanche très fournie était séparée par une raie au milieu et lui tombait sur les épaules. Un lorgnon pendait à une chaîne d'argent autour de son cou, l'une des lentilles étant équipée d'une loupe de joaillier.

Tandis qu'ils foulaient le sol d'ardoise, Gray nota que la flore de la serre était répartie selon des sections bien délimitées : bonsaïs et arbrisseaux, jardin de verdure et, plus loin, une impressionnante collection d'orchidées.

Le patriarche remarqua son intérêt.

— Je cultive des *Phalaenopsis* depuis six décennies.

Il s'arrêta près d'une longue tige portant des fleurs charnues d'un pourpre très sombre, comme autant d'ecchymoses bien mûres.

— Mignon, fit Monk, sarcastique.

Isaak le fusilla du regard.

Le vieil homme ne releva pas.

— Et pourtant, l'orchidée noire se refuse encore à moi. Le Saint-Graal de la culture des orchidées. Je m'en suis rapproché mais sans jamais parvenir à un pur ébène.

Tripotant distraitement sa loupe, il se remit en marche.

Gray comprenait à présent la différence entre la jungle à l'extérieur et cette serre. La nature n'était pas la bienvenue sous ce dôme. Ici, il s'agissait de maîtrise, de contrôle. Fleurs et plantes étaient taillées, contraintes et formatées, leur croissance réprimée par des fils de bronze, leur floraison orchestrée par la main de cet homme.

Ils franchirent une porte de verre dépoli pour pénétrer dans une pièce tout en acajou et rotin, un petit salon s'enfonçant dans un des flancs de la demeure. Plus loin, une porte battante, recouverte d'un matériau isolant, donnait sur les entrailles de la maison.

Baldric Waalenberg s'installa sur une chaise à haut dossier.

Isaak s'approcha d'un bureau, équipé d'un ordinateur, derrière lequel un moniteur LCD était fixé au mur à côté d'un tableau noir sur lequel était inscrite à la craie une ligne de symboles. Des runes… dont la dernière était la rune *Mensch* de la Bible de Darwin.

Gray les compta et les mémorisa discrètement. Cinq symboles. Cinq livres. Ici se trouvait l'ensemble du code secret de Hugo Hirszfeld. Que signifiait-il ? Quel secret était donc *trop beau pour qu'on le laisse mourir et trop monstrueux pour qu'on le libère* ?

Le vieil homme croisa les mains sur son ventre et hocha la tête en direction d'Isaak.

Celui-ci pianota sur un clavier et une image en haute définition apparut à l'écran.

Une grande cage suspendue au-dessus du sol de la jungle. Elle était divisée en deux parties dont chacune retenait une petite silhouette prisonnière.

Gray voulut s'avancer mais un garde braqua son fusil sur lui. À l'image, un des captifs leva la tête et son visage fut éclairé par un projecteur.

Fiona.

Et dans l'autre moitié de la cage, Ryan.

Fiona gardait sa manche tirée sur sa main gauche, comme pour panser une plaie. Ryan, lui, coinçait sa main droite sous son aisselle. *Fais-les saigner d'abord.* Cette salope avait dû leur entailler les paumes. Gray sentit la rage monter en lui.

— Maintenant nous allons bavarder, n'est-ce pas ? s'enquit le vieil homme avec un large sourire. Comme de vrais gentlemen.

Gray se tourna vers lui, tout en gardant un œil sur l'écran.

— Que voulez-vous savoir ? demanda-t-il froidement.

— La Bible. Qu'y avez-vous trouvé d'autre ?

— Et vous les libérerez ?

— Et je veux récupérer ma main, bordel ! s'exclama Monk.

Baldric fit un signe à Isaak qui, à son tour, aboya un ordre en hollandais à un des gardes. Celui-ci quitta aussitôt la pièce par la porte battante.

— Tout mauvais traitement supplémentaire me paraît superflu. Coopérez et je vous donne ma parole : vous serez bien traités.

Gray décida qu'il ne servirait à rien de se taire plus longtemps. Il n'avait que des mensonges à lui révéler de toute façon. Il montra ses poignets attachés.

— Je dois dessiner ce que j'ai trouvé. Il m'est difficile de le décrire. C'est un autre symbole, comme ceux-ci.

Nouveau signe de la tête et, quelques secondes plus tard, Gray fut libéré. Se frottant les poignets, il s'approcha du tableau, suivi par le regard borgne de plusieurs fusils.

Ne connaissant pratiquement rien aux runes, il devait pourtant trouver quelque chose de convaincant. Il repensa à la théière de Himmler, celle qu'on leur avait montrée au musée et qui était décorée d'un symbole runique. Voilà qui devrait être assez énigmatique. De plus, en ajoutant son grain de sable au code du scientifique, il risquait du même coup de retarder la résolution du mystère qui passionnait ces gens.

Il ramassa un bout de craie et dessina le symbole.

Baldric se pencha en avant, les yeux plissés.

— Une roue solaire. Intéressant.

Gray s'écarta du tableau, bout de craie à la main, comme un élève attendant le verdict du professeur.

— Et c'est tout ce que vous avez trouvé dans la Bible de Darwin ? demanda Baldric.

Du coin de l'œil, Gray surprit un petit sourire torve sur les lèvres d'Isaak.

Mauvais signe.

Baldric attendait sa réponse.

— Relâchez-les d'abord, lança Gray en désignant le moniteur.

Le vieil homme le fixa droit dans les yeux. Gray ne s'y trompa pas : Baldric s'amusait prodigieusement.

Finalement, celui-ci brisa le contact visuel pour adresser un nouveau signe à son petit-fils.

— *Wie eerst ?* demanda Isaak.

Qui d'abord ?

Gray se raidit.

Très mauvais signe.

Baldric répondit en anglais, le regard planté dans celui de Gray.

— Le garçon. Gardons la fille pour plus tard.

Isaak tapa sur le clavier.

Sur l'écran, le plancher de la cage s'ouvrit brusquement sous Ryan. Celui-ci tomba en poussant un hurlement silencieux puis s'écrasa sur les hautes herbes en contrebas. Il se releva aussitôt malgré une cheville manifestement douloureuse, regardant autour de lui, terrifié. Le garçon était visiblement conscient d'un danger que Gray ne voyait pas, peut-être quelque chose attiré par son sang.

Les paroles d'Ischke résonnèrent dans la tête de Gray.

Nous n'attendons plus que l'ordre de grootvader… *Et la chasse pourra commencer.*

Quelle chasse ?

Nouveau signe de Baldric.

Isaak tapa sur une touche commandant le volume dans les haut-parleurs. Des cris et des hurlements retentirent.

La voix de Fiona.

— Cours, Ryan ! Monte dans un arbre !

Le garçon effectua un dernier tour sur lui-même avant de partir dans un sprint boitillant, disparaissant hors du champ de la caméra. Des rires s'élevèrent alors, émis par des gardes invisibles à l'écran.

Puis un autre hurlement déchira les haut-parleurs.

Féroce, inhumain.

Gray en eut la chair de poule. Il n'avait jamais rien entendu de semblable.

Baldric fit un geste tranchant de la main et le son fut coupé.

— Nous n'élevons pas seulement des orchidées ici, commandant Pierce, dit-il, abandonnant son ton poli.

— Vous nous avez donné votre parole, lui rappela Gray.

— Si vous coopériez !

Baldric se leva, esquissant un geste négligent vers le tableau noir.

— Nous prenez-vous pour des idiots ? Nous savions depuis le début qu'il n'y avait rien de plus dans la Bible de Darwin. Nous avions déjà récupéré tout ce qu'il nous fallait. Tout cela n'était qu'un test, le prélude à une petite démonstration. Nous vous avons amenés ici pour d'autres raisons. D'autres questions qui exigent des réponses.

— Alors, le gaz..., fit Gray.

— ... n'était absolument pas mortel et ne visait qu'à vous endormir. Mais votre petit stratagème était amusant, je vous l'accorde. Le moment est venu de passer aux choses sérieuses.

Baldric s'approcha de l'écran mural.

— Vous avez envie de protéger cette enfant, n'est-ce pas ? Cette petite insolente. *Zeer goed.* Je vais vous montrer ce qui l'attend dans la forêt.

Un signe, une touche de clavier enfoncée, et une image emplit le moniteur.

Gray écarquilla les yeux, horrifié.

— Nous souhaitons en savoir davantage sur l'un de vos acolytes. Je tenais juste à m'assurer que nous en avions terminé avec les jeux. À moins que vous ne vouliez une autre démonstration.

Gray fixait l'image sur l'écran, fasciné, terrifié et vaincu.

— Qui ? De qui voulez-vous que je vous parle ?

Baldric se planta devant lui.

— De votre patron. Painter Crowe.

12

Ukufa

06 : 19
RICHARDS BAY, AFRIQUE DU SUD

Lisa regardait les jambes de Painter trembler tandis qu'ils grimpaient les marches menant à l'antenne locale de British Telecom International. Ils étaient venus retrouver un agent britannique qui devait leur fournir un soutien logistique et des renforts dans l'éventualité d'un assaut contre le domaine Waalenberg. Ces bureaux, tout proches de l'aéroport de Richards Bay, se trouvaient à moins d'une heure de voiture de la propriété.

Painter s'accrochait à la rampe, y laissant des empreintes moites. Elle lui soutint le bras pour l'aider à franchir la dernière marche.

— Ça va, aboya-t-il.

Lisa ne s'offusqua pas. Cette colère était causée par son angoisse. Et ses souffrances. Il se gavait de cachets de codéine comme de M&M's.

Lisa avait espéré que le voyage en avion lui aurait permis de reprendre quelques forces, mais pendant cette demi-journée de voyage, la dégénérescence – la *dévolution,* comme disait Anna – n'avait fait que s'accélérer.

Gunther et sa sœur étaient restés à l'aéroport, sous la garde de plusieurs Rangers. Non que cela soit nécessaire. Anna avait passé la dernière heure du voyage à vomir dans les toilettes du jet. Quand Lisa et Painter les abandonnèrent, Gunther venait de coucher sa sœur et veillait sur elle en maintenant un linge mouillé sur son front. Elle avait un œil injecté de sang et l'autre, violet, comme après un coup. Lisa lui avait administré un antiémétique pour les nausées avant de lui faire une injection de morphine.

Selon son estimation, Anna et Painter avaient au mieux vingt-quatre heures devant eux. Passé ce délai, leur état ne laisserait plus aucun espoir de traitement.

Le major Brooks, qui les escortait, leur ouvrit la porte. Son regard fouillait la rue, toujours vigilant mais, à cette heure matinale, les badauds étaient rares.

Painter entra, le corps raide, faisant de son mieux pour masquer sa claudication.

Lisa lui emboîta le pas. Ils franchirent un hall de réception et furent conduits dans une salle de conférences.

Elle était vide. Ses murs vitrés donnaient sur la baie. Au nord, s'étalait un immense port industriel avec ses grues, ses containers et ses cargos. Au sud, séparé par une digue, le lagon originel reprenait ses droits, proclamé réserve naturelle abritant crocodiles, requins, hippopotames, pélicans, cormorans et flamants roses.

Le soleil levant transformait les eaux en miroir étincelant.

Pour les faire patienter, on leur servit du thé et des scones. Painter était déjà assis. Lisa l'imita. Le major Brooks resta debout, non loin de la porte.

— Je vais bien, marmonna Painter, répondant à la question qu'elle s'apprêtait à poser.

— Non, vous n'allez pas bien, objecta-t-elle d'une voix douce.

Cette pièce vide l'intimidait sans qu'elle en comprenne la raison.

Painter lui sourit, les yeux brillants. Malgré son état, il gardait toute sa lucidité. Son élocution semblait ralentie par les drogues. Son esprit serait-il le dernier à résister ?

Elle chercha sa main sous la table.

Il la trouva.

Elle refusait de le perdre. La force de ses propres émotions la bouleversait et la surprenait. Elle le connaissait à peine et ça ne lui suffisait pas. Oh non ! Elle voulait en savoir plus : son plat préféré, ce qui le faisait rire, s'il dansait, ce qu'il murmurait au moment de s'endormir. Pas moyen que tout ça disparaisse.

Lisa lui serra la main comme si ce geste pouvait le retenir dans ce monde.

Au même moment, la porte se rouvrit et l'agent britannique les rejoignit enfin.

Lisa le dévisagea avec surprise. Elle s'était imaginé un clone de James Bond, un espion buriné en costume Armani. Mais c'était une femme d'âge mûr, affublée d'une tenue de safari froissée, qui venait d'apparaître. Son visage était maculé de poussière rouge, sauf autour de ses yeux que des lunettes de soleil avaient dû protéger. Une certaine tristesse luisait dans son regard, accentuée par ses épaules voûtées.

— Dr Paula Kane, se présenta-t-elle en saluant le major Brooks d'un geste avant de les rejoindre. Nous avons très peu de temps devant nous.

Painter se pencha au-dessus de la table sur laquelle étaient étalées plusieurs photos satellite.

— De quand datent ces clichés ? demanda-t-il.

— Pris à la tombée de la nuit hier soir, rétorqua Paula Kane.

Elle leur avait déjà expliqué son rôle ici. Après avoir obtenu son doctorat en biologie, elle avait été recrutée par les services britanniques et envoyée ici en Afrique du Sud. Sa partenaire et elle avaient mené plusieurs projets de recherches tout en surveillant la propriété Waalenberg. Elles espionnaient cette famille depuis près d'une décennie maintenant. Deux jours plus tôt, son amie avait trouvé la mort dans des circonstances étranges. L'explication officielle ? Attaque d'une lionne. Ce qui n'avait visiblement pas convaincu Paula Kane.

— Nous avons passé la propriété aux infrarouges après minuit, enchaîna-t-elle, mais nous avons eu un problème technique et perdu les images.

Painter contemplait l'immense domaine qui s'étalait sur plus de quarante mille hectares. Une petite piste d'atterrissage avait été taillée dans la jungle. Quelques bâtiments épars ponctuaient çà et là un paysage de collines arborées, de brousse ou de jungle. Au centre de la zone où la végétation était la plus dense se dressait un véritable château de pierre et de bois. Le palais des Waalenberg.

— Ne pouvons-nous pas obtenir une vue plus détaillée des environs de la maison ?

Paula Kane secoua la tête.

— Cette partie de la jungle est de type afromontane, une forêt tropicale tempérée très particulière comme il en reste peu en Afrique du Sud. Les Waalenberg ont choisi cet endroit en partie parce qu'il leur permettait d'être tranquilles. Ils se réservent l'usage de cette gigantesque forêt. On y trouve des arbres de quarante mètres de haut, dont les branches et le feuillage forment des strates et des canopées successives. La biodiversité y est plus dense que dans n'importe quelle autre jungle ou forêt tropicale.

— Et elle leur offre une parfaite couverture, ajouta Painter.

— Seuls les Waalenberg savent ce qui se passe sous cette canopée. Par ailleurs, le manoir n'est que la partie émergée d'un iceberg. Un immense complexe souterrain se cache sous la propriété.

— Immense ? fit Painter. À quel point ?

Il lança un coup d'œil à Lisa. Si une Cloche se trouvait là, ces gens avaient dû l'enfouir le plus profondément possible.

— Nous l'ignorons. Mais les Waalenberg ont fait fortune dans les mines d'or.

— Dans le Witwatersrand Reef.

Paula Kane leva les yeux vers lui.

— C'est exact. Je vois que vous avez creusé le sujet. Ce n'est pas le matériel de forage qui leur manque. La réalisation de ce complexe n'a pas dû leur poser le moindre problème. Nous savons qu'un ingénieur minier, Bertrand Culbert, a été consulté. Il a travaillé aux fondations de la maison, mais il est mort peu après.

— Laissez-moi deviner. Dans des circonstances mystérieuses.

— Écrasé par un buffle. Ce n'est ni le premier ni le dernier mort associé aux Waalenberg, leur assura Paula

Kane avec rage et tristesse. On ne compte plus les cas de disparitions étranges.

— Et les autorités n'ont jamais enquêté ?

— La situation politique en Afrique du Sud est très particulière. Le régime a peut-être changé, c'est vrai, mais l'or continue de régner en maître ici. Les Waalenberg sont intouchables. Leur fortune les protège mieux qu'une armée.

— Et vous ? demanda Painter. Pourquoi le MI5 s'intéresse-t-il à eux ?

— Ça fait très, très longtemps que nous les tenons à l'œil. Depuis la fin de la Seconde Guerre mondiale, à vrai dire.

Épuisé, Painter se laissa aller contre le dossier de sa chaise. Une de ses paupières tombait. Il la frotta, conscient du regard appuyé de Lisa. Il pivota vers Paula à nouveau. Painter ne lui avait pas parlé de la croix gammée dissimulée au centre du blason des Waalenberg, mais apparemment, les Anglais avaient déjà relié la famille aux nazis.

— Nous savions, enchaîna-t-elle, que les Waalenberg avaient apporté un soutien financier majeur à la Forschungs und Lehrgemeinschaft Ahnenerbe, une organisation nazie. En avez-vous entendu parler ?

Il secoua la tête, ce qui déclencha un spasme musculaire douloureux. Sa migraine empirait, se propageant dans son cou et le long de sa colonne vertébrale. Il endura la souffrance, serrant les dents.

— Cette Société de l'Héritage Ancestral était un groupe de « recherches », dirigé par Himmler. Elle se proposait notamment de retrouver les origines de la race aryenne. Sous prétexte d'expériences médicales, elle a commis de véritables abominations dans des camps de concentration et dans des laboratoires secrets.

— Pourquoi les Waalenberg s'intéressaient-ils à ces recherches ? demanda Lisa.

— Nous n'avons aucune certitude, mais, à l'époque, l'Afrique du Sud abritait beaucoup de sympathisants du régime nazi. Nous savons que le patriarche actuel, sir Baldric Waalenberg, se passionnait pour l'eugénisme. Il a participé à des conférences sur ce sujet en Allemagne et en Autriche avant que la guerre n'éclate. Après celle-ci, il s'est retiré dans son domaine, y enfermant toute sa famille avec lui.

— Il pansait ses blessures ? s'enquit Painter.

— Non, je ne crois pas. À la fin de la guerre, les Alliés ont passé l'Allemagne au peigne fin pour s'approprier la technologie nazie, expliqua Paula. Y compris nous, les Britanniques.

Painter acquiesça de la tête. Anna leur avait déjà parlé de ces pillages.

— Mais les nazis ne se sont pas laissé faire. Ils ont pratiqué la politique de la terre brûlée, exécutant des scientifiques, rasant des laboratoires. Une de nos équipes est arrivée sur un de ces sites en Bavière un tout petit peu trop tard. Dans un fossé, elle a découvert un savant, abattu d'une balle dans la tête, mais encore vivant. Avant de mourir, il a livré quelques indices sur ce qui se passait là-bas. Il s'agissait de recherches sur une nouvelle source d'énergie se basant sur la théorie quantique. À en croire les dernières paroles de cet homme, ils avaient vraiment trouvé quelque chose. Une source de puissance extraordinaire.

Painter échangea un regard avec Lisa.

— Mais cette découverte, quelle qu'elle fût, nous a échappé. Les nazis ont réussi à l'emporter dans leur fuite. Nous ne savons pas grand-chose hormis le nom de la substance et l'endroit où ont finalement échoué les fuyards.

— Le domaine Waalenberg ? devina Lisa.

Paula acquiesça.

— Et le nom de cette substance, fit Painter. Ce ne serait pas le Xerum 525, par hasard ?

Paula lui décocha un regard perçant.

— Comment le savez-vous ?

— La source d'énergie de la Cloche, murmura Lisa.

Pour Painter, tout cela ne faisait que confirmer ses soupçons. Le moment était venu de révéler certaines choses au Dr Paula Kane. Il se leva.

— J'aimerais vous présenter quelqu'un.

— *Unglaublich !* s'exclama Anna. Le secret de fabrication du Xerum 525 n'a donc pas été perdu ?

Ils étaient tous réunis dans un hangar de l'aéroport de Richards Bay. Derrière eux, plusieurs hommes étaient en train de charger des armes et de l'équipement à bord de deux Isuzu Trooper poussiéreux.

Lisa dressait un inventaire du matériel médical tout en prêtant l'oreille à la discussion entre Painter, Anna et Paula. Gunther se tenait à ses côtés, manifestement de plus en plus inquiet pour sa sœur. Dont l'état semblait malgré tout plus stable depuis que Lisa l'avait soignée.

Mais pour combien de temps ?

— Tandis que la Cloche a été évacuée par le nord avec votre grand-père, expliqua Painter à Anna, les secrets concernant le Xerum 525 sont partis vers le sud. Ils ont coupé la poire en deux. D'une manière ou d'une autre, les Waalenberg ont fini par apprendre le sauvetage de la Cloche. Baldric Waalenberg – en tant que financier de la Société de l'Héritage Ancestral – devait connaître l'existence du *Granitschloss.*

— C'est ce groupe, renchérit Paula, qui a organisé les expéditions de Himmler dans l'Himalaya.

— À partir de là, il est devenu très facile à Baldric d'infiltrer des espions parmi vous.

Anna pâlit… et non en raison de sa maladie.

— Il nous a utilisés ! Depuis le début !

Painter acquiesça. Comme il l'avait déjà expliqué à Paula et Lisa pendant le bref trajet vers l'aéroport, Baldric Waalenberg avait tout orchestré, tirant les ficelles depuis son repaire en Afrique du Sud. N'étant pas du genre à gâcher les talents ou à réinventer la roue, il avait laissé les scientifiques du *Granitschloss* poursuivre leurs recherches sur la Cloche tout en récupérant leurs résultats grâce à ses espions.

— Par la suite, Baldric a dû construire sa propre Cloche, continua Painter, menant ses propres expériences en secret, produisant ses propres *Sonnenkönige,* les améliorant, si on peut dire, grâce aux recherches menées ici par son équipe. Un plan parfait. Incapable de produire le Xerum 525, le *Granitschloss* était vulnérable, et surtout, il devenait superflu. À tout moment, Baldric Waalenberg pouvait décider de s'en débarrasser.

— Ce qu'il a fait, cracha Anna.

— Mais pourquoi ? demanda Paula. Pourquoi mettre subitement un terme à ce qui fonctionnait si bien, au risque d'attirer l'attention ?

Painter haussa les épaules.

— Peut-être parce que le groupe d'Anna s'éloignait de plus en plus de l'idéal nazi, de la suprématie aryenne.

— Oui, murmura Anna en se tenant le front. Nous parlions de plus en plus souvent de publier nos résultats, de rejoindre la communauté scientifique internationale, de partager nos recherches.

— Mais je ne pense pas qu'il s'agisse seulement de cela, dit Painter. Il se trame quelque chose. Quelque chose de plus important qui a brusquement rendu le *Granitschloss* obsolète.

— Je le crois aussi, renchérit Paula. Ces quatre derniers mois, nous avons noté un regain d'activité au domaine. Une certaine agitation.

— Ils ont dû faire une nouvelle découverte, déclara Anna avec inquiétude.

Gunther intervint enfin, rudement.

— *Genug !* Ce bâtard a la Cloche, lâcha-t-il. Il a le Xerum... On la trouve. On soigne.

Il montra sa sœur.

— Assez discuté ! conclut-il.

Lisa réalisa avec surprise qu'elle était entièrement d'accord avec le géant.

— Il faut trouver un moyen de pénétrer dans ces souterrains.

Et vite, ajouta-t-elle pour elle-même.

— Une armée aurait déjà du mal à arriver jusqu'au manoir, contra Painter avant de se tourner vers Paula. Pouvons-nous espérer un soutien de la part des autorités sud-africaines ?

— Aucune chance. L'argent des Waalenberg graisse tous les rouages du pouvoir. Nous allons devoir agir de façon plus discrète.

— Les photos satellite ne nous aident guère, soupira Painter.

— La technologie n'est pas toujours la solution, rétorqua Paula en les conduisant vers les Isuzu. J'ai un homme sur le terrain. Il sait des choses que les satellites ignorent.

06 : 28

Khamisi s'était mis à plat ventre, invisible. Si l'aube était là, les premiers rayons de soleil ne faisaient qu'allonger les ombres sur le sol de la jungle. Il portait une tenue de camouflage et son gros fusil à double canon, le .465 Nitro Holland & Holland Royal, à l'épaule. Dans sa main, il tenait un court javelot zoulou, un *assegai*.

Derrière lui se trouvaient deux autres éclaireurs zoulous : son meilleur ami, Njongo, et Tau, le petit-fils du vieil homme qui l'avait sauvé de la piqûre empoisonnée, eux aussi munis d'armes à feu et de javelots. Mais ils étaient vêtus de façon plus traditionnelle, de peaux de bête, un bandeau en loutre autour du front et le corps barbouillé de peinture.

Le trio avait passé la nuit à arpenter la forêt autour du manoir. Ils avaient déniché une voie d'accès qui évitait les passerelles surélevées et les gardes qui patrouillaient. Ils avaient emprunté des sentiers à gibier et accompagné un petit troupeau d'impalas, ombres parmi les ombres. Khamisi s'était souvent arrêté pour installer quelques petites surprises dans la jungle.

Sa tâche accomplie, il s'était retiré avec ses deux compagnons près d'un ruisseau qui longeait la clôture entourant la propriété.

C'est là que, quelques instants auparavant, il avait entendu le hurlement.

Hoo... eeee... OOOO !

Il s'était terminé par un hululement strident.

Khamisi s'était immobilisé, ses os se souvenant du cri.

Ukufa.

Paula Kane avait raison. D'après elle, ces créatures provenaient de la propriété Waalenberg. Qu'elles s'en soient échappées ou qu'elles aient été libérées à dessein pour attaquer Khamisi et Marcia, elle l'ignorait. Quoi qu'il en soit, elles couraient à travers la jungle désormais, pour chasser.

Mais qui ?

L'appel avait été lancé à quelque distance de là, sur la gauche.

Khamisi et ses hommes n'étaient pas le gibier, cette fois. Ces créatures trop habiles ne révéleraient pas leur présence si tôt. Elles s'en prenaient à quelqu'un d'autre.

C'est alors qu'il entendit une voix désespérée crier en allemand.

Toute proche.

Tremblant de terreur, Khamisi n'avait qu'une envie : fuir, vite et loin. Une réaction instinctive, primaire, au hurlement surnaturel.

Derrière lui, Tau murmura en zoulou. Il voulait filer, lui aussi.

Au lieu de cela, Khamisi se tourna en direction de l'appel au secours. Les créatures lui avaient pris Marcia. Il repensa à cette nuit dans la mare, plongé dans l'eau jusqu'au cou, attendant l'aube. Il ne pouvait pas abandonner ce malheureux.

Rampant à reculons vers Tau, il lui confia les plans qu'il avait dessinés.

— Retourne au camp. Donne ça au Dr Kane.

— Khamisi, mon frère, viens avec nous.

Les yeux de Tau étaient écarquillés d'effroi. Son grand-père avait dû lui parler d'*ukufa,* du mythe incarné. Khamisi reconnaissait son courage et celui de Njongo. Nul autre n'avait accepté de l'accompagner à l'intérieur de la propriété. Les superstitions restaient encore très tenaces.

Maintenant, face à la réalité, Tau refusait de rester dans les parages plus longtemps.

Et Khamisi ne pouvait pas le lui reprocher. Il se souvenait trop de sa propre panique pendant son expédition avec Marcia. Au lieu d'affronter *ukufa*, il avait fui et laissé le docteur se faire tuer.

— Pars, ordonna-t-il en hochant la tête vers la clôture.

Les plans devaient sortir du domaine.

Tau et Njongo hésitèrent une fraction de seconde. Puis Tau acquiesça et tous deux disparurent dans les broussailles. Khamisi n'entendit même pas le bruit de leurs pas.

Un silence mortel était tombé sur la forêt, aussi dense que la jungle elle-même. Khamisi prit la direction des cris – ceux de l'homme et de la créature.

Soudain, un autre hululement éclata... pour se terminer par une série de caquètements. Khamisi s'immobilisa, soudain frappé par leur aspect familier.

Mais, avant qu'il ne puisse y réfléchir, un sanglot étouffé attira son attention.

Juste devant lui.

Khamisi écarta quelques branches avec le canon de son arme. Une petite clairière s'ouvrait dans la forêt, dégagée par un arbre abattu récemment redondant. Le trou dans la canopée permettait à un rayon de soleil de toucher le sol. La jungle environnante n'en paraissait que plus sombre.

Au-delà de la clairière, il perçut un mouvement. Un jeune homme – à peine plus âgé qu'un adolescent –, perché sur les premières branches d'un arbre, tentait de grimper plus haut. Il n'y arrivait pas, avec sa main droite manifestement invalide. Même à cette distance, Khamisi voyait la traînée de sang ruisseler le long de sa manche tandis qu'il s'acharnait en vain.

Soudain, l'adolescent se tassa sur lui-même, étreignant le tronc, comme pour tenter de se cacher.

Et la raison de sa terreur subite apparut.

Khamisi se pétrifia tandis que la créature surgissait dans la clairière pour aller se poster sous l'arbre. Elle était énorme, malgré la rapidité avec laquelle elle se déplaçait dans les broussailles. Plus grande qu'un lion mâle adulte. Mais il ne s'agissait pas d'un lion. Sa fourrure hirsute était d'un blanc albinos, ses yeux d'un rouge presque brillant. Son dos descendait depuis un épais garrot jusqu'à l'arrière-train posé sur des pattes postérieures plus courtes. Son cou musculeux supportait une grosse tête surmontée d'une paire d'oreilles de chauve-souris arrondies aux extrémités. Celles-ci se dressèrent vers l'arbre.

Ses naseaux frémirent. La créature flairait l'odeur de sang.

Ses babines se retroussèrent sur des crocs effroyables.

Elle hurla encore, achevant encore une fois son cri par une série de caquètements.

Puis elle commença à grimper.

Khamisi savait à quoi il avait affaire.

Ukufa.

La mort.

Mais si monstrueuse qu'elle paraisse, Khamisi connaissait maintenant le vrai nom de la créature.

06 : 30

— C'est une *Crocuta crocuta,* déclara Baldric Waalenberg en se dirigeant vers le moniteur.

Il avait remarqué que Gray ne quittait pas des yeux la créature à l'écran.

L'image était figée sur la bête, face caméra, la gueule ouverte, découvrant des gencives blanches et des crocs jaunis. Elle devait peser plus de cent cinquante kilos.

— La hyène tachetée, continua Baldric. Le deuxième plus grand carnivore d'Afrique, capable de mettre un gnou à terre.

Gray fronça les sourcils. La créature qu'il voyait là n'avait rien d'une hyène ordinaire. Elle devait être trois à quatre fois plus grosse qu'un animal normal. Et cette fourrure… Un mélange de gigantisme et d'albinisme. Une mutation monstrueuse.

— Que lui avez-vous fait ? demanda-t-il, incapable de masquer son dégoût.

Il voulait aussi gagner du temps, inciter l'homme à parler. Et Monk, avec qui il échangea un regard, avait déjà deviné son intention.

— Nous l'avons améliorée, rendue plus forte, annonça Baldric. N'est-ce pas, Isaak ?

Celui-ci continuait à observer l'écran sans passion.

— *Ja, grootvader.*

— Des peintures préhistoriques dans certaines grottes d'Europe montrent le grand ancêtre de la hyène actuelle. La hyène géante. Nous avons trouvé un moyen de rendre à *Crocuta* sa gloire passée, annonça Baldric avec le même détachement que lorsqu'il avait parlé des orchidées noires. Nous avons même perfectionné l'intelligence de l'espèce en incorporant des cellules souches humaines dans son cortex. Les résultats sont fascinants.

Gray avait lu quelques articles faisant état d'expériences similaires. À Stanford, des chercheurs avaient créé des souris dotées de cerveaux à un pour cent humains. Le monde devenait de plus en plus étrange.

Baldric se planta devant le tableau avec les cinq symboles runiques. Il tapa la surface noire avec sa canne.

— Nous avons une série de supercalculateurs Cray XT3 qui travaillent sur ce code. Quand il sera décrypté, nous devrions pouvoir appliquer nos progrès à l'humanité. Franchir la prochaine étape de l'évolution. Encore une fois, l'homme renaîtra en Afrique, et cette renaissance entraînera la fin des races inférieures et des mélanges raciaux. La pureté s'imposera partout. Elle attend simplement d'être libérée de notre code génétique corrompu.

Voilà qui rappelait furieusement l'idéologie nazie de l'*Übermensch,* du surhomme. Ce Baldric Waalenberg était un vieux fou. Forcément. Pourtant son regard semblait très lucide. Et, sur l'écran, Gray constatait bien la preuve du terrible succès de son entreprise.

Isaak enfonça une touche de clavier et la hyène mutante disparut. Gray contempla le petit-fils. L'albinisme de la bête. Isaak et sa sœur jumelle. Les autres tueurs aux cheveux blancs. Tous jeunes, eux aussi. Baldric n'avait pas limité ses expériences aux orchidées et aux hyènes.

— Revenons-en à Painter Crowe, poursuivit le vieil homme. Maintenant que vous savez, ajouta-t-il en montrant le moniteur, ce qui attend la jeune *meisje* si vous ne répondez pas franchement à nos questions…

Gray regarda l'écran sur lequel Fiona était revenue. Il se tourna vers Baldric.

— Que voulez-vous savoir ?

— Contrairement à vous, Painter Crowe s'est révélé un adversaire coriace. Il nous a échappé à plusieurs reprises. Nous devons le retrouver. Et vous allez nous y aider.

— Comment ?

— En contactant le quartier général de Sigma. Nous disposons d'une ligne sécurisée, impossible à tracer. Vous allez rompre le silence radio et me dire ce que Sigma a découvert sur le projet Soleil Noir et où se cache Painter Crowe. Au moindre signe de tricherie…

Baldric désigna le moniteur.

Pour Gray, l'alternative était simple : sauver Fiona ou trahir Sigma.

Sa décision fut momentanément repoussée par le retour d'un garde dans la pièce.

— Ma main ! s'exclama Monk en voyant sa prothèse. Il se débattit, les coudes toujours liés derrière le dos. Baldric héla le garde.

— Donnez cela à Isaak.

— Le labo l'a-t-elle examinée ? demanda ce dernier en hollandais. On est sûr qu'elle ne cache aucune arme ?

— *Ja,* monsieur. Tout va bien.

Isaak n'en inspecta pas moins la prothèse. Cette merveille de technologie avait été réalisée par le DARPA. On y avait incorporé des contacts en titane au poignet avant de les relier directement au système nerveux. Elle était aussi dotée de mécanismes permettant des mouvements d'une précision et d'une sensibilité étonnantes.

Monk regarda Gray.

Ce dernier surprit son collègue en train d'effleurer les points de contact de son moignon droit, tapant un code.

Gray se rapprocha de son partenaire.

C'était une autre caractéristique de la prothèse.

Elle était équipée d'une commande *sans fil.*

Un signal radio passa entre Monk et la main artificielle.

En réponse, celle-ci se ferma, formant un poing dans la main d'Isaak.

À l'exception d'un majeur dressé.

— Je vous emmerde ! gueula Monk.

Gray l'attrapa par le coude pour l'entraîner vers la double porte.

La charge explosive, impossible à détecter, était mélangée au film plastifié servant de peau. La déflagration ne fut pas très forte – à peine plus puissante que celle d'une grenade aveuglante – mais provoqua une diversion salutaire. Les gardes poussèrent des cris de surprise et de douleur tandis que Gray et Monk défonçaient la porte. Ils se ruèrent dans le couloir, tournant au premier embranchement.

Des sirènes d'alarme retentirent, stridentes.

Ils devaient trouver un moyen de sortir d'ici.

Découvrant un vaste escalier, Gray entraîna Monk avec lui.

— Où allons-nous ?

— En haut, répondit Gray en grimpant les marches deux par deux.

Les gardes s'attendaient sûrement qu'ils essaient de fuir par la porte ou la fenêtre la plus proche. Il existait pourtant une autre issue. Lors de la traversée des jardins jusqu'au manoir, Gray avait soigneusement mémorisé la disposition des lieux. À présent, il se concentrait, se fiant à sa mémoire et à son sens de l'orientation.

— Par ici.

Ils se trouvaient au cinquième étage. Les alarmes hurlaient toujours.

— Où… ? questionna Monk.

— On passe par la forêt, répondit Gray en montrant une porte au bout d'un long couloir. Les passerelles dans les arbres.

Ça n'allait pas être aussi facile.

Comme si quelqu'un venait de les entendre, un volet métallique commença à descendre devant la porte.

— Vite !

Le store était déjà au trois quarts baissé.

Gray laissa Monk derrière lui, accélérant l'allure. Au passage, il attrapa une chaise et la fit glisser sur le sol dallé. La porte fermée arrêta sa course et le volet buta sur le siège. Des rouages grincèrent. Une lumière rouge s'alluma. Mauvais fonctionnement. Gray aurait parié qu'un voyant similaire clignotait déjà dans une salle de contrôle quelconque.

Au moment où il atteignait la porte, les pieds de la chaise craquèrent. Des échardes jaillirent.

Monk se rua en avant, les bras toujours liés derrière le dos.

Gray plongea sous la chaise et chercha le loquet de la porte qu'il eut du mal à atteindre sous le rideau.

Ses doigts se refermèrent sur la poignée et la tournèrent.

Verrouillée.

— Merde !

La chaise ne tarderait pas à céder. Et derrière eux, des bruits de pas retentissaient dans l'escalier.

Gray se retourna.

— Cale-toi derrière moi ! lança-t-il à Monk.

Sur le dos, les jambes déjà levées, Gray prit appui sur son partenaire.

C'est alors que la porte s'ouvrit toute seule face à lui, révélant une paire de jambes en tenue de camouflage kaki. L'un des gardes patrouillant sur les passerelles avait dû remarquer la panne et était venu vérifier.

Gray détendit les jambes, visant les tibias.

Pris par surprise, l'homme tomba en avant. Sa tête heurta violemment le volet et il s'écroula. Gray le frappa de nouveau à la tempe. L'autre perdit conscience.

Monk sortit à son tour, roulant sous le volet, en veillant à dégager la chaise d'un coup de pied. Le rideau de sécurité acheva sa descente et bloqua la sortie.

Gray trancha les liens de Monk avec un poignard trouvé sur le garde assommé. Ils le dépouillèrent ensuite de ses armes, Monk s'emparant du pistolet semi-automatique HK Mark 23 et Gray du fusil.

Puis, ils filèrent vers la canopée, atteignant le premier carrefour là où la passerelle rejoignait la jungle. Des deux côtés, la voie était libre.

— On se sépare, déclara Gray. Ça doublera nos chances. Trouve de l'aide, un téléphone, contacte Logan.

— Et toi ?

Gray ne répondit pas. C'était inutile.

— Gray… elle est peut-être déjà morte.

— On n'en sait rien.

Monk scruta son visage. Lui aussi avait vu le monstre sur l'écran. Gray n'avait pas le choix.

Son partenaire acquiesça.

Sans un mot de plus, ils partirent.

Chacun de son côté.

06 : 34

Khamisi atteignit la passerelle, se laissant glisser depuis une branche de l'autre côté de la petite clairière. Il se déplaçait rapidement et en silence.

En bas, l'*ukufa* continuait à tourner autour de l'arbre, piégeant sa proie. L'explosion étouffée qui avait retenti quelques instants plus tôt avait surpris la créature. Elle avait sauté de l'arbre, craintive et prudente. À présent, elle rôdait autour du tronc, oreilles dressées, troublée par les sirènes provenant du manoir.

Cette soudaine agitation inquiétait aussi Khamisi.

Tau et Njongo avaient-ils été pris ?

À moins que leur base près de l'enceinte du domaine n'ait été découverte ? Celle-ci était déguisée en camp de chasse zoulou. Quelqu'un avait-il compris qu'il s'agissait d'une planque ?

Qu'importait la cause de ces alarmes, le bruit avait au moins eu le mérite d'effrayer un peu la créature géante – l'*ukufa*. Khamisi en avait profité pour grimper sur l'un des ponts suspendus. Il roula sur les planches, libérant son fusil. La terreur qui l'habitait jusque-là se diluait peu à peu. Il avait remarqué la démarche particulière de la créature, les petits grondements, les caquètements qui se muaient en aboiements et en cris.

Des caractéristiques propres aux hyènes.

Malgré sa taille, cette bête n'avait rien de mythique ou de surnaturel.

Elle était faite de chair. Et cela seul rendait sa confiance à Khamisi.

Il s'avança vers l'arbre où se trouvait le garçon, libérant une corde de son sac à dos.

Se penchant par-dessus le câble qui servait de rampe, il lança un bref sifflement, semblable à celui d'un oiseau. Le garçon, surpris, leva les yeux.

— Je vais vous sortir de là, murmura Khamisi en anglais, espérant que le jeune homme comprendrait.

Ce dernier ne fut pas le seul à l'entendre.

L'*ukufa* tourna sa gueule vers la passerelle. Des pupilles rouges se fixèrent sur Khamisi. Des paupières se baissèrent à moitié tandis qu'elles étudiaient l'homme perché là-haut. Des crocs apparurent. Khamisi devina du calcul dans ce regard.

Était-ce la créature qui avait tué le Dr Marcia Fanfield ?

Khamisi aurait adoré décharger son double canon sur la bête, mais la détonation attirerait l'attention. Le domaine était déjà en état d'alerte. Alors, il posa son fusil sur les planches car il allait avoir besoin de ses deux bras.

— Je vais vous lancer une corde. Accrochez-la autour de la taille. Je vais vous tirer.

Tout en parlant, il mimait ce qu'il attendait du garçon. Celui-ci hocha la tête, les yeux écarquillés, le visage gonflé de larmes.

Se penchant par-dessus le rebord, Khamisi lâcha la corde. Celle-ci se déploya, heurtant les feuilles au passage, et, bloquée par une branche, elle n'atteignit pas le garçon.

— Grimpez !

Le jeune homme ne se le fit pas dire une deuxième fois. Entrevoyant un espoir d'échapper à la mort, il s'élança avec détermination. Malgré sa main blessée, il s'accrocha, tirant sur ses bras, cherchant des appuis et s'éleva jusqu'à la branche. Il noua la corde autour de sa taille et la libéra des branchages. Il faisait preuve d'une certaine habileté.

Khamisi tendit la corde, se servant d'un des câbles d'acier qui soutenaient la passerelle comme d'une poulie.

— Je vais commencer à tirer ! Attention, vous allez vous balancer.

— Dépêchez-vous ! le pressa le garçon, trop vite et trop fort.

L'*ukufa* avait remarqué le soudain déplacement de sa proie et s'élança, comme un chat après une souris. Il se projeta sur le tronc, ses griffes se plantant dans l'écorce. Il grimpait avec une rapidité incroyable.

Khamisi commença à tirer de toutes ses forces, un bras après l'autre. Il sentit le poids du garçon quand celui-ci quitta l'appui de la branche. Jetant un coup d'œil, il le vit osciller dans le vide tel un pendule.

Le regard de l'*ukufa* suivait l'arc de rotation. Khamisi devina son intention. Il comptait bondir et attraper le garçon comme un hameçon au bout d'une ligne.

Khamisi le hissa encore. Le garçon se balança de plus belle.

— *Wie zijn zie ?* aboya soudain une voix.

Surpris, Khamisi faillit lâcher la corde. Il tourna son regard vers l'extrémité de la passerelle.

Une femme, grande et mince, toute vêtue de noir, le contemplait. Elle avait les cheveux très blonds mais pratiquement rasés. Une des enfants Waalenberg. Un poignard à la main. Et Khamisi n'osait pas lâcher la corde.

Plus bas, le garçon cria.

Khamisi baissa les yeux.

L'*ukufa* avait atteint la branche d'où il était parti et s'apprêtait à bondir. Derrière Khamisi, la femme éclata de rire, un rire comparable aux caquètements de la créature. Les planches craquèrent tandis qu'elle s'avançait vers lui, dans son dos.

Ils étaient tous les deux pris au piège.

06 : 38

Gray s'agenouilla à l'intersection. Il avait le choix entre trois directions. À gauche, une passerelle repartait en direction de la demeure. L'allée centrale longeait la jungle et dominait les jardins. Celle de droite s'enfonçait dans la forêt.

Laquelle emprunter ?

Accroupi, Gray étudia les ombres, les comparant à celles qu'il avait vues sur l'écran du moniteur. La longueur et la direction de celles-ci lui donnaient une idée approximative de la position de Fiona par rapport au soleil levant. Mais il ne s'agissait que d'une estimation et le domaine semblait très vaste.

Des pas ébranlèrent le pont de bois.

Des gardes.

Encore.

Il avait déjà croisé deux groupes.

Fusil à l'épaule, il rampa vers le rebord, se laissa basculer dans le vide en se suspendant à une planche puis au câblage. Un instant plus tard, trois soldats passèrent au-dessus de sa tête, remuant la passerelle. Secoué, Gray s'accrocha.

Une fois qu'ils furent passés, il utilisa une branche pour remonter sur le pont. Alors qu'il se tenait au câble qui servait de rampe, une vibration continue irradia sa paume. D'autres gardes ?

À genoux sur les planches, il colla son oreille au câble, tel un Indien sur une piste. Un rythme régulier. Trois coups rapides, trois lents, trois rapides. Qui se répétaient.

Du morse.

S.O.S.

Quelqu'un émettait un signal de détresse.

Gray roula sur lui-même, s'approcha des câbles des trois passerelles et ne perçut aucun son. Un seul tremblait. Celui qui courait le long de la passerelle de droite plongeant au cœur de la jungle.

Se pouvait-il que… ?

À défaut d'un meilleur indice, il décida de partir dans cette direction. Il marchait près du bord, en évitant tout mouvement brusque pour ne pas se faire repérer. Il rencontra plusieurs croisements et continua à suivre le câble qui vibrait.

Gray était si concentré sur la voie à emprunter qu'il n'entendit pas l'homme approcher. Quand il se pencha pour passer sous une grande feuille de palmier, il se retrouva subitement face à un garde. Celui-ci, à quatre mètres à peine, était adossé à la rampe et pointait déjà son fusil vers Gray, alerté sans doute par le bruissement de la feuille.

Gray n'eut pas le temps de braquer son arme. Il se contenta de se jeter contre le câble… non dans l'intention d'éviter la balle. À cette distance, l'autre ne pouvait pas le manquer.

En fait il voulait tirer de toutes ses forces sur le câble. Et celui-ci se tendit telle la corde d'un arc. Le garde, qui s'y appuyait, fut déséquilibré. Le canon de son fusil monta vers le ciel. Gray fondit sur lui, esquivant son arme, poignard à la main.

Il lui planta la lame dans la gorge. Une petite torsion suffit à sectionner la carotide. L'autre mourut en quelques secondes. Gray fit basculer le corps pardessus la rampe. Il n'éprouvait aucun remords, se souvenant du rire de ses collègues quand Ryan était tombé dans les griffes du monstre. Combien d'autres étaient déjà morts ainsi ? Le cadavre traversa le feuillage avant de s'écraser sourdement sur le sol.

Gray tendit l'oreille.

Quelqu'un avait-il entendu la chute ?

Sur sa gauche, étonnamment proche, une voix retentit.

— Arrête de frapper sur les barres ! Ou on ouvre la trappe !

Cet accent.

Ischke. La sœur jumelle d'Isaak.

Une autre voix, beaucoup plus familière, lui répondit.

— Va te faire mettre, la blonde !

Fiona.

Elle était vivante.

En dépit de la situation, Gray esquissa un sourire… à la fois soulagé et impressionné par le sang-froid de la jeune fille.

Courbé en deux, il s'avança. La passerelle se terminait en cul-de-sac, dessinant une boucle au-dessus d'une petite clairière. Celle de la vidéo. La cage était suspendue à la passerelle.

Fiona continuait à cogner sur les barreaux. *Trois rapides, trois lents, trois rapides.* Gray sentait les vibrations sous ses pieds désormais, transmises par les barres de soutien.

Bonne fille.

Elle avait dû entendre les sirènes d'alerte. Et en avait déduit qu'il se passait quelque chose, que Gray s'était peut-être libéré et qu'il viendrait à son secours. Ou alors, elle avait simplement cherché à agacer ses geôliers.

Gray repéra trois gardes à deux, trois et neuf heures. Ischke, toujours aussi élégante dans sa tenue noir et blanc, se tenait à l'opposé – à midi – les deux mains sur la rampe, les yeux baissés sur Fiona.

— Tu veux une balle dans le genou ? fit-elle en posant la paume sur un pistolet à sa ceinture.

Fiona se figea, marmonnant quelque chose d'inaudible.

Gray évaluait ses chances. Un fusil contre trois gardes armés et Ischke avec son pistolet. Pas terrible.

Un grésillement retentit dans la petite clairière. Une voix nasillarde s'éleva.

Ischke décrocha sa radio.

— *Ja ?*

Elle écouta un long moment, posa une question que Gray n'entendit pas, puis coupa la communication.

La Hollandaise s'adressa aux gardes.

— Les ordres ont changé ! aboya-t-elle en hollandais. On tue la fille tout de suite !

06 : 40

L'*ukufa* laissa échapper une longue série de jappements, prêt à bondir sur le garçon pendu dans le vide.

Khamisi sentait la femme se rapprocher derrière lui. Mains crispées sur la corde, il ne pouvait pas récupérer ses armes.

— Qui êtes-vous ? répéta la femme, couteau brandi.

Khamisi opta pour la seule solution envisageable.

Il bondit par-dessus la rampe, serrant la corde de toutes ses forces. Celle-ci se tendit autour du câble de soutien. Et tandis qu'il tombait, il vit du coin de l'œil le garçon qui s'envolait vers le ciel, poussant un long cri de surprise.

L'*ukufa* bondit vers sa proie qui échappa de justesse à ses griffes. Mais le poids de Khamisi expédia le garçon contre la passerelle qu'il heurta violemment.

Cet arrêt soudain obligea Khamisi à lâcher prise.

Il s'effondra, atterrissant sur le dos. Au-dessus de lui, le garçon était parvenu à s'accrocher aux lattes de la passerelle. La femme observait Khamisi, les yeux écarquillés.

Quelque chose d'énorme s'écrasa sur le sol à quelques mètres de lui.

Khamisi tourna la tête.

L'*ukufa* bondissait déjà, la gueule ruisselante de bave.

Furieuse.

Ses yeux rouges étaient fixés sur la seule proie à sa portée.

Khamisi.

Son fusil était resté là-haut, posé sur les planches.

La créature, assoiffée de sang, hurlait de rage. Elle fonçait sur lui, sur sa gorge.

Khamisi se laissa rouler sur le dos, saisissant la seule arme dont il disposait. L'*assegai*. Le court javelot encore accroché à sa taille. Au moment où l'*ukufa* plongeait sur lui, il brandit la lame. Comme on l'enseignait à tous les garçons zoulous, son père lui avait autrefois appris à s'en servir. Avant leur départ pour l'Australie. Avec une habileté développée par des générations de guerriers, Khamisi ficha la pointe sous les côtes de la créature – une bête de chair et de sang et non un mythe – et la maintint fermement tandis que la hyène s'écrasait de tout son poids sur lui.

L'*ukufa* cria. La douleur et son élan l'emportèrent au-delà de Khamisi, lui arrachant le javelot des mains. L'homme roula sur lui-même, désarmé. L'*ukufa* se tordait dans l'herbe, enfonçant et vissant encore plus profondément le javelot planté dans son corps. Le monstre poussa un dernier hurlement, se convulsa puis ne bougea plus.

Mort.

Un grognement de rage se fit entendre.

Khamisi leva les yeux. La femme avait trouvé son fusil. La détonation fut aussi puissante que celle d'une grenade. Un buisson explosa à ses pieds. Khamisi roula encore sur lui-même. Là-haut, la femme s'apprêtait à tirer de nouveau, veillant cette fois à bien viser.

Le second coup de feu lui parut étonnamment plus faible.

Khamisi se tordit sur lui-même, comme pour échapper à l'impact foudroyant, sans toutefois réaliser qu'il était indemne.

Puis il redressa la tête et vit la femme s'écrouler sur le câble et y rester coincée, pliée en deux, le torse ensanglanté.

Une nouvelle silhouette apparut sur la passerelle.

Un homme très laid à la tête rasée. Il tenait un pistolet calé sur le moignon d'un poignet sectionné. Il se pencha par-dessus le câble et aperçut le garçon toujours accroché à la passerelle.

— Ryan…

Le garçon sanglotait de soulagement.

— Sortez-moi de là.

— C'est l'idée, lança Monk en se tournant vers Khamisi. À condition que notre pote là en bas connaisse un peu le coin. Parce que moi, j'suis complètement paumé.

06 : 44

Les deux coups de feu retentirent dans la forêt.

Quelques perroquets effrayés s'envolèrent subitement, quittant la canopée en braillant farouchement.

Gray s'accroupit.

Monk avait-il été découvert ?

Ischke dut penser la même chose car elle se tourna en direction des détonations.

Et héla les gardes.

— Allez voir !

Elle décrocha de nouveau sa radio.

Les gardes, armes au poing, se mirent à courir sur la passerelle circulaire, revenant tous en direction de Gray. Pris de court, celui-ci s'allongea contre les planches tout en serrant son fusil. Il roula vers le rebord, comme il l'avait fait un peu plus tôt. Mais, dans sa hâte, une de ses mains rata sa prise. Il réussit à s'accrocher de l'autre, néanmoins la lanière de son arme glissa sur son épaule. Le fusil tomba.

Se tordant sur lui-même, Gray parvint à rattraper la courroie de cuir du bout des doigts.

Les gardes passèrent juste au-dessus de lui, leurs bottes cognant sur la passerelle, la faisant trembler de plus belle.

La lanière lui échappa et, cette fois, la gravité le désarma pour de bon. En se balançant, Gray réussit à trouver une prise avec sa main libre. Heureusement que le coup n'était pas parti tout seul quand son fusil avait heurté le sol.

Les gardes s'éloignèrent.

Il entendit Ischke parler à la radio.

Et maintenant ?

Il avait un couteau contre son pistolet. Cette femme n'hésiterait pas à faire usage de son arme et il ne doutait pas de son habileté au tir.

Son seul réel avantage était la surprise.

Un avantage largement surestimé.

Toujours suspendu sous la passerelle, avançant une main après l'autre, il se dirigea vers la clairière circulaire. Il veillait à rester du côté opposé à son ennemie et progressait très lentement, pour ne pas ébranler la passerelle et l'alerter. Il synchronisait ses mouvements avec les coups de vents qui balayaient parfois la canopée.

Mais son arrivée fut remarquée.

Fiona était accroupie dans la cage, le plus loin possible d'Ischke. À l'évidence, elle avait entendu l'ordre lâché par sa geôlière un peu plus tôt. *On tue la fille tout de suite.* Même si les coups de feu avaient momentanément distrait la femme aux cheveux blancs, elle ne tarderait pas à s'occuper de Fiona.

De l'endroit où elle se trouvait, la prisonnière n'eut aucun mal à voir Gray. Une espèce de gorille en combinaison blanche, suspendu au milieu des arbres. Elle sursauta de stupeur et faillit se lever avant de se forcer à rester assise. Leurs regards se croisèrent.

En dépit de son air bravache, Gray sentit sa terreur. Elle semblait si petite dans cette cage, les bras serrés autour d'elle. Mais la peur ne la privait pas de tous ses moyens.

Se servant de son corps pour faire écran, elle lui pointa le sol du doigt et secoua imperceptiblement la tête pour l'alerter.

En bas, un danger menaçait.

Il fouilla du regard les hautes herbes et les broussailles. Des ombres parmi les ombres. Il ne vit rien mais il se fiait à l'avertissement de Fiona.

Ne pas tomber.

Il estima la distance qu'il avait parcourue. Il se trouvait à peu près à huit heures sous la passerelle circulaire. Ischke à douze heures. Il lui restait encore du chemin à faire et ses bras fatiguaient, ses doigts le lançaient. Il devait se dépêcher. Ce déplacement en *stop and go* était en train de l'épuiser. Mais, en accélérant, il risquerait d'alerter Ischke.

Encore une fois, Fiona vint à son secours. Elle se leva et recommença à donner des coups de pied dans les barreaux de sa cage, la faisant basculer sous son poids, permettant ainsi à Gray d'avancer plus vite.

Et de déclencher la colère d'Ischke.

— Arrête tes bêtises, sale gamine !

Fiona continua de cogner.

Gray passa à neuf heures.

Ischke s'approcha du câble de la rampe, apparaissant à moitié. Son attention était heureusement concentrée sur ses poches. Elle en sortit un objet, se servant de ses dents pour déployer l'antenne qu'elle pointa vers Fiona.

— Il est temps que tu fasses la connaissance de Skuld. Elle porte le nom de la déesse du destin.

Elle pressa un bouton.

Sous les orteils de Gray, une créature gronda de colère et de douleur. Un frémissement parcourut les ombres de la jungle et la chose apparut dans la petite clairière. Une des hyènes mutantes. Énorme, plus de cent cinquante kilos au bas mot, tout en muscles, griffes et crocs. Babines retroussées tandis qu'elle aboyait et claquait des mâchoires dans le vide, reniflant la cage.

Gray se rendit compte que le monstre avait dû suivre sa progression depuis le début. Il se doutait de ce qui allait se produire.

Il continua d'avancer, passant le point de dix heures.

Ischke appela Fiona, jouissant de sa terreur, prolongeant le jeu cruel.

— Une puce implantée dans le cerveau de Skuld nous permet de stimuler son appétit, sa soif de sang.

Elle tripota de nouveau son boîtier. La hyène hurla, bondit vers la cage, semant d'épais filets de bave autour d'elle.

Voilà donc comment les Waalenberg contrôlaient leurs monstres : des implants radio. Pour soumettre la nature à leur volonté.

— Il est temps de rassasier cette pauvre Skuld, déclara Ischke.

Gray n'arriverait jamais à temps. Mais il se rua tout de même en avant.

Onze heures.

Trop tard.

Ischke pressa un autre bouton. Gray entendit un clink ! quand le sol de la cage s'ouvrit.

Oh, non !

Il arrêta sa progression et vit Fiona tomber vers la bête dressée sur ses pattes de derrière.

Gray allait lâcher prise, la rejoindre en bas pour lui offrir sa protection.

Mais la jeune fille avait assisté à la chute de Ryan. Elle s'était préparée. Au dernier moment, elle s'accrocha à la barre inférieure de la cage. La créature, Skuld, bondit. Fiona releva les jambes.

La bête la rata et s'écrasa dans les broussailles avec un glapissement de dépit.

Sans perdre une seconde, Fiona escalada l'extérieur de la cage, telle une araignée sur sa toile.

Ravie, Ischke éclata de rire.

— *Zeer goed, meisje.* Quelle pugnacité ! *Grootvader* aurait presque pu envisager de préserver tes gènes dans ses réserves. Malheureusement pour toi, tu devras quand même satisfaire Skuld.

Ischke leva de nouveau son pistolet.

Gray se balança sous les planches.

— Finissons-en, marmonna la geôlière en hollandais.

Gray tira sur ses bras, balançant ses jambes le plus loin possible en arrière... pour se projeter en avant, comme un gymnaste autour d'une barre fixe. Ses talons frappèrent Ischke au ventre tandis qu'elle se penchait au-dessus du câble pour viser Fiona.

Au moment du contact, la détonation éclata.

Gray entendit le tintement de la balle sur un barreau d'acier.

Raté.

Ischke fut projetée en arrière tandis que Gray atterrissait sur les planches. Il roula sur lui-même, couteau à la main. Ischke avait un genou à terre. Le pistolet était tombé entre eux deux.

Ils se ruèrent sur l'arme en même temps.

Malgré le coup qu'elle venait d'encaisser, Ischke se révéla incroyablement rapide. Elle toucha la crosse la première.

Gray avait un couteau.

Il lui enfonça la lame dans le poignet, le clouant aux planches. Elle hurla de surprise. Gray essaya de récupérer le revolver mais, de son talon, Ischke expédia ce dernier dans le vide.

Surpris par la réaction de son adversaire, Gray resta un court instant sans bouger. Son ennemie en profita pour arracher son poignet des planches, la lame toujours plantée dans ses chairs. Pivotant sur son autre main, elle lança sa jambe vers la tête de Gray.

Celui-ci esquiva mais le tibia de la femme le heurta à l'épaule avec la violence d'un véhicule roulant à bonne allure. Gray accompagna le coup, roulant sur lui-même. Bon Dieu, quelle force !

Avant qu'il ne puisse se redresser, elle bondit sur lui, bras en avant, essayant de se servir du bout de lame qui dépassait de son poignet pour lui crever les yeux. Il réussit, de justesse, à bloquer son coude qu'il tordit, les entraînant tous les deux vers le rebord de la passerelle.

Il ne chercha pas à s'arrêter.

Noués l'un à l'autre, leurs corps basculèrent dans le vide.

À cette différence près que Gray coinça son genou autour d'un des câbles soutenant la passerelle. Son corps se recroquevilla et s'immobilisa violemment, lui donnant l'impression que ses ligaments se disloquaient. Ischke dut lâcher prise et tomba.

Tête en bas, il la vit traverser plusieurs branchages avant de s'écraser sur le sol.

Gray se hissa avec difficulté sur le pont, et demeura un moment étendu sur le ventre.

Incrédule, il vit alors Ischke se relever. Elle boitait, la cheville salement amochée.

Un choc ébranla alors la passerelle, le faisant sursauter.

Fiona venait de sauter sur les planches depuis un des câbles de suspension de la cage.

Elle avait dû profiter de la bagarre pour se hisser jusqu'ici. Elle se précipita vers lui, secouant sa main gauche en grimaçant. Du sang frais coulait de la blessure que lui avait infligée Ischke.

Gray jeta un coup d'œil en bas.

La femme le fixait. Si elle avait pu le tuer d'un regard…

Mais elle n'était pas seule dans la clairière.

Derrière elle, Skuld fonçait, la gueule au ras du sol, tel un requin fendant les buissons, attirée par l'odeur du sang.

Elles faisaient la paire, se dit Gray.

Mais la femme se contenta de brandir son bras indemne vers le monstre. L'énorme hyène se figea, leva un museau dégoulinant de bave et le frotta contre la paume ouverte, tel un pit-bull remerciant son maître, puis elle ronronna et se posta sur son arrière-train.

Ischke n'avait pas quitté Gray des yeux. Et elle continua de le fixer tandis qu'elle extirpait le poignard planté dans son poignet. Lentement, comme si elle y prenait plaisir.

Puis elle repartit en boitant.

Gray regarda devant elle.

À quelques mètres de là, son pistolet l'attendait sur une motte de terre.

Gray se releva en vitesse. Saisissant Fiona par l'épaule, il la poussa en avant.

— Courez !

La jeune fille s'exécuta. Ils se ruèrent sur la passerelle en arc de cercle, atteignant la sortie au bout de ce qui leur parut une éternité. Fiona tourna à l'embranchement, s'aidant d'un câble pour négocier le virage. Gray l'imita. Une étincelle, suivie d'un ping ! aigu, sur le pilier de support, l'accompagna.

Ischke avait récupéré son arme.

Maintenant que la voie s'ouvrait droit devant eux, ils purent prendre de la vitesse, semant lentement mais sûrement leur poursuivante boiteuse. Une minute plus tard, ils se retrouvèrent à un autre carrefour. Gray estima qu'ils devaient être à l'abri. La prudence remplaçait peu à peu la panique.

Il stoppa Fiona à l'embranchement où il s'était lui-même arrêté un peu plus tôt : là où les trois routes partaient dans trois directions différentes. Laquelle choisir ? Il y avait de bonnes chances qu'Ischke ait déjà donné l'alerte par radio. En ce moment même, des gardes devaient converger vers la clairière et, sans aucun doute, bloquer l'accès à la clôture extérieure.

Et Monk ? Que signifiait la fusillade qu'il avait entendue ? Était-il vivant, mort ou à nouveau capturé ? Trop de variables, trop d'inconnues. Il leur fallait trouver une planque où se terrer, le temps que leur piste refroidisse.

Mais où ?

Il se tourna vers le manoir.

Nul ne penserait à les chercher là-bas. De plus, il devait y avoir des téléphones. S'il parvenait à mettre la main sur une ligne extérieure et, pourquoi pas, en apprendre un peu plus sur ce qui se tramait ici…

Même pas en rêve. Cette baraque était un vrai coffre-fort. Entièrement verrouillé.

Fiona lisait dans son regard.

Elle lui tira le bras en extirpant quelque chose de sa poche. On aurait dit des cartes à jouer, accrochées à une chaîne. Elle les lui tendit.

Il ne s'agissait pas d'un simple jeu de cartes.

C'étaient des cartes magnétiques.

Des clés.

— Je les ai piquées à cette salope. Ça lui apprendra à me charcuter la main.

Monk lui avait reproché de ne pas avoir dérobé le trousseau du directeur du musée quand ils étaient prisonniers dans la crypte de Himmler. Visiblement, elle avait retenu la leçon.

Les yeux plissés, Gray étudia de nouveau le manoir.

Grâce à sa petite voleuse, il détenait désormais les clés du château.

13

Xerum 525

10 : 34
RÉSERVE NATURELLE HLUHLUWE-UMFOLOZI ZULULAND, AFRIQUE DU SUD

Painter était assis en tailleur dans une hutte de boue et d'herbes séchées, des cartes et divers plans étalés devant lui. L'abri sentait le crottin et la poussière. Mais le petit campement zoulou était idéalement situé, à moins d'un kilomètre de la clôture des Waalenberg.

Périodiquement, des hélicoptères passaient au-dessus d'eux, en provenance du domaine dont ils surveillaient les abords, mais Paula Kane avait fait du bon boulot. Depuis les airs, personne ne pouvait soupçonner qu'il ne s'agissait pas d'un camp de transit normal pour les tribus nomades demeurant dans la région. Personne ne se douterait qu'un véritable conseil de guerre avait lieu dans une de ces huttes précaires.

Le groupe s'était réuni pour élaborer une stratégie et évaluer ses ressources.

Anna et Gunther s'étaient installés en face de Painter. Lisa restait à ses côtés – refusant de le quitter depuis leur arrivée en Afrique, le visage stoïque mais le regard inquiet. Au fond, le major Brooks était debout dans l'ombre, toujours vigilant, la main posée sur son pistolet.

Tous prêtaient la plus grande attention au débriefing final de Khamisi, un ancien employé de la réserve. À sa droite était assis un homme que Painter n'espérait plus revoir.

Monk Kokkalis.

À la grande surprise de Painter, Monk avait débarqué au campement en compagnie d'un jeune homme épuisé et en état de choc, tous deux guidés par Khamisi. Monk avait passé une heure à leur raconter son histoire et à répondre aux questions.

Anna contemplait les runes qu'il venait de dessiner. Ses yeux étaient injectés de sang. Elle tendit une main tremblante vers la feuille.

— Ce sont là tous les symboles qui figuraient dans les livres de Hugo Hirszfeld ?

— Oui. Et cette vieille pourriture semblait convaincue qu'elles étaient foutrement importantes, cruciales pour l'étape suivante de son plan.

Anna se tourna vers Painter.

— Le Dr Hugo Hirszfeld a lancé le premier projet Soleil Noir. Rappelez-vous, je vous ai dit qu'il était persuadé d'avoir résolu l'énigme de la Cloche, au cours d'une de ses dernières expériences, réalisée en secret et à laquelle lui seul assista. Une expérience qui aurait, paraît-il, produit un enfant parfait, sans le moindre défaut, immunisé contre toute dégénérescence. Un véritable Chevalier du Roi-Soleil. Mais sa méthode, la façon qui lui aurait permis d'obtenir ce résultat, nul ne l'a jamais connue.

— Il y a aussi la lettre écrite à sa sœur, rappela Painter. Quoi qu'il ait découvert, cela l'a effrayé. *Une vérité trop belle pour qu'on la laisse mourir et trop monstrueuse pour qu'on la libère.* Il a donc caché son secret dans ce code runique.

— Oui, confirma Anna d'une voix lasse. Et Baldric Waalenberg, se croyant capable de résoudre ce code, de s'approprier ce savoir perdu, a décidé de détruire *Granitschloss.*

— Vous ne lui étiez plus utiles, c'est vrai, mais comme vous l'avez souligné, ce n'était pas la seule raison, précisa Painter. Votre groupe présentait une menace pour lui. Vous aviez l'intention de publier vos résultats, de rejoindre la communauté scientifique. Voyant la perfection si proche, son rêve aryen à deux doigts de se réaliser, il refusait de courir un tel risque.

Anna poussa la feuille de papier couverte de runes vers lui.

— Si Hugo avait raison, en déchiffrant son code, nous découvririons peut-être un moyen de remédier à notre état. La Cloche peut déjà ralentir l'évolution de notre maladie… mais si nous parvenons à résoudre cette énigme, nous trouverons un vrai remède.

Lisa injecta un peu de réalité dans la discussion.

— Mais avant de l'envisager, il faut d'abord avoir accédé à la Cloche des Waalenberg. Ensuite seulement, nous pourrons penser à votre guérison.

— Et Gray Pierce ? demanda Monk. Et la fille ?

Painter resta impassible.

— Nous n'avons aucun moyen de savoir où il est. S'il se cache, s'il a été capturé ou tué. Pour le moment, le commandant Pierce doit se débrouiller seul.

Le crâne lisse de Monk se plissa.

— Je peux retourner là-bas discrètement. En me servant des plans de Khamisi.

— Non. Le moment est mal choisi pour diviser nos forces.

Painter se frotta un point douloureux derrière l'oreille. Ce qui en réveilla d'autres un peu partout dans son crâne et son cou. La nausée reprit de plus belle.

Monk le fixait.

Painter tenta de l'ignorer. Mais quelque chose dans le regard de Monk suggérait que son inquiétude ne venait pas simplement des problèmes physiques de son chef. Painter faisait-il les bons choix ? Quel était son état mental ? Le doute s'insinuait en lui. Était-il encore en possession de toutes ses facultés mentales ?

La main de Lisa glissa vers son genou, comme si elle sentait sa consternation.

— Je vais bien, marmonna-t-il, autant pour lui-même que pour la rassurer.

Le bout de tissu obstruant la porte de la hutte se souleva brusquement. Le soleil et la chaleur s'engouffrèrent à l'intérieur tandis que Paula Kane se baissait pour franchir le seuil. Un vieux Zoulou l'accompagnait, en grand costume de cérémonie : plumes, colliers et peaux de léopard. Malgré son âge – sans doute plus de soixante ans – son visage était dépourvu de rides, comme sculpté dans la pierre, y compris son crâne rasé. Il portait un casse-tête en bois lui aussi couronné de plumes ainsi qu'un antique pistolet qui paraissait plus décoratif que fonctionnel.

Se levant pour accueillir les nouveaux venus, Painter reconnut l'arme. Un ancien Brown Bess anglais à canon lisse, un pistolet à silex datant des guerres napoléoniennes.

Paula Kane présenta le visiteur.

— Mosi D'Gana. Chef zoulou.

Le vieil homme prit la parole dans un anglais impeccable.

— Tout est prêt.

— Merci pour votre aide, lança Painter.

Mosi hocha légèrement la tête, acceptant ses remerciements.

— Mais ce n'est pas à vous que nous offrons nos lances. Nous les devons aux Voortrekkers de Blood River.

Painter fronça les sourcils et Paula Kane se chargea de lui expliquer ce que voulait dire le chef zoulou.

— Quand les Anglais ont chassé les Boers néerlandais du Cap, ceux-ci ont émigré vers l'intérieur des terres, une sorte d'exode qu'on a appelé le Grand Trek. Très vite, il y a eu des frictions entre les nouveaux immigrants et les tribus indigènes. Les Xhosa, les Pondos, les Swazis et les Zoulous. En 1838, le long d'un affluent de la Buffalo River, les Zoulous ont été trahis, des milliers d'entre eux ont été tués. Ce fut un véritable massacre. Cette rivière est depuis connue sous le nom de Blood River, la Rivière de Sang. Le Voortrekker à l'origine de cette conspiration et de ce carnage s'appelait Piet Waalenberg.

Mosi tendit son antique pistolet à Painter.

— Nous n'oublions pas.

Cette arme avait dû participer à cette sinistre bataille, Painter n'en doutait pas. Il l'accepta, conscient qu'un pacte venait d'être scellé.

Mosi s'assit en tailleur sur le sol avec une étonnante souplesse.

— Il nous reste beaucoup de choses à préparer.

Paula se tourna vers Khamisi.

— Khamisi, votre camion est prêt. Tau et Njongo vous attendent. Le temps presse, ajouta-t-elle en consultant sa montre.

Le garde-chasse acquiesça. Chacun avait son propre rôle à jouer avant la tombée de la nuit.

Painter croisa le regard de Monk. Encore une fois, il y lut de l'inquiétude. Pas pour lui, Painter, mais pour Gray. Huit heures les séparaient encore du coucher du soleil. D'ici là, ils ne pouvaient rien faire.

Gray devrait se débrouiller seul.

12 : 05

— Baissez la tête, murmura Gray à Fiona.

Ils se dirigeaient vers le garde au bout du balcon. Gray portait un uniforme, la tenue de camouflage complète depuis les bottillons jusqu'à la casquette noire dont il avait baissé la visière au maximum. Le type à qui il l'avait empruntée gisait inconscient, pieds et poings liés, bâillonné, dans le placard d'une chambre à coucher à un étage supérieur.

Il avait également récupéré sa radio, accrochée à la ceinture et équipée d'un écouteur. Elle n'émettait que des échanges en hollandais. Gray en comprenait assez pour se faire une idée de ce qui se passait.

Sur ses talons, Fiona était, elle, déguisée en bonne, une tenue dénichée dans le même placard et un peu trop grande pour elle. Ce qui était aussi bien : l'uniforme cachait ses formes et son âge. Le personnel de service était, comme souvent chez les Afrikaaners, d'origine indigène. Avec son teint sombre de Pakistanaise, Fiona pouvait passer pour l'une des domestiques, à condition qu'on ne l'observe pas de trop près. Pour parachever l'illusion, elle marchait à petits pas, les épaules basses, le nez pointé vers le sol, l'air soumis.

Pour l'instant, ils n'avaient pas encore eu l'occasion de tester l'efficacité de leur accoutrement.

La radio avait annoncé que Gray et Fiona avaient été repérés dans la jungle. Le manoir semblant inviolable derrière ses volets d'acier, on n'avait gardé que de maigres effectifs dans la maison. La plupart des soldats fouillaient les forêts, les autres bâtiments et les abords de la clôture.

Malheureusement, la sécurité n'était pas relâchée au point de leur permettre d'utiliser une ligne téléphonique. Peu après s'être servi d'une des cartes d'Ischke pour entrer dans la maison, Gray s'était rué sur plusieurs téléphones. Pour accéder au réseau, il fallait taper un code. S'il essayait de passer un appel, il serait immédiatement repéré.

Tout cela ne leur laissait que peu d'alternative.

Ils pouvaient se cacher. Mais dans quel but ? Comment savoir si Monk avait réussi à rejoindre le monde extérieur ? Ils devaient donc jouer un rôle plus actif. En commençant par se faire une idée plus précise des lieux. Ce qui impliquait pour eux de franchir le cordon de sécurité protégeant l'accès au rez-de-chaussée, avec pour toute arme un pistolet pour Gray et un Taser caché dans une des poches de Fiona.

Là-bas, au bout du balcon, la sentinelle postée au sommet de l'escalier surveillait l'étage et le rez-de-chaussée. L'homme était grand, costaud, et les toisait avec un regard porcin. Gray lui adressa un hochement de tête et continua sa route. Fiona le suivit.

Tout se passait bien.

C'est alors que le garde prononça quelque chose en hollandais. Gray ne comprit pas les mots, mais le ton se révéla aussi éloquent que le rire gras qui s'ensuivit. Jetant un coup d'œil derrière lui, il le vit pincer très fort la fesse de Fiona.

Fatale erreur.

Elle fit volte-face.

— Branleur.

Une étincelle bleue jaillit à travers la poche de sa jupe et frappa la cuisse du bonhomme. Celui-ci se convulsa. Un gargouillement étranglé jaillit de ses lèvres.

Gray le rattrapa avant qu'il ne s'effondre. Il le traîna dans une pièce adjacente. L'homme était toujours pris de spasmes incontrôlés. Gray l'assomma avant de le ligoter.

— Pourquoi vous avez fait ça ? demanda-t-il.

Fiona alla se poster derrière lui et lui pinça la fesse. Très fort.

— Hé !

Il se redressa aussitôt en se tournant vers elle.

— Ça vous a plu ? s'enquit-elle, furibarde.

— Je ne vais pas perdre tout mon temps à attacher ces salopards, protesta-t-il.

Fiona le fusillait du regard. Sous la colère, Gray percevait aussi sa peur. Et franchement, il ne pouvait pas le lui reprocher. Peut-être feraient-ils mieux de rester cachés ?

Sa radio grésilla. Il tendit aussitôt l'oreille, craignant que leur petite intervention n'ait été remarquée. Il réussit à saisir plusieurs mots :

— … *gevangene*… à l'entrée principale…

D'autres paroles suivirent mais seul le mot *gevangene* avait retenu son attention.

Prisonnier.

Ce qui ne pouvait signifier qu'une seule chose.

— Ils ont repris Monk, murmura-t-il, le ventre noué.

Fiona le dévisagea.

— Venez, lui ordonna-t-il en retournant vers la porte.

Il avait récupéré le fusil et le Taser du garde.

Rapidement, il expliqua son plan à Fiona. Ils dévalèrent les marches menant au grand hall désert.

Leurs pas résonnaient sur les dalles. Ici ou là, quelques tapis africains jonchaient le sol. Des trophées empaillés étaient accrochés aux murs : des têtes de rhinocéros et de lion et celles de plusieurs antilopes.

Fiona et Gray se postèrent de chaque côté de la porte d'entrée, l'une son plumeau à la main, l'autre avec un fusil-mitrailleur.

Ils n'eurent pas longtemps à attendre.

Combien de gardes accompagneraient Monk ?

Il était en vie, au moins.

Le volet métallique protégeant l'entrée principale commença à se lever. Gray se pencha pour compter les jambes. Il leva deux doigts vers Fiona. Deux gardes escortaient un prisonnier en combinaison blanche.

Gray se montra une fois le volet complètement remonté.

Les gardes ne virent qu'un de leurs collègues, une sentinelle armée gardant l'entrée du manoir. Ils s'avancèrent sans méfiance. Ni l'un ni l'autre ne remarquèrent le Taser dans la main de Gray, ni Fiona surgissant de l'autre côté.

Ce fut terminé en moins de deux secondes.

Les deux gardes se retrouvèrent sur le tapis, tremblants de convulsions. Gray les assomma l'un après l'autre, d'un coup de crosse sur la tempe, cognant sans doute un peu plus fort qu'il n'aurait dû. Mais il fulminait.

Le prisonnier n'était pas Monk.

— Qui êtes-vous ? demanda-t-il tout en chargeant le premier garde sur ses épaules.

La femme aux cheveux gris se servit de son bras valide pour aider Fiona à transporter l'autre homme. Elle était plus forte qu'elle n'en avait l'air. Son bras gauche en écharpe était maintenu contre sa poitrine. Tout le côté gauche de son visage était lacéré et suturé. Quelque chose l'avait attaquée et mutilée. En dépit de ses blessures récentes, elle fixa Gray avec une détermination étonnante.

— Dr Marcia Fairfield.

12 : 25

La Jeep cahotait dans l'allée.

Derrière le volant, le chef Gerald Kellogg essuya la sueur sur son front, une bouteille de Birkenhead Premium Lager coincée entre les cuisses.

En dépit de la matinée mouvementée, Kellogg refusait de rompre avec la routine. De toute manière, il n'avait guère le choix. Les types de la sécurité chez les Waalenberg ne lui avaient pas donné de détails. Une évasion. Il avait déjà alerté tous les gardes forestiers et posté des hommes sûrs à toutes les issues. Il avait distribué des photos, faxées depuis le domaine Waalenberg. De prétendus braconniers, armés et dangereux.

Et tant que ces fameux braconniers n'étaient pas repérés, rien ne l'empêchait de prendre sa pause déjeuner habituelle et de passer tranquillement deux bonnes heures chez lui. Le mardi, on lui préparait une poule faisane rôtie avec des patates douces. Il longea l'enclos à bétail avant de tourner dans l'allée principale, bordée de haies. Devant lui se dressait une maison coloniale, entourée d'un jardin et d'une pelouse impeccables, un des petits privilèges de son poste. Dix personnes travaillaient à son service, se chargeant de la demeure et de la propriété, c'est-à-dire de lui. Il n'était pas pressé de se marier.

Pourquoi s'encombrer d'une femme alors qu'il pouvait avoir autant de filles qu'il le désirait ?

De très jeunes filles.

Il s'occupait d'une nouvelle en ce moment, une petite Nigérienne prénommée Aina, onze ans, noir ébène, juste comme il les aimait. On voyait moins les traces de coups. Personne n'aurait osé lui demander des comptes de toute façon. Mxali, son majordome, une brute swazi recrutée en prison, savait faire régner la discipline. Le moindre problème était rapidement réglé, soit ici, soit ailleurs si nécessaire. Les Waalenberg étaient trop heureux de l'aider à faire disparaître les fauteurs de troubles. Ce qu'il advenait d'eux une fois que les hélicoptères les emmenaient, Gerald préférait ne pas le savoir. Mais il avait entendu des rumeurs.

Malgré la chaleur, il frissonna.

Ne jamais poser de questions.

Il gara sa voiture dans l'ombre d'un grand acacia et remonta l'allée de gravier vers la porte qui donnait dans la cuisine. Deux jardiniers s'occupaient d'un parterre de fleurs. Ils gardèrent les yeux baissés à son passage, comme il se devait.

L'odeur de poule rôtie et d'ail le fit saliver. Il gravit les trois marches et pénétra dans la cuisine, le ventre gargouillant.

Sur la gauche, la porte du four était ouverte. Le cuisinier était agenouillé sur le plancher, la tête dans le four. Kellogg fronça les sourcils devant ce curieux tableau. Il mit un moment à se rendre compte qu'il ne s'agissait pas du cuisinier.

— Mxali… ?

Et il comprit alors qu'il n'avait pas humé les doux fumets d'une volaille rôtie en voyant l'objet planté dans le bras de l'homme : une fléchette empennée. L'arme de prédilection de Mxali, généralement empoisonnée.

Que se passait-il ici ?

Il chercha à battre en retraite vers la porte.

Les deux jardiniers l'y attendaient. Ils avaient troqué leurs binettes pour des fusils qu'ils braquaient sur son ample bedaine. Il arrivait souvent que des bandes de maraudeurs, des crapules issues des townships, lancent des raids contre des fermes ou des habitations isolées. Kellogg leva les bras, glacé de terreur.

Un craquement derrière lui le fit se retourner.

Une silhouette apparut sur le seuil de la pièce voisine.

Kellogg poussa un petit cri étranglé en découvrant l'intrus…

Pas des voleurs. Pis encore.

Un fantôme.

— Khamisi…

12 : 30

— C'est quoi, au juste, ce qui cloche chez lui ? demanda Monk en montrant la hutte dans laquelle Painter Crowne venait de disparaître avec le téléphone satellite de Paula Kane.

Les mots qu'il avait choisis arrachèrent une grimace au Dr Lisa Cummings. Ils partageaient une bûche sous l'auvent d'une autre cabane. Malgré sa moue ennuyée, la poussière qui la recouvrait et l'angoisse qui hantait son regard, Lisa Cummings était sacrément mignonne.

— Ses cellules se dégénèrent, elles se décomposent de l'intérieur. Si l'on en croit Anna Sporrenberg qui a étudié les effets délétères des radiations de la Cloche. Celles-ci provoquent une dégénérescence de tous les organes. Son frère, Gunther, souffre lui aussi d'une version chronique de ce mal. Mais il progresse moins vite chez lui car son système immunitaire a été « amélioré ». Anna et Painter, exposés à une surdose de radiations à l'âge adulte, ne bénéficient pas d'une telle protection.

Elle poursuivit son explication en y ajoutant des détails, sachant que Monk avait suivi une formation médicale : taux de plaquettes trop bas, niveaux de bilirubine en hausse, œdèmes, hypersensibilité musculaire avec des rigidités autour des épaules et du cou, nécroses osseuses, hépatomégalie, murmures cardiaques audibles et étranges calcifications des extrémités distales et de la cornée.

Mais, au bout du compte, tout cela se résumait à une seule question que Monk ne manqua pas de poser :

— Combien de temps leur reste-t-il ?

Lisa soupira en lançant un coup d'œil vers la hutte où se trouvait Painter.

— Un jour, à peine. Et même si on trouvait un remède aujourd'hui, je crains qu'il n'en garde des séquelles à vie.

— Avez-vous remarqué son élocution ? Il n'arrive plus à articuler les mots jusqu'au bout. C'est dû aux médicaments ou… ou alors… ?

Lisa se tourna vers lui.

— Ce ne sont pas les médicaments.

Monk comprit qu'elle admettait cet état de fait pour la première fois. Il voyait aussi à quel point elle souffrait de cette situation. Sa réaction ne correspondait pas à celle d'un médecin soucieux, ni même à celle d'une amie inquiète. On voyait qu'elle éprouvait des sentiments pour Painter, malgré ses efforts pour masquer son trouble et ne pas se laisser déborder par ses émotions.

Painter apparut sur le seuil et héla Monk.

— Kat en ligne.

Monk se leva aussitôt, vérifia l'absence d'hélicoptère dans le ciel, et traversa la zone découverte qui séparait les deux huttes. Il prit le téléphone satellite, couvrit l'émetteur et hocha la tête vers le Dr Cummings.

— Chef, à mon avis, un peu de compagnie ne lui ferait pas de mal.

Painter leva vers le ciel ses yeux injectés de sang tout en rejoignant la jeune femme.

— Salut, bébé, déclara Monk dans l'appareil.

— Pas de *bébé* avec moi. Qu'est-ce que tu fous en Afrique, d'abord ?

Monk sourit. Les cris de Kat lui semblèrent aussi agréables qu'une citronnade dans le désert. De plus, elle posait certainement ces questions pour la forme. On l'avait sûrement déjà débriefée.

— Je croyais qu'il devait s'agir d'une mission de baby-sitting ? continua-t-elle.

Monk attendit, la laissant évacuer la pression.

— Dès que tu rentres, je t'attache et je t'enferme…

Elle poursuivit ainsi pendant une longue minute pleine de confusion.

Finalement, il profita d'une pause pour glisser :

— Tu me manques, toi aussi.

Un soupir lui répondit.

— Il paraît que vous n'avez toujours pas de nouvelles de Gray.

— Il va bien, assura Monk, essayant de se convaincre lui-même.

— Trouve-le, Monk ! Fais ce qu'il faut !

Il appréciait sa compréhension, car c'était bien ce qu'il comptait faire. Elle ne lui demandait pas de se montrer prudent. Elle le connaissait. Mais il entendit les larmes dans sa phrase suivante.

— Je t'aime.

Tout homme s'accrocherait à sa vie après ça.

— Je t'aime aussi.

Il baissa d'un ton et se tourna comme pour se cacher.

— Je vous aime, *tous les deux.*

— Reviens à la maison.

— Essaie de m'en empêcher.

Nouveau soupir.

— Logan m'appelle. Je dois raccrocher. On a rendez-vous avec un attaché d'ambassade sud-africain. On va tâcher de leur mettre le feu aux fesses.

— Fais-leur connaître les feux de l'enfer, bébé.

— Et pire encore. Salut, Monk.

— Kat, je…

Mais la ligne était déjà coupée. Merde.

Il raccrocha tout en contemplant Lisa et Painter. Ils parlaient, côte à côte, chacun cherchant visiblement un peu de réconfort dans la présence de l'autre. Il regarda le téléphone. Heureusement que Kat était à l'abri et en sécurité.

12 : 37

— Ils m'emmenaient dans une cellule en bas, expliqua Marcia Fairfield. Pour interrogatoire. Quelque chose doit les inquiéter.

Ils étaient revenus dans la pièce où le garde qui avait tripoté Fiona gisait inconscient.

Le Dr Fairfield leur avait brièvement résumé son histoire, comment elle avait été attaquée et enlevée par les animaux de compagnie des Waalenberg. Ceux-ci avaient appris sa liaison avec les services de renseignement britanniques. Ils avaient donc maquillé son kidnapping en attaque par une lionne. Et ils n'avaient pas lésiné sur le maquillage, à en juger par l'étendue de ses blessures.

— J'ai réussi à les convaincre que mon compagnon, un garde forestier, avait été tué. Je ne pouvais rien faire de plus. J'espère qu'il a pu regagner la civilisation.

— Mais que cachent les Waalenberg ? s'enquit Gray. Que fabriquent-ils ici ?

La femme secoua la tête.

— Ils travaillent sur une version macabre du Projet Manhattan génétique. Je n'en sais guère plus. Mais je pense que ce n'est pas tout. Ils ont sans doute d'autres objectifs plus immédiats. Peut-être même une attaque imminente. J'ai entendu des gardes discuter. Ils parlaient d'un sérum quelconque. Le sérum 525, je crois. Ils ont répété ces mots à plusieurs reprises. Ils ont également mentionné Washington au cours de leur échange.

Gray fronça les sourcils.

— Ont-ils donné une date quelconque ?

— Pas exactement. Mais, à la façon dont ils rigolaient, je dirais que c'est prévu pour bientôt. Très bientôt.

Gray commença d'arpenter la pièce. *Un sérum... peut-être une arme biologique... un agent pathogène, un virus...* Il secoua la tête. Il lui fallait des informations. Et vite.

— Il faut que nous nous introduisions dans ces labos souterrains, marmonna-t-il. Découvrir ce qui s'y trame.

— Ils m'emmenaient en bas, répéta Marcia Fairfield.

Il acquiesça, la comprenant à demi-mot.

— Si je me fais passer pour un de vos gardes, on nous laissera entrer.

— Il faut faire vite, le pressa Marcia. Ils doivent déjà se demander ce qui me retient.

Gray se tourna vers Fiona, prêt à argumenter. Il valait mieux qu'elle reste cachée dans cette chambre. Ils n'arriveraient pas à justifier sa présence à leurs côtés.

— Je sais ! Une bonne n'a rien à faire là-bas, lâcha Fiona, le surprenant une fois de plus.

Elle flanqua un petit coup de pied au garde inconscient.

— En vous attendant, je garde Casanova.

Sa voix tremblait un tout petit peu.

— On se dépêche, promit-il.

— Z'avez intérêt.

L'affaire réglée, Gray pointa le canon de son fusil vers la porte.

— Allons-y.

Quelques secondes plus tard, il conduisait Marcia vers l'ascenseur principal en la tenant en joue. Personne ne les accosta. Il devait insérer une carte dans un lecteur pour accéder aux étages inférieurs. L'une de celles d'Ischke fit l'affaire. Les voyants lumineux passèrent du rouge au vert.

— On commence par où ? s'enquit Gray.

Marcia tendit la main.

— Plus le trésor est précieux, plus il est enterré profond.

Elle pressa le dernier bouton. Septième sous-sol. L'ascenseur entama sa descente.

Une attaque. Peut-être sur Washington.

Gray ne cessait de se répéter les paroles de Marcia.

Bon sang, quel type d'attaque ?

06 : 41
HEURE DE LA CÔTE EST
WASHINGTON, D.C.

Embassy Row ne se trouvait qu'à trois kilomètres du National Mall. Leur chauffeur emprunta Massachusetts Avenue en direction de la délégation d'Afrique du Sud. À l'arrière, Kat et Logan comparaient les dernières notes reçues. Le soleil venait de se lever. L'ambassade apparut devant eux.

Ses trois étages de pierres de taille brillaient dans la lumière matinale qui soulignait pignons et lucarnes, caractéristiques de l'architecture du Cap. La voiture s'immobilisa devant l'aile réservée aux appartements de l'ambassadeur. Ce dernier avait finalement accepté de les recevoir dans son bureau personnel. Les affaires concernant les Waalenberg devaient visiblement être traitées dans la plus grande discrétion.

Ce qui convenait parfaitement à Kat.

Elle avait veillé à dissimuler un pistolet dans un holster à la cheville.

Elle sortit la première et attendit Logan. Quatre piliers cannelés soutenaient un parapet orné du blason sud-africain. Un type en livrée ouvrit une porte vitrée à leur intention.

En tant que supérieur hiérarchique, Logan passa le premier. Kat demeurait un pas derrière lui, surveillant la rue, méfiante. Quand on disposait d'autant d'argent que les Waalenberg, on pouvait acheter n'importe quoi et n'importe qui... y compris un ambassadeur.

Ils pénétrèrent dans un vaste hall d'entrée. Un secrétaire en costume bleu marine les accueillit.

— Son Excellence John Hourigan ne va pas tarder à descendre. Il m'a demandé de vous conduire dans son bureau. Désirez-vous un thé ou un café ?

Logan et Kat déclinèrent la proposition.

Ils ne tardèrent pas à se retrouver dans une pièce tout en boiserie. Le mobilier – bureau, bibliothèques, tables – était entièrement taillé dans le même bois. Du micocoulier d'Afrique du Sud, si rare qu'on n'en trouvait plus à l'exportation.

Logan prit un siège face au bureau. Kat resta debout. Ils n'attendirent pas longtemps.

Les portes s'ouvrirent et un homme de haute taille à la chevelure blond cendré fit son apparition. Lui aussi en costume bleu marine, sa veste sur son bras. L'image même de la décontraction, se dit Kat. Il cherchait à faire croire qu'il était tout disposé à coopérer. Et, comme si cela ne suffisait pas, il les recevait dans sa résidence privée.

La manœuvre était grossière.

Tandis que Logan procédait aux présentations, elle examina la pièce. Cette conversation allait sûrement être enregistrée et elle devinait déjà où était caché l'équipement de surveillance.

L'ambassadeur Hourigan s'installa enfin derrière son bureau.

— On me dit que vous venez enquêter sur le domaine Waalenberg. En quoi puis-je vous être utile ?

— Nous pensons que certains de leurs employés sont susceptibles d'être impliqués dans un kidnapping ayant eu lieu en Allemagne.

Il ouvrit de grands yeux, comme dans une mauvaise série télé.

— Je suis choqué d'entendre de telles allégations. Ni le BKA allemand, ni Interpol, ni Europol ne nous ont alertés à ce sujet.

— Nos sources sont fiables, insista Logan. Tout ce que nous demandons, c'est de pouvoir coopérer avec vos Scorpions pour enquêter sur place.

Kat regarda l'homme feindre une profonde réflexion. Les Scorpions étaient l'équivalent sud-africain du FBI. Une collaboration semblait peu probable. Au mieux Logan espérait-il les convaincre de ne pas se mettre en travers de la route de Sigma. À défaut d'obtenir leur aide contre un clan aussi puissant que les Waalenberg, ils tâcheraient d'exercer assez de pression pour dissuader les autorités de se rallier au clan. Une concession minime, mais essentielle.

Toujours debout, Kat observait le petit jeu auquel se livraient les deux hommes.

— Les Waalenberg jouissent du plus grand respect dans la communauté internationale et auprès de nombreux gouvernements. Cette famille soutient plusieurs programmes sociaux d'envergure, des organisations caritatives et des associations à but non lucratif un peu partout à travers le monde. Tenez, ils viennent encore de montrer leur générosité en offrant à toutes les ambassades et chancelleries sud-africaines une cloche dorée, pour commémorer le centième anniversaire de la première pièce d'or battue en Afrique du Sud.

— Peut-être mais rien de tout cela ne prouve...

Kat interrompit Logan, prenant la parole pour la première fois.

— Vous avez bien dit une cloche dorée ?

Hourigan leva les yeux vers elle.

— Oui, un cadeau personnel de sir Baldric Waalenberg lui-même. Une centaine de cloches en plaqué or portant le blason de l'Afrique du Sud. La nôtre vient d'être installée dans l'aile résidentielle.

Logan et Kat échangèrent un regard.

— Serait-il possible de la voir ? demanda Kat.

Le tour curieux que prenait la conversation troublait l'ambassadeur, mais il n'avait aucune bonne raison de refuser. De plus, cet intermède lui fournirait un prétexte pour écourter leur entretien.

— Je serai ravi de vous la montrer, dit-il en se levant et en consultant sa montre. Je crains qu'il ne nous faille faire vite. J'ai un petit déjeuner de travail qu'il m'est impossible de repousser.

Comme prévu, il saisissait l'occasion. Logan lança un coup d'œil agacé vers Kat.

Un ascenseur les conduisit au quatrième étage du bâtiment. Ils traversèrent un couloir décoré d'objets d'artisanat sud-africains débouchant sur une grande salle. Celle-ci ressemblait davantage à un musée qu'à une pièce d'habitation. On y trouvait des vitrines, de longues tables de présentation et des coffres massifs incrustés de cuivre. Un mur de fenêtres donnait sur les jardins de l'ambassade. Au fond de la salle, dans une alcôve, était suspendue une gigantesque cloche dorée. On venait visiblement de la déballer car des morceaux de paille jonchaient encore le sol. La cloche elle-même mesurait un bon mètre de haut. Un blason y était gravé.

Kat s'en approcha. Un gros câble d'alimentation surgissait à son sommet.

— Elle est entièrement automatisée, expliqua l'ambassadeur avec fierté. Et réglée pour sonner à certaines heures de la journée. Une merveille de technologie. Si vous voyiez l'intérieur, c'est un mécanisme fantastique, digne d'une Rolex.

Kat se tourna vers Logan. Il avait pâli. Comme elle, il avait étudié les dessins qu'Anna Sporrenberg avait réalisés de la Cloche originelle. Celle-ci en était une exacte réplique en plaqué or. Tous deux avaient lu les effets dévastateurs provoqués par les radiations issues de cet engin. La folie et la mort. Kat regarda par la fenêtre. D'ici, elle apercevait le dôme blanc du Capitole.

Elle se rappela avec effroi les paroles de l'ambassadeur.

Une centaine de cloches... partout dans le monde.

— Il a fallu un technicien spécialisé pour l'installer, continuait l'ambassadeur. Il doit être encore là quelque part.

La porte de la salle se referma, claquant légèrement. Ils se retournèrent tous les trois.

— Ah, le voilà ! lâcha Hourigan.

Sa voix s'éteignit quand il découvrit le fusil-mitrailleur que braquait le nouveau venu à la chevelure d'un blanc neigeux. Même à cette distance, Kat reconnut le tatouage noir sur sa main.

Elle plongea à terre, cherchant son arme à la cheville.

Sans un mot, le tueur ouvrit le feu, arrosant la salle de balles.

Du bois éclata, du verre explosa.

Derrière Kat, heurtée par les projectiles, la cloche sonnait, sonnait.

12 : 44
AFRIQUE DU SUD

Les portes de l'ascenseur s'ouvrirent au septième sous-sol. Gray sortit, le fusil à la main. Il regarda de part et d'autre d'un vaste couloir. À la différence des essences rares et du bel artisanat qui décoraient le manoir, l'univers de cet étage était quasiment austère : néons, sol de linoléum, murs gris, plafonds bas. L'un des murs du couloir comportait des portes en acier, munies de serrures électroniques. Celles qui leur faisaient face semblaient plus conventionnelles.

Gray posa la paume sur l'une de celles-ci.

Le panneau vibrait. Il percevait un bourdonnement régulier.

Une centrale électrique ? Elle devait être énorme.

— Nous sommes sûrement descendus trop bas, murmura Marcia. On dirait un étage de stockage et de service.

Gray opina.

Il se dirigea vers une des portes d'acier.

— Ce qui m'amène à la question suivante : qu'est-ce qu'ils entreposent là-dedans ?

Le panneau sur la porte indiquait : *EMBRYONAAL ONDERZOEK.*

— Je miserais sur un laboratoire de recherche embryonnaire, fit Marcia.

Elle l'avait rejoint, réprimant une grimace après avoir bougé son bras bandé.

Gray se servit à nouveau de la carte d'Ischke. Le voyant passa au vert, déverrouillant la serrure magnétique. Pierce poussa le battant. Il avait remis son fusil à l'épaule et braquait à présent son pistolet.

Des néons tremblèrent puis s'allumèrent.

La pièce formait une sorte de long couloir d'une bonne quarantaine de mètres. L'air était plus frais ici, plus sec, filtré. Des congélateurs en acier inoxydable garnissaient une des parois du sol au plafond. Des compresseurs ronronnaient. En face d'eux : des chariots en acier, des réservoirs d'azote liquide, et une grande table à microscope reliée à un bloc de microdissection.

Tout cela évoquait un laboratoire cryogénique.

À un poste de travail central, un ordinateur Hewlett-Packard était branché. Un fond d'écran tournoyait sur le moniteur. Un symbole argenté sur fond noir. Gray l'avait déjà vu. Gravé sur le sol du château de Wewelsburg.

— Le Soleil Noir, grommela-t-il.

Marcia le dévisagea.

Il désigna la roue tournoyante.

— Ceci représente l'Ordre noir de Himmler, une organisation rassemblant scientifiques et occultistes issus de la Société Thulé. Des malades obsédés par le mythe du surhomme. Baldric a dû en faire partie, lui aussi.

La boucle se refermait. Depuis l'arrière-grand-père de Ryan jusqu'ici. Il pointa l'ordinateur du doigt.

— Voyez si vous pouvez trouver quelque chose.

Tandis que Marcia se penchait sur le clavier, il retourna vers les congélateurs et en ouvrit un. Un air glacé s'en échappa. À l'intérieur se trouvaient des tiroirs, indexés et numérotés. Il tira l'un d'entre eux pour découvrir de minces paillettes de verre remplies d'un liquide jaunâtre. Derrière lui, il entendait Marcia taper.

— Des embryons congelés, déclara-t-elle.

Il referma le casier pour évaluer la longueur de la salle et compter les congélateurs géants. Si Marcia avait raison, des milliers et des milliers d'embryons devaient être stockés ici.

Elle reprit la parole.

— C'est une base de données, l'informa-t-elle en montrant l'ordinateur, répertoriant des génomes et des généalogies. À la fois humains et animaux, ajouta-t-elle avec un regard appuyé. Des mammifères. Regardez ça.

Sur l'écran, un étrange tableau était apparu

NUCLEOTIDE VERANDERING
(DNA)

[CROCUTA CROCUTA]

Thu Nov 6 14 : 56 : 25 GMT

Schema V.1.16

VERANDERING	CODE RANGSCHIKKEN
Loci A.0. Transversie	
A.0.2. Dipyrimidine to Dithymidine (c[CT]>TT)	ATGGTTACGCGCTCATG
	GAATTCTCGCTCATGCA
	ATTCTCGCTCGTCAACT
Loci A.3 Gedeeltelijk	
A .3.3.4 Dinucleotide (transcriptie)	CTACAAATTACGCTCTTA
	CGCTTCTCGCTTGTTAC
	GCGCTCA
Loci B.5.	
B.5.1.3 Cryptische plaatsactivering	GTTACGCGCTCGCGCTA
	TGGAATTCTCGCTCATG
Loci B.7.	
B.7.5.1. Pentanucleotide (g[TACAGATTC] verminderde stabiliteit)	ATGGTTACGCGCTCCGC
	TGGAATTCTCGCTCATG
	GAATTCTCGCTC

— On dirait une liste de mutations, suggéra Marcia. Établie au niveau des polynucléotides.

Gray pointa le mot en haut de la liste.

— *Crocuta crocuta,* lut-il. La hyène tachetée. J'ai vu à quoi ces recherches ont abouti. Baldric Waalenberg prétend perfectionner l'espèce. Il leur a même incorporé des cellules souches humaines dans le cerveau.

Marcia retourna dans le menu principal.

— Voilà qui explique le titre de cette base de données. *Hersenschim.* Ce qui signifie « chimère ». Un terme biologique désignant un organisme dont le matériel génétique provient de plusieurs espèces, que ce soit par greffe comme pour les plantes ou par insertion de cellules étrangères dans un embryon. Mais dans quel but ? conclut-elle, concentrée.

Se redressant, Gray contempla le laboratoire. Ces expériences différaient-elles des manipulations auxquelles se livrait Baldric sur les orchidées et les bonsaïs ? Un autre moyen de contrôler la nature, de la soumettre et la contraindre pour la faire correspondre à sa propre définition de la perfection.

— Hum…, marmonna Marcia. Étrange.

Gray pivota vers elle.

— Quoi ?

— Comme je l'ai dit, ces congélateurs contiennent des embryons humains, répondit-elle. Selon les références notées ici, tous ces embryons sont génétiquement reliés aux Waalenberg.

Voilà qui ne le surprenait pas beaucoup. Gray avait déjà remarqué les similarités entre tous les rejetons de cette famille. Le patriarche trafiquait leur patrimoine génétique depuis plusieurs générations.

Mais, apparemment, il y avait plus étrange.

— Sur chaque embryon Waalenberg, continua Marcia, on a prélevé des cellules souches pour les introduire dans *Crocuta Crocuta.*

— Les hyènes ?

Marcia acquiesça.

Plus ils en apprenaient, plus l'horreur croissait.

— Vous insinuez qu'il a implanté des cellules souches issues de ses propres enfants dans ces monstres ? fit Gray, incapable de masquer sa répulsion. Le mépris de cet homme pour la vie ne connaissait-il donc aucune borne ?

— Ce n'est pas tout, lança Marcia.

Gray sentit l'effroi déferler dans son ventre, en devinant ce qu'elle allait ajouter.

Elle montra un schéma compliqué sur l'écran.

— D'après ce tableau, quelques cellules souches des hyènes ont été prélevées et injectées dans la génération suivante d'embryons humains.

— Bon Dieu !

Gray revit Ischke tendre la main pour arrêter la hyène qui chargeait. Ils n'entretenaient pas une simple relation de maître à animal. Mais un lien familial. Baldric avait réimplanté des cellules de hyènes mutantes dans ses propres enfants, croisant les deux espèces comme ses orchidées.

— Et, il y a pire encore, reprit Marcia qui avait brusquement pâli, les Waalenberg ont été…

Gray la coupa. Il en avait assez entendu.

— Allons voir ce qu'ils cachent dans les autres pièces.

Marcia contempla l'ordinateur avec regret puis hocha la tête et se leva. Ils quittèrent le labo. Dans le couloir une pancarte barrait la porte suivante : FOETUSSEN. Des fœtus. Gray continua sans s'arrêter. Il n'avait aucune envie de voir les horreurs conservées ici.

— Comment parviennent-ils à ces résultats ? se demanda Marcia à haute voix. Les mutations, les chimères viables… ? Ils doivent avoir trouvé un moyen de contrôler leurs manipulations génétiques.

— Peut-être, marmonna-t-il. Mais ce n'est pas tout à fait au point, pas encore.

Il repensait à Hugo Hirszfeld, au code qu'il avait dissimulé dans les runes. Il comprenait à présent pourquoi ce dernier obsédait Baldric : il contenait la promesse de perfection. *Trop beau pour le laisser mourir et trop monstrueux pour le libérer.*

Dans le cas de Baldric, les monstruosités ne le retenaient sûrement pas. Ce fou n'avait pas hésité à fabriquer des monstres au sein de sa propre famille. Et maintenant qu'il disposait du code, quelle serait sa prochaine étape ? Sigma était à ses trousses à présent. Pas étonnant qu'il tienne tant à obtenir des informations sur Painter Crowe.

Ils arrivèrent à une autre porte. À en juger la distance qui la séparait du laboratoire à fœtus, cette pièce s'annonçait gigantesque. Gray lut la pancarte sur le battant.

XERUM 525

Il échangea un regard avec Marcia.

— Pas *sérum*, lâcha-t-il.

— Xerum, corrigea Marcia, secouant la tête pour marquer son incompréhension.

Gray se servit de sa carte volée. Lumière verte, verrou débloqué. Il entra. Les lumières clignotèrent avant de se stabiliser. Ici dominait une odeur vaguement corrosive, une légère touche d'ozone. Le sol, le plafond et les murs étaient sombres.

— Du plomb, constata Marcia en touchant une paroi.

Gray n'aimait pas ça. Cet endroit faisait penser à un entrepôt de stockage de déchets toxiques. Des bidons jaunes d'une quarantaine de litres étaient alignés sur des étagères. Chacun comportant le chiffre 525.

S'agissait-il d'un agent biologique, comme il l'avait craint ? Ou bien ces bidons contenaient-ils du matériel nucléaire ? Était-ce pour cette raison que la pièce était blindée de plomb ?

Marcia examinait déjà une des étagères, insouciante apparemment des risques de contamination. Chaque bidon était étiqueté.

— Albania, lut-elle avant de passer au suivant. Argentina.

Des noms de pays classés par ordre alphabétique.

Gray contempla les étagères. Une centaine de fûts au moins y étaient entreposés.

Marcia le regarda. Il comprit la raison de son angoisse.

Oh, non !

Il se précipita dans l'allée, s'arrêtant de temps à autre pour vérifier les étiquettes : BELGIUM... FINLAND... GREECE...

Il se mit à courir.

Pour atteindre enfin celle qu'il cherchait.

UNITED STATES.

Marcia avait surpris une conversation à propos de Washington et d'une attaque éventuelle. Gray contempla les rangées de fûts. Washington ne constituait pas la seule cible, à en croire les étiquettes. Mais Baldric avait déjà réagi à la menace que représentaient Painter et Sigma.

Au-dessus de l'étiquette UNITED STATES, l'étagère était vide.

Le bidon correspondant de Xerum 525 avait disparu.

07 : 45
HEURE DE LA CÔTE EST
GEORGETOWN UNIVERSITY HOSPITAL
WASHINGTON D.C.

— Arrivée prévue ? demanda l'opérateur radio assis devant le centre de communication de l'hôpital, un casque sans fil sur les oreilles.

L'hélicoptère lui répondit.

— Dans deux minutes.

— Les Urgences demandent des précisions.

La fusillade sur Embassy Row avait fait du bruit. Les protocoles de sécurité antiterroriste étaient déclenchés. Appels et alertes sonnaient un peu partout en ville. Pour le moment, la confusion régnait.

— Le personnel de l'ambassade a trouvé deux morts sur place. Deux ressortissants sud-africains, dont l'ambassadeur. Mais deux Américains ont aussi été touchés.

— Situation ?

— Un mort et un blessé dans un état critique.

14

Ménagerie

13 : 55
AFRIQUE DU SUD

Fiona écoutait à la porte, Taser en main. Des voix approchaient sur le palier. Elle était terrorisée. Les réserves d'adrénaline qui lui permettaient de tenir depuis vingt-quatre heures s'épuisaient. Ses mains tremblaient, son souffle était rapide et irrégulier.

Le garde ligoté et bâillonné gisait derrière elle. Elle avait dû lui administrer un autre choc électrique quand il avait commencé à gémir.

On venait vers sa cachette.

Où était Gray ? Cela faisait près d'une heure qu'il était parti.

Des individus approchaient. Elle reconnut une des voix. Celle de la salope blonde qui lui avait coupé la main. Ischke Waalenberg. Son copain et elle parlaient en hollandais, une langue qu'elle comprenait.

— … cartes, lança Ischke avec colère. J'ai dû les perdre quand je suis tombée.

— Eh bien, chère *zuster,* tu es saine et sauve maintenant.

Zuster. Sœur. Donc, l'autre était son frangin.

— Par précaution, ajouta-t-il, nous allons changer les codes d'accès.

— Et on n'a toujours pas retrouvé les deux Américains et la fille ?

— Nous avons renforcé la surveillance le long de la clôture. Nous sommes certains qu'ils n'ont pas quitté le domaine. Nous les retrouverons. De toute manière, *grootvader* leur réserve une surprise.

— Quelle surprise ?

— Tu oublies qu'il a prélevé des échantillons d'ADN sur chacun d'eux. Aucun ne quittera le domaine vivant.

Ischke éclata d'un rire qui glaça Fiona. Les voix s'éloignèrent.

— Viens, ajouta le frère. *Grootvader* veut que nous le rejoignions en bas.

L'oreille collée au battant, Fiona les entendit encore discuter sans parvenir à discerner le contenu de leur échange. Ils semblaient en désaccord sur un sujet quelconque. Mais elle en avait appris suffisamment.

Aucun ne quittera le domaine vivant.

Que comptaient-ils faire ? Et le rire ravi et glacial d'Ischke ne laissait pas planer le moindre doute : ils étaient sûrs d'eux. Que trafiquaient-ils avec ces échantillons d'ADN ?

Il n'y avait qu'un moyen de le savoir.

Si seulement Gray s'était décidé à revenir.

Glissant le Taser dans sa poche, elle reprit son plumeau avant de se décider à ouvrir la porte. Elle ne s'était jamais sentie aussi seule, aussi vulnérable. Hésitante, elle se demanda si elle ne ferait pas mieux de rester planquée dans la chambre. Fermant les yeux, elle se ressaisit, psalmodiant une prière, non pas à un dieu quelconque, mais à celle dont elle avait toujours admiré le courage.

— *Bedste*, murmura-t-elle.

Si elle voulait garder une chance de survivre et de sauver ses nouveaux amis, elle devait se montrer aussi brave et désintéressée que la vieille dame qui l'avait recueillie.

Les deux voix s'élevèrent dans l'escalier.

Fiona se dirigea vers les marches, plumeau brandi devant elle comme une arme. Elle risqua un coup d'œil par-dessus la rampe, juste assez pour apercevoir les chevelures blanches des deux jumeaux.

— Ne fais pas attendre *grootvader,* disait le frère.

— J'arrive tout de suite. Je veux juste passer voir Skuld. M'assurer qu'elle a bien retrouvé son chenil. Elle était très énervée et j'ai peur qu'elle ne se blesse.

— On pourrait en dire autant de toi, ma douce *zuster*.

Fiona se pencha un peu plus. Le frère caressa la joue de sa sœur, un peu trop tendrement.

Ischke se laissa aller contre sa paume, avant de s'écarter.

— Je n'en ai pas pour longtemps.

— Je préviens *grootvader.*

Ils se séparèrent, Ischke repartant vers l'arrière de la maison.

Fiona se dépêcha de la suivre. Elle serrait le Taser dans sa poche. Si seulement elle parvenait à coincer cette blondasse dans un coin tranquille et la faire parler…

Dévalant l'escalier, elle ralentit en arrivant au rez-de-chaussée, pour adopter l'attitude soumise qui convenait à une domestique. Ischke, quant à elle, se dirigea vers le cœur du manoir.

Fiona la suivit, tête baissée, son plumeau sur les bras comme une nonne portant sa bible. Ischke descendit une volée de marches, passant devant deux sentinelles, pour emprunter un autre couloir sur la gauche.

Fiona approcha des gardes. Elle accéléra l'allure. Une petite bonne se pressant pour accomplir une tâche obscure.

Elle atteignit les marches.

Encore au garde à vous après le passage de la maîtresse des lieux, les sentinelles l'ignorèrent. Fiona les dépassa puis déboucha dans un couloir qu'elle trouva désert.

Elle s'arrêta.

Ischke avait disparu.

Un mélange de terreur et de soulagement la gagna.

Et je fais quoi maintenant ? Je retourne dans la chambre ?

Elle repensait au rire glacial d'Ischke, quand la voix de la femme explosa de fureur, derrière une double porte en verre et fer forgé.

Quelque chose l'avait mise en colère.

Fiona s'avança.

— La viande doit être saignante ! Fraîche ! aboya Ischke. Ou c'est toi qui vas lui servir de repas.

Des excuses bafouillées. Des pas qui s'éloignaient, à toute allure.

Fiona se pencha vers le battant.

Erreur.

La porte s'ouvrit brutalement, la cognant à la tempe. Puis ce fut Ischke qui, sortant précipitamment, la bouscula.

Celle-ci proféra un juron et l'écarta d'un coup de coude.

Fiona réagit d'instinct, usant de ses vieux talents. Elle se laissa tomber, recroquevillée sur elle-même, ce qui ne lui demanda aucun effort, tant elle était terrifiée.

— Regarde où tu mets les pieds ! fulmina Ischke.

— *Ja,* maîtresse.

— Fiche le camp !

Fiona paniqua. Où était-elle censée aller ? Mais puisqu'elle se trouvait devant cette porte et que celle-ci était encore ouverte, elle se faufila à l'intérieur, coutournant Ischke de son mieux.

La main de Fiona chercha le Taser dans sa poche, mais elle dut d'abord y déposer ce qu'elle venait de dérober. Elle n'avait pas eu l'intention de la détrousser, elle avait agi par pur réflexe. Un geste idiot. Cette fraction de seconde supplémentaire allait certainement lui coûter cher. Le temps qu'elle mette la main sur le Taser, Ischke était déjà partie. La lourde porte se referma en claquant.

Fiona serra les dents, se maudissant. Et maintenant ? Elle ne pouvait pas ressortir tout de suite, sans éveiller les soupçons. De toute manière, elle n'avait pas besoin de suivre Ischke, sachant pertinemment où elle se rendait : vers l'ascenseur pour rejoindre son frère et son grand-père. Malheureusement, Fiona ne connaissait pas assez bien la maison pour emprunter un autre chemin et lui tendre une embuscade.

Elle eut envie de pleurer.

Elle avait tout gâché.

Désespérée, elle examina enfin la pièce dans laquelle elle se trouvait. Celle-ci était très claire, inondée de soleil grâce à un immense dôme de verre. Il s'agissait d'une sorte de grand jardin couvert et circulaire. Au centre, des palmiers géants s'élevaient vers le toit vitré. Tout autour, d'immenses colonnes supportaient le plafond, créant de profondes alcôves sur le pourtour de la salle. Trois dégagements couronnés par une voûte très haute formaient une croix, comme des chapelles dans la nef d'une église.

Mais cet endroit n'était pas dédié à la prière.

D'abord, il y avait cette odeur. Moite, fétide, évoquant un charnier. Puis, des cris et des ululements résonnaient un peu partout. La curiosité de Fiona l'emporta sur sa peur. Elle s'avança. Trois marches descendaient vers une sorte d'esplanade déserte. L'homme qu'Ischke avait réprimandé avait disparu.

Chaque alcôve était occupée par une cage que fermait une paroi en verre renforcée de barreaux. Derrière ces cloisons, Fiona distingua des silhouettes massives, certaines tapies sur le sol, d'autres arpentant leur cellule. L'une d'elles était penchée sur un os qu'elle rongeait.

Les hyènes.

Mais pas seulement.

Fiona découvrit d'autres monstruosités. Un gorille maussade assis juste derrière la cloison vitrée qui la fixait avec un regard d'une intelligence troublante. Une mutation quelconque l'avait dépouillé de son pelage. Son corps était couvert d'une peau ridée et molle comme celle d'un éléphant.

Plus loin, un lion tournait dans sa cage. Il avait gardé sa fourrure qui semblait néanmoins mitée : elle poussait par plaques décolorées et était pour le moment maculée de fèces et de sang. La bête haletait, les yeux cerclés de rouge. Ses crocs saillaient entre ses babines, des dents de sabre.

Et les horreurs ne s'arrêtaient pas là : une antilope zébrée avec des cornes en tire-bouchon, une paire de chacals squelettiques et d'une taille anormale, un phacochère albinos cuirassé de plaques cornées pareilles à celle d'un tatou. Tout cela formait un spectacle abominable et triste en même temps. Les chacals enfermés ensemble geignaient et couinaient, se déplaçant en boitant sur leurs pattes trop grêles.

Ces animaux auraient éveillé la pitié de Fiona si elle n'avait pas été aussi terrorisée par les hyènes géantes. Elle n'arrivait pas à détacher son regard de l'os que mastiquait une des créatures. Il provenait sans doute d'un buffle ou d'un autre animal de grande taille mais Fiona ne pouvait s'empêcher de penser qu'il aurait pu s'agir de l'un des siens. Si Gray ne l'avait pas sauvée…

Elle frémit.

Coinçant l'os énorme entre ses mâchoires, la hyène croqua, le brisant d'un coup.

Le bruit fit sursauter Fiona.

Elle battit en retraite. Elle avait assez traîné ici. Ayant échoué dans sa mission, mieux valait qu'elle retourne se cacher dans la chambre.

La jeune fille tourna le loquet.

La porte était verrouillée.

14 : 30

Le cœur battant, Gray contempla l'alignement de gros leviers. Il avait enfin trouvé le tableau de commande du circuit d'alimentation principal. L'énergie qui traversait les câblages géants dans la salle était palpable, une force électromagnétique qui lui chatouillait la base de la nuque.

Il avait déjà perdu beaucoup trop de temps.

Depuis qu'il avait découvert la disparition du fût de Xerum 525 destiné aux États-Unis, l'affolement le gagnait. Il avait abandonné l'exploration des laboratoires. Pour l'instant, il devait à tout prix prévenir Washington.

Marcia se rappelait avoir aperçu une radio d'urgence ondes courtes dans le quartier de détention où on l'avait enfermée. Elle savait qui appeler : une certaine Paula Kane, sa partenaire, qui se chargerait de transmettre l'alerte. Rejoindre cette prison située à l'extérieur du manoir avait tout d'une mission suicide. Mais ils n'avaient pas le choix.

Heureusement que Fiona était restée dans la chambre. Au moins, elle y serait en sécurité.

— Qu'attendez-vous ? s'enquit Marcia.

Cette dernière avait libéré son bras de son écharpe et enfilé une blouse trouvée dans un placard. Dans l'obscurité, elle passerait facilement pour une scientifique employée par la famille.

Elle se tenait debout derrière lui, une lampe torche à la main.

Ils avaient déjà localisé l'escalier de secours qui leur permettrait de remonter. Pour sortir et atteindre le bâtiment où se trouvait la radio, il leur faudrait néanmoins créer une diversion.

Ils venaient de découvrir le moyen de semer une certaine confusion dans la propriété. Adossé à une paroi, Gray avait remarqué la vibration et le bourdonnement qui en émanaient, caractéristiques d'un générateur. S'ils coupaient l'alimentation générale, cela ne manquerait pas de provoquer un certain chaos. Qu'ils comptaient mettre à profit.

— Prête ? demanda-t-il.

Elle alluma la lampe et le fixa droit dans les yeux.

— Allons-y.

— Extinction des feux.

Gray abaissa le premier levier.
Puis le suivant et tous les autres.

14 : 35

Toutes les lampes s'éteignirent.

Oh, merde !

Fiona se tenait au centre du jardin couvert, près d'une petite fontaine. Quelques instants plus tôt, elle avait abandonné son poste près de la porte pour revenir ici dans l'espoir de trouver une autre issue. Il y en avait sûrement une.

Elle se figea.

Et prit conscience du curieux silence qui s'était abattu sur la salle, comme si les animaux sentaient ou se préparaient à un changement imminent.

Derrière elle, un petit déclic retentit.

Fiona se retourna lentement.

Une des portes en verre et acier s'ouvrait, repoussée par le museau d'une des hyènes géantes. Le black-out avait démagnétisé les serrures. La bête quittait sa cage. Elle avait abandonné son os et du sang ruisselait de sa gueule. Plus loin, un jappement s'éleva comme si l'un des prédateurs lançait un signal aux autres pensionnaires de la ménagerie. Plusieurs portes pivotèrent sur leurs gonds.

Fiona restait pétrifiée sur place. Même la pompe à eau s'était arrêtée. La fontaine s'était tue, comme si elle aussi craignait d'attirer l'attention.

Quelque part dans l'une des salles transversales, un hurlement éclata soudain. Fiona se dit que le gardien de ce zoo inepte, celui qui avait été engueulé par Ischke, avait sûrement servi de repas sanglant. Un autre hurlement, inhumain celui-là, résonna, accompagné de bruits immondes et de râles féroces.

Fiona les entendait à peine.

Elle fixait la première bête échappée.

La hyène au museau ensanglanté avançait vers elle. Fiona reconnut la tache à peine discernable sur son flanc, fourrure blanche sur fourrure blanche. C'était la même bête que dans la jungle.

La favorite d'Ischke.

Skuld.

On l'avait privée de son repas en cage.

Elle venait de le retrouver.

14 : 40

— Aidez-nous... *bitte !*

Gunther venait de se ruer dans la hutte, suivi du major Brooks.

Lisa laissa retomber son stéthoscope posé sur la poitrine de Painter. Elle écoutait un murmure systolique. En une demi-journée, celui-ci avait ralenti, ce qui suggérait une sténose de l'aorte progressant rapidement. Une angine, bénigne dans un premier temps, avait dégénéré au point de provoquer des syncopes chez Painter à la moindre agitation. Elle n'avait jamais assisté à une dégradation aussi rapide et redoutait une calcification autour des valves cardiaques. D'étranges dépôts minéraux commençaient à apparaître un peu partout, y compris dans ses fluides lacrymaux.

Allongé sur le dos, il se redressa sur un coude en grimaçant.

— Qu'y a-t-il ? demanda-t-il à Gunther.

— C'est sa sœur, répondit le major Brooks. Elle a fait une sorte… d'attaque.

Lisa s'empara de sa trousse médicale. Painter essaya de se lever. Lisa l'aida à sa seconde tentative.

— Restez ici, lui dit-elle.

— Ça ira, répliqua-t-il, irrité.

Elle n'avait pas le temps de discuter et le lâcha. Il faillit retomber de tout son long.

— Allons-y, lança Lisa à Gunther.

Brooks attendit, se demandant quoi faire avec Painter.

Un geste de la main le chassa.

Dehors, la chaleur était accablante, l'air immobile, le soleil aveuglant. Le simple fait de respirer demandait même un certain effort. Lisa pénétra dans la hutte voisine avec soulagement.

Anna gisait sur une litière, le corps tordu, les muscles contractés. Lisa se précipita auprès d'elle. Elle avait déjà placé un cathéter intraveineux à l'avant-bras de l'Allemande. Tout comme à Painter. Cette précaution lui permettrait de leur administrer les traitements plus facilement.

Elle sortit une seringue prédosée de Diazépam et l'injecta entièrement. En quelques secondes, Anna se détendit. Ses paupières s'ouvrirent. Elle avait repris conscience, semblait groggy mais lucide.

Painter arriva, Monk sur ses talons.

— Comment va-t-elle ? demanda Painter.

— À votre avis ? répliqua Lisa, exaspérée.

Gunther aida sa sœur à s'asseoir. Elle était livide, le visage couvert de sueur. D'ici peu, Painter se retrouverait dans le même état. Sa corpulence lui permettait de mieux tenir le choc, mais comme Anna, il n'avait plus que quelques heures devant lui.

Lisa contempla le rayon de soleil qui s'infiltrait par une fente entre le rideau et la porte et brûlait le sol de la hutte. La nuit était encore loin.

Monk prit la parole dans le silence angoissé.

— J'ai parlé à Khamisi. Il vient de voir toutes les lumières s'éteindre dans la maison. Je dirais qu'il y a du Gray là-dessous.

— Ça ne prouve rien, lâcha Painter, maussade.

— Et ça prouve pas non plus que c'est pas lui, fit Monk. Chef, je pense qu'on devrait avancer l'heure prévue pour l'intervention. Khamisi dit que…

— Khamisi ne dirige pas cette opération, rétorqua Painter avant d'être pris d'une violente quinte de toux.

Monk croisa le regard de Lisa. Ils avaient tous les deux discuté en privé vingt minutes auparavant. C'était pour cette raison qu'il avait appelé Khamisi… pour régler quelques derniers détails. Il hocha la tête.

Elle sortit une deuxième seringue de sa poche et s'approcha de Painter.

— Il faut que je nettoie votre cathéter. Il y a du sang dedans.

Painter lui tendit son bras. Il tremblait.

Lisa lui injecta sa dose. Se tenant prêt derrière Painter, Monk le rattrapa quand ses jambes cédèrent.

— Qu'est-ce…, commença Painter.

Monk le soutint faisant passer un des bras du commandant au-dessus de ses épaules.

— C'est pour votre bien, chef.

Painter tourna les yeux vers Lisa. Son autre bras se leva vers elle, comme pour la frapper ou pour manifester sa consternation devant sa trahison.

Le major Brooks observait la scène, bouche bée.

— Z'avez jamais vu une mutinerie ? lui demanda Monk.

Brooks reprit ses esprits.

— Tout ce que je peux dire, monsieur, c'est qu'il était temps.

Monk acquiesça.

— Khamisi est en route avec le colis. Arrivée prévue dans trois minutes. Le Dr Kane et lui s'occuperont du soutien terrestre ici.

Lisa se tourna vers Gunther.

— Pouvez-vous porter votre sœur ?

Pour toute réponse, le géant se contenta de la soulever dans ses bras.

— Que voulez-vous faire ? demanda faiblement Anna.

— Aucun de vous deux ne tiendra jusqu'à la nuit, annonça Lisa. Il faut que nous utilisions la Cloche.

— Comment… ?

— Ne vous inquiétez pas pour ça, répliqua Monk. On s'occupe de tout.

Il avait lancé cela d'un ton léger tout en adressant à Lisa un regard entendu.

Il était peut-être déjà trop tard.

14 : 41

Gray montait les marches, pistolet à la main, Marcia sur ses talons. Ils se déplaçaient le plus silencieusement possible. Elle gardait la paume de sa main sur sa torche, laissant passer juste assez de lumière pour voir où ils mettaient les pieds. Les ascenseurs devenus impraticables, ils avaient peur de tomber sur des gardes dans cet escalier de secours.

Même avec son uniforme et la blouse de scientifique de Marcia, ils préféraient éviter toute mauvaise rencontre.

Ils traversèrent le sixième sous-sol, aussi sombre que le précédent.

Gray continua de grimper, accélérant l'allure, craignant que des générateurs de secours ne prennent le relais. Comme pour confirmer ses craintes, il aperçut de la lumière au palier suivant.

Il fit signe à Marcia de s'arrêter.

La lueur ne bougeait pas. Peut-être une lampe isolée. N'empêche…

— Restez ici, murmura-t-il.

Marcia acquiesça.

Il repartit, pistolet braqué. La lumière provenait d'une porte entrouverte. Comme Gray s'en approchait, il entendit des voix. Le reste de l'escalier, plus haut, était toujours plongé dans l'obscurité. Pourquoi cet étage était-il éclairé ? Il devait être alimenté par un circuit différent.

Les voix résonnaient dans le couloir.

Il les reconnut.

Isaak et Baldric.

De l'endroit où il se trouvait, il ne les voyait pas. Il fit signe à Marcia de le rejoindre.

Elle aussi avait entendu les voix.

Isaak et Baldric ne semblaient pas perturbés par la coupure de courant. Savaient-ils seulement que le reste du manoir en était privé ? Mais Gray n'avait pas le temps de satisfaire sa curiosité. Il devait, avant tout, prévenir Washington.

Une des voix se fit plus distincte.

— La Cloche les tuera tous, déclara Baldric.

Gray se figea. Parlait-il de Washington ? Si oui, comment comptaient-ils s'y prendre ? Il fallait qu'il en apprenne davantage.

Il leva deux doigts en direction de Marcia. Deux minutes. S'il ne revenait pas, elle continuerait toute seule. Il lui avait laissé son deuxième pistolet.

Elle acquiesça en silence.

Il se glissa par l'ouverture, sans bouger la porte, de peur qu'elle ne grince. Il se retrouva dans un couloir éclairé aux néons en tout point semblable à celui du niveau inférieur, quoique beaucoup plus court. Au bout, une double porte en acier faisait face à l'ascenseur.

L'un des battants était ouvert.

Gray se déplaça rapidement sur la pointe des pieds. Arrivé à la porte, il s'agenouilla et risqua un coup d'œil.

La pièce qu'il découvrit était basse de plafond mais vaste, occupant tout l'étage. Il s'agissait du cœur du laboratoire. Un mur entier était occupé par des ordinateurs géants. Codes et listes de chiffres défilaient sur des moniteurs. Tout cela étant, à l'évidence, alimenté par un circuit spécifique.

Les occupants de la pièce, concentrés sur leur tâche, n'avaient pas remarqué le black-out. Mais on ne tarderait pas à les alerter.

Baldric et Isaak, grand-père et petit-fils, étaient penchés sur un poste de travail. Une série de runes clignotantes défilaient sur un écran de trente pouces. Les cinq symboles de Hugo.

— Le code n'est toujours pas déchiffré, dit Isaak. Est-il sage, dans ces conditions, de poursuivre le programme de la Cloche ?

— Nous allons le décoder ! s'exclama Baldric en flanquant un coup de poing sur la table. Ce n'est qu'une question de temps. De toute manière, nous ne sommes pas très loin de la perfection. Ta sœur et toi en êtes les meilleurs exemples. Vous vivrez longtemps. Cinquante ans. La détérioration ne vous atteindra pas avant la dernière décennie. Le moment est venu d'avancer.

Isaak ne parut guère convaincu.

Baldric se redressa. Il leva un bras vers le plafond.

— Regarde ce que cela nous a apporté d'attendre. En provoquant une diversion dans l'Himalaya, nous n'avons fait qu'attirer l'attention sur nous.

— Parce que nous avons sous-estimé Anna Sporrenberg.

— Et Sigma, ajouta Baldric. Mais peu importe. Certains États sont désormais à nos trousses. L'or ne pourra pas toujours nous protéger. Nous devons agir avant qu'ils ne le fassent. D'abord Washington, ensuite le monde entier. Et une fois que le chaos régnera, nous aurons tout le temps de déchiffrer ce code. Nous atteindrons la perfection.

— Et un monde nouveau renaîtra en Afrique, enchaîna machinalement Isaak, comme s'il récitait une prière apprise depuis son plus jeune âge.

— Pur et débarrassé de toute corruption, ajouta Baldric, concluant la litanie.

Le vieil homme s'exprimait pour sa part sans la moindre passion, comme si tout cela ne constituait rien de plus qu'une étape dans son programme, un exercice scientifique.

Baldric s'appuyait lourdement sur sa canne. Maintenant que son public se limitait à son petit-fils, il semblait beaucoup moins sûr de ses forces. Ce n'était qu'un vieillard aux portes de la mort et Gray se demanda si l'accélération de leurs opérations n'avait pas été provoquée par l'imminence de sa fin. Baldric avait-il volontairement orchestré ce scénario – de façon consciente ou pas – afin d'assister de son vivant à la réalisation de son projet ?

Isaak examinait un autre écran.

— Tous les voyants sont passés au vert. L'alimentation est connectée et la Cloche prête à être activée. Nous allons pouvoir nous débarrasser des prisonniers évadés.

Gray se raidit. Qu'insinuait-il ?

Baldric tourna le dos aux runes pour contempler le centre de la salle.

— Prépare l'activation.

Gray se déplaça pour bénéficier d'une vue générale de la pièce.

En son centre se dressait une sorte de grande coque taillée dans un composé de céramique et de métal. En forme de cloche renversée, elle faisait la même taille que lui.

Des moteurs se mirent bruyamment en route et une feuille métallique descendit du plafond pour venir se loger à l'intérieur de la carcasse. Dans le même temps, une capsule s'ouvrit dans un réservoir jaune situé à proximité et un flot de liquide pourpre ruissela à l'intérieur de la Cloche.

Un lubrifiant ? Une source d'énergie ?

Gray remarqua le chiffre apposé sur le flanc du réservoir. 525. C'était le mystérieux Xerum.

— Monte le bouclier, ordonna Baldric.

Il avait dû crier pour se faire entendre dans le vacarme des pistons. De la pointe de sa canne, il montrait le sol.

Celui-ci était recouvert du même linoléum gris, à l'exception d'une section circulaire plus sombre de trente mètres de diamètre, entourant la Cloche. Elle était délimitée par un rebord surélevé d'une trentaine de centimètres d'épaisseur, évoquant l'arène d'un cirque. Le plafond ressemblait au sol, à cette différence qu'il était creusé sur son pourtour.

Le tout était conçu en plomb.

Gray comprit que ce rebord devait être monté sur piston pour venir s'insérer dans le plafond et former un cylindre hermétique autour de la Cloche.

— Que se passe-t-il ? hurla de nouveau Baldric, en se tournant vers Isaak.

Celui-ci ne cessait de tripoter un levier.

— L'alimentation des moteurs du bouclier est coupée !

Gray baissa les yeux. Ces moteurs devaient se trouver au niveau inférieur et il était plongé dans l'obscurité. Un téléphone se mit à sonner dans la pièce, avec insistance. Gray devina sans mal qui appelait. La sécurité avait enfin réussi à localiser les maîtres des lieux pour les prévenir de la coupure de courant.

Le moment était venu de filer.

Il se retourna.

Un tube métallique s'abattit sur son poignet, le forçant à lâcher son arme. Le tuyau menaça son crâne et Gray l'évita de justesse.

Ischke se tenait devant lui, en garde. Derrière elle, les portes de l'ascenseur étaient défoncées. Elle avait dû se retrouver prise au piège dans la cabine et avait réussi à s'en extraire. Dans le vacarme provoqué par les moteurs de la Cloche, Gray ne l'avait pas entendue bousiller la cabine.

Elle brandit son arme, visiblement experte dans l'art du combat au bâton.

Sans la quitter des yeux, Gray battit en retraite dans la chambre de la Cloche, se forçant à ne pas regarder vers l'escalier de secours. Il pria pour que Marcia soit déjà partie.

Ischke, les vêtements et le visage maculés de graisse, le suivit. Sa main blessée ne semblait pas du tout la gêner.

— *Was is dit ?* s'exclama Baldric derrière Gray. Ah, on dirait que la petite Ischke a attrapé une vilaine souris !

Gray se retourna.

— Les générateurs redémarrent, annonça Isaak, nullement surpris par cette intrusion.

Un grondement monta du sol, sous les semelles de Gray. Le bouclier commença à se lever.

— Et maintenant, exterminons les autres rats, suggéra Baldric.

14 : 45

Monk hurla pour se faire entendre. Les rotors soulevaient des tourbillons de poussière et de sable.

— Vous savez piloter ce truc ?

Gunther acquiesça et s'empara du manche.

Monk lui flanqua une tape sur l'épaule. Privé de sa main, il allait devoir se fier à cet ancien nazi. Mais le géant étant visiblement obsédé par la survie de sa sœur, l'agent n'estimait pas prendre de gros risques.

Anna était assise à l'arrière avec Lisa. Painter était affalé entre elles, la tête pendante, marmonnant des paroles à peine compréhensibles à propos d'une tempête de sable. Le sédatif, pourtant léger, le faisait délirer.

Baissant la tête, Monk contourna l'hélicoptère pour rejoindre Khamisi et Mosi N'Gana, le chef zoulou. Les deux hommes se serraient l'avant-bras.

Mosi avait troqué sa tenue de cérémonie contre un treillis kaki, une casquette, un fusil automatique à l'épaule et un pistolet à la ceinture. Il n'avait cependant pas totalement renoncé à son héritage : un javelot très court était fixé sur son dos.

— C'est toi qui commandes, disait-il à Khamisi.

— C'est un honneur, chef.

Mosi hocha la tête.

— On m'a dit beaucoup de bien à ton sujet, Petit Gras.

Monk haussa un sourcil interrogatif. Petit Gras ?

Dans le regard de Khamisi, il lut un mélange de honte et de fierté. Mosi, quant à lui, grimpa dans l'hélicoptère. Il avait tenu à participer à la première vague d'assaut et Monk lui devait bien ça.

Khamisi rejoignit Paula Kane. Tous deux coordonneraient l'attaque terrestre.

Monk regarda à travers le tourbillon de sable. L'armée de fortune s'était rassemblée à une vitesse incroyable, les combattants affluant à pied, à cheval, en moto ou bien à bord de camionnettes cabossées. Mosi avait lancé le mot d'ordre. Et les siens y avaient répondu en masse, comme avec son ancêtre Shaka Zulu. Des hommes et des femmes. Vêtus de peaux, de treillis ou en Levi's. Et il en arrivait encore.

Leur rôle consisterait à occuper les mercenaires des Waalenberg et, éventuellement, à s'emparer du domaine. Les Zoulous feraient-ils le poids face à des forces de sécurité bien mieux armées et entraînées ? Le massacre de Blood River allait-il se répéter ?

Ils le sauraient bientôt.

Monk se hissa dans le compartiment arrière surpeuplé. Mosi s'installa aux côtés du major Brooks. Ils étaient assis face à Anna, Lisa et Painter. Un autre nouveau venu, un guerrier à moitié nu nommé Tau, se trouvait là lui aussi. Tourné vers l'avant, il maintenait la lame d'un petit javelot contre la gorge de l'homme installé à la place du copilote.

Le gardien-chef Gerald Kellogg était assis auprès de Gunther, ligoté. Il arborait un magnifique coquard violet.

Monk tapa de nouveau l'épaule de Gunther, levant un doigt vers le ciel pour lui signifier que le moment était venu de décoller. Le géant tira sur le collectif et l'engin bondit dans les airs dans un rugissement mécanique.

Le sol s'éloigna. Le domaine s'étalait devant eux. Monk savait que la sécurité des Waalenberg disposait de missiles sol-air. Dépourvu de tout armement, lourd et peu maniable, le gros hélicoptère commercial constituait une cible facile.

Monk se pencha en avant.

— C'est le moment de sauver votre peau, gardien-chef, lâcha-t-il en grimaçant un sourire.

Un rictus, plutôt.

Kellogg blêmit.

Monk décrocha le combiné radio.

— Connectez-nous à la sécurité.

Khamisi avait déjà obtenu les codes d'accès. D'où l'œil au beurre noir de Kellogg.

— Pas d'entourloupe, prévint Monk, toujours souriant.

Kellogg s'écarta légèrement de lui.

Son sourire l'effrayait-il à ce point ?

Pour renforcer la menace, Tau pressa un peu plus la pointe de sa lame sur la gorge du gardien-chef.

Des grésillements surgirent de la radio et Kellogg transmit le message désiré.

— Nous avons repris un de vos prisonniers, annonça-t-il. Monk Kokkalis. Nous vous l'amenons à l'héliport.

Gunther écouta la réponse dans ses propres écouteurs.

— Bien reçu, dit Kellogg. Terminé.

Gunther poussa un petit cri de joie.

— On a l'autorisation d'atterrir.

Il inclina le nez de l'appareil et fonça vers le domaine. Peu après, le manoir apparut devant eux. Vu des airs, il semblait encore plus massif.

Monk se retourna vers Lisa. À ses côtés, Anna avait posé son front contre la fenêtre, les yeux fermés de douleur. Painter s'agitait et gémissait. Les effets du sédatif s'estompaient.

Lisa l'aida à se redresser.

Monk remarqua qu'elle lui tenait la main, qu'elle ne l'avait, en fait, jamais lâchée.

Elle leva les yeux.

Des yeux consumés de peur.

Mais pas pour elle-même.

14 : 56

— L'antenne de diffusion est-elle levée ? s'enquit Baldric.

Du menton, Isaak montra sa console.

— Prépare l'activation de la Cloche, reprit Baldric avant de se tourner vers Gray. Nous avons introduit l'ADN de vos compagnons dans la Cloche. De ce fait, son signal de sortie va sélectionner les codes génétiques correspondants, les dénaturer et les détruire de façon ciblée. Notre version améliorée de la Solution finale.

Gray pensa à Fiona cachée dans une chambre. À Monk qu'ils avaient repris et qui était ramené en ce moment même, comme un appel venait de le leur signaler.

— Les tuer ne vous apportera rien, rétorqua-t-il. Vous avez retrouvé mon partenaire. Laissez le garçon et la fille tranquilles.

— S'il y a bien une chose que j'ai apprise ces derniers jours, c'est de ne plus laisser la moindre trace derrière moi. Active la Cloche, ordonna-t-il à Isaak.

— Attendez ! s'écria Gray en s'avançant.

Ischke, qui avait récupéré son pistolet, lui fit signe de ne plus bouger.

Baldric lui lança un regard agacé et impatient.

Gray n'avait plus qu'une seule carte à jouer.

— Je sais comment déchiffrer le code de Hugo.

Baldric le considéra avec surprise.

— Vraiment ? Vous auriez réussi là où une série de calculateurs Cray ont échoué ?

Gray montra le moniteur sur lequel la séquence de runes ne cessait de réapparaître, chaque fois dans un ordre différent. L'ordinateur cherchait une combinaison.

— De cette manière, ça ne marchera jamais, affirma-t-il.

— Et pourquoi donc ?

Si jamais il se trompait, ou ne se montrait pas assez convaincant, ils n'hésiteraient pas à irradier ses amis. Gray était certain que l'ordinateur ne réussirait pas à déchiffrer le code car il avait réellement résolu l'énigme des runes. Il ne comprenait pas le résultat qu'il avait obtenu, mais il l'avait trouvé. Aucun doute là-dessus. Surtout si l'on considérait les origines juives de Hugo Hirszfeld.

Et il n'était évidemment pas question de tout leur révéler.

— Vous vous trompez à propos de la rune dans la Bible de Darwin, dit-il, sincère. En fait, il n'y a pas une rune mais deux.

Baldric fronça les sourcils, visiblement incrédule.

— Vous osez tenter la même idiotie qu'avec cette roue solaire ?

Il se tourna vers Isaak.

— Non ! s'exclama Gray. Laissez-moi vous montrer !

Il chercha autour de lui et aperçut un gros feutre sur un des bureaux.

— Donnez-moi ça.

Toujours sceptique, Baldric adressa un signe à Isaak.

On lui lança le marqueur.

Gray s'agenouilla pour dessiner sur le linoléum.

— Voici la rune de la Bible de Darwin.

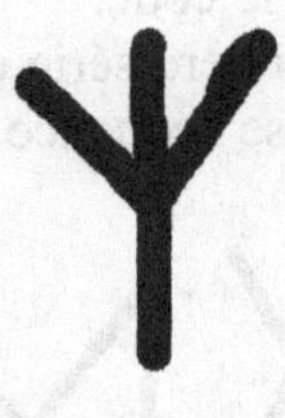

— La rune *Mensch,* précisa Baldric.

— Elle représente l'homme à son état supérieur, la part divine cachée en chacun d'entre nous, nos moi parfaits.

— Et alors ?

— C'était le but de Hugo. Le résultat qu'il recherchait. D'accord ?

Baldric hocha lentement la tête.

— Hugo n'aurait pas intégré le résultat dans son code. Un code qui, justement, mène à ça, insista Gray en tapant avec son feutre sur le symbole tracé sur le sol. Cette rune n'a rien à faire dans l'énigme.

Une lueur passa dans le regard du vieil homme.

— Les autres runes dans la Bible…

Gray dessinait déjà pour illustrer son propos.

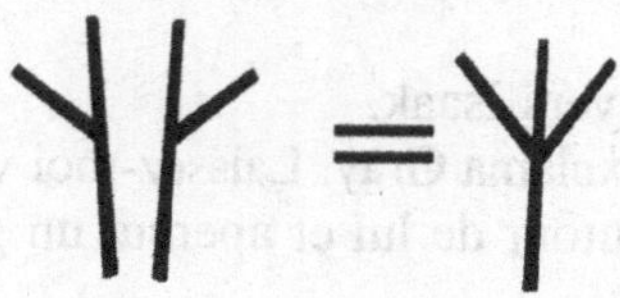

— C'est en réunissant ces deux-là qu'on obtient la troisième, expliqua-t-il en entourant d'un cercle les deux runes à deux têtes. Elles représentent l'homme à son état primitif, avant qu'il ne parvienne à cet état supérieur. En tant que telles, ce sont elles qui doivent être incorporées dans le code.

Gray reporta la première série de runes.

— Voici la mauvaise séquence.

Il la barra pour en inscrire une nouvelle.

Baldric s'approcha.

— Et selon vous, ce serait la bonne séquence ? Celle qu'il faut déchiffrer ?

Gray répondit avec sincérité.

— Oui.

Baldric hocha la tête, les yeux plissés devant cette révélation.

— Je crois que vous avez raison, commandant Pierce.

Gray se redressa.

— *Dank u,* dit Baldric en se tournant à nouveau vers Isaak. Active la Cloche. Tue ses amis.

15 : 07

Lisa aida Painter à sortir de l'hélicoptère tandis que les pales ralentissaient. Tau, le guerrier zoulou, le soutenait de l'autre côté. D'ici quelques minutes, les effets du sédatif se seraient dissipés.

Gunther portait Anna qui avait le regard vitreux. Après s'être mise à cracher des glaires sanglantes, elle s'était injecté une dose abrutissante de morphine.

Plus loin, Monk et Mosi D'Gana encadraient les cadavres des trois sentinelles de l'héliport. S'attendant à recevoir un prisonnier, les gardes avaient été pris par surprise. Deux pistolets équipés de silencieux les avaient éliminés.

Monk prit la place de Tau.

— Restez ici. Gardez l'hélico. Et surveillez le prisonnier.

Kellogg avait été extrait de l'appareil. Pieds et poings liés, bâillonné, il gisait à terre.

Monk donna le signal du départ au major Brooks et à Mosi D'Gana qui formeraient l'avant-garde. Ils avaient tous étudié les plans de la maison fournis par Paula Kane et savaient qu'ils devraient parcourir un long chemin avant d'accéder au sous-sol. L'héliport se trouvait sur le toit du manoir.

Fusils d'assaut à l'épaule, Brooks et Mosi se dirigèrent vers la porte de la demeure. Les deux hommes étaient parfaitement synchronisés dans leurs déplacements, comme s'ils avaient déjà travaillé, ou chassé, ensemble.

Brooks passa le premier. Les cartes magnétiques volées aux gardes morts lui donnèrent accès à la maison. Mosi ne tarda pas à disparaître à son tour. Les autres attendirent sur le toit.

Monk consulta sa montre. Le timing était essentiel.

Un bref sifflement retentit plus bas.

— On y va, dit-il.

Derrière la porte, ils trouvèrent un petit escalier menant au cinquième étage du manoir. Brooks était debout devant un autre garde à la gorge tranchée. Un palier plus bas, Mosi était accroupi, un couteau ensanglanté à la main.

Ils continuèrent à descendre, sans rencontrer d'autres soldats. Comme ils l'espéraient, l'essentiel des forces de sécurité était mobilisé dehors par le rassemblement imprévu des guerriers zoulous.

Monk jeta un deuxième coup d'œil à sa montre.

En arrivant au premier étage, ils quittèrent la cage d'escalier pour se glisser dans un long couloir orné de boiseries. Les appliques murales clignotaient. On aurait dit que le système électrique avait été endommagé après le récent black-out… ou alors que quelque chose pompait toute l'énergie disponible.

Lisa remarqua aussi une odeur bizarre, fétide.

Le corridor se terminait par un carrefour en T. Brooks partit en éclaireur sur la droite, la direction qu'ils devaient emprunter. Il ne tarda pas à revenir. En courant.

— Reculez… reculez… vite…

Un grondement féroce retentit derrière lui. Suivi d'une série d'aboiements excités… et de hurlements abominables.

— *Ukufa,* murmura Mosi.

— Courez ! s'écria Brooks. On va essayer de les occuper. On vous rejoint.

Monk obligea Lisa et Painter à faire demi-tour.

— Qu'est-ce… ? commença Lisa.

— Ils ont lâché les chiens, répondit Monk.

Gunther portait toujours Anna. Se servant d'un seul bras, le géant la tenait coincée contre lui, tout en braquant un énorme pistolet.

Une rafale de coups de feu éclata.

Les aboiements et ululements se transformèrent en cris de douleur et de rage.

Ils coururent plus vite.

La fusillade se déchaînait. Elle avait quelque chose de frénétique.

— Bon Dieu ! jura Brooks.

Lisa jeta un regard derrière elle.

Brooks et Mosi avaient abandonné leur poste et battaient en retraite dans le couloir, armes au poing et tirant sans relâche.

— Vite ! Vite ! hurla Brooks. Il y en a trop !

Trois énormes créatures à la fourrure blanche apparurent derrière les deux hommes, gueule baissée et écumante, poils dressés. Leurs griffes déchiquetaient le plancher tandis qu'elles galopaient en zigzag, comme pour échapper aux balles. Toutes trois saignaient abondamment, atteintes en plusieurs endroits. Mais ces blessures ne faisaient que les enrager davantage.

Lisa se retourna et découvrit deux créatures qui émergeaient de deux pièces à l'autre bout du couloir, leur coupant toute retraite.

Une embuscade.

Le pistolet de Gunther explosa comme un canon, assourdissant. Mais il rata la première bête qui s'était déplacée en un éclair.

Monk s'immobilisa.

Emportée par son élan, Lisa trébucha. Elle tomba sur un genou, entraînant Painter dans sa chute. Il s'écrasa à terre, reprenant vaguement conscience sous l'impact.

— Que… ?

Lisa le repoussa tandis qu'une fusillade effrénée se déchaînait dans le couloir.

Un hurlement retentit derrière elle.

Elle pivota sur elle-même. Une silhouette velue surgit d'une des portes pour se jeter sur le major Brooks, l'écrasant contre une paroi.

Lisa hurla.

Mosi poussa un cri de guerre et bondit, javelot en main.

Lisa étreignit Painter.

Les créatures étaient partout.

Elle surprit du coin de l'œil un mouvement. Un autre monstre venait d'apparaître derrière une porte toute proche. Celui-ci avait le museau barbouillé de sang frais. Ses yeux rouges luisaient dans la pièce plongée dans l'obscurité. Lisa songea alors au moine bouddhiste, à sa folie furieuse qui ne l'avait pourtant pas empêché de faire preuve de ruse et d'intelligence.

Il se passait la même chose ici.

La bête s'avança vers elle, lentement. Et ses babines se retroussèrent pour laisser échapper un grondement de triomphe.

15

Les cornes du taureau

15 : 10
Afrique du Sud

À plat ventre dans un fossé, Khamisi était dissimulé sous une toile de camouflage.

— Trois minutes, déclara le Dr Paula Kane à ses côtés.

Ils surveillaient la clôture à la jumelle.

Khamisi avait déployé ses forces tout le long de la clôture du domaine. Certains Zoulous se promenaient, bien visibles, conduisant des vaches sur les chemins poussiéreux. Plusieurs anciens en tenue traditionnelle étaient réunis au village tandis que tambours et chants résonnaient. Une cérémonie de mariage servait de prétexte au rassemblement.

Motos, VTT et camionnettes étaient garés un peu partout. Quelques jeunes guerriers, dont des femmes, traînaient autour des véhicules ; des couples étaient enlacés tandis que d'autres levaient des coupes en bois vers le ciel, feignant une ébriété avancée. Des hommes au torse nu et peint se livraient à une danse traditionnelle, brandissant des casse-tête.

C'étaient les seules armes visibles.

Khamisi ajusta le réglage de ses jumelles pour observer ce qui se passait au-delà de la clôture surmontée de rouleaux de barbelés. Il repéra du mouvement dans la canopée. Les forces de sécurité des Waalenberg s'étaient réunies sur les passerelles, pour surveiller les Zoulous agités.

— Une minute, annonça Paula.

Elle avait l'œil rivé à la lunette de son fusil, un engin précis, fixé sur un trépied. Khamisi avait appris non sans surprise que la scientifique avait décroché une médaille d'or olympique au tir à la carabine.

Il baissa ses jumelles. La stratégie d'attaque traditionnelle des Zoulous portait un nom : le Buffle. Le gros des troupes, le « poitrail », mènerait l'assaut pendant que, de chaque côté, les « cornes du taureau », frapperaient sur les flancs, encerclant l'ennemi et lui coupant toute retraite. Khamisi avait cependant apporté une légère modification à ce plan d'assaut, pour prendre en compte l'armement moderne. Et dans cette optique, il avait rôdé à l'intérieur du domaine toute la nuit.

— Dix secondes, fit Paula avant d'égrener calmement le compte à rebours.

Elle posa la joue sur la crosse du fusil.

Khamisi s'empara de son émetteur, tourna la clé et plaça son pouce au-dessus de la rangée de boutons.

— Zéro.

Il pressa la première touche.

Derrière la clôture, les charges qu'il avait installées explosèrent les unes après les autres, dévastant la jungle, ébranlant la canopée. Planches, débris et branches enflammées s'envolèrent tandis qu'une nuée d'oiseaux terrorisés obscurcissait un instant le ciel.

Khamisi avait disposé le C4 fourni par les Britanniques aux carrefours et sur les principaux axes des passerelles. Les déflagrations se succédaient tout autour du manoir, privant les Waalenberg de leur soutien au-dessus du sol, semant la panique et la confusion.

Plus loin, les guerriers zoulous jetèrent les couvertures de cérémonie qui les paraient, révélant des fusils, ou alors s'agenouillèrent pour tirer de vastes morceaux de toiles dissimulant des caches d'armes ; c'étaient eux qui formeraient le poitrail du Buffle. Des moteurs grondaient déjà tandis que d'autres guerriers enfourchaient leurs motos ou grimpaient à bord des camions, pour devenir les cornes du taureau.

— Maintenant, hurla Paula.

Khamisi actionna les boutons suivants, les uns après les autres.

Sur près d'un kilomètre, la clôture explosa, projetant des bouts de ferraille tordue dans tous les sens et exposant ainsi le ventre de l'ennemi.

Khamisi se débarrassa de sa toile et se leva. Une moto s'arrêta en dérapant à ses côtés. Njongo l'invita à le rejoindre sur la selle. Mais il lui restait une dernière tâche à accomplir. Brandissant la sirène au-dessus de sa tête, il sonna la charge du Buffle.

15 : 13

Les explosions ébranlèrent les murs ; les lumières tremblèrent dans la chambre de la Cloche. Tout le monde se figea. Baldric se tenait à côté de son petit-fils près du panneau de contrôle. Ischke braquait un pistolet sur la poitrine de Gray. Tous les regards se portèrent vers le plafond.

Sauf celui de Gray.

Il ne quittait pas des yeux le voyant qui ne cessait de grimper sur la console. Une formidable pulsation l'accompagnait. Sourd aux suppliques de Gray, Baldric avait activé la Cloche. Un bourdonnement montait du cylindre de plomb entourant l'engin. Sur un moniteur vidéo, l'enveloppe extérieure de la Cloche commença à luire, prenant une teinte bleu pâle.

Quand le voyant atteindrait son niveau maximal, l'antenne émettrait une radiation sur un rayon d'une dizaine de kilomètres, tuant Monk, Fiona et Ryan où qu'ils se cachent. Gray, lui, était protégé par le bouclier dans la chambre.

— Va voir ce qui se passe, ordonna Baldric à son petit-fils quand les explosions s'arrêtèrent enfin.

Isaak s'emparait déjà du téléphone rouge.

Le coup de feu les fit tous sursauter.

Une tache écarlate enfla sur l'épaule gauche d'Ischke tandis qu'elle tournoyait sous l'impact. Malheureusement, elle tenait son pistolet de la main droite. Continuant à pivoter, elle ouvrit le feu sur celle qui avait tiré depuis la porte.

Le Dr Marcia Fairfield était agenouillée, dans la posture d'un tireur chevronné, mais avec son bras blessé, elle avait dû se servir de la main gauche. Et elle avait raté sa cible.

Ischke ne souffrait pas du même handicap. Malgré la surprise et sa nouvelle blessure, son bras ne tremblait pas.

Gray se jeta sur elle, la plaquant comme un joueur de rugby.

Les pistolets des deux femmes tonnèrent en même temps dans la pièce.

Ratant tous deux leurs cibles.

Gray tenait Ischke par-derrière, essayant de la détourner de Marcia. Pourtant la femme était costaude, beaucoup plus que lui, constata-t-il. Elle se débattait. Il réussit néanmoins à lui saisir le poignet droit.

Son frère fondit alors sur eux, armé d'une longue dague.

Marcia ouvrit le feu mais il lui était impossible d'atteindre Isaak derrière Ischke et Gray qui luttaient.

Gray enfonça son menton dans l'épaule blessée de la Hollandaise. Fort. Elle poussa un petit cri de douleur. Il en profita pour appuyer sur ses doigts. Le coup partit. La déflagration lui ébranla le bras. La balle heurta le sol devant Isaak et le ricochet lui égratigna le mollet, le faisant trébucher.

Ischke, voyant son frère blessé, poussa un hurlement sauvage et planta son coude dans les côtes de Gray. Il en eut le souffle coupé. Des étoiles dansèrent devant ses yeux. Ischke lui échappa.

Derrière elle, Isaak avait retrouvé son équilibre, une lueur assassine brillait dans ses yeux, la dague pointée.

Gray n'hésita pas. Il plongea en fonçant sur Ischke qui lui tournait le dos et se propulsa sur son frère.

Et sa dague.

Elle s'empala sur la lame et lâcha un cri de surprise et de douleur, aussitôt reproduit par son frère. Le pistolet lui échappa tandis qu'elle s'accrochait à son jumeau, incrédule.

Gray se rua sur l'arme avant qu'elle ne touche terre. Glissant sur le dos, il visa Isaak.

Celui-ci avait le temps de s'écarter, aurait dû bouger, mais il se contentait de tenir sa sœur dans ses bras, le visage ravagé.

Gray ouvrit le feu, un tir impeccable à la tête, mettant un terme à sa douleur.

Liés l'un à l'autre, les jumeaux s'effondrèrent, baignant dans leurs sangs mêlés.

Gray se releva.

Marcia pénétra dans la pièce, pistolet braqué sur Baldric. Le vieil homme contemplait ses petits-enfants morts. Son regard ne trahissait pas la moindre tristesse tandis qu'il s'appuyait sur sa canne, plutôt une sorte de détachement, comme s'il était déçu par un résultat de laboratoire.

Le combat n'avait pas duré une minute.

Gray réalisa que le voyant de puissance de la Cloche avait atteint la zone rouge. Il lui restait deux minutes, au grand maximum, avant l'émission de la radiation. Il posa le canon brûlant de son arme sur la tempe du vieil homme.

— Débranchez-la.

Baldric le fixa dans les yeux.

— Non.

16 : 13

Quelques secondes après la dernière explosion, le tableau pétrifié au premier étage du manoir reprit vie. Les créatures s'étaient toutes couchées au sol dès les premières déflagrations. Quelques-unes avaient même filé, tandis que les autres demeuraient près de leurs proies prises au piège. Les hyènes commençaient à se relever.

— Ne tirez pas ! murmura Monk. Tout le monde là-dedans !

Il montrait une porte ouverte sur une pièce vide. Ils y seraient moins exposés. Gunther porta Anna. Mosi D'Gana s'écarta de la bête qu'il avait tuée avec son javelot. Il aida le major Brooks à se redresser. Une plaie profonde à sa cuisse saignait abondamment.

Avant qu'ils ne puissent effectuer un pas de plus, un grondement féroce retentit.

— Monk...

Un murmure.

Il se retourna pour découvrir Lisa accroupie au-dessus de Painter inconscient. Derrière eux, une créature, la plus énorme de toutes et de loin, les guettait, babines retroussées.

Des filets de sang et de bave ruisselaient de ses crocs. Ses yeux rouges luisaient et les fixaient, comme pour les prévenir de ce qui les attendait.

Monk sentit que si un seul d'entre eux amorçait le moindre geste, la bête se jetterait sur le couple impuissant. Mais il n'avait pas le choix. Il devait courir ce risque. Soudain, un ordre impérieux retentit.

— Skuld ! Non !

Monk se retourna.

Fiona apparut au bout du couloir. Elle passa devant deux bêtes mutantes qui tombèrent à quatre pattes devant elle en miaulant. La jeune femme tenait un Taser crépitant qui crachait des étincelles dans une main et un instrument bizarre dans l'autre. L'antenne qui en émergeait était orientée vers la hyène proche de Lisa et de Painter.

— Vilaine ! lâcha Fiona.

À la stupeur de Monk, le monstre recula, fermant les mâchoires. Comme hypnotisé, il chancela puis s'allongea par terre. Il laissa échapper un grondement rauque, extatique. Un râle de plaisir.

Fiona arrivait auprès d'eux.

Monk contempla les autres créatures dans le couloir. Toutes semblaient succomber au même charme.

— Les Waalenberg ont implanté des puces dans ces sales bêtes, expliqua Fiona en montrant son appareil. Pour leur infliger de la douleur... ou du plaisir.

Un ronronnement satisfait s'échappa de la gueule du monstre vautré à terre.

— Comment t'as... ? commença Monk.

Elle haussa les épaules et agita son engin pour leur indiquer de la suivre.

— Tu l'as volé !

— Disons que je suis tombée sur une vieille copine et que ce truc s'est retrouvé par mégarde dans ma poche.

Ischke, pensa Monk.

Il aida Lisa à remettre Painter sur pied. Gunther portait Anna. Mosi et Brooks se soutenaient l'un l'autre. Une sacrée équipe d'assaut.

Qui venait de se renforcer.

Derrière eux, la meute s'était mise en branle, une douzaine de créatures auxquelles d'autres s'ajoutaient, attirées par l'aura de plaisir émanant de Fiona. La petite joueuse de flûte et son troupeau de monstres.

— Je n'arrive pas à m'en débarrasser, déclara-t-elle.

Monk remarqua combien ses mains tremblaient. Elle était terrifiée.

— Depuis que j'ai trouvé le bon bouton, enchaîna-t-elle, elles me suivent partout. Je suis retournée me cacher dans la pièce où Gray m'avait dit de l'attendre, mais elles sont restées dans le couloir devant ma porte.

Super, pensa Monk, *et maintenant elles vont plus nous lâcher. Une bonne petite bouffe après l'extase...*

— C'est là que je vous ai entendus hurler et tirer, et puis y a eu les explosions…

— Tout va bien, la coupa Monk. C'est fini, maintenant. Et Gray ? Où est-il ?

— Il a pris l'ascenseur pour descendre au sous-sol. Ça remonte à plus d'une heure maintenant.

Elle hocha la tête vers le bout du couloir qui se terminait par une sorte de grand balcon donnant sur un vaste hall.

— Je vous montre.

Toujours suivis par la meute, ils descendirent l'escalier. Un ascenseur faisait face à l'énorme porte d'entrée en bois sculpté du manoir.

Le major Brooks s'avança en boitant vers le verrou électronique. Il dut y glisser plusieurs cartes électroniques avant que le voyant passe au vert. Un bruit de moteurs retentit. La cage montait.

Tandis qu'ils l'attendaient, les créatures traînaient sur les marches, bâillant ou frémissant de plaisir. Quelques-unes rôdaient dans le hall, dont celle que Fiona avait appelée Skuld.

Personne ne parlait. Tout le monde contemplait les monstres.

Au loin, ils entendaient, étouffés par la porte fermée, des cris et des coups de feu. Khamisi menait sa propre guerre. Combien de temps lui faudrait-il pour arriver ici ?

Comme en réponse à cette question, l'immense double porte du manoir s'ouvrit brusquement. La fusillade parut éclater dans le hall. Des hommes surgirent : les forces Waalenberg battant en retraite. Parmi elles, Monk repéra les gardes d'élite vêtus de noir, des clones à la chevelure blanche ; il en dénombra une douzaine, l'air un peu décontenancé, comme s'ils venaient de perdre un match de tennis à leur portée.

Alors que la guerre faisait rage au-dehors, les deux groupes se découvrirent dans le hall.

Pas bon.

L'équipe de Monk, clouée contre le mur, était largement inférieure en nombre.

15 : 15

Gray s'éloigna de Baldric Waalenberg.

— Surveillez-le, ordonna-t-il à Marcia.

Il s'installa devant le poste de travail d'Isaak, un œil sur le voyant de puissance de la Cloche. Il tendit la main vers un interrupteur qu'avait manœuvré Isaak. Celui qui contrôlait le bouclier autour de l'engin.

— Que faites-vous ? demanda Baldric, brusquement inquiet.

Il avait donc trouvé quelque chose susceptible d'effrayer ce vieux fou. Bon à savoir. Gray appuya sur l'interrupteur. Des moteurs grondèrent et le bouclier commença à descendre. Une lueur d'un bleu éclatant apparut en haut du mur de plomb, de plus en plus aveuglante à mesure que l'interstice grandissait.

— Ne faites pas ça ! Vous allez tous nous tuer !

Gray se tourna vers le vieil homme.

— Alors, éteignez ce truc !

Baldric semblait hypnotisé par le bouclier.

— Je ne peux pas l'éteindre, espèce de… *ezel !* La Cloche est amorcée. Il faut qu'elle se décharge.

Gray haussa les épaules.

— Eh bien, qu'elle se décharge !

L'anneau bleu s'élargissait.

Baldric poussa un juron en se plaçant devant la console.

— Mais je peux effacer la séquence mortelle. La neutraliser. Vos amis ne seront pas affectés.

— Allez-y !

Les doigts noueux de Baldric commencèrent à courir frénétiquement sur le clavier.

— Remontez le bouclier !

— Quand vous aurez terminé.

Gray surveillait l'écran par-dessus l'épaule du vieil homme. Il vit tous leurs noms apparaître suivis d'un code alphanumérique avec la mention GENETISCH PROFIEL. Le vieil homme appuya quatre fois sur la touche « efface » et les profils génétiques disparurent.

— C'est fait ! dit Baldric en se tournant vers Gray. Refermez le bouclier !

Gray appuya sur l'interrupteur.

Un grondement retentit sous leurs pieds, aussitôt suivi par un craquement sinistre qui ébranla le sol. Le bouclier s'immobilisa, en partie baissé.

Derrière la barrière de plomb, un soleil bleu brillait dans la chambre d'irradiation. Un champ magnétique entourait la Cloche, tandis que sa coque externe tournait dans le sens opposé de sa partie interne.

— Faites quelque chose ! supplia Baldric.

— Les leviers sont coincés, marmonna Gray.

Baldric recula, écarquillant les yeux un peu plus à chaque pas.

— Vous nous avez tous condamnés ! Quand elle aura atteint sa puissance maximale, la décharge de la Cloche tuera tout ce qui bouge à dix kilomètres à la ronde, et pis encore.

Gray n'osa pas lui demander ce qu'il entendait par « pis ».

15 : 16

Monk regarda les fusils braqués sur eux.

Ils n'avaient aucune chance.

L'ascenseur n'était pas encore arrivé. Ils n'auraient jamais eu le temps de se réfugier dans la cabine de toute façon. Ils allaient devoir se défendre avec les moyens du bord.

À moins que…

Il se pencha vers Fiona.

— Faut pas abuser des bonnes choses, murmura-t-il en hochant la tête vers la horde rôdant sur les marches.

Fiona comprit et enfonça un autre bouton sur sa commande.

L'effet fut instantané. Une douzaine de gueules poussèrent un hurlement effroyable. Les hyènes géantes bondirent des marches ou carrément du balcon, se jetant sur le groupe qui venait d'envahir le hall. Dans un accès de rage hallucinant, crocs et griffes déchiquetaient tout ce qui passait à leur portée. Les hommes étaient épouvantés. Certains réagirent. Des fusils crachèrent.

Derrière Monk, les portes de l'ascenseur s'ouvrirent enfin.

Il recula, entraînant Fiona avec lui, poussant Lisa et Painter.

Quelques balles fusèrent dans leur direction. Mosi et Brooks répliquèrent tout en les rejoignant.

Pour le moment, les hommes des Waalenberg étaient trop occupés avec les créatures. Mais les mercenaires commençaient déjà à s'organiser. Et ils disposaient d'un armement impressionnant. Ils finiraient par repousser les bêtes. Monk ne se faisait pas d'illusion :

même s'ils en réchappaient maintenant, les gardes se lanceraient à leur poursuite.

Ils s'occuperaient de ça en temps voulu. Pour le moment, Monk écrasait tous les boutons des étages inférieurs.

Mais un membre de leur groupe avait décidé de se charger de ces soldats tout de suite.

Gunther poussa Anna dans ses bras.

— Prenez-la ! Je les retiens !

Anna tendit les mains vers lui tandis que les portes se refermaient. Il la repoussa gentiment en reculant. Il se retourna, son pistolet dans une main, le fusil d'assaut dans l'autre, mais pas avant d'avoir lancé un dernier regard à Monk. Un regard impérieux et implorant à la fois.

Protégez Anna.

Les portes se refermèrent.

15 : 16

Khamisi fonçait à travers la jungle, penché sur son guidon. Paula Kane était derrière lui, fusil posé sur l'épaule du pilote. Guerrier zoulou et agent britannique ensemble. Étrange équipage. Certains des épisodes les plus sanglants dans l'histoire de ce pays avaient eu lieu au cours des guerres ayant opposé Anglais et Zoulous au XIXe siècle.

Mais aujourd'hui c'était différent. Maintenant, ils formaient une excellente équipe.

— À gauche ! hurla Paula.

Khamisi contrebraqua. Le canon du fusil passa sur son autre épaule. Elle tira. Une sentinelle tomba des arbres avec un hurlement.

De tous côtés, la forêt résonnait d'explosions.

Les forces de sécurité du domaine étaient submergées.

Soudain, sans que rien ne le laisse présager, la moto quitta la jungle et entra dans un immense jardin paysager. Khamisi s'arrêta dans un dérapage parfaitement contrôlé sous les branches d'un saule.

Devant eux, le manoir emplissait la terre et le ciel.

Khamisi leva ses jumelles pour examiner le sommet de la bâtisse. Il repéra l'hélicoptère. Un mouvement attira son regard. Une silhouette familière apparut. Tau. Son ami, debout au bord du toit, contemplait la guerre qui se déroulait en contrebas.

Derrière lui, une silhouette pénétra soudain dans son champ de vision, brandissant un tuyau en métal. Le gardien-chef Gerald Kellogg.

— Ne bougez pas, ordonna Paula.

Il sentit le canon de son fusil tout près de son oreille.

— Je l'ai, dit-elle, l'œil collé au viseur.

Khamisi se raidit mais ne bougea pas, continuant à regarder dans ses jumelles.

Paula pressa la détente. La détonation fut terrible.

La tête de Kellogg partit violemment en arrière. De peur, Tau faillit tomber du toit, ignorant encore qu'on venait de lui sauver la vie.

Khamisi, effrayé lui aussi de voir son ami réchapper de justesse à la mort, se demanda comment se débrouillaient les autres.

15 : 17

— Vous nous avez tous condamnés ! répéta Baldric.

Gray refusait d'abandonner.

— Pouvez-vous retarder la décharge de la Cloche ? Gagner un peu de temps pendant que j'essaie de réparer le bouclier ?

Le vieil homme fixa la paroi de plomb immobile, couronnée de lumière bleue. Il était visiblement terrifié.

— Il y a peut-être un moyen mais… mais…

— Mais quoi ?

— Il faut que quelqu'un pénètre à l'intérieur.

De sa canne tremblante, il montra la chambre d'irradiation et secoua la tête, refusant de se porter volontaire.

Une voix s'éleva derrière eux.

— J'irai.

Gray et Marcia firent volte-face, levant leurs armes.

Un groupe étonnant venait de pénétrer dans la pièce. Monk en tête, soutenant la brune qui venait de parler. La plupart des autres leur étaient inconnus. Un homme noir d'un certain âge portait un jeune homme rasé de près en tenue militaire. Fiona et une grande jeune femme blonde qui semblait au bord de l'épuisement leur emboîtaient le pas. Toutes deux aidaient un homme à marcher. Dès que les femmes s'arrêtèrent, celui-ci chancela. Il leva enfin la tête et Gray reconnut son regard bleu.

— Gray…

— Directeur Crowe ? fit celui-ci, choqué de découvrir son chef dans cet état.

Il se précipita vers lui.

— Pas le temps, lâcha la femme brune, toujours soutenue par Monk.

Elle aussi paraissait très affaiblie, mais elle fixait la Cloche avec une étrange intensité.

— Il me faudra de l'aide à l'intérieur. Il m'accompagne.

D'une main tremblante, elle désigna Baldric Waalenberg.

Celui-ci gémit.

— Non…

— Nous devons être deux pour les gaines de polarité. Et vous connaissez la machine.

— Mosi, intervint Monk, aidez Anna à entrer là-dedans. Il faut une échelle, lança-t-il avant de se tourner enfin vers Gray pour lui serrer la main.

Les deux hommes échangèrent une brève accolade.

— On n'a pas beaucoup de temps, murmura Gray à l'oreille de Monk.

— M'en parle pas, rétorqua ce dernier en lui tendant une radio. Va décoincer ce truc. Je m'occupe de ce qui se passe ici.

Gray se rua dehors. Il avait mille questions à poser mais elles attendraient. Il brancha la radio et entendit aussitôt des éclats de voix, une dispute et plusieurs cris. Il mit quelques secondes avant de réaliser qu'on le suivait.

Fiona.

— Je viens avec vous ! déclara-elle en le rejoignant dans l'escalier de secours.

Elle lui montra son émetteur.

— Au cas où vous tomberiez sur une de ces gentilles petites bêtes.

— Tâchez de ne pas me retarder.

— Oh, fermez-la !

Ils commencèrent à courir, ne s'arrêtant pas avant d'avoir atteint la salle des machines.

La radio grésilla. C'était Monk.

— Anna et le vieux fumier sont à l'intérieur. Il a l'air trop content bien sûr. Dommage. Je crois que je viens de perdre un pote.

— Monk, cracha Gray pour réclamer sa concentration.

— Je te passe Anna. Faut te synchroniser avec elle. Au fait, t'as moins d'une minute. *Ciao.*

Gray secoua la tête et tourna le loquet de la porte.

Verrouillée.

Fiona le regarda s'acharner sur la poignée une deuxième fois.

— Z'avez pas la clé ?

Il fronça les sourcils, recula d'un pas et dégaina son flingue. La détonation retentit dans le couloir. Un trou fumant avait remplacé la serrure. Il poussa la porte d'un pied.

Fiona le suivit à l'intérieur.

— Ouais, ça aussi, ça marche.

Devant eux se dressait l'assemblage de pistons et de mécanismes permettant de lever le bouclier.

La radio émettait un étrange grésillement, montant et refluant en rythme comme les vagues sur une plage. Sans doute des interférences dues à la Cloche, se dit Gray. Monk avait dû passer la radio à Anna à l'intérieur de la chambre.

Comme pour le confirmer, la voix de la femme gronda, furieuse. Une discussion technique se tenait en allemand et en hollandais et Gray n'en comprit pas grand-chose. Puis Anna l'interpella.

— Commandant Pierce ?

— Je vous écoute.

— Disons que nous avons les doigts dans la prise, mais ça ne durera pas longtemps.

— Tenez bon.

Il avait détecté l'origine du problème. Un fusible fumait près d'un piston. En se protégeant la main avec sa chemise, il l'extirpa de son logement.

— Il en faut un autre, dit-il à Fiona. Il doit bien y en avoir un stock quelque part.

— Dépêchez-vous, commandant.

Les grésillements s'intensifièrent, mais pas assez pour couvrir la voix de Baldric.

— … joindre à nous. Un autre expert de la Cloche nous serait fort utile.

Même terrifié et pris au piège, Baldric tentait encore sa chance.

Gray tendit l'oreille. Anna les trahirait-elle ?

— Passez-moi cet émetteur, ordonna-t-il à Fiona.

Elle s'exécuta. Il brisa aussitôt l'antenne. Il n'avait pas le temps de chercher un fusible de rechange et devait se débrouiller avec les moyens du bord. Gray coinça l'antenne entre les contacts puis se rua sur un panneau de contrôle équipé d'un énorme levier. Il commandait le bouclier manuellement et le fonctionnement en était simple.

En haut était inscrit OP et en bas ONDERAAN.

Haut. Bas.

Très bien.

Gray parla dans la radio.

— Anna, Baldric et vous, vous pouvez sortir de là.

— Impossible, commandant. L'un d'entre nous doit garder les doigts dans la prise. Si nous partons tous les deux, la Cloche se déchargera instantanément.

Gray ferma les yeux. Il n'était pas question de compter sur la coopération de Baldric.

— Vous savez ce qu'il vous reste à faire, commandant.

Oui.

Il poussa le levier.

Au loin, ses derniers mots l'atteignirent.

— Dites à mon frère… que je l'aime.

Mais, tandis qu'elle baissait la radio, il surprit une dernière phrase – une réponse à l'offre de Baldric, une dernière déclaration au monde, ou encore une confession libératrice ?

— Je ne suis pas une nazie.

15 : 19

Lisa, agenouillée par terre, tenait la tête de Painter dans ses bras. Elle perçut alors le ronflement d'une puissante machinerie sous ses genoux. Le bouclier de plomb géant remontait vers le plafond, rompant le cercle de lumière bleue.

Elle se redressa à moitié. Anna se trouvait toujours à l'intérieur de la Cloche. Monk avança d'un pas vers la paroi qui se refermait.

Un cri de terreur retentit à l'intérieur.

Poussé par le vieil homme. Lisa vit ses doigts s'accrocher frénétiquement au rebord, tentant de trouver une prise. Trop tard. Le bouclier était trop haut désormais et ne tarda pas à s'insérer dans l'encoche circulaire au plafond.

Ils entendaient toujours ses hurlements, étouffés, désespérés.

C'est alors que Lisa la sentit. Dans ses tripes. Une décharge d'énergie. Indescriptible. Comme un tremblement de terre interminable. Puis, plus rien. Le silence complet, le monde retenant son souffle.

Painter gémit, comme si l'arrêt des machines avait réveillé ses douleurs.

Sa tête gisait sur les cuisses de Lisa. Elle l'examina. Ses yeux avaient roulé dans leurs orbites. Sa respiration était ralentie par les fluides qu'il commençait à sécréter. Elle le secoua doucement. Pas de réaction. Semi-comateux. Ils étaient en train de le perdre.

— Monk… !

15 : 23

— Gray ! Magne-toi ! lança Monk dans la radio.

Gray Pierce remontait l'escalier à toute vitesse, suivi par Fiona. À l'étage inférieur, il s'était juste attardé le temps de trouver un vrai fusible pour bien réparer le bouclier. Il n'avait pas compris tout ce que Monk lui avait dit mais il en avait saisi l'essentiel. Painter était atteint d'une sorte d'empoisonnement aux radiations et seule la Cloche pouvait le sauver.

Alors qu'il approchait du cinquième niveau, il perçut un pas lourd descendant dans leur direction. Gray dégaina son arme. C'était qui, ça, encore ?

Une silhouette massive, à la chevelure blanche, apparut dans la cage d'escalier, chancelant sur les marches. Sa chemise était trempée de sang. Une vilaine blessure le défigurait du crâne à la gorge. Et il tenait un poignet cassé contre son ventre.

Gray leva son arme.

Fiona se plaça devant lui.

— Non, il est avec nous. C'est le frère d'Anna, ajouta-t-elle à voix basse.

Le géant tituba vers eux, ayant reconnu la jeune fille. Il examina Gray avec suspicion et lassitude. Puis il pointa son fusil vers la cage d'escalier.

— *Blockiert,* grogna-t-il.

Bloquée.

Il avait payé de son sang ces quelques minutes de répit supplémentaires.

Gray comprit qu'il lui fallait préparer le géant à ce qui l'attendait dans la chambre de la Cloche. Après le sacrifice de sa sœur, il lui devait au moins ça. Gray posa lentement sa main sur son coude.

— C'est Anna, commença-t-il.

Gunther se tourna vers lui, tendu, le regard douloureux, comme s'il affrontait le pire.

Gray lui expliqua ce qui s'était passé, sans rien lui épargner.

— Elle nous a tous sauvés, conclut-il.

Ses blessures ne l'avaient pas affaibli, mais son chagrin le terrassa. Le géant s'effondra lentement sur place.

Gray hésita.

— Ses derniers mots ont été pour vous. Elle m'a chargé de vous dire qu'elle vous aimait.

Gunther prit sa tête dans ses mains et se roula en boule par terre.

— Je suis désolé…

Monk apparut sur le seuil de la porte.

— Gray, qu'est-ce que tu f…

Il s'interrompit en découvrant Gunther.

Gray le rejoignit.

Pour eux, rien n'était encore terminé.

15 : 22

— Baissez le bouclier !

Lisa pivota sur elle-même en entendant la voix du commandant Pierce. Monk l'accompagnait. Elle se tenait devant le panneau de contrôle de la Cloche, ayant passé les dernières minutes à se familiariser avec les commandes. Craignant d'être trop diminuée pour pouvoir les aider, Anna lui avait expliqué en détail le fonctionnement du dispositif : quelqu'un d'autre devait savoir. Et elle avait choisi de transmettre ses connaissances à Lisa.

— Le bouclier ! répéta Gray.

Elle hocha la tête et actionna l'interrupteur.

Des moteurs se mirent en branle à l'étage inférieur. Elle se retourna pour regarder la paroi de plomb redescendre. La Cloche déchargée, la lumière bleue avait disparu. Tout près d'elle, Painter gisait sur une toile posée par terre, veillé par le Dr Fairfield. Plus loin, Mosi et Brooks traînaient une autre bâche sur les cadavres des jumeaux.

Et leur grand-père ?

Le bouclier continuait à descendre. La Cloche ne bougeait plus, attendant d'être à nouveau activée. Lisa se souvint de la description qu'Anna en avait faite. L'ultime outil de mesure quantique.

Une définition qui lui flanquait une trouille terrible.

À sa gauche, criant pour se faire entendre par-dessus le vacarme des moteurs, Monk répétait le message radio de Khamisi. Les forces zouloues avaient envahi le domaine, repoussant les derniers survivants au service des Waalenberg dans le manoir où un siège en règle avait commencé. Ils percevaient les bruits de fusillade.

— Gunther a bloqué l'escalier, annonça Gray. Et l'ascenseur est coincé ici. Ça devrait nous laisser un peu de temps.

Il adressa un signe à Brooks et à Mosi.

— Gardez la cage d'escalier !

Les deux hommes quittèrent la pièce en rechargeant leurs fusils.

Au même moment, Gunther pénétra dans la pièce d'un pas chancelant. En l'apercevant, Lisa comprit aussitôt qu'il savait pour Anna. L'Allemand s'était débarrassé de toutes ses armes. Il se dirigeait vers le bouclier le pas traînant. Il voulait assister à ça. Une dernière absolution pour tout le sang qui lui couvrait les mains.

La paroi s'immobilisa. Les moteurs se turent.

Lisa craignait de contempler les dégâts infligés par la Cloche, pourtant elle s'avança tout de même.

Anna gisait sur le flanc dans l'ombre de la machine, repliée sur elle-même en position fœtale. Sa peau était blanche comme de la cendre, sa chevelure couleur de neige. On aurait dit une statue de marbre. Gunther enjamba le rebord du bouclier et s'agenouilla auprès d'elle. Sans un mot, le visage impassible, il la souleva dans ses bras. La tête de la morte roula mollement contre son épaule.

Le géant se redressa, tourna le dos à la Cloche et repartit.

Personne ne tenta de l'arrêter.

Il disparut dans le couloir.

Le regard de Lisa tomba sur l'autre silhouette gisant dans la chambre d'irradiation. Baldric Waalenberg. Comme Anna, sa peau avait pris une étrange teinte blafarde, presque translucide. Mais sa chevelure avait disparu, le laissant totalement imberbe, sans cils ni sourcils. Ses chairs avaient fondu, lui donnant l'aspect d'une momie. Son squelette semblait avoir été lui aussi affecté.

Lisa s'immobilisa, horrifiée.

Le crâne avait une forme bizarre. On aurait dit qu'il avait fondu lui aussi avant de durcir à nouveau. Les mains étaient tordues, les doigts étrangement allongés de façon simiesque. Le mot *dévolution* s'imposa à elle.

— Sortons-le d'ici, ordonna Gray avec dégoût avant de s'adresser à Lisa. Il faut mettre Painter à sa place.

Lisa secoua lentement la tête.

— Nous ne pouvons pas...

Elle ne parvenait pas à détacher son regard du corps déformé de l'ancien chef du clan Waalenberg. Refusait d'infliger cette horreur à Painter.

— Que voulez-vous dire ? demanda Gray en s'approchant d'elle.

Elle frissonna tandis que Monk saisissait le cadavre par une manche, comme s'il avait peur de le toucher.

— Painter est trop atteint. La Cloche se contente de stopper ou de ralentir la dégénérescence, sans inverser le processus. Voulez-vous figer votre chef dans son état actuel ?

— Tant qu'il est en vie, il y a de l'espoir.

Il avait prononcé ces mots avec toute la douceur dont il était capable. Sa déclaration parvint presque à détourner l'attention de la scientifique, alors que Monk traînait le corps hors de la chambre, butant contre le rebord du bouclier.

Lisa voulut répondre.

Mais les paupières de Baldric Waalenberg s'ouvrirent brusquement, révélant des pupilles blanches et aveugles qui semblaient aussi dures que de la pierre. Sa bouche s'étira dans un long hurlement muet. Ses cordes vocales avaient disparu. Sa langue aussi. Tout son corps n'exprimait qu'épouvante et douleur.

Lisa lui prêta sa voix, laissant échapper un cri et reculant devant ce terrifiant spectacle. Monk réagit lui aussi, lâchant Baldric sur le carrelage à l'extérieur de la chambre.

Privé de muscles, le corps dégénéré s'effondra sur place. Sa bouche continuait pourtant à s'ouvrir et se fermer spasmodiquement. Un poisson hors de l'eau. Le regard aveugle fixé sur le vide.

Gray s'interposa entre Lisa et cette vision cauchemardesque. Il la saisit par les épaules.

— Dr Cummings.

Désemparée, elle finit par le regarder.

— Le directeur Crowe a besoin de vous.

— Je... Il n'y a rien que je puisse faire.

— Au contraire. Nous pouvons nous servir de la Cloche.

— Je ne peux pas lui infliger ça. Pas *ça* !

Sa voix était montée dans les aigus.

— *Ça* n'arrivera pas. Anna vous a tout expliqué. Elle vous a appris à régler la Cloche sur une impulsion minimale, pour créer une radiation palliative. Ce qui vient de se passer n'a rien à voir. Baldric avait poussé la Cloche au maximum de sa puissance, il cherchait à tuer. Et il a fini par récolter ce qu'il avait semé.

— Et vous ? Que voulez-vous semer ? gémit-elle. Painter est aux portes de la mort. Pourquoi le faire souffrir davantage ?

En tant que médecin, elle connaissait bien ce dilemme. Mais ça ne l'empêchait pas d'être réaliste. Quand il n'y avait plus d'espoir, mieux valait offrir un peu de paix et de dignité au patient.

— S'il existait une chance de le soigner, commença-t-elle, même une infime chance, je prendrais le risque. Si seulement nous savions ce que Hugo Hirszfeld a tenté de communiquer à sa sœur... Son code.

Elle secoua la tête.

Gray lui prit gentiment le menton. Irritée, elle essaya de se dégager. Mais il ne lui en laissa pas l'occasion.

— Je sais ce que Hugo a caché dans ces livres, déclara-t-il.

Elle fronça les sourcils puis remarqua la sincérité dans son regard.

— J'ai la réponse, lui assura Gray.

16

L'énigme des runes

15 : 25
Afrique du Sud

— Il ne s'agit pas d'un code, dit Gray. Ça ne l'a jamais été.

Il s'agenouilla, un marqueur à la main, pour entourer la série de runes qu'il avait tracée à l'intention de Baldric Waalenberg.

Les autres s'étaient rassemblés autour de lui, mais c'était Lisa Cummings qu'il cherchait à convaincre. Ce qu'il avait découvert ne signifiait rien pour lui. Pourtant il pressentait que sa solution constituait la serrure de l'énigme, et cette femme, qui en savait plus sur cet engin que n'importe qui dans cette pièce, devait détenir la clé.

— Des runes, encore, souffla Lisa.

Gray fronça les sourcils, attendant son explication.

— J'en ai vu d'autres, une série différente, inscrite avec du sang sur des murs. Elles signifiaient *Schwarze Sonne.*

— Soleil Noir.

— C'était le nom du projet d'Anna au Népal.

Gray réfléchit à ce que cela impliquait. Les équipes rassemblées par Himmler avaient dû se séparer après la guerre. Le groupe d'Anna partant vers le nord, celui de Baldric vers le sud. Par la suite, ces deux groupes n'avaient cessé de diverger, les anciens alliés devenant adversaires.

Lisa montra les symboles tracés sur le sol.

— Les runes que j'ai trouvées correspondaient en réalité à des lettres de l'alphabet. En va-t-il de même pour celles-ci ?

Gray secoua la tête.

— C'est ce que supposait Baldric. Et il n'a pas réussi à déchiffrer le code. Mais Hugo n'aurait pas caché son secret de façon aussi rudimentaire.

— Si ce n'est pas un code, intervint Monk, alors, qu'est-ce que c'est ?

— Un rébus, répondit Gray. Et un puzzle.

— Pardon ?

— Tu te souviens de ce que nous a dit le père de Ryan ?

Monk acquiesça, revoyant le vieux Johann Hirszfeld atteint d'emphysème, cloué dans sa demeure, dans l'ombre du château Wewelsburg.

— Selon lui, son grand-père Hugo était dévoré de curiosité. Il ne cessait de s'intéresser aux choses les plus étranges.

— Au point de finir par s'allier aux nazis, intervint Fiona.

— À ses moments perdus, nous a-t-il dit, Hugo avait une autre obsession : aiguiser son esprit.

Gray pensa aux mots employés par Johann : *Il était passionné par les rébus, les puzzles. Il adorait les puzzles.*

Il montra la série de runes.

— Cela n'est qu'une sorte de jeu de l'esprit. Et non un code… Il s'agit d'un puzzle et d'un rébus, à la fois. Les runes ne se réduisent qu'à des formes que l'on peut déplacer, réarranger, pour faire surgir l'ordre du chaos.

Gray avait résolu l'énigme mentalement, bougeant les runes, les tournant sur elles-mêmes ou bien autour des autres. Il savait qu'il avait trouvé la bonne réponse. Surtout quand il repensait aux remords de Hugo à la fin de sa vie, à sa honte d'avoir travaillé pour les nazis. Mais il en ignorait la signification. Il posa sur Lisa un regard insistant.

Puis il commença à dessiner sur le sol, remaniant chaque rune, les rassemblant pour former la séquence juste. Finalement, il traça un dernier symbole et acheva son dessin.

L'ordre surgissant du chaos.

L'absolution du crime.

Le sacré de sa négation.

En se servant des runes païennes, Hugo avait retrouvé son véritable héritage.

— C'est une étoile, lâcha Monk.

— Et pas n'importe laquelle, murmura Lisa. L'étoile de David.

Gray acquiesça.

Et Fiona posa alors la question cruciale.

— Mais qu'est-ce que ça veut dire ?

— Je l'ignore, répondit Pierce. Je ne vois pas le moindre rapport avec la Cloche. En quoi l'étoile de David pourrait-elle améliorer son fonctionnement ? Peut-être s'agissait-il d'une sorte d'ultime message, de déclaration de foi.

Gray repensa aux derniers mots d'Anna.

Je ne suis pas une nazie.

Le code runique de Hugo revenait-il à dire la même chose ?

— Non, protesta soudain Lisa d'une voix décidée. Si nous voulons résoudre cette énigme, nous devons considérer que cela est la réponse.

Gray vit une lueur traverser son regard. Une lueur qui ne s'y trouvait pas quelques instants auparavant.

Une lueur d'espoir.

— Selon Anna, enchaîna-t-elle, Hugo est entré dans la chambre de la Cloche avec un bébé. Sans aucun outil particulier. Il n'y avait que l'enfant et lui. Une fois l'expérience terminée, des tests ont montré qu'il avait réussi, qu'il avait produit le premier véritable Chevalier du Soleil.

— Qu'est-ce qu'il a fabriqué là-dedans ? demanda Fiona.

Lisa montra l'étoile de David.

— Cela doit avoir un rapport. Mais je ne connais pas le sens de ce symbole.

Gray, lui, le connaissait. Il avait étudié de nombreuses religions dans sa jeunesse et pendant sa formation pour intégrer Sigma.

— Cette étoile peut signifier plusieurs choses. C'est un symbole de prière et de foi. Et peut-être plus encore.

Notez bien que cette étoile à six branches est en fait composée de deux triangles superposés. L'un pointant vers le bas, l'autre vers le haut. Dans la Kabbale juive, ces deux figures géométriques équivalent au yin et au yang, à la lumière et à l'obscurité, au corps et à l'âme. Un triangle représente la matière et le corps. L'autre, notre âme, notre être spirituel, notre esprit conscient.

— Et réunis, ils symbolisent l'ensemble, compléta Lisa. Pas juste une particule ou une onde, mais les deux...

— Quoi ? fit Gray.

— Anna prétendait que la Cloche est en fait un instrument de mesure quantique manipulant l'évolution, reprit Lisa. Elle parlait d'évolution quantique. Tout repose sur la mécanique quantique. C'est sûrement ça, la clé.

— Que voulez-vous dire ?

Lisa expliqua ce qu'Anna lui avait appris. Gray, ayant reçu une solide formation en biologie et en physique, la comprit sans mal.

Quand elle eut terminé, il réfléchit un moment, tentant de trouver un lien entre la mécanique quantique et l'étoile de David.

— Vous dites que Hugo est entré seul dans la chambre ? demanda-t-il enfin.

— Oui, répondit Lisa à mi-voix comme si elle sentait qu'il ne fallait pas perturber le cours de ses pensées.

Gray se concentra. Hugo lui avait donné la serrure. Lisa lui fournissait la clé. Maintenant, c'était à lui de jouer. Oubliant que le temps leur était compté, il laissa son esprit déformer, déplacer les indices et les éléments dont il disposait, testant, éliminant.

Comme un des puzzles de Hugo.

Et la bonne combinaison ne tarda pas à surgir dans sa tête. Si simple, si parfaite. Il aurait dû y songer plus tôt.

Gray rouvrit les yeux.

Lisa remarqua aussitôt le changement.

— Quoi ?

— Mettez la Cloche en charge, ordonna-t-il en se dirigeant vers la console. Tout de suite !

Lisa le suivit et entama la procédure.

— Il faut quatre minutes pour atteindre un niveau de décharge palliative, expliqua-t-elle avant de se tourner vers Gray. Que faisons-nous au juste ?

Il montra la Cloche.

— Hugo est bien entré là-dedans avec un outil.

— Mais Anna…

— Non, la coupa Gray. Il s'est muni de l'étoile de David, de ses prières et de sa foi. Mais, surtout, il y est entré avec son propre ordinateur quantique.

— Pardon ?

Gray était certain de ne pas se tromper.

— Cela fait des siècles que les scientifiques, à l'image de Darwin, s'interrogent sur la conscience. Qu'est-ce que la conscience ? Est-ce simplement notre cerveau ? L'excitation de nos nerfs ? Où se situe la frontière entre le cerveau et l'esprit ? Entre la matière et l'esprit ? Entre le corps et l'âme ?

Il pointa du doigt le symbole.

— Les recherches actuelles affirment qu'elle est là. Nous sommes les deux. Nous sommes ondes *et* particules. La vie elle-même correspond à un phénomène quantique.

— Ça y est, tu délires, intervint Monk.

Gray reprit son souffle.

— Les scientifiques actuels rejettent la spiritualité et définissent le cerveau comme un ordinateur très complexe. La conscience n'est qu'un effet secondaire produit par l'excitation d'une formidable interconnexion de neurones, en gros un ordinateur neuronal, opérant au niveau quantique.

— Un ordinateur quantique, répéta Lisa. Qu'est-ce que ça veut dire ?

— Vous avez déjà vu le code d'un ordinateur réduit à son niveau le plus basique. Des pages et des pages de zéros et de un. Voilà comment pensent nos ordinateurs habituels. C'est zéro ou un. L'ordinateur quantique, si on parvient à en fabriquer un, offrirait un troisième choix. Zéro *et* un.

— Comme les électrons dans le monde quantique. Qui sont ondes ou particules ou bien les deux à la fois, enchaîna Lisa.

— Un troisième choix, acquiesça Gray. Ça ne paraît pas beaucoup. Pourtant, en ajoutant cette possibilité à l'arsenal d'un ordinateur, cela permettrait à un tel engin de calculer simultanément plusieurs algorithmes. De réaliser plusieurs tâches extraordinairement complexes en même temps.

— Comme marcher et mâcher un chewing-gum, marmonna Monk.

— Des tâches que nos ordinateurs actuels mettent des années à effectuer seraient exécutées en quelques fractions de seconde.

— Et c'est ce que fait notre cerveau ? s'enquit Lisa. Il se comporte comme un ordinateur quantique ?

— C'est le consensus le plus récent. Notre cerveau diffuse un champ électromagnétique généré par l'interconnexion des neurones. Un champ que l'on peut mesurer. Certains scientifiques estiment que la conscience réside dans ce champ, établissant un pont entre la matière de notre cerveau et le monde quantique.

— Et la Cloche est hypersensible aux phénomènes quantiques, enchaîna Lisa. Donc, en se joignant au bébé dans la chambre de la Cloche, Hugo a influencé le résultat.

— Ce qui est observé est modifié du simple fait d'être observé. Mais je pense que ça va plus loin que cela, ajouta Gray en montrant l'étoile de David. Qu'est-ce que c'est ? Un symbole de prière ?

Lisa hocha la tête.

— Et qu'est-ce que la prière sinon une concentration de l'esprit ? Une concentration de la conscience. Et si la conscience est un phénomène quantique, alors la prière elle aussi est un phénomène quantique.

Lisa comprenait où il voulait en venir.

— Et comme tous les phénomènes quantiques, elle peut et elle doit mesurer et influencer les résultats.

— En d'autres termes…

Gray attendit la suite.

— … la prière sert à quelque chose.

— Voilà ce qu'avait découvert Hugo. Ce qu'il avait caché dans ces livres. Quelque chose d'effroyablement troublant mais de trop beau pour le laisser mourir.

Monk s'adossa à la console, près de Lisa.

— Tu insinues qu'il a simplement voulu que le bébé soit parfait ?

— Oui. Quand Hugo est entré dans la chambre, il a prié pour la perfection, une pensée précise et concentrée, désintéressée et pure. La conscience humaine, sous forme de prière, agit comme un parfait outil de mesure quantique. Sous l'action de la Cloche, le potentiel quantique du garçon a été mesuré, orienté, par la concentration et la volonté de Hugo, ce qui a placé toutes les variables à l'endroit idéal. Un impeccable coup de dé génétique.

Lisa se retourna.

— Alors, nous arriverons peut-être au même résultat, à inverser les dégâts quantiques dont souffre Painter. Et à le sauver avant qu'il ne soit trop tard.

Marcia, qui était restée silencieuse jusqu'à présent, prit alors la parole. Elle veillait toujours sur Painter.

— Vous feriez bien de vous dépêcher, les pressa-t-elle.

15 : 32

Monk et Gray placèrent Painter dans la chambre.

— Mettez-le près de la Cloche, dit Lisa.

Tandis qu'ils obéissaient, elle donna ses dernières instructions aux autres. La Cloche était déjà en mouvement, ses deux coques tournoyant en sens opposé. Un *robot mixeur,* avait lâché Gunther. Et la description correspondait plutôt bien à la réalité. Une pâle lueur commençait à apparaître sur la coque extérieure en céramique.

Lisa s'agenouilla auprès de Painter pour vérifier ses constantes vitales, ou le peu qui en subsistait.

— Je peux rester avec vous, dit Gray.

— Non. Deux ordinateurs quantiques au lieu d'un seul influenceraient le résultat.

— Trop de cuistots dans la cuisine, commenta Monk.

— Alors, laissez-moi y aller, dit Gray.

Lisa secoua la tête.

— Nous n'aurons qu'une seule chance. Si la concentration et la volonté peuvent sauver Painter, il vaut mieux que le cerveau impliqué soit celui d'un médecin.

Gray soupira, peu convaincu.

— Vous avez fait votre part, Gray. Vous nous avez donné une réponse. Un espoir. Laissez-moi remplir la mienne.

Il hocha la tête et s'écarta.

— Faites juste attention à ce que vous allez souhaiter pour lui, intervint Monk, soudain beaucoup plus grave que d'habitude.

Elle comprit où il voulait en venir.

Les deux hommes se retirèrent.

Marcia annonça, depuis la console :

— Décharge dans une minute.

Tandis que les rouages grinçaient au niveau inférieur, Lisa s'agenouilla au chevet de Painter. Sa peau avait pris une teinte bleuâtre… peut-être était-ce simplement dû à l'éclat de la Cloche. Quoi qu'il en soit, il frôlait la mort à présent. Ses lèvres étaient craquelées, sa respiration très faible, les battements de son cœur réduits à des murmures. Même ses cheveux. Les racines étaient devenues blanches. Il déclinait à vue d'œil.

Le bouclier se dressait autour d'eux, les coupant du monde. Les voix des autres s'éteignirent quand la paroi de plomb se scella dans le plafond.

Seule, à l'abri des regards, Lisa s'allongea sur Painter, posant le front sur sa poitrine. Elle n'avait pas besoin de se plonger dans une sorte de méditation mystique. De toute manière, en cet instant, elle ne savait pas vers quel Dieu se tourner.

Elle se rappela sa discussion avec Anna sur l'évolution et le dessein intelligent. Celle-ci avait affirmé que les mesures quantiques transformaient un potentiel en réalité. Les acides aminés avaient formé la première protéine capable de se répliquer parce que la vie constituait le meilleur système de mesure quantique. En extrapolant un peu plus, la conscience, qui offrait un meilleur système de mesure quantique que la vie, était apparue au cours de l'évolution pour les mêmes raisons. Un chaînon supplémentaire.

ACIDES AMINÉS >> PREMIÈRE PROTÉINE >> PREMIÈRE VIE >> CONSCIENCE

Mais qu'y avait-il au-delà de la conscience ? Si le futur dictait le passé à travers les mesures quantiques, que faisait la conscience ? Quel meilleur outil de mesure quantique était-il en attente dans le futur, dictant le présent ? Jusqu'où, dans le futur, cette chaîne s'étirait-elle ? Et qu'y avait-il au bout ?

ACIDES AMINÉS >> PREMIÈRE PROTÉINE >> PREMIÈRE VIE >> CONSCIENCE >> ???

Anna avait prononcé une phrase étrange quand Lisa l'avait interrogée sur le rôle de Dieu dans tout cela. Alors que l'évolution quantique semblait proscrire toute intervention divine dans l'apparition de mutations soudaines, elle avait déclaré que Lisa *se trompait dans sa façon d'envisager ce problème, parce qu'elle regardait dans la mauvaise direction.* Lisa avait attribué cette curieuse affirmation à l'épuisement d'Anna, mais celle-ci avait peut-être elle aussi réfléchi à cette question. Qu'y avait-il au bout de l'évolution ? Un système de mesure quantique parfait et incorruptible ?

Et si c'était le cas, comment définir Dieu ?

Elle n'avait pas de réponse. Tout ce qu'elle savait, c'est qu'elle voulait voir Painter vivre. Lisa avait peut-être dissimulé aux autres ses sentiments pour lui, mais elle ne pouvait plus se les cacher à elle-même.

La Cloche grondait, son éclat s'intensifiait.

Elle venait peut-être de trouver ce qui lui avait manqué tout au long de sa vie, l'explication à l'effacement de tous ses hommes, à sa manie de fuir en permanence. Pour ne pas montrer combien elle était fragile, elle avait enfoui sa vulnérabilité sous une armure de professionnalisme, n'acceptant que des flirts passagers. Elle avait bâillonné son cœur. Pas étonnant qu'elle ait été seule au sommet d'une montagne quand Painter lui avait sauté dessus.

Mais c'était terminé.

Elle l'embrassa tendrement sur les lèvres, révélant ainsi ce qu'elle avait cherché à dissimuler puis elle ferma les yeux tandis que les dernières secondes s'égrenaient. Ensuite elle ouvrit son cœur, demandant un avenir pour cet homme, suppliant pour qu'il recouvre la santé et, par-dessus tout, qu'on lui accorde un peu plus de temps avec lui.

S'agissait-il là de l'ultime fonction de la Cloche ? Ouvrir un tunnel vers ce grand outil de mesure quantique situé au terme de l'évolution, et établir un lien personnel avec le concepteur ultime ?

Lisa savait ce qu'elle avait à faire. Elle oublia la scientifique, son propre moi, plaçant son objectif au-delà de la conscience, au-delà de la prière.

Elle devait juste croire.

Dans la pureté de cet instant, la Cloche cracha une lumière aveuglante, les mélangeant l'un à l'autre, transformant la réalité en pur potentiel.

15 : 36

Gray repoussa l'interrupteur et le bouclier commença à descendre. Chacun retenait son souffle. Qu'allaient-ils découvrir ? Les moteurs grondaient. Tout le groupe se réunit devant la paroi de plomb.

Monk lui décocha un regard, inquiet.

Dans le silence, un petit tintement incongru retentit.

La chambre d'irradiation apparut lentement, révélant la Cloche, inerte et sombre en son centre, puis Lisa couchée sur Painter, leur tournant le dos.

Personne ne prononça le moindre mot.

Lisa se retourna. Des larmes, jusqu'ici retenues par les cils, ruisselèrent sur son visage. Tout en se redressant, elle continua à étreindre Painter. Il ne semblait pas guéri, plutôt amoindri avec ce teint livide. Pourtant il leva la tête et vit Gray.

Son regard se fixa sur lui, aigu et concentré.

Un sentiment de profond soulagement déferla sur Gray.

Puis le petit tintement résonna de nouveau.

Les yeux de Painter se tournèrent dans cette direction avant de revenir sur Gray. Ses lèvres remuèrent. Aucun son n'en sortit. Gray s'approcha.

Painter ne cessait de le dévisager. Il fit une nouvelle tentative. Le mot était à peine audible et n'avait aucun sens. Gray s'inquiéta pour son état mental.

— Bombe, répétait Painter d'une voix rauque.

Lisa l'entendit à son tour. Elle se tourna lentement. Vers le corps de Baldric Waalenberg. Et poussa Painter vers Monk.

— Prenez-le.

Elle se précipita vers le corps déformé du vieil homme. Celui-ci était finalement mort, sans que personne ne s'en rende compte.

Lisa s'agenouilla pour relever sa manche. Il portait une grosse montre, équipée d'un cadran digital.

— On a déjà eu affaire à ça. Un moniteur cardiaque relié à un micro-émetteur. Quand son cœur s'est arrêté, ça a lancé un compte à rebours.

Elle tordit le poignet pour permettre à Gray de jeter un œil au cadran.

02 : 01

Une seconde plus tard, le tintement devenu familier reprit.

02 : 00

— Nous avons moins de deux minutes pour filer d'ici, annonça Lisa.

Gray la crut sur parole.

— Tout le monde dehors ! Monk, préviens Khamisi par radio ! Que ses hommes s'éloignent le plus possible de la maison !

— Nous avons un hélicoptère sur le toit, déclara Lisa.

Quelques secondes plus tard, ils couraient tous. Gray soutenait Painter et Mosi le major Brooks. Lisa, Fiona et Marcia les suivaient tandis que Monk informait Khamisi.

— Où est passé Gunther ? demanda Fiona.

— Il est parti avec sa sœur, répondit Brooks. Il a refusé qu'on le suive.

Ils n'avaient pas le temps de le rechercher. Gray se dirigea vers l'ascenseur. Le groupe de Monk en avait coincé les portes avec une chaise pour empêcher quiconque de les suivre. Mosi l'envoya valdinguer d'un coup de pied.

Ils s'entassèrent dans la cabine.

Lisa enfonça le dernier bouton. Cinquième étage. L'ascenseur commença à monter lentement.

Monk prit la parole.

— J'ai prévenu notre homme là-haut par radio. Il ne sait pas piloter un hélico mais il va tourner la clé et lancer les moteurs.

— La bombe, commença Gray en se tournant vers Lisa. À quoi devons-nous nous attendre ?

— S'il s'agit du même modèle que dans l'Himalaya, ça va être énorme. Ils ont développé une espèce d'explosif quantique à base de Xerum 525.

Gray pensa aux fûts stockés au dernier sous-sol.

Oh, merde !

L'ascenseur continuait son ascension, dépassant le rez-de-chaussée où régnait un silence mortel.

Painter s'agita, toujours incapable de tenir debout tout seul, se tournant vers Gray.

— La prochaine fois, murmura-t-il péniblement, vous irez vous-même au Népal.

Gray sourit. Painter était bien revenu parmi eux.

Mais pour combien de temps ?

L'ascenseur s'arrêta enfin.

— Une minute, annonça Marcia.

Elle avait eu la présence d'esprit de synchroniser sa propre montre sur le compte à rebours.

Ils s'élancèrent tous dans l'escalier qui grimpait vers le toit. L'hélicoptère les attendait, pales tournoyantes. Une fois sous les rotors, Gray confia Painter à Monk.

— Fais monter tout le monde.

Puis il contourna l'engin pour s'installer à la place du pilote.

— Quinze secondes ! cria Marcia.

Gray poussa les moteurs. Les pales hurlèrent et les patins de l'appareil quittèrent le toit. L'hélico s'envola. À quelle distance seraient-ils en sécurité ?

Il ajusta la portance et mit les gaz.

Tandis qu'ils fonçaient vers le ciel, il s'arrangea pour que l'engin décrive un mouvement circulaire afin d'observer les alentours du manoir. Il vit des jeeps et des motos filer dans toutes les directions, s'éloignant au plus vite.

Marcia entama un compte à rebours.

— Cinq, quatre…

Elle s'était trompée de trois secondes.

Une puissante lumière blanche jaillit soudain sous eux, comme s'ils venaient de décoller du soleil. Pourtant le plus troublant fut l'absolu silence. Aveuglé, Gray luttait pour maintenir le cap initial de l'appareil. Mais on aurait dit que l'air avait brusquement disparu autour d'eux. Il sentit l'hélicoptère plonger.

Puis une sorte de grand claquement retentit et la lumière reflua, comme une cascade d'eau.

Les rotors retrouvèrent soudain leur appui. L'hélico trembla.

Effrayé jusqu'à la moelle des os, Gray parvint à le stabiliser. Puis il regarda en direction du manoir. Qui avait totalement disparu, cédant la place à un immense cratère aux parois lisses, taillé dans la roche et la terre. La maison et ses jardins semblaient avoir été arrachés par un Titan armé d'une gigantesque cuiller à glace.

Il ne restait plus rien. Pas le moindre débris. Rien que du vide.

Des mares et des bassins, scindés en deux, ruisselaient par-dessus les lèvres du cratère tels de minuscules filets d'eau.

Plus loin, il aperçut des véhicules arrêtés, des gens qui se retournaient. L'armée de Khamisi. Apparemment, ils avaient tous réussi à en réchapper. Petit à petit, les Zoulous se rassemblaient au bord de l'immense trou.

Gray les survola, décrivant un cercle autour de l'orifice. Il se rappela soudain le fût manquant de Xerum 525, celui réservé aux États-Unis. Il décrocha la radio et commença à passer les multiples relais qui lui permettraient de joindre le quartier général de Sigma.

Il fut surpris de ne pas entendre Logan lui répondre. On le mit en communication avec Sean McKnight, l'ancien patron de Sigma. Que fabriquait-il là-bas ? se demanda Gray avec appréhension. Ce n'était pas normal. McKnight le briefa rapidement sur ce qui s'était passé. La dernière phrase lui fit l'effet d'un coup de poing au ventre.

Il finit par couper la communication, hébété et choqué.

Monk s'était penché vers lui, ayant remarqué la violence de sa réaction.

— Un problème ?

Gray se retourna. Il devait regarder son ami en face pour lui annoncer ça.

— Monk…, c'est Kat.

17 : 47
Heure de la côte Est
Washington D.C.

Trois jours avaient passé. Trois longs jours à régler divers problèmes en Afrique du Sud.

Finalement, leur avion avait atterri à Dulles après un vol direct depuis Johannesburg. Monk avait abandonné Gray et les autres dès que la porte de la cabine s'était ouverte. Un taxi l'attendait. Qui s'était retrouvé coincé dans un embouteillage. Il avait dû se forcer à ne pas quitter la bagnole pour poursuivre sa route à pied. Mais la voie semblait enfin se dégager.

Il se pencha vers le chauffeur.

— Cinquante de plus si vous me larguez là-bas dans cinq minutes.

L'accélération le plaqua contre la banquette arrière. Voilà qui était beaucoup mieux.

Deux minutes plus tard, un pâté d'immeubles en brique rouge apparut. Ils dépassèrent une pancarte annonçant Georgetown University Hospital. Les pneus hurlèrent au moment où le taxi entra dans le parking. Une ambulance les évita de justesse.

Monk jeta une poignée de billets au chauffeur et jaillit de la voiture.

Il fonça vers une porte vitrée qui s'ouvrit trop lentement à son goût, puis il se remit à courir dans le hall, slalomant entre les patients et le personnel soignant. Il connaissait le numéro de la chambre.

Il passa devant le bureau de la réception, ignorant l'ordre lui intimant de ralentir.

Pas aujourd'hui, mon cœur.

Il tourna dans un couloir, vit la porte ouverte, sprinta de plus belle, tomba à genoux en franchissant le seuil, glissa ainsi jusqu'au lit et se cogna assez violemment la tête au rail de protection baissé.

Kat le fixait avec des yeux ronds, une cuiller de Jell-O d'un vert phosphorescent devant la bouche.

— Monk… ?

— Je suis venu aussi vite que j'ai pu, dit-il, à bout de souffle.

— Mais on vient juste de se parler au téléphone.

— D'abord, c'était il y a une heure et demie et ensuite on discutait au téléphone.

Il se releva et l'embrassa sur la bouche. Son torse et son épaule gauche étaient couverts de bandages, à moitié cachés par sa tenue d'hôpital. Trois impacts de balles, deux unités de sang perdues, un collapsus pulmonaire, une clavicule brisée et la rate perforée.

Mais elle était vivante.

Et foutrement chanceuse.

Les obsèques de Logan auraient lieu dans trois jours.

À eux deux, ils avaient sauvé Washington d'une attaque terroriste, abattant le tueur des Waalenberg et mettant un terme au complot. La Cloche de cérémonie plaquée or se trouvait désormais enfouie dans un des labos souterrains de Sigma. Le fût de Xerum 525 qui aurait dû l'alimenter avait été retrouvé non sans mal dans un entrepôt du New Jersey. Faire le tri dans les innombrables succursales et sociétés-écran des Waalenberg leur avait donné du fil à retordre. Quand les services de renseignement américains avaient fini par mettre la main sur le dernier échantillon de Xerum encore existant, celui-ci était resté trop longtemps au soleil. Complètement dégradé, il avait perdu ses fonctions dévastatrices en raison d'une mauvaise conservation. Privée de sa source d'énergie, la Cloche ne retentirait plus jamais.

Bon débarras.

Monk préférait l'évolution à l'ancienne mode.

Sa main descendit vers le ventre de Kat. Il craignait de poser la question, redoutant la réponse.

Il n'eut pas à la questionner. La main de Kat couvrit la sienne.

— Le bébé va bien. Les médecins estiment qu'il ne devrait pas y avoir de complications.

Monk retomba à genoux, posant la joue sur son ventre. Il ferma les yeux.

— Dieu merci.

Kat lui caressait la tête.

Monk fouilla dans sa poche et en sortit le petit écrin noir contenant la bague. Il la tendit, les yeux toujours fermés, une prière sur les lèvres.

— Épouse-moi.

— D'accord.

Il ouvrit les paupières, pour contempler le visage de la femme qu'il aimait.

— Quoi ?

— J'ai dit d'accord.

— Tu es sûre ?

— T'essaies de m'en dissuader ?

— Eh bien, t'es gavée de médocs. Je ferais peut-être mieux d'attendre que...

— Monk, file-moi cette bague.

Elle prit la boîte, l'ouvrit et resta un moment silencieuse.

— Elle est vide.

Monk récupéra l'écrin. Le bijou avait disparu.

Il secoua la tête et gronda comme une hyène.

— Oui ? dit Kat.

— C'est Fiona.

10 : 32

Le lendemain matin, Painter était allongé dans une autre aile du Georgetown University Hospital. La table sur laquelle il se trouvait sortit de l'appareil en forme de croissant. Le scanner avait duré plus d'une heure. Il avait failli s'endormir, ne s'étant guère reposé ces derniers jours. L'angoisse le privait de sommeil.

Une infirmière ouvrit la porte.

Lisa la suivit dans la pièce.

Painter s'assit. Une mince chemise d'hôpital pour seul vêtement, il essaya de retrouver un semblant de dignité en tirant sa blouse, mais finit par y renoncer.

Lisa s'installa à ses côtés. Du menton, elle indiqua la cabine d'examen. Plusieurs chercheurs de Johns Hopkins et de Sigma examinaient ensemble les clichés.

— Les résultats sont plutôt bons, lança Lisa. Tous les signes de calcification interne disparaissent. Tes constantes reviennent à la normale. Tu garderas peut-être une trace résiduelle mineure sur ta valve aortique, mais ce n'est même pas certain. Tu récupères à une vitesse impressionnante… miraculeuse, si j'ose dire.

— Ose, dit Painter. Et ça ?

Il passa les doigts dans la mèche de cheveux blancs qui était apparue au-dessus de son oreille.

Elle leva la main pour accompagner ses doigts.

— C'est plutôt séduisant. Tu vas guérir.

Il la crut. Pour la première fois, au fond de lui-même, il sut qu'il allait s'en tirer. Un soupir lui échappa. Il avait encore une vie devant lui.

Il prit la main de Lisa et embrassa sa paume.

Elle rougit, jetant un coup d'œil vers la vitre qui les séparait de la cabine de contrôle, mais elle ne se dégagea pas et se contenta de régler un problème technique avec l'infirmière.

Painter l'observait. Il était parti au Népal autant pour enquêter sur les maladies signalées par Ang Gelu que pour accomplir une initiation personnelle, s'accorder un moment de réflexion. Il s'était attendu à de l'encens, des méditations et des prières, et avait récolté un voyage brutal et cauchemardesque tout autour du globe. Pourtant, il avait peut-être découvert ce qu'il cherchait finalement.

Painter Crowe serra la main de Lisa.

Il l'avait trouvée, elle.

Malgré toutes les épreuves qu'ils avaient traversées ensemble ces derniers jours, ils se connaissaient à peine. Qui était-elle vraiment ? Quel était son plat préféré, de quoi riait-elle, comment dansait-elle, que murmurerait-elle avant de s'endormir ?

Une seule chose lui paraissait sûre alors qu'il était assis là, à moitié nu, exposé devant elle au point de lui montrer son ADN : il voulait tout savoir.

14 : 22

Deux jours plus tard, des fusils tiraient leurs dernières salves dans le ciel bleu, au-dessus des vallons verdoyants du cimetière d'Arlington. Une journée trop belle pour des funérailles, trop éclatante.

Gray s'isola un moment après la cérémonie. Non loin de là s'élevait the Tomb of the Unknowns, la Tombe des Inconnus, conçue avec quatre-vingts tonnes de marbre de Yule importées du Colorado. Pour les sans-nom qui avaient disparu et sacrifié leur vie pour le pays.

Logan Gregory serait désormais l'un d'entre eux. Un autre inconnu. Très peu de gens sauraient qu'il avait donné son sang afin de protéger tous les autres.

Mais certains s'en souviendraient.

Gray regarda le vice-président offrir le drapeau soigneusement replié à la mère de Logan soutenue par son mari. Logan n'avait ni femme ni enfant. Il avait consacré sa vie à Sigma… et sa mort aussi.

Lentement, après quelques condoléances et marques d'amitié, la petite foule se dispersa.

Gray salua Painter. Celui-ci boitait et s'appuyait sur une canne, récupérant de son irradiation, recouvrant ses forces un peu plus chaque jour. À ses côtés, le Dr Lisa Cummings avait noué son bras autour de son coude, non pour le soutenir, mais juste pour se sentir près de lui.

Monk traîna en arrière tandis qu'ils se dirigeaient vers la longue file de voitures qui les attendaient.

Kat était toujours à l'hôpital.

Gray rejoignit Painter. Il leur restait encore quelques détails à régler.

Lisa embrassa le directeur sur la joue.

— On se retrouve là-bas, lui lança-t-elle avant de rejoindre Monk.

Ils prendraient un autre véhicule pour se rendre à la réception interne organisée chez les Logan.

Gray avait été surpris d'apprendre qu'ils habitaient tout près de chez ses parents dans Takoma Park. Cela prouvait simplement combien il connaissait mal son ancien collègue.

Ils s'installèrent sur la banquette arrière d'une Lincoln Town Car. Le chauffeur leva la vitre de séparation.

— J'ai lu votre rapport, dit Painter. Vous avez choisi un point de vue intéressant. Je suis d'accord pour que vous poursuiviez sur cette voie. Mais cela implique un nouveau voyage en Europe.

— De toute manière, je dois y aller, pour affaires personnelles. Voilà pourquoi je tenais à vous voir. Je voulais vous demander quelques jours de congé.

Painter haussa un sourcil.

— En général, quand vous partez en vacances, une catastrophe s'abat sur le monde.

Il s'agita sur son siège. Il n'était visiblement pas encore tout à fait remis de sa maladie.

— Vous avez lu le rapport du Dr Marcia Fairfield ? Qu'en pensez-vous... au sujet de la descendance Waalenberg ?

Pour le Dr Fairfield, plus le trésor était précieux, plus il était enfoui profond. On pouvait en dire autant des secrets gardés par les Waalenberg. Comme, par exemple, leurs expériences avec les chimères, au cours desquelles ils avaient mélangé cellules souches humaines et animales.

Il y avait pourtant pis encore.

— Nous avons retrouvé des dossiers médicaux du début des années 1950, annonça Gray. Ça a été confirmé. Baldric Waalenberg était stérile.

— Pas étonnant que ce salopard ait été obsédé par la génétique, cherchant sans cesse à plier la nature à ses caprices. Il était le dernier des Waalenberg. Mais ses nouveaux enfants, ceux qu'il a utilisés dans ses expériences ? Est-ce vrai ?

— Baldric a pris une part très active dans le programme *Lebensborn*. Les nazis cherchaient à produire de vrais Aryens. Ils ont aussi tenté de conserver des ovaires et du sperme. À la fin de la guerre, il semble que Baldric ne se soit pas contenté de récupérer le Xerum 525. Il a aussi mis la main sur d'autres éléments de recherche. Dont des paillettes congelées. Il s'est servi de ces échantillons pour inséminer sa propre femme.

— Vous êtes sûr de ça ?

Gray hocha la tête. Dans le labo souterrain, le Dr Fairfield avait découvert le véritable arbre généalogique des nouveaux membres « améliorés » du clan Waalenberg. Elle avait vu le nom inscrit aux côtés de celui de l'épouse de Baldric : Heinrich Himmler, chef de l'Ordre noir. Le nazi s'était peut-être suicidé à la fin de la guerre mais il avait veillé à sa survie, à donner naissance à des surhommes aryens, une nouvelle lignée de rois teutons, issue de sa propre semence.

— Maintenant que le clan Waalenberg a été éliminé, commenta Gray, ce monstre est enfin enterré pour de bon.

— Espérons-le.

— J'ai gardé le contact avec Khamisi, l'informa Gray. Il poursuit le nettoyage du domaine. Pour l'instant, ils n'ont retrouvé que quelques gardes. Mais il craint que certaines bêtes ne se soient échappées de la ménagerie pour se réfugier dans la jungle, même s'il est plus probable que la plupart n'aient pas survécu à l'explosion. De toute manière, ils continuent les recherches.

Khamisi avait aussi été nommé gardien-chef par intérim du parc Hluhluwe-Umfolozi. Le gouvernement sud-africain lui avait donné toute autorité pour traiter le problème sur le terrain, en collaboration avec le chef Mosi D'Gana. Paula Kane et Marcia Fairfield leur apportaient leur concours technique et leur médiation vis-à-vis des services de renseignement internationaux après cette mini-guerre et l'explosion de cette bombe d'un type inconnu.

Les deux femmes s'étaient réinstallées dans leur maison, au cœur de la réserve, heureuses de se découvrir mutuellement saines et sauves. Les deux espionnes avaient aussi aidé Fiona à obtenir une bourse d'études à Oxford. Aux risques et périls du prestigieux collège choisi, se dit Gray, qui risquait de voir se multiplier très rapidement larcins et autres petits délits.

Après Fiona, Gray pensa à Ryan, se disant qu'il devait prendre des nouvelles du jeune homme. Après le meurtre de son père, il avait décidé de mettre en vente la propriété familiale, décidé à ne plus vivre dans l'ombre de Wewelsburg.

C'était aussi bien.

— Et Monk et Kat ? demanda Painter. Il paraît qu'ils se sont fiancés hier.

— Oui.

— Dieu nous vienne en aide !

Pour la première fois, ils sourirent tous les deux, partageant ce petit moment de bonheur. La vie continuait. La voiture roulait à présent dans les rues bordées d'arbres de Takoma Park et ne tarda pas à s'immobiliser devant une petite maison victorienne aux volets verts.

Painter sortit.

Lisa l'y attendait déjà.

— Nous avons terminé ? demanda Painter à Gray.

— Oui, monsieur.

— Tenez-moi au courant de ce que vous trouverez en Europe. Et prenez ces quelques jours.

— Merci, monsieur.

Painter tendit le bras et Lisa y glissa le sien. Le couple se dirigea vers la maison.

Quand Gray descendit à son tour de la voiture, Monk le rejoignit. Hochant la tête vers l'homme et la femme enlacés, il demanda :

— On prend les paris ?

Gray les regarda monter les marches du perron. Ils ne s'étaient quasiment pas séparés depuis qu'ils avaient quitté le domaine Waalenberg. Anna et Gunther disparus, Lisa demeurait l'unique source d'informations sur le fonctionnement de la Cloche. À ce titre, elle avait passé de nombreuses heures dans la salle d'interrogatoire, au QG de Sigma. D'après Gray, ces débriefings offraient un prétexte au couple pour passer du temps ensemble.

La Cloche n'avait pas simplement guéri la chair.

Gray fixa leurs mains jointes. Il réfléchissait à la question de Monk. *On prend les paris ?* Il était peut-être encore un peu trop tôt pour ça. Si on considérait la vie et la conscience comme des phénomènes quantiques, alors l'amour en était sans doute un aussi.

Aimer ou ne pas aimer.

L'onde ou la particule.

Peut-être que pour Painter et Lisa, c'était encore les deux, un potentiel en suspension que seul le temps permettrait de réaliser.

— Je ne sais pas, marmonna-t-il en réponse à Monk.

Il pensait à son futur.

Comme tous les autres, il avait sa propre réalité à évaluer.

ÉPILOGUE

18 : 45
Wroclaw, Pologne

Il était en retard.

Gray traversait le pont en fer forgé de style baroque. En dessous s'écoulait l'Oder, un ruban vert transformé en miroir par les rayons du soleil couchant.

Il consulta sa montre. En ce moment même, Rachel devait être en train d'atterrir. Ils s'étaient donné rendez-vous dans un café. Avant de l'y retrouver, il avait un dernier fil à tirer, une dernière rencontre à faire.

En bas, un couple de cygnes noirs fendait les flots sur lesquels ondulaient les reflets de quelques mouettes volant dans le ciel. Une odeur de lilas flottait dans l'air. Gray avait commencé ce voyage sur un pont à Copenhague, voilà qu'il s'achevait sur une autre passerelle.

Il leva les yeux vers les flèches noires des anciennes églises, les clochers et les tours aux toits de cuivre qui parsemaient la ville. Autrefois, Wroclaw, cité fortifiée coincée entre l'Allemagne et la

Pologne, portait le nom de Breslau. Elle avait été en grande partie détruite durant la Seconde Guerre mondiale, lors des combats opposant la Wehrmacht et l'Armée rouge.

C'était aussi pour cette raison que Gray était venu ici.

Devant lui se trouvait l'île de la Cathédrale. Les tours jumelles de l'édifice gothique, consacré à saint Jean-Baptiste, luisaient dans la lumière dorée de cette fin de journée. Gray ne se rendait pourtant pas au monument mais à quelques mètres à peine du pont.

L'église Saint-Pierre-et-Saint-Paul était tapie sur la gauche, discrète et humble, sa façade arrière se fondant avec la berge du fleuve. Gray remarqua une petite porte qui avait dû ouvrir sur une cave à charbon.

Un enfant très particulier avait-il joué ici ?

Un enfant parfait.

Il avait appris, grâce aux archives russes récemment ouvertes au public, que le garçon sans mère ni père avait été élevé dans un orphelinat géré par cette église. Après la guerre, de nombreux enfants s'étaient retrouvés abandonnés. Gray avait néanmoins réussi à réduire le champ des possibilités en se basant sur l'âge, le sexe et la couleur des cheveux.

Blond-blanc.

Il avait aussi accédé aux rapports de l'Armée rouge qui avait fouillé la ville et les montagnes environnantes à la recherche de laboratoires nazis et avait découvert la mine Wenceslas. Les Russes avaient failli capturer le *SS-Obergruppenführer* Jakob Sporrenberg, le grand-père d'Anna et Gunther, au moment où il évacuait la Cloche. D'après Anna, c'était dans cette ville, dans ce fleuve, que Tola, la fille de Hugo, s'était noyée avec son fils.

Mais le bébé était-il mort ?

Cette question avait forcé Gray et une poignée d'experts travaillant pour Sigma à se plonger dans les vieux documents de cette époque pour suivre une piste depuis longtemps effacée. Ils avaient fini par faire une découverte : le journal d'un prêtre. Celui-là même qui avait dirigé l'orphelinat. Il parlait d'un bébé trouvé auprès de sa mère morte, frigorifié quoique bien vivant. La femme, dont nul ne connaissait le nom, avait été enterrée dans le cimetière de l'église.

Le garçon avait survécu. Il avait grandi ici, entrant au séminaire sous la tutelle du prêtre qui l'avait secouru, devenant prêtre lui-même : le père Piotr.

Quand il avait appelé pour demander une interview à l'homme d'Église désormais âgé de soixante ans, Gray s'était présenté comme un journaliste écrivain effectuant des recherches sur les orphelins de guerre pour son livre. Arrivé devant la porte du presbytère, il s'empara du heurtoir en fer.

Un peu plus loin, du bâtiment, montaient des chants. Un service était en train de s'y dérouler.

Le battant s'ouvrit.

Gray devina sur-le-champ l'identité de l'homme qui l'accueillait, reconnaissant d'après de vieilles photos le visage épargné par les rides et la tignasse de cheveux blancs séparés par une raie au milieu. Le père Piotr portait un jean, une chemise noire, le col blanc de son ministère et un petit gilet déboutonné.

Il prit la parole dans un anglais teinté d'accent polonais.

— Vous devez être Nathan Sawyer.

Gray acquiesça, éprouvant soudain une gêne curieuse à l'idée de mentir à un prêtre. Le subterfuge était nécessaire, pour leur sécurité à tous les deux.

— Je vous remercie de m'accorder cet entretien.

— Je vous en prie. Mais, entrez, entrez. Soyez le bienvenu.

Le père Piotr le conduisit dans une petite chambre pourvue d'un poêle à charbon. Une théière les attendait, bien au chaud sur une plaque. Gray se vit offrir une chaise et une tasse de thé. Une fois installé, il sortit un carnet sur lequel il avait noté quelques questions.

Le père Piotr s'installa en face de lui. Sur une table de nuit, Gray remarqua une vieille Bible et plusieurs romans policiers.

— Vous vous intéressez donc au père Varick, commença Piotr avec un doux sourire. Un homme très bon.

— Oui. Ainsi qu'à votre vie ici à l'orphelinat.

Le père Piotr inclina la tête avant de siroter son breuvage.

Gray ne comptait pas lui poser des questions très importantes. Il savait déjà à peu près tout de sa vie. L'oncle de Rachel, Vigor, en tant que chef des services de renseignement du Vatican, avait fourni à Sigma un rapport complet et détaillé sur le prêtre catholique.

Un rapport qui contenait également son dossier médical.

Le père Piotr avait passé toute sa vie dans cette église. Une vie plutôt banale au service de sa paroisse, en dehors de son dévouement à ses fidèles. Seul point sortant un peu de l'ordinaire : il bénéficiait d'une santé exceptionnelle. Sans aucun véritable antécédent médical. Une fracture à l'adolescence, après être tombé d'un rocher. Mais, en dehors de cela, ses examens réguliers correspondaient à ceux d'un individu en excellente condition physique. Il n'était pas massif comme Gunther ou incroyablement agile comme les Waalenberg. Non, il avait simplement une santé de fer.

L'entretien n'apporta rien de neuf.

Au bout d'un moment, Gray referma son calepin et remercia le prêtre de lui avoir consacré un peu de son temps. Afin de conclure son enquête, il s'arrangerait pour se procurer des échantillons de son ADN lors de sa prochaine visite médicale, encore une fois grâce à l'entremise de Vigor. Gray ne pensait pourtant pas en tirer grand-chose de plus.

L'enfant parfait de Hugo n'était finalement qu'un homme banal et de bonne volonté, doué d'une excellente santé.

C'était peut-être ça, la perfection.

Au moment de quitter la chambre, il remarqua un puzzle inachevé sur une table dans un coin.

— Vous aimez jouer ? demanda-t-il.

Le père Piotr esquissa un sourire coupable, désarmant

— C'est ma petite gymnastique intellectuelle.

Gray hocha la tête et sortit. Il songea à Hugo Hirszfeld et à sa passion pour ce genre de casse-tête. Une qualité immatérielle du savant juif avait-elle été transmise à l'enfant par l'intermédiaire de la Cloche ? Tandis qu'il s'éloignait de l'église, il repensa à ces liens. Pères et fils. Était-ce seulement une question de gènes ? Ou bien y avait-il autre chose ? Quelque chose de quantique.

Gray s'était déjà interrogé là-dessus. Son père et lui avaient toujours entretenu des relations difficiles, la situation ne s'étant améliorée que très récemment. Sans oublier ce qui troublait Gray plus que tout : à l'image du puzzle du père Piotr, qu'avait-il, lui, Gray, hérité de son père ? Il ne pouvait pas nier sa crainte de la maladie d'Alzheimer, une réelle possibilité génétique, mais sa peur allait beaucoup plus loin.

Quel genre de père serait-il ?

Il s'immobilisa au milieu du pont, surpris par l'irruption de cette question. Il se rappela ce que lui avait dit Monk dans l'avion pour l'Allemagne.

Tu aurais dû voir ta tête quand j'ai parlé de la grossesse de Kat. T'avais déjà la trouille. Et il ne s'agissait que de mon *gosse.*

Voilà ce qui le faisait paniquer.

Quel genre de père serait-il ?

La réplique du sien ?

Gray trouva sa réponse de la façon la plus inattendue. Une fille passa près de lui sur le pont, la tête enfouie dans la capuche de son sweater et, aussitôt, il crut revoir Fiona. Il se souvint de sa terreur, de sa main s'accrochant à la sienne, de sa dépendance à lui et de ses multiples rébellions. Il se souvint du sentiment que ça avait éveillé chez lui.

Il serra la rambarde du pont, très fort.

Un sentiment merveilleux.

Un petit rire lui échappa. Rien ne l'obligeait à devenir semblable à son père. Il pouvait suivre ses traces ou au contraire s'en écarter. Il disposait de sa propre volonté, de son libre arbitre, d'une conscience qui orienterait peut-être son potentiel dans une autre direction.

Soudain, il se sentit libre comme jamais. Il reprit sa route et laissa ce postulat abattre lentement des éventualités qui s'effondrèrent telle une chaîne de dominos jusqu'à ce que s'impose une évidence.

Rachel.

Il quitta le pont et fonça vers leur lieu de rendez-vous.

Quand il arriva au café, il la vit qui l'attendait déjà à la terrasse. Elle ne l'avait pas encore repéré. Il s'arrêta, une fois de plus impressionné par sa beauté. Grande, les membres déliés, si élégante. Elle se retourna, le découvrant en train de l'observer avec un sourire qui s'épanouit. Ses yeux couleur caramel brillèrent. Puis elle leva une main pour repousser une mèche auburn d'un geste presque timide.

Qui ne voudrait pas passer le reste de sa vie avec elle ?

Il s'avança, comblant la distance qui les séparait.

Et, à nouveau, le visage ricanant et terriblement vilain de Monk s'imposa à lui. Un visage devant lequel il brandissait trois doigts.

La femme, la maison, les gosses.

En d'autres termes, la réalité.

Une relation qui ne resterait pas éternellement suspendue à l'état de potentialité. Aimant *et* n'aimant pas, à la fois. L'évolution ne le tolérerait pas. Un jour ou l'autre, la réalité devrait s'imposer.

Et ce moment était venu pour Gray.

La femme, la maison, les gosses.

Il tenait sa réponse. Il était prêt pour ce triple défi. Et le dernier domino tomba.

Aimer ou pas.

L'onde ou la particule.

Il saisit les doigts de Rachel. Désormais, tout lui semblait d'une clarté aveuglante. Et cette évidence le surprenait.

Il la fixa droit dans les yeux.

— Rachel, il faut qu'on parle.

Et c'est alors qu'il comprit ce qu'il voyait dans son regard. La réalité. Deux carrières, deux continents, deux personnes dont les chemins se séparaient.

Elle lui serra les doigts.

— Je sais.

Debout devant la porte ouverte de la cave à charbon, le père Piotr avait regardé l'homme s'éloigner, puis disparaître à un coin de rue.

Un homme de valeur mais entouré d'ombres.

Le pauvre garçon avait eu sa part de chagrins.

Mais tel est le voyage de la vie.

Un petit miaulement attira son attention. Un matou efflanqué frôla ses chevilles, la queue dressée, levant vers lui un regard plein d'espoir. Un des chats errants du père Varrick. À présent, à sa charge. Le père Piotr posa une petite assiette en métal cabossé sur le sol. L'animal se frotta une dernière fois contre lui avant de se jeter sur la nourriture.

Le père Piotr s'accroupit, contemplant le fleuve mordoré. Il remarqua une petite touffe de plumes non loin de là sur l'herbe. Un moineau, le cou brisé. Un des nombreux cadeaux que ses chats errants oubliaient devant sa porte.

Il ramassa délicatement le volatile inerte. Puis il le porta à ses lèvres et souffla sur ses plumes qui frémirent. Une aile se dressa, trouva comme avec surprise un appui sur l'air. Et le moineau s'envola, filant dans le ciel.

Le père Piotr l'observa un moment, essayant de déchiffrer sa trajectoire, de comprendre ce qu'elle lui indiquait. Puis il se frictionna les mains et se releva en s'étirant.

La vie resterait à jamais un merveilleux mystère.

Même pour lui.

NOTE DE L'AUTEUR
VÉRITÉ OU FICTION

Merci de m'avoir accompagné au bout de ce voyage. Comme d'habitude, je profite de ces derniers instants pour déconstruire le roman, pour révéler où s'achèvent les recherches et où commence l'imagination.

D'abord, le moins essentiel :

Le DARPA a, en effet, conçu des prothèses bourrées de gadgets révolutionnaires (mais je ne pense pas qu'ils y aient incorporé des charges explosives).

Similaires aux *ukufa* du livre, Stanford University a créé une lignée de souris chimères dont le cerveau contient des cellules neurales humaines. Aujourd'hui des chercheurs envisagent d'essayer de produire des souris dont les cerveaux seraient formés à cent pour cent de cellules neurales humaines.

Un garçon allemand est né en 2004 avec une mutation des gènes de la myostatine, créant une hypertrophie de ses tissus musculaires, lui conférant une force et une coordination musculaire accrues. S'agit-il du premier *Sonnenkönig* né de façon naturelle ?

Shangri-La a été découverte au fin fond de l'Himalaya en 1998, une oasis de verdure luxuriante et d'eau vive, perdue au milieu de sommets glacés. Y aurait-il autre chose caché là-haut ?

Venons-en à des concepts plus vastes :

Comme cela a été mentionné au début du livre, la Cloche a bien existé, ce qui prouve que la réalité dépasse parfois la fiction. Les nazis avaient construit un curieux appareil, alimenté par un composé inconnu nommé Xerum 525. On ne sait pas grand-chose de son fonctionnement, si ce n'est que les savants travaillant sur le projet ont développé une étrange maladie qui a atteint les villages avoisinants. À la fin de la guerre, la Cloche a disparu et les scientifiques impliqués ont été exécutés. À ce jour, on ignore encore ce qu'est devenu cet engin. Si vous désirez en apprendre davantage sur cet étrange moment de l'Histoire, sur la course aux technologies nazies à laquelle se sont livrés les Alliés, je vous conseille l'ouvrage de Nick Cook, *The Hunt for Zero Point.*

Dans ce roman, j'ai aussi consacré un temps considérable à décrire la fascination de Heinrich Himmler pour les runes et l'occultisme. Il a effectivement envoyé des expéditions chargées de rechercher des Aryens dans l'Himalaya. Et le château Wewelsburg existe toujours. Pour plus d'informations sur ce sujet, je vous suggère *Himmler's Crusade* de Christopher Hale et *Unholy Alliance* de Peter Levenda.

Enfin, un ouvrage s'est révélé essentiel à la genèse de ce roman : *Quantum Evolution* de Johnjoe McFadden. Ce livre propose un traité fascinant sur la mécanique quantique et son rôle possible dans les mutations et l'évolution. Il s'intéresse aussi à l'évolution de la conscience, domaine abordé à la fin du roman. Pour approfondir ces théories, je ne saurais trop vous en recommander la lecture.

Ce qui nous amène à la grande controverse du roman : dessein intelligent contre évolution. J'espère avoir soulevé autant de questions que de réponses. Mais, au bout du compte, je suis fermement persuadé que le débat actuel ne porte pas sur l'essentiel. Au lieu de nous demander sans arrêt d'où nous venons, je crois que nous devrions nous intéresser davantage à un autre problème : *où allons-nous ?*

Suivre cette voie, tenter de répondre à cette question, c'est déjà s'engager dans une sacrée aventure.

